AF674873

अन्तराल

अन्तराल

महासमर-5

नरेन्द्र कोहली

वाणी प्रकाशन

वाणी प्रकाशन
4695, 21-ए, दरियागंज, नयी दिल्ली 110 002
शाखा
अशोक राजपथ, पटना 800 004
फ़ोन : +91 11 23273167 फ़ैक्स : +91 11 23275710
www.vaniprakashan.in
vaniprakashan@gmail.com
sales@vaniprakashan.in

ANTRAL : MAHASAMAR-5
by Narendra Kohli

ISBN : 978-93-5229-187-8
Novel/A Story of Mahabharat

© 1994 नरेन्द्र कोहली
रजत संस्करण 2010, 2012, 2014
आवृत्ति 2017

मूल्य : ₹795

इस पुस्तक के किसी भी अंश को किसी भी माध्यम में प्रयोग करने के लिए प्रकाशक से लिखित अनुमति लेना अनिवार्य है।

आर. टेक ऑफ़सेट प्रिंटर्स, दिल्ली-110 032 में मुद्रित

वाणी प्रकाशन का लोगो मक़बूल फ़िदा हुसेन की कूची से

आने वाली पीढ़ी के नाम...

हमारे समय के कालजयी लेखक

नरेन्द्र कोहली हिन्दी के ही नहीं अपितु तमाम भारतीय भाषाओं के उन विरले लेखकों में से एक हैं जिन्हें 'सम्पूर्ण साहित्यकार' की संज्ञा दी जा सकती है। साहित्य की लगभग सभी गद्य विधाओं—उपन्यास, कहानी, व्यंग्य, नाटक, निबन्ध, आत्मकथा तथा आलोचना इत्यादि में विपुल सृजन करने वाले नरेन्द्र कोहली अकेले ऐसे रचनाकार हैं जिनके प्रशंसकों तथा पाठकों की संख्या का सही-सही अन्दाज तथा अनुमान लगाना कठिन है।

'अभ्युदय', 'महासमर', 'सैरन्ध्री', 'हिडिम्बा', 'कुन्ती' तथा 'न भूतो न भविष्यति' जैसे आधुनिक क्लासिक या कहें कि कालजयी कृति की रचना करने वाले इस विलक्षण रचनाकार की संवेदना-परिधि में सम्पूर्ण भारतीय समाज, तमाम विविधताओं तथा जटिलताओं के साथ गम्भीर साँस लेता प्रतीत होता है। भारतीय संस्कृति के प्रत्येक पक्ष को सही परिप्रेक्ष्य में उजागर करने वाले इस साहित्यकार ने रामायण तथा महाभारत कथा को युग सापेक्ष तथा शाश्वत मानवीय अस्मिता के साथ विश्लेषित किया है। उनकी दृष्टि सम्पन्नता तथा बौद्धिक प्रखरता के आलोक में जीवन और जगत् के सभी रहस्य पाठकों के सामने एक नये संसार की तरह से प्रस्तुत हुए हैं।

कालजयी रचनाकार की सबसे बड़ी विशेषता यही होती है कि वह अपने साहित्य में एक समानान्तर संसार की रचना करते हुए जातीय स्मृतियों का एक अनमोल खजाना आनेवाली पीढ़ियों तथा अपने समकालीन समाज के लिए गढ़ता है।

यह भी कह दें कि दुनिया की महान् से महान् कृति भी समाज को सन्तुष्ट नहीं कर सकती परन्तु श्री कोहली का लेखन सभी वाद-विवादों से परे अपने पाठक वर्ग में उतना ही पूजनीय है जितने महाकवि तुलसीदास का रामचरितमानस तथा महर्षि वेद व्यास का महाभारत।

प्राचीन के लौह तत्त्वों को भी अपनी जादुई कलम के स्पर्श से कंचन में परिवर्तित करनेवाले इस महान् रचनाकार का साहित्य आपको भूत, वर्तमान तथा भविष्य के सभी रहस्य समझने तथा परखने की दृष्टि प्रदान करता है। नरेन्द्र कोहली के साहित्य को नयी साज-सज्जा के साथ पाठकों को सौंपते हुए वाणी प्रकाशन प्रतिष्ठान स्वयं को गौरवान्वित अनुभव करता है।

अरुण माहेश्वरी

प्रकाशक

अन्तराल

1

"युधिष्ठिर! मैं तुम्हारे साथ वन नहीं जाऊँगी।"

युधिष्ठिर ने कुन्ती की ओर देखा : माँ ने उनके मन का द्वन्द्व जान लिया था क्या?...वे मन ही मन कब से अपने इस धर्म-संकट से लड़ रहे थे। माँ की अब यह अवस्था नहीं रही थी कि वे उन लोगों के साथ वन में जातीं।...वे निर्णय नहीं कर पा रहे थे, कि माँ से क्या कहें और कैसे कहें! यह तो बहुत अच्छा हुआ कि माँ ने स्वयं ही यह निश्चय कर लिया।...

युधिष्ठिर का वश चला होता, तो अपनी पराजय के पश्चात् वे द्यूत-सभा से ही वन की ओर चल पड़े होते।...किन्तु विदुर ने उन्हें वैसा करने नहीं दिया था। वे युधिष्ठिर को समझा-बुझा कर अपने घर ले आये। यहाँ आने से युधिष्ठिर की प्रतिज्ञा भंग नहीं होती थी। यह राजप्रासाद नहीं था। विदुर का निवास था। यहाँ हस्तिनापुर के महामन्त्री अवश्य रहते थे; किन्तु इसका रूप, गंगा के एक आश्रम का-सा ही था।...

ठीक ही हुआ था कि वे यहाँ आ गये। जाने से पहले, माँ के साथ शान्तिपूर्वक कुछ चर्चा तो कर सकते हैं।...

"मैं भी नहीं चाहता माँ! कि तुम हमारे साथ तेरह वर्ष वन-वन भटको।..."

"क्यों? क्या मैं पहले कभी वन में रही नहीं?" कुन्ती दुख की उस घड़ी में भी मुस्कुरा रही थी।

"रहीं क्यों नहीं! तुम तो शतशृंग में भी रहीं माँ! हिडिम्ब वन में भी रहीं।...किन्तु तब तुम्हारी यह अवस्था नहीं थी माँ!" युधिष्ठिर बोले, "तो फिर इतने वर्ष कहाँ रहोगी? अच्छा बताओ, क्या भोजपुर जाओगी?"

कुन्ती हँस पड़ी, "कहाँ से स्मरण आ गया तुझे भोजपुर?"

"क्यों? वह तुम्हारा मायका है माँ!"

"है तो मायका ही!..." कुन्ती के स्वर मे प्रच्छन्न रोष था, "किन्तु विवाह के पश्चात् स्त्री का मायके से क्या सम्बन्ध? अपने विवाह के पश्चात् मैंने एक बार भी पलट कर भोजपुर की ओर नहीं देखा।" कुन्ती रुकी, "उन्होंने भी मुझे एक बार विदा क्या किया, मुझ से मुक्ति ही पा ली। मेरे किसी सुख-दुख में, मुझे कभी स्मरण नहीं किया उन्होंने!"

युधिष्ठिर देख रहे थे...माँ के मन में कोई घाव रिस-सा रहा था...टीस भी उठती थी...किन्तु माँ न रोती थीं, न कराहती थीं...पीड़ा को अभिव्यक्त करना माँ का स्वभाव नहीं है। माँ हँसती तो सबके साथ हैं, किन्तु रोती अकेली ही हैं।...

"तो द्वारका जाओगी माँ?" युधिष्ठिर ने जैसे माँ की दुखद स्मृतियाँ टालने का प्रयत्न किया।

"नहीं रे! वह मेरा मायका नहीं रहा... ।"

पाँचों पुत्र स्तब्ध रह गये। माँ के मन में द्वारका के प्रति भी कोई रोष है?...होगा ही।...पिता ने अपनी पुत्री किसी और को गोद दे दी...पिता के अधिकार का त्याग कर दिया...तो पुत्री का भी उस पिता पर क्या अधिकार शेष रह गया?...

"पर मातुल वासुदेव ने तो तुम्हारी सदैव चिन्ता की है माँ! कृष्ण और बलराम हमारी सहायता के लिए सदा दौड़े आये हैं।..." अर्जुन बोला।

"मैंने कब अस्वीकार किया रे! न भाई से कोई विरोध है मेरा, न भाभी से..."

"कोई रोष?"

"रोष भी नहीं, क्षोभ भी नहीं, क्रोध भी नहीं... ।"

"तो फिर क्या है माँ?" सहदेव पूछ रहा था।

"कुछ भी हो!" भीम कुछ भड़क उठा, "जब माँ नहीं जाना चाहती, तो क्यों बाध्य कर रहे हो?..."

"बाध्य नहीं कर रहे; बस जानना चाहते हैं।" युधिष्ठिर शान्त स्वर में बोले, "इन तेरह वर्षों में कहीं तो रहना है माँ को।"

"तुम हमारे साथ वन में ही रहो माँ!" भीम बोला, "तुम सोचोगी कि कैसा दुष्ट पुत्र हूँ मैं, कि माँ वन में जाना नहीं चाहती, तो भी साथ ले चलने का आग्रह कर रहा हूँ।...किन्तु सच कहता हूँ माँ! हमसे पृथक रह कर, तुम सुखी नहीं होगी। हमारे साथ रहोगी तो तुम्हें वन में भी तनिक-सी असुविधा नहीं होने दूँगा। चल नहीं पाओगी तो भुजाओं में उठा लूँगा, कंधे पर बैठा लूँगा। तुम्हारा भार ही कितना है माँ, और भार कितना भी हो, पुत्रों के लिए माँ बोझ नहीं होती।" भीम ने रुक कर कुन्ती को देखा, "अपनी बाँहों के तकिये पर सुलाऊँगा माँ! तुम्हारे भोजन के लिए पृथ्वी फोड़ दूँगा, आकाश नोच लूँगा। सच कहता हूँ, तुम्हें कष्ट नहीं होने दूँगा।"

"मैंने कब कहा पुत्र! कि वन में तुम लोगों के होते हुए, मुझे कोई असुविधा होगी... ।" कुन्ती बोली।

"तो?" भीम ने कुछ चकित स्वर में पूछा।

"पहले यह निर्णय तो हो ले कि माँ द्वारका क्यों नहीं जाना चाहतीं।" अर्जुन ने कुछ अतिरिक्त कोमल स्वर में कहा।

"कहा न, द्वारका अब मेरा मायका नहीं रहा।" कुन्ती ने कहा।

"पर क्यों?"

"तेरे और सुभद्रा के विवाह के पश्चात् वह मेरा समधियाना हो गया है।" कुन्ती बोली, "समधियों के आश्रय में पलना, शिष्ट आचरण नहीं है पुत्र!"

"ओह!" अर्जुन के स्वर में हल्का-सा अवसाद था, कि मैंने यह कैसी भूल की कि माँ से उस का मायका ही छीन लिया।

"नहीं पुत्र! तुमने कोई भूल नहीं की।" कुन्ती का स्वर शान्त और ममतामय था, "तुमने तो एक नया सम्बन्ध जोड़ा है; किन्तु जब एक नया सम्बन्ध जुड़ता है अर्जुन! तो पुराने सम्बन्ध धुँधले पड़ जाते हैं।"

"माँ को न भोजपुर जाना है, न ही द्वारका, न वन में हमारे साथ रहना है; तो कहाँ रहोगी माँ? इन्द्रप्रस्थ के प्रसाद में?" भीम हँस पड़ा।

"नहीं, मैं अपने ससुराल में रहूँगी।" कुन्ती का स्वर दृढ़ और निश्चित था, हस्तिनापुर में रहूँगी।"

"हस्तिनापुर में रहोगी?" पुत्र चकित थे : माँ, शत्रुओं के नगर में कैसे रहेगी!

"तुम हस्तिनापुर में सुरक्षित नहीं हो माँ!" अन्ततः भीम बोला।

"क्यों सुरक्षित नहीं हूँ? यहाँ पितामह हैं, द्रोणाचार्य, कृपाचार्य हैं, विदुर हैं...।"

"ये सब तो तब भी थे, जब पांचाली का अपमान हुआ था।" भीम बोला, "कहाँ रहोगी माँ? पितामह के आश्रय में?"

"नहीं! मैं अपनी उपस्थिति से उन्हें निरन्तर अपराध-बोध की अग्नि में नहीं झुलसाना चाहती। मेरे लिए पर-पीड़ा में कोई आकर्षण नहीं है पुत्र!"

"महाराज धृतराष्ट्र के आश्रय में?" युधिष्ठिर ने पूछा।

"नहीं!" कुन्ती बोली, "वे मुझे आश्रय देकर प्रसन्न नहीं होंगे। सम्भव है, मुझे आश्रय देने के कारण उन्हें दुर्योधन के कोप का भाजन बनना पड़े।"

सहसा विदुर ने अपना मौन तोड़ा, "यदि हस्तिनापुर में रहने का जोखिम झेलना ही है भाभी! तो मेरा घर प्रस्तुत है। मैं और पारंसवी तुम्हें सिर-आँखों पर रखेंगे!...मैं तो इसलिए कुछ नहीं बोला, कि तुम अपने पुत्रों से विलग होना नहीं चाहोगी...और हस्तिनापुर में मेरा घर न राजसी सुविधाओं से सम्पन्न है, न सैनिकों द्वारा संरक्षित है...।"

"अब मेरी अवस्था पुत्रों के साथ रहने की नहीं है विदुर!" कुन्ती बोली, "उन का पालन-पोषण, जैसा मुझसे बना, मैंने कर दिया। अब उन के साथ सुख-दुख का निर्वाह करने का दायित्व उन की पत्नियों का है। वे करें। अब, जब मैं उन्हें कुछ दे नहीं सकती, मेरा प्रेम उन्हें मुक्त कर देना चाहता है। अपनी आसक्ति को संयत नहीं करूँगी, तो मेरा मोह उन्हे बाँधता रहेगा।..." कुन्ती ने रुककर विदुर की आखों में देखा, "मैं तुम्हारे घर रहूँगी विदुर! सुविधा और सुरक्षा की चिन्ता छोड़ो। एक बार अपने मन से पूछ लो; और एक बार अपनी पत्नी से। बाद में पश्चात्ताप मत करना। तेरह वर्षों की अवधि, कोई छोटा काल-खण्ड नहीं है।"

"भाभी!" पारंसवी की आँखें भर आयीं, "इतनी कठोर मत बनो। तुम अपने वास के लिए स्वेच्छा से हमारा घर चुनो, यह हमारे लिये, कितना बड़ा गौरव है। जैसे प्रभु ने सारे जीवन की तपस्या का फल दिया हो। यह तो प्रभु की लीला है कि तुम्हारे कष्ट में वह हमें यश दे रहा है। फल शाखा से टूट कर नीचे न गिरे, तो कंगाल की झोली कैसे भरे!"

"पारंसवी!.." कुन्ती ने पारंसवी को कंधों से पकड़, अपने कण्ठ से लगा लिया, "पगली है तू! देवर से परिहास की अनुमति नहीं देगी! तुझ पर विश्वास न होता, तो अपने मुख से कहती कि तेरह वर्ष तेरे घर पर रहूँगी?..."

"काकी, माँ तेरे घर में रहेगी, यह सोच कर मन काँपता है।" युधिष्ठिर की मुद्रा में परिहास का स्पर्श भी नहीं था।

"मेरा घर सोच कर भयभीत मत होओ पुत्र! इस घर पर मुझ से कहीं अधिक अधिकार तुम्हारी माता का है। मैं तो उन की कृपा से इस घर में हूँ!"

"नहीं काकी! मैं तुम से नहीं डरता।" युधिष्ठिर बोले, "मैं तो यह सोचकर भयभीत हूँ कि माँ हस्तिनापुर में रहने की व्यवस्था कर रही हैं, जैसे उन्हें दुर्योधन की ओर से तनिक भी आशंका न हो।..."

"मैं दुर्योधन से तनिक भी भयभीत नहीं हूँ पुत्र!" कुन्ती शान्त और स्थिर स्वर में बोली, "मैं यदि किसी से भयभीत हूँ, तो वह तुम हो पुत्र! धर्मराज, तुम!"

युधिष्ठिर का मन काँप-काँप गया। उन की माता, उन्हीं से भयभीत हैं...युधिष्ठिर ने ऐसा क्या कर दिया है?

"क्यों माँ! मुझ से क्यों भयभीत हो?"

"तुमसे भयभीत हूँ, क्योंकि तुम्हारा स्वभाव बहुत सात्विक है। तुम में तनिक भी क्रूरता नहीं है। तुम शत्रुओं को क्षमा कर देते हो। अपनी क्षति होते देख कर भी तुम दूसरे की क्षति नहीं करते।"

"तो इस में भय की क्या बात है माँ?"

"मुझे भय है कि तुम वन में भी, सन्तुष्ट ही नहीं, प्रसन्न हो कर रह लोगे। तुम भूल जाओगे कि तुम्हारा कोई राज्य भी था, जो तुम से छीन लिया गया था; और जिसे तुम्हें पुनः प्राप्त करना है।" कुन्ती बोली, "हाँ पुत्र! तुम्हारे पिता भी हस्तिनापुर छोड़कर चले गये थे; और संन्यास ग्रहण करना चाहते थे। उन्हें भी मैंने ही रोका था...अब तुम्हें भी उस मार्ग पर चलने की अनुमति नहीं दूँगी। तुम अपनी राज्य-लक्ष्मी को भूल जाओ, तो यह भूलने नहीं दूँगी कि तुम्हारी माँ यहाँ बैठी है हस्तिनापुर में। जिन लोगों ने तुम्हें तुम्हारी राज्य-लक्ष्मी से, सत्ता और सम्पत्ति से, प्रजा और धरती से वंचित किया है, उन्हीं के नगर में बैठी है तुम्हारी माँ! धरती और माता में बहुत अन्तर नहीं है पुत्र! अपनी धरती जीत कर उसे स्वाधीन करके आना और अपनी माँ को, हस्तिनापुर से मुक्त करवा कर ले जाना... ।"

"माँ!"

"हाँ पुत्र! तुम्हें मेरे बन्धन काटने के लिए हस्तिनापुर आना होगा। तुम मुझे मुक्त कराये बिना, आवागमन से मुक्ति के लिए, वनवास से सीधे उन पर्वतों पर नहीं जा सकते, जहाँ से स्वर्ग का मार्ग सीधा दिखायी देता है। मैं तुम्हें अन्याय के विरुद्ध युद्ध किये बिना जन्मान्तरों से मोक्ष पाने नहीं दूँगी।" कुन्ती रुकी, "अब समझे, मैं तुमसे क्यों भयभीत हूँ?"

"मैं तो अब समझा माँ! तुम हमारे साथ क्यों वन जाना नहीं चाहतीं।" भीम हँसा, "मेरी माँ उतनी भोली नहीं है जितनी मैं उसे समझता हूँ।"

"उतनी क्या, तुम्हारी माँ तनिक भी भोली नहीं है पुत्र! वन जाने का भी एक समय होता है।" कुन्ती बोली, "भगवान राम के साथ उनकी पत्नी वन गयी थी, माता नहीं। मैं भी अपने पति के साथ शतशृंग पर रही थी। अब तुम्हारे साथ वन वे जायें जिनका धर्म है तुम्हारे साथ जाना।"

"काका!" युधिष्ठिर बोले, "माँ आप के साथ घर में रहेंगी। उन्हें दुर्योधन का भय नहीं है; किन्तु क्या आप को भी राजसत्ता से किसी प्रकार का कोई भय नहीं होगा?"

"मैं राजसत्ता से भयभीत होता, तो दुर्योधन के विरुद्ध तुम्हारा पक्ष कभी भी नहीं ले पाता पुत्र।" विदुर बोले, "मैं तो सदा से इसी स्थिति में रहा हूँ...दुर्योधन के विरुद्ध मुझे सदा महाराज धृतराष्ट्र का सुरक्षा-कवच प्राप्त रहा है।..."

"तो ठीक है काका!" युधिष्ठिर निश्चय कर चुके थे, "जब तक हम वन में हैं, माँ आप के पास ही रहेंगी।"

विदुर ने स्वीकृति में सिर हिला दिया।

"शेष लोगों के विषय में क्या सोचा है धर्मराज?" भीम पूछ रहा था। युधिष्ठिर क्षणभर सोचते

रहे; फिर बोले, "जो लोग अभी हमारे साथ चल सकते हों, चलें। इन्द्रसेन और विशोक को कह दो, वे स्त्रियों और बच्चों के परिवहन की व्यवस्था कर, उन्हें हमारे पास वन में ले आयें। यदि हमारी रानियों के रथ तथा अश्व, दुर्योधन न ले जाने दे, तो विदुर काका तथा पितामह के रथों का उपयोग हो सकता है। हस्तिनापुर में इस समय यह निर्णय नहीं हो सकता कि परिवार के स्त्रियाँ और बच्चे कहाँ रहेंगे। वन में हम कहीं ठिकाना कर लें, फिर शान्ति से विचार-विमर्श कर लेंगे कि किसकी व्यवस्था कहाँ करनी है।"

"हमें हस्तिनापुर से तो तत्काल ही निकल पड़ना चाहिए मध्यम।" अर्जुन बोला, "धार्तराष्ट्रों की इस नगरी में हम जितनी देर अधिक ठहरेंगे, उतना ही अधिक संताप झेलेंगे।"

"ठीक है।" युधिष्ठिर बोले, "माता, काका और काकी से विदा लो; और यहाँ से प्रस्थान करो।"

2

अपनी अनन्यता और आत्मलीनता में भी युधिष्ठिर की चेतना अपने आसपास की गतिविधि से असावधान नहीं थी। उन्होंने अनुभव किया कि वेग थम गया है; और गति, स्थिति में परिणत हो गयी है।...कदाचित् भीम ने यहाँ रुकने का निश्चय किया था और वैसा ही संकेत कर दिया था।

उन्होंने दृष्टि उठायी : जिस स्थान पर वे रुके थे, वह गंगा का तट था। चारों ओर सुन्दर वृक्ष थे। गंगा की वेला अपने-आप में इतनी मनोरम थी कि यह मानना ही पड़ता था कि भीम ने रुकने के लिए बहुत ही अच्छे स्थान का चुनाव किया था।

किन्तु यह स्थान तो प्रमाणकोटि का था।...कौरवों का बहुत प्रिय क्रीड़ास्थल। बाल्यावस्था में यहीं दुर्योधन ने भीम के प्राण लेने का षड्यन्त्र, रचा था।...तो फिर भीम ने यहीं रुकने की व्यवस्था क्यों की है?...क्या वे लोग कुछ और दूर नहीं चल सकते थे? वन में कहीं भी जा ठहरते, जहाँ, सुन्दर प्रकृति उनके आहत हृदय पर कोई सुखद लेप लगाती।...जब सबका मन क्षोभ से विक्षिप्त हो रहा हो, तब एक दुखद अनुभव की स्मृति सँजोए, इस स्थान पर दोबारा आ, ठहरने का क्या प्रयोजन था? क्या भीम को कुछ भी स्मरण नहीं रहता?...या स्मरण तो रहता है, किन्तु स्मृतियाँ उसके मन में पीड़ा नहीं जगातीं? दंश का अनुभव नहीं होता उसे? क्या हो गया है भीम की संवेदनशीलता को?

सहसा युधिष्ठिर का मन अचकचा कर कुछ इस प्रकार सहम कर खड़ा हो गया, जैसे कोई धावक, यह अनुभव कर, अचकचाकर खड़ा हो जाये कि वह तो अब तक गन्तव्य की विपरीत दिशा में दौड़ता रहा है...भीम ने कदाचित् जान-बूझ कर उन्हें प्रमाणकोटि में ला ठहराया था, ताकि वह युधिष्ठिर को स्मरण दिला सके कि उसके शैशव से ही दुर्योधन उन के प्राण-हरण, धन-हरण, राज्य-हरण इत्यादि के षड्यन्त्र करता रहा है...द्यूत-क्रीड़ा, राज्य हरण तथा द्रौपदी के अपमान की घटनाएँ तो युधिष्ठिर की स्मृति में अभी तक जीवन्त थीं।...भीम ने उन्हीं स्मृतियों के समकक्ष ला कर खड़ी कर दी थीं, उनके शैशव की वे स्मृतियाँ, जिन्हें विस्मृत करने का वे अनवरत प्रयत्न कर रहे थे...यह भीम और वह पांचाली!...यह प्रमाणकोटि में ले आया है; और वह वेणी खोले, केश

बिखेरे, उन्हें अपमान स्मरण करा रही है...

"महाराज, हमने निर्णय किया है कि आज की रात, हम यहीं व्यतीत करेंगे।" भीम आ कर, उन के समीप बैठ गया था।

"क्यों? यहीं क्यों??" युधिष्ठिर अपने उसी चिन्तन-प्रवाह में कह गये, "यहाँ आ कर तुम्हें दुर्योधन की काल-क्रीड़ा स्मरण नहीं आयी?"

"मुझे तो स्मरण ही है।" भीम ने क्रीड़ामय अट्टहास किया, "मैं तो आपको स्मरण कराने यहाँ आया था।"

"क्यों, मुझे क्यों स्मरण कराना चाहते हो तुम?" युधिष्ठिर बोले, "क्या वर्तमान की ही पीड़ा पर्याप्त नहीं, कि अतीत का योग भी साथ कर देना चाहते हो?"

"नहीं, बात वह नहीं है। मैं तो सारा लेखा-जोखा, आपके सम्मुख प्रस्तुत कर रहा हूँ ताकि आप स्वयं यह निर्णय कर सकें, कि दुर्योधन को क्षमा करना धर्म नहीं है।" भीम बोला, "ताकि आप दुर्योधन के अपराधों की गम्भीरता को आँक सकें।" भीम ने रुककर युधिष्ठिर की ओर देखा, "वैसे वहाँ सामान्य लोगों के लिए ठहरने की सुविधा है। मैं और आप तो कहीं भी रात्रि व्यतीत कर लेंगे किन्तु हमारे सारथि हैं, रथ हैं, रथों के पशु हैं, बच्चे हैं, स्त्रियाँ हैं।...और महाराज! अनेक ब्राह्मण हमारे साथ चल रहे हैं। उनके शिष्य हैं, भाई-बंधु हैं। इतने मनुष्यों और पशुओं के लिए अन्न, जल और आवास की सुविधा यहीं हो सकती हैं। वन में कहीं सरोवर होगा, कहीं नहीं होगा। कहीं फल होंगे, कहीं नहीं होंगे।..."

"वह तो ठीक है भीम! किन्तु इतने लोगों का हमारे साथ चलना व्यावहारिक है क्या? यह न तो व्यापारिक सार्थ है, न सुशिक्षित सेना! हम वनवास के लिए जा रहे हैं।"

"अब व्यावहारिक-अव्यावहारिक के विषय में मैं क्या कहूँ।" भीम ने उत्तर दिया, "बात तो हमारे प्रति उनके भाव और उनकी इच्छा की है। हस्तिनापुर से निकलते हुए आप ने नगरवासियों और ब्राह्मणों को समझाया तो था; किन्तु कितने लोग लौटे?"

"पर यदि वे लोग नहीं लौटे, तो हम उन का भरण-पोषण कैसे करेंगे?" युधिष्ठिर कुछ चिन्तित थे। "यही सब सोच कर तो मैंने अभी सघन वन में प्रवेश नहीं किया है।" भीम ने उत्तर दिया, "पहले यह निश्चय हो जाये कि कितने लोग लौट जायेंगे, और कितने लोग हमारे साथ चलेंगे। जो हमारे साथ चलेंगे, उनकी क्या व्यवस्था करनी है!...अब हम राजा नहीं हैं; इसलिए उन लोगों के भरण-पोषण का दायित्व हमारा नहीं है।...तो यह किसका दायित्व है? वे हमारे आश्रित हैं अथवा स्वतन्त्र तथा स्वावलम्बी हैं।..."

"राजा हम नहीं हैं, क्योंकि राज्य से निष्कासित और राजसत्ता से वंचित हैं;" युधिष्ठिर धीरे से बोले, "किन्तु अब भी हम क्षत्रिय हैं। अपने आसपास भिक्षोपजीवी विद्वान् और तपस्वी ब्राह्मणों को अन्न के अभाव में भूखे मरते नहीं देख सकेंगे।"

भीम के कुछ कहने से पहले युधिष्ठिर उठ खड़े हुए, "मैं एक बार उन लोगों से चर्चा तो कर लूँ। शायद कुछ लोग लौट जायें।"

युधिष्ठिर और भीम वहाँ आये, जहाँ अधिकांश ब्राह्मण अपने ठहरने की व्यवस्था में लगे हुए थे।...'हाँ।' युधिष्ठिर ने सोचा, 'वे लोग ठहरने की ही व्यवस्था कर रहे थे। ठहरना चाहे मात्र एक

रात्रि के लिए ही हो; किन्तु मानव व्यवस्था तो पूरी करता है।...'

"सुनो भूदेवजन।" युधिष्ठिर बोले, "मैंने हस्तिनापुर से चलते हुए भी आप से निवेदन किया था कि अब हमारे पास न राज्य है, न सत्ता, न सम्पत्ति! ऐसे में हम आपका भरण-पोषण नहीं कर पायेंगे। कृपया, आप हमारे साथ चलने की हठ न करें। किसी अन्य राजा के आश्रय में चले जायें, जो आपको सुख से रख सके।"

ब्राह्मणों ने एक-दूसरे की ओर देखा : क्या उत्तर दें, वे इस बात का? सहसा भृगुवंशी, शनुक-पुत्र शौनक उठ खड़े हुए, "राजन! आप किस के सुख की बात कर रहे हैं?"

"आप के सुख की ऋषिवर!"

"हमारा सुख तो आपके साथ जाने में है; तब आपसे विलग हो कर, किसी अन्य राजा के निकट जाने से हम सुखी कैसे हो सकते हैं।"

"आप ठीक कहते हैं आर्य शौनक!" युधिष्ठिर बोले, "सुविधाओं से सुख प्राप्त नहीं होता, सुख तो मन की अनुकूलता में है।...किन्तु मूलभूत सुविधाओं के अभाव में जीवन सम्भव नहीं है; और उन सुविधाओं के लिए धन की आवश्यकता होती है।"

"राजन् हम जानते हैं कि आपके पास धन नहीं है; किन्तु योग के आठ अंगों से सम्पन्न, समस्त अमंगलों का नाश करने वाली तथा श्रुतियों एवं स्मृतियों के स्वाध्याय से भली-भाँति दृढ़ की हुई, जो उत्तम बुद्धि कही गयी है, वह आप में ही स्थित है। आप धन के लिए इतने चिन्तित क्यों हैं? आप को धन का करना ही क्या है।...वैसे हम जानते हैं कि धन त्यागने में, व्यक्ति को अत्यधिक कष्ट होता है; किन्तु यदि उसकी रक्षा की जाये, तो वह अपने रक्षक के प्रति भी शत्रु का-सा ही व्यवहार करता है...तो फिर आप धन की कामना क्यों करते हैं?"

"धन की कामना मैं अपने लिए नहीं करता महर्षि!" युधिष्ठिर हँसे, "धन इसीलिए चाहता हूँ कि अपने साथ चलने वाले ब्राह्मणों का पालन कर सकूँ। आप लोगों को इतनी सुविधाएँ तो दे सकूँ कि आप लोग अपने स्वाध्याय, अपनी तपस्या अथवा अपने कर्म-काण्ड का निर्वाह कर सकें।..."

शौनक युधिष्ठिर से भी कुछ अधिक खुल कर हँसे, "अपने मन में भली-भाँति झाँक कर देखो राजन्! क्या ब्राह्मणों का पालन तुम करते हो? तुम स्वयं को ईश्वर के द्वारा उत्पन्न किये हुए जीवों का पालन-कर्ता मानते हो?"

युधिष्ठिर क्षणभर को हतप्रभ रह गये...किन्तु तत्काल ही मन ने कहा—'ऋषि का अभिप्राय समझो! ऋषि ठीक कह रहे हैं...

"पालन तो ईश्वर ही करता है महर्षि! राजा तो निमित्त मात्र है।" युधिष्ठिर बोले, "...किन्तु, जैसे पिता यह जानते हुए भी कि उसकी सन्तान का पालन-कर्ता ईश्वर है, अपने कंधों पर सन्तान के दायित्व का अनुभव करता है, वैसे ही क्षत्रिय होने के नाते, मैं अपने साथ चलने वाले लोगों के भरण-पोषण के दायित्व का अनुभव करता हूँ। चाहे उन्हें जीवन की अन्य सारी सुविधाएँ न दे सकूँ; किन्तु उनके जीवन-निर्वाह के लिए अन्न जुटाने का दायित्व तो पूरा कर सकूँ।..." युधिष्ठिर रुके, "इस समय मेरी स्थिति पर्याप्त अन्न उपलब्ध कराने की भी नहीं है।..."

"तो इसमें कठिनाई ही क्या है राजन्!" शौनक हँस पड़े, "यह कोई ऐसी बड़ी समस्या तो नहीं है जिसके लिए धर्मराज, महाराज युधिष्ठिर को चिन्ता करनी पड़े।..."

युधिष्ठिर ने आश्चर्यपूर्ण दृष्टि से शौनक की ओर देखा : यह तपस्वी उन की समस्या क्यों नहीं समझता?

"आप अपने पुरोहित धौम्य से परामर्श करें। वे आपको स्वयं बता देंगे कि आपको, आपकी आवश्यकता भर अन्न, कौन देगा।"

युधिष्ठिर मौन रह गये।...उन्होंने भीम से चर्चा की थी...सम्भव था कि वे अर्जुन, नकुल, सहदेव, और पांचाली से भी चर्चा करते...किन्तु धौम्य मुनि से परामर्श करने की बात उनके मन में आयी ही नहीं थी...अपने पुरोहित से वे अपने धार्मिक कर्तव्यों की चर्चा तो करते थे; किन्तु अपनी आर्थिक कठिनाइयों की चर्चा उन्होंने कभी धौम्य मुनि से नहीं की। किन्तु शौनक ने इस संदर्भ में केवल एक ही नाम लिया था, धौम्य मुनि का।...इस सांसारिक व्यापार की चर्चा मुनि धौम्य से...एक मुनि से घर-गृहस्थी की चिन्ताओं की चर्चा...कहीं धौम्य मुनि यह न सोचें कि युधिष्ठिर के लिए अपने पुरोहित का पालन-पोषण भी दुर्वह हो रहा है?...किन्तु शौनक का यह परामर्श अकारण नहीं हो सकता...।

"ठीक है ऋषिवर! आप के आदेश का पालन होगा। मैं धौम्य मुनि से इस विषय में चर्चा करूँगा।"

धौम्य मुनि सन्ध्या कर चुके तो युधिष्ठिर उनके सम्मुख उपस्थित हुए।

"आओ धर्मराज! कुछ चिन्तित दिखायी दे रहे हो।"

"मुनिवर! मैं अपनी ओर से अपनी पूर्ण असमर्थता जता चुका हूँ; किन्तु अनेक साधक, तपस्वी, ऋषि, मुनि तथा भिक्षोपजीवी ब्राह्मण, वनवास की इस लम्बी अवधि में हमारे साथ ही रहना चाहते हैं।...मेरे सम्मुख उनके आवास की समस्या है।"

"आवास की समस्या है?" धौम्य शान्त भाव से मुस्कुराये, "अपने वचन के निर्वाह के लिए तुमको वन में निवास करना है राजन्! तो वन में भूमि की इतनी कमी तो नहीं कि इतने लोग अपने लिए एक-एक कुटिया न बना सकें।" मुनि हँसे, "अब अपना दृष्टिकोण कुछ संशोधित करो राजन्! स्थान का अभाव, राजा की नगरी में होता है। माता पृथ्वी की गोद इतनी संकुचित नहीं है।"

"वन में इतने लोग एक साथ निवास करेंगे, तो वह वन क्या रहा! वह तो ग्राम हो जायेगा।"

"यह तो अपनी-अपनी जीवन-पद्धति है।" धौम्य बोले, "चाहो तो उसे ग्राम बना लो; और चाहो तो उसे आश्रम का रूप दे दो।"

"वह ग्राम हो अथवा आश्रम ऋषिवर!" युधिष्ठिर बोले, "भूख तो सब को लगेगी! अन्न की आवश्यकता तो सब को होगी। इतना अन्न कहाँ से आयेगा? हमें अन्न कौन देगा?..."

युधिष्ठिर ने अपनी ओर से भयंकर समस्या धौम्य मुनि के सम्मुख रख दी थी; किन्तु मुनि तनिक भी विचलित नहीं दिखायी दे रहे थे।...विचलित तो वे नहीं ही थे। युधिष्ठिर को लग रहा था कि उनकी इस समस्या ने धौम्य मुनि पर तनिक-सा प्रभाव भी नहीं डाला था। उनमें कोई प्रतिक्रिया नहीं जागी थी...चिन्ता की हल्की-सी छाया भी उन के चेहरे पर नहीं उभरी थी...

"राजन्!" मुनि बोले, "नगरवासी यह अनुभव करता है कि उस का पालन-पोषण राजा करता है। उसे भूख लगती है तो व्यापारी की सहायता से राजा अन्न का प्रबन्ध करता है। अतः अन्न देने वाला राजा है...।" वे रुके, "वनवासी जैसे यह जानता है कि उसका पालन-पोषण राजा नहीं, ईश्वर करता है...वैसे ही यह भी जानता है कि उसका अन्नदाता व्यापारी नहीं, सूर्य है।"

"सूर्यदेव!"

"ज्ञान तुम्हें भी आवश्यक है राजन्! किन्तु तुम अपनी धारणा वैसी नहीं बना पाये।" मुनि

मुस्कुराये, "अन्न वस्तुतः भूमि देती है; किन्तु भूमि को अन्न उत्पन्न करने के लिए, आवश्यक ताप कौन देता है?"

"सूर्य!"

"अन्न के पोषण के लिए जल कौन देता है?" मुनि ने पूछा।

"इन्द्र!"

"जल पृथ्वी पर है, अथवा अन्तरिक्ष में?"

"पृथ्वी पर!"

"उसे वाष्प में परिणत कर, इन्द्र के पास कौन ले जाता है?"

"सूर्य!"

"तो अन्न के पोषण के लिए पृथ्वी को जल कौन देता है?"

"सूर्य!"

"तो तुम्हें भी अन्न, सूर्य ही देंगे।" धौम्य बोले, "निवास चाहे वन में ही हो किन्तु, सद्गृहस्थ के समान रहोगे, तो जब तक गृह-स्वामिनी भोजन नहीं कर लेगी, तुम्हारा भाँड खाली नहीं होगा। यह तो सूर्यदेव का वरदान है राजन्! जब वनों और उद्यानों में फल, सूर्यदेव उत्पन्न करते हैं, खेतों में अन्न सूर्यदेव का दिया हुआ है, तो अपने आसन पर बैठ कर भोजन करते हुए, व्यक्ति जाने क्यों अपने अन्नदाता का नाम भूल जाता है।...तुम इस मन्त्र को स्मरण रखो और सूर्यदेव की उपासना में श्रम-कण बहाओ, तो अन्न का अभाव कभी नहीं होगा, न क्षेत्र में, न भण्डार में, और न भाँड में...।"

युधिष्ठिर की आँखों में विस्मयभाव था...धौम्य मुनि ने उन्हें कुछ भी नया नहीं बताया था। ये सब तो कृषि-विज्ञान के साधारण सिद्धान्त थे।...ये सब तो वे कब से जानते थे; किन्तु न तो इससे पहले वे सूर्य के इस मन्त्र से परिचित थे, न सूर्य के इस वरदान से।...या कदाचित् उन्हें ज्ञात तो सब कुछ था; किन्तु उन्होंने इसका श्रेय कभी सूर्य को नहीं दिया था....

मुनि ने ठीक ही बताया था कि अन्न सूर्य ही देंगे...पाण्डव, राजा हों या न हों, वे अपनी राजधानी में रहें, अथवा वन में...अन्न तो उन्हें सूर्य ही देंगे...धौम्य मुनि ने ठीक ही कहा है...जहाँ धरती है और सूर्य है, वहाँ ताप भी होगा, वर्षा भी होगी...मनुष्य चाहेगा तो अपने श्रम और प्रकृति की कृपा से, उसे अपनी आवश्यकतानुसार अन्न प्राप्त होगा ही...वह उसे व्यर्थ नष्ट न करे, सँभल कर चले, तो न कभी उस का भण्डार खाली होगा, न भाँड...किन्तु यह परामर्श धौम्य मुनि ने पहले क्यों नहीं दिया? क्यों नहीं बताया उन्होंने...

"आप ने मुझे पहले क्यों यह मन्त्र नहीं दिया मुनिवर!" युधिष्ठिर बोले, "मेरे पूछने की प्रतीक्षा क्यों की आपने?"

"क्योंकि मैं तुम्हारा पुरोहित हूँ राजन्! मंत्री नहीं।"

युधिष्ठिर ने मुनि की ओर देखा : क्या वे अपनी अवहेलना से रुष्ट थे?...नहीं! उनके चेहरे पर परम शान्ति थी।...नहीं! यह शान्ति भी नहीं थी। कदाचित यह अनासक्ति थी...न आतुरता, न उपेक्षा, न दाता का अहंकार, न अवहेलना का रोष...

ठीक ही तो कहा है मुनि ने।...वे उनके मंत्री नहीं थे कि मंत्रणा करते रहें। पूछे जाने पर ही वे समस्या का समाधान देंगे। स्वयं को किसी पर आरोपित नहीं करेंगे, किन्तु पीड़ित की पुकार अवश्य सुनेंगे।

अर्जुन, नकुल और सहदेव घूम-घूम कर, लोगों के ठहरने की व्यवस्था देख आये थे। द्रौपदी, सुभद्रा, करेणुमती, देविका, बलन्धरा, काली, विजया इत्यादि पाण्डव-पत्नियाँ, अपनी और अपने बच्चों की आवश्यकताएँ देख-समझ रही थीं। बालक अपनी-अपनी अवस्था के अनुसार स्वयं को सार्थक सिद्ध कर रहे थे, अथवा अपना मनोरंजन कर रहे थे...

"मैं अभी तक नहीं समझ पायी हूँ कि माँ को हस्तिनापुर में छोड़ कर उचित किया या नहीं?" द्रौपदी ने देविका को सुनाते हुए, जैसे अपने-आप से कहा।

'"मैं भी सोचती हूँ कि हमारे साथ रहतीं तो असुविधा तो उन्हें होती; किन्तु अपने परिवार में रहतीं।" देविका ने उत्तर दिया, "वहाँ पराये लोगों में रह कर तेरह वर्षों तक यही चिन्ता करते रहने में क्या सुख है कि मेरे बच्चे कहाँ होंगे और किन परिस्थितियों में होंगे।"

"मेरी समझ में तो यही नहीं आता कि माँ को हमने हस्तिनापुर में छोड़ा ही क्यों?" करेणुमती बोली, "वहाँ हमारा है ही कौन? एक विदुर काका ही तो! उनकी स्थिति क्या है वहाँ, यह हम देख चुके हैं। पितृव्य की दया पर हैं एकदम; और पितृव्य अपने पुत्र दुर्योधन की अँगुलियों पर नाच रहे हैं। ऐसे में मैं तो माँ को वहाँ सुरक्षित नहीं मानती।"

"माँ को तो हम हस्तिनापुर में छोड़ आये हैं, इसलिए सब को चिन्ता है कि वे हमसे पृथक् कैसे रहेंगी।" सुभद्रा बोली, "किन्तु क्या इन तेरह वर्षों में हम सब भी एक साथ रहने वाले हैं!"

द्रौपदी ने सुभद्रा की ओर देखा।

"मेरा तात्पर्य है कि क्या धर्मराज, हमें अनुमति देंगे कि वनवास के इन बारह वर्षों तथा अज्ञातवास के तेरहवें वर्ष में, हम सब एक साथ ही रहें? अपने पतियों के साथ? अपने बच्चों के साथ?"

सुभद्रा के प्रश्न ने सबको जैसे अवाक् कर दिया था। किसी ने कोई उत्तर नहीं दिया। अपेक्षापूर्ण नेत्रों से एक-दूसरे को देख रही थी; और मन-ही-मन यह टटोल भी रही थीं कि क्या सत्य ही इन तेरह वर्षों में अपने पतियों के साथ रहना सम्भव नहीं होगा?...

द्रौपदी को, विदा होने से पहले, हस्तिनापुर में विदुर काका के घर में कही गयी, कुन्ती की बातें स्मरण हो आयीं।...हाँ! उस समय वहाँ न सुभद्रा उपस्थित थी, न बलन्धरा, न देविका, न करेणुमती...माँ ने कितना सत्य कहा था, जिनका धर्म था, अपने पतियों के साथ वन में रहना, वे रहें...यहाँ तो अभी ये सोच ही रही थीं कि धर्मराज उन्हें वन में रहने की अनुमति देंगे, अथवा नहीं!...धर्मराज नहीं चाहेंगे, तो ये अपने पतियों के साथ नहीं रहेंगी?...

"साथ नहीं रखेंगे, तो कहाँ छोड़ेंगे हमें?" द्रौपदी कुछ प्रखर रूप में बोली, "हमारे लिये कोई और हस्तिनापुर खोज रखा है क्या?"

युधिष्ठिर और भीम, उसी ओर आ रहे थे। द्रौपदी ने देखा : अर्जुन, नकुल और सहदेव भी उन के पीछे-पीछे ही आ रहे थे।

निकट आकर युधिष्ठिर चुपचाप वट-वृक्ष के नीचे बैठ गये। वे किसी चिन्ता में लीन थे, या फिर सारे भाइयों के आ जाने की प्रतीक्षा कर रहे थे।

चारों भाई उनके निकट आ गये, तो युधिष्ठिर ने पूछा, "क्या विचार है भीम?"

भीम निर्द्वन्द्व भाव से हँसा। ऐसा नहीं लग रहा था कि उनका राज्य छीन लिया गया है; और वे राज्य से निष्कासित होने के कारण वन में आये हैं। भीम तो जैसे किसी अभियान का नेतृत्व कर

रहा था। वन में वह तनिक भी असहज नहीं था। उसकी स्वाभाविक मस्ती लौट आयी थी और वह अपने इस निष्कासन को ही नहीं, उसके कारण को भी जैसे भुला बैठा था।

"मुझे तो लग रहा है कि हम एक नये राज्य की स्थापना करने जा रहे हैं।" भीम ने कहा।

किसी ने कोई उत्तर नहीं दिया, किन्तु सबकी आँखें उसकी ओर उठ गयीं।

"यह स्थिति तनिक भी वैसी नहीं है, जैसी वारणावत के लाक्षागृह से निकलने के पश्चात् हमारी थी।" भीम बोला, "इस समय हम पाँचों हैं, हमारा परिवार है। सारथि हैं, कुछ सेवक हैं। अधिक नहीं तो थोड़े-बहुत रथ और अश्व हैं, शस्त्रास्त्र हैं। प्रजा-जन हैं।" वह पुनः हँसा, "नहीं हैं, तो बस सैनिक नहीं हैं। पर हम प्रयत्न करें, तो सैनिकों का भी अभाव नहीं रहेगा।"

"सैनिक तो आ जायेंगे मध्यम! किन्तु उनका वेतन कहाँ से दिया जायेगा?" सहदेव ने मंद स्वर में पूछा।

"नहीं भीम! नहीं।" युधिष्ठिर ने भीम को न प्रश्न का उत्तर देने दिया, न सोचने दिया, "हमें राज्य की स्थापना नहीं करनी है। हमने वचन दिया है कि हम बारह वर्षों तक वनवास करेंगे; और एक वर्ष का अज्ञातवास! हमें न सेना का संगठन करना है, न ही राजधानी और प्रासाद का निर्माण।..."

"जानता हूँ! जानता हूँ!!" भीम ने युधिष्ठिर की बात को बड़े मधुर ढंग से, बीच में ही काट दिया, "हमें राज्य की स्थापना नहीं करनी है, किन्तु प्रजा पालन करना है। हमें राजधानी, प्रासाद अथवा दुर्ग का निर्माण नहीं करना है, किन्तु अपने साथ चलने वाले इन सारे साधकों, तपस्वियों, विद्वानों और भिक्षोपजीवियों की रक्षा करनी है। हमें सेना का संगठन नहीं करना है, किन्तु अपने आसपास के क्षेत्र को सुरक्षित क्षेत्र में परिणत करना है।"

"ठीक, एकदम ठीक!!" युधिष्ठिर भी हँसे, "इस प्रकार तो तुम सब कुछ बिना समझाये ही समझ गये भीम।"

"मैं परिस्थितियों, योजनाओं और आवश्यकताओं को नहीं समझ रहा। मैं तो आपको समझने का प्रयत्न करता हूँ महाराज! उसी से यह सब कुछ समझ में आता है।" भीम ने तत्काल युधिष्ठिर के विनोद का प्रतिनाद गुँजा दिया।

"इसका अर्थ यह है कि ऐसे वन में निवास करना होगा, जो किसी राज्य के अन्तर्गत न पड़ता हो।"...नकुल ने कुछ कहना चाहा।

"किन्तु वन विस्तृत हो, उपजाऊ हो, जहाँ इतने सारे लोगों के लिए वन्य-भोजन उपलब्ध हो, अथवा आश्रम-कृषि द्वारा सूर्यदेव से अन्न प्राप्त किया जा सके।" भीम ने पूर्ण गम्भीरता का नाटक करते हुए कहा।

"मैं समझता हूँ कि कृषि की आवश्यकता तब पड़ेगी, जब हम एक ही स्थान पर स्थित हो जायेंगे। जब तक चलते रहेंगे, तब तक वन के फल और कन्द-मूल इत्यादि पर्याप्त हैं।...और यदि चलना ही है तो हमें यह विचार करना होगा कि किस दिशा में चलें? किनके निकट हों, और किनसे दूर होते जायें। अभी हमें अज्ञातवास नहीं करना है, इसलिए ऐसे स्थान पर रहें, जहाँ हमें सरलता से खोजा जा सके, हम तक पहुँचा जा सके।..." अर्जुन ने अपना मत रखा।

"तुम किस की प्रतीक्षा में हो अर्जुन?" भीम की वाणी गम्भीर और स्थिर थी, किन्तु आँखों में अथाह चंचलता थी, "कौन तुम्हें खोजकर, तुम से मिलने आ रहा है—उलूपी अथवा चित्रांगदा?"

"शायद हिडिम्बा भाभी आ जायें।" अर्जुन हँसा और फिर एकदम गम्भीर हो गया, "मुझे कृष्ण की प्रतीक्षा है।"

कृष्ण का नाम सुनते ही जैसे सन्नाटा छा गया। दिशाएँ, कृष्ण की पदचाप सुनने के लिए स्तब्ध हो गयीं।

"हाँ! सखा अवश्य आयेगा।" द्रौपदी ने कहा।

"भैया तो समाचार सुनते ही चल पड़ेंगे।" सुभद्रा बोली।

"मेरा विचार है कि काम्पिल्य और वाराणसी से भी कोई-न-कोई हमारी खोज-खबर लेने आयेगा।" युधिष्ठिर ने जैसे अपने-आपसे कहा।

"शुक्तिमती से भी भैया आयेंगे ही।" करेणुमती से भी मौन नहीं रहा गया।

"ठीक है!" युधिष्ठिर ने सूची को लम्बी होने से रोक लिया, "हम मानते हैं कि हमारे सुहृद आयेंगे। इसलिए अर्जुन का विचार उचित ही है कि हमें उस दिशा में चलना चाहिए; और ऐसे स्थान पर ठहरना चाहिए, जहाँ वे लोग हमें सरलतापूर्वक खोज सकें।"

"यही कहने का प्रयत्न कर रहा हूँ मैं।" अर्जुन बोला, "निश्चित् है कि सब लोग आयेंगे; किन्तु हम यहाँ रुक कर, किसी की प्रतीक्षा नहीं कर सकते। यहाँ रुकने का अर्थ है, यहीं कृषि का सूत्रपात करना, जो सम्भव नहीं है" यह भूमि दुर्योधन की है। वैसे भी मुझे लगता है कि हमें कृष्ण से शीघ्रातिशीघ्र मिलना चाहिए। वह तो हमारी ओर बढ़ेगा ही, हमें भी उस की ओर बढ़ना चाहिए!..."

"हाँ! वासुदेव से मिलना हमारे लिये बहुत आवश्यक है।" युधिष्ठिर आत्मचिन्तन के से भाव में बोले, "वैसे यह समाचार द्वारका पहुँचेगा ही; और मेरा विचार है कि वे दोंनो भाई हमसे मिलने के लिए तत्काल चल पड़ेंगे। इसलिए हमें यह ध्यान रखना होगा कि हम ऐसे किसी मार्ग पर न चल पड़ें जो हमें कृष्ण और द्वारका से दूर ले जाये...या ऐसा न हो कि हम किसी और मार्ग से द्वारका की ओर चलें और वासुदेव किसी और मार्ग से हस्तिनापुर आ पहुँचें।..."

"इन सारी बातों को ध्यान में रखें, तो वन की ओर ही चलना चाहिए। दिशा, मार्ग, और मार्ग में रुकने के सुविधाजनक विश्रामस्थलों की दृष्टि से वही सर्वोत्तम है।" नकुल ने कहा।

"नकुल का विचार अति उत्तम है। वह उस क्षेत्र का भूगोल भली-भाँति जानता है।" भीम ने समर्थन दिया, "हम प्रमाणकोटि से कुरुक्षेत्र की ओर बढ़ें। फिर यमुना, दृषद्वती और सरस्वती का सेवन करते हुए, मरुभूमि और वन्य-प्रदेश को पार करते हुए, काम्यक वन में चले जायें।'

"यही उत्तम है।" युधिष्ठिर ने अनुमोदन कर दिया, "काम्यक वन में हमें किसी प्रकार की असुविधा नहीं होगी।...और हम दुर्योधन से दूर तथा वासुदेव के निकट हो जायेंगे।"

3

पाण्डवों को निरन्तर चलते तीन दिन और तीन रातें होने को आयी थीं। नींद पूरी न होने और क्लान्ति के उद्गार चारों ओर से सुनायी पड़ रहे थे। सार्थ का नेता भीम था और उसने जैसे किसी की बात न सुनने का संकल्प कर रखा था। बहुत आवश्यक होने पर ही वह थोड़ी देर के लिये कहीं

रुकता था, नहीं तो आगे बढ़ने का आदेश दे देता था। उस की इच्छा थी, कि वे लोग शीघ्रातिशीघ्र काम्यक वन में पहुँच जायें। वे लोग दुर्योधन से जितने दूर हो जायेंगे, उतने ही सुरक्षित भी हो जायेंगे। अन्न की समस्या का समाधान भी वहीं पहुँच कर हो सकता था। भीम यह भी जानता था कि इतनी बड़ी संख्या में लोगों को साथ ले कर, लम्बी और कठिन यात्राएँ नहीं हो सकतीं। इसलिए यह आवश्यक था कि वे लोग कहीं अपना एक शिविर स्थापित कर लें, ताकि साथ चलने की हठ पकड़े अनेक लोगों को इस भाव से वहाँ ठहराया जा सके कि वे पाण्डवों के साथ हैं...

आज, चलते-चलते प्रायः आधी रात होने को आयी थी और उन्हें टिकने के लिये कोई सम्यक् रूप से सुरक्षित और सुविधाजनक स्थान नहीं मिला था। भीम को अपने परिवार की स्त्रियों और बच्चों का ध्यान तो था ही; इस तथ्य के प्रति भी पूर्णतः सजग था कि उनके साथ अनेक ब्राह्मण परिवार भी चल रहे हैं। उनकी स्त्रियाँ और बच्चे, सारी रात यात्रा नहीं कर सकते थे। रात के अन्धकार में इस प्रकार वन में यात्रा करना सुरक्षित भी नहीं था। चारों ओर से हिंसक पशुओं के स्वर आ रहे थे; किन्तु शायद वे लोग मनुष्यों की इतनी बड़ी संख्या देखकर उन पर आक्रमण करने का साहस नहीं कर रहे थे।...शीघ्र ही यदि कोई उपयुक्त स्थान चुन कर ठहरने की व्यवस्था नहीं की गयी, चारों ओर अग्नि प्रज्वलित नहीं हुई और प्रहरी खड़े नहीं किये गये तो किसी भी कोने से निकल कर कोई पशु निकटतम व्यक्ति को घसीटकर वन में ले जायेगा; और तब वे लोग उस व्यक्ति का खाया-अधखाया शव ढूँढ़ते रह जायेंगे...कुछ लोगों की बात होती, तो भीम उन्हें किसी ऊँचे वृक्ष पर चढ़ा देता और स्वयं उनकी रक्षा के लिये, उस वृक्ष के तने से लग कर, सो रहता...किन्तु उनके साथ जो लोग थे, उनमें स्त्रियाँ और बच्चे तो दूर, अनेक पुरुष भी वृक्ष पर नहीं चढ़ सकते थे, चढ़ गये तो वहाँ टिक नहीं सकते थे, टिक गये तो सो नहीं सकते थे...

इन सब के अतिरिक्त, भीम के मन में एक लोभ यह भी था कि वे लोग अब काम्यक वन के बहुत निकट पहुँच गये थे। सम्भवतः उस में प्रवेश भी कर चुके हों।...तो अब रुकना क्या? वे लोग एक बार ही उचित स्थान पर पड़ाव डालेंगे। सहसा भीम की दृष्टि सामने से आती प्रज्वलित अग्नि पर पड़ी...अरे! यह अग्नि कैसी? पर यह अग्नि तो चल रही है। भीम भली प्रकार जानता था कि अग्नि इस प्रकार चल नहीं सकती। दावाग्नि की बात और है। वह तो वन के वृक्षों को क्षार करती हुई चलती है; और उसका आकार इतना छोटा नहीं होता। वह विराट और भयानक होती है। यह तो कुछ ऐसी है, जैसे कोई व्यक्ति हाथ में लुकाठी ले कर चल रहा हो।...पर इस गहन वन में, हाथ में लुकाठी लेकर यात्रा करने वाला व्यक्ति कौन हो सकता है?...कहीं कोई संदेशवाहक तो नहीं, जो उन्हें ही खोजता हुआ, आ रहा हो?...सम्भव है कि कृष्ण ने किसी को भेजा हो।...वैसे संदेशवाहक तो पंचाल, काशी, चेदि, मद्र...कहीं से भी आ सकता था...किन्तु यह व्यक्ति अश्वारोही नहीं था।...और संदेशवाहक पदाति नहीं होता।...तो यह कौन है?

भीम ने अपने साथियों को रुकने का आदेश नहीं दिया।...लुकाठी वाला व्यक्ति कोई भी हो, किन्तु अकेला था...और अकेला व्यक्ति पाण्डवों का क्या बिगाड़ सकता था—मित्र हो या शत्रु : भीम उससे भयभीत नहीं था।...अच्छा है, दोनों पक्ष आगे बढ़ते रहें...वह जल्दी उनके सामने आ खड़ा होगा।...

अग्नि का प्रकाश निकट आता जा रहा था...और फिर लुकाठी, उस को पकड़ने वाला हाथ, और उस उठे हुए हाथ के निकट एक चेहरा स्पष्ट होने लगा था। चेहरा भयंकर था...सिर के केश तथा

चेहरे के श्मश्रु अबाध रूप से बढ़े हुए और अव्यवस्थित थे। उसकी आँखों में हिंसा थी। वह किसी हिंस्र पशु के समान ही दिख रहा था...वह भीम और उसके साथ सार्थ को देख कर विकराल प्रसन्नता से हँसा।

भीम के पग थम गये। उसने अपना दायाँ हाथ ऊपर उठा कर, अपने पीछे आनेवालों को रुकने का संकेत किया। सब जहाँ के तहाँ ठहर गये...

अर्जुन का हाथ अपने गाण्डीव पर चला गया और नकुल तथा सहदेव ने अपने खड्ग खींच लिये।

युधिष्ठिर ने युद्ध की तैयारी देखी, तो अपने भाइयों को रुकने का संकेत करते हुए आगे बढ़ आये।...सामने खड़ा व्यक्ति, हिंस्र और भयानक अवश्य दिखायी दे रहा था, किन्तु रक्तपान आवश्यक तो नहीं। संभव है कि समझाने से वह समझ जाये। हिंसा तो आत्म-रक्षा का अन्तिम उपाय है।... हमारे अपने मन का भय अनावश्यक हिंसा का सूत्रपात करता है। हमें दूसरे पर प्रहार करने से पहले, अपने मन के भय को जय करने का प्रयत्न करना चाहिए...

"तुम कौन हो?" युधिष्ठिर ने अपनी वाणी को नम्र तथा निष्कम्प रखने का प्रयत्न किया, "क्या चाहते हो?"

वह हँसा। उसकी हँसी में राक्षसी प्रसन्नता थी...शायद प्रसन्नता थी ही नहीं। वह उन्हें भयभीत करने के लिए, अपनी भयंकरता बढ़ाने का प्रयत्न कर रहा था।...

"मैं किर्मीर हूँ! बकासुर का भाई और हिडिम्बासुर का मित्र!" वह बोला, "इस वन में न ऋषि-मुनि शेष बचे हैं, न सुस्वादु पशु! अब खाने के लिए स्वादिष्ट मांस नहीं मिलता। फलों और कन्द-मूल में मुझे रस नहीं आता। भूखा नहीं हूँ; किन्तु बहुत दिनों से, अतृप्त हूँ। अब तुम लोग आ गये हो, तो कुछ दिनों तक पेट भर कर सुस्वादु नर-मांस खाऊँगा! तुम्हारे साथ तो स्त्रियाँ और बच्चे भी हैं। उनका मांस कोमल भी और लवणयुक्त भी होता है। चबाने में सुविधा भी रहेगी और आनन्द भी आयेगा...।"

"तुम नर मांस खाते हो?" युधिष्ठिर ने निर्भीक स्वर में पूछा।

"हाँ!"

"क्यों?"

"क्योंकि एक जीव, दूसरे जीव का भोजन है। तुम नहीं खाते?"

"नहीं!" युधिष्ठिर बोले, "हम स्वयं मनुष्य हो कर, मनुष्य का मांस कैसे खा सकते हैं?"

"जब मैं मृग को खा सकता हूँ, तो मनुष्य को क्यों नहीं खा सकता? प्रत्येक मनुष्य न तो मेरा भाई है, न मित्र। मेरे लिए जैसा वन का मृग, वैसे ही तुम हो।" वह अट्टहास कर उठा, "अन्तर यह है कि तुम बोल सकते हो, तर्क कर सकते हो लेकिन तुम्हारा मस्तिष्क अधिक कोमल और अधिक स्वादिष्ट होगा...।"

"नहीं! अन्तर यह नहीं है।" युधिष्ठिर ने उत्तर दिया, "भगवान ने जितने प्रकार के जीव बनाये हैं, वे अपने समाज के भीतर जितनी मैत्री से रहते हैं, उतनी ही सफलता से समाज के बाहर के शत्रुओं से अपनी रक्षा कर सकते हैं।..."

"मुझे तुम्हारी मानव-जाति और समाज से क्या लेना-देना।" किर्मीर कुछ आगे बढ़ आया, "मुझे तो अपना पेट भरना है। अपने प्राणों की रक्षा करनी है। अपनी जिह्वा को स्वादिष्ट भोजन देना है।

जीवन में सुख भोगना है...।"

"यह सब तुम्हें तभी मिल सकता है, जब तुम अपने मित्रों को पहचानो और अपने शत्रुओं से अपनी रक्षा करो! नहीं तो...।"

"नहीं तो क्या?" किर्मीर ने जैसे युधिष्ठिर को डाँटा, "क्या कर लोगे मेरा?"

"नहीं तो तुम मानव-जाति को अपना शत्रु बना लोगे। मनुष्य ही तुम्हारे शत्रु हो गये, तो शक्तिशाली और हिंस्र पशुओं से तुम्हारी रक्षा कौन करेगा?" युधिष्ठिर दृढ़ता से अपने मत का प्रतिपादन कर रहे थे।

"मैं मनुष्य नहीं, राक्षस हूँ।" किर्मीय क्रुद्ध हो गया, "मुझे मनुष्य कहने का तुम्हें साहस कैसे हुआ?"

"हो तो तुम मनुष्य ही।" युधिष्ठिर मुस्कुराये, "स्वार्थवश राक्षस बन बैठे हो।"

"प्रत्येक जीव स्वार्थी है।" वह बोला।

"तुच्छता, संकीर्णता और मूर्खता का नाम है स्वार्थ।" युधिष्ठिर बोले, "स्वार्थ अन्ततः अहितकर ही होता है। तुम दो-चार मनुष्यों को खाओगे, और सारी मानव-जाति तुम्हारी शत्रु हो जायेगी। यदि प्रत्येक मनुष्य तुम्हारे समान स्वयं को नरभक्षी मानव मान ले, तो न मानव-समाज होगा, न मानव! इसलिए हमारा हित भी इसी में है और स्वार्थ भी कि हम स्वयं को विराट मानव-जाति का अंग मानें। उस सम्पूर्ण मानव-जाति के हित में सोचें और कर्म करें। प्रत्येक मनुष्य अपने तुच्छ स्वार्थ को छोड़, मानव-जाति के व्यापक हित में काम करेगा, तो प्रत्येक मनुष्य सुखी होगा—यह लोक भी, देव-लोक के समान सुख और आनन्द से भरा-पूरा हो जायेगा।"

"यदि मैं तुम लोगों को न खाऊँ, तो कौन मेरा मित्र हो जायेगा?" किर्मीर ने जैसे युधिष्ठिर को चिढ़ाने का प्रयत्न किया।

"केवल हमें नहीं, यदि तुम सम्पूर्ण मानव-जाति का द्रोह त्याग दो, तो मैं तुम्हारा मित्र हो जाऊँगा। मैं, भीम, पाण्डु-पुत्र भीम—तुम्हारा मित्र हो जाएगा।..." भीम ने उनकी चर्चा में हस्तक्षेप किया।

"भीम पाण्डु-पुत्र, भीम! कुरु राजकुमार भीम!..." किर्मीर की आँखें रक्तिम हो उठीं, "तो तुम हो, जिसने मेरे भाई बक का वध किया। मेरे मित्र हिडिम्ब की हत्या की। हिडिम्ब की बहन का अपहरण किया..." वह रुका, "मैं बहुत दिनों से तुम्हें ढूँढ़ रहा था भीम! कई बार तुम्हारा पीछा भी किया, किन्तु तुम सेना लेकर चलते थे, इसलिए तुम तक पहुँच नहीं पाया। वैसे भी मैं सेनाओं से लड़ना नहीं चाहता। मनुष्य लोग मायावी शस्त्र चला कर, हमारी हत्या करते हैं। हम राक्षस अपने शारीरिक बल से ही लड़ते हैं।...आज तुम्हारे साथ सेना नहीं है। आज आये हो, मेरी मुट्ठी में। मुझे बहुत भूख लगी है। आज मैं तुम्हारा और तुम्हारे साथियों का मांस खा कर, अपनी भूख मिटाऊँगा।... और तुम्हारे उष्ण रक्त से अपने भाई और मित्र का तर्पण करूँगा।..." वह बड़ी देर तक हँसता रहा, "तेरे मरे बिना, हिडिम्बा का मोह-जाल भी नष्ट नहीं होगा। आज उसे भी नष्ट करूँगा।"

"तुम हिडिम्बा को जानते हो?" भीम के मन में उस की धमकियों से सर्वथा अप्रभावित, जिज्ञासा उठी, "क्या तुमने घटोत्कच को देखा है?"

"देखा तो सब को है; किन्तु तुझे कुछ नहीं बताऊँगा।" किर्मीर, बोला "तेरा तो बस मांस खाऊँगा।" उसने अपने हाथ में पकड़ी लुकाठी, भीम को लक्ष्य कर, फेंक दी।

भीम ने स्वयं को बचाया ही नहीं, अपने दाहिने पैर से उसे ऐसी ठोकर मारी कि लुकाठी पुनः

किर्मीर की ओर लौटी, उससे टकरायी और भूमि पर गिर पड़ी।

लुकाठी के बुझते ही अन्धकार छा गया। अर्जुन ने धनुष पर बाण चढ़ाया। अन्धकार में लक्ष्य-वेध करना, उसके लिए तनिक भी कठिन नहीं था।...किन्तु भीम ने उसका हाथ थाम लिया, "बहुत दिनों से, मेरा ढंग से व्यायाम नहीं हुआ।"

भीम आगे बढ़ आया, "किर्मीर! मैंने हिडिम्बा से विवाह किया है। उसका अपहरण नहीं किया। तुम्हारा यह विरोध मेरी समझ में नहीं आया। यदि हिडिम्बा अथवा घटोत्कच को मुझ से असन्तोष है, अथवा उसके मन में मेरे विरुद्ध कोई अभियोग है, तो तुम्हारे माध्यम से वे संदेश मुझ तक पहुँचा सकते थे...।"

भीम उससे बातें कर रहा था; और युधिष्ठिर, अर्जुन, नकुल तथा सहदेव ने, एक बड़ा-सा वृत्त बनाकर, किर्मीय को घेर लिया था। शेष लोग उस वृत्त से बाहर थे। अब न तो किर्मीय उनमें से किसी पर झपट सकता था, न भाग कर वापस वन में छिप सकता था।

"मैं तेरा मांस खाने आया हूँ, तुझे तेरी पत्नी और पुत्र का समाचार देने नहीं आया।" किर्मीर ने अट्टहास किया, "हाँ! तुझे खा कर अपने मन में जलती प्रतिशोध की अग्नि को बुझा कर, उन्हें तेरी मृत्यु का समाचार अवश्य दूँगा।"

भीम को अब और विलम्ब सह्य नहीं था। सब लोग थके हुए भी थे, और डरे हुए भी। द्रौपदी की आँखों में भय की झलक, भीम को अनन्त यातना दे रही थी। उसने उच्च स्वर में कहा, "देखता हूँ, तू मेरी मृत्यु का समाचार मेरे पुत्र तब पहुँचाता है अथवा अपनी मृत्यु का समाचार, जा कर बक और हिडिम्बा को देता है।"

किर्मीर, बिना कुछ कहे, भीम पर प्रहार करने के लिए कूदा। भीम असावधान नहीं था। वह एक ओर हट गया। किर्मीर सँभला। वह स्वयं गिरा नहीं, किन्तु भीम को भी, आहत नहीं कर पाया।...इससे पहले कि वह भीम पर दुबारा झपटता, भीम ने उसे दबोच लिया और रगेदता हुआ, पीछे तक ले गया। किर्मीर को शायद पहली बार भीम के शारीरिक बल का अनुभव हुआ था।...अब तक वह जिन भी लोगों से भिड़ा था, वे उसका चेहरा देख कर और उसका क्रूर अट्टहास सुनकर, अचेत हो कर गिर पड़े थे। शस्त्रास्त्रों के बिना, अपने शारीरिक बल के भरोसे उससे भिड़नेवाला तो यह पहला ही व्यक्ति था।

भीम के चंगुल से छूटकर किर्मीर एक वृक्ष के पीछे जा छिपा। इस अन्धकार में भीम उसे ढूँढ़ता, तो वह उसकी असावधानी का लाभ उठाकर, उस पर घातक प्रहार कर सकता था। उसका ध्यान इस ओर नहीं गया था कि पाण्डवों ने अपने साथियों को पीछे हटा कर, सायास अपना वृत्त बड़ा कर लिया था। कुछ वृक्ष, उस वृत्त के भीतर आ गये थे; किन्तु वे पाण्डवों की दृष्टि के भीतर थे।...भीम ने देखा, किर्मीर जिस वृक्ष के पीछे छिपा था, उसका तना इतना मोटा भी नहीं था कि किर्मीर के शरीर को भली-भाँति छिपा सके। वह इतना ही मोटा था कि किसी बड़े वृक्ष की किसी शाखा से अपनी तुलना करवा सके।...भीम ने उस वृक्ष के तने पर अपने पैर का प्रबल प्रहार किया। तना कुछ इस रूप में काँपा कि जैसे वह टूटकर गिर पड़ेगा। किर्मीर को लगा, शायद भीम उसे उस वृक्ष के नीचे दबाकर कुचल डालना चाहता है। वह घबरा कर, वृक्ष की ओट छोड़ बाहर निकल आया। उसे इस बात का ध्यान ही नहीं रहा कि वह भीम के एकदम सामने पड़ गया है।

भीम की दृष्टि किर्मीय पर थी, किन्तु उसका मन भयभीत द्रौपदी को खोज रहा था।.क्या वह अब भी भयभीत थी?...नहीं! अब वह तनिक भी भयभीत नहीं लग रही थी। उसकी आँखों में भीम के लिए प्रशंसा का भाव था। भीम की शिराओं में जैसे ज्वाला भर गयी।...

इस बार भीम, किर्मीर पर कुछ इस प्रकार कूदा कि उसका दाहिना कंधा किर्मीर के वक्ष पर वज्र के समान लगा। वह अभी डगमगा ही रहा था कि भीम ने अपने घुटने का प्रहार उसके पेट में किया। किर्मीर दोहरा हो कर भूमि पर बैठ गया।

इस बार भीम ने अपने पैरों से उसके सिर पर प्रहार किया। किर्मीर सिर पकड़ कर लेट गया। भीम ने अपना घुटना उसके वक्ष पर रखा, "तू हिम्डिबा और घटोत्कच के विषय में क्या जानता है?"

"कुछ नहीं बताऊँगा।" किर्मीर ने पूरा बल लगा कर, भीम के घुटने को परे धकेल देना चाहा।

भीम ने अपना घुटना उस के वक्ष पर पूरी तरह जमा दिया था, "नहीं बतायेगा, तो मुख से रक्त-वमन करता हुआ, किसी पशु के समान मरेगा।" भीम ने कहा, "बता देगा, तो शायद मुझे दया आ जाये; और मैं तुझे कम-से-कम कष्ट देकर मारूँ।"

किर्मीर उस के घुटने के दबाव को नहीं सह सका, "बताता हूँ।"

"बोल!"

"घटोत्कच, हमारी परम्परा और हमारी जीवन-पद्धति छोड़ चुका है। वह नर-मांस नहीं खाता। वन में छिपे रह कर, लोगों का आखेट नहीं करता। वह यह नहीं मानता कि हमें अपने शारीरिक बल के आधार पर, अन्य लोगों की धन-सम्पत्ति, पत्नियों और बच्चों को लूट लेने, उन का भोग करने; और उन का मांस खाने का अधिकार है। वह बहुत कुछ मानवीय हो गया है।"

"तो वह नगर में क्यों नहीं आता? मानव-समाज को क्यों नही अपनाता?" भीम का घुटना कुछ और दब गया।

"हिडिम्बा अपना स्थान नहीं छोड़ना चाहती।"

"तो क्या वह राक्षसी बनी रहना चाहती है?"

"नहीं, राक्षसी तो वह नहीं है; किन्तु नगर की भीड़-भाड़ की तुलना में, वन का एकान्त-जीवन अधिक पसन्द करती है।" किर्मीर बोला, "राक्षसी होती तो अब तक तुम्हारे लिये न बैठी होती। कहीं और विवाह कर चुकी होती। सम्भव है, उस का नया पति तुम्हारे पुत्र को भूनकर खा गया होता!...अब मुझे छोड़ दो...।"

"कैसे छोड़ दूँ तुझे!" भीम बोला, "तू छूटा तो इस वन में फिर आतंक फैलायेगा। इस वन की शान्ति के लिए, तुझे तो अपने भाई के पास जाना ही होगा।"

भीम का घुटना कुछ और दबा; और जैसे किर्मीर के वक्ष की कुछ पसलियाँ कड़क उठीं। उसके मुख में रक्त आ गया; और उसकी ग्रीवा लटक गयी।

मैत्रेय, एक लम्बे अन्तराल के पश्चात् इस क्षेत्र में आये थे। काम्यक वन में साधकों की संख्या पर्याप्त रूप से बढ़ी हुई लग रही थी। सम्भवतः हिंस्र उत्पात कम हो गया था और सुव्यवस्था ने अपने चरण जमा लिए थे। उन का मन हल्का हो गया; यह पाण्डवों की उपस्थिति का ही परिणाम होना चाहिए।...

पाण्डवों ने उन्हें प्रणाम कर, बैठने के लिए आसन दिया।

"यह तुम्हारा आश्रम है, अथवा शिविर? स्कन्धावार तो यह हो नहीं सकता।" मैत्रेय मुस्कुराये।

"ऋषिवर, इसे तो आप हमारा पड़ाव ही समझें।" युधिष्ठिर बोले, "आश्रम-निर्माण योग्य हमारी तपस्या नहीं है; और शिविर स्कन्धावार बनाने योग्य सेना नहीं है। यह तो निर्धन वनचरों का पड़ाव ही है।"

"तुम्हारे पास सेना तो नहीं है; किन्तु तुम्हारी उपस्थिति मात्र से, काम्यक वन में शान्ति हो गयी है।" मैत्रेय प्रफुल्लित मुद्रा में बोले। पाण्डव, अपेक्षापूर्ण दृष्टि से उनकी ओर देख रहे थे : ऋषि क्या कहना चाहते हैं?

"मुझे तुम्हारे यहाँ आ पहुँचने की कोई सूचना नहीं थी; किन्तु इतना अवश्य जानता था कि तुम लोग वनवास के लिए हस्तिनापुर से चल पड़े हो।" मैत्रेय बोले, "यहाँ आया, तो जिस-जिस क्षेत्र से आगे बढ़ा, तापसों को प्रसन्न और वनचरों को समृद्ध देखा। पता चला कि एक मानव-योद्धा ने किर्मी को मार गिराया है।"

"तो एक किर्मीय के कारण अशान्ति थी इस वन में?" भीम हँसा!

"उत्स तो एक ही होता है।" मैत्रेय बोले, "गंगोत्री को देखकर, तुम यह कल्पना भी नहीं कर सकते कि गंगा-सागर में देव-देवता, गंगा का क्या रूप होगा।...जो सत्य पुण्य का है, वही पाप का भी है। किर्मी तो उत्स मात्र था। उस का आश्रय पा कर इस क्षेत्र में स्थान-स्थान पर आततायी और हत्यारे उत्पन्न हो गये थे। परिणामवश यहाँ की शान्ति भंग हो गयी थी। यहाँ कोई योद्धा तो था नहीं कि उससे भिड़ जाता, इसलिए वह स्वयं को सर्वशक्तिमान समझने लग गया था। मध्यम पाण्डव तो इस वन में ऐसे आये, जैसे दण्डक वन में भगवान राम आये थे।"

"यह तो आपका ही पुण्य-प्रताप है ऋषिवर! कि एक किर्मी के वध से मैं भगवान राम हो गया।" भीम हँसा।

"भीम!" मैत्रेय गम्भीर हो गये, "ईश्वर ने तुम लोगों को यह शक्ति और युद्ध-कौशल व्यर्थ ही नहीं दिया है। इसके पीछे प्रकृति की प्रेरणा है, एक योजना है। उस संकेत को समझो। स्वयं को उसका उपकरण मानो। तुम्हारे हाथों शायद सारे आर्यावर्त्त में शान्ति स्थापित होगी।"

"ऋषिवर!" भीम के कुछ कहने से पहले युधिष्ठिर बोले, "हम निरन्तर यह प्रयत्न कर रहे हैं कि हमारे संसार की शान्ति भंग न हो। उसके लिए चाहे जो भी मूल्य चुकाना पड़े।...हमने अपना सब कुछ केवल इसलिए त्याग दिया कि धर्म की रक्षा हो; और शान्ति बनी रहे।"

"वह तो ठीक है युधिष्ठिर!" मैत्रेय बोले, "धर्म की रक्षा कभी त्याग से होती है, कभी दुष्ट-दलन से। मैं यह नहीं कहता कि शान्ति बनाए रखने के लिए, तुम अन्याय और अत्याचार के सम्मुख सिर झुका दो। यदि भीम ने किर्मीक का वध कर शान्ति स्थापित की है, तो सम्भव है कि कल तुम्हें दुर्योधन का वध कर शान्ति स्थापित करनी पड़े। अन्याय शान्ति स्थापित नहीं करता मात्र दमन करता है; इसलिए अनेक बार युद्ध शान्तिं स्थापित करता है।" वे रुके, "राजन्! क्षत्रिय के तेज में ईश्वर का निवास है। तेज अन्याय को सहन नहीं करता। अपने इसी तेज की रक्षा करना। जो अन्यायी, तुम जैसे शक्तिशाली लोगों से उनका अधिकार छीन सकता है, वह सामान्य और दुर्बल जन के स्वत्व की रक्षा कभी नहीं करेगा...।"

"आप हमें दुर्योधन से युद्ध का परामर्श दे रहे हैं?" अर्जुन कुछ आगे बढ़ आया।

"आर्यावर्त्त में न्याय और शान्ति स्थापित करने का एक यही मार्ग है।" मैत्रेय बोले, "व्यक्तिगत रूप से तुम्हारे राज्य और सम्पत्ति की चिन्ता मैं नहीं करता; किन्तु इस भू-खण्ड के सामान्य जन की चिन्ता मुझे है।" मैत्रेय कुछ रुककर बोले, "धर्म राज्य स्थापित करने के लिए, तुम लोगों ने जिन क्रूर-कर्मा राजाओं का दमन किया था, वे सारे-के-सारे जा कर, दुर्योधन से मिल गये हैं। दुर्योधन उनके शत्रुओं का शत्रु है, अतः उनका मित्र है। दुर्योधन किसी भी प्रकार के योद्धाओं को बहुत ही प्रयत्न से पालता है। उन्हें हर प्रकार से प्रसन्न रखता है, जैसे कोई आखेटक, हिंस्र और आक्रामक कुत्ते पालता है। यदि दुर्योधन को अबाध राज्य करने दिया गया, तो प्रजा व्याध के बाड़े में घिरे हुए पशुओं के समान हो जायेगी। उस प्रजा की रक्षा तुम्हें वैसे ही करनी है, जैसे तुमने इस वन के तापसों और वनचरों की, की है।"

"यह तो एक आकस्मिक घटना भर थी।" भीम हँसा।

"किन्तु दुर्योधन से तुम्हारा युद्ध आकस्मिक घटना नहीं होगी।" मैत्रेय बोले, "हम तपस्वी लोग हैं। व्यर्थ का रक्तपात नहीं चाहते।...किन्तु अत्याचारी के शव से बहा हुआ रक्त पृथ्वी को पवित्र करता है।" उन्होंने रुक कर युधिष्ठिर को देखा, "तुम अत्याचारियों का नाश कर धर्म की रक्षा करोगे; इसलिए तुम्हारी रक्षा के लिये तेजस्वी समाज बहुत सजग है।" वे मुस्करा रहे थे, "मैं हस्तिनापुर जा रहा हूँ। जब तक तुम लोग उठ कर युद्ध के लिए खड़े नहीं हो जाते, तब तक धृतराष्ट्र को सँभाले रखना बहुत आवश्यक है।"

4

धृतराष्ट्र ने अपने लिए सुख की कल्पना की थी, वह सुख कहीं नहीं था। वह समझ नहीं पा रहा था कि जिन पाण्डवों के अपने निकट होते हुए, उसे किसी प्रकार का कोई भय नहीं था, उन्हीं पाण्डवों के दूर वन में चले जाने के कारण वह इतना भयभीत क्यों है। ऐसा क्या था कि जो पाण्डव सम्मुख उपस्थित होकर, उसे तनिक भी भयभीत नहीं करते थे, वे ही उसे अपनी अनुपस्थिति में उसके लिए मृत्यु के समान भयंकर हो गये थे। उसे रात को नींद नहीं आती थी। नींद आ जाये तो भयंकर स्वप्न दिखायी पड़ते थे। उसके सम्मुख रक्त-स्नात भीम का बिम्ब प्रकट होता था, जो उसके देखते-देखते दुर्योधन को भूमि पर पटककर, अपनी गदा से उसकी जंघाएँ तोड़ देता था। चलना-फिरना तो दूर दुर्योधन खड़ा भी नहीं हो सकता था। वह अपनी पीड़ा में, धरती पर नहीं धृतराष्ट्र के वक्ष पर रेंगता था। न वह मर सकता था, न जी सकता था...धृतराष्ट्र इस दुःस्वप्न से उबरता तो देखता कि दुःशासन युद्ध-क्षेत्र में धराशायी हो गया है। उसके वक्ष पर घाव नहीं है, वक्ष ही जैसे फट गया है। भीम अपनी अंजुलियाँ भर-भर कर, उसमें से रक्तपान कर रहा है, जैसे कोई मीठे जल के उत्स में से ठण्डा-मीठा जल पी कर, अपनी प्यास बुझा रहा हो...

धृतराष्ट्र इन विचारों, दृश्यों और आकृतियों को अपने मस्तिष्क से झटक देना चाहता था; किन्तु जैसे उसके मन से चिपक कर रह गया था। वह स्वयं को समझाता था, कि अपनी दृष्टिहीनता के

कारण, उसने न कभी दुर्योधन और दुःशासन को देखा है; और न कभी भीम को। फिर वह कैसे पहचान सकता है कि जो मरा, वह कौन था, और जिसने मारा, वह कौन था; जिसने रक्त पीया, वह कौन था; और जिसका रक्त पीया गया, वह कौन था...किन्तु यह सारा सोचना-समझना और स्वयं को सांत्वना देना उसे तनिक भी आश्वस्त नहीं कर पाता था। सारा आत्म-प्रबंधन निष्फल था।...

इन सारे आश्वासनों के मध्य, उसे द्रौपदी का चीत्कार सुनायी पड़ने लगता था, '...पितामह! धर्म क्या है?' उसे लगता था कि उसके चारों ओर, उसके अन्धत्व का अन्धकार नहीं था...ये द्रौपदी के खुले, काले केश थे। वे निर्बन्ध केश सारी सृष्टि पर छा गये थे...और द्रौपदी की प्रतिज्ञा थी कि ये केश तब तक बन्धन में नहीं होंगे, जब तक उन्हें वह दुःशासन के वक्ष के रक्त से धो नहीं लेती...

बैठे-बैठे, सहसा धृतराष्ट्र को लगने लगता था कि उस दिन सभा में, द्यूत नहीं खेला गया था, उसके पुत्रों का मृत्यु-पत्र लिखा गया था। वह स्वयं को प्रायः समझाता रहता था कि ऐसा कुछ नहीं होगा।...अब पाण्डवों के पास कुछ नहीं था...न धन, न सम्पत्ति, न राज्य, न सेना...क्या कर लेंगे पाँच पाण्डव? और फिर यह पहली बार तो हुआ नहीं था। पाण्डव भली प्रकार जानते हैं कि उनके वध के प्रयत्न बार-बार हुए हैं...वह सब, उनके राज्य छीनने के लिए ही तो था; किन्तु उन्होंने कभी किसी प्रकार के प्रतिशोध का प्रयत्न नहीं किया।...तो इस बार ही ऐसा क्या हो गया है कि दुर्योधन और दुःशासन की हत्या का प्रयत्न करेंगे।...'नहीं! इस बार तो हुआ है।' उस का एक मन कहता, 'इससे पहले, कभी भीम ने ऐसी प्रतिज्ञाएँ नहीं की थीं। उस के मन में कुछ भी रहा हो; किन्तु मुख से उसने, ऐसा कभी नहीं कहा; और सार्वजनिक रूप से तो एकदम नहीं कहा!...उन्होंने पितामह तक को नहीं बताया था कि प्रमाणकोटि और वारणावत में उनके प्राण लेने का षड्यन्त्र रचा गया था।...द्रौपदी का ऐसा कराल रूप, पहले तो कभी देखने-सुनने में नहीं आया था। उसने पहले तो कभी उपने केश इस प्रकार खुले नहीं छोड़े थे।...और पाण्डव स्वयं प्रतिशोध लें या न लें; किन्तु वे द्रौपदी से इतना अधिक प्रेम करते हैं, कि उसकी इच्छा पूरी करने के लिए वे उसे दुःशासन के वक्ष का रक्त अवश्य उपलब्ध करायेंगे। भीम तो द्रौपदी की एक इच्छा पूरी करने के लिए सारी सृष्टि को ध्वस्त कर सकता है... ।'

धृतराष्ट्र का कोई तर्क उसे आश्चस्त नहीं कर पा रहा था। उस के मस्तिष्क की शिराएँ तनती जा रही थीं। हृदय का स्पन्दन अपने चरम पर पहुँच गया था। उसे ऐसा लग रहा था कि या तो उस का मस्तक फट जायेगा अथवा उसका वक्ष! वह इस प्रकार एक दुःस्वप्न में जीवित नहीं रह सकता था।...

यदि कहीं इस समय युधिष्ठिर उसे यह आश्वासन दे सकता कि वह भीम और अर्जुन को धार्तराष्ट्रों के विरुद्ध बल-प्रयोग करने नहीं देगा...युधिष्ठिर न मिथ्या भाषण करता है, न मिथ्या वचन देता है।...यदि वह वचन दे देगा, तो धृतराष्ट्र की सारी चिन्ता मिट जायेगी...उसके वचन का उल्लंघन न भीम करेगा, न अर्जुन!...किन्तु युधिष्ठिर हस्तिनापुर में तो है नहीं कि आ कर उसे वचन दे देगा...वे पाँचों भाई तो कब से हस्तिनापुर त्याग कर, वनों की ओर चले गये थे...

किन्तु कुन्ती है हस्तिनापुर में! वे लोग उसे विदुर के संरक्षण में छोड़ गये हैं...उन्हें तनिक भी भय नहीं होता कि कुन्ती का कोई अनिष्ट भी हो सकता है। धृतराष्ट्र उन के नाम से भयभीत हो जाता है...और वे अपनी माँ को, उस की नगरी में छोड़ते हुए, भयभीत नहीं हुए...किस बात का

भरोसा है उन्हें?...कहीं वे लोग कोई षड्यन्त्र तो नहीं कर रहे? वे यह तो नहीं चाहते कि दुर्योधन अपनी उत्तेजना में कुन्ती को कोई क्षति पहुँचाये; और वे दुर्योधन से प्रतिशोध लेने के लिए उसे आखेटक कुत्तों के समान फाड़ खायें?...पर नहीं...वे अपनी माँ को आखेट का बलि-पशु नहीं बना सकते।...हाँ! वे अपनी माँ को बलि-पशु नहीं बना सकते!...किन्तु कुन्ती का ही क्या भरोसा है? वह अकेली क्यों बैठी है हस्तिनापुर में?...

धृतराष्ट्र को लगा, एक नया भय उसके मन में समा रहा है...किसी अवसर पर कुन्ती कुछ ऐसा अवश्य करने वाली है, जिससे उत्तेजित हो कर दुर्योधन उस की हत्या कर दे...और उसके प्रतिशोध की आड़ में पाण्डव दुर्योधन को भी मार डालेंगे, और उसकी माँ, गान्धारी को भी।...

धृतराष्ट्र के मुख से चीत्कार निकल गया।

नहीं! यह षड्यन्त्र विदुर का है...! उसने कुन्ती को अपने घर में ठहराया ही क्यों?...विदुर ने तो ठहराया, सो ठहराया...कुन्ती यह साहस कैसे कर सकी?...क्या उसे विदुर का भरोसा है? किन्तु विदुर का भरोसा क्यों? विदुर के पास न सत्ता है, न प्रशासन!...विदुर के पास बातें ही तो हैं...

सहसा धृतराष्ट्र चौंका...उसे भी तो विदुर का ही भरोसा है! विदुर का चिन्तन, विदुर का तर्क... विदुर समझाता है, तो धृतराष्ट्र भी आश्वस्त हो जाता है...जब पाण्डव अपनी माँ को विदुर के संरक्षण में छोड़ कर आश्वस्त हैं, तो धृतराष्ट्र क्यों उसका संरक्षण प्राप्त नहीं कर सकता? विदुर उसका भाई भी है, और उस का कर्मचारी भी...यदि विदुर, धृतराष्ट्र की ओर से कुन्ती की सुरक्षा का वचन पाण्डवों को दे सकता है, तो वह पाण्डवों की ओर से धार्तराष्ट्रों की सुरक्षा का वचन क्यों नहीं दे सकता?...

धृतराष्ट्र की चिन्तन-प्रक्रिया रुक गयी। उसे लगा, कि इस विचार मात्र से ही उसका मन कुछ आश्वस्त होने लगा है...यदि कहीं विदुर सचमुच इस प्रकार का कोई वचन उसे दे दे...

"दासी!" उसने पुकारा।

"महाराज!"

"किसी को भेजो। जा कर विदुर को बुला लाए।"

विदुर के आने तक धृतराष्ट्र सिर झुकाए, चुपचाप बैठा रहा।...यदि कहीं विदुर न आया, तो?... यदि कहीं विदुर उसे कोई आश्वासन न दे सका, तो? यदि कहीं भीम ने विदुर के वचन की रक्षा न की, तो? यदि...

वह सजग था किन्तु कक्ष में पूर्ण मौन तथा निःस्तब्धता होने पर भी, उस के वक्ष में भयंकर कोलाहल मचा हुआ था। वहाँ केवल अशान्ति ही नहीं थी, भय का सागर भी गर्जन कर रहा था। उसे लग रहा था कि यह सागर, उसे किसी भी क्षण लील जायेगा। सब कुछ नष्ट हो जायेगा—उसके पुत्र, उसका परिवार, उसका राज्य, उसकी सत्ता...किन्तु कदाचित् एक उसी का अस्तित्व बना रहेगा। यदि उसे भी मृत्यु लील ले जाये तो फिर किसी प्रकार का भय नहीं रहेगा...जब स्वयं ही नहीं रहेगा तो राज्य रहे, न रहे; पुत्र रहें, न रहें, वह कौन-सा, लौट कर देखने आयेगा...किन्तु वह जानता था, उसके साथ ऐसा नहीं होगा।...वह स्वयं जीवित रहेगा और यह सब घटित होता हुआ देखेगा...

किन्तु अगले ही क्षण उसे लगा कि वह इस बात से ही भयभीत नहीं है कि वह तो जीवित रहेगा, और उससे वह सब छिन जायेगा, जो कुछ अपना है...वह अपनी मृत्यु से भी भयभीत है। वह मरना भी नहीं चाहता। वह मृत्यु से डरता है, कष्ट से डरता है, निर्धनता से डरता है...पराधीनता से डरता है...

विदुर ने आ कर प्रणाम किया, "आपने मुझे स्मरण किया महाराज!"

"बैठो विदुर!" धृतराष्ट्र ने अत्यन्त निर्बल स्वर में कहा, "आज मेरा मन अत्यन्त व्याकुल हो रहा है।"

"क्यों महाराज?"

"मुझे लगता है विदुर! कि द्यूत-सभा में जो कुछ हुआ, वह अच्छा नहीं हुआ। मैं आशंकित हूँ कि कहीं कुछ अशुभ न हो जाये। पाण्डव दुखी थे और क्रुद्ध भी। वे अपने क्षोभ में कोई अनर्थ न कर बैठें," सहसा उसका स्वर अत्यन्त स्नेहासिक्त हो गया, "तुम्हें क्या लगता है विदुर! क्या वे शक्ति-संचय कर, वन से लौट आयेंगे?"

"आप युधिष्ठिर को तनिक-सा भी जानते हों महाराज! तो यह मान ही सकते हैं फिर वह अपने वचन से नहीं टलेगा। वह यदि हस्तिनापुर लौटा तो तेरह वर्षों के पश्चात् ही लौटेगा।"

"किन्तु युधिष्ठिर के साथ भीम भी तो है।" धृतराष्ट्र ने कहा, "यदि कहीं, उसने युधिष्ठिर की बात न मानी, युधिष्ठिर के साथ हुई संधि को स्वीकार नहीं किया, तो मेरे पुत्रों का अनिष्ट वह अवश्य करेगा।"

विदुर ने तत्काल कोई उत्तर नहीं दिया। वे चुपचाप धृतराष्ट्र के चेहरे पर आये भावों को परीक्षण करते रहे।...कितना स्वार्थी और अन्यायी है, यह व्यक्ति! अपने पुत्रों को होने वाले कष्ट की कल्पना भी सहन नहीं कर सकता, और अपने भाई के पुत्रों की हत्या करवाने में भी तनिक संकोच नहीं है इसे।... इस समय, इस प्रकार व्याकुल है, जैसे संसार में इतना दुखी और पीड़ित और कोई हो ही नहीं...

"यह तो आप जानते ही हैं महाराज! कि जो कुछ हुआ, वह अच्छा तो नहीं हुआ। वह अन्याय, अत्याचार, क्रूरता और अमानवीयता की पराकाष्ठा थी। वह तो युधिष्ठिर ही था, अथवा उन सबका धर्म, जिसने उन्हें रोके रखा! मैं तो मानता हूँ कि सम्भवतः युधिष्ठिर अब भी दुर्योधन और दुःशासन को अपना भाई मान कर क्षमा कर दे; किन्तु भीम न उन्हें क्षमा करेगा, और न द्रौपदी ही उनके आचरण को भुला पायेगी! अर्जुन ने उस दिन भरी सभा में कुछ नहीं कहा था; किन्तु उसका मौन भीम की मुखर प्रतिभाओं से भी अधिक भयंकर था। आप क्या समझते हैं कि वह गाण्डीवधारी अर्जुन इस सारे अपमान और क्रूरता को भूल जायेगा? वह आप के पुत्रों को क्षमा कर देगा?"

"यही तो मैं सोचता हूँ विदुर!" धृतराष्ट्र ने इतने मंद स्वर में कहा, जैसे उसके कण्ठ से वाणी ही न निकल रही हो।

विदुर ने अपनी दृष्टि धृतराष्ट्र के चेहरे पर टिकायी; किन्तु उनका मन कहीं और था : अपने शैशव से देखा है उन्होंने, इस धृतराष्ट्र को; किन्तु आज तक इसे समझ नहीं पाए। जब कुछ करने पर आता है, तो इतना दुस्साहसी प्रतीत होता है कि जैसे भय नाम की किसी वस्तु को जानता ही न हो।...और बाद में एक भयभीत मूषक के समान, अपने बचाव का कोई मार्ग खोजता रहता है। विदुर भी निश्चय नहीं कर पाते कि वे इस भयभीत मूषक के प्रति करुणा प्रकट करें, या उस क्रूर दुस्साहसी के प्रति अपना विरोध जतायें। जिस समय पाँचों पाण्डव अपने शस्त्रों के साथ सभा में वर्तमान थे और भीम एक-से एक भयंकर प्रतिज्ञा करता जा रहा था, उस समय इस धृतराष्ट्र का एक रोम भी नहीं काँपा; किन्तु आज जब एक भी पाण्डव यहाँ उपस्थित नहीं है, और उनमें से किसी के आने की कोई सम्भावना भी नहीं है, तो यह इतना व्याकुल हो गया है कि उसे सांत्वना

की आवश्यकता पड़ने लगी।

"अपने पुत्रों को अनिष्ट से बचाने के लिए मैं कुछ नहीं कर सकता, विदुर?" विदुर को लगा कि उनके सामने बैठा व्यक्ति कुरु साम्राज्य का स्वामी, धृतराष्ट्र नहीं था। यह तो चौराहे पर बैठने वाला कोई भिक्षुक था, जो अपने पुत्रों की सुरक्षा की एक-एक कौड़ी पाने के लिए, अपनी झोली फैलाए, दाता को आशीर्वाद दे रहा था...

"यदि कोई कुछ कर सकता है तो, महाराज! केवल आप ही कुछ कर सकते हैं।" विदुर शान्त स्वर में बोले, "दुर्योधन सम्पूर्ण कुरुवंश को नष्ट करवाने पर तुला हुआ है। आप यदि उसे नहीं रोकेंगे, तो वह पाण्डवों के हस्तिनापुर लौटने से पूर्व ही कोई-न-कोई ऐसा कुचक्र रचेगा कि कुरुवंश की रक्षा की सारी सम्भावनाएँ समाप्त हो जायेंगी।"

"मुझे क्या करना चाहिए विदुर?"

"आप को अत्याचार का प्रतिकार करना चाहिए महाराज!" विदुर बोले।

"वह कैसे?"

"पाण्डु-पुत्रों की क्षतिपूर्ति करके।"

"मैं समझा नहीं विदुर!"

"आप पाण्डवों को वापस बुला कर उनका राज्य, उनका धन, उनकी सत्ता और सम्पत्ति उन्हें लौटा दें। दुर्योधन, दुःशासन, कर्ण और शकुनि, राजसभा में सार्वजनिक रूप से पाण्डवों तथा पांचाली से क्षमा माँगें। दुर्योधन को आप सारे राज्याधिकारों से वंचित कर दें। वह न माने, तो सार्वजनिक रूप से उसका त्याग करें।"

धृतराष्ट्र ने कोई उत्तर नहीं दिया। उसका उठा हुआ चेहरा कुछ झुक गया। चेहरे पर तमतमाहट आयी, जो उसके आक्रोश की अभिव्यक्ति थी। लगा, कि वह अपने उस आक्रोश से निरन्तर लड़ रहा था। फिर किसी प्रकार, उसने स्वयं को संयत किया और बोला, "विदुर! तुम सदा पाण्डु-पुत्रों का ही पक्ष क्यों लेते हो?"

"पाण्डव आप के भाई के पुत्र हैं न महाराज?"

"हाँ! क्यों नहीं!"

"तो वे आप के भी पुत्र ही हुए। आप उन के पिता हैं।"

"ऐसा ही है।"

"तो फिर आप उनसे वैसा ही प्रेम क्यों नहीं कर पाते, जैसा दुर्योधन से करते हैं?"

धृतराष्ट्र क्षण भर मौन रहा, फिर धीरे से बोला, "पाण्डव भी मेरे पुत्र ही हैं; किन्तु दुर्योधन का जन्म मेरे वीर्य से हुआ है। वह मेरे शरीर से जन्मा है।"

विदुर को इस उत्तर की तनिक भी आशा नहीं थी। कारण तो वे भी जानते थे; किन्तु सोचा था कि धृतराष्ट्र कुछ तो संकोच करेगा। मन की बात इस प्रकार शब्दों में तो स्वीकार नहीं करेगा।...किन्तु धृतराष्ट्र ने जिस निर्लज्जता से यह बात कह दी उसने विदुर को भी कुछ अस्थिर कर दिया था!

स्वयं को सँभालकर विदुर बोले, "मेरे लिये आपके और पाण्डु के पुत्र एक समान हैं। मैंने उन सबको सदा पिता की दृष्टि से देखा है। आप में और मुझ में अन्तर यह है कि, आप केवल सम्बन्ध देखते हैं; और मेरी दृष्टि उनके आचरण पर भी रहती है। आप युधिष्ठिर में और दुर्योधन में

से, सदा दुर्योधन को चुनेंगे; और मैं कुरु वंश की रक्षा के लिए, धर्म और न्याय की रक्षा के लिए सदा युधिष्ठिर को चुनूँगा। दुर्योधन को उसकी क्रूरताओं के लिए या तो दण्डित करूँगा अथवा उसका त्याग कर दूँगा। आप शायद देख नहीं पा रहे कि दुर्योधन आपका प्रिय पुत्र नहीं है : वह भयंकर शत्रु है। आप यदि मेरा विश्वास कर सकें, तो मैं कहूँ कि आप को जीवन में सुख के जितने भी क्षण मिले हैं, वे सब पाण्डु और उसके पुत्रों के कारण ही मिले हैं; और दुख, कष्ट, क्लेश, भय अथवा यातना के जितने प्रसंग आये हैं, वे सब दुर्योधन और उसके सहयोगियों के कारण आये हैं। यदि आप नीति को समझने का प्रयास करें, तो समझ सकते हैं कि भविष्य में, दुर्योधन जितना समर्थ होता जायेगा, आप उतने ही पीड़ित होते जायेंगे। यदि आज आप युधिष्ठिर के पास वन में भी चले जायें, तो वह अपने दुःखों की चिन्ता न करके, आप के लिए हर सम्भव सुख-सुविधा जुटाने का प्रयत्न करेगा। आज तो आप स्वयं राजा हैं, किन्तु यदि आप राजा न भी रहें तो भी युधिष्ठिर को कोई अन्तर नहीं पड़ेगा। वह आपका अपने पिता के रूप में पालन करेगा।...और दुर्योधन!... "विदुर का कण्ठ, क्षोभ से जैसे भिंच गया, "दुर्योधन अपने हाथों में अधिकार पाते ही आपकी उपेक्षा आरम्भ कर देगा...आप उसके आश्रित होते ही, स्वामी के स्थान पर याचक हो जायेंगे। याचक भी कैसे? जिसे याचना के पश्चात् भिक्षा भी न मिले..."

धृतराष्ट्र ने विदुर को बुलाया था कि वह उसे पाण्डवों की ओर से कोई आश्वासन देगा। अपने पुत्रों की सुरक्षा की ओर से आश्वस्त हो कर, उसका मन कुछ शान्त होगा...किन्तु यह विदुर तो जैसे युधिष्ठिर का दूत बनकर आया था; और उससे प्रतिशोध की माँग कर रहा था...क्षतिपूर्ति...दुर्योधन का त्याग...पाण्डव तो जब आयेंगे, तब आयेंगे, किन्तु विदुर तो अभी से उसके वक्ष पर चढ़ा बैठा था...यह तो अभी ही दुर्योधन की जंघा तोड़ देगा...और दुःशासन का रक्त-पान कर लेगा...

धृतराष्ट्र को लगा कि उसके मस्तक में एक भयंकर विस्फोट हुआ है; और वह अपना सारा नियन्त्रण खो चुका है...

"बन्द करो अपना यह प्रलाप!" धृतराष्ट्र के मुख से चीत्कार फूटा। विदुर ने देखा : अब धृतराष्ट्र के चेहरे पर किसी प्रकार का कोई द्वन्द्व नहीं था। संकोच, लज्जा और मर्यादा का कोई लक्षण नहीं था। उसने अपने आक्रोश को दबाये रखने का प्रयत्न छोड़ दिया था। उसने खुले रूप में अपनी नीति की घोषणा कर दी थी, "तुम्हें बुद्धिमान और व्यवहार-कुशल समझ कर, तुमसे अपेक्षा की थी कि तुम पाण्डवों को समझाओगे, कि वे लोग धर्मतः द्यूत में अपना सब कुछ स्वयं हार गये हैं। उनके साथ किसी प्रकार का कोई अधर्म अथवा अन्याय नहीं हुआ है; इसलिए वे प्रतिशोध अथवा प्रतिकार के भाव मन से निकाल कर, अपनी नियति को स्वीकार करें।...किन्तु तुम तो उनसे भी आगे बढ़कर, मुझे और मेरे पुत्रों को पापी घोषित कर रहे हो। भूल मेरी ही है, जो मैंने तुमसे मध्यस्थ होने के नाते, न्याय की अपेक्षा की। मैं भूल गया था कि तुमने आज तक केवल पाण्डवों का पक्ष ग्रहण किया है। तुम तो वह व्यक्ति हो, जिसने कभी नहीं चाहा की हस्तिनापुर का राज्य मुझे मिले! तुम आज दुर्योधन को... अन्यायी और अत्याचारी बता रहे हो; किन्तु मैं यह कैसे भूल सकता हूँ कि दुर्योधन ने जब कुछ भी नहीं किया था, अभी वह निपट बालक ही था, तब ही तुमने उसका विरोध आरम्भ कर दिया था। तुम्हारा वश चलता, तो तुम जाने कब से मुझे और मेरे पुत्रों को हस्तिनापुर से निष्कासित कर चुके होते।" धृतराष्ट्र ने रुक कर अपनी ज्योतिहीन आँखें, विदुर की ओर उठायीं और बोला, "यह बहुत

पहले हो जाना चाहिए था; किन्तु मैं उसे सदा बचाता आया। अब मैं इसे और सहन नहीं कर सकता। मैं तुम्हें त्यागता हूँ विदुर! मेरा तुमसे अब कोई सम्बन्ध नहीं है। तुम चाहो तो हस्तिनापुर छोड़कर जा सकते हो। अब मुझे अपना मुख कभी मत दिखाना!"

विदुर के लिए यह जितना आकस्मिक था, उतना ही अपमानजनक भी था।

...राजा ने मंत्री से परामर्श माँगा था; और परामर्श के उत्तर में, वह उसे अपने राज्य से निष्कासित कर रहा था। ऐसा तो नहीं कि विदुर ने उसे यह परामर्श पहली बार दिया हो। धृतराष्ट्र ने उसे बुला कर, जब यह चर्चा आरम्भ की थी, तो उसे तभी यह भान होना चाहिए था कि इस विषय में विदुर का क्या मत है। विदुर ने तो मन-ही-मन मान लिया था कि यदि धृतराष्ट्र को इस परामर्श की अपेक्षा न होती, तो वह विदुर को बुलाता ही क्यों।...हस्तिनापुर में कौन नहीं जानता था कि द्यूत-सभा के पश्चात् धृतराष्ट्र ही नहीं, सारा कुरुवंश, अनिष्ट की आशंका से काँप रहा था। एक प्रकार के विनाश का भय हस्तिनापुर के आकाश पर काले मेघों के समान घिर आया था। प्रत्येक व्यक्ति किसी समाधान की खोज में था। ऐसी स्थिति में, न तो धृतराष्ट्र विदुर को बुलाना कुछ असाधारण था; और न विदुर का उसे इस प्रकार का परामर्श देना।

किन्तु विदुर का यह अपमान! धृतराष्ट्र ने विदुर को आज तक जो भी कहा हो; किन्तु अपना सम्बन्ध तोड़ने की बात कभी नहीं की। न ही कभी उन्हें राज्य छोड़कर चले जाने के लिए कहा था। आदेश तो वह अब भी नहीं था; किन्तु उसकी ओर से सम्बन्ध-विच्छेद की घोषणा अवश्य थी। आज तक विदुर हस्तिनापुर में रहे, तो वे जानते थे कि सारे मतभेदों के होते हुए भी, धृतराष्ट्र उनका अनिष्ट नहीं होने देगा; किन्तु आज जो कुछ उसने कह दिया था, उसके पश्चात् ऐसी अपेक्षा नहीं की जा सकती थी...

विदुर ने हाथ जोड़े और उठ खड़े हुए। धृतराष्ट्र ने कोई प्रतिक्रिया व्यक्त नहीं की। वह अपने रूठने की मुद्रा बनाये, चुपचाप बैठा रहा।

विदुर के मन में जैसे किसी ने कहा : सम्भव है, धृतराष्ट्र को यह पता ही न चला हो कि विदुर जाने के लिए उठ खड़े हुए हैं...

"जाता हूँ महाराज!" उन्होंने सशब्द कहा।

धृतराष्ट्र ने उपेक्षा से मुँह फेर लिया। वह शब्दों में तो कह ही चुका था, शायद अपने व्यवहार से भी जता देना चाहता था कि उसे विदुर की उपस्थिति असह्य हो रही थी।...विदुर का मन जैसे चीत्कार कर उठा, 'यही वह धृतराष्ट्र है, जिसके बड़े से बड़े पाप को, विदुर यह मानकर पी गये, कि वह एक अन्धा, असहाय, भाग्यहीन राजा है; और जैसा भी है, सम्बन्ध में उसका भाई है।...पर इस धृतराष्ट्र में न स्नेह है, न कृतज्ञता। यह घोर स्वार्थी और नीच है। यहाँ असहाय अन्धा बन कर बैठा हुआ है; और अपने पुत्र के माध्यम से संसार भर के षड्यन्त्र रच रहा है। अपने हाथ से पाण्डवों को राज्य दे रहा है; और दुर्योधन, शकुनि, दुःशासन और कर्ण बन कर उससे छीन रहा है। क्या है दुर्योधन? यदि धृतराष्ट्र नहीं चाहता तो क्या दुर्योधन वह सब कर सकता था, जो कुछ वह कर रहा है। ये सब धृतराष्ट्र के ही विभिन्न मुख थे। सब स्थानों पर धृतराष्ट्र ही विद्यमान था। कहीं उसका नाम दुर्योधन था, कहीं दुःशासन, कहीं शकुनि...और कहीं कर्ण।

सारथि को घर चलने का आदेश देकर, विदुर अनमने-से, रथ में बैठ गये। उनका शरीर जैसे।

स्पन्द-सा हो रहा था; किन्तु मन, रथ के घोड़ों से भी तीव्र वेग से उड़ा जा रहा था...क्या करना चाहिए विदुर को? हस्तिनापुर में रहना चाहिए, अथवा उसे छोड़ देना चाहिए?...किन्तु विदुर अकेले तो नहीं हैं। घर में पत्नी है, पुत्र हैं, पुत्र-वधुएँ हैं, पौत्र-पौत्रियाँ हैं; और सबसे बड़ी बात है, कि कुन्ती की रक्षा का बोझ उनके कंधों पर है। यदि वे हस्तिनापुर छोड़ देते हैं तो, क्या सारे परिवार को साथ ले जाना होगा। कहाँ जायेंगे वे? और यदि उन सबको छोड़कर, वे अकेले ही चले जाते हैं, तो इनकी रक्षा कौन करेगा? विदुर यदि दुर्योधन की ओर से आशंकित हैं तो, उन्हें यह भी सोचना चाहिए कि उनकी अनुपस्थिति में, दुर्योधन पाण्डवों की माता से कैसा व्यवहार करेगा? पाण्डवों के वन-गमन के अवसर पर विदुर ने कुन्ती को, इसलिए तो नहीं रोका था, कि उसे वन के कष्टों से तो बचायेंगे किन्तु दुर्योधन-प्रेरित कष्टों और अपमानों के लिए हस्तिनापुर में असुरक्षित छोड़ जायेंगे? उन्होंने पाण्डवों के सम्मुख स्वयं प्रस्ताव रखा था कि कुन्ती को वे उनके पास छोड़ जायें...पाण्डवों ने तो उनसे इस आश्रय का कोई आग्रह नहीं किया था।...और विदुर का अपना परिवार!...यदि वे स्वयं हस्तिनापुर में सुरक्षित नहीं हैं, तो उनका परिवार कैसे सुरक्षित हो सकता है? ठीक है, धृतराष्ट्र अथवा दुर्योधन की, विदुर के परिवार से कोई शत्रुता नहीं है, किन्तु दुर्योधन राक्षस-बुद्धि पर भी तो चल सकता है। वह विकृत-बुद्धि, सत्ता के मद में उन्मत्त, उच्छृंखल राजकुमार क्या नहीं कर सकता। वह विदुर को पीड़ित करने के लिए, उनके परिवार को यातनाएँ दे सकता है। जरासंध ने भी तो कृष्ण को दण्डित करने के लिए, मथुरा को जला कर क्षार कर दिया था। कंस ने कृष्ण की हत्या के प्रयत्न में असंख्य छोटे-छोटे बालकों का वध कर डाला था।...कौन कह सकता है कि दुर्योधन उसी शैली को नहीं अपनायेगा? और यदि एक बार दुर्योधन के मन में ऐसी बात आ गयी, तो धृतराष्ट्र उसे कभी नहीं रोकेगा।...

रथ रुक गया। विदुर रथ से उतर कर, घर के भीतर जाने के लिए आगे बढ़े!...सहसा वे मुड़कर सारथि से बोले, "अभी अश्वों को खोलना मत! सम्भव है कि मुझे रथ की आवश्यकता पड़े।"

विदुर के जाने के पश्चात् धृतराष्ट्र ने स्वयं को संतुलित करने का प्रयास किया। ...वर्षों से स्वयं को साधा है, धृतराष्ट्र ने! मन में चाहे कुछ भी रहा हो, सामान्यतः वह अपना क्रोध ही नहीं, रोष भी प्रकट होने नहीं देता; किन्तु आज उसका संयम स्खलित हो गया था। शैशव से साथ रहे हैं, दोनों; किन्तु न धृतराष्ट्र विदुर को बदल पाया, न विदुर ही धृतराष्ट्र में क्षण भर को परिवर्तन ला सका!

दुर्योधन ने कितनी ही बार कहा था कि विदुर तथा उसके परिवार को राजसभा से ही नहीं; हस्तिनापुर से ही निकाल दिया जाये। क्रोध में आ कर, धृतराष्ट्र ने भी, कितनी ही बार सोचा कि वह दुर्योधन को अपने मन की करने दे।...उसके लिए कठिनाई ही क्या है। विदुर न योद्धा है, न सैनिक! उसके प्राण लेने में कठिनाई ही क्या है...किन्तु...किन्तु धृतराष्ट्र कैसे बताये दुर्योधन को कि विदुर के वध की बात सोचते ही वह कितना डर जाता है।...दुर्योधन की सारी शक्ति, उसकी व्यवस्थाओं, षड्यन्त्रों और सम्पर्कों के होते हुए भी, धृतराष्ट्र के मन से पाण्डवों का भय नहीं निकला है। उसे आज भी लगता है कि पाण्डव कितने भी असहाय क्यों न हों, किन्तु उनके जीवित रहते, उनकी विजय की

गये, तो फिर पाण्डवों के क्रोध से धृतराष्ट्र के प्राणों की रक्षा कौन करेगा?...दुर्योधन अपना युद्ध लड़ रहा था, और धृतराष्ट्र अपनी व्यूह-रचना कर रहा था। पाण्डवों से अपने प्राणों की रक्षा के लिए उसका अन्तिम शस्त्र विदुर ही था। धृतराष्ट्र जानता है कि विदुर उसका कितना भी विरोध क्यों न करे, उसकी कितनी भी भर्त्सना क्यों न करे, किन्तु वह उससे घृणा नहीं करता। विदुर के मन में उसके लिए स्नेह है। विदुर उसका हित चाहता है। विदुर उस की रक्षा अवश्य करेगा...

और विदुर की रक्षा? विदुर की रक्षा कौन कर रहा है, इस हस्तिनापुर में? क्या धृतराष्ट्र?...नहीं। धृतराष्ट्र ने यदि विदुर का वध करने की अनुमति नहीं दी, तो उसकी रक्षा की व्यवस्था भी कभी नहीं की । विदुर की रक्षा कदाचित् धृतराष्ट्र का भय कर रहा है...धृतराष्ट्र का भय!...महर्षि वेदव्यास का प्रिय पुत्र है विदुर! यदि विदुर को कोई क्षति पहुँचायी गयी तो महर्षि कभी क्षमा नहीं करेंगे क्षति पहुँचानेवालों को! कौन सँभालेगा महर्षि के रोष को? उनके एक संकेत पर, अनेक-अनेक राजा अपनी सेनाओं के साथ दौड़े चले आयेंगे। राजा न भी आयें तो महर्षि के आह्वान पर, स्वयं सेनाओं समेत जन-सामान्य ही दौड़े आयेंगे।...वेदव्यास जैसे व्यक्तियों की उपस्थिति में धृतराष्ट्र को लगने लगता है कि न वह राजा है, न उसके हाथ में कोई सत्ता है।...यदि आज कोई उसे सिंहासन से हटाकर, स्वयं सिंहासन पर बैठ जाये, जैसे पाण्डु को हटा कर वह स्वयं बैठ गया था, तो उसकी एक साधारण-सी दासी भी, उसकी आज्ञा का पालन नहीं करेगी।...किन्तु वेदव्यास! उन्हें न सिंहासन की आवश्यकता थी, न ही सिंहासन छिनने का भय! उनकी आज्ञाओं का पालन सर्वत्र होता है। यदि वे सिंहासन पर नहीं बैठे हैं, तो अपनी इच्छा से नहीं बैठे! अपनी इच्छा से त्याग रखा है उन्होंने सारे संसार का वैभव! यदि उनके मन में राजा बनने की इच्छा जाग जाये, तो धृतराष्ट्र जैसे लोग राज-सिंहासन के आस-पास भी नहीं फटक पायेंगे!...विदुर वेदव्यास की संरक्षता में हैं...सागर हहराता रहता है, किन्तु भूमि पर चढ़ नहीं दौड़ता; विद्युत कड़कती रहती है, किन्तु पृथ्वी को क्षार नहीं करती। वैसे ही व्यास जैसे लोग हैं—शक्ति के पुंज; किन्तु वे शक्ति का प्रयोग नहीं करते...यदि कहीं विदुर का अहित हुआ, तो सागर अपनी मर्यादा त्याग कर भूमि पर चढ़ दौड़ेगा; वियुत आकाश का वास छोड़ कर, भूमि पर उतर आयेगी...वेदव्यास को क्रोध आ जायेगा।...

धृतराष्ट्र को लगा कि उसका मन जैसे सहम-सहमकर, कभी-कभी आत्मस्वीकृति देता है कि विदुर के अनिष्ट की बात सोचते हुए भी उसे भय लगता है।...उसने कभी किसी से कहा नहीं है। दुर्योधन से कहेगा, तो दुर्योधन हँसेगा : विदुर से भय। उस अधेड़ वय के दुर्बल, शस्त्रहीन, नीतिज्ञ से भय!

सहसा धृतराष्ट्र का कोई एक मन, चिल्ला-चिल्ला कर उस प्रकार विरोध करने लगा, जैसे कोई पिटा हुआ व्यक्ति पीछे की ओर हटते हुए भी प्रतिशोध लेने की अनवरत धमकियाँ देता जाता है... उसका मन कह रहा था, वह भयभीत नहीं था। विदुर से तो तनिक भी भयभीत नहीं था।...हाँ, विदुर से उसे स्नेह था। विदुर उसका भाई है। शैशव से वे दोनों साथ पले हैं। विदुर ने सदा उसकी सेवा की है। वह जानता है कि धृतराष्ट्र को उसकी आवश्यकता है। इसलिए तो वह उसे छोड़ कर, कभी पाण्डवों के पास नहीं गया।...

और सहसा धृतराष्ट्र को लगने लगा कि उसने विदुर के साथ अच्छा व्यवहार नहीं किया। विदुर को बुरा लगा होगा। वह आहत हुआ होगा। वह क्रुद्ध नहीं होगा। अपने अपमान का प्रतिशोध नहीं लेगा...तो क्या धृतराष्ट्र उसकी भावनाओं का किंचित भी सम्मान नहीं करेगा?...धृतराष्ट्र को अपने

लेगा...तो क्या धृतराष्ट्र उसकी भावनाओं का किंचित भी सम्मान नहीं करेगा?...धृतराष्ट्र को अपने इस छोटे भाई को इस प्रकार पीड़ित नहीं करना चाहिए। उसके घावों पर स्नेहलेप लगाना चाहिए...

वह अपने स्थान से उठ खड़ा हुआ।

"कहाँ जायेंगे महाराज?" दासी ने पूछा।

अपनी व्याकुलता के मार्ग में आने वाला यह प्रश्न, धृतराष्ट्र को इतना अटपटा लगा कि दासी के प्रति मन में खीझ उठी, "कहीं नहीं जाऊँगा! यहीं टहलूँगा।"

दासी ने उसकी भुजा थाम ली : यह उसे सहारा दे कर चलाने के लिए था। किन्तु धृतराष्ट्र को आज न यह सहारा भला लगा, न युवती दासी का उत्तेजक स्पर्श! उसने अपनी भुजा खींच ली, "मैं स्वतः ही टहलूँगा। तुम, मार्ग में आयी बाधाओं को हटा देना।"

"कहीं गिर न पड़ें महाराज!"

धृतराष्ट्र ने अपने कठोर चेहरे को उसकी ओर मोड़ा "मेरे नेत्रों में ज्योति चाहे न हो; किन्तु टाँगों में पर्याप्त बल है।"

"मेरा तात्पर्य यह नहीं था महाराज।" दासी सहम गयी।

"अपने तात्पर्य के लिए उचित शब्दों का चयन करना सीखो।" उसका क्रोध अभी शान्त नहीं हुआ था; और सहसा उसका ध्यान अपनी ओर चला गया : वह टहल नहीं रहा था, भूमि पर पैर पटक रहा था। वह ऐसे कब तक पैर पटकता रहेगा : जब तक विदुर आ नहीं जायेगा?...किन्तु विदुर अब कदाचित् अपने-आप न आये! आज उससे अपना सम्बन्ध तोड़ लिया था धृतराष्ट्र ने! तो स्वेच्छा से क्यों आयेगा?...क्या बुलाने पर आ जायेगा?

'हाँ!' धृतराष्ट्र का मन बोला, 'आ जायेगा। उसके हृदय में स्नेह है। प्रतिहिंसा अथवा प्रतिशोध की भावना, वह अपने मन में नहीं रखता। वह सम्बन्ध तोड़ता नहीं जोड़ता है।...भाई के स्नेह से नहीं आयेगा, तो राजाज्ञा से उसे आना पड़ेगा।...'

धृतराष्ट्र रुक गया।

दासी उसके साथ ही चल रही थी। बोली, "महाराज!"

"मुझे आसन तक ले चलो।"

दासी ने उसकी हथेली थाम ली और उसे आसन तक ले आयी। धृतराष्ट्र बैठ गया और बोला, "किसी को भेजो। जा कर विदुर को बुला लाये!"

जो आज्ञा महाराज!" दासी बाहर चली गयी।

और सहसा, धृतराष्ट्र का मन पुनः बदल गया—उसका भय उसके दर्प के नीचे दब गया। क्या आवश्यकता है, उसे विदुर से डरने की! बड़े भाई के द्वारा छोटे भाई का, अथवा राजा के हाथों अपने मंत्री का अपमान भी हो गया, तो ऐसा कौन-सा अनर्थ हो गया। अब तक तो विदुर को इन सब बातों का अभ्यस्त हो ही जाना चाहिए था।...क्या आवश्यकता है, धृतराष्ट्र को, उसकी चाटुकारिता करने की।...चला गया है, तो आ भी जायेगा। धृतराष्ट्र के पास नहीं आयेगा, तो कहाँ जायेगा...

"दासी!" उसने पुकारा।

"महाराज!"

"विदुर को बुलाने कौन गया है?"

"पल्लवी गयी है महाराज!"

"किसी अश्वारोही को भेजो। पल्लवी को महामंत्री के आवास पर पहुँचने से पहले ही लौटा लाया जाये। महामंत्री को राजकीय आज्ञा सुनाने की आवश्यकता नहीं है। वे स्वेच्छा से जब चाहें, राजप्रसाद में आ सकते हैं।"

5

विदुर को देखते ही पारंसवी समझ गयी कि कोई गम्भीर घटना घट गयी है। इसकी आशंका तो उसे पहले से ही थी। द्यूतसभा में जिस प्रकार खुलकर विदुर ने दुर्योधन और शकुनी का विरोध किया था, उसके पश्चात् यह आशा नहीं की जा सकती कि धृतराष्ट्र की राजधानी में विदुर उन्मुक्त और सुखी रह पायेंगे।

"क्या हुआ आर्यपुत्र?" पारंसवी ने स्वयं को सँभाल, मधुर ढ़ंग से पूछा।

विदुर ने उसे भीतर चलने का संकेत किया। वे स्वयं चुपचाप चलते हुए, उस प्रकोष्ठ में आये, जहाँ आजकल कुन्ती रह रही थी।

कुन्ती ने विदुर और पारंसवी को गम्भीर मुद्राएँ बनाये आते देखा, तो उसका धैर्यवान मन भी कुछ आशंकित हो उठा।

"सब कुशल तो है न?"

विदुर आसन पर बैठ गये; और उन्होंने हाथ के संकेत से उन दोनों को बैठने के लिए कहा।

"महाराज धृतराष्ट्र ने आज मुझसे अपना सम्बन्ध-विच्छेद करने की घोषणा की है; और कहा है कि मैं चाहूँ तो हस्तिनापुर छोड़कर जा सकता हूँ। उन्हें अब मेरी आवश्यकता नहीं है।"

"इसका क्या अर्थ?" पारंसवी ने अपने-आपसे पूछा।

"इसका अर्थ मात्र इतना नहीं है कि देवर अब महाराज के भाई, मंत्री या राजकर्मचारी नहीं रहे। वे राजा के द्वारा एक प्रकार से राजद्रोही अथवा अपराधी भी घोषित कर दिये गये हैं।" कुन्ती ने धीरे से कहा, "वे अभी दण्डित नहीं किये गये हैं; किन्तु वे दण्डित किये जायेंगे। इसलिए विदुर तुम्हें तत्काल किसी सुरक्षित स्थान पर चले जाना चाहिए।"

"जब हस्तिनापुर ही हमारे लिए सुरक्षित नहीं रहा, तो और कौन-सा स्थान हमें सुरक्षा प्रदान कर सकता है।" पारंसवी असहाय-सी इधर-उधर देख रही थी।

किन्तु कुन्ती ने जैसे इतनी देर में निश्चय भी कर लिया था, "विदुर! तुम पाण्डवों के पास वन में चले जाओ!" कुन्ती का स्वर, पर्याप्त उपदेशात्मक था।

विदुर ने चकित हो कर कुन्ती की ओर देखा : यह कैसा विचित्र आदेश था। जो पाण्डव कुन्ती की सुरक्षा हेतु उसे विदुर के पास छोड़ कर गये थे; विदुर को सुरक्षा के लिए, उन्हीं पाण्डवों के पास भेज रही थी।...

"मैं तो चला जाऊँगा भाभी! प्रश्न तो तुम लोगों की सुरक्षा का है।" विदुर बोले, "पाण्डव, जितने प्रिय तुम्हें हैं, उतने ही प्रिय मुझे भी हैं। उन के पास जा कर मुझे प्रसन्नता होगी, किन्तु वनवासी युधिष्ठिर पर अपने भरण-पोषण का बोझ डालना उचित होगा क्या?"

"जहाँ तक मैं धृतराष्ट्र को जानती हूँ, तुम्हारा यह निष्कासन दीर्घकालीन नहीं होगा।" कुन्ती ने पूर्णतः आश्वस्त स्वर में कहा।

"क्यों? ऐसा सोचने का कारण?" पारंसवी के स्वर में जिज्ञासा भी थी और असहमति भी।

"धृतराष्ट्र ने पाण्डवों के साथ जो क्रूर व्यवहार किया है, उसके पश्चात् अब वह सम्भावित प्रतिशोध की कल्पना से भयभीत रहेगा।" कुन्ती धीरे से बोली, "वह इस समय तुम्हारे प्रति कठोर हो रहा है; किन्तु तुम्हारे जाते ही, वह इस बात से भयभीत हो जायेगा कि उसे पाण्डवों के क्रोध से बचानेवाला कवच अब नहीं रहा।"

"धृतराष्ट्र क्या इतना भीरु व्यक्ति है?" पारंसवी ने पूछा।

"जो स्वयं भयभीत होता है, वही दूसरों को आतंकित करता फिरता है।" कुन्ती शान्त स्वर में बोली।

विदुर मन ही मन चिन्तन-मनन करते रहे; और फिर धीरे से बोले, "कहती तो तुम ठीक ही हो भाभी! किन्तु मेरी अनुपस्थिति में तुम लोंगों की सुरक्षा का क्या होगा?"

"धृतराष्ट्र तथा दुर्योधन कितने भी क्रूर क्यों न हों, वे हमें किसी प्रकार की क्षति नहीं पहुँचायेंगे।" कुन्ती बोली, "वीर क्षत्रियों का स्त्रियों से क्या विरोध!"

"मैं तुमसे सहमत नहीं हूँ भाभी!" पारंसवी ने शालीन स्वर में कहा, "जो दुष्ट द्रौपदी कुलवधू को इतना अपमानित और पीड़ित कर सकते हैं, वे तुम्हें नहीं तो तुम्हारे पुत्रों को कष्ट देने के लिए, तुम्हें पीड़ित अथवा अपमानित कर सकते हैं।...और फिर क्यों चाहेंगे कि निष्कासित महामंत्री के परिवारजन हस्तिनापुर में सुरक्षित बने रहें।"

"तुम ठीक कहती हो पारंसवी!" कुन्ती ने कहा, "तुम्हारा ध्यान, गान्धारी की ओर नहीं गया। गान्धारी अपने पुत्रों का चाहे कितना ही समर्थन क्यों न करे, नारी के अपमान के लिए वह दुर्योधन को भी क्षमा नहीं करेगी।...और फिर युवती द्रौपदी का अपमान करने का अर्थ कुछ और है। मुझ वृद्धा के साथ वैसा व्यवहार देख दुर्योधन को भी किसी प्रकार का सुख नहीं मिल सकता।"

"दुर्योधन का सुख तो पाण्डवों को पीड़ित करने में है भाभी!" विदुर ने धीरे से कहा, "उसे केवल यह विश्वास हो जाये कि उसके किसी कृत्य से पाण्डवों को पीड़ा होगी, तो वह कुछ भी करने को तत्पर हो जायेगा। उसके जीवन का लक्ष्य, अपना सुख नहीं, पाण्डवों की पीड़ा है।"

"पाण्डव तो अपने जन्म से हीं कष्ट सहते आये हैं।" कुन्ती आत्मलीन स्वर में बोली, "इस समय तो महत्त्वपूर्ण है तुम्हारी सुरक्षा। तुम यदि हस्तिनापुर में टिके रहे तो दुर्योधन तुमसे प्रतिशोध अवश्य लेगा। इससे पहले कि उसको सूचना मिले कि धृतराष्ट्र ने तुम्हारे सिर से अपना हाथ उठा लिया है, तुम्हें हस्तिनापुर छोड़ देना चाहिए। तुम किसी भी अन्य राजा के आश्रय में जाओगे, तो वह राजा, दस बार सोचेगा कि तुम्हें शरण देकर, वह दुर्योधन का क्रोध आमंत्रित करे या न करे। पाण्डवों के पास जाने से, उन्हें एक बार भी इस प्रकार की चिन्ता करने की आवश्यकता नहीं होगी। उन्हें प्रसन्नता होगी कि उनके विदुर काका, धृतराष्ट्र के चंगुल से निकल कर, उनके पास पहुँच गये हैं।"

"मैं तो सुरक्षित हो जाऊँगा भाभी!" विदुर का स्वर, पहले की अपेक्षा, कहीं अधिक दृढ़ हो गया था, "किन्तु तुम्हारे सारे तर्कों के होते हुए भी, मैं तुम्हारी सुरक्षा की ओर से आश्वस्त नहीं हूँ।..."

कुन्ती ने जैसे खीझकर विदुर की ओर देखा। उसकी आँखों में एक प्रकार की कठोरता पुंजीभूत हुई और वह बोली, "तो एक कटु बात कह रही हूँ विदुर, उसे सुनो और विचार करो।"

"क्या है भाभी?" कुन्ती की दृढ़ता से विदुर का मन कुछ सहम-सा गया था।

"युधिष्ठिर के द्यूत खेलने से मैं तनिक भी प्रसन्न नहीं थी।" कुन्ती बोली, "उसके पराजित होने से मैं और दुखी हुई; और सबसे अधिक, मैं पीड़ित हुई, अपनी पुत्रवधू के अपमान से। युधिष्ठिर ने उस अपमान का विरोध नहीं किया, न अपने भाइयों को करने दिया। उसने उसका प्रतिशोध लेने का प्रयत्न नहीं किया।...और मैं जानती हूँ कि तेरह वर्षों के पश्चात् उसके निष्कासन समाप्त कर लौटने पर, यदि धृतराष्ट्र ने उसका राज्य लौटा दिया, तो वह अपना, अपने भाइयों तथा पत्नी का अपमान भूल जायेगा।"

"तो?" पारंसवी चकित थी।

"यह तो मैंने सोचा ही नहीं।" विदुर जैसे अपने-आप से बोले।

"किन्तु मैंने सोचा है।" कुन्ती बोली, "इसलिए, मैं यहाँ बैठी हूँ, हस्तिनापुर में। अपनी माँ को लेने तो वह आयेगा। न वह अपनी माँ को त्याग सकता है, न कोई नयी माँ खोज सकता है। इसलिए उसे हस्तिनापुर तो आना ही होगा।"

"भाभी!"

"मुझे अपनी सुरक्षा की चिन्ता नहीं है।" कुन्ती बोली, "मुझे चिन्ता उस प्रतिशोध की है, जो पाण्डवों को लेना है; मुझे चिन्ता उस राज्य की है, जो पाण्डवों का है। इसलिए विदुर! मैं हस्तिनापुर में रुक गयी हूँ, ताकि दुर्योधन की दृष्टि के सम्मुख निरन्तर बनी रहूँ। उसे याद दिलाती रहूँ कि उसने मेरे पुत्रों का राज्य छीना है। उस की सम्पत्ति अधर्म द्वारा अर्जित की गयी है। मैं धृतराष्ट्र की चेतना में बनी रहूँ, ताकि वह अपनी अन्धी आँखों से मेरे पुत्रों के शस्त्रास्त्रों को देखता रहे और उसका मन भय से निरन्तर काँपता रहे।...और मैं हस्तिनापुर में इसलिए रुकी हूँ विदुर! ताकि क्रोध में आकर, घृणा से भरकर दुर्योधन अथवा उसका कोई सहायक मेरी हत्या कर दे।..."

विदुर और पारंसवी ने स्तब्ध हो, कुन्ती की ओर देखा।

"हाँ! दुर्योधन मेरी हत्या कर दे।...यदि दुर्योधन मेरी हत्या कर दे, तो फिर युधिष्ठिर भी उसकी उपेक्षा नहीं कर सकता। वह अपमान विस्मृत कर दे, अपने भाइयों और अपनी पत्नी का अपमान क्षमा कर दे; किन्तु अपनी माँ की हत्या की न वह उपेक्षा कर सकता है, न उसे क्षमा कर सकता है।...और यदि युधिष्ठिर इस सीमा तक कायर हो जाये, कि अपनी माँ के हत्यारे को भी क्षमा कर दे, तो महावीर भीम और अर्जुन, दुर्योधन को कभी क्षमा नहीं करेंगे। मेरे नकुल और सहदेव, इतने समर्थ न सही, किन्तु अपने प्राण देकर भी, अपनी माँ की हत्या का प्रतिशोध लेंगे।..."

"यदि तुम्हारी ऐसी ही इच्छा है भाभी!" विदुर बोले, "तो तुम कहती क्यों नहीं, अपने चारों पुत्रों से कि वे धर्मराज की उपेक्षा कर, दुर्योधन को दण्डित करें।"

"यह माँ का धर्म नहीं है कि अपने पुत्रों को बड़े भाई की अवमानना सिखाये। मैं तो केवल उन्हें धर्म सिखा रही हूँ।" और सहसा, कुन्ती ने जैसे सारा विषय ही बदल दिया, "और यदि तुम्हें अपने परिवार की सुरक्षा की चिन्ता है तो स्मरण रखो, तुम सशस्त्र योद्धा तो हो नहीं कि तुम्हारे यहाँ उपस्थित रहने से, तुम्हारा परिवार सुरक्षित रहेगा। सम्भव है कि तुम्हारा आखेट करने आये, दुर्योधन के अनुचर, तुम्हारे परिवार की भी क्षति करने पर उतारू हो जायें; किन्तु यदि तुम ही नहीं होगे, तो वे यहाँ क्या करने आयेंगे।"

"मेरा विचार है, कुन्ती भाभी ठीक कह रही हैं।" पारंसवी बोली, "आप तो इस समय केवल अपनी सुरक्षा की बात सोचिए। यदि आप भी यहाँ उपस्थित रहे, तो हम सब असुरक्षित हैं। आप यहाँ न हुए तो एक तो वैसे ही दुर्योधन का क्रोध कुछ क्षीण हो जायेगा; और फिर यह उसे भी सोचना पड़ेगा कि पीछे से यदि कुन्ती भाभी अथवा आप के परिवार को क्षति पहुँचायी, तो आप अपने भातृ-पुत्रों को साथ ले कर, प्रतिशोध के लिए अवश्य आयेंगे।"

विदुर मौन बैठे कुछ सोचते रहे। थोड़ी देर पश्चात् वे उठकर खड़े हो गये और बोले "मैं अपने कक्ष में जा रहा हूँ। कुछ देर विचार करना चाहता हूँ। यदि जाने का निश्चय हो गया है तो रात्रि के किसी समय चुपचाप निकल जाऊँगा। यदि गया तो युधिष्ठिर के पास जाऊँगा। न गया तो कल प्रातः तुम लोगों से भेंट करूँगा।"

विदुर मंथर गति से अपने कक्ष की ओर चले गये। उन का तन जितना शिथिल दिखायी पड़ रहा था, मन उतने ही वेग से विभिन्न दिशाओं में भाग रहा था। यह शिथिल होने का समय नहीं था। उन्हें तत्काल निर्णय करना होगा; और तुरन्त सक्रिय होना होगा...

वे अपने कक्ष में आये और आसन पर बैठ कर उन्होंने परिचालक को पुकारा। परिचालक ने आकर प्रणाम किया तो बोले, "बाहर मेरा सारथि होगा। उसे भीतर भेज दो; और अब तुम जा कर विश्राम करो। मुझे किसी वस्तु की आवश्यकता नहीं है। थक गया हूँ। एकान्त चाहता हूँ।"

परिचालक प्रणाम करके बाहर चला गया; और थोड़ी-ही देर में सारथि ने प्रवेश किया।

"घोड़ों को खोल दो अश्वसेन! और तुम यथाशीघ्र महर्षि कृष्ण द्वैपायन व्यास के आश्रम में चले जाओ। उन को मेरी ओर से प्रणाम निवेदित करके कहना कि मुझे धृतराष्ट्र ने हस्तिनापुर से निष्कासित कर दिया है। मैं हस्तिनापुर छोड़ रहा हूँ। मेरा परिवार यहाँ असुरक्षित है। कुन्ती भाभी यहीं हैं; और उनकी सुरक्षा की ओर से भी मैं चिन्तित हूँ। इन सबका दायित्व उन पर ही छोड़ कर जा रहा हूँ। यदि वे उचित समझें तो आवश्यकता पड़ने पर, इन सब लोगों को अपने आश्रम में शरण दे सकते हैं।" विदुर क्षण भर रुके, "और अश्वसेन! यह दायित्व तुम्हारा है कि किसी को इसका आभास न होने पाये कि मैंने महर्षि को इस प्रकार का कोई संदेश भिजवाया है।"

युधिष्ठिर ने दूर से विदुर को आते देखा, तो उनके मन में एक अद्भुद उल्लास का स्रोत बह निकला...विदुर काका! इस समय, यहाँ वन में? ये हस्तिनापुर से इतनी दूर कैसे चले आये?...और अगले ही क्षण उन के मन में एक आशंका जागी...अपनी इच्छा से नहीं आये होंगे। इन्हें अवश्य ही धृतराष्ट्र ने भेजा होगा। पर धृतराष्ट्र ने क्यों भेजा होगा? क्या फिर उन्होंने द्यूत का आदेश भिजवाया है? अब क्या है पाण्डवों के पास हारने को? कहीं ऐसा न हो कि पाण्डवों को इस बार अपने को शस्त्रों को ही हारना पड़े; और उनका राज्य लौटाने की सारी सम्भावना ही समाप्त हो जाये।...

कितना अन्तर आ गया है, पाण्डवों के शैशव से अब तक में! तब विदुर काका उनकी सुरक्षा की आश्वस्ति थे। विदुर काका ने ही सहायता न की होती, तो पाण्डव वारणावत से कभी जीवित न निकलते! कैसी व्यवस्था की थी विदुर काका ने!...और फिर वे ही विदुर काका उनके लिए द्यूत-क्रीडा का निमन्त्रण लेकर आये थे...पर नहीं।...युधिष्ठिर के मन ने उन्हें टोक दिया...विदुर काका ने उन्हें

चेतावनी भी दी थी कि दुर्योधन उन्हें उनके सर्वस्व से वंचित करने की योजना बनाये बैठा है।... वारणावत जाते समय युधिष्ठिर को अपना धर्म आत्म-रक्षा में दिखायी पड़ रहा था...और द्यूत-सभा में जाते हुए धृतराष्ट्र के आदेश को पूर्णतः स्वीकार करने में।...विदुर काका का तो उसमें तनिक भी दोष नहीं था।...अब यदि धृतराष्ट्र ने विदुर काका को किसी संदेश के साथ भेजा भी है, तो यह निर्णय तो युधिष्ठिर को ही करना है कि उनका धर्म क्या है...

विदुर निकट आये तो पाण्डवों ने देखा, उनके चेहरे पर पाण्डवों से मिलने का तनिक भी उत्साह नहीं था। ऐसा नहीं लग रहा था कि वे लम्बी यात्रा कर, उनसे मिलने के लिए आये हैं; और उन्हें देखकर उनकी यात्रा की थकान मिट गयी है। लगता था, जैसे उन्हें अपने निकट पा कर, वे कुछ और भी भयभीत हो गये हैं।

विदुर का रथ रुका और वे श्लथ भाव से नीचे उतरे। पाण्डवों ने चरण-स्पर्श कर, उन्हें प्रणाम किया और कुछ संकेत तथा कुछ सहारे से, अपनी कुटिया में ले आये।

"काका! आप बहुत थक गये हैं।" युधिष्ठिर ने कहा, "आप थोड़ा विश्राम कर लें। तब तक पांचाली आपके भोजन की व्यवस्था करती है। उसके पश्चात् हम आपसे हस्तिनापुर के समाचार चाहेंगे।"

विदुर ने हथेली उठाकर युधिष्ठिर को रोका; और बोले, "यात्रा से तो थका ही हूँ; किन्तु उससे अधिक मैं धृतराष्ट्र के व्यवहार से हतप्रभ हुआ हूँ। जन्म से आज तक किन्हीं भी परिस्थितियों में मैंने हस्तिनापुर में अपने-आप को तथा अपने परिवार को इतना असुरक्षित नहीं पाया था। इस बार धृतराष्ट्र के व्यवहार से, सहसा मुझे ऐसा लगा कि कुरुवंश से मेरा कोई सम्बन्ध नहीं है, न मैं हस्तिनापुर का महामंत्री हूँ और न धृतराष्ट्र का भाई हूँ। मैं तो एक साधारण नागरिक के अधिकारों से भी सम्पन्न नहीं हूँ। दुर्योधन मेरी हत्या कर सकता है। मेरे परिवार को नष्ट कर सकता है...वह कुन्ती भाभी को भी क्षति पहुँचा सकता है।"

"क्यों हस्तिनापुर में ऐसा क्या हो गया काका कि आप इतने विचलित हो गये?" सहदेव ने अपने मधुर ढंग से पूछा।

विदुर थोड़ी देर शून्य में ताकते रहे, फिर बोले, "महाराज धृतराष्ट्र ने मुझसे अपने सारे सम्बन्ध विच्छिन्न कर, मुझे हस्तिनापुर से निष्कासित कर दिया है।"

युधिष्ठिर ने विदुर के कंधे को सस्नेह छूकर, उन्हें सांत्वना देने का प्रयत्न किया, "काका, आप बहुत थक गये लगते हैं। आपने वे सारी कल्पनाएँ भी कर लीं जो सम्भव नहीं हैं। दुर्योधन कितना भी आततायी क्यों न हो, वह प्रत्यक्ष रूप से आपके परिवार या हमारी माता को क्षति पहुँचाने का साहस नहीं कर सकता। अभी हस्तिनापुर में पितामह विद्यमान हैं। गुरु द्रोणाचार्य और राजपुरोहित कृपाचार्य उसे यह कभी अनुभव नहीं करने देंगे। और कोई न हो, तो माता गान्धारी तो हैं ही।"

"मैं यह सब नहीं जानता काका!" सहसा भीम बोला, "भैया जिन लोगों पर यह विश्वास कर रहे हैं, उन पर मेरा अब तनिक भी विश्वास नहीं है। किन्तु, मुझे यह भली प्रकार ज्ञात है कि दुर्योधन ने ऐसा कोई काम किया, तो मैं किसी धर्म-बन्धन को नहीं मानूँगा। मैं अपनी गदा के साथ सीधा हस्तिनापुर जाऊँगा और दुर्योधन तथा उसके प्रत्येक व्यक्ति के मस्तक को चकनाचूर कर दूँगा। दुर्योधन भी इस बात को समझता होगा। मुझे विश्वास है कि वह ऐसा दुस्साहस कभी नहीं कर सकता।"

विदुर ने भीम को देखा अवश्य; किन्तु कुछ कहा नहीं। उनकी मुद्रा बता रही थी कि वे भीम

की इन बातों से तनिक भी आश्वस्त नहीं हुए थे।

"काका, आप उनके लिए चिन्तित हैं जिन्हें आप हस्तिनापुर में छोड़ आये हैं, या अपने प्राणों के लिए चिन्तित हैं?" अर्जुन ने विदुर के निकट बैठते हुए पूछा, "जिन्हें आप हस्तिनापुर में छोड़ आये हैं, उनमें ऐसा कोई नहीं है, जिसकी हत्या कर दुर्योधन को किसी प्रकार का कोई लाभ हो। उससे न उसकी शक्ति बढ़ेगी, और न उसके शत्रुओं का बल कम होगा। इतनी बुद्धि दुर्योधन और उसके परामर्शदाताओं में भी है कि यदि वे आपके परिवार की स्त्रियों और बच्चों को अपनी हिंसा और क्रूरता का लक्ष्य बनाते हैं, तो उनका पक्ष दुर्बल ही होगा।...और अपने लिए तो आप को चिन्तित होने की आवश्यकता ही नहीं है। अब आप हमारे पास हैं; और हम आप की रक्षा में पूर्णतः समर्थ हैं।"

"इसी का तो विश्वास नहीं कर पा रहा।" विदुर धीरे से बोले, "अपने प्राणों का मुझे उतना मोह नहीं है; किन्तु मेरे कारण, कहीं तुम लोग संकट में न पड़ जाओ। मैं हस्तिनापुर से चला था तो मुझे यह विश्वास था कि मैं तुम लोगों के निकट तुम्हारे शस्त्रों की छाया में रहकर सुरक्षित रहूँगा।... किन्तु यहाँ आकर न जाने क्यों मुझे यह लगने लगा है कि यदि कहीं दुर्योधन को यह सूचना मिल गयी कि मैं तुम लोगों की शरण में आया हूँ तो वह मेरे प्रति जन्मा आक्रोश भी तुम लोगों पर ही निकालेगा। इससे मैंने तुम लोगों का संकट और बढ़ा दिया है।"

भीम ने जोर का अट्टहास किया, "आप समझते हैं कि हम दुर्योधन से दुर्बल हैं, या उससे भयभीत हैं। वह तो धर्मराज का धर्म-बन्धन ही था, जो हमें यहाँ ले आया; अन्यथा वह द्यूत-सभा धार्तराष्ट्रों के रक्त से लाल हो गयी होती।...और काका! यदि दुर्योधन और उसके मित्र हमसे अधिक शक्तिशाली होते, तो उन्हें द्यूत का षड्यन्त्र करने की क्या आवश्यकता थी? वे सीधे-सीधे आक्रमण कर, शस्त्रों से हमारा वध कर देते।"

"वह सब छोड़िए काका!" युधिष्ठिर ने धीरे से कहा, "आप जैसे नीतिज्ञ पुरुष का न इस प्रकार आशंकित होना उचित है; और न यह मोह ही आपकी प्रकृति का अंग है। मुझे तो लगता है कि महाराज धृतराष्ट्र के इस सम्बन्ध-विच्छेद से आपको जो भावनात्मक आघात पहुँचा है, वह आपके लिए अकल्पनीय था। उसी से आपका सन्तुलन कुछ डगमगा गया। जब मनुष्य का स्नेह आहत होता है, तो उसका आत्मविश्वास भी डोल जाता है। आपके साथ इस समय वही हुआ है। आपको इससे यह भी समझ में आयेगा कि यद्यपि आप पितृव्य की नीति से कभी सहमत नहीं हुए; उनके कृत्यों और आचरण का आपने कभी समर्थन नहीं किया; किन्तु फिर भी शैशव से आज तक के साहचर्य के कारण, आपको उनसे इतना अधिक स्नेह है, कि उनका आपसे इस प्रकार मुख मोड़ लेना आपके लिए असह्य हो उठा है। आप अपने-आपको सँभालें। किसी के भी प्राण संकट में नहीं हैं—न आपके, न हमारे, और न उन लोगों के, जिन्हें आप हस्तिनापुर में छोड़कर आये हैं।"

"और काका! आप यह भी समझते होंगे, कि मनुष्य का जीवन-मरण विधाता के हाथ में होता है, दुर्योधन अथवा हमारे पितृव्य के हाथ में नहीं।" सहदेव बोला, "यदि कहीं दुर्योधन अथवा पितृव्य के हाथ में होता, तो आज तक जीवित रहना, तनिक भी सम्भव नहीं था।"

"और यदि कहीं यह मध्यम के हाथ में होता तो आज दुर्योधन इस संसार में नहीं होता।" अर्जुन बोला।

विदुर ने कुछ नहीं कहा। वे चुपचाप बैठे सोचते रहे : ये पाण्डव, अवस्था में उनके पुत्रों के समान हैं। उनके मस्तक पर मृत्यु की छाया सदा ही मँडराती रही है। ये साधक अथवा विरक्त भी नहीं हैं; किन्तु फिर भी ये कितने आश्वस्त, स्वस्थ और सन्तुलित हैं। ईश्वर पर उनकी निर्भरता मात्र एक विचार नहीं है। वह इनका व्यवहार है। इनका स्वभाव और इनकी प्रकृति!...विदुर तो एक ही झटके में इतने विचलित हो उठे हैं, जैसे उनके पगों के नीचे से धरती ही खिसक गयी हो...

द्रौपदी, सुभद्रा और बालन्धरा भोजन सामग्री लेकर आ गयी थीं। उन्होंने प्रणाम कर, सम्मानपूर्वक विदुर के हाथ-पाँव धोने के लिए जल प्रस्तुत किया।

विदुर अब तक पर्याप्त स्वस्थ हो चुके थे। बोले, "पुत्र युधिष्ठिर! मैंने महाराज धृतराष्ट्र को अपनी और कुरुकुल की रक्षा करने के लिए सर्वोत्तम मार्ग सुझाया था, किन्तु जैसे मृत्यु के निकट पहुँचे रोगी को औषधि अच्छी नहीं लगती अथवा कन्या को वृद्ध वर प्रिय नहीं होता, वैसे ही धृतराष्ट्र को मेरा परामर्श नहीं भाया।..."

"तो आप क्यों चाहते हैं कि वे आपका परामर्श मान लें और सुरक्षित हो जायें?" भीम ने प्रफुल्लित मुद्रा में कहा, "आप उन्हें अपनी अनीति पर चल कर मृत्यु का आलिंगन करने की स्वतन्त्रता क्यों नहीं देना चाहते?"

"नहीं पुत्र!" विदुर का स्वर पर्याप्त शान्त था, "हम सारे विश्व की मंगल-कामना करते हैं। सबके स्वस्थ और निरोग दीर्घ जीवन के लिए प्रार्थना करते हैं इसलिए किसी को भी ऐसे मार्ग पर चलने का परामर्श नहीं दे सकते, जहाँ उसका क्षय अथवा विनाश होता हो।" विदुर ने रुक कर भीम की ओर देखा, "सम्भव है कि तुम्हें यह आभास होता हो कि मैं तुम्हारा मित्र और धार्तराष्ट्रों का शत्रु हूँ; किन्तु यह वास्तविकता नहीं है। सत्य यह है कि मैं पितृव्य भीष्म के समान, मध्यस्थ हूँ। मुझे धृतराष्ट्र के पुत्र भी उतने ही प्रिय हैं, जितने पाण्डु के; किन्तु मैं अधर्म का साथ नहीं दे सकता, अन्याय का समर्थन नहीं कर सकता; और अत्याचार के सम्मुख मौन नहीं रह सकता। मैंने जब भी दुर्योधन का विरोध किया है, वस्तुतः वह अधर्म, अन्याय और अत्याचार का ही विरोध किया है। यदि वह अपना क्रूर मार्ग छोड़ दे, तो उससे मेरा क्या विरोध हो सकता है।"

"और यदि वह अपना क्रूर मार्ग न छोड़े काका?" अर्जुन ने पूछा।

"तो पुत्र! तुम लोग अपनी और अपने धर्म की रक्षा करो।" विदुर शान्त स्वर में बोले।

"वह कैसे काका?" युधिष्ठिर को विदुर के स्वर में आज एक नयी ही ध्वनि सुनायी दी, "हमारे पास न राज्य है, न सेना है! न सत्ता है, न सम्पत्ति! दुर्योधन को रोकना हमारे वश में है क्या?"

"जो, शत्रुओं द्वारा दुःसह कष्ट दिये जाने पर भी, क्षमा करते हुए अनुकूल अवसर की प्रतीक्षा करता है; तथा जिस प्रकार थोड़ी सी-आग को भी लोग घास-फूस द्वारा प्रज्वलित करके बढ़ा देते हैं, वैसे ही जो मन को वश में रख कर, अपनी शक्ति और सहायकों को बढ़ाता है, वह अकेला ही सारी पृथ्वी का उपभोग करता है। जो राजा अपने सुख और ऐश्वर्य को अपने सहायकों के साथ बाँट कर, उनका उपभोग करता है, उसके दुख और विपन्नता भी उसके सहायक परस्पर बाँट लेते हैं। अपने लिए सहायकों के संग्रह का एक यही उपाय है। सहायकों की प्राप्ति होने पर, पृथ्वी की प्राप्ति होती है—ऐसा, हमारी नीति कहती है। जो बकवादरहित सत्य बोलता है, अपने सहायकों और भाई-बन्धुओं के साथ बैठ कर समान अन्न का भोजन करता है; जो मित्रों और सहायकों के सामने अपने सम्मान-बड़प्पन

और पूजा की बातें नहीं करता, उसका संघटन, वज्र जैसा शक्तिशाली हो जाता है।..."

युधिष्ठिर ने अपने भाइयों की ओर देखा। लगा, वे सब विदुर काका की बात भली-भाँति समझ रहे हैं!...विदुर काका केवल नीति की ही बात नहीं कर रहे थे, वे उन्हें दुर्योधन से टकराने का मार्ग सुझा रहे थे।...विदुर की सारी हताशा छँट गयी थी। उनका आत्मविश्वास लौट आया था। वे उसी प्रकार सूक्तियों में अपनी आकांक्षा प्रकट कर रहे थे, जैसे उन्होंने पाण्डवों के वारणावत जाने से पहले अपनी बात कही थी।...ओह! यदि कहीं काका, धृतराष्ट्र के प्रति अपने मोह से मुक्त हो पाते...और सदा के लिए पाण्डवों के साथ रह सकते...

6

प्रणाम कर, दुर्योधन बैठ गया तो धृतराष्ट्र ने अपनी ज्योतिहीन आँखें उसकी ओर उठायीं, "सुना है कि विदुर, हस्तिनापुर छोड़ कर कहीं चला गया है।"

"हाँ पिताजी! वह अब हस्तिनापुर में नहीं है।"

"उसका परिवार?"

"परिवार यहीं है। परिवार को ले कर कहाँ जाता?"

"स्वयं कहाँ गया है?"

"उन्हीं कंगले पाण्डवों के पास!" दुर्योधन हँसा, "मेरे गुप्तचरों ने सूचना दी है कि वह उनके साथ, वन का घास-फूस और कन्द-मूल खा रहा है। एक कुटिया बना दी है उन्होंने। उसी में रह रहा है और उस धौम्य से ज्ञान-चर्चा कर रहा है।..."

"पाण्डव कहाँ हैं?"

"काम्यक वन में।"

"क्या कर रहे हैं? क्या सैन्य-संग्रह कर रहे हैं?"

"हाँ!" दुर्योधन हँसा, "किन्तु योद्धाओं की सेना का नहीं, भिक्षुओं की सेना का। उनके पास है ही क्या कि सैन्य-ग्रहण करेंगे। कन्द-मूल खा कर तो कोई सैनिक, युद्ध करता नहीं।"

दुर्योधन ने दृष्टि उठा कर अपने पिता के चेहरे को देखा, तो तत्काल समझ गया कि धृतराष्ट्र यह सब सुनकर प्रसन्न नहीं हो रहा।

"क्या हुआ महाराज?" दुर्योधन ने पूछा, "विदुर को निष्कासित कर आप प्रसन्न नहीं हैं?"

धृतराष्ट्र ने थोड़ी देर तक कोई उत्तर नहीं दिया; किन्तु जब उसे लगा कि दुर्योधन उसके उत्तर की प्रतीक्षा कर रहा है, तो धीरे से बोला, "तुम समझते हो कि विदुर वहाँ बैठा, धौम्य से अध्यात्म-चर्चा कर रहा होगा?"

"मेरे गुप्तचरों ने मुझे यही सूचना दी है कि विदुर वहाँ बैठा, उन्हें नीति के उपदेश देता है, जिसे वे पाँचों भाई बहुत चाव से सुनते हैं। धौम्य कभी शास्त्रों की चर्चा करता है, कभी इतिहास की।" दुर्योधन ने पिता की ओर देखा, "क्या आपका विचार है कि ऐसा नहीं है?"

"नहीं, ऐसा नहीं है।" धृतराष्ट्र ने दृढ़ता से कहा, "तुम्हारे गुप्तचर मूर्ख हैं अथवा तुम्हें मूर्ख बना रहे हैं।"

"इतनी सूचना तो मैं निश्चित् रूप से आप को दे सकता हूँ कि वहाँ एक भी सैनिक नहीं है। पाण्डवों में से तो कोई भी शस्त्राभ्यास नहीं कर रहा। भीम कभी-कभी आखेट के लिए अवश्य जाता है; किन्तु न वह शस्त्रों का अभ्यास करता है, न ही व्यूह-रचना का। न ही उन लोगों ने अभी तक किसी राजा से कोई सम्पर्क करने का प्रयत्न किया है न किसी से सैनिक सहायता माँगी है...।"

धृतराष्ट्र ने कुछ नहीं कहा।...इस दुर्योधन से कुछ भी कहने का क्या लाभ, जिसे आज तक यही समझ नहीं आया कि नीति में कितना बल होता है।...वह विदुर का महत्त्व नहीं समझता। वह किसी भी मूल्य पर विदुर को हस्तिनापुर से निकाल देना चाहता है, चाहे उसका परिणाम कुछ भी हो...विदुर कहीं जाये, किसी के पास जाये...वह यह समझ नहीं सकता कि एक निशस्त्र विदुर के कारण किसी का सैन्यबल कैसे बढ़ सकता है।...वह न विदुर का महत्त्व समझता है, न महर्षि व्यास का, न वासुदेव कृष्ण का।...वह समझ ही नहीं सकता। उसकी स्थूल बुद्धि केवल शारीरिक बल देखती है, या शस्त्र-बल!...

"आप कहीं उस विदुर को वापस बुलाने की बात तो नहीं सोच रहे?" सहसा दुर्योधन ने पूछा, "इतनी कठिनाई से तो हमें उससे मुक्ति मिली है। लौट आया तो फिर कभी नहीं जायेगा।..."

"दुर्योधन!" धृतराष्ट्र अपने स्वर के रोष पर स्वयं ही चकित रह गया; किन्तु उसने उसे सायास बनाये रखा, "यह मत भूलो कि विदुर मेरा भाई है; और मैं उससे प्रेम करता हूँ।"

दुर्योधन अपने पिता के इस मोह से कई बार पीड़ित हो चुका था...अब फिर वही!...इस वृद्ध को न अपना हित समझ में आता है, न कोई तर्क...वह स्वयं को संयत नहीं रख सका। आक्रोशपूर्वक बोला, "आप यह नहीं भूलते कि वह सम्बन्ध से आपका भाई है; किन्तु यह क्यों भूल जाते हैं कि व्यवहार और चिन्तन से वह आपका शत्रु है?"

एक क्षण के लिए धृतराष्ट्र के मन में आया कि वह दुर्योधन को समझाये कि विदुर को हस्तिनापुर में बनाये रखकर, वह उसे पाण्डवों से दूर करना चाहता है, ताकि उसका बल पाण्डवों को न मिले...किन्तु दूसरे ही क्षण उसने इस विचार को त्याग दिया...इससे तो कहीं अच्छा है कि वह विदुर के प्रति अपने भ्रातृ-प्रेम को ही अधिक से अधिक प्रचारित करे।...दुर्योधन मानता रहे कि उसके पिता ने उसकी इच्छा का सम्मान नहीं किया...सारे हस्तिनापुर को पता लग जाये कि धृतराष्ट्र ने दुर्योधन की इच्छा के विरुद्ध, विदुर को हस्तिनापुर वापस बुलाया है...सब यह मानते रहें कि वह अपने पुत्र से अधिक अपने भाई से प्रेम करता है...उस दासी-पुत्र से...विदुर भी यह सोच-सोच कर, अपने अहंकार को स्फीत करता रहे कि धृतराष्ट्र उसको दुर्योधन से अधिक प्रेम करता है। वह जितना ही, इस बात पर विश्वास करेगा, उतना ही मन से पाण्डवों से दूर होता जायेगा...वह कितनी लाभदायक स्थिति होगी जब विदुर, दुर्योधन से विकट घृणा करते हुए भी धृतराष्ट्र से प्रेम करेगा, और उसके प्रेम में बँधकर, वह पाण्डवों से दूर होता जायेगा।...वह दुर्योधन से घृणा करेगा, किन्तु धृतराष्ट्र के कारण उसका विरोध नहीं कर पायेगा...विदुर को न निष्कासित करने की आवश्यकता है, न बन्दी बनाने की, उसे प्रेम-मोह में लपेट लेना ही पर्याप्त है।

किन्तु विदुर को बुलाने कौन जायेगा? कोई ऐसा व्यक्ति, जो विदुर की दृष्टि में भी, दुर्योधन के

प्रभाव से मुक्त हो...जो सज्जन माना जाता हो, जिसकी प्रसिद्धि संत की-सी हो।...युधिष्ठिर को फँसाने के लिए विदुर को चारा बनाया था, वैसे ही विदुर को बुलाने के लिए, उसे चारा बनाया जा सके...

धृतराष्ट्र का ध्यान बार-बार संजय की ओर जा रहा था...गवल्गण सूत का पुत्र है संजय! संजय की प्रसिद्धि भी एक अनासक्त, स्वार्थहीन, न्यायप्रिय, सत्यवादी और सात्विक मंत्री की-सी है। अन्य मंत्रियों के समान, न उसकी भोग-वृत्ति थी; न कभी उसने दुर्योधन को प्रसन्न कर किसी प्रकार का कोई भौतिक लाभ प्राप्त करने का प्रयत्न किया था।...संजय का व्यक्तित्व, बहुत कुछ विदुर के समान ही माना जा सकता था।...किन्तु विदुर के विषय में यह प्रसिद्ध था कि वह दुर्योधन का विरोधी और पाण्डवों का मित्र था। संजय के विषय में ऐसी कोई धारणा, धृतराष्ट्र ने किसी से नहीं सुनी थी। उसे और भी तटस्थ माना जा सकता था।...महर्षि व्यास से उसके अच्छे सम्बन्ध थे। प्रजा में उसका सम्मान था.. धृतराष्ट्र अपने मन में कुछ भी रखे, किन्तु उसे अपने आस-पास, ऐसे ही लोगों को रखना चाहिए था, जिनकी गणना सज्जनों में होती थी...दुःशासन, शकुनि तथा कर्ण के कारण, दुर्योधन जिस प्रकार अपयश तथा कुख्याति कमा रहा था, धृतराष्ट्र को उससे सावधान रहना था।...व्यक्ति का मन कैसा भी हो, कृत्य कैसे भी हों, उसकी संगति और उसका वेश तो साधुओं जैसा होना चाहिए...

"दासी!"

"महाराज!"

"किसी को भेजो, गवल्गण-पुत्र संजय को बुला लाये। संदेश में कहो कि महाराज उनसे मिलने के लिए व्याकुल हैं।"

दुर्योधन चौंका : क्या करने जा रहा है, उसका यह अन्धा पिता? इस समय संजय को बुलाने का कारण?...

"आप कहीं विदुर को वापस हस्तिनापुर बुलाने के लिए तो संजय को नहीं भेज रहे हैं?" दुर्योधन ने जैसे अचकचा कर पूछा।

"हाँ!"

दुर्योधन की इच्छा हुई कि अपना सिर भूमि पर दे मारे; किन्तु वह कर नहीं सका। बोला, "क्यों बुलाना चाहते हैं, आप उस विदुर को हस्तिनापुर में?"

"विदुर का बहुत प्रभाव है।" धृतराष्ट्र का स्वर पर्याप्त दृढ़ता लिए हुए था, "वह पाण्डवों के पक्ष में हो गया, तो भविष्य में पाण्डवों का महान अभ्युदय होगा।"

"अच्छा तो मैं चलता हूँ।" दुर्योधन, अपना रोष जताता हुआ, उठ खड़ा हुआ।

उसका विचार था कि धृतराष्ट्र उसे रोकने का प्रयत्न करेगा; किन्तु धृतराष्ट्र ने एक शब्द भी नहीं कहा।

संजय ने आने में तनिक भी विलम्ब नहीं किया।

"महाराज!"

धृतराष्ट्र ने अपना मस्तक उठाया। उसने संजय को कभी देखा नहीं था : देख सकता भी नहीं

था।...किन्तु उसे बताया गया था कि संजय इकहरे बदन का, कोमल-सा दिखने वाला युवक था। वर्ण गोरा था, आँखें बड़ी और गहरी थीं, अधर पतले और लाल थे, भुजायें लम्बी और कोमल थीं।... धृतराष्ट्र ने उसका स्वर ही सुना था। कोमल-सा स्वर था, जिससे लगता था कि ऐसा व्यक्ति न तो किसी को कोई कठोर शब्द कह सकता था, न किसी की प्रार्थना का तिरस्कार कर सकता था।

"बैठो संजय!"

संजय एक आसन पर बैठ गया; और धृतराष्ट्र की ओर अपेक्षापूर्ण दृष्टि से देखने लगा।

"संजय! मैं जन्म से ही बहुत अभागा हूँ।..."

"ऐसा क्यों कहते हैं महाराज! आपने आर्यावर्त्त के प्रसिद्ध राजवंश में जन्म लिया है, बलिष्ट और स्वस्थ देह-यष्टि पायी है, आदर्श पत्नी और बहुसंख्य पुत्र पाये हैं, कौरवों का प्रसिद्ध राज्य पाया है, भोग के सारे उपकरण आपके सामने हाथ जोड़े खड़े हैं। ईश्वर ने आपको क्या नहीं दिया। एक दृष्टि ही तो नहीं दी; किन्तु संसार में किसी को सब कुछ नहीं मिलता महाराज! आप को स्वयं को अभागा नहीं कहना चाहिए। कृतघ्नता, अपराध है। हमें ईश्वर का कृतज्ञ होना चाहिए।"

"तुम ठीक कहते हो संजय!...मैं इसलिए तो अभागा हूँ कि ईश्वर ने मुझे तुम जैसी सद्बुद्धि नहीं दी। जो मेरे पास है, वह मुझे दिखायी नहीं देता, और जिससे वंचित हूँ, वह मन में चुभ गये शूल के समान सदा ही कष्ट देता रहता है। दृष्टि नहीं है, इसलिए अपूर्ण मनुष्य हूँ। इस अपूर्णता ने ही तो मेरे मस्तिष्क को विकृत कर रखा है। ईश्वर ने जो दिया है, उसकी बात नहीं सोचता, जो नहीं दिया, मन में ही घुमड़ता रहता है।...आज तक मैंने सोचा ही नहीं कि मेरे पास क्या-क्या है; जो नहीं है, उसके चिन्तन से ही मुक्ति नहीं मिली...।"

संजय ने कुछ नहीं कहा। वह उसी प्रकार अपेक्षापूर्ण दृष्टि से धृतराष्ट्र की ओर देखता रहा। महाराज को और क्या कहना? निश्चय ही अपने भाग्य की चर्चा के लिए तो उसे बुलाया नहीं होगा।

"देखो!" धृतराष्ट्र ने पुनः कहा, "तुम मेरे निकट हो, मेरे सामने बैठे हो; किन्तु मुझे तुम्हारी उपस्थिति का भान कम होता है, विदुर की अनुपस्थिति ही अधिक सालती है। विदुर एकमात्र जीवित भाई है। मैंने अपनी मूर्खता से उसे रुष्ट कर दिया है।...जाने ऐसा क्यों है कि जिनसे मैं इतना प्रेम करता हूँ, वे ही मुझसे रुष्ट हो जाते हैं। वे अपने रोष के कारण, मेरा त्याग कर देते हैं और मैं उनके प्रति अपने प्रेम के कारण तड़पता रहता हूँ। आज भी सारी रात, मैं करवटें ही बदलता रहा। थोड़ी भी नींद नहीं आयी...।" धृतराष्ट्र ने रुक कर, अपनी ज्योतिहीन आँखों से संजय को देखा, "तुम कहते हो न कि हमें ईश्चर के प्रति कृतघ्न नहीं होना चाहिए; किन्तु मैं क्या करूँ! इस कुरु साम्राज्य का स्वामी, सौ-सौ वीर-योद्धा पुत्रों का पिता, पत्नी, उपपत्नियों तथा दासियों का स्वामी, यह धृतराष्ट्र तड़प-तड़प कर रह जाता है; किन्तु सारी रात मैं एक प्रहर भी सो नहीं पाता।...क्योंकि जिस ईश्वर ने उसे इतना कुछ दिया है, उसने उसे एक प्रेम भरा हृदय भी दे दिया है जो अपने प्रियजनों से मिलने को व्याकुल रहता है।" धृतराष्ट्र के स्वर में अब पीड़ा का चीत्कार भी सम्मिलित हो गया था, "मुझसे तो वह विदुर ही भाग्यशाली है। ईश्वर ने चाहे उसे राजा नहीं बनाया, सौ-सौ पुत्रों का पिता नहीं बनाया, पर उसे अपनी इच्छानुसार अपने प्रियजनों के निकट रहने की स्वतन्त्रता तो दी। वह अपना परिवार यहाँ छोड़ गया है; और वहाँ पाण्डवों के निकट सुख से रह रहा है।...मैं यहाँ अपने परिवार में रह कर भी उसके विरह में रो रहा हूँ।"

"तो महाराज! महात्मा विदुर को बुला क्यों नहीं लेते?" संजय ने कुछ चकित हो कर पूछा।

"मैं तो उसे हज़ार बार बुला लूँ; किन्तु वह आये, तब न!"

"उन्हें ज्ञात होगा कि महाराज ने उन्हें क्षमा कर दिया है, तो वह अवश्य आयेंगे।"

"मैं तो उसे कब से क्षमा कर चुका, किन्तु वह मुझे क्षमा करे, तब तो।" धृतराष्ट्र की आँखों में अश्रु आ गये।

संजय का मन पूर्णतः विगलित हो उठा था : यह एक वृद्ध और अंधा राजा अपने भाई के प्रेम में असहाय हो कर, अश्रु बहा रहा है, और भाई को उसकी सूचना ही नहीं है।...वैसे विदुर जी, ऐसे व्यक्ति तो हैं नहीं, जो किसी को जान-बूझकर पीड़ा देना चाहें। वे इतने क्रूर तो नहीं हो सकते कि अपने इस विकलांग भाई से रुष्ट हो कर, वन में पाण्डवों के साथ बैठे रहें। विदुर जी जैसा सात्विक व्यक्ति किसी की पीड़ा सहन नहीं कर सकता, तो किसी की पीड़ा का कारण कैसे बन सकता है... संजय का मन कहता है कि यदि विदुर जी को धृतराष्ट्र जी की व्याकुलता की सूचना मिल जाये, तो वे तत्काल हस्तिनापुर के लिए चल पड़ेंगे।...

"आपने विदुर जी को बुलाने के लिए किसी को भेजा है महाराज?"

"नहीं संजय, अभी तक तो किसी को नहीं भेजा!" धृतराष्ट्र ने धीरे से कहा।

"कोई विशेष कारण महाराज?"

धृतराष्ट्र ने थोड़ी देर तक कोई उत्तर नहीं दिया। फिर, जैसे बड़ा प्रयत्न कर बोला, "सोचता हूँ कि वह मेरा विश्वास करेगा, कि मैं उसे मात्र प्रेमवश बुला रहा हूँ; या...।"

"या क्या महाराज?"

"या यह सोचेगा कि अपने किसी स्वार्थ के कारण मुझे उसकी आवश्यकता आ पड़ी है, इसलिए मैंने उसके प्रति अपना विरोध भुला दिया है।" धृतराष्ट्र का स्वर कुछ ऊँचा हो गया, "साक्षात, धर्म के समान मेरा वह भाई! और मुझ पापी ने क्रोधवश उसे निकाल दिया। यह चाण्डाल क्रोध न जाने मुझसे क्या-क्या करवायेगा! जाने विदुर कहाँ है, किस स्थिति में है, जीवित भी है या नहीं...।"

लगा, धृतराष्ट्र को जैसे कोई उन्माद हो गया है। वह अत्यन्त दीन भाव से, फूट-फूट कर रो रहा था।

संजय के मन में व्याकुलता के असंख्य उत्स फूट आये थे। कैसे वह इस वृद्ध अन्धे राजा की कोई सहायता करे? अपने भाई के प्रति इस प्रकार का प्रेम तो अद्भुत था।...

"आप की आज्ञा हो, तो मैं विदर जी को बुलाने के लिए चला जाऊँ महाराज!" संजय ने अपनी वाणी को स्थिर रखने का प्रयत्न करते हुए, कुछ संकोचपूर्वक कहा।

"क्या तुम विदुर को ले आओगे संजय?" धृतराष्ट्र की वाणी में, किसी असम्भव स्वप्न के सत्य हो जाने का उल्लास भी था और विश्वास भी।

"हाँ महाराज! मैं आप का संदेश उन्हें दे दूँगा।" संजय असमंजस की स्थिति में बोला।

"तुम उसे मेरा संदेश तो दोगे, किन्तु उसे इस बात का विश्वास कौन दिलायेगा कि उसके लिए उसके भाई का हृदय फटा जा रहा है।"

"मैं सारी स्थिति का वर्णन करूँगा महाराज!" संजय ने कहा, "क्या उससे उनको विश्वास नहीं हो जायेगा, कि आप उनसे मिलने को इतने उत्कण्ठित हैं।..."

धृतराष्ट्र ने कुछ नहीं कहा। वह शून्य में दृष्टि गड़ाये बैठा रहा।

"वे विश्वास नहीं करेंगे महाराज?"

"नहीं!" इस बार धृतराष्ट्र ने स्पष्ट शब्दों में कहा, "वह राजनीति का पण्डित है। मेरे इस प्रेम को भी राजनीति की कोई चाल समझेगा।"

"नहीं महाराज! मैं उन्हें आपके प्रेम का पूरा विश्वास दिलाऊँगा।"...संजय बोला, "आप मेरा भरोसा कीजिए। मेरी दृष्टि बड़ा सूक्ष्म निरीक्षण करती है; और मेरी वाणी उस दृश्य को शब्दों में जीवन्त प्रस्तुत करती है। ऐसा सम्भव नहीं है महाराज! कि मेरे शब्द आपकी पीड़ा को विदुर जी के मन में साक्षात् न उतार दें।..."

"तुम सच कहते हो संजय?"

"आप इसे मेरी आत्मप्रशंसा अथवा अहंकार न समझें महाराज!" संजय ने उत्तर दिया, "यह तो ईश्वरप्रदत्त वरदान है। प्रभु की अनुकम्पा है।..."

धृतराष्ट्र कुछ क्षण मौन रहा, फिर आग्रहपूर्ण स्वर में बोला, "तो तुम ही जाओ संजय! उसे किसी प्रकार मनाकर ले आओ। यदि कहीं तुम उसे नहीं ला पाए, तो मैं उसके विरह में अपने प्राण त्याग दूँगा।..."

संजय को लगा, धृतराष्ट्र कुछ मोहित-सा हो गया है...उसके देखते-देखते ही, धृतराष्ट्र अचेत हो कर पृथ्वी पर गिर पड़ा।

संजय को पाण्डवों का पता लगाने में तनिक भी कठिनाई नहीं हुई। हस्तिनापुर के गूढ़-पुरुष उसे न भी बताते, तो भी सारे मार्ग में किसी गुरुकुल, ऋषि आश्रम, तपस्वियों के किसी स्थान से पूछने पर, तत्काल लोग उसे बता देते थे कि पाण्डव इस मार्ग से गये हैं। हस्तिनापुर में रह कर, संजय को पाण्डवों के चरित्र अथवा कृत्यों के विषय में कभी इतनी सूचनाएँ नहीं मिली थीं, जितनी उसे मार्ग में अपरिचित लागों से अनायास ही मिलती चली गयीं...

संजय का ध्यान विदुर से हटकर पाण्डवों की ओर चला गया था...पाण्डवों को हस्तिनापुर में उनके अपने पितृव्य और भाइयों ने जिस प्रकार अपमानित और वंचित किया था, उससे उनका मानवता, धर्म, नीति और समाज पर से विश्वास उठ जाना बहुत स्वाभाविक होता। वे मानव-शत्रु और हिंस्र हो जाते, तो संजय को कोई आश्चर्य नहीं होता।...किन्तु उनमें न विनाश की प्रवृत्ति जागी, न पाप की। वे धर्म का पालन करते हुए, मार्ग में मिले प्रत्येक साधु, सन्त, तपस्वी, और साधक से ही नहीं, सामान्य-जन से भी जिस प्रकार सज्जनता का मधुर व्यवहार करते हुए, यहाँ से गये थे, उनके प्रमाण सारे मार्ग में बिखरे हुए थे।...यदि कहीं उनके मन में प्रतिहिंसा जागी होती, और वे विनाश करने पर उतर आते तो, जिधर-जिधर उनकी दृष्टि उठती, उधर-उधर आग लग गयी होती।...और वैसे भी यदि वे कोई नया साम्राज्य खड़ा करना चाहते तो वे दिग्विजय करते दिखायी देते। उनके शस्त्रास्त्रों का प्रतिकार कौन कर सकता था...किन्तु वे तो जैसे अपना राज्य दुर्योधन को सौंपकर मुक्त हो गये थे। ऋषियों की आराधना करते, साधुओं के चरण पखारते, जन-सामान्य की कठिनाइयाँ दूर करते, प्रसन्नचित्त वे आगे बढ़ गये थे। उन्होंने अब तक हताशा का एक भी प्रमाण नहीं दिया था...

उन पाण्डवों के प्रति, विदुर का प्रेम उचित ही था।...सात्विक वृत्ति का कौन व्यक्ति, उनसे प्रेम

नहीं करेगा?...किन्तु धृतराष्ट्र का विदुर के प्रति प्रेम?...धृतराष्ट्र अब तक संजय को समझ में नहीं आया था।...जो व्यक्ति विदुर से प्रेम करता है वह दुर्योधन का पक्ष कैसे ले सकता है...जो दुर्योधन का पक्ष लेगा, वह विदुर से प्रेम कैसे करेगा?...और धृतराष्ट्र को दुर्योधन के समान कुछ प्रिय नहीं है...न धर्म, न न्याय, न नीति, न कर्तव्य, न भगवान्...और न कोई व्यक्ति!...फिर वह विदुर से इतना प्रेम कैसे कर सकता है?...

काम्यक वन के जिस खण्ड में पाण्डव रह रहे थे, संजय को वह एक ऋषिकुल जैसा ही लगा। ब्राह्मणों का एक बड़ा समुदाय, उन्हें घेर कर, अपने छोटे-छोटे कुटीर बना, अपनी-अपनी साधनाओं में लगा हुआ था। केन्द्र में धौम्य मुनि का कुटीर था। उनसे कुछ हट कर, किन्तु अन्य कुटीरों की अपेक्षा निकटतम कुटीर पाण्डवों के ही थे जो किसी भी प्रकार धौम्य मुनि के कुटीर से विशाल और सुविधाजनक नहीं थे। वे कुटीर गृहस्थों जैसे थे। पाण्डवों की स्त्रियाँ और बच्चे भी वन्य जीवन को अंगीकार कर, सहज रूप से जीवन व्यतीत कर रहे थे। संजय को ज्ञात था कि पाण्डवों ने अपना आरम्भिक शैशव शतश्रृंग के तपस्वियों के साथ बिताया था। अब वे फिर से वैसा ही तपस्वी जीवन व्यतीत कर रहे थे।...वहीं एक कुटीर विदुर का भी था।

पाण्डव राजा नहीं थे, उनके पास सैनिक और गुप्तचर नहीं थे।...किन्तु एक प्रकार की रक्षात्मक-सूचना-व्यवस्था उन्होंने स्थापित कर रखी थी। संजय को यह पता नहीं लगा था कि किसने उसे कब और कहाँ देखा और किसने उन्हें सूचना पहुँचायी; किन्तु यह सब हुआ था, क्योंकि नकुल उनके स्वागत के लिए खड़ा था...उसके साथ युधिष्ठिर का सारथि इन्द्रसेन भी था। उसने तत्काल संजय का रथ सम्भाल लिया था। अश्वों की सेवा के लिए, वह उन्हें अश्वशाला की ओर ले गया था।

संजय को प्रसन्नता हुई : पाण्डव संकट की ओर से असावधान नहीं थे।

"हस्तिनापुर में कुशल तो है?"

"हाँ! सब लोग सकुशल हैं।" संजय मधुर स्वर में बोला, "चलने से पूर्व यद्यपि मैं राजमाता कुन्ती से नहीं मिल सका; किन्तु मैंने उनका कुशल-समाचार पुछवा लिया था। वे सकुशल और प्रसन्न हैं।"

"आप राजदूत के रूप में आये हैं अथवा निष्कासित बुद्धिजीवी के रूप में?" नकुल विनोदपूर्ण मुद्रा में मुस्कुरा रहा था।

संजय ने विस्मयपूर्वक नकुल की ओर देखा; किन्तु कुछ कहा नहीं।

"यदि आप धर्मराज के लिए पितृव्य का कोई संदेश लाये हैं, तो राजदूत हैं; और यदि आप विदुर काका के समान महाराज धृतराष्ट्र द्वारा तिरस्कृत हुए हैं, तो आप निष्कासित बुद्धिजीवी हैं।"

संजय हँस पड़ा, "मैं इन दोनों वर्गों में नहीं आता, राजकुमार! मैं महामंत्री विदुर के लिए महाराज धृतराष्ट्र का संदेश लेकर आया हूँ।"

इस बार नकुल भी सहज भाव से मुस्कराया, "आप किसी भी रूप में आये हों, आपका स्वागत है आर्य संजय! यदि आप बहुत त्वरा में न हों और यात्रा से थके हुए हों, तो आपको विश्राम-कुटीर की ओर ले चलूँ। यदि आप तत्काल विदुर काका अथवा धौम्य मुनि को प्रणाम करना चाहते हों, तो अभी यह सम्भव नहीं है। वे दोनों ही ध्यान कर रहे हैं। धर्मराज से मिलना चाहें, तो हम उनके कुटीर की ओर ले चलें, और यदि भैया भीम से मिलना चाहें, तो वे स्वयं ही आप को खोज लेंगे।"

"ऐसी स्थिति में मैं तो धर्मराज को ही प्रणाम करने का पुण्य अर्जित करना चाहूँगा।"

नकुल उसे युधिष्ठिर के पास ले आया। भीम और अर्जुन भी वहीं उपस्थित थे।

"महाराज युधिष्ठिर की जय हो।" संजय ने हाथ जोड़कर प्रणाम किया। युधिष्ठिर हँस पड़े, "संजय! जिस युधिष्ठिर के पास न राज्य हो, न कोश, न सेना; जो वन में कुटीर बना कर वनवासी जीवन व्यतीत करता हो, वह महाराज कहलाने का अधिकारी कैसे है?"

संजय का स्वर कुछ और विनीत हो गया, "मुझे क्षमा करें धर्मराज! परिवार के पारस्परिक कारणों से यदि आज आप, परिस्तिवश वन में रह रहे हैं; और शीघ्र ही पुनः अपना राज्य प्राप्त करने वाले हैं, तो कोई यह कैसे भूल सकता है कि आप कुरु-सम्राट् युधिष्ठिर हैं, जिन के राजसूय यज्ञ में आर्यावर्त्त के राजाओं ने अपनी निष्ठा प्रमाणित करने के लिए आपको कर के रूप में उपहार दिये थे।"

"वह सब ठीक है संजय!" युधिष्ठिर ने सहज भाव से कहा, "किन्तु हम अपने वर्तमान को नकार नहीं सकते। मनुष्य के जीवन में सबसे महत्वपूर्ण तो उसका वर्तमान ही है।"

"स्नान करने के लिए यदि कोई राजा अपने आभूषण उतार कर बाहर रख, कुंड में प्रवेश करे, तो निर्धन तो नहीं हो जायेगा महाराज!" संजय ने उत्तर दिया, "वैसे यदि आप अपने धर्म का निर्वाह करने के लिए वनवास कर रहे हैं, तो आप वनचर तो नहीं हो जायेंगे।"

"साधु संजय! साधु!" भीम मुक्त कण्ठ से हँसा, "तुम्हारा दृष्टान्त तो अद्भुत है। आओ तुम्हें गले से लगा लूँ।" और भीम ने सचमुच आगे बढ़ कर संजय को वक्ष से लगा लिया।

"एक उक्ति के लिए युवराज का आलिंगन रूपी पुरस्कार तो किसी महान् सम्राट की सभा में ही मिल सकता है महाराज।" संजय पुनः बोला, "यदि महाराज अनुमति दें, तो मैं यह भी कहना चाहूँगा कि यदि महाराज आज सैनिक अभियान करें, तो दुर्योधन से अपना राज्य एक दिन में लौटा ले सकते हैं। फिर आप स्वयं को राज्यविहीन क्यों मानते हैं?"

संजय की उक्ति का सबसे स्पष्ट प्रभाव भीम पर पड़ा। वह बोला तो कुछ नहीं, उसने पलटकर युधिष्ठिर की ओर इस प्रकार देखा, जैसे चुनौतीपूर्वक कह रहा हो, 'अब क्या उत्तर देते हैं आप?'

अर्जुन मौन रहा और उसने अपनी मुद्रा से भी कोई प्रतिक्रिया व्यक्त होने नहीं दी। वह शान्त भाव से दर्शक बना बैठा रहा। नकुल की आँखों में भी संजय के प्रति प्रशंसा का भाव झलक रहा था।

युधिष्ठिर की मुद्रा गम्भीर हो गयी, "संजय! मैं दुर्योधन के धर्म के लिए उत्तरदायी नहीं हूँ। प्रत्येक व्यक्ति केवल अपने धर्म के लिए उत्तरदायी होता है। मैंने अपने धर्म की रक्षा के लिए राज्य का त्याग किया था; और अब अपने राज्य की प्राप्ति के लिए अपने धर्म की रक्षा कर रहा हूँ।"

"मैं समझा नहीं महाराज!"

"मैंने यह वचन दिया था कि बारह वर्ष वनवास और एक वर्ष के अज्ञातवास के पश्चात् लौटेंगे।" युधिष्ठिर ने उत्तर दिया, "हमारा धर्म यही है कि हम बारह वर्ष का वनवास और एक वर्ष का अज्ञातवास सफलतापूर्वक पूर्ण करें।"

"यदि महाराज धृतराष्ट्र आप को उससे पूर्व बुला कर राज्य लौटा दें, तो क्या आप उसे स्वीकार करेंगे?"

"क्या उन्होंने तुम्हें ऐसा कोई प्रस्ताव दे कर भेजा है?" अर्जुन ने पहली बार वार्तालाप में सहयोग किया।

"नहीं!" संजय तत्काल बोला, "ऐसी कोई बात नहीं है। मैं तो धर्मराज के मुख से धर्म का स्वरूप जानने के लिए ऐसे प्रश्न कर रहा हूँ।"

"तो मेरी धारणा यह है संजय! कि यदि ऐसा कोई प्रस्ताव आये और मैं उसे स्वीकार कर लूँ, तो उससे मेरे धर्म की रक्षा तो हो जायेगी; किन्तु मेरे स्वाभिमान की रक्षा नहीं होगी।" युधिष्ठिर ने गम्भीर स्वर में कहा, "भगवान राम को कैकेयी ने सूचना दी थी कि उसने महाराज दशरथ से राम के लिए वनवास माँगा है। राम वन जाने के लिए प्रस्तुत हो गये, तो महाराज दशरथ ने उन्हें वन जाने से मना किया। यह आदेश भी दिया कि वे उन्हें बन्दी बना कर अयोध्या का राज्य हस्तगत कर लें। माता ने भी वन जाने का निषेध किया। मंत्री और प्रजा भी राम के वन-गमन के पक्ष में नहीं थे। फिर भी राम वन गये। यदि बात केवल धर्म की रक्षा की होती, तो वन जाने से उनके धर्म की हानि नहीं हो सकती थी। पिता, माता, प्रजा और मंत्री—सब ही उन्हें वन जाने से मना कर रहे थे। फिर भी वे वन गये, क्योंकि उन्हें धर्म के साथ-साथ, अपने स्वाभिमान की भी रक्षा करनी थी।..."

"स्वाभिमान क्या धर्म से कुछ भिन्न है महाराज?" संजय ने पूछा।

कुछ क्षण विचारपूर्ण मुद्रा में मौन रहकर युधिष्ठिर बोले, "वस्तुतः स्वाभिमान, धर्म की आत्मा है संजय! पिता के स्पष्ट रूप से यह कह देने पर भी राम वन न जायें और आवश्यक होने पर पिता को बन्दी बनाकर भी राज्य को हस्तगत कर लें; रघुनन्दन के सम्मुख दोनों द्वार खुले हुए थे। वे पिता द्वारा कैकेयी को दिये गये वरदान की रक्षा के लिए, पिता की स्पष्ट आज्ञा न होते हुए भी, वन चले जायें, या फिर पिता की दूसरी स्पष्ट आज्ञा मान कर, पिता को बन्दी करें या न करें, राज्य हस्तगत करें या न करें; किन्तु वन न जायें! दोनों ही स्थितियों में उनके धर्म की रक्षा हो सकती थी; किन्तु उनके स्वाभिमान की रक्षा तो केवल वनवास से ही हो सकती थी। हमारी स्थिति भी कुछ-कुछ वैसी ही है। धर्म कोई आड़ तो है नहीं संजय! कि जिस कृत्य में धर्म की आत्मा निवास न करती हो, उसे धर्म का सम्मान दे कर, हम अपना स्वार्थ साधें। जिस खण्ड-धर्म के पालन में आत्मा का पतन होता हो, वह स्वाभिमान की हत्या करता है। इसलिए हमारे लिए यह आवश्यक हो जाता है कि हम तेरह वर्षों के पश्चात् ही महाराज धृतराष्ट के सम्मुख उपस्थित हो कर धर्मपूर्वक अपने राज्य की माँग करें।..."

"तो सैन्य-ग्रहण कर, दुर्योधन से युद्ध कर, अपना राज्य लौटा लेने की बात आप तनिक भी नहीं सोच रहे?" संजय ने अत्यन्त निर्दोष भाव से पूछा। भीम पुनः ठहाका मारकर हँसा, "तो तुम इसलिए भेजे गये हो संजय?" संजय ने चकित दृष्टि से भीम की ओर देखा।

"दुर्योधन अपने गुप्तचरों और गूढ़ पुरुषों के माध्यम से जो खोज नहीं पाया, वह खोज निकालने के लिए, उसने तुम्हें भेजा है?" भीम अब भी हँस रहा था, "उसके गुप्तचर तो हमारे आश्रम के आस-पास, चारों ओर से देख-भाल कर लौट गये, उन्हें कहीं कोई युद्धाभ्यास के लक्षण दिखायी नहीं दिये; तो तुम आये हो धर्मराज के मन में झाँकने के लिए।"

भीम का मंतव्य समझकर संजय भी खुलकर हँसा, "ऐसा कुछ नहीं है युवराज! यह प्रश्न तो मैं धर्म-चर्चा के संदर्भ में ही हर बैठा। वस्तुतः मैं ऐसे किसी अभियान पर नहीं आया हूँ। मैं तो महामंत्री विदुर को हस्तिनापुर के महाराज की भाव-स्थिति बताने आया हूँ!..."

"तो फिर तुमने यह प्रश्न क्यों किया संजय?"

"मैं तो यह जानने का प्रयत्न कर रहा था कि धर्म की वह कौन-सी स्थिति है, जिसमें क्षत्रिय राजा अपने राज्य को प्राप्त करने के लिए शस्त्र नहीं उठा सकता।"

"क्षत्रिय, धर्म की रक्षा के लिए शस्त्र धारण करता है संजय!" युधिष्ठिर बोले, "लोभ, स्वार्थ,

अन्याय” अत्याचार के लिए शस्त्र धारण करना राक्षसी कृत्य है।”

“किन्तु अपने अधिकारों की रक्षा के लिए शस्त्र धारण करना तो क्षत्रिय-धर्म है!”

“अपने अधिकार हम अपने वचन पर हार आये हैं। अब शस्त्र धारण करना, लोभ और स्वार्थ होगा।” युधिष्ठिर ने उत्तर दिया।

“तो क्या आप मानते हैं कि दुर्योधन ने आप से यह राज्य धर्मतः जीता है?”

“नहीं! वह धर्म नहीं था।”

“तो आप प्रतिशोध क्यों नहीं लेते?”

“क्योंकि मुझे दुर्योधन के नहीं, अपने धर्म की रक्षा करनी है। मैंने महाराज धृतराष्ट्र की आज्ञा का पालन कर, उनकी आज्ञा पर द्यूत खेला है। उन्होंने द्यूत के धर्म का पालन नहीं किया; किन्तु मैं अपने धर्म का पालन करूँगा।...” युधिष्ठिर का कथन रुक गया। उनकी आँखें उठीं।

विदुर अपना ‘ध्यान’ पूरा कर, उठ कर आ गये थे।

संजय ने उठ कर उन्हें प्रणाम किया।

उसे आशीर्वाद दे कर वे युधिष्ठिर की ओर मुड़े, “धर्मराज! मैं संजय को अपने कुटीर में ले जाऊँ, तो कुछ अनुचित तो नहीं है?”

“काका! हम तो उचित-अनुचित का प्रमाण आप का आचरण मानते हैं।” युधिष्ठिर हँसे, “जिन का समर्थन, आप की धर्म-बुद्धि करे, वह अनुचित कैसे होगा।”

“आओ संजय!”

विदुर चुपचाप चलते रहे। अपनी कुटिया में प्रवेश के पश्चात् ही वे पहला शब्द बोले, “बैठो संजय!”

संजय बैठ गया।

“पांचाली की रसोई का भोजन करने के लिए कुछ प्रतीक्षा करनी होगी।” विदुर बोले, “तब तक तुम ये कुछ फल खा सकते हो।”

“आवश्यकता नहीं है तात्!” संजय ने हाथ जोड़ दिये, “भोजन के समय तक प्रतीक्षा करना ही उचित है।”

“ठीक है।” विदुर ने भी एक आसन ले लिया, “हस्तिनापुर में क्या हो रहा है?”

“महामंत्री! दुर्योधन प्रसन्न है कि आपने हस्तिनापुर त्याग दिया, किन्तु महाराज धृतराष्ट्र, आप के इस प्रकार चले आने से अत्यन्त व्यथित हैं।” संजय ने बताया।

“क्यों?”

“वे पश्चात्ताप की अग्नि में जल रहे हैं। अपने व्यवहार पर बहुत लज्जित हैं।” संजय ने बताया, “आपको स्मरण कर, वे मेरे सामने रो रहे थे। उन्होंने मुझसे कहा कि यदि मैं आपको लौटाकर हस्तिनापुर न ले गया, तो वे आप के विरह में प्राण त्याग देंगे।”

“बस!” विदुर के स्वर में कटाक्ष का भाव था।

“इतना ही नहीं। वे आप के प्रेम में एक प्रकार से उन्मादग्रस्त हो उठे थे, और अन्ततः अचेत हो कर गिर पड़े थे।”

विदुर के अधर व्यंग्य में कुछ वक्र अवश्य हो गये; किन्तु वे कुछ बोले नहीं।

"वे सचमुच आपके बिना नहीं रह पायेंगे।" संजय ने पुनः कहा, "वे आप को स्मरण कर, इस प्रकार रोते हैं कि देखने वाले का वक्ष फट जाता है...।"

विदुर के कानों ने जैसे सुनना बन्द कर दिया था : उन्होंने अपने शैशव से अब तक धृतराष्ट्र को अनेक पाखण्ड करते देखा था। वह ऐसा ही धूर्त्ततापूर्ण अभिनय कर पाण्डु के मन में अपने लिये करुणा जगाता था, और पाण्डु अपना आखेट किया हुआ पशु उसे दे दिया करता था।...इसी प्रकार प्रेम जता-जता कर, उसने पाण्डु से उसका राज्य भी छीन लिया था। ऐसा ही स्नेह उसने पाण्डु-पुत्रों के प्रति भी जताया था। और उन्हें वारणावत भेज दिया था। द्यूत-क्रीड़ा के समय भी तो उसने ऐसा ही प्रेम जताया था।...

और अब विदुर की बारी थी। वह विदुर के प्रति प्रेम प्रदर्शित कर रहा था...क्या चाहता था, वह विदुर से?...क्या हस्तिनापुर बुला कर उनकी भी हत्या करवाना चाहता था? विदुर की हत्या से दुर्योधन सुखी तो होगा, किन्तु धृतराष्ट्र का लाभ क्या होगा?...हानि तो हो सकती है।...इतना तो निश्चित था कि वह उन्हें वापस हस्तिनापुर बुलाना चाहता था...पर क्यों?...क्या संजय इस बात का भेद जानता है?...

"संजय!" विदुर ने धीरे से कहा, "क्या महाराज के सम्मुख कोई गम्भीर समस्या उपस्थित है? क्या महाराज किसी प्रकार के मानसिक संकट में घिरे हैं?"

"मुझे तो ऐसा नहीं लगता, महामंत्री!"

"क्या उनका दुर्योधन से किसी प्रकार का विकट मतभेद चल रहा है?"

"नहीं महामंत्री!..." संजय ने तत्काल अपने वक्तव्य को संशोधित किया, "पर नहीं! शायद आपके विषय में ही नीति को लेकर पिता-पुत्र में कुछ मतभेद उपजा है। दुर्योधन, आप को हस्तिनापुर बुलाने के पक्ष में नहीं है; किन्तु महाराज आप के बिना नहीं रह सकते।"

"महाराज के पास राज्य, सत्ता, धन, सम्पत्ति, पत्नियाँ, उपपत्नियाँ, दासियाँ, सेविकाएँ, पुत्र-पौत्र, मदिराएँ, भोग क्या कुछ नहीं है। ऐसे में उन्हें मेरी स्मृति किस समय और किस संदर्भ में आती है? मेरे वहाँ न रहने से उनका कौन-सा काम रुका है?"

संजय ने कुछ चकित भाव से विदुर की ओर देखा और बोला, "महामंत्री! आप जैसे विद्वान के सम्मुख मुँह खोलने का साहस नहीं होता; किन्तु...।"

"किन्तु क्या संजय?"

"आप जानते होंगे कि ये सारे पदार्थ और सम्बन्ध उपभोग के हैं; और आप से उनका सम्बन्ध मात्र भावनात्मक प्रेम का सम्बन्ध है। अपने स्नेह के कारण, मन किसी के नैकट्य के लिए तड़प रहा हो, तो ये सारे भोग-पदार्थ और सम्बन्ध किसी को अच्छे लग सकते हैं?"

"तुम समझते हो कि धृतराष्ट्र को मुझसे किसी प्रकार का सात्विक प्रेम है?..."

"प्रेम क्या असात्विक भी होता है?" संजय ने चकित भाव से पूछा।

विदुर रुक गये : संजय शायद सच ही बोल रहा है। उसके जैसा सात्विक व्यक्ति, असात्विक प्रेम की कल्पना कर सकता था।

"प्रेम के मूल में स्वार्थ भी हो सकता है संजय!"

"जहाँ स्वार्थ है, वहाँ, प्रेम कैसा महामंत्री?"

"तो यह तुम मुझसे जान लो संजय!" विदुर ने प्रशान्त स्वर में कहा, "संसार में कामना को भी प्रेम ही कहा जाता है। वह कामना, उपयोगिता के कारण हो सकती है, आधिपत्य के कारण हो सकती है और त्याग के लिए भी हो सकती है। तुम केवल उस प्रेम से परिचित हो, जो सात्विक है। कामी पुरुष, वेश्या के प्रति अपने भाव को प्रेम ही मानता है। पुत्र से उसकी उपयोगिता के कारण, माता-पिता प्रेम ही करते हैं।...और अधिकांश राजाओं का प्रजा-प्रेम मात्र आधिपत्य भाव ही होता है।...किन्तु वस्तुतः इनमें से कोई भी, प्रेम नहीं है।"

"आप ठीक कहते हैं काका!" इस बार संजय ने अनौपचारिक सम्बोधन किया, "किन्तु भाई का प्रेम भी कहीं स्वार्थपूर्ण होता है? आप जिन पाण्डवों के निकट रह रहे हैं, उनके प्रेम को देखें। युधिष्ठिर के प्रेम में उन का कौन-सा स्वार्थ सिद्ध होता है?...अत्यन्त पीड़ा के क्षणों में भी वे एक-दूसरे से विलग नहीं हुए। दुर्योधन उन्हें दासत्व से मुक्त करने को प्रस्तुत था, बस ये कह देते कि धर्मराज को, उन्हें दाँव पर लगाने का कोई अधिकार नहीं था...।"

विदुर फिर आत्मलीन हो गये। उनका लक्ष्य संजय के मन को उद्‌घाटित करना था ...वे धृतराष्ट्र का लक्ष्य जानना चाहते थे...संजय को प्रेम के स्वरूप का परिचय देना, उनका उद्देश्य नहीं था!...तो इस विवाद का क्या लाभ?...व्यर्थ का वितण्डावाद...

"संजय, महाराज ने तुम्हें ही क्यों भेजा? उनके पास तो एक से एक चतुर राजदूत, दक्ष वक्ता और विकट तार्किक लोग हैं।" विदुर मुस्करा रहे थे।

"अपने मन की तो वे ही जानें।" संजय बोला, "आप मुझसे पूछें, कि मैं क्यों आया, तो इतना ही कहूँगा कि एक भाई को दूसरे भाई के प्रेम में इस प्रकार व्यथित होते देख, मेरा अपना ही मन आपके पास आने को आतुर हो उठा था। मैंने उन्हें आश्वासन दिया था कि मैं आप को मना कर हस्तिनापुर ले आऊँगा।"

"तुम्हें स्वयं पर इतना विश्वास क्यों है संजय?"

संजय कुछ संकुचित हुआ, "यह मेरा आत्मविश्वास नहीं काका! भ्रातृत्व की सात्विकता का विश्वास था मुझे।..."

विदुर को लगा, किसी के पगों की आहट हुई। द्वार की ओर देखा : सहदेव उस की ओर आ रहा था।

"काका, यदि संजय विश्राम कर चुके हों, तो उन्हें भोजन के लिए लिवा ले जाऊँ?"

"हाँ! ले जाओ। इसने यहाँ भी कुछ नहीं खाया है।"

"और आप?"

"मैं युधिष्ठिर के पास जा रहा हूँ। सम्भवतः वहीं खा लूँगा। मेरी चिन्ता मत करो।" विदुर उठ खड़े हुए।

युधिष्ठिर मन-ही-मन विदुर की प्रतीक्षा कर रहे थे। वे समझ रहे थे कि संजय, इतनी लम्बी यात्रा बिना किसी उद्देश्य के नहीं कर सकता।...उसने युधिष्ठिर को धृतराष्ट्र का कोई संदेश नहीं दिया था। इसका

अर्थ था कि वह विदुर के लिए कोई संदेश लाया था। विदुर काका, उससे चर्चा कर, युधिष्ठिर को आवश्यक सूचना देंगे...वही हुआ था। विदुर भोजन के पूर्व ही उनके सम्मुख आ खड़े हुए थे।

"युधिष्ठिर! धृतराष्ट्र ने संजय को यह संदेश दे कर भेजा है कि वह मेरे विरह में तड़प रहा है; और यदि संजय मुझे लौटा कर, अपने साथ हस्तिनापुर नहीं ले गया, तो धृतराष्ट्र अपने प्राण त्याग देगा।" विदुर ने कुछ इस भाव से कहा, जैसे वे किसी दुष्टतापूर्ण षड्यन्त्र की कथा सुना रहे हों।

युधिष्ठिर क्षण भर तो अवाक् रह गये : ऐसा तो उन्होंने सोचा भी नहीं था...

"क्या सचमुच पितृव्य आपसे इतना प्रेम करते हैं?"

"नहीं!" विदुर दृढ़तापूर्वक बोले, "वह केवल पाखण्ड कर रहा है।"

"किन्तु इसका लाभ?"

"जहाँ तक मैं समझ पाया हूँ युधिष्ठिर!" विदुर का स्वर आत्मलीन होता जा रहा था, "जिस समय धृतराष्ट्र ने मुझे हस्तिनापुर से निष्कासित किया था, उसने नहीं सोचा था कि मैं तुम्हारे पास जाऊँगा। शायद उसने सोचा हो कि असहाय हो कर गिड़गिड़ाऊँगा, उससे क्षमा मागूँगा और पाण्डवों का पक्ष छोड़कर दुर्योधन के अनुकूल हो जाऊँगा। पहले दिन से उसका यही प्रयत्न रहा है।...किन्तु यह हुआ नहीं।" विदुर ने रुक कर युधिष्ठिर की ओर देखा, "मैं यहाँ चला आया। मेरा अनुमान है कि अब उसे लग रहा होगा कि उसने भूल की है। मैं हस्तिनापुर में रहता, तो उसकी आँखों के सम्मुख रहता और किसी भी प्रकार न तुम मेरी सहायता कर सकते थे, न मैं तुम्हारी सहायता कर सकता। हम लोगों के परस्पर मिल जाने से उसके विरुद्ध व्यूह और दृढ़ हो गया है। अब वह मुझे वापस बुला कर उसी व्यूह में सेंध लगाने का प्रयत्न कर रहा है।..."

"आपको लौटकर हस्तिनापुर नहीं जाना चाहिए।" भीम ने तत्काल अपना मत प्रकट कर दिया, "पितृव्य ने जैसे हमें बुला कर द्यूत के माध्यम से सब कुछ छीन लिया, वैसे ही सम्भव है, वे आपके प्राण ले लें।"

"आप स्वयं किस निर्णय पर पहुँचे हैं?" युधिष्ठिर ने विदुर से पूछा।

"मैं अपनी बात बाद में करूँगा," विदुर गम्भीर स्वर में बोला, "पहले हमें भीम के मत पर विचार करना चाहिए। यदि मैं हस्तिनापुर लौट जाऊँ, तो क्या धृतराष्ट्र मेरा वध करवा देगा...?"

"पर आप लौटें ही क्यों?" भीम ने विदुर की बात पूरी होने से पहले ही टोक दिया, "जब आप जानते हैं कि यह सब षड्यन्त्र है और आप के प्राणों पर संकट है तो, आप हस्तिनापुर क्यों लौटना चाहते हैं।"

"इसी पर तो विचार करना है।" विदुर बोले, "यदि मैं तुम्हारे साथ रहता हूँ, तो मेरे प्राण सुरक्षित हैं; किन्तु मेरा परिवार तथा तुम्हारी माता, वहाँ संकट में हैं। मेरे यहाँ रहने के कारण धृतराष्ट्र का आक्रोश मेरे और तुम्हारे विरुद्ध बढ़ेगा। इससे दुर्योधन को यह अवसर मिल जायेगा कि वह उस आक्रोश को उत्तेजित कर, तुम्हारे विरुद्ध कठोर से कठोर अभियान की अनुमति प्राप्त कर ले...।"

"तो हमारी ऐसी कौन-सी हानि कर लेगा वह?" भीम ने पुनः टोका।

"वह धृतराष्ट्र की अवशिष्ट लोकलाज और धर्म-भीरुता को समाप्त कर, सारी सत्ता स्वयं प्राप्त कर, राक्षसी अत्याचार करेगा।" विदुर बोले, "मेरी इच्छा है कि जब तक तुम लोग वनवास की प्रतिज्ञा में बँधे हो और सैन्य-संगठन नहीं कर सकते, तब तक उसे किसी भी प्रकार से धृतराष्ट्र,

पितामह और गुरु द्रोण से, तुम लोगों पर आक्रमण करने की अनुमति न मिले। वह सैनिक अभियान करे तो तुम्हारी स्थिति भी उसके सम्मुख-बल खड़ा करने की हो।...”

विदुर ने भीम की ओर देखा। भीम ने कोई उत्तर नहीं दिया।

“अब दूसरी स्थिति पर विचार करो।” विदुर बोले, “मैं जब हस्तिनापुर से चला था, तो अपने प्राणों के लिए भयभीत था। अब मैं सोचता हूँ कि इस प्रकार प्रेम जता कर, हस्तिनापुर में बुला कर, धृतराष्ट्र मेरी हत्या नहीं करवा सकता। उसमें उस का लाभ कम, हानि ही अधिक है। मेरी हत्या से न उसे सैनिक लाभ होगा, न राजनीतिक। इसके विपरीत, वह अपने मंत्रियों, बुद्धिजीवियों तथा तटस्थ लोगों का समर्थन खो बैठेगा। अतः मेरे प्रति अपना प्रेम-प्रदर्शन करने के लिए, वह मुझ पर और अधिक विश्वास प्रकट करेगा। वहाँ अब मुझे और अधिक सुविधाएँ मिलेंगी। मैं दुर्योधन को कुण्ठित करता रहूँगा; और पिता-पुत्र को एकजुट होने नहीं दूँगा।...”

“इसका अर्थ यह हुआ कि आपने हस्तिनापुर लौटने का मन बना लिया है।” युधिष्ठिर बोले।

“काका को अपने भाई का प्रेम, हस्तिनापुर खींच रहा है।” भीम निर्द्वन्द्व भाव से हँसा।

विदुर मुस्कराये, “धृतराष्ट्र ने प्रेम की आड़ में राजनीतिक चाल चली है। उसके उत्तर में मैं भी प्रेम प्रदर्शन करने जा रहा हूँ; किन्तु वास्तविकता कारण तो मेरे भी राजनीतिक ही हैं।...” विदुर ने कहा।

“क्या संजय जानता है कि पितृव्य षड्यन्त्र रच रहे हैं?”

“नहीं! वह तो अपने निर्दोष मन से, एक भाई को, दूसरे भाई का प्रेम-संदेश सुनाने आया है।”

विदुर अपनी चिन्ताओं में खो गये।

7

दासी ने भगवान वेदव्यास के आने की सूचना दी, तो धृतराष्ट्र चकित रह गया।...इस समय व्यास जी!...एक बार तो उसके मन में आया कि वह मना कर दे। इस समय किसी से मिलना नहीं चाहता।...पर अगले ही क्षण उसकी बुद्धि ने उसे धिक्कारा...द्वार पर आये भगवान व्यास से वह न मिले, वैसे ही लौटा दे।...व्यास हैं, या कोई साधारण भिक्षुक! बड़े-बड़े सम्राट उनके चरणों पर सिर पटक कर, उन्हें अपने प्रासादों में आमन्त्रित करते हैं; और वे कहीं नहीं जाते। यह तो उनकी कृपा है कि वे उससे मिलने के लिए, इस प्रकार से चले आते हैं।'

“उन्हें ससम्मान भीतर ले आओ।” धृतराष्ट्र ने दासी से कहा।

दासी को आदेश तो उसने दे दिया; किन्तु उसका मन तनिक भी शान्त नहीं हुआ। ऊहा-पोह कुछ बढ़ ही गयी। महर्षि व्यास उसके पास आते हैं, तो उसे प्रसन्नता होती है। उसे लगता है कि उनकी कृपा है तो वह सुरक्षित है। उनका आशीर्वाद उसके अमंगल का नाश कर देगा।...दुर्योधन की विशाल सेना से रक्षित होते हुए भी वह स्वयं को इतना सुरक्षित नहीं मानता, जितना अकेले व्यास जी का एक आशीर्वाद उसे आश्वस्त कर जाता है...। विदुर के विषय में भी, उसका कुछ ऐसा ही भाव है। उसकी सात्विकता, उसे आकृष्ट करती है। उसकी चर्चाएँ उसे जिन उदात्त लोकों में

पहुँचा देती है, वे लोक उसे अच्छे लगते हैं।...किन्तु तपस्वियों के आने से, वह कैसा तो आशंकित भी हो जाता है...उसे लगता है कि वे लोग उससे सारा-सुख छीन लेने के लिए आये हैं। वे चाहते हैं कि वह भी अपना प्रासाद त्याग कर, अपने संसार में आग लगाकर, उपने सुख और भोगों को छोड़कर उनके समान वन की किसी कुटिया में जा बैठे! कहीं आश्रम बना ले अपना।...त्याग के विचार से ही धृतराष्ट्र काँप जाता है।...वह अपने भोग को छोड़कर अध्यात्म का सुख नहीं चाहता वह तो अपने वर्तमान भौतिक सुखों के साथ, अतिरिक्त रूप से अध्यात्म का मानसिक सुख चाहता है। वस्तुतः वह अध्यात्म का सुख भी नहीं चाहता। वह अपने सांसारिक सुखों की वृद्धि और उनकी रक्षा के लिए, आध्यात्मिक शक्तियों की सहायता चाहता है...या फिर उसकी सहायता से अगले लोकों में भी अपने लिये सुख और भोग आरक्षित कर लेना चाहता है...धृतराष्ट्र को लगता है कि तपस्वियों के आने से वह सुखी भी होता है और दुखी भी!...उस का कष्ट तब-तब और भी बढ़ जाता है, जब वे पाण्डवों का पक्ष लेकर, दुर्योधन का विरोध करने लगते हैं...

उसका मन जैसे स्तब्ध खड़ा रह गया : महर्षि व्यास कुछ ऐसा ही कहने तो नहीं आये?...

उसने विदुर का स्वर सुना। वह शायद महर्षि की अगवानी कर रहा था..."इधर से आयें तात्!"

तो महर्षि उसके द्वार तक आ गये थे।

धृतराष्ट्र उनके सम्मान में अपने स्थान से उठ कर खड़ा हो गया। अपने अनुमान से उसने द्वार की ओर देखा और महर्षि को प्रणाम किया। महर्षि आशीर्वाद दे कर बैठ गये।

"धृतराष्ट्र!" महर्षि ने कहा, "तुमने सुना होगा कि एक बार सुरभि गाय को व्यथित होते देख, देवराज इन्द्र ने कारण पूछा था। सुरभि ने बताया था कि एक किसान खेत में हल चलाते हुए, अपने बैल को लगातार पीटता जा रहा था। सुरभि अपने उस पुत्र की पीड़ा से पीड़ित हो कर रो रही थी। देवराज ने कहा, इस प्रकार सहस्रों-लाखों बैल पृथ्वी पर अपने स्वामियों के हाथों पीड़ित होते हैं, तो फिर इस एक बैल की पीड़ा से ही सुरभि क्यों रो रही है? सुरभि ने उत्तर दिया था कि वैसे तो उसे अपने सारे पुत्रों से समान प्रेम है; किन्तु सब पुत्रों में जो दीन-हीन हो, अधिक दयनीय दशा में पड़ा हो, उस पर सबसे अधिक दया करनी चाहिए।"

महर्षि कथा सुना रहे थे और धृतराष्ट्र लगातार सोचता जा रहा था...वह प्राचीन कथा, ऋषि उसे क्यों सुना रहे हैं?...अवश्य ही वे अन्ततः किसी ऐसे निष्कर्ष पर पहुँचना चाहते हैं, जो उसे प्रिय नहीं है। इसीलिए तो वे उससे सीधी बात नहीं कर रहे। वे उसे इधर-उधर की कथाओं में भटका कर, किसी विशेष सिद्धान्त में बाँध लेना चाहते हैं। इसलिए तो वह डरता है उनसे। उनके शब्द उसे जाने कहाँ से कहाँ ले जाते हैं।

महर्षि चुप हो गये, तो भी धृतराष्ट्र कुछ नहीं बोला।

"धृतराष्ट्र! पिता और पितृव्य में कोई अन्तर नहीं होता है?"

"नहीं महर्षि!"

"पुत्र और भ्रातु-पुत्र में कोई अन्तर होता है?"

"नहीं महर्षि!"

"युधिष्ठिर तुम्हें अपना पिता मानता है?"

धृतराष्ट्र ने कोई उत्तर नहीं दिया। जाने महर्षि क्या कहना चाहते हैं।

"यदि न मानता, तो तुम्हारी आज्ञा को पिता की आज्ञा के समान शिरोधार्य कर, द्यूत न खेलता।" महर्षि बोले, "क्या तुम नहीं मानते कि पाण्डु के पुत्र भी, तुम्हारे पुत्र ही हैं?"

"मानता हूँ महर्षि!"

"तुम मानते हो कि दुर्योधन तुम्हारे शरीर से जन्मा है, इसलिए वह तुम्हें अधिक प्रिय है!" महर्षि रुके, "किन्तु मैं सुरभि गाय के समान ही मानता हूँ कि सारे पुत्रों में जो दीन हो, दयनीय हो, उसी से अधिक प्रेम करना चाहिए।..."

"मेरा आचरण उसके प्रतिकूल तो नहीं है महर्षि!" धृतराष्ट्र किसी प्रकार साहस करके बोला।

"तुम्हारा आचरण!..." महर्षि दो क्षण मौन रहकर बोले, "वस्तुतः मैं तुम्हारे आचरण की चर्चा नहीं करना चाहता। मैं तुमसे यह कहने आया हूँ कि यदि तुम चाहते हो कि सारे कौरव जीवित रहें, तो तुम्हारा पुत्र दुर्योधन, पाण्डवों से प्रेमपूर्वक मिलकर, शान्तिपूर्वक रहे।"

"मैं समझा नहीं महर्षि!"

"दुर्योधन अपने मित्रों—कर्ण, शकुनि और दुःशासन को त्यागे! अपने शस्त्रों को त्यागे...और दीन, हीन, कंगाल हो कर, वन में जाकर पाण्डवों के साथ रहे। सम्भव है कि पाण्डवों के मन में उसके प्रति कुछ स्नेह अंकुरित हो और वे उसे क्षमा कर दें।..."

"पर दुर्योधन ही ऐसा क्यों करे महर्षि!" धृतराष्ट्र के स्वर में आवेश उभरा, "पाण्डव ही क्यों उसके प्रति अपना दुर्भाव नहीं त्यागते?"

"दुर्योधन ने पाण्डवों को अधर्मपूर्वक वंचित किया है। फिर भी वे वन में अपने धर्म का निर्वाह कर रहे हैं।" महर्षि बोले, "किन्तु दुर्योधन उनका सर्वस्व हरण करके भी, शान्त नहीं है। वह और उपद्रव करना चाहता है। वह अपने मित्रों से दूर बैठे, असहाय पाण्डवों को घेर कर, मार देना चाहता है...।"

"आपके मन में यह संशय किसने अंकुरित किया महर्षि?"

"यह महत्त्वपूर्ण नहीं है। तुम केवल इतना पूछ सकते हो कि यह सूचना सत्य है, या नहीं।"

"सूचना का स्रोत भी महत्त्वपूर्ण है महर्षि!" धृतराष्ट्र बोला, "देखना होगा न कि वह व्यक्ति विश्वसनीय है अथवा नहीं!...और राजा के रूप में यह भी जानना चाहूँगा कि हमारा कौन-सा कर्मचारी, राजप्रासाद के सच्चे-झूठे समाचार बाहर ले जा रहा है।"

"राजा के रूप में तुम्हें यह जानने का अधिकार है; किन्तु उसके लिए तुम्हारे पास गुप्तचर हैं। यह कार्य उन्हीं से लो, मुझसे नहीं। मैं तो तुम्हें केवल इतना ही बता रहा हूँ कि ऐसा है!...और साथ ही यह भी बता रहा हूँ राजन्! कि यदि दुर्योधन पाण्डवों पर आक्रमण करेगा, तो पाण्डवों का कोई अनिष्ट हो या न हो, दुर्योधन स्वयं जीवित नहीं बचेगा!..."

धृतराष्ट्र के चेहरे पर त्रास फैल गया, "कौन लेगा उसके प्राण?"

"पाण्डव स्वयं भी उसे नष्ट करने में पूर्णतः समर्थ हैं।" व्यास बोले, "यदि पाण्डव ऐसा न चाहें, या न कर पायें, तो श्रीकृष्ण, द्वारका पर आक्रमण करने वाले सौत्र-नरेश शाल्व को पराजित कर चुके हैं। उसे अपने कृत्यों का पूर्ण दण्ड मिल चुका है। अब यादव अपने राज्य की रक्षा में उलझे हुए नहीं हैं। वे मुक्त हैं और बलशाली हैं।...और राजन्!" व्यास रुक गये, "यदि और कोई नहीं भी आया, तो मैं...स्वयं आह्वान करूँगा; और एक के पश्चात् एक सेना हस्तिनापुर के विरुद्ध खड़ी होती जायेगी...।" व्यास पुनः रुके, "तुम विदुर के प्रभाव से भयभीत थे; यदि तुम समय से सावधान नहीं

हुए, तो तुम विदुर, वासुदेव और मेरा-संयुक्त प्रभाव देखोगे।"

धृतराष्ट्र का मन किसी पक्षी-शावक के समान काँप कर रह गया...यदि व्यास ही दुर्योधन के विरोधी हो गये...

"पर दुर्योधन ऐसा क्यों कर रहा है तात्?"

"तुम्हें मालूम है कि दुर्योधन क्या कर रहा है!" महर्षि बोले, "यदि नहीं मालूम है, तो मुझ से सुन लो! दुर्योधन, दुःशासन, कर्ण और शकुनि ने योजनाबद्ध रूप से पाण्डवों की हत्या का षड्यन्त्र रचा है। शकुनि तो पाण्डवों के हस्तिनापुर लौटने पर, उन्हें पुनः द्यूत के लिए बाध्य करने की बातें कह रहा था; किन्तु; दुर्योधन को यह प्रस्ताव नहीं रुचा। तब कर्ण ने कहा कि इस समय पाण्डव वन में हैं, असहाय हैं, मित्रविहीन हैं। इस समय वन में घेर कर उनका वध कर देना चाहिए। दुर्योधन ने यह योजना स्वीकार कर ली है। उनके शस्त्र रथों पर लादे जा रहे हैं। वे लोग कल प्रातः पाण्डवों के वध के लिए प्रस्थान करेंगे।..."

"आप यह सब कैसे जानते हैं महर्षि?" धृतराष्ट्र ने पुनः चकित भाव से पूछा।

"यह बताने के लिए बाध्य नहीं हूँ।" महर्षि बोले, "मैं जानता हूँ, यही तुम्हारे लिए पर्याप्त है; और मैंने तुम्हें बता भी दिया है। अब उसे रोकना तुम्हारा कार्य है।"

"आप उसे समझायें महर्षि! मेरी बात वह नहीं मानेगा।" धृतराष्ट्र के स्वर में विनय भी थी और असहायता भी।

"उसे तुम स्वयं समझाओ; अन्यथा उसे यमराज समझायेंगे।" व्यास सचेत स्वर में बोले, "मैं तुम्हें समझा रहा हूँ धृतराष्ट्र! यदि दुर्योधन आज जीवित है तो युधिष्ठिर के कारण! युधिष्ठिर ही वह व्यक्ति है, जो अपने भाइयों, यादवों, पांचालों और मत्स्यों को तुम पर आक्रमण करने से रोक रहा है। यदि युधिष्ठिर मध्य में नहीं रहा, तो उसके भाई ही दुर्योधन को जीवित नहीं छोड़ेंगे; और यदि पाँचों पाण्डव मृत्यु को प्राप्त हो गये, तो यादवों और पांचालों के हाथों, तुम्हारे पुत्र जीवित नहीं बचेंगे। इसलिए कहता हूँ, अपने पुत्रों को समझाओ। पाण्डवों का अनिष्ट होते ही, तुम्हारे पुत्रों को भी मृत्यु लील ले जायेगी।"

धृतराष्ट्र कुछ क्षणों तक स्तब्ध बैठा रहा; और फिर अत्यन्त दीन स्वर में बोला, "ऐसा शाप न दें प्रभु!"

"यह शाप नहीं चेतावनी है।"

"इसीलिए तो कह रहा हूँ कि वह मेरी बात नहीं सुनता, आप ही उसे समझायें।"

व्यास कुछ सोचते रहे; फिर बोले, "ऋषि मैत्रेय, काम्यक वन में पाण्डवों से भेंट कर, तुम्हें समझाने के लिए इधर आ रहे हैं। वे ही दुर्योधन को भी समझायेंगे।"

"क्या वे दुर्योधन के लिए पाण्डवों का कोई संदेश ला रहे हैं?" धृतराष्ट्र ने आशंकित मन से पूछा।

"नहीं! वे पाण्डवों के दूत नहीं हैं।" व्यास बोले, "वे अपने भ्रमण पर निकले हैं। वन में पाण्डवों से उनकी भेंट हुई है। मुझसे मिलने, मेरे आश्रम में आये हैं। अब तुम्हें आशीर्वाद देने आ रहे हैं।" वे क्षण भर रुके, "मैं जा रह हूँ। तुम दुर्योधन को रोक लो किन्तु यदि वह तुमसे नहीं रुका, तो भी उस के रथ हस्तिनापुर से बाहर नहीं जा सकेंगे।"

महर्षि रुके नहीं। विदुर उन्हें पहुँचाने बाहर तक गये; और धृतराष्ट्र सोचता रहा...महर्षि व्यास को वह सब कुछ कैसे ज्ञात हो जाता है, जो दुर्योधन के मन अथवा उसके कक्ष में घटित होता है?

क्या सचमुच उनके पास कोई दिव्य दृष्टि है?...या दुर्योधन के अपने कर्मचारी ही जाकर, महर्षि को सब कुछ बता आते हैं?...जिसे भी देखो, वह महर्षि को समाचार देने के लिए इतना उतावला क्यों रहता है?...अब मैत्रेय भी उन्हीं के पास गये हैं। वे उन्हें पाण्डवों के सारे समाचार दे आये होंगे... और व्यास यह कैसी चेतावनी दे गये हैं कि दुर्योधन के रथ, हस्तिनापुर के बाहर नहीं जा सकेंगे? कौन रोकेगा, दुर्योधन के रथों को? महर्षि के पास तो अपनी कोई सेना भी नहीं...फिर वे इतने विश्वास से यह सब कैसे कह सकते हैं?...

विदुर लौट आये थे, "अब मैं भी जाऊँ महाराज?..."

"हाँ जाओ विदुर! किन्तु संजय को सूचना भिजवा दो कि वह महर्षि के आश्रम में जाये और मैत्रेय की, अगवानी कर, उन्हें ससम्मान यहाँ ले आये।"

चिन्तित धृतराष्ट्र ने मैत्रेय ऋषि के स्वागत की, अपनी ओर से सर्वश्रेष्ठ व्यवस्था कर रखी थी। दुर्योधन की मैत्रेय से भेंट करने में कोई रुचि नहीं थी; किन्तु धृतराष्ट्र की इच्छा को देखते हुए, उसे वहाँ उपस्थित रहना पड़ा था। धृतराष्ट्र ने उसे अपने साथ शकुनि को लाने की अनुमति नहीं दी थी।

प्रासाद के द्वार से धृतराष्ट्र के कक्ष तक मैत्रेय की अगवानी, धृतराष्ट्र की सबसे सुन्दर दासियों ने की थी। उनके मार्ग में कुसुम-पंखुड़ियों के ढेर लगा दिये गये थे। धृतराष्ट्र ने अपने कक्ष के द्वार तक उनका स्वागत किया।

ऋषि ने उसे आशीर्वाद दिया, "राजन्! तुम्हारे राज्य में शान्ति रहे। भगवान् तुम्हारे कुल की रक्षा करें।"

"ऋषिवर! आपने मुझे समृद्धि का आशीर्वाद नहीं दिया।" धृतराष्ट्र ने कहा, "राज्य में शान्ति ही तो पर्याप्त नहीं है।"

"समृद्धि की तृष्णा ही तो पतन का मूल है राजन्!" मैत्रेय ने कहा, "तुमने मुझसे धर्म माँगा होता, तो मैं तुम्हारी आकांक्षा की प्रशंसा करता।"

"मैं क्षत्रिय राजा हूँ ऋषिवर! इसलिए राज्य का विस्तार और प्रजा की समृद्धि की ही कामना कर सकता हूँ।"

"प्रजा की समृद्धि, राजा के धर्म से होती है राजन्।" मैत्रेय का तेज मुखर होता जा रहा था, "और राजा की धर्म-विहीन समृद्धि प्रजा के रक्त से जन्म लेती है।...मैंने भगवान से तुम्हारे लिये शान्ति की कामना की है, ताकि जिन मार्गों पर तुमने आज पुष्पों की पंखुड़ियाँ बिछायी हैं, उन पर तुम्हारे कुल की स्त्रियों के अश्रु न गिरें। तुम्हारे कुल की रक्षा की कामना की है मैंने, ताकि तुम वर्तमान समृद्धि को भोग कर सको।"

"क्यों? हमारे कुल पर कौन-सी विपत्ति आ रही है?" दुर्योधन ने कुछ अभद्र स्वर में कहा, "हम में इतना सामर्थ्य है कि हम अपने शत्रुओं का सिर कुचल दें।"

"देहधारी की मृत्यु उसके शत्रु के हाथ में नहीं, उस के अपने शरीर में निवास करती है।" मैत्रेय बोले, "तुम्हारे कुल का विनाश भी, तुम्हारे अपने वंश के भीतर स्थित है। यदि तुम अपने कुल की रक्षा करोगे, तो अपने विनाश से भी लड़ सकोगे।"

"क्यों मैं, अपने कुल की रक्षा नहीं कर रहा?" दुर्योधन के स्वर में, जिज्ञासा के स्थान पर घृणा

ही अधिक थी।

"नहीं!" मैत्रेय बोले, "तुम केवल अपने अहंकार की रक्षा कर रहे हो। अपने लोभ का विस्तार कर रहे हो।...और भौतिक सुखों के लिए ईश्वर की सृष्टि का विनाश करना चाहते हो!"

"क्या पाण्डव ही ईश्वर की सृष्टि हैं; और कोई नहीं?" दुर्योधन का चेहरा क्रोध से तमतमा गया, "आप सब लोग, इतना पक्षपात क्यों कर रहे हैं? पाण्डव ही आपको इतने प्रिय क्यों हैं?"

"हमें पाण्डव प्रिय नहीं हैं," मैत्रेय भी आवेशपूर्ण स्वर में बोले, "हमें धर्म प्रिय है। पाण्डव धर्म की रक्षा कर रहे हैं। वे धर्म की साक्षात् मूर्ति हैं।...और तुम यह नहीं जानते कि पाण्डवों का विनाश तुम सरलता से नहीं कर सकते। तुम उनका वध करना चाहोगे, तो वे अपनी रक्षा करेंगे।...और इस प्रक्रिया में दोनों पक्षों में विशाल सेनाएँ एकत्रित होंगी। परिणामस्वरूप, ईश्वर के रचे, लाखों जीव शस्त्रों से आहत हो कर मरेंगे। धरती पर कितना रक्त बहेगा, इसकी तुम्हें कल्पना भी नहीं है।... तुम विध्वंस की यह मुद्रा छोड़ दो तो धरती हरी-भरी रहेगी, जीव सन्तुष्ट रहेंगे; और धर्म का विकास होगा...।"

"धर्म का विकास...ऊँह!" दुर्योधन ने वितृष्णा से मुख फेर लिया।

मैत्रेय को लगा, जैसे किसी ने धृणापूर्वक, उनके मुख पर थूक दिया हो। उनकी शिराओं में बहता रक्त, क्रोध से जल उठा।...उन्होंने धृतराष्ट्र की ओर देखा। वह अपने अँधेरे शून्य में कुछ देखने का प्रयास कर रहा था; किन्तु वह देख नहीं सका था कि दुर्योधन ने क्या किया है। दुर्योधन अपनी जंघा पर ताल दे रहा था...किन्तु न उस में संगीत था, न माधुर्य...उसमें उपहास था, वितृष्णा थी, ...और अहंकार था।...

मैत्रेय स्वयं को रोक नहीं पाये। तड़प कर बोले, "युद्ध होगा, तो तुम्हारी इसी जंघा को पाण्डव भीम अपनी प्रतिज्ञा के अनुकूल, अपनी भारी गदा से तोड़ेगा...। तुम सर्प के समान रेंग भी नहीं पाओगे। अपंग सर्प के समान फुफकारोगे; किन्तु किसी को दंश नहीं मार पाओगे। अन्ततः, अपने विष की जलन से स्वयं ही तड़प-तड़प कर मरोगे...।"

अब धृतराष्ट्र की समझ में आया कि दुर्योधन कुछ ऐसा कर बैठा है, जिसे वह देख नहीं पाया है।...वह सहम गया। वह चाहता था कि मैत्रेय, दुर्योधन को समझाएँ। किन्तु?...यह तो समझाना नहीं था।... और दुर्योधन एक शब्द भी नहीं कह रहा था।...

"इस प्रकार शाप न दें ऋषिवर!" धृतराष्ट्र के मुख से निकला।

मैत्रेय उठ खड़े हुए, "युद्ध नहीं होगा, तो भीम इसकी जंघा नहीं तोड़ेगा। इसे कहो कि, युद्ध की स्थिति न आने दे। पाण्डवों से संधि करे, और उनका मन जीतने का प्रयत्न करे...।"

धृतराष्ट्र अभी ऋषि को प्रसन्न करने की युक्ति सोच ही रहा था, कि मैत्रेय कक्ष से निकल गये।...

8

विदुर के हस्तिनापुर लौट आने के पश्चात् से, कुन्ती को राजसभा की एक-एक गतिविधि की सूचना मिल रही थी। राजसभा ही क्या, राजवंश और राजप्रासाद में क्या हो रहा था, वे सूचनाएँ भी उसके

पास पहुँच रही थीं। उस के लिए विदुर को कोई विशेष प्रयत्न नहीं करना पड़ता था। ये समाचार तो राजप्रासाद की किसी दासी से भी प्राप्त किये जा सकते थे। पाण्डव-विरोधी अपनी गतिविधियों में दुर्योधन कोई गोपनीयता भी नहीं बरतता था। गोपनीयता की आवश्यकता ही नहीं थी। उसे किसी का भय नहीं था। वह तो सार्वजनिक रूप से प्रचार कर रहा था कि पाण्डव उसके भाई नहीं, शत्रु हैं...और शत्रुओं का नाश करना क्षत्रिय राजाओं का धर्म ही था...वीरता उनकी शोभा थी...

"कैसी हो भाभी!" विदुर राजसभा से लौट आये थे।

"कैसी रहूँगी, विदुर! वैसी की वैसी। मेरा जीवन तो जैसे एक स्थान पर आ कर रुक गया है।... कोई कर्म नहीं, कोई गति नहीं, कोई लक्ष्य नहीं...रात को सोते हुए, स्वयं से नहीं पूछ सकती कि प्रातः जो कर्म सोचा था, वह किया या नहीं? आज के कर्म-समर में जीती या हारी?..."

विदुर हँसे, "तुम तो स्वयं को निकम्मी सिद्ध करने पर तुली हुई हो।"

"निकम्मी हूँ नहीं क्या?"

"मेरी दृष्टि में तो तुम साधिका हो।..."

इस बार कुन्ती हँसी, "मैं नहीं जानती थी देवर! कि तुम्हारी दृष्टि में साधक, निकम्मे को कहते हैं।"

"तुम चाहे इसे परिहास में उड़ा दो भाभी! किन्तु सत्य यही है कि तुम साधना कर रही हो।" विदुर बोले, "साधना का रूप भी यही है। साधक, अपने सारे बाहरी कर्मों को रोक देता है और मन में गहरे उतरकर, कोई महत्त्वपूर्ण कर्म करता रहता है। ऊपर से वह सर्वथा निष्क्रिय दिखायी देता है; किन्तु तल के नीचे अथाह गतिविधि चल रही होती है। वह बाहरी कार्यों को स्थगित कर, अपनी ऊर्जा का संचय करता है, सारे साधनों को एकाग्र कर, उन्हें सिद्ध करता है।...तपस्वी क्या करता है, आँखे मूँदे पालथी मारे ही तो बैठा होता है। कवि क्या करता है, अपने भावों के लिए शब्दों का चयन ही तो कर रहा होता है। धनुर्धर क्या करता है, एक स्थान पर खड़ा, एक विशिष्ट लक्ष्य पर बाण ही तो चला रहा होता है।...इन सारे कार्यों में कौन-सी गतिविधि?...किन्तु कितने लोगों को प्रभावित करता है उनका कर्म! साधना दिखाई नहीं देती भाभी!..."

"चलो! तुम मुझे साधिका ही मानते रहो। मुझे क्या आपत्ति हो सकती है!" कुन्ती हँस पड़ी, "आज़ क्या हुआ? राजप्रासाद में मैत्रेय ऋषि पधारे थे क्या?"

"हाँ भाभी! वे तो पधारे थे; किन्तु धृतराष्ट्र की मनोकामना पूरी नहीं हुई।"

"क्यों?"

"पिता ने हस्तिनापुर के सुन्दरतम और बहुमुल्य पुष्पों की पंखुड़ियाँ, उन के मार्ग में बिछवायीं, अपनी सुन्दरतम दासियों से उनका स्वागत करवाया; किन्तु पुत्र ने अभद्र व्यवहार से उन्हें कुपित कर दिया।" विदुर बोले।

"क्या कह गये वे?"

"कह गये कि शान्ति बनाये रखने में ही धृतराष्ट्र और उसके पुत्रों का कल्याण है। युद्ध हुआ तो भीम, अपनी गदा से दुर्योधन की जंघा तोड़ देगा।..."

कुन्ती कुछ क्षणों तक जैसे इन सूचनाओं को आत्मसात् करती रही। फिर बोली, "तुम्हें क्या लगता है विदुर! क्या दुर्योधन सचमुच मेरे पुत्रों पर आक्रमण कर उनका वध कर देगा?"

विदुर ने कुन्ती के चेहरे पर चिन्ता के कुछ असाधारण भाव देखे। ऐसे में तत्काल कोई उत्तर

देना उचित नहीं था। अपने शब्दों को तौलना बहुत आवश्यक था।

"भाभी, इसमें विचार करने के दो पक्ष हैं।" विदुर ने धीरे से कहा।

कुन्ती ने उनकी ओर देखा।

"पहला प्रश्न यह है कि यदि दुर्योधन पाण्डवों पर आक्रमण करे, तो क्या वह उनका वध कर सकता है?"

"मेरे पुत्र वीर हैं। उनमें युद्ध-कौशल भी हैं। किन्तु प्रश्न साधनों का है। एक ओर एक साम्राज्य की सेना, सेनापति और सैन्य-संचालक हों और दूसरी ओर मात्र पाँच योद्धा।...और मैं यह नहीं भूल सकती कि पितामह भीष्म, गुरु द्रोण तथा कृपाचार्य, मेरे पुत्रों से हीनतर योद्धा नहीं हैं। दुर्योधन, दुःशासन, कर्ण और अश्वत्थामा से निबटना हो तो बात और है...।"

"जहाँ तक मैं समझता हूँ भाभी! दुर्योधन यदि पाण्डवों की निरीह हत्या के लिए सैनिक अभियान करेगा, तो पितृव्य भीष्म, गुरु द्रोण और राजगुरु कृपाचार्य उसका साथ नहीं देंगे। युद्ध की बात और है। पाण्डव यदि सेना लेकर आयेंगे और रण-सज्जित होंगे, तो निश्चित रूप से ये लोग अपने राजा के पक्ष से युद्ध करेंगे।...इसका अर्थ यह हुआ कि युद्ध की स्थिति के बिना, दुर्योधन तुम्हारे पुत्रों की हत्या करने में समर्थ नहीं है। मैंने पाण्डवों को देखा है, वे कितने समर्थ, सतर्क और आश्वस्त हैं। युधिष्ठिर अवश्य कुछ भीरु है, क्योंकि वह परिवार का मुखिया है, चिन्तनशील है, अपनी सीमाओं को जानता है और शत्रु को कभी कम करके नहीं आँकता, किन्तु तुम्हारे शेष चारों पुत्र सिंह के समान निर्भीक हैं।"

"मेरी आशंकाओं का एक कारण यह भी है कि वे इतने निर्भीक हैं—विशेष रूप से भीम! संकट को उस तक आने की आवश्यकता नहीं होगी; वह स्वयं ही संकट से जा गले मिलता है।"

"अच्छा, अब दूसरा विचारणीय प्रश्न है कि यदि दुर्योधन पाण्डवों का वध कराना चाहेगा, तो क्या धृतराष्ट्र उसे अनुमति दे देंगे?"

"आज तक तो उन्होंने सदा उस का साथ दिया है, अब क्यों अनुमति नहीं देंगे?" कुन्ती निश्चयात्मक स्वर में बोली।

"खुले आक्रमण की अनुमति उन्होंने कभी नहीं दी। वे छल-कपट में तो पुत्र के साथ हैं; किन्तु वे खुल कर अत्याचार कर उस का दायित्व स्वीकार नहीं करते। तुम भूल जाती हो भाभी! धृतराष्ट्र मूलतः अक्षम और भीरु पुरुष हैं। छिपकर आघात करना चाहते हैं। सम्मुख-युद्ध का साहस नहीं करते। वे अपनी छवि, एक धर्मात्मा की-सी बनाये रखना चाहते हैं। मुझे हस्तिनापुर बुलाने में उन्होंने जान-बूझकर दुर्योधन-विरोधी भंगिमा बनाये रखी है, जबकि कौन नहीं जानता कि दुर्योधन में उनके प्राण बसते हैं : संसार में दुर्योधन से अधिक प्रिय उन्हें कोई नहीं है। इसलिए वे दुर्योधन को खुलकर पाण्डवों पर आक्रमण करने की अनुमति नहीं देंगे; और दुर्योधन कितना भी उद्दण्ड क्यों न हो, वह उस की आज्ञा का उल्लंघन नहीं करेगा।" विदुर रुके, "हाँ, मेरी कल्पना में एक स्थिति ऐसी आती है, जब दुर्योधन, धृतराष्ट्र की आज्ञा का उल्लंघन कर सकता है, अथवा उनसे छिपा कर, उनकी इच्छा के विरुद्ध कोई दुष्कृत्य कर सकता है।"

"कौन-सी स्थिति?"

"उनके मित्र कर्ण में यह सामर्थ्य है कि वह उसे समझा दे कि पिता का ऐसा कोई महत्त्व नहीं

है कि उसकी प्रत्येक आज्ञा का पालन किया जाये। कर्ण की अधर्म की ओर अद्भुत प्रवृत्ति है। उसमें क्रूरता का तत्व दुर्योधन से तनिक भी कम नहीं है। मुझे लगता है भाभी!" विदुर बोले, "कि उसके मन में कहीं बहुत गहरे, यह बात जमी हुई है कि संसार ने उसके साथ अत्याचार किया है, अथवा संसार ने उसे पीड़ा दी है। प्रतिक्रियावश उसमें परपीड़न-रति बहुत अधिक विकसित हो गयी है। दूसरों को पीड़ा दे कर, उन्हें तड़पते देखकर, उसे बहुत सुख मिलता है।...और दुर्योधन का मित्र हो कर अत्यन्त सरलता से पाण्डवों को पीड़ित कर, अपना सुख भी पाया जा सकता है और दुर्योधन की प्रसन्नता भी...।"

कुन्ती के मन की विचित्र स्थिति हो रही थी...विदुर नहीं जानते कि कर्ण से उसका क्या सम्बन्ध है। वे उसके विषय में कुछ भी कह सकते हैं। उस के मन का विश्लेषण कर सकते हैं। उसके चरित्र का विश्लेषण कर सकते हैं।...उसके विषय में कुछ ऐसी धारणा भी व्यक्त कर सकते हैं, जो कुन्ती के लिए पीड़ादायक अथवा असह्य हो।...तो क्या कुन्ती विदुर को बता दे कि कर्ण उसका पुत्र है। वह उसे न दुष्ट मानती है, न अपना शत्रु...किन्तु विदुर को बताने से क्या होगा?... जिन कारणों से कुन्ती ने इतना बड़ा त्याग किया, अब तक इतना कष्ट सहा, कर्ण को इन परिस्थितियों में डाला—वे कारण अभी समाप्त तो नहीं हुए हैं।...कुन्ती बता देगी तो, उसके सम्मान में विदुर मौन हो जायेंगे, वे कुछ कहेंगे नहीं...किन्तु न विदुर की धारणा बदलेगी, न कर्ण का व्यवहार!...परिस्थितियाँ वैसी की वैसी ही रहेंगी तो विदुर को बताने का क्या लाभ?...

"किन्तु मैंने सुना है कि वह बहुत धर्मात्मा है।" कुन्ती ने प्रयत्नपूर्वक अधिक से अधिक तटस्थ होने का अभिनय किया, "सूर्योपासना करता है। असहाय और पीड़ित लोगों में धन-वितरण करता है..."

"हाँ, वह तो करता है। देव-सरिता गंगा की, माँ के रूप में पूजा करता है; और सूर्यदेव की पिता के रूप में। दान भी बहुत करता है।" विदुर बोले, "किन्तु प्रभात की उस बेला के पश्चात् जब घर लौटता है, तो पहले से भी अधिक अहंकार ज़ुटा कर आता है। पहले से अधिक, उग्र अहंकारी बनकर घर में प्रवेश करता है। तुम जानती हो भाभी! जहाँ अहंकार होता है, वहाँ धर्म नहीं होता। अपने राजा को प्रसन्न करने के लिए, जो कर्ण एक निरीह स्त्री को सार्वजनिक रूप से निर्वस्त्र करने का प्रस्ताव करता है, उस स्त्री की पीड़ा देखकर स्वर्गीय सुख का अनुभव करता है, वह कर्ण क्या धर्म और ईश्वर के निकट आ सकता है? जिस के मन में तनिक भी करुणा नहीं, वह धार्मिक तो क्या होगा, वह वीर भी नहीं है। मनुष्य वह होता है, जो किसी अज्ञात स्त्री की लज्जा ढँकने के लिए, आवश्यकता पड़ने पर, अपनी त्वचा उधेड़ कर उसके आवरण प्रदान करे, वह नहीं जो इस राक्षसी कृत्य में सुख का अनुभव करे। मेरा मन उसे धर्मात्मा तो क्या, मनुष्य भी नहीं मानता। वह और कुछ नहीं,...लोभी है...स्वार्थी है, क्रूर है...मानसिक रोगी है..."

कुन्ती के मन में उनचासों पवन एक साथ चल रहे थे। उसे अपने वक्ष पर सागर के झंझावातों के आन्दोलन का-सा अनुभव हो रहा था।...किन्तु ऊपर से पर्याप्त शान्त दिखायी पड़ने का प्रयत्न कर रही थी, "किन्तु मैंने तो सुना है कि वह नारी का सम्मान करता है। बस पांचाली से रुष्ट है...और पांचाली के प्रति उसका यह रोष इसलिए है, कि अपने स्वयंवर में पांचाली ने उस का अपमान किया था।..."

"क्या क्षत्रिय-कन्या को अपने स्वयंवर में स्वेच्छा से अपने वर के चयन का अधिकार भी नहीं है

भाभी?" विदुर के स्वर में हल्का-सा आवेश था, "पांचाली ने इतना ही तो कहा था कि वह उससे विवाह नहीं करेगी।"

"सूत-पुत्र भी तो कहा था।" कुन्ती बोली।

"महाराज धृतराष्ट्र, संजय को सूत-पुत्र कहते हैं, तो संजय उन के वक्ष में शूल घुसेड़ दे?" विदुर बोले, "अधिरथ के पुत्र को सूत-पुत्र ही तो कहा जायेगा। कोई मुझे दासी-पुत्र कहेगा, तो मैं उसके प्राण ले लूँगा क्या? मैं दासी-पुत्र हूँ—यह यथार्थ है। जब कोई अपनी वास्तविकता को नकारने का प्रयत्न करता है, तो वह अपने लिये इसी प्रकार के संकट उत्पन्न करता है।" विदुर ने कुन्ती की ओर देखा, "वह सूत-पुत्र न होता और द्रौपदी उस को कहती तब, उस की पीड़ा मेरी समझ में आ सकती थी।"

"द्रौपदी के 'सूत-पुत्र' कहने में घृणा का भाव रहा होगा।" कुन्ती बोली।

"'सूत' के प्रति घृणा का भाव कर्ण के मन में है पांचाली के मन में नहीं।"

"वह अपनी सेवा में लगे सूत-परिवारों से घृणा करता है क्या?" विदुर बोले, "वस्तुतः कर्ण, सूत-पुत्र होने को अपना अपमान मानता है। वह इस समय 'अंगराज' कहलाता है, राजसभा में रहता है, युवराज का मित्र...इसमें कहाँ आड़े आया, उसका सूत पुत्र होना।..."

"वस्तुतः उस की पीड़ा कदाचित यह है विदुर! कि उस का कुल अज्ञात है।"

"तो उसे प्रभु का आभारी होना चाहिए कि वह सूत के घर में पला और राजसभा तक पहुँचा। गंगा-तट के किसी मन्दिर के पुरोहित के घर पहुँच गया होता, तो मन्दिर में आने वाली दान-दक्षिणा पर निर्भर रहता, और ब्राह्मण-पुत्र हो कर भी, राजसभा का मुख नहीं देख पाता।" विदुर बोले, "और भाभी! यदि पांचाली का व्यवहार, उसे अपमानजनक लगा भी था, तो शस्त्र निकाल लेता, पांचाली के रक्षकों का वध करता और एक वीर के समान उसका हरण करता।...यह, एक असहाय स्त्री को इस प्रकार अपमानित करना...छिः।"

कुन्ती कुछ नहीं बोली। क्या कहती? किसका पक्ष लेती? विदुर को ज्ञात नहीं है, किन्तु वह तो जानती है न, कि एक ओर उसकी पुत्र-वधू है, और दूसरी ओर उसका अपना पुत्र! किसी एक को अपराधी मान लेने से उसकी समस्या का निराकरण तो नहीं होता...उसे तो दोनों की ही रक्षा करनी है...किन्तु विदुर से कुन्ती असहमत भी नहीं थी...नारी से प्रतिशोध वह भी इस प्रकार...सारी मातृजाति का अपमान...

विदुर चले गये, किन्तु कुन्ती के मन से यह चर्चा नहीं उतरी।...कर्ण सचमुच इतना नीच हो गया है?...पर इसमें संदेह के लिए अवकाश ही कहाँ है! उसके कृत्य तो सबके सामने हैं। विदुर ने कोई नयी सूचना तो दी नहीं थी। इसमें से ऐसा क्या था, जो वह पहले से नहीं जानती थी।...शायद उसके मन का प्रश्न यह नहीं था कि क्या वह ऐसा हो गया है?...उसका प्रश्न तो यह था कि वह ऐसा क्यों हो गया है?...क्या केवल इसलिए कि उसकी माँ ने उसे त्याग दिया था?...किन्तु संसार में अनेक लोगों की माताएँ अथवा उनके पिता, उन्हें त्याग देते हैं, तो वे सब लोग क्या पापी, अधर्मी और अत्याचारी हो जाते हैं? महर्षि व्यास को उनकी माँ त्याग गयी थीं, वे तो वैसे नहीं हुए। पितृव्य भीष्म को उनकी माँ त्याग गयी थीं, वे तो वैसे नहीं हुए।...त्यागने को तो नकुल और सहदेव को उनकी माँ त्याग गयी थी। वे तो वैसे नहीं हुए...कदाचित् इन लोगों का मन इतना दग्ध नहीं हुआ,

क्योंकि इन को कुल का नाम तो मिला...कर्ण को कुल का नाम भी नहीं मिला...कुन्ती का मन सहसा ठिठक गया...वह जाबाल को क्यों भूल रही है। उस को पिता का नाम तक ज्ञात नहीं था। सारे समाज में उसका उपहास होता था। उसने अपनी माँ से पूछा तो माँ ने यही बताया था कि वह जबाला का पुत्र था, अतः जाबाल था। उसके पिता के विषय में कोई सूचना नहीं दी जा सकती थी।...वह जाबाल भी ऋषि हुआ, कर्ण के समान वह, अधर्मी और पापी दुर्योधन की प्रेरणा नहीं बना... उसे अपने कुल का ज्ञान नहीं है, तो वह यह भी तो सोच सकता है कि वह हीन कुल में जन्मा है, और अधिरथ के घर में पल कर गौरवान्वित हुआ है।...और यदि केवल वंश की बात है, उसकी यही एक पीड़ा है...तो उसकी समस्या का समाधान है कुन्ती के पास!...कुन्ती, उसे अपने आँचल में समेट लेगी...वह उसे उच्चकुल, क्षत्रिय वंश का नाम देगी...बहुत लाज निभा ली कुन्ती ने अपने पितृ-कुल की, अपने श्वसुर-कुल की!...किसी ने उस की पीड़ा की ओर आँख उठा कर भी नहीं देखा...तो उसके लिए क्यों वह अपने इस पुत्र को यह नारकीय यातना दे रही है, जिसे वह सहन नहीं कर पा रहा और पशु बनता जा रहा है...

कुन्ती की कल्पना जैसे नयी उड़ानें भरने लगी थी...वह कर्ण के पास जायेगी। वह उसे बतायेगी, कि वह उसकी माँ है। वह सूत-पुत्र नहीं, क्षत्रिय-कुल-जन्मा है। वह उसका कानीन पुत्र है, देवप्रदत्त पुत्र है, वह सम्राट् पाण्डु का क्षेत्रज पुत्र है।...वह कुरुवंशी है।...कर्ण के मन की ज्वाला शान्त हो जायेगी। वह पाण्डवों के प्रति शत्रु-भाव त्याग देगा। वह दुर्योधन से विरक्त हो जायेगा।...सम्भव है वह पाण्डवों से आ मिले...अन्याय को छोड़ कर, धर्म का आँचल थाम ले...

और सहसा, कुन्ती का मन दहल उठा...उसकी अपनी कल्पना ही, किसी और लोक में जा पहुँची थी...सूर्य का आलोक धुँधला ही नहीं, काला पड़ गया था...पवन शीतल हो कर भी शरीर में सुई के समान नहीं शलाका के समान चुभ रहा था...यदि कर्ण को यह बता दिया गया कि वह सम्राट् पाण्डु का ज्येष्ठ पुत्र है, तो राज्य का उत्तराधिकारी वह होगा...युधिष्ठिर का क्या है, वह तो राज्य त्यागने के लिए कोई-न-कोई बहाना ढूँढता ही रहता है।...वह अपना किरीट कर्ण के चरणों पर रख देगा। इन्द्रप्रस्थ के सिंहासन पर उसे बैठा देगा...

पर कर्ण क्या करेगा?

कुन्ती नहीं जानती कि कर्ण क्या करेगा! सम्भव है, वह दुर्योधन के प्रति अपनी निष्ठा के कारण युधिष्ठिर का मुकुट, दुर्योधन को सौंप दे...बहुत सम्भव है कि इन्द्रप्रस्थ के सिंहासन पर, स्थायी रूप से दुर्योधन स्थापित हो जाये...और पाण्डव उस के कारागार में पहुँच जायें...या उनका वध करवा दिया जाये...बहुत सम्भव है कि राज्य तो कर्ण का ही रहे, किन्तु पाण्डवों के लिए, उसमें कोई स्थान न हो...और पांचाली यदि पाँचों पाण्डवों की पत्नी है तो छठे पाण्डव की क्या स्थिति होगी? छठा क्यों? वह तो पहला पाण्डव है...क्या पांचाली को उसे भी पति के रूप में स्वीकार करना होगा?...पर पांचाली ने तो अपने स्वयंवर में स्पष्ट रूप से उससे विवाह का निषेध कर दिया था...। इन नयी परिस्थितियों में पांचाली की क्या स्थिति होगी? उसकी क्या प्रतिक्रिया होगी? उसके प्रति कर्ण का क्या दृष्टिकोण होगा? पति के रूप में पांचाली पर अबाध अधिकार होगा, ऐसे में यदि वह उसके सम्मान की रक्षा न करे; अथवा उसे पीड़ित करे तो?..नहीं कुन्ती! तुझे कोई अधिकार नहीं है कि तू पांचाली को बाध्य करे कि अपनी इच्छा के विरुद्ध वह कर्ण को अपने पति के रूप में

स्वीकार करे...। तुझे कोई अधिकार नहीं है, कि तू पाण्डवों का राज्य उनसे छीन कर, पैरों तले रौंदने के लिए कर्ण को दे दे...कर्ण शरीर से तेरा पुत्र है किन्तु मन से वह दुर्योधन का मित्र मात्र है। वह कभी पाण्डवों का मित्र और तेरा पुत्र नहीं हो सकता...

कर्ण तेरा भूतकाल है कुन्ती! भूत को वर्तमान बनाने का प्रयत्न मत कर...कोई नहीं जानता कि कर्ण तेरा पुत्र है...किन्तु पाँचों पाण्डव तो तेरे ही पुत्र हैं। पांचाली कृष्णा तेरी पुत्रवधू है।...जो तेरा नहीं है, उसे अपना बनाने के प्रयत्न में, जो तेरे हैं उनका सर्वनाश न कर...एक की उपलब्धि के लिए पाँचों को दाँव पर मत लगा। यह द्यूत मत खेल...एक पुत्र के उद्धार के प्रयत्न में तू शेष पाँच पुत्रों की दासता का अनुबन्ध तैयार मत कर...

कुन्ती का मन जैसे चेतना-शून्य होता जा रहा था...निरन्तर और अनवरत होने वाले इन सूक्ष्म आघातों से उस की संवेदनशक्ति जैसे समाप्त होती जा रही थी।...वह सोच नहीं पा रही थी कि उसे क्या करना चाहिए, क्या नहीं करना चाहिए...किन्तु एक बात उस के सामने बहुत स्पष्ट होती जा रही थी...व्यक्ति अपने जीवन के किसी भी काल को, एक ही बार जी सकता है, जिये हुए काल-खण्ड को, पुनः अपने ढंग से जीना, कभी सम्भव नहीं होता...जिस कर्ण को उसने एक बार त्याग दिया था, उसे अब नवजात शिशु के रूप में अपनी भुजाओं में लेकर वक्ष से लगा लेना कदाचित् सम्भव नहीं है।...अब वह प्रौढ़ वय का एक पुरुष है। वह, वही रहेगा। उसका अपना जीवन है, अपने सम्बन्ध और सम्पर्क हैं। अपनी पसन्द और नापसन्द है। कुन्ती, उससे पाण्डवों की माता के रूप में तो सम्बन्ध बना सकती है, किन्तु वह उसकी माता बन जाये, यह शायद सम्भव नहीं है...वह राधा का पुत्र राधेय है तो वही रहेगा...

काल कभी लौट कर नहीं आता कुन्ती!

9

धृष्टद्युम्न प्रभंजन के वेग से चलता हुआ, पाण्डवों के पास काम्यक वन में पहुँचा था। मार्ग में उस का मन कभी अपने सारथि पर खीझा था, कभी अपने अश्वों पर! कितनी धीमी गति से चल रहे थे वे...किन्तु उस का विवेक उसे बार-बार सावधान कर रहा था कि न तो सारथि अदक्ष अथवा आलसी था, न अश्व दुर्बल अथवा प्रमादग्रस्त थे। यह तो उस के अपने मन की व्याकुलता थी, जो उसे पीड़ित किये हुई थी। वह तत्काल पाण्डवों के पास पहुँचना चाहता था, जो सम्भव नहीं था।...जाने किस दिशा में होंगे, पाण्डव! और किस अवस्था में होगी कृष्णा!...धृष्टद्युम्न का मन विभिन्न रूपों में उसकी कल्पना करता था...वे दुखी होंगे,...वे क्रुद्ध होंगे...वे असहाय और दीन होंगे,...वे अपने क्षोभ में प्रतिशोध की तैयारी कर रहे होंगे...

किन्तु इन सारी कल्पनाओं, जिज्ञासाओं और प्रश्नों के भी ऊपर सर्वाधिक महत्त्वपूर्ण प्रश्न था... द्यूत सभा में पाण्डवों ने अपना अपमान किस प्रकार सहा होगा?...दुःशासन, एकवस्त्रा कृष्णा को, उसके खुले केशों से पकड़, घसीटता हुआ सभा में लाया होगा; और भीम की गदा भूमि पर पड़ी रही होंगी? उसकी भुजायेँ अकर्मण्य हो कर, उसके शरीर से लटकी रही होंगी? उसकी क्रोधाग्नि ने

द्यूत-सभा को क्षार कैसे नहीं कर दिया? अर्जुन का गाण्डीव शान्त रखा रहा होगा? धनुष की प्रत्यंचा तड़प कर कोदण्ड से लिपट नहीं गयी होगी? उसके वक्ष में धड़कता हृदय रक्त के वेग से फट नहीं गया होगा? कृष्णा ने उन सारी कटूक्तियों, व्यंग्योक्तियों, उन अश्लील और अभद्र संकेतों का सामना कैसे किया होगा?...हवन-कुण्ड से जन्मी, इस कृष्णा का तेज किस सीमा तक प्रज्वलित हुआ होगा?...न वह उन्हें नष्ट कर सकी, न स्वयं मिट सकी...यदि कहीं उस दिन धृष्टद्युम्न वहाँ होता, तो सारा हस्तिनापुर ध्वस्त हो गया होता...

धृष्टद्युम्न के पास जब तक समाचार पहुँचा था, तब तक पाण्डव हस्तिनापुर से दूर जा चुके थे। उन्होंने अपना कोई दूत भी तो काम्पिल्य नहीं भेजा था।...धृष्टद्युम्न का अभिमान आहत हुआ था, उसका प्रेम अपमानित हुआ था, उसे कुछ क्रोध भी आया था; कष्ट की ऐसी घड़ी में भी पाण्डव न काम्पिल्य की ओर मुड़े और न उन्होंने कोई संदेश ही भेजा। जैसे पांचालों से उनका कोई सम्बन्ध ही न हो। उन्हें चाहिए था, वे हस्तिनापुर से सीधे काम्पिल्य आते। धृष्टद्युम्न पंचाल का समस्त सैन्यबल लेकर उनके साथ चलता। वे लोग एक दिन में दुर्योधन और उसके सारे भाइयों के मस्तक, अन्धे धृतराष्ट्र को भेंट कर, युधिष्ठिर को इन्द्रप्रस्थ ही नहीं, हस्तिनापुर के भी सिंहासन पर बैठा देते!...उसने अपने पिता से कहा भी था कि वह पाण्डवों के इस उपेक्षापूर्ण व्यवहार को तनिक भी समझ नहीं पा रहा है। कोई ऐसे भी अपना राज्य त्यागता है? चार पाँसे फेंके, इन्द्रप्रस्थ का राज्य उन्हें समर्पित किया, और उठ कर गहन वन की ओर चल दिये...किन्तु महाराज द्रुपद, युधिष्ठिर को बहुत अच्छी तरह जानते थे। कदाचित् वे उन पाँचों भाइयों को धृष्टद्युम्न की तुलना में कहीं अच्छी तरह समझते थे...इतना ही नहीं, वे उनसे प्रभावित भी थे, उनके प्रशंसक भी थे...उन्होंने शान्त भाव से कहा था कि इन परिस्थितियों में युधिष्ठिर का व्यवहार यही हो सकता था...पाण्डवों के लिए, उनका स्वाभिमान सबसे अधिक मूल्यवान था। युधिष्ठिर ने यदि वनवास का वचन दिया था, तो वे वन की ओर ही जायेंगे।...

और अब धृष्टद्युम्न ने पाण्डवों की खोज आरम्भ की थी...उसके गूढ़ पुरुष विभिन्न दिशाओं में फैल गये थे, किन्तु पाण्डवों के स्थान का पता, उनके गूढ़ पुरुषों को हस्तिनापुर से ही मिल गया था। दुर्योधन के गूढ़ पुरुष, पाण्डवों के चारों ओर खुले रूप में इस प्रकार मँडरा रहे थे, कि वे अपनी गोपनीयता की रक्षा भी नहीं कर पा रहे थे...

आरम्भ में तो वह अपने गुप्तचरों की सूचनाओं के आधार पर चलता रहा था, किन्तु काम्यक वन में पहुँचते ही, उसे पाण्डवों के निवास के प्रमाण मिलने आरम्भ हो गये थे। सारा वन जैसे किसी ऋषिकुल अथवा साधना-वन में परिवर्तित हो गया था।...यह सब धृष्टद्युम्न की कल्पना के सर्वथा प्रतिकूल था। वह यह कल्पना तो कर सकता था कि पाण्डव सैन्य-संगठन कर रहे होंगे, शस्त्रों का अभ्यास कर रहे होंगे, विभिन्न छोटे-बड़े राजाओं से सम्पर्क स्थापित कर रहे होंगे...किन्तु यह सब? उसने तो वन में एक सैनिक स्कन्धावार की कल्पना की थी, ऋषिकुल की नहीं...

युधिष्ठिर ने उसका स्वागत अत्यन्त उल्लास से किया था, जैसे कोई गृहस्थ अपने घर आये किसी प्रिय अतिथि का स्वागत करता है...उनके मुख पर रंचमात्र उद्वेग का भी कोई लक्षण नहीं था। धृष्टद्युम्न की समझ में नहीं आया कि ऐसे व्यक्ति से क्या बात करे, जो जीवन की इतनी बड़ी दुर्घटना के पश्चात् भी उसका स्वागत इस सहज रूप से कर रहा है, जैसे कोई विशेष घटना, घटी ही

न हो।...वह आशंकित था कि कहीं युधिष्ठिर की इस भंगिमा से उसका अपना क्षोभ ही न फूट पड़े और अमर्यादित हो कर वह कोई अशोभनीय बात न कह बैठे।

...वह उनसे किसी उत्सव में मिलने नहीं आया था, कि वे लोग उसका इस प्रकार स्वागत करते अथवा सहज रूप से समाचारों का आदान-प्रदान करते। उस की कल्पना में या तो क्रोध से फुफकारते पाण्डव थे, अथवा शोकग्रस्त नत-मस्तक पाण्डव...किन्तु वह उनका यह कौन-सा रूप देख रहा था... इससे तो कहीं अच्छा था कि और तनिक भी समय नष्ट किये बिना वह शीघ्रातिशीघ्र कृष्णा के पास पहुँचे और देखे कि उसकी बहन किस स्थिति में है।

वह एक प्रकार से पाण्डवों को झटक कर, द्रौपदी के पास चला आया था...

"कृष्णे!" उसने पुकारा तो उसे लगा कि उसका अपना कण्ठ अवरुद्ध हो रहा है।

द्रौपदी तड़पकर अपने भाई के कण्ठ से नहीं लगी। उसने सहजतापूर्वक आगे बढ़कर, उसका स्वागत किया, "तुम भले आये भैया! घर पर सब कुशल तो है?"

धृष्टद्युम्न अवाक खड़ा अपनी बहन को देखता रह गया : यह भी उन पाण्डवों में से एक हो गयी है?...अग्नि से उत्पन्न यह कृष्णा, अपना सारा अपमान पी कर, सहज रूप से काम्पिल्य का समाचार पूछ रही है..."कृष्णे! क्या तुम्हारे मन में भी उन दुष्ट धार्तराष्ट्रों के विरुद्ध क्रोध नहीं है?"

द्रौपदी कुछ मुस्कुरायी, "यदि व्यक्ति के मन में कुछ लोगों के प्रति आक्रोश हो, तो वह उसे अपनी हथेली पर लिये प्रदर्शित करता रहे? तुम आये हो भैया। चाहे वन में आये हो; किन्तु मेरे द्वार पर आये हो। मेरे इस निवास में तुम्हारा सत्कार होना चाहिए। अपना दुखड़ा तो मैं रो ही लूँगी। पहले तुम मुझे काम्पिल्य का समाचार तो दो। पिताजी कैसे हैं? भैया शिखण्डी नहीं आये? वे कैसे हैं?..."

धृष्टद्युम्न ने उसकी बात बीच में ही काट दी, "पिताजी ठीक हैं। इस प्रकार का दुखद समाचार सुनकर, जो मनःस्थिति उनकी हो सकती है, वह हुई है।...और शिखण्डी की बात पूछ रही हो, उन्होंने कहा है कि वे अपनी बहन अथवा पाण्डवों से, वन के कुटीरों में मिलकर, उनके साथ बैठकर रोना नहीं चाहते। वे पाण्डवों का साक्षात्कार, युद्ध के समारोह में ही करेंगे। वे यहाँ नहीं आये। वहाँ आयेंगे, जहाँ वह वृद्ध, पाखण्डी भीष्म होगा, जिस की आँखों के सम्मुख, यह सारा अत्याचार हुआ और वह धर्म की सूक्ष्म गति को देखता रहा। इस बार आमना-सामना होने पर या भीष्म नहीं रहेंगे, या शिखण्डी! वे हस्तिनापुर पर सैनिक अभियान के लिए तो तत्पर थे, यहाँ आने के लिए नहीं!"

धृष्टद्युम्न ने मौन हो कर द्रौपदी की ओर देखा : द्रौपदी के चेहरे पर किसी प्रकार की प्रतिक्रिया नहीं थी। वह अत्यन्त सहज भाव से अपने भाई की ओर देख रही थी।...और सहसा, वह मुस्कुरायी।

"शिखण्डी भैया आरम्भ से ही, ऐसे रहे हैं। उनके संकल्प इतने भयानक होते हैं कि सामान्य मन उनका वेग भी झेल नहीं सकता।"

अब धृष्टद्युम्न स्वयं को रोक नहीं पाया। बोला, "कृष्णे! तुम्हें अपने इन महावीर पतियों पर तनिक भी क्रोध नहीं आता? ये अपना इतना अपमान सह कर क्लीवों के समान चुपचाप वहाँ से चले आये और अब तपस्वी-मुनियों के समान यहाँ शान्तिपूर्वक, बैठे साधना कर रहे हैं।"

द्रौपदी के चेहरे पर सहमति नहीं उभरी। बोली, "मैं अपने भाई को यह अधिकार नहीं दे सकती, कि वह मेरे सम्मुख मेरे पतियों की निन्दा करे। वे साधारण जन नहीं हैं। वे अपने धर्म पर

अटल हैं; और मैं अपने धर्म पर दृढ़ हूँ। मैं अपने भाई अथवा पिता के द्वारा अपने पतियों को अपमानित होते नहीं देखना चाहती।"

धृष्टद्युम्न सँभल गया...कृष्णा केवल उसकी बहन ही नहीं, पाण्डवों की पत्नी भी थी। पति से अधिक घनिष्ठ और विश्वसनीय और कोई व्यक्ति नहीं होता, भाई भी नहीं!...

"मैं उनका अपमान करना नहीं चाहता। वे अपने धर्म पर अटल हैं, यह तो उचित ही है; किन्तु धर्मराज को द्यूत में अपनी पत्नी दाँव पर लगाने की क्या आवश्यकता थी?" इच्छा होते हुए भी धृष्टद्युम्न स्वयं को रोक नहीं पाया, "नारी पर अत्याचार!...और तुम उसे धर्म कह रही हो?"

द्रौपदी की आँखें, अपने भाई की ओर उठीं। उनमें सूक्ष्म कटाक्ष था, "क्या अब परिवार को भी नारी और पुरुष में विभक्त कर देखा जायेगा? जब महाराज शान्तनु की पट्टमहिषी गंगा ने अपने सात-सात पुत्रों को देव-सरिता में प्रवाहित कर जीवन-मुक्त कर दिया था, तब तो किसी ने उनसे नहीं पूछा था कि नारी हो कर पुरुषों पर इतना अत्याचार क्यों कर रही हैं? माँ और पुत्र का सम्बन्ध भी क्या 'नारी' और 'पुरुष' के रूप में वर्गीकृत हो सकता है?"

"नहीं!" धृष्टद्युम्न को द्रौपदी की उक्ति में ही अपना समर्थन मिल गया, "किन्तु पति और पत्नी का सम्बन्ध तो स्त्री और पुरुष का ही है।"

"नहीं! वह दो समुदायों के प्रतिनिधियों का मिलन नहीं है। वह दो व्यक्तियों का एक हो जाने का प्रयत्न है।" द्रौपदी बोली, "और जहाँ तक धर्मराज के द्यूत का सम्बन्ध है, तो उन्होंने पहले अपने भाइयों को दाँव पर लगाया, जो पुरुष हैं।" द्रौपदी का स्वर कुछ उग्र हो उठा, "वे कभी न चाहते कि उनके भाई और उनकी पत्नी दाँव पर लगे; किन्तु वे द्यूत-शास्त्र, द्यूत-परम्परा और धृतराष्ट्र के आदेश का क्या करते! सम्पत्ति शेष रहते, कोई पक्ष द्यूत से उठ नहीं सकता। अब बताओ, तुम्हारे अर्थशास्त्र के अनुसार, परिवार के सदस्य, परिवार के मुखिया की सम्पत्ति हैं या नहीं? तुम पिताजी की सम्पत्ति हो या नहीं? तुम्हारी पत्नी और सन्तान, तुम्हारी सम्पत्ति हैं या नहीं? गंगा के पुत्र उनकी सम्पत्ति थे या नहीं?"

"तुम सत्य कह रही हो।" धृष्टद्युम्न का स्वर मन्द हो गया।

"मैंने अपने पिता के संकल्प के कारण हवन-कुण्ड से पुनर्जन्म ग्रहण किया था; और वीर्य-शुल्का बन गयी थी," द्रौपदी की आँखों में तेज लहरा रहा था, "अब, जब अपने पति के कारण दाँव पर लगी, तो स्थिति बदल गयी? तब 'पुत्री' थी तो अब 'पत्नी' क्यों नहीं हूँ? अब मैं पत्नी न रहकर 'स्त्री' हो गयी? क्या तुम नहीं समझते भैया! कि मैंने काम्पिल्य के धनुर्यज्ञ में कर्ण का जो तिरस्कार किया था, कर्ण उसका प्रतिशोध ले रहा है। जो पीड़ा मैंने उसे दी, वह उससे शतगुणित पीड़ा पाण्डवों को दे रहा है? पाण्डव महाराज द्रुपद के जामाता हैं, इसलिए वे भीष्म और द्रोण के द्वारा तिरस्कृत हो रहे हैं? मैं उनके कारण कष्ट नहीं पा रही; वे मेरे कारण अवमानित और प्रताड़ित हो रहे हैं।"

धृष्टद्युम्न कुछ क्षण मौन खड़ा, द्रौपदी के इस रूप को देखता रहा। पण्डिता तो वह पहले भी थी। तर्क भी किया करती थी।...किन्तु इतनी सहिष्णु तो वह कभी नहीं थी...

"मैंने कभी इस रूप में नहीं सोचा कृष्णे!" अन्ततः धृष्टद्युम्न बोला, "तुम जानती हो, मैं योद्धा हूँ, तुम्हारे समान दार्शनिक कभी नहीं रहा। जब चर्चा होती है, विश्लेषण होता है, तो मैं भी कुछ-कुछ समझने लगता हूँ कि युधिष्ठिर, धर्मराज हैं, असाधारण हैं, हमसे, सब सामान्य लोगों से

भिन्न हैं, उदात्त हैं, किन्तु मेरी प्रकृति इससे विद्रोह करती है। मैं अपने विपक्षी के विरुद्ध, तत्काल शस्त्र उठा लेना चाहता हूँ धर्मराज के सामान, उसे क्षमा नहीं कर देना चाहता।...और तुम जानती हो कृष्णा! मैं अपनी प्रकृति को बदल नहीं सकता। मैं हवन-कुण्ड में से उत्पन्न हुआ हूँ, अग्नि के रथ पर। मैं जिस धर्म को जानता और पहचानता हूँ, वह क्षत्रिय धर्म है...।"

"तुम कहना चाहते हो भैया! कि धर्मराज, क्षत्रिय धर्म का पालन नहीं कर रहे? भीम और अर्जुन क्षत्रिय नहीं हैं?"

धृष्टद्युम्न ने कोई उत्तर नहीं दिया : वह यह कैसे कह सकता था कि भीम और अर्जुन क्षत्रिय नहीं हैं...न वह यह कह सकता था कि वे अपने धर्म का आचरण नहीं कर रहे...

"वस्तुतः मात्र हिंसा वाला क्षत्रिय नहीं है।" द्रौपदी का स्वर एक गहरी गूँज लिये हुए था, "कई बार तो धर्म, शस्त्र न उठाने में होता है।..."

धृष्टद्युम्न समझ गया। बहन से तक-वितर्क करना व्यर्थ था। अग्नि-कुण्ड में से, उसके साथ जन्मी, उसकी यह सहोदरा, अब कदाचित् अग्नि-धर्मा नहीं रह गयी थी। वह धर्मराज के प्रभाव में शीतलमना हो गयी थी...

"तो फिर अब तुम लोगों की क्या योजना है?" धृष्टद्युम्न का स्वर, कुछ उत्तेजना लिए हुआ था, "क्या तुम लोग मोक्ष-प्राप्ति तक यहीं साधना करना चाहते हो?..." और सहसा उसे कुछ नया सूझ गया, "वैसे तुम्हें यह भी बता दूँ कृष्णे! यदि धर्मराज शान्तिपूर्वक यहाँ, वन में तपस्वी का जीवन व्यतीत करना चाहें, तो वह दुष्ट दुर्योधन, उन्हें वह भी नहीं करने देगा। तुम लोग यहाँ तनिक भी सुरक्षित नहीं हो।"

"हम सब जानते हैं कि जब तक दुर्योधन जीवित है, हम लोग कहीं भी सुरक्षित नहीं हैं।..."

"तो?"

"धर्मराज प्रतिशोध के विरुद्ध तो हैं; किन्तु प्रतिकार उन्हें अप्रिय नहीं है।" द्रौपदी बोली, "और अभी तो मेरे महावीर पतियों के हाथों में उनके प्रिय शस्त्र विद्यमान हैं।"

"किन्तु...मुझे वे लोग तनिक भी उत्तेजित और युद्ध तत्पर नहीं लगते। उत्तेजना दुर्बलता का लक्षण है।"

द्रौपदी ने उत्तर दिया, "उनका आत्मविश्वास उन्हें शान्त रखता है। धर्मराज की अनुमति हो, तो पाँचों मिल कर क्या, भीम अथवा अर्जुन भी हस्तिनापुर पर आक्रमण करने में सक्षम हैं।"

अब तक धृष्टद्युम्न की आक्रामकता भी कुछ मन्द पड़ गयी थी, "और तुम कृष्णा? तुम्हारे मन में प्रतिशोध का भाव नहीं है?"

इस बार द्रौपदी मुस्करायी तो धृष्टद्युम्न को अपनी परिचित बहन दिखायी दी। उसकी मुस्कान में ज्वाला थी, "ये केश मैंने शृंगार अथवा प्रसाधन की दृष्टि से मुक्त नहीं छोड़े। ये दुःशासन के रक्त से स्नान करने की प्रतीक्षा में खुले हैं...।"

"ओह!" धृष्टद्युम्न बोला, "तो फिर पाण्डवों की क्या योजना है?"

"वे वासुदेव की प्रतीक्षा कर रहे हैं।"

"कृष्ण को सूचना मिल गयी है?"

"मिल ही गयी होगी।" द्रौपदी बोली, "कुछ सूचनाएँ मित्र भिजवाते हैं, तो कुछ शत्रु भी

भिजवाते हैं।"

"तो कृष्ण अभी तक आये क्यों नहीं?"

"कोई विशेष कारण ही रहा होगा कि केशव अभी पहुँचे नहीं हैं; नहीं तो, वे तो एक पुकार पर दौड़े आते हैं।"

"मेरा विचार है कि यह निर्णय उचित ही है।" धृष्टद्युम्न का स्वर सर्वथा उत्तेजना-शून्य तथा गम्भीर था, "वासुदेव की प्रतीक्षा करना ही उचित है। आक्रोश की स्थिति में, कोई असावधान कर्म करने से अच्छा है कि अपने सुख-दुख कृष्ण को समर्पित कर, उन के निर्णय की प्रतीक्षा की जाये।"

इस बार चौंकने की बारी द्रौपदी की थी। धृष्टद्युम्न आक्रामक योद्धा की भंगिमा त्याग, भक्त की-सी वाणी बोल रहा था!

10

"कृष्णे!"

द्रौपदी का, अब तक का सहेज कर रखा गया संयम टूट गया। इतने दिनों से वह जिसकी प्रतीक्षा कर रही थी, उसका वह सखा आ गया था...पहले उसकी आँखें भर आयीं, और फिर टप-टप आँसू गिरने लगे। स्वयं को सँभालने के, उसके सारे प्रयत्न निष्फल हो गये, तो वह सशब्द रो उठी।

"पांचाली!" कृष्ण का स्वर शीतल बयार का-सा प्रभाव लिये हुए था।

"मैं अब और नहीं सह सकती केशव! असहनीय है, यह सब कुछ मेरे लिये।" द्रौपदी हिचकियों के मध्य बोली, "जिस का कोई न हो, उस अनाथ का भी, इतना अपमान नहीं होता। वह अपमान...।"

"मैं समझता हूँ कृष्णे!" कृष्ण बोले, "और यह भी कहता हूँ कि निश्चय ही, कौरव इस पाप का भीषण दण्ड पायेंगे। धर्म उनको कभी क्षमा नहीं करेगा।"

लगा, द्रौपदी के शरीर पर जैसे कशाघात हुआ हो। उसका सारा शरीर झकोला खा गया। भीतरी ताप से उसके अश्रु सूख गये। हिचकियाँ बन्द हो गयीं। आँखों से चिंगारियाँ फूटने लगीं, "नाम मत लो धर्म का! उसके लिए ये धर्मराज ही बहुत हैं।"

कृष्ण, उस स्थिति में भी मुस्करा पडे, "धर्मराज!..."

"धार्तराष्ट्रों के विरुद्ध मेरे मन में क्या है, वह कहने की बात नहीं।" द्रौपदी आवेश भरे स्वर में बोली, "मैं तो धिक्कारती हूँ अपने इन पाँच पतियों को, इनके क्षत्रियत्व को, इनके युद्ध-कौशल को, इनके दिव्यास्त्रों को..." द्रौपदी अग्नि-शिखा-सी जल रही थी, "केशों से पकड़, दुःशासन, मुझे भरी सभा में घसीट लाया; और ये लोग बैठे देखते रहे। वे मुझे निर्वस्त्र करने का प्रयत्न करते रहे, काम-भोग का निमन्त्रण देते रहे। और ये सिर झुकाये धर्म-चिन्तन करते रहे। क्या करूँ मैं धर्मराज के धर्म का, मध्यम के बल का, धनंजय के गाण्डीव का, सहदेव के खड्ग का तथा नकुल की अश्व-संचालन क्षमताओं का? ये सब मिल कर भी अपनी पत्नी के सम्मान की रक्षा नहीं कर सके!... एक साधारण-सा अपंग पुरुष भी, अपनी पत्नी के सम्मान की रक्षा के लिए दहाड़ता और चिंघाड़ता है...और दिव्यास्त्रों से सज्जित ये विश्वविख्यात् क्षत्रिय योद्धा मुँह लटकाये, बैठे, अपने पैरों के अंगूठे

से भूमि कुरेदते रहे। धर्म...।"

"मैं तुम्हारा कष्ट समझता हूँ कृष्णा!" कृष्ण धीरे से बोले, "यदि मैं वहाँ उपस्थित होता, तो निश्चित रूप से दुर्योधन यह सब नहीं कर पाता।..."

"पर तुम वहाँ उपस्थित नहीं थे केशव!" द्रौपदी का स्वर पुनः आरोह की ओर बढ़ा, "और धर्मराज आज भी क्षमा को प्रतिशोध से वरेण्य बता रहे हैं। अब तुम ही कहो, मैं यह सारा अत्याचार कैसे भूल जाऊँ?"

"तुम भूल भी जाओ, तो मैं नहीं भूलूँगा। धर्म इसे नहीं भूलेगा, प्रकृति इसे नहीं भूलेगी। प्रकृति कुछ नहीं भूलती। धार्तराष्ट्रों को उनके कृत्य का फल अवश्य मिलेगा। कौरव दण्डित होंगे।"

"कौन देगा दण्ड उन्हें?" द्रौपदी का अविश्वास जैसे मूर्तिमन्त हो उठा, "धर्मराज?"

"हाँ! धर्मराज उन्हें दण्डित करेंगे। पाँचों पाण्डव मिलकर उन्हें दण्डित करेंगे।" कृष्ण की आँखों में एक असाधारण-सी ज्योति थी, "वे नहीं करेंगे, तो मैं कौरवों को दण्डित करूँगा। यदि धर्मराज को आपत्ति न हो, तो मैं यहीं से, हस्तिनापुर चलने को प्रस्तुत हूँ। उन सारे पापियों का संहार मैं स्वयं अपने हाथों से, वैसे ही कर दूँगा, जैसे शिशुपाल का किया था।"

द्रौपदी उन आँखों को देख नहीं रही थी, वह तो उनके तेज का पान कर रही थी। उसके चेहरे पर उभर आयी उग्र रेखाएँ कुछ शान्त हुईं। नयनों में विश्वास जागा, "मैं तुम्हारे वचन पर अविश्वास नहीं करूँगी केशव! मैं तो मानती हूँ कि कौरवों की उस सभा में, मेरी रक्षा, तुमने ही की है सखे!" द्रौपदी का स्वर शान्त था, "तुम वहाँ उपस्थित चाहे नहीं थे, किन्तु तुम वहाँ वर्तमान थे। दुःशासन के मन में तुम्हारा ही भय था, जिसने मेरी रक्षा कर ली; नहीं तो उन पिशाचों ने अपनी ओर से कोई कोर-कसर नहीं छोड़ी थी।"

"बहन!" धृष्टद्युम्न ने पहली बार मुख खोला, "जब वासुदेव ने कह दिया है, तो निश्चित जानो कि कौरवों को इसका दण्ड अवश्य दिया जायेगा। इन नीचों को अपने रक्त से, अपने पिशाच-कृत्यों का मूल्य चुकाना होगा। इसमें से एक को भी क्षमा नहीं किया जायेगा।"

द्रौपदी चुप रही उसकी, आँखों से पुनः अश्रु बह निकले, जैसे उसके भीतर का दुख रह-रह कर, हृदय से उठकर, आखों में आ जाता था।

"मैं क्या करूँ! मैं उस दृश्य को भूल नहीं पाती।...और जब-जब मुझे उस की याद आती है, मैं जैसे फिर से उस सभा में खड़ी कर दी जाती हूँ। मेरे कानों में उन दुष्टों के अट्टहास और अपशब्द गूँजने लगते हैं। उसकी दृष्टियाँ मेरे शरीर को भेदने लगती हैं। कैसे बताऊँ कि मेरे मन में अपने पतियों के लिए, कैसे-कैसे धिक्कार उठने लगते हैं। मेरे मन में इतनी भयंकर प्रतिहिंसा जागती है कि, इच्छा होती है, सारी सृष्टि जला कर क्षार कर दूँ।..."

"नहीं द्रौपदी! यह मानव-धर्म नहीं है।" कृष्ण की वाणी सान्त्वना दे कर, रक्त के तप्त कणों को शान्त ही नहीं करती थी, सारे शरीर मैं जैसे बल का संचार कर जाती थी।

द्रौपदी की उग्रता, उस वाणी से क्षीण हो कर भी, पुनः भड़का उठी, "फिर वही धर्म! धर्म की चर्चा मुझसे मत करो। मुझे धर्म से घृणा हो गयी है। हस्तिनापुर की राजसभा में जो कुछ घटित हुआ, वह धर्म के नाम पर ही हुआ। अन्य लोगों का धर्म मैं नहीं जानती। मुझे तो अपना ही धर्म दिखायी दे रहा है—विनाश!"

"केशव!" युधिष्ठिर ने आहत स्वर में कहा, "यह वितृष्णा धर्म के प्रति नहीं, वस्तुतः मेरे प्रति है। सच पूछो तो इन दिनों हम सब के मन में या तो विश्लेषण है, या वितृष्णा।" वे कुछ रुके, "मैंने भी बहुत विश्लेषण किया है। अपने-आप को बहुत परखा तौला और खँगाला है; और हर बार मेरे विवेक ने यही कहा है कि मैंने कोई अधर्म नहीं किया। फिर पांचाली मुख से कहे या न कहे, किन्तु मन में यही मानती है कि अपने और अपने परिवार के सारे कष्टों का कारण मैं ही हूँ। सम्भव है कि मेरे भाइयों के मन में भी यही हो कि मैं एक मूर्ख और अविवेकी जुआरी मात्र हूँ। ये लोग अपने धर्म के कारण न मुझे त्यागते हैं, न मुझे दण्डित करते हैं; किन्तु भीम मुझे निर्दोष नहीं मानता। जिस प्रकार पांचाली मुझे धिक्कार रही है, ऐसे ही भीम ने भी मुझे अनेक बार धिक्कारा है।..."

कृष्ण ने युधिष्ठिर को सान्त्वना नहीं दी, उन के भाइयों की ओर से कोई स्पष्टीकरण नहीं दिया। वे मात्र विस्मय से युधिष्ठिर की ओर देखते रहे। उनका विस्मय-भाव मुस्कान में बदला और फिर बिना किसी पूर्व-भूमिका के, सहसा खिलखिला कर हँस पड़े।

युधिष्ठिर, अवाक-से उनकी ओर देखते रह गये; इस दुःख, विषाद, करुणा, पीड़ा और आक्रोश के वातावरण में, यह सहज उन्मुक्त हँसी! ज्वालामुखी की गोद में भी निर्मल जल की स्रोतस्विनी प्रवाहित हो सकती है क्या? युधिष्ठिर ने कहा अब भी कुछ नहीं था; किन्तु उनकी मुद्रा परिवर्तित हुई। उनकी आँखें जैसे स्पष्ट प्रतिवाद कर रही थीं : मैं तो तुम्हें अपनी व्यथा सुना रहा हूँ, और तुम हँस रहे हो केशव!...'

कृष्ण की हँसी कुछ थमी, "इससे तुम लोग कहीं इस निष्कर्ष पर तो नहीं पहुँचे कि धर्म पर चलना सदा दुःखदायी होता है। अतः धर्म, दुःख का राजमार्ग है?"

"पता नहीं धर्मराज क्या सोच रहे हैं; किन्तु हम सब इसी निष्कर्ष पर पहुँचे हैं।" भीम के स्वर में कड़वाहट थी, "न हमारे ज्येष्ठ धर्मराज होते, न हमें यह दिन देखना पड़ता।"

"इसके पश्चात् अगला तर्क होगा कि धर्म पर चलना व्यर्थ है।" कृष्ण बोले, "अतः धर्म को तत्काल तिलांजलि दे दी जानी चाहिए।"

"लगता तो यही है।" भीम का वाक्य छोटा किन्तु तीखा था, "मेरा तो मन कहता है कि मुझे धर्म-वर्म के चक्कर में पड़ना ही नहीं चाहिए था। जिस क्षण उन दुष्टों के मुख से पांचाली के लिए पहला शब्द निकला था, उसी क्षण मुझे चाहिए था कि दुर्योधन को उठा कर, भूमि पर दे मारता अथवा अपनी गदा से उस का मस्तक कुचल देता। मेरा तो यही धर्म था।..."

"क्यों धर्मराज!" कृष्ण बोले, "मध्यम यह कर बैठते तो वह धर्म होता?"

"नहीं!" युधिष्ठिर बोले, "वह अधर्म होता! अपनी इच्छा, सुख और सुविधा का नाम धर्म नहीं है।"

भीम ने जोर से भूमि पर पैर पटका, "फिर वही बात!"

"असफल और निराश व्यक्ति अपनी भूल और सीमा को समझने का प्रयत्न करने के स्थान पर धर्म को दोष देने लगता है।" कृष्ण के स्वर में आकाश की-सी गम्भीरता थी।

"आप स्वयं सोचिए मधुसुदन!" नकुल स्वयं को रोक नहीं पाया, "जो कुछ धार्तराष्ट्रों से तय हुआ, उसका अर्थ क्या है? वे हमें अज्ञातवास में खोज निकालेंगे और हम बारह वर्षों के लिए पुनः वन में चले जायेंगे। यदि वे हमें खोज नहीं पाए, तो भी मैं निश्चित रूप से कह सकता हूँ कि लौटने पर या तो वे हमें इन्द्रप्रस्थ लौटायेंगे नहीं, या फिर राजा धृतराष्ट्र पुनः भैया को द्यूत खेलने

का आदेश देंगे। भैया फिर अपने धर्म का पालन करेंगे और दाँव हार जायेंगे। पांचाली पुनः अपमानित होगी, हम फिर निर्वासित होंगे।...यह धर्म का कौन सा रूप है?"

कृष्ण ने देखा : युधिष्ठिर के चेहरे पर एक प्रकार की स्वीकृति थी; शेष सब लोगों के चेहरे पर इस काल्पनिक भविष्य के सत्य होने की आशंका।

"धर्मराज!" कृष्ण का स्वर आसाधारण रूप से मृदु था, "द्यूत आप का व्यसन तो नहीं है न? आप द्यूत में इतने आसक्त तो नहीं हैं कि निमन्त्रित होने पर आप स्वयं को अनुशासित न कर पायें; और सत्-असत्, धर्म-अधर्म का विवेक ही आप को न रहे?"

"वासुदेव! तुमने मुझे कभी चौपड़ बिछाये, द्यूतकों को आमन्त्रित करते देखा है?" युधिष्ठिर ने कुछ आहत स्वर में पूछा, "मुझे यह व्यसन होता, तो इन्द्रप्रस्थ में द्यूत-क्रीड़ा को पल्लवित-पुष्पित होने से कौन रोक सकता था?" युधिष्ठिर ने रुककर, कृष्ण की ओर देखा, "बात द्यूतासक्ति की नहीं, बात तो धर्म की है। धृतराष्ट्र हमारे पिता हैं; उनके आदेश का उल्लंघन नहीं हो सकता। वह अधर्म होगा।"

कुछ क्षणों तक कृष्ण, चुपचाप युधिष्ठिर की ओर देखते रहे, फिर धीरे से बोले, "मेरे मातुल कंस और आपके पितृव्य धृतराष्ट्र में क्या अन्तर है? कंस ने मेरे पिता के सारे अधिकार और धन-सम्पत्ति, छीनकर उन्हें कारागार में डाल दिया। धृतराष्ट्र ने युक्तियों से आपके पिता को हस्तिनापुर से बाहर रखा और उनका राज्य हथिया लिया। कंस ने मेरे भाइयों को जन्म लेते ही मार डाला; धृतराष्ट्र ने आप लोगों को मार डालने के सारे प्रयत्न किये। यह आप लोगों का सौभाग्य था कि आप लोग बार-बार बच निकले।" कृष्ण हँसे, "आपको धृतराष्ट्र ने हस्तिनापुर में बुलाया, आप लोग गये। कंस के निमन्त्रण पर मैं भी मथुरा गया था। धृतराष्ट्र के आदेशानुसार आप लोग द्यूत सभा में सम्मिलित हुए और अपना सर्वस्व हार गये। मैं कंस के आदेशानुसार उसके मल्लों से लड़ा और मैंने मल्लों का ही नहीं कंस का भी संहार कर दिया। क्या वह अधर्म था?"

"नहीं! नहीं!! तुम अधर्म कैसे कर सकते हो वासुदेव!" युधिष्ठिर बोले, "तुमने आत्मरक्षा की अपने माता-पिता की रक्षा की; प्रजा को कंस के अत्याचारों से बचाया। अधर्म तुम्हारे निकट फटकने का साहस नहीं कर सकता।"

"और आप क्या कर रहे हैं धर्मराज!" कृष्ण के स्वर में कुछ तेजी झलकी, "धृतराष्ट्र ने मनमाने नियम में बाँध कर, आपका सर्वस्व हरण कर लिया और कृष्णा का सार्वजनिक रूप से अपमान भी किया। आप यह देखत रहे और समझते रहे कि आप धर्म की रक्षा कर रहे हैं, अतः धर्म आपकी रक्षा करेगा। नहीं धर्मराज, यही धर्म नहीं है। मैं वहाँ उपस्थित होता तो द्यूत को रोक देता, चाहे मुझे बल-प्रयोग ही क्यों न करना पड़ता। वे न मानते, तो मैं सारे धार्तराष्ट्रों का वध कर देता। इस प्रकार अपमानित होना और वंचित होना धर्म नहीं है।"

"तो धर्म क्या है मधुसूदन?" युधिष्ठिर समझ नहीं पा रहे थे कि वे अपने-आप से पूछ रहे हैं, अथवा कृष्ण से!

"आपने धर्म को स्थूल रूप से स्वीकार किया है सम्राट्! धर्म का मर्म अत्यन्त सूक्ष्म है।" कृष्ण बोले, "आप घट को पकड़े हुए हैं, किन्तु उस के भीतर के जल को झाँककर भी नहीं देखते कि वह जल स्वच्छ है या नहीं, वह पीने योग्य है या नहीं।"

"तो धर्म का मर्म क्या है गोविन्द?" युधिष्ठिर ने अत्यन्त दीन स्वर में कहा, "पांचाली के पूछने

पर पितामह ने भी यही कहा था, 'धर्म की गति अत्यन्त सूक्ष्म है।'"

"सत्य कहा था पितामह ने," कृष्ण बोले, "धर्म का मर्म अत्यन्त ही सूक्ष्म है। किसी विशेष संदर्भ में मानवों के किसी समाज विशेष के द्वारा, अपनी रक्षा और कल्याण के लिए बनाये गये नियम प्रकृति का धर्म नहीं है। मानवनिर्मित जड़ नियम सृष्टि का सत्य नहीं है; धर्म की गति अत्यन्त सूक्ष्म है। अपने परिवार और उसके हितों की रक्षा, धर्म है या नहीं?"

"है।" युधिष्ठिर बोले, "किन्तु अनेक बार देखा गया है कि हितों की रक्षा से नहीं त्याग से परिवार की रक्षा होती है। क्या तुम्हें नहीं लगता मधुसूदन! कि यदि मैं पाण्डवों के हितों की रक्षा करने के विचार से पितृव्य की आज्ञा की अवहेलना करता, तो सारे कौरव-वंश का नाश हो जाता। ऐसे में पाण्डवों के हितों की रक्षा करना स्वार्थ होता, धर्म नहीं। क्या पारिवारिक शान्ति, उससे अधिक मूल्यवान नहीं है? क्या भगवान राम ने भी पारिवारिक शान्ति के लिए, यह जानते हुए भी कि वे अपने राज्य तथा अन्य अधिकारों से वंचित हो रहे हैं, पिता की आज्ञा का पालन नहीं किया था?"

"किया था। परिवार की शान्ति ही नहीं, राक्षसों के विनाश के लिए भी उन्होंने राज्य का त्याग किया था; किन्तु चित्रकूट में नौ मास ठहरकर यह भी देखा था कि किसी के साथ अन्याय तो नहीं हो रहा।" कृष्ण मुस्कुराये, "राम जानते थे कि सुग्रीव को बाली के हाथों मरने से बचाना धर्म था, अतः उन्होंने उसकी रक्षा की, चाहे उन्हें बाली और सुग्रीव के द्वन्द्वयुद्ध में हस्तक्षेप ही करना पड़ा। जब दो आत्मविरोधी धर्म आमने-सामने खड़े हो जायें, तो उनमें से एक का चुनाव विवेकपूर्वक करना पड़ता है। अपनी पत्नी के सम्मान की रक्षा करना, आप का धर्म था या नहीं?"

"था!"

"अपनी निर्दोष पौत्र-वधू के सम्मान की रक्षा करना पितामह का धर्म था अथवा नहीं?"

"था!"

"किन्तु आप दोनों ने ही धर्म के मर्म को नहीं पहचाना।" कृष्ण बोले, "धर्म का एक मार्ग तपस्या और त्याग भी है; किन्तु तपस्या का परिणाम भी सामाजिक हित ही होना चाहिए। आप धर्म पर टिके रहें और आपके सम्मुख एक स्त्री का अपमान होता रहे—यह समाज-धर्म नहीं हो सकता। आपको अपने धर्म में से व्यक्ति-तत्त्व निकाल-कर, समष्टि-तत्त्व डालना होगा, उसमें जनहित का योग भी करना होगा; अन्यथा वह धर्म न हो कर आत्मदाह हो जायेगा।..."

"केशव!"

"आप और पितामह दोनों ही देखते रहे कि आप के विरुद्ध षड्यन्त्र होता रहा है; आप के और समाज के हित और कल्याण का दाह हो रहा है, किन्तु आप लोग व्यक्तिगत तपस्या को अपने वक्ष से चिपकाये, अन्याय को खुली आँखों से देखते रहे; और उसे न्याय मानते रहे। नारी के अपमान में धर्म कैसे हो सकता है? किसी के सर्वस्व अपहरण में, किसी को वंचित करने में धर्म कैसे हो सकता है?" कृष्ण रुके, "आप लोग धर्म के बन्धन में बँधे रहे, जबकि धर्म बाँधता नहीं, मुक्त करता है। जो बाँधता है, वह मोह है, धर्म नहीं! धर्म सदा मेरे बन्धन काटता रहा और मैं मुक्ति के नये आयामों का अनुभव करता रहा। मैं नये से नया कर्म करने को स्वतन्त्र होता रहा, और आप बँधते चले गये । भीष्म, धर्म को सबसे अधिक जानते हैं; और वे ही सबसे अधिक बद्ध जीव हैं। वे अपनी इसी धर्म-बुद्धि के कारण, सदा पाप और अन्याय के उपकरण बनते चले गये।"

"वासुदेव!"

"हाँ धर्मराज! यदि आप भी समय से सचेत न हुए तो आप की भी वही गति होगी।"

"पितामह भीष्म और पाप के उपकरण?" युधिष्ठिर चकित भाव से कृष्ण की ओर देख रहे थे, "इन्हीं पितामह ने तुम्हारी अग्रपूजा के लिए शिशुपाल की कहनी- अनकहनी सुनी थी।"

"वह सत्य है, किन्तु जिस समय निसर्ग-नियम से उन्हें स्वयं विवाह करना चाहिए था, उस समय उन्होंने युवती स्त्री से अपने वृद्ध पिता का विवाह करवाया। उसी क्षण से कुरुकुल में सब कुछ अस्त-व्यस्त हो गया। उन्होंने पितृभक्ति की तपस्या को, अपने जीवन का लक्ष्य मान लिया। वह एकांगी सत्य था : जीवन का समग्र सत्य नहीं। वह उनके व्यक्तिगत उत्थान के लिए साधना हो सकती है; किन्तु समाज का सम्यक् धर्म नहीं। एकांगी धर्म, समग्र धर्म नहीं होता। यदि व्यक्ति सावधान न हो तो, एकांगी धर्म अनेक बार अधर्म और पाप का उत्स बन जाता है। पितामह ने अपनी व्यक्तिगत साधना के सम्मुख लोकधर्म तथा राजधर्म की सर्वथा अवहेलना की। अपने जीवन के आश्रम-धर्म की अवहेलना की। यदि उन्हें आश्रम धर्म के अनुसार जीवन-यापन नहीं करना था, तो सन्यास ग्रहण कर, वनवास करते—तो भी शायद जन-सामान्य की इतनी क्षति नहीं होती। क्या नीति है उनकी—परिवार में रहेंगे, शासन के केन्द्र में रहेंगे; और शासन-सूत्र अपने हाथ में नहीं लेंगे। शासन-तन्त्र अधर्म करेगा, तो उसका प्रतिवाद नहीं करेंगे? क्योंकि शासन में हस्तक्षेप न करने की उन्होंने प्रतिज्ञा की है...उनका सारा प्रयत्न शासन-तन्त्र की रक्षा के लिए होगा, उसके लिए प्राण दे देंगे, चाहे शासन-तन्त्र कितना भी अत्याचारी क्यों न हो। दुर्योधन के हाथ में शासन है, इसलिए दुर्योधन को भी उनका संरक्षण मिल रहा है। आज, दुर्योधन के सबसे बड़े संरक्षक कर्ण, द्रोण और धृतराष्ट्र नहीं, स्वयं भीष्म हैं। वे सभा में न आते तो स्थिति कुछ और होती। वे सभा में वर्तमान रहेंगे और देखेंगे कि कौरव, पांचाली का अपमान किस प्रकार करते हैं...।"

युधिष्ठिर ही नहीं, अन्य पाण्डव और द्रौपदी भी, आज पितामह को एक नयी दृष्टि से देख रहे थे। वे जो कुछ सुन रहे थे, यह उनके मन में पहले कभी नहीं आया था। अनुभव उन्होंने भी कई बार किया था कि पाण्डवों से उत्कट प्रेम करते हुए भी, अनेक अवसरों पर वे उनकी सहायता को नहीं आये थे। और तो और, जिस समय उनकी पौत्र-वधू सार्वजनिक रूप से निर्वस्त्र की जा रही थी, तब भी वे 'धर्म की गति अत्यन्त सूक्ष्म है' कह कर ग्रीवा झुकाये बैठे रहे थे।

"नहीं! तुम पितामह के प्रति अधिक कठोर हो रहे हो वासुदेव! धर्मात्मा भीष्म पाप और अधर्म के उपकरण नहीं हो सकते।" अर्जुन का प्रतिवाद पर्याप्त नम्र होते हुए भी प्रभावकारी था, "उनकी मान्यताएँ तुमसे भिन्न हैं। देश और काल के भेद से मान्यताएँ भिन्न हो जाती हैं। वे अपनी मान्यताओं के प्रति पूर्णतः आस्थावान हैं। उन्हें अपना धर्म मानते हैं; और पूरी निष्ठा से उन पर आचरण करते हैं। हमारे समाज में, हमारे कुल में पुत्रों ने अपने पिता के लिए अपना यौवन दे दिया। पितामह ने अपने पिता की प्रसन्नता के लिए अपने जीवन का भोग त्यागा। धर्मराज, पितृ-तुल्य राजा धृतराष्ट्र की आज्ञा की अवहेलना नहीं कर सके। इतने भर से ये लोग पापी नहीं हो सकते।"

"पूर्व-मान्यताओं और आस्था से मेरा कोई विरोध नहीं है।" कृष्ण बोले, "किन्तु पूर्व-मान्यताओं पर प्रश्न-चिह्न लगाना भी सीखना चाहिए। उन मान्यताओं का परिणाम भी देखना चाहिए। परिणाम तो गला फाड़-फाड़ कर कहता है कि क्या अच्छा है और क्या बुरा! क्या शुभ है, क्या अशुभ।

कौरवों की राजसभा में जो कुछ भी हुआ, उसके पश्चात् भी क्या पितामह यह नहीं देख पा रहे कि अपनी जिस मान्यताओं को वे धर्म माने बैठे हैं, वह धर्म है या अधर्म! व्यवस्था के भीतर रह कर ही नहीं, कभी व्यवस्था का अतिक्रमण करके भी सोचना चाहिए।" कृष्ण क्षणभर रुककर बोले, "मैं पितामह के चरित्र का बहुत सहानुभूतिपूर्वक विश्लेषण करूँगा, तो भी यही कहूँगा कि वे दो पीढ़ी पुराने व्यक्ति हैं। जिन मान्यताओं को उन्हांने एक बार अपने धर्म के रूप में ग्रहण कर लिया है, वे उन्हीं को जीवन का सत्य और धर्म का मर्म मानेंगे। न पितामह को परिवर्तित किया जा सकता है, न उनकी मान्यताओं को। किन्तु, उन की मान्यताओं के परिणामस्वरूप हो रहे अधर्म को देखते हुए, हम यह तो कहेंगे ही, कि वे स्वयं चाहे कितने ही धर्मात्मा हों; किन्तु उनके धर्म के कारण अब पाप का पोषण होने लगा है; और वे स्वयं उसका उपकरण बन रहे हैं।"

"नये युग के साथ मानवता की मान्यताएँ तो बदलती ही हैं।" अर्जुन बोला, "किन्तु कुछ सम्बन्ध शाश्वत होते हैं। पितामह की अवज्ञा किसी भी युग में सन्तान का धर्म नहीं है। कल, तुम्हारे पुत्र तुम्हारी अवज्ञा करें तो?"

"मेरे ही सिद्धान्तों में मुझे बाँधने का प्रयत्न कर रहे हो।" कृष्ण मुस्कुराये, "मतभेद का अर्थ सदा अनादर और अवज्ञा ही नहीं होता। तुम लोग स्वयंवर से लौटे तो अपनी माता की आपत्ति और इच्छा को देखते हुए, धर्मराज ने कृष्णा के पाँचों पाण्डवों से विवाह का प्रस्ताव रखा। कृष्णा के प्रति अपने अनुराग तथा उस पर अपने-अपने अधिकार का संयमन कर, तुम लोगों ने अपनी माता की इच्छा पूरी की।...दूसरी ओर मेरे अपने पुत्र प्रद्युम्न ने वय में स्वयं से कहीं बड़ी, माया से विवाह कर लिया। निश्चित रूप से मैं और रुक्मिणी, अपने पुत्र के लिए, ऐसी वधू नहीं चुनते। फिर भी मैं इसे अपनी अवज्ञा नहीं मानता। मैं तुम लोगों से भी प्रेम करता हूँ और प्रद्युम्न से भी; यद्यपि तुम दोनों का आचरण पर्याप्त भिन्न था। तुम्हारा अपनी माता की इच्छा का सम्मान सद्भावना से परिपूर्ण था; और उस का परिणाम भी शुभ ही हुआ। तुम सब की एकता और आत्मीयता सुरक्षित रही। किन्तु यदि तुम्हारी माता की इच्छा पांचाली को मान्य न होती; यदि वह उसका विरोध करती; यदि वह उसे अपने साथ अत्याचार मानती और तुम अपनी माता की इच्छा, उस पर बलात् आरोपित करते, तो तुम्हारा धर्म, सद्भावना और सदिच्छापूर्ण होते हुए भी, अधर्म को ही जन्म देता। यदि मैं और रुक्मिणी, अपने पुत्र की विवाहिता पत्नी को एक अनुपयुक्त चुनाव मान कर अस्वीकार कर देते, तो सन्तान के प्रति वात्सल्य और सदिच्छा होते हुए भी हमारा कृत्य अधर्मपूर्ण होता।"

"किन्तु चर्चा तो भीष्म के, पाप का उपकरण बन जाने की थी।" सहसा धृष्टद्युम्न ने कहा।

"हाँ!" कृष्ण बोले, "सत्यवती, पराशर की अनुरागिनी थी। उस का विवाह, पितामह ने अपने पिता शान्तनु से करवा दिया। वृद्धावस्था में जैसी सन्तानें हो सकती थीं, शान्तनु को वैसी हुईं। जो शासन करने योग्य नहीं था, भीष्म ने उसके हाथों में सत्ता सौंपी और स्वयं न्याय-अन्याय का भेद समझते हुए भी, अधिकार से दूर भागते रहे।...जो विवाह-योग्य नहीं था, उसका विवाह कराने के लिए तीन-तीन कन्याओं का अपहरण किया। नारी का अपमान... ।"

"क्यों, तुमने रुक्मिणी का अपहरण नहीं किया?" भीम ने बड़े सरस भाव से आपत्ति की, जैसे न वह पितामह का पक्ष ले रहा हो, न कृष्ण का विरोध कर रहा हो, बस अखाड़े में दी गयी एक पटकनी का आनन्द ले रहा हो।

"अखाड़े में जम कर व्यायाम करने के पश्चात् किसी अच्छे गुरु से थोड़ा-सा व्यायाम भी पढ़ लेना चाहिए मध्यम!" कृष्ण मुस्कुराये, "अपहरण और हरण में बहुत अन्तर है। रुक्मिणी-हरण का अर्थ था, उसके पिता और भाई के अत्याचार से मुक्ति दिलाना, उसकी इच्छा के विरुद्ध उस पर बलात् आरोपित 'पति' से उसकी रक्षा करना; और उसको, उसके मनोवांछित पति से मिला देना। संसार में हिडिम्बा के अतिरिक्त भी ऐसी स्त्रियाँ हैं जो अपने लिये पति का चयन स्वयं करती हैं।" कृष्ण मुस्कुराये, "यदि मैं उस समय रूढ़ धर्म में बँध जाता कि कन्या अपने पिता की सम्पत्ति है, पिता की इच्छा के विरुद्ध उसकी सम्पत्ति को हाथ कैसे लाया जाये, तो जरासंध की इच्छा पूरी होती। रुक्मिणी के पिता उसकी इच्छा के विरुद्ध उसका विवाह शिशुपाल से कर देते।...किन्तु मेरा धर्म मुझे बाँधता नहीं है। मैं स्त्री को पुरुष की सम्पत्ति नहीं मानता, न पिता की, न पति की, और न पुत्र की। वह मनुष्य है, चेतन प्राणी है, तो वह किसी की सम्पत्ति कैसे हो सकती है? स्त्री और पुरुष में भेद केवल शरीर का है, आत्मा का नहीं। आत्मा तो निर्लिंग होती है। स्त्री अपने-आप में स्वतः सम्पूर्ण स्वतन्त्र प्राणी है। उसकी इच्छा का भी उतना ही महत्त्व है, जितना किसी पुरुष की इच्छा का। उसका मनोवांछित पुरुष ही उसका पति हो सकता है। मनोनुकूलता के कारण नारी-पुरुष सम्बन्ध अपार्थिव प्रेम को जन्म देता है; और मन की ही प्रतिकूलता से यह सम्बन्ध पाप में परिणत हो जाता है।..."

"तो सुभद्रा-हरण के समय तुमने सुभद्रा की इच्छा जाने बिना, अर्जुन की सहायता कैसे की?" भीम ने पुनः नटखट-सी आपत्ति की।

"उसकी इच्छा जानने के लिए ही तो हरण की योजना बनायी थी।" कृष्ण बोले, "और एक बार सुभद्रा की इच्छा जान लेने के पश्चात् अर्जुन और सुभद्रा की सहायता करना मेरा धर्म हो गया। ऐसा न होता, तो मैं भी कुल-गौरव के नाम पर, अन्य यादवों के समान, अर्जुन से युद्ध करता। मेरा धर्म कहता है कि दो प्राणियों का प्रेम, अलौकिक सत्य है। उस सत्य के समर्थन में मुझे सक्रिय योगदान देना है : एक मिथ्या कल्पना के मोह में बँध कर सत्य का विरोध नहीं करना है।"

"माधव! मैं तो और भी उलझता जा रहा हूँ," धृष्टद्युम्न बोला, "आप कह रहे हैं कि रुक्मिणी और सुभद्रा का हरण तो धर्म-सम्मत था, किन्तु भीष्म द्वारा काशिराज की कन्याओं का हरण धर्म-सम्मत नहीं था।..."

"हाँ!" कृष्ण का स्वर अत्यन्त प्रखर हो गया था, "भीष्म अपने क्षात्र-धर्म के उन्माद में, उन तीन कन्याओं का हरण कर लाए। अम्बा को उस के प्रेमी शाल्व से छीन कर, उसे तिरस्कृत और अपमानित किया। अम्बिका और अम्बालिका को उस पुरुष को सौंप दिया, जो न पति होने योग्य था, न पिता!...और जब सन्तान नहीं हुई तो उन दोनों की इच्छा के विरुद्ध, उन्हें व्यासदेव को सौंप दिया।" कृष्ण कुछ रुके, "तुम कहोगे मध्यम! कि नियोग की अनुमति समाज भी देता है, शासन भी और धर्म भी। किन्तु नियोग का अर्थ है, जहाँ नारी द्वारा, सन्तान की उत्कट आकांक्षा में अपने पति की असमर्थता तथा इच्छा जान कर किसी सात्विक तथा प्रिय व्यक्ति से सन्तान की याचना करना। किसी स्त्री को प्रतिकूल मानसिकता में, किसी भी पुरुष की शैया पर धकेल देना, नियोग नहीं है। पितामह ने अपने एकांगी धर्म का निर्वाह करने के लिए यह भी किया।..."

"वासुदेव!" युधिष्ठिर ने कृष्ण को टोका, "धर्म है क्या?"

"एक बात और कह दूँ।" कृष्ण ने युधिष्ठिर की ओर ध्यान दिये बिना, अपने प्रवाह में कहा,

"यदि भविष्य में कभी तुम्हारा और धार्तराष्ट्रों का युद्ध हुआ—जिसकी सम्भावना, बहुत अधिक है,तो तुमसे बहुत अधिक स्नेह करते हुए भी, तुम्हारा पक्ष न्याय का पक्ष मानते हुए भी, वे धार्तराष्ट्रों की ओर से युद्ध करेंगे, क्योंकि वे अपने रूढ़ राजधर्म से मुक्त नहीं हो पायेंगे।"

"मैं पूछ रहा हूँ वासुदेव! कि धर्म क्या है?" युधिष्ठिर ने पुनः कहा।

"भैया के प्रश्न से पहले, एक प्रश्न मेरा भी।" अर्जुन ने मुस्कुरा कर कहा, "धर्मावतार कर्ण के विषय में तुम्हारा क्या विचार है? कुछ लोगों की दृष्टि में वह भी धर्म का एक स्तम्भ है।"

"कर्ण!" कृष्ण मुस्कुराए, "वह गंगा में खड़े हो कर, सूर्य की पूजा करने और याचक को दान देने को, संसार का सबसे बड़ा धर्म मानता है; और उसके पश्चात् वह कुलवधुओं के अपमान का समर्थन करता है। दुर्योधन और शकुनि जैसे पापियों की संगति कर, उन्हें अपना संरक्षक मान, उनकी रक्षा करता है। ऐसा पाप-समर्थक व्यक्ति, धर्म के मर्म को कभी नहीं समझता, केवल धार्मिक होने का स्वांग करता है; और सच्चे मन से विश्वास करता है कि वस्तुतः वही सच्चा धार्मिक है।"

"तो केशव हमें धर्म का मर्म समझाओ।" युधिष्ठिर पुनः बोले।

"अनासक्त विवेक है धर्म! अनासक्ति! मोह का पूर्ण त्याग!" कृष्ण बोले, "मोह किसी के प्रति नहीं होना चाहिए—न जाति के प्रति, न सम्बन्ध, न सिद्धान्त के प्रति! धर्म स्वेच्छा और सद्‌परिणाम में है। यदि परिणाम शुभ नहीं है, तो व्यक्ति को अत्यन्त निर्भय हो कर अपनी धर्म-व्यवस्था, समाज-व्यवस्था और शासन-व्यवस्था को परखना चाहिए। अपने धर्म के भयंकर परिणामों को देखकर भी आप ने उस की सत्यता में संदेह नहीं किया। आप देख रहे थे कि कौरव आप का सर्वस्व हरण करने तथा आपको निरादृत एवं अपमानित करने के लिए षड्यन्त्र कर रहे हैं, फिर भी आप उन के साथ द्यूत के लिए बैठ गये। आप जानते हैं कि यदि फिर ऐसी स्थिति आयी एवं धृतराष्ट्र ने पुनः आपको आदेश दिया, तो आप फिर द्यूत खेलेंगे।"

"मैं महाराज के आदेश का तिरस्कार कैसे कर सकता हूँ?" युधिष्ठिर ने कहा, "वे हमारे पिता हैं।"

"नहीं!" भीम ने अपना भारी पैर भूमि पर पटका।

"यदि फिर आपके साथ ऐसा हुआ, तो सर्वनाश हो जायेगा।" कृष्ण बोले, "आपके ये भाई, स्वार्थवश आप के साथ नहीं हैं। वे धर्मतः आप के साथ हैं।...आप का धर्म उनकी रक्षा करना है, उन्हें द्यूत में हराना नहीं; और उनका धर्म स्वयं को आपकी प्रसन्नता के लिए न्यौछावर करना है।... हम सबने मिल कर एक धर्म-साम्राज्य की स्थापना की थी, जो मानव-कल्याण को अपना लक्ष्य मानता था। आपने अपने मोह में उसे अपनी व्यक्तिगत सम्पत्ति मान कर, द्यूत के दाँव पर लगा दिया। व्यक्तिगत सम्पत्ति को त्याग कर कष्ट सहना, किसी के लिए व्यक्तिगत साधना हो सकती है; किन्तु वह राज्य न आपके भोग के लिए था, न त्याग के लिए। वह जनहित के लिए था और आप उसके रक्षक मात्र थे। मानव-कल्याण के लिए स्थापित वह धर्मराज्य, आपने इतनी सुविधा से दुर्योधन को समर्पित कर दिया, जो घोषित पापी है, आततायी है। जरासंध और शिशुपाल का वध इसलिए नहीं किया गया था कि इन्द्रप्रस्थ का राज्य दुर्योधन को प्राप्त हो सके।"

"पर मेरा धर्म!" युधिष्ठिर का स्वर अत्यन्त दीन हो आया था, "मैं महाराज धृतराष्ट्र का कहा नहीं टाल सकता। उन की इच्छा को जानते हुए, उनका विरोध नहीं कर सकता।"

"क्योंकि पुरुष अपने बन्धनों को ज्ञान से काटता है।" कृष्ण मुस्कराये, "धर्मराज! आप जब

अपने छोटे भाइयों तथा माता के साथ, अनाथ-से, हिमालय-क्षेत्र से हस्तिनापुर आये थे, तब आप अजाने ही स्वयं को अत्यन्त तुच्छ, अकिंचन, असहाय और असुरक्षित मान बैठे थे। उस समय आपने धृतराष्ट्र को देखा—वे अवस्था में आपसे बड़े थे; सम्बन्ध की दृष्टि से आपके पिता थे; समर्थ थे, सम्पन्न थे, राजसी वैभव और गौरव से मण्डित थे। आप के मन में उन के प्रति सम्मान के स्थान पर उनका आतंक समा गया था। आपने मान लिया था कि, उस व्यक्ति की प्रसन्नता से ही आप सुरक्षित रह सकते हैं। उनकी अप्रसन्नता आपके लिए हानिकारक हो सकती है। आप के बाल-मन की ये मोहग्रस्त धारणाएँ, आप के व्यक्तित्व में बद्धमूल हो गयीं।...आप बड़े हुए, समर्थ हुए, स्वतन्त्र राजा हुए, राजसूय यज्ञ कर चक्रवर्ती सम्राट् हुए; किन्तु अपने मन के उस बन्धन को आप काट नहीं पाये। उसी बन्धन को आप, अपना धर्म समझ बैठे।"

कृष्ण रुक गये। अपने आसपास बैठे, उन सब लोगों पर उन्होंने दृष्टि डाली। वे लोग बहुत ध्यान से उन की बातें सुन रहे थे। कृष्ण की दृष्टि, लौट कर पुनः युधिष्ठिर पर जम गयी, "धृतराष्ट्र के मन में भी आपके प्रति पुत्र-भाव होता, वे दुर्योधन और आप में थोड़ा-सा न्याय कर सकते; अथवा वे दुर्योधन के प्रति अपने अन्ध-प्रेम के कारण इतने जड़ न हो चुके होते, तो शायद आप के मन में निहित वह आतंक भी उतना हानिकारक न होता; किन्तु ऐसा नहीं है। दुर्योधन के प्रति धृतराष्ट्र का मोह सीमा नहीं जानता। यह जानते हुए भी कि दुर्योधन दुष्ट, पापी, अन्यायी, स्वार्थी और अधर्मी है, वे उसको रोकना तो दूर, उसे अप्रसन्न करने का साहस भी नहीं कर सकते। धृतराष्ट्र न्यायी और स्वतन्त्र राजा नहीं हैं, वे अपने पुत्र की इच्छाओं के संकेत पर नृत्य करने वाली काष्ठ-पुत्तलिका हैं। ऐसे में आपका धर्म, उनके स्वार्थपूर्ण, वंचनायुक्त आदेशों का पालन करना है, अथवा उनके षड्यन्त्रों से अपनी और आश्रित भाइयों, पत्नी, माता, और अपनी सन्तानों की रक्षा करना?"

"मैं अपना धर्म दोनों ओर देख रहा हूँ।" युधिष्ठिर कोमल स्वर में बोले, "किन्तु उन दोनों का पालन एक साथ तो नहीं हो सकता।"

"एक बात पर आपको विचार और करना ही चाहिए धर्मराज!" युधिष्ठिर को असमंजस में देख कर, कृष्ण ने पुनः कहा।

युधिष्ठिर ने सिर को उठा कर उन की ओर देखा।

"आप अपने भाइयों में सबसे बड़े हैं।" कृष्ण बोले, "आप के भाइयों ने अपने शैशव से आप को सदा उसी प्रकार स्वयं से बड़ा और समर्थ माना है, जिस प्रकार आप आज तक धृतराष्ट्र को मानते आये हैं। इसलिए वे आप के वैसे ही बद्धजीव हैं, जैसे आप धृतराष्ट्र के हैं। वे यह भी समझते हैं कि पाण्डवों की एकता ही उन का बल है; इसलिए वे आप की सम्पत्ति बने बैठे हैं। कौरवों की राजसभा में, उन्होंने आपके प्रति अपने प्रेम और भक्ति की अग्नि-परिक्षा दी है। मध्यम ने यद्यपि क्रोध में कुछ अपशब्द कहे किन्तु मर्यादा उन्होंने भी नहीं तोड़ी।...किन्तु ऐसी परीक्षा बार-बार लेने का संकट मत उठाइयेगा। विवेक के विकास से व्यक्ति में अपने बन्धन तोड़ने की इच्छा भी जागती है और क्षमता भी। धर्म, अनासक्त विवेक का ही दूसरा नाम है। ऐसा न हो धर्मराज! कि आप का मोह न टूटे और आप के भाइयों अथवा आप की पत्नी को अपनी मर्यादा तोड़नी पड़े।..."

युधिष्ठिर स्तब्ध-से बैठे, कृष्ण को देखते रहे।

"ये कठोर-सी बातें इसलिए कह रहा हूँ," कृष्ण के अधरों पर अग्नि को शीतल करने वाली मुस्कान आ विराजी, "कि वनवास की इस अवधि में आप अपने मोह को पहचान सकें। पहले हमें अपने मोह से लड़ना पड़ता है, तभी तो हम अधर्म से लड़ सकते हैं।...और धर्मराज! यह तो आप जानते ही हैं कि तपस्या व्यक्तिगत सत्य है; किन्तु धर्म तो सामूहिक सत्य ही होगा।"

"हाँ! शायद यही भेद मेरे मन में अभी स्पष्ट नहीं हो पाया है।" युधिष्ठिर ने जैसे अपने-आप से कहा।

पाण्डवों के चेहरे कुछ उत्फुल्ल हो आये। द्रौपदी के मुख-मण्डल से जैसे किसी ने पीड़ा को पोंछ दिया। धृष्टद्युम्न का उल्लास सबसे अधिक मुखर था।

सुभद्रा ने पहली बार मुख खोला, "कहीं आप पहले आ गये होते भैया!" उसके चेहरे पर बहन के लाड़ और बेटी के अधिकार के सारे भाव एक साथ विद्यमान थे।

कृष्ण ने मुस्करा कर उसे देखा, "आ सका होता तो अवश्य आ गया होता। मेरे सम्मुख भी द्वन्द्व था : शाल्व की हिंसा से द्वारका को बचाऊँ अथवा दुर्योधन की हिंसा से पाण्डवों को?...किन्तु मैं जानता था, पाण्डव उस कष्ट को सह कर भी जीवित रहेंगे, दुर्योधन को उसके अत्याचारों के लिए दण्डित करेंगे, और अपना राज्य पुनः प्राप्त करेंगे; किन्तु यदि द्वारका की रक्षा न की जाती, तो शाल्व द्वारका और यादवों को जला कर क्षार कर देता। उन का पुनर्जीवन कठिन था।" सहसा कृष्ण रुक गये, "अतीत को छोड़ पगली! भविष्य की बात कर।" कृष्ण के नयनों से जैसे साक्षात् स्नेह बह रहा था, "मेरे साथ द्वारका चलोगी; अथवा अपने पति के साथ वन में रहोगी?"

"उसे धर्म-संकट में मत डालो मित्र!" अर्जुन ने सुभद्रा को उत्तर देने का अवसर नहीं दिया, "वह तुम्हारे साथ द्वारका जायेगी।"

"क्यों?" सुभद्रा ने जैसे प्रतिवाद किया।

"क्योंकि अभिमन्यु अभी छोटा है।" अर्जुन ने कहा, "उस का वन में रहना अभी उचित नहीं। वन्य-जीवन की कठोरता, उसके विकास को अवरुद्ध करेगी।"

"वन्य-जीवन की कठोरता उसकी क्षमताओं को विकसित करने में सहायक भी हो सकती है।" सुभद्रा के शब्दों में असहमति थी; किन्तु उसके स्वर में तनिक भी विरोध नहीं था।

"केवल असुविधाओं की बात होती, तो मैं तुमसे सहमत हो जाता।" अर्जुन सहज भाव से बोला, "किन्तु इस सारी अवधि में दुर्योधन और उस के दुष्ट मित्र हमें उद्विग्न करते रहेंगे। ऐसी स्थिति में स्त्रियों और बच्चों के साथ वन में रहने से अच्छा है कि वे किसी सुरक्षित स्थान पर रहें... और अभिमन्यु को तो वैसे भी कृष्ण से शस्त्रास्त्रों का शिक्षण तथा युद्ध-कौशल प्राप्त करना है। वह द्वारका ही जायेगा, तुम उसके साथ रहोगी।"

"धनंजय ने ठीक कहा है।" कृष्ण बोले, "अज्ञातवास के एक वर्ष में सबसे अधिक कठिनाई होगी। जितने अधिक लोग साथ रहेंगे, उन के पहचाने जाने की सम्भावना, उतनी ही बढ़ जायेगी। इसलिए वन में वे ही लोग रहें, जिन का वनवास आवश्यक है।"

"श्रुतकर्मा भी छोटा है धनंजय! उसे भी शस्त्र-विद्या और युद्ध-कौशल की प्राप्ति करनी है। वह भी धृष्टद्युम्न के साथ काम्पिल्य जायेगा।" द्रौपदी ने पूर्णतः निश्चयात्मक स्वर में कहा, "किन्तु मैं उसके साथ काम्पिल्य नहीं जा रही। इसलिए नहीं कि द्यूत में भी पाण्डवों के साथ दाँव पर लगायी

गयी और धर्मतः मुझे भी अपने पतियों के साथ वन में रहना होगा; वरन् इसलिए कि मैं चाहती हूँ कि इन तेरह वर्षों में मेरे वीर पति मेरे इन खुले केशों को देखते रहें, जिन्हें अपनी मुट्ठी में जकड़ कर, दुःशासन मुझे घसीटता हुआ द्यूत-सभा में लाया था।"

"कृष्णे!" कृष्ण ने अत्यन्त स्नेहयुक्त स्वर में कहा, "उससे तुम्हारे पतियों के लिए कठिनाई उत्पन्न नहीं होगी?"

"केशव! मेरे मन में अपने इन पतियों के लिए, इतनी कटुता है कि यदि तेरह वर्ष इनसे पृथक रही, तो अपने आक्रोश के कारण इस कटुता को विष में बदल डालूँगी।" द्रौपदी ने कहा, "अच्छा है कि मैं इन के साथ रहूँ और लड़-झगड़कर, खीझकर, रूठ कर, जैसे भी हो, इनसे अपना मन-मुटाव दूर कर लूँ।"

"और तुम्हारी सुरक्षा?" धृष्टद्युम्न ने पूछा।

"मेरे पति असमर्थ नहीं हैं।" द्रौपदी जैसे तड़प कर बोली।

"पर कहीं कोई धर्म-बन्धन...?"

"नहीं! अब कोई धर्म-बन्धन मुझे अपनी पत्नी की रक्षा से नहीं रोक सकता।" भीम बोला, "विवाद की स्थिति में मैं आपद्धर्म का अवलम्ब लूँगा।..."

"ठीक है।" अर्जुन बोला, "ज्येष्ठ को आपत्ति न हो तो पांचाली हमारे साथ वन में रहे। बच्चे, धृष्टद्युम्न के साथ काम्पिल्य में अपनी शिक्षा पूरी करें। सुभद्रा और अभिमन्यु द्वारका जायें। करेणमती धृष्टकेतु के साथ जाये। ये सारे बालक भावी युद्ध की तैयारी करें।"...

"आप सहमत हैं धर्मराज?" कृष्ण ने पूछा।

युधिष्ठिर क्षण भर शून्य में देखते रहे। फिर बोले, "मैंने द्यूत-सभा में बारह वर्षों के वनवास और एक वर्ष के अज्ञातवास का वचन दिया है। मेरी इच्छा है कि मुझे अपने इस धर्म का पालन करने दिया जाये। इस समय हम दुर्योधन से युद्ध की योजना न बनाएँ।"

"और तेरह वर्षों के पश्चात्?" कृष्ण ने पूछा।

"तेरह वर्षों के पश्चात् हम युद्ध का निश्चय भी कर सकते हैं।" युधिष्ठिर बोले, "मैं अपने भाइयों में सबसे बड़ा अवश्य हूँ; किन्तु अब वे भी बड़े हो गये हैं। उन की मानसिक और शारीरिक क्षमताओं का विकास हो चुका है। अब उन्हें मेरी इच्छा का आदेश मानने की आवश्यकता नहीं है। हम सब स्नेह और समानता के आधार पर, परस्पर विचार-विमर्श कर, अपने सामूहिक धर्म का निर्णय करेंगे।"

कृष्ण की मुस्कान बहुत ही मोहक थी, "धर्मराज! आप ने कौरवों के साथ होने वाले आगामी युद्ध में आज पाण्डवों की विजय निश्चित् कर दी है।"

11

कृष्ण और अर्जुन धीरे-धीरे, वन में आगे बढ़ते चले गये। वे दोनों साथ तो थे, किन्तु अपनी-अपनी चिन्ताओं में लीन!

"क्या सोच रहे हो फाल्गुन?" कृष्ण ने पूछा।

अर्जुन मुस्कुराया : बहुत आत्मीयता के क्षणों में कृष्ण उसे इसी नाम से सम्बोधित करते थे।

"सोचना क्या है!" वह बोला, "पिछली घटनाओं का ही चर्वण कर रहा हूँ। क्या उनके विश्लेषण के मध्य से हमारे भविष्य का कोई मार्ग निकलेगा?"

"यदि मनुष्य की प्रज्ञा, अपने अनुभवों से प्राप्त पूँजी है, तो हमें समझना चाहिए कि उसका अतीत ही उसकी प्रज्ञा का आधार है।" कृष्ण मुस्कुराये, "अपने अतीत की ओर आँखें बन्द कर, अज्ञात भविष्य में पाथेय-शून्य यात्रा तो लाभकारी नहीं हो सकती।"

"किन्तु हमारा अपना अनुभव तो यह नहीं कहता कृष्ण!" अर्जुन बोला, "यदि मैं अपने से निष्कर्ष निकालने लगूँ, तो कहूँगा कि ईश्वर अत्यन्त क्रूर है। वह लोगों को बिना कोई आरोप लगाये, बिना उन्हें अपनी ओर से स्पष्टीकरण का कोई अवसर दिये, दण्डित करता रहता है। यह भी देखा गया है कि अच्छे कर्मों का फल दण्ड है; और बुरे कर्मों का फल है पुरस्कार। भला व्यक्ति तो इस संसार में सुखी रह ही नहीं सकता; और बुरे व्यक्ति को कभी कोई दुख नहीं होता।..."

कृष्ण अपनी लीलामयी दृष्टि से अर्जुन को देखते रहे। अर्जुन ने जब अपनी दृष्टि उठा कर, कृष्ण की मुद्रा की ओर देखा, तो उस की जिह्वा कुछ इस प्रकार रुक गयी, जैसे अकस्मात सारथि द्वारा वल्गा खींच लिये जाने पर, रथ में जुते घोड़ों को रुकना पड़ता है।

"क्या बात है?" कृष्ण ने पूछा, "तुम्हारा यह प्रवाह रुक क्यों गया?"

"तुम बहुत विचित्र व्यक्ति हो।" अर्जुन कुछ झल्लाया हुआ-सा बोला, "तुम्हें किसी का दुःख रंचमात्र भी नहीं छूता क्या? वह ईश्वर भी तुम्हारे ही समान असंवेदन-शील होगा।"

"किसी का दुःख मुझसे बाहर है कहाँ! और हम से ईश्वर भिन्न अथवा दूर होता है क्या?" कृष्ण का स्वर गम्भीर था, "किन्तु धनंजय! तुम दुःख और सुख के बाहर कुछ नहीं सोच सकते, अच्छे और बुरे में विभाजित किये बिना, कर्म को केवल कर्म के रूप में नहीं देखा जा सकता क्या? क्या 'फल' मात्र 'परिणाम' नहीं हो सकता? उसका 'दण्ड' अथवा 'पुरस्कार' होना ही क्यों आवश्यक है?"

अर्जुन पहले तो अवाक खड़ा कृष्ण को देखता रहा, फिर जैसे सयत्न करके बोला, "मैं तुम्हारा अभिप्राय नहीं समझा!"

कृष्ण ने अपने दाएँ पैर के अँगूठे से भूमि पर से कुछ मिट्टी खुरच ली और अर्जुन का ध्यान उस की ओर आकृष्ट कराते हुए कहा, "मैंने अपने पैर के अँगूठे से मिट्टी कुरेदी। मेरे नख में कुछ मिट्टी चिपक गयी। अब तुम क्या कहोगे—मैंने धरती को कष्ट पहुँचाया और उस ने प्रतिशोध-स्वरूप मेरा पाँव मलिन कर दिया; अथवा मैंने कुछ श्रम किया और उस के पुरस्कार-स्वरूप पृथ्वी ने मुझे कुछ मिट्टी दे दी।"

"यह तो देखने वाले के दृष्टिकोण पर निर्भर करता है।" अर्जुन बोला, "यदि तुमने मिट्टी प्राप्त करने के लिए यह कर्म किया था, तो तुम सफल हुए; और यदि तुमने धरती के साथ मात्र क्रूर क्रीड़ा की थी, तो तुम्हें दण्ड मिला।"

"और यदि मैंने मात्र एक कर्म किया। न कुछ पाना चाहा, न किसी को कष्ट देना चाहा; तो?"

"...पर हम इस प्रकार निष्प्रयोजन कर्म तो करते ही नहीं।" अर्जुन ने उत्तर दिया।

"तो कर्म को केवल कर्म के रूप में ही देखना सीखो। प्रत्येक क्रिया को अच्छी और बुरी

श्रेणियों में विभाजित करने से ऊपर उठो! प्रत्येक प्रतिक्रिया को 'पुरस्कार' अथवा 'दण्ड' विशेष मान कर मत परखो।"

"उस से क्या होगा?" अर्जुन ने कुछ धृष्ट होकर पूछा, "उस से हमारे जीवन की समस्याएँ सुलझ जायेंगी क्या? हमारे कष्ट कम हो जायेंगे? संसार में न्याय की वृद्धि होगी? क्या होगा उस से?"

कृष्ण आगे बढ़ते चले गये और जा कर वृक्ष की छाया में बैठ गये, जैसे अर्जुन ने उनसे कोई प्रश्न ही नहीं पूछा हो, या वे उसका उत्तर न देना चाहते हों।

अर्जुन उनके निकट पहुँचते-पहुँचते अपने भीतर कहीं थोड़ी-सी खीझ का अनुभव करने लगा। बोला, "कोई उत्तर क्यों नहीं है?"

कृष्ण मुस्कुराये, "उससे तुम ईश्वर के निकट पहुँच जाओगे। उस के स्वरूप का कुछ आभास होगा तुम्हें। उस से कुछ अधिक प्रेम करने लगोगे तुम!"

"कैसे?"

"एक विधवा के दो पुत्र हैं। एक स्वस्थ, सक्षम, सुन्दर और बुद्धिमान है," कृष्ण बोले, "और दूसरा न अधिक सुन्दर है, न सक्षम, न बुद्धिमान; वरन् वह थोड़ा मन्द-बुद्धि है। यदि उनमें से बुद्धिमान पुत्र की अकस्मात् मृत्यु हो जाये और विधवा उस मन्द-बुद्धि बालक के साथ अकेली रह जाये, तो तुम क्या कहोगे इसे? ईश्वर का अन्याय अथवा तुम यह सोचोगे कि वह विधवा पापिष्ठा है, इसलिए ईश्वर ने उसे दण्डित किया। उस दुःख की स्थिति में, तुम्हारे जैसा संवेदनशील व्यक्ति क्या उससे कह सकेगा कि वह पापिष्ठा है, इसलिए प्रभु ने उसे उसके पापों का दण्ड दे कर अच्छा ही किया, अथवा तुम उस से यह कहोगे कि स्रष्टा और नियंता अन्यायी तथा अत्याचारी है। स्रष्टा ने उसके साथ अन्याय किया है, इसलिए वह उन की रची इस सृष्टि को दण्डित करे! क्या इन दोनों से परे कोई तीसरी बात नहीं हो सकती?" कृष्ण इस प्रकार मुस्कुरा रहे थे, जैसे कोई वृद्ध, किसी बालक का उस की मूर्खता से साक्षात्कार करा कर मुस्कराता है।

अर्जुन कुछ क्षणों तक सोचता रहा; और फिर बोला, "तीसरा मार्ग क्या हो सकता है?"

"वही, जो मैंने तुम से अभी-अभी कहा है।" कृष्ण बोले, "जो केवल अँधेरे और उजाले में विभाजित करके ही सृष्टि को देख सकता है, उस के पास पूर्ण दृष्टि का अभाव है। वह सृष्टि के सारे रंगों से परिचित नहीं है। वर्णान्ध है।"

कृष्ण मौन हो गये, किन्तु अर्जुन कुछ नहीं बोला। अन्ततः कृष्ण ही पुनः बोले, "यदि उस विधवा का बुद्धिमान पुत्र आयु पूरी कर चला गया, तो उस के पास केवल मन्द-बुद्धि बालक रह जायेगा। वह अपनी पीड़ा से लड़कर, फिर से जीना सीखेगी और उस का वात्सल्य, अन्ततः उस मन्द-बुद्धि बालक में भी, कुछ गुण देखेगा। वह अपने वात्सल्य के हाथों बाध्य हो कर, उस पर भी मुग्ध होगी। परिणामतः वह संसार के प्रत्येक शिशु में कोई-न-कोई गुण देख पाने की उदारता अर्जित करेगी। जो स्त्री एक मन्द-बुद्धि बालक की मूर्खताओं पर मुग्ध हो सकती है, वह संसार के किसी बालक की क्रीड़ा पर क्यों मुग्ध नहीं होगी! उसके प्रेम का वृत्त व्यापक होगा। वह अक्षम, पीड़ित, असमर्थ मानवता से भी प्रेम करना सीखेगी और क्रमशः ईश्वर के असहाय जीवों से प्रेम के माध्यम से, वह ईश्वर के निकट पहुँचेगी। यह है परिणाम, उस क्रूर ईश्वर के अन्याय का।" कृष्ण ने रुककर अर्जुन की ओर देखा, "क्या तुम चाहोगे कि यदि उस विधवा के एक पुत्र की मृत्यु होनी ही

है, तो उसके मन्द-बुद्धि पुत्र की मृत्यु हो?"

अर्जुन सोचने के लिए क्षणभर भी नहीं रुका। बोला, "उसका सुख तो उसी में है। मन्द-बुद्धि बालक की मृत्यु पर वह थोड़ा रोये-धोयेगी; किन्तु बाद में उस के पालन-पोषण के कष्टों से मुक्त हो जाने के कारण सुखी हो कर, अपने बुद्धिमान पुत्र के साथ आनन्द का जीवन व्यतीत करेगी।"

"चलो तुम्हारी बात मान लेते हैं।" कृष्ण बोले, "उस विधवा का मन्द-बुद्धि बालक आयु पूरी कर चला गया; और वह अपने बुद्धिमान पुत्र के साथ अकेली रह गयी। उसके बुद्धिमान पुत्र में अनेक गुण हैं। वह सुन्दर है, स्वस्थ है, बुद्धिमान है, समर्थ है। उस विधवा को असामर्थ्य से सहानुभूति नहीं रह जाती, असहायता से प्रेम नहीं रह जाता। वह सामर्थ्य की पूजा करती है। उसे अपना पुत्र प्रिय है, इसलिए उसे उन्य प्रत्येक बालक अथवा युवक हीनतर दिखायी देने लगता है। वह किसी अन्य बालक से प्रेम नहीं कर सकती; इसलिए वह अन्य लोगों के प्रति कठोर होती जाती है। उस की आत्मा में जो दया, करुणा और सहानुभूति का तत्त्व थार, वह नष्ट होता जाता है। अन्ततः वह एक क्रूर स्त्री बन जाती है, जो लोगों को निर्बलता और असहायता के लिए दोषी मान कर, उन से घृणा करती है। उस के मन में प्रेम के स्थान पर घृणा का साम्राज्य फैल जाता है। और, वह घृणामयी ईश्वर से दूर होती जाती है; क्योंकि घृणा के मार्ग से ईश्वर तक नहीं पहुँचा जा सकता।" कृष्ण ने रुक कर अर्जुन की ओर देखा, "तुम कहोगे कि आवश्यक तो नहीं कि इन परिस्थितियों में उसे उस विधवा का विकास इन्हीं रूपों में हो। मैं इस को भी स्वीकार करता हूँ। यदि वह विधवा सात्विक स्वभाव की है, तो ही वह अपने मन्द-बुद्धि बालक के माध्यम से संसार से प्रेम करना सीखेगी, अन्यथा नहीं। इसलिए उस सात्विक विधवा को पुत्र-शोक से पीड़ित होना होगा।...तो तुम फिर ईश्वर को दोषी ठहराओगे कि वह सात्विक विधवा को ही पुत्र-शोक क्यों देता है और क्रूर-कर्मा सौभाग्यवती को अपने पुत्रों से समृद्ध करता है। क्या वह ईश्वर अन्यायी है?"

अवाक् अर्जुन कृष्ण की ओर देखता रहा; फिर धीरे से बोला, "ईश्वर अपनी माया का प्रपंच इस प्रकार क्यों फैलाता है कि जीव सत्य को उस के वास्तविक रूप में देख ही नहीं पाता?"

कृष्ण ठठा कर हँस पड़े, "वह मायापति है। जिनसे रुष्ट होता है, उन्हें इतना सुख देता है, कि वे अपने स्रष्टा को ही भूल जायें; और जिनसे प्यार करता है, उन्हें तिल-तिल आग में जलाकर, उन का मल निष्कासित कर, उन्हें शुद्ध करता चलता है।"

अर्जुन मन ही मन सोचता रह गया : कृष्ण के सम्मुख तो कोई उलझन ही नहीं रह जाती। वे कैसे तो माया को चीर कर, उस के आर-पार देखते हैं।...

कृष्ण अपने स्थान से उठ खड़े हुए, "आओ, चलें।"

अर्जुन उन के पीछे-पीछे चल पड़ा।

चलते-चलते जब काफी समय बीत गया, तो अर्जुन जैसे कृष्ण का मार्ग ही रोक कर खड़ा हो गया।

कृष्ण ने कुछ चकित भाव से उस की ओर देखा : अर्जुन के मुख पर उत्तेजना के स्पष्ट लक्षण थे। सम्भवतः वह अब तक मन-ही मन किसी विचार से आन्दोलित होता रहा था; और अब उस ने कुछ कहने का मन बना लिया था।

"क्या बात है अर्जुन?" कृष्ण ने धीरे से पूछा, "तुम्हारे मन में फिर कोई संशय उभरा है?"

अर्जुन के मन में अनेक प्रश्न एक-दूसरे से होड़ लगाये हुये थे और उस का कण्ठ था कि उस

भीड़ में से किसी एक को भी उच्चरित नहीं कर पा रहा था।

कृष्ण शान्त भाव से प्रतीक्षा कर रहे थे।

अर्जुन ने अपने को सन्तुलित किया, और बोला, "मैं धर्मराज को उनके आचरण के लिए दोषी नहीं मानता; किन्तु उस आचरण के परिणामस्वरूप जो कुछ हमें सहन करना पड़ा है, उसे देखते हुए किसी के भी मन में यह संशय उठेगा कि संसार में कोई न्याय नहीं है।...धर्माचरण के फलस्वरूप धर्मराज का राज्य इस प्रकार क्यों छिना?"

"मुझे बताओ धनंजय! धर्मराज अपने राज्य की रक्षा कर रहे थे, अथवा अपने धर्म की?"

"अपने धर्म की।" अर्जुन ने तत्काल उत्तर दिया।

"तो तुम इतने विचलित क्यों हो?" कृष्ण बोले, "धर्मराज ने जब धर्म की रक्षा की, तो उनके राज्य की रक्षा कैसे होती। वे धर्म देकर राज्य की रक्षा करते तो राज्य की रक्षा हो जाती; किन्तु तब धर्म नहीं रह पाता। तुम्हारी आपत्ति कहाँ है?"

अर्जुन बौखलाया-सा कृष्ण की ओर देखता रहा : सच ही तो कह रहे हैं कृष्ण! जो धर्मराज ने चाहा वह उन्हें मिला; तो फिर प्रकृति से, धर्म से, ईश्वर से शिकायत क्यों? किन्तु तत्काल ही जैसे वह झल्ला कर बोला, "धर्म की रक्षा इसलिए तो नहीं की थी कि राज-पाट, धन-सम्पत्ति, सब कुछ छिन जाये। यदि धर्माचरण का परिणाम यह होगा, तो लोग धर्मराज के मार्ग पर चलने की अपेक्षा दुर्योधन के मार्ग पर चलना अधिक श्रेयस्कर समझेंगे। धर्म की रक्षा से व्यक्ति को सुख मिलना चाहिए। यह सारी व्यवस्था तो अनर्गल और तर्कशून्य है। जो धर्म का आचरण करता है, वह कष्ट पाता; और जो अधर्म पर चलता है, वह सुखी रहता है। यह भी कोई न्याय है क्या?"

कृष्ण मुस्कुराये, "पहली बात तो मन में यह धारण करो धनंजय! कि इस सृष्टि में जो कुछ भी घटित हो रहा है, उसमें कार्य-कारण सम्बन्ध है। यहाँ कुछ भी अनर्गल अथवा नियम-रहित नहीं है। वह पूरी व्यवस्था, अत्यन्त सूक्ष्म धरातल पर कार्य-कारण के नियम में बँधी है। अन्तर केवल इतना है कि उस के नियम स्रष्टा के बनाये हुये हैं, जो प्रकृति के आचरण के रूप में हमारे सम्मुख प्रकट होते हैं। क्रिया की प्रतिक्रिया, व्यक्ति की इच्छा के अधीन नहीं, स्रष्टा के नियमों के अधीन होती है। धर्मराज यदि पितृव्य की आज्ञा के अधीन, द्यूत-क्रीड़ा में सब कुछ हार जाते हैं, तो उस से उनके पिता की आज्ञापालन के धर्म की ही रक्षा हो सकती है; उस राज्य की नहीं, जिसकी रक्षा शस्त्र-बल से करनी पड़ती है...।"

"किन्तु धर्म का परिणाम तो शुभ होना चाहिए।" अर्जुन जैसे तड़प कर बोला।

"धर्म का परिणाम तो शुभ ही होता है।" कृष्ण बोले, "किन्तु इस बात का ध्यान रखो कि प्रकृति अत्यन्त विराट् है। वह मानव-बुद्धि के समान सीमित नहीं है। उस की काल-गणना अपनी ही है। धर्मराज को उन के धर्म का फल, जिस अवधि में तुम चाहते हो, उसमें न मिल कर, उस अवधि में मिलेगा, जो प्रकृति ने निर्धारित कर रखी है। माली यदि चाहे कि जो बीज उसने आज बोया है, कल तक वह वृक्ष में परिणत हो जाये, तो यह प्रकृति को स्वीकार नहीं है। चाहे, वह माली उस वृक्ष के फल से कुछ भूखे दीन-दुखियों का पेट भरने जैसे कोई शुभ कार्य ही करना चाहता हो। वृक्ष तो प्रकृति के नियमों के अनुसार अपने समय से ही विकसित होगा।"

"ठीक है।" अर्जुन ने उत्तर दिया, "किन्तु इतना निश्चित होना चाहिए कि शुभ कर्म का फल, शुभ ही होगा।"

"अर्जुन! प्रकृति की योजना अत्यन्त विराट है। कई बार मनुष्य की बुद्धि उसे उसके उचित परिप्रेक्ष्य में देख ही नहीं पाती। प्रकृति, कर्म को उसकी समग्रता में देखती है; और मनुष्य उस कर्म के एक खण्ड को कार्यान्वित कर, उससे समग्र कार्य का फल चाहता है। तुमने बीज बोया, तो प्रकृति ने उसे अंकुरित कर दिया। अब यदि तुम उस अंकुर को जल से नहीं सींचोगे, तो पल्लवित और पुष्पित नहीं होगा। तुम बीज-वमन के पश्चात् यदि उसका सिंचन न करो, और अंकुर मुरझा जाये, तो तुम्हें यह आपत्ति नहीं करनी चाहिए कि प्रकृति ने तुम्हें उसका फल नहीं दिया। तुम उस अंकुर को सींचो, तो उस में पत्र और पुष्प आयेंगे; किन्तु तुम उसकी रक्षा न करो, और कोई पशु उसे खा जाये, तो तुम यह शिकायत नहीं कर सकते कि प्रकृति ने तुम्हें तुम्हारे कर्म का फल नहीं दिया। यदि तुम पशुओं से उस पौधे की रक्षा कर भी लो, वह पौधा, वृक्ष में परिणत हो भी जाये, उस में फल आ भी जायें; और तुम उन फलों की चोरों से रक्षा न कर सको, तो भी तुम प्रकृति को दोष नहीं दे सकते कि उसने तुम्हें, तुम्हारे श्रम का फल नहीं दिया। कर्म तो निरन्तर सक्रियता का नाम है। इसलिए कहता हूँ, कि फल की कामना मत करो; वह तो प्रकृति देगी ही।...किन्तु अकर्म में प्रीति न हो; अन्यथा उस के लिए प्रकृति तुम्हें दण्डित भी करेगी।"

थोड़ी देर तक अर्जुन चुपचाप चलता रहा, जैसे कृष्ण की कही हुई बातों पर मन-ही-मन विचार कर रहा हो।...उन पर विश्वास करना चाहता हो, और कर न पा रहा हो। फिर धीरे से बोला, "धार्तराष्ट्रों के प्रति हमारा व्यवहार सदा ही सौहार्दपूर्ण रहा है, तो वे क्यों हमारे सौहार्द की प्रतिक्रिया-स्वरूप अपना स्नेह हमें नहीं देते? ऐसा क्यों है कि हमारा प्रेम, हर बार उन के मन में, हमारे प्रति द्वेष ही बढ़ाता है। कार्य-कारण के सिद्धान्त के अनुसार तो प्रेम का प्रत्युत्तर प्रेम ही होना चाहिए; और द्वेष का उत्तर द्वेष!"

"ऐसा नहीं है धनंजय!" कृष्ण बोले, "तुम यदि किसी बीज को उपजाऊ भूमि में बोओगे, तो उसका परिणाम भिन्न होगा; और पथरीली भूमि में बोओगे तो भिन्न। एक कन्दुक को ठोस दीवार पर मारोगे, तो वह लौट कर तुम्हारे पास आयेगा; रेत के ढेर में मारोगे तो, वहीं धँस कर रह जायेगा; और यदि उसे कीचड़ में मारोगे तो वह लौटेगा भी नहीं, और तुम पर कीचड़ के छींटे भी पड़ेंगे।" कृष्ण ने रुक कर अर्जुन की ओर देखा, "अब तुम्हें पहचानना होगा कि कौन ठोस दीवार है, कौन रेत की ढेर है; और कौन कीचड़ का तालाब! तुम्हें धृतराष्ट्र और द्रुपद में अंतर करना होगा; तुम्हें भीष्म तथा विदुर की प्रकृति का भेद मालूम होना चाहिए। तुम अपनी एक क्रिया की, इन सब से समान प्रतिक्रिया नहीं पा सकोगे। ऐसे में यदि तुम्हारे साथ कोई दुर्घटना होती है, तो उस के लिए तुम्हारे विवेक दोषी हैं, प्रकृति के नियम नहीं।"

अर्जुन ने कोई उत्तर नहीं दिया। वह मन-ही-मन कृष्ण की कही हुई बात पर विचार कर रहा था...उसने गुरु द्रोण के कहने पर महाराज द्रुपद को पराजित कर दासों के समान बाँधकर आचार्य द्रोण के चरणों में डाल दिया था; किन्तु महाराज द्रुपद ने भूल से भी उस घटना की ओर संकेत तक नहीं किया। उन्होंने सदा ऐसा व्यवहार किया, जैसे उनके मध्य, पहले कुछ घटित ही न हुआ हो। आचार्य द्रोण भी उस घटना को भूल गये, किन्तु दोनों के भूलने में कितना अंतर है। द्रुपद उसे भूल गये, क्योंकि वे कटुता बढ़ाना नहीं चाहते थे; और आचार्य उसे भूल गये, क्योंकि वे पाण्डवों को संरक्षण नहीं देना चाहते थे...और एक वे भी हैं—पितामह भीष्म! उन की ओर से कभी कोई प्रतिक्रिया ही नहीं होती। वे शायद रेत के ढेर हैं, जिसमें दुर्योधन का प्रत्येक दुष्ट कर्म, जाकर धँस

जाता है; और पाण्डवों का प्रत्येक शुभ कर्म खो जाता है। कहीं कोई प्रतिक्रिया नहीं है : न शुभ की, न अशुभ की!...एक ओर वे विदुर, जिन के लिए पाण्डवों ने कभी कुछ नहीं किया, फिर भी वे सदा ही उनके लिए संघर्ष करते रहे हैं; दूसरी ओर धृतराष्ट्र हैं, जिन्हें कभी यह स्मरण ही नहीं रहता कि पाण्डव उनके भाई के पुत्र हैं, जो उन्हें अपना पिता मानते हैं।...अब यह तो पाण्डवों के विवेक पर ही निर्भर करता है कि वे किस से कैसा व्यवहार करें। यदि धर्मराज यह सोचते हैं कि उन की आज्ञाकारिता धृतराष्ट्र और विदुर में समान प्रतिक्रिया उत्पन्न करेगी तो, यह उन के चिन्तन का ही दोष है, प्रकृति के नियमों का नहीं।

बबूल के काँटों से आहत हो कर, कोई बबूल को दोष नहीं देता, अपनी भूल पर ही पश्चात्ताप करता है, कि उसने बबूल से, बरगद की-सी छाया क्यों चाही। पाण्डव भी वस्तुतः धृतराष्ट्र रूपी बबूल से, बरगद की छाया माँगने की भूल कर रहे हैं। इस में प्रकृति का क्या दोष?...

"वासुदेव!" अर्जुन बोला, "वैसे तो तुम्हारी बात पहले भी स्पष्ट थी किन्तु आज की परिस्थितियों में, वह कुछ और भी स्पष्ट होकर आयी है।...पर तुम यह क्यों चाहते हो कि हम फल की कामना न करें? मैं यदि द्रौपदी के स्वयंवर में लक्ष्य भेदने गया, तो मैं द्रौपदी की कामना क्यों न करूँ? मध्यम, जरासंध से लड़ने गये, तो जरासंध की मृत्यु की कामना क्यों न करें?"

"मैं यह कहता हूँ कि कर्म करो और फल की कामना मत करो, तो उस का यह अर्थ नहीं कि जरासंध से मल्लयुद्ध करो और उसकी मृत्यु की कामना मत करो। मैं तो यह कहता हूँ कि प्रत्येक कर्म में उसका फल निहित है, जैसे प्रत्येक क्रिया में उस की प्रतिक्रिया निहित है। जिस दक्षता से वह कार्य किया जायेगा उसी उत्कृष्टता से उस का फल प्रकृति हमें देगी। वस्तुतः कर्म से वही फल मिलता है जो उसमें निहित है। हम उस से अपने मनमाने फल की अपेक्षा नहीं कर सकते। त्रुटि वहीं है, जहाँ हम कार्य में ध्यान न लगा कर, उस के फल में ध्यान लगाते हैं; और उस कर्म को पूर्ण दक्षता से नहीं करते।" कृष्ण बोलते गये, "वस्तुतः प्रकृति के नियम निश्चित भी हैं और सूक्ष्म भी। जब कोई व्यक्ति किसी तालाब के स्थिर जल में एक ढेला फेंकता है, तो उसे यह अनुमान भी नहीं होता कि उसके द्वारा जल में उठायी गयी लहर किस सीमा तक जायेगी और पानी के किस कण पर अथवा जल में रहने वाले किस जीव-जन्तु पर कैसा प्रभाव डालेगी। इसलिए उसे अपना ध्यान ढेला फेंकने पर ही लगाना चाहिए। लहर अपना काम स्वयं कर लेगी। राजा के रूप में तुम्हें प्रजा का पालन करना है। इस राजधर्म के फलस्वरूप तुम्हें प्रजा से क्या मिलेगा और किस रूप में मिलेगा, इस पर विचार नहीं करना है। वह तो प्रकृति स्वयं तुम्हें देगी। वस्तुतः सकाम कर्म का फल सीमित होता है; और निष्काम कर्म का असीम! तुम जब आचार्य द्रोण के आश्रम में धनुर्विद्या सीख रहे थे, तो तुम्हारा ध्यान गुरु को प्रसन्न करने में था, या उनके परीक्षण में सफल उतरने में था, अथवा धनुर्वेद का ज्ञान प्राप्त करने और उस का दक्षतापूर्वक अभ्यास करने में?"

अर्जुन ने चकित दृष्टि से कृष्ण की ओर देखा, जैसे उन्होंने कोई अटपटी बात पूछ ली हो। बोला, "निश्चित् रूप से, मैं अधिक से अधिक ज्ञान प्राप्त करना चाहता था और अधिक से अधिक अभ्यास करना चाहता था।"

"यदि तुमने धनुर्विद्या का पूर्ण ज्ञान प्राप्त किया, तो तुम्हारे गुरु अपने-आप प्रसन्न हुए। तुम कठोर परीक्षा में सफल हुए और जीवन में आने वाली प्रत्येक स्थितियों के लिए अपने को तैयार

किया। तुमने निष्काम भाव से धनुर्वेद का अध्ययन किया है। यदि तुम धनुर्विद्या सीखते हुए गुरु को प्रसन्न करने अथवा उनकी परीक्षाओं में उत्तीर्ण होने का ही प्रयत्न करते रहते, तो अपने वे लक्ष्य तो तुम प्राप्त कर लेते; किन्तु संसार के अद्वितीय धनुर्धारी कदापि न बन पाते। इसलिए कहता हूँ कि व्यक्ति का लक्ष्य, कर्म होना चाहिए, कामना नहीं।"

12

पाण्डवों के आश्रम में जैसे प्रयाण का शंख बज उठा था। चारों ओर यात्रा के लिए रथ तैयार हो रहे थे। सारथि, अपने-अपने मार्ग के अनुकूल घोड़ों और पाथेय का चयन कर रहे थे। पाण्डवों की रानियाँ अपने-अपने बच्चों के साथ, अपने मायके से आये गुल्मों की सुरक्षा में यात्रा की तैयारी कर रही थीं।...

करेणुमती को विदा करने के लिए नकुल अपने कुटीर में पहुँचा, तो उसे कुछ आश्चर्य हुआ। करेणुमती अभी इस प्रकार निष्क्रिय और निश्चिन्त बैठी थी, जैसे उसे कहीं जाना ही न हो।

"क्या बात है?" नकुल ने पूछा, "यहाँ तो कोई तत्परता ही दिखायी नहीं देती।"

"क्या मैं बारह वर्षों का वनवास नहीं कर सकती?" करेणुमती ने याचक दृष्टि से नकुल की ओर देखा, "अज्ञातवास की अवधि में मैं शुक्तिमती चली जाऊँगी।"

"ओह! तो यह बात है।" नकुल हँस पड़ा, "वनवास करने का कारण?"

"तुम्हारा सान्निध्य प्रिय!"

नकुल गम्भीर हो गया, "तुम जानती हो करेणु! हमारा जीवन सुख के लिए नहीं, धर्म के लिए है। वनवास का यह काल हमारे लिए साधना और तीर्थयात्रा का काल होगा। तुम साथ रही तो उस समय तुम कष्ट पाओगी और निरमित्र भी। फिर निरमित्र के विकास और शिक्षण का भी प्रश्न है। तुम्हारे सामने यह निर्णय हुआ था कि सारे बच्चे अपनी माता के साथ सुरक्षित स्थानों में रहेंगे...?"

"पांचाली तो नहीं जा रहीं..." इस बार करेणुमती के शब्द जैसे आक्रोश की घोषणा थे।

"तुम निरमित्र को धृष्टकेतु के साथ भेज कर, तेरह वर्षों तक उस से पृथक् मेरे साथ रह सकोगी?"

"क्यों? मैं यहाँ रहूँगी, तो निरमित्र हमारे साथ नहीं रह सकता?"

"यही कह रहा था मैं!" नकुल मुस्कराया, "पांचाली अपने पाँचों पुत्रों को, काम्पिल्य भेजकर अकेली अपने पतियों के साथ रह रही है। उसने अपने पुत्रों और पतियों में से, पतियों को चुना है, तुम अपनी आसक्ति का निरीक्षण कर लो। पुत्र से अधिक आसक्ति न हो, तो निरमित्र को भेज दो और स्वयं पीछे रह जाओ। बस, यह ध्यान रखो कि निरमित्र यहाँ नहीं रह सकता।"

करेणुमती की आँखों में अश्रु आ गये, "निरमित्र अभी कितना छोटा है। उसे तेरह वर्षों के लिए अकेला कैसे छोड़ दूँ।" उस का स्वर कुछ तीक्ष्ण हो उठा, "कोई माँ अपने पुत्र के बिना कैसे रह सकती है?"

नकुल हँस पड़ा, "मैं भी तो यही कह रहा हूँ कि कोई माँ अपने पुत्र के बिना कैसे रह सकती

है।...और कोई पाण्डव-पुत्र इन दिनों वन में नहीं रहेगा। वे सब शिक्षा-दीक्षा और युद्धाभ्यास के लिए अपने-अपने ननिहाल में रहेंगे। तो फिर उन की माताएँ, उन के बिना वन में कैसे रह सकती हैं?"

"मैं आप की सारी चतुराई समझ रही हूँ।" करेणुमती के अश्रु ढुलक पड़े, "मेरी ही दुर्बलता में बाँध कर मुझे दण्डित कर रहे हैं आप!.."

बलन्धरा विदा हुई। उसके नयन डबडबये हुए थे, "अपना ध्यान रखना!"

"अपना ध्यान क्यों, तुम्हारा ध्यान किया करूँगा।" भीम उस के अश्रुओं से अप्रभावित, मुस्करा रहा था।

बलन्धरा निर्णय नहीं कर पायी कि वह भीम की उस उक्ति पर हँस पड़े, अथवा चिल्ला कर कहे, "मैं जानती हूँ कि तुम कितना मेरा ध्यान करोगे।..."

"ध्यान करना पांचाली का।" उसने हँसने का प्रयत्न किया; किन्तु उस का आक्रोश छिप नहीं पाया, "जिस के साथ रहोगे।"

"मैं तो हिडिम्बा को बुलवा लूँगा।" भीम ने उत्तर दिया, "साथ रहेगी, तो सेवा भी करेगी और राक्षसों से हमारी रक्षा भी करती रहेगी। जानती हो, वह सारी रात वृक्ष की शाखा पर बैठी, अँधेरे में आँखें फाड़-फाड़ कर देख सकती है, उसे न नींद आती है न उबासी।"

"अब मुझे अधिक खिझाओ मत!" बलन्धरा हँसने और रोने के मध्य बिन्दु पर पहुँच चुकी थी, "नहीं तो कोई अपशब्द कह बैठूँगी, तुम्हारी उस लाड़ली के लिए।"

"अब जाते-जाते क्यों लड़ती हो।" भीम गम्भीर हो गया, "सर्वग का पालन-पोषण ध्यान से करना। एक लक्ष्य सामने हो, तो समय कटते देर नहीं लगती।"

"तेरह वर्ष कोई थोड़ा समय होता है?" बलन्धरा रोषपूर्वक बोली।

"हम वन में साधना करेंगे, तुम घर में साधना करना।" बलन्धरा ने भीम को इतना गम्भीर शायद ही कभी देखा था, "अब यह जीवन भोग के लिए नहीं, धर्म के लिए है। और धर्म के लिए तो तपना ही पड़ेगा।"

भीम ने अपनी भुजाओं में उठाकर, बलन्धरा को रथ में बैठा दिया। काशिराज का ध्वज लिये, सैनिक प्रयाण के लिए तैयार थे। भीम ने सारथि को संकेत किया, सारथि ने वल्गा ढीली छोड़ दी।

भीम मुड़ा, सामने धृष्टद्युम्न खड़ा था।

"तुम भी विदा हो रहे हो?" भीम ने पूछा।

"हाँ! कृष्णा से मिल आऊँ।" धृष्टद्युम्न ने उत्तर दिया, "एक बार तो मन में आया था कि वासुदेव रुक रहे हैं, तो मैं भी रुक जाऊँ; किन्तु फिर सोचता हूँ, उधर काम्पिल्य में पिताजी, यहाँ के समाचारों के लिए व्याकुल होंगे। मैं रुका तो तुम्हारे पुत्रों को भी रुकना पड़ेगा। वन में उन्हें कष्ट होगा।"

"यह क्यों नहीं कहते कि तुम्हें अच्छा भोजन नहीं मिल रहा।" भीम ठहाका मार कर हँस पड़ा, "पुत्रों की ओट में बाण-सन्धान कर रहे हो।"

धृष्टद्युम्न निमिष भर स्तब्ध खड़ा रह गया : इस मोटे का कुछ पता नहीं, किस क्षण किस को क्या कह दे।...और फिर वह भी हँस पड़ा, "तुम्हारा क्या है मध्यम! अभी मैं कह दूँ कि वनवास में मुझे कोई

कष्ट नहीं है, तो तुम हँस कर कह दोगे कि मुझे हो न हो, मेरे यहाँ रुकने से तुम्हें कष्ट होगा।"

"हाँ! कष्ट तो अन्ततः मुझे ही होगा," भीम की मुद्रा पर्याप्त गम्भीर थी, "यह सोच-सोचकर, मुझे रात भर नींद नहीं आयेगी कि बेचारा पांचाल राजकुमार इस वन में हमारे लिए कष्ट पा रहा है; और तुम यह सोच कर, सुख की नींद सो जाओगे कि तुम वन में रह कर, हमारा कितना उपकार कर रहे हो।"

अब तक धृष्टद्युम्न भी विनोद की मुद्रा में आ चुका था, "इससे तो अच्छा है कि मैं लौट कर काम्पिल्य के राजप्रासाद में यह सोच कर सुख-शान्ति से सोऊँ कि वन में न रुककर मैंने पाण्डवों को कितने बड़े कष्ट से बचा लिया।"

"तुम्हारे तो दोनों हाथों में लड्डू हैं राजकुमार!" भीम बोला, "जाओ! अब पांचाली से मिल लो। ऐसा न हो कि बाद में यह पता चले कि तुम भीम से ही उलझे रहे, और तुम्हारी सेना काम्पिल्य जा पहुँची।"

भीम हँसता हुआ आगे बढ़ गया।

धृष्टद्युम्न द्रौपदी के कुटीर के द्वार पर पहुँचा। द्रौपदी अपने पुत्रों को विदा कर रही थी, "तुम्हें मन लगाकर शस्त्र-विद्या और युद्ध-कौशल का अभ्यास करना है। तुम्हें महाराज द्रुपद, महावीर धृष्टद्युम्न, वायु-पुत्र भीम तथा गाण्डीवधारी सव्यसाची के बल, साहस तथा कौशल का समग्र रूप प्राप्त करना है। तुम्हें केवल एक ही लक्ष्य सम्मुख रखना है। अपनी माता के अपमान का प्रतिशोध।... जो माँ के सम्मान की रक्षा नहीं कर सकता, उसका जीवन निष्प्रयोजन है।"

"पर दुर्योधन से युद्ध होगा भी माँ?" प्रतिविंध ने पूछा।

"हाँ! यह युद्ध अवश्य होगा पुत्र!" धृष्टद्युम्न ने प्रवेश करते हुए कहा, "धर्मराज न भी चाहें, तो भी यह युद्ध हो कर रहेगा। पांचाली को बहुत सारा ऋणशोधन करना है।" वह मुड़ा, "अब इन्हें विदा करो कृष्णा!"

"युद्ध हो न हो," सहसा सुतसोम बोला, "दुर्योधन को तो मैं उसी प्रकार चीर देना चाहता हूँ, जैसे पिताजी ने जरासंध को चीरा था।"

धृष्टद्युम्न ने सुतसोम पर दृष्टि डाली : यह लड़का पूर्णतः भीम का प्रतिरूप था।

"जाओ पुत्रो! अब मातुल ही तुम्हारे माता-पिता हैं, और मातुल ही तुम्हारे गुरु।" द्रौपदी ने उन के मस्तक पर हाथ रख कर, उन्हें आशीर्वाद दिया; और सहसा उसकी मुद्रा बदल गयी, "तुम्हारे मन में यह प्रश्न नहीं आना चाहिए कि यह युद्ध होगा या नहीं। तुम किसी के वेतन-भोगी सैनिक नहीं हो कि युद्ध होगा तो लड़ोगे, नहीं होगा तो स्कन्धावार में पड़े रहोगे। तुम धर्म की रक्षा करने वाले क्षत्रिय राजकुमार हो; अन्याय के विरुद्ध निरन्तर संघर्षरत हो। तुम्हें शत्रु के आक्रमण की प्रतीक्षा नहीं करनी है, तुम्हें अपना सामर्थ्य तौल कर स्वयं शत्रु पर आक्रमण करना है।"

"ठीक है माँ! हम यही करेंगे!" सुतसोम बोला।

प्रतिविंध, सुतसोम, श्रुतकर्मा, शतानीक तथा श्रुतसेन माँ को प्रणाम कर के कुटीर से बाहर चले गये।

"जा रहे हो भैया!" इस बार द्रौपदी की आँखें भर आई थीं।

"हाँ कृष्णे! काम्पिल्य लौटकर, पिताजी को सारा समाचार दूँ और युद्ध की तैयारी आरम्भ करूँ। पाण्डवों के वन से लौटने के पश्चात् यदि तैयारी आरम्भ की गयी, तो तब तक बहुत विलम्ब हो चुका होगा।" धृष्टद्युम्न बोला, "पर जाने से पहले तुमसे कुछ पूछना चाहता हूँ।"

द्रौपदी ने स्वयं को सँभाला, "क्या? श्रुतकर्मा के विषय में कुछ पूछना है? वह छोटा अवश्य है,

किन्तु माँ की अनुपस्थिति में भी वह तुम्हें दीन दिखायी नहीं देगा। उस के कारण तुम्हारी कठिनाइयाँ बढ़ेंगी।...और तुम भी उसे छोटा मान कर, उस के लिए अपना अनुशासन शिथिल मत करना।"

"नहीं! तुम्हारे पुत्रों के विषय में कुछ नहीं पूछना।" धृष्टद्युम्न बोला।

"तो?"

"जब मैं आया था, तो यह सोच कर आया था कि तुम मेरे कण्ठ से लग कर रोओगी; अपना दुख कहोगी; अपने पतियों के प्रति आक्रोश को मेरे सम्मुख खुल कर ढालोगी।" धृष्टद्युम्न ने द्रौपदी की ओर देखा, "किन्तु मेरे सम्मुख, तुमने अपने पतियों के विरुद्ध एक शब्द भी नहीं कहा।...और वासुदेव के सम्मुख तुम जिस प्रकार रोई हो...।"

द्रौपदी ने अपनी आँखें पोंछ लीं। अब वह मुस्करा रही थी, "तुम्हारे सम्मुख अपने पतियों की भर्त्सना कर तुम्हारी दृष्टि में न उन्हें हेय सिद्ध करना चाहती थी न अपने मायके में अपनी असहायता के कारण अपना सम्मान कम करना चाहती थी..."

"और वासुदेव की दृष्टि में?"

"केशव की दृष्टि में पाण्डवों का कभी अवमूल्यन नहीं होगा।" द्रौपदी बोली, "केशव उनके सांसारिक मान-सम्मान को नहीं देखते। वे तो उन के धर्म को देखते हैं...। वैसे भी केशव के मन में दया, करुणा, और प्रेम ही है; वहाँ स्पर्धा नहीं, ईर्ष्या नहीं, तुलना नहीं, मूल्य-अवमूल्यन नहीं। केशव के सम्मुख नहीं रोऊँगी, तो सारे ब्रह्मांड में ऐसा है कौन, जिस के सम्मुख अपना मन उधाड़ सकूँ"

धृष्टद्युम्न के मन में आक्रोश का ज्वार उठा : उसकी यह सहोदरा, उस के सम्मुख ही कृष्ण को अपने भाई से भी बढ़ कर बता रही है। वह उसे अपने भाई और अपने पतियों से भी अधिक आत्मीय लगता है...

उसकी बुद्धि ने टोका, 'यही तो कह रही थी कृष्णा! कृष्ण के मन में न तुलना है, न ईर्ष्या... अब देख! तू तो एक ही वाक्य में ईर्ष्या से जल गया...'

"कदाचित तुम ठीक कह रही हो," धृष्टद्युम्न बोला, "किन्तु वासुदेव ने धर्मराज के विषय में जो कुछ कहा है, उससे यह नहीं लगता कि वे भी धर्मराज से रुष्ट हैं?"

"पाण्डवों के प्रति केशव के रोष का कोई अर्थ ही नहीं है।" द्रौपदी बोली, "पाण्डव, उन को रोष भी समर्पित कर देंगे।"

"मैं समझा नहीं।"

"इसमें समझने को क्या है भैया!" द्रौपदी बोली, "पाण्डवों का सब कुछ धर्म को समर्पित है; और जो धर्म को समर्पित है, वह कृष्ण को समर्पित है। पाण्डवों का सुख-दुख, सम्पत्ति-विपत्ति, वीरता-कायरता...सब कुछ कृष्ण को समर्पित है...।"

"तो वासुदेव, धर्मराज से रुष्ट नहीं हैं?"

"कभी वासुदेव भी रुष्ट हुए हैं?"

धृष्टद्युम्न द्रौपदी के कुटीर से निकल कर, कृष्ण से विदाई लेने आया।

कृष्ण का शिविर कुछ विचित्र-सा होता था। धृष्टद्युम्न आज तक समझ नहीं पाया था कि उसे

क्या कहे : स्कन्धावार अथवा आश्रम!

"आओ युवराज!" कृष्ण ने उस का स्वागत किया, "तुम्हारे सारथि ने तो प्रयाण के लिए रथ भी तैयार कर लिया है।"

"हाँ, मैं जा रहा हूँ वासुदेव! आपसे विदा लेने ही आया हूँ।" धृष्टद्युम्न बोला, "किन्तु एक जिज्ञासा है मेरी!"

कृष्ण के अधरों पर एक लीलामय मुस्कान प्रकट हुई, "बहुत गम्भीर दिखायी दे रहे हो राजकुमार!"

"हाँ वासुदेव! द्यूत-सभा में धर्मराज का व्यवहार क्या धर्म-संगत था? यह कहाँ का क्षात्र-धर्म है कि इतना सह कर, राज-पाट गँवाकर, चुपचाप सिर झुकाये, वन में चले जाओ।" धृष्टद्युम्न अपना रोष छिपा नहीं पा रहा था, "और सबसे बड़ी बात है कि अब भी उन्हें न कोई पश्चात्ताप है, न उद्वेग, न कष्ट, न पीड़ा। इतनी शान्ति क्या क्षत्रिय को शोभा देती है?"

"तुमने यह तो देखा कि वंचित होकर भी धर्मराज प्रतिहिंसा के मारे प्रतिशोध के लिए तड़प नहीं रहे, किन्तु यह नहीं देखा कि सर्वस्व से वंचित होकर, जीवन का घोरतम अपमान सहकर भी युधिष्ठिर की ईश्वर के प्रति आस्था तनिक भी कम नहीं हुई। उन्होंने स्वीकार किया कि ईश्वर की इच्छा सर्वोपरि है। भक्त का कार्य तो उस दुःख को ईश्वरीय देन समझकर स्वीकार करना है। यदि मेरा विश्वास करो, तो मैं यही कहूँगा कि यदि आज कोई सर्प आ कर धर्मराज को अपना दंश मारे, तो धर्मराज उसे भी ईश्वर की इच्छा मान कर, उस के सम्मुख अपना सिर झुका देंगे। उस सर्प को भी वे ईश्वरीय दूत मानेंगे।"

धृष्टद्युम्न जैसे हतप्रभ खड़ा रह गया : उसने यह तो सोचा ही नहीं था कि कृष्ण, युधिष्ठिर को इस दृष्टि से देखेंगे...

"तो क्या आज धर्मराज उत्कृष्ट भक्त हैं?" उसने जैसे कुछ न समझते हुए पूछा।

"जो व्यक्ति सर्वथा स्वार्थरहित और द्वेष-शून्य है; सबसे प्रेम करता है; निस्वार्थ रूप से दयालु है; ममता और अहंकार से रहित है; और सुख-दुख में समान रूप से शान्त रहकर अपराध करने वालों को भी अभय दे सकता है; उससे बड़ा भक्त और कौन होगा?"

"वह ठीक है, किन्तु आपने यह भी नहीं देखा वासुदेव! कि उन का सर्वस्व हरण कर दुर्योधन, धर्मराज से तनिक भी भयभीत नहीं है। अपना राज्य गँवाकर, अपने भाइयों, उन की पत्नियों और अपनी सन्तानों को इस प्रकार कष्ट की भट्टी में ढकेल कर भी धर्मराज के मन में, तनिक सा भी उद्वेग नहीं है।"

"जो न उद्विग्न होता है, न किसी को उद्विग्न करता है; जिसने उद्विग्न होना भी छोड़ दिया, और प्रकृति को उद्वेग देना भी—भक्त तो वही है, जो सृष्टि के साथ सम हो गया है। वह हर्ष से भी रहित है और अमर्ष से भी। उस के स्वभाव में भय नहीं है। वह भय को ग्रहण नहीं करता; न भय को प्रेरित करता है। धर्मराज ऐसे ही भक्त हैं राजकुमार!"

"किन्तु मैंने तो धर्मराज को कभी वैसी भक्ति करते नहीं देखा।" धृष्टद्युम्न के स्वर में स्पष्ट आपत्ति थी।

"वे उपासना कम करते हैं; आचरण ही अधिक करते हैं।" कृष्ण निश्चयात्मक स्वर में बोले।

धृष्टद्युम्न के पास कृष्ण के कथन के विरुद्ध न कोई तर्क था, न प्रमाण; किन्तु वह उससे

सहमत नहीं होना चाहता था। अपने स्वर को कुछ बदलता हुआ बोला, "मेरा भक्ति से कोई विरोध नहीं है; किन्तु मनुष्य में अपने अधिकारों की रक्षा की आकांक्षा तो होनी चाहिए...।"

"और धर्मराज में वह आकांक्षा नहीं है।" कृष्ण मुस्कराये, "तुम कहोगे, धर्मराज में उद्यम भी नहीं है।"

"यही तो मैं कह रहा हूँ वासुदेव!"

"पर राजकुमार! जिसने सर्वस्व ईश्वर को सौंप रखा हो, वह किसकी आकांक्षा करे।" कृष्ण बोले, "धर्मराज सांसारिक आकांक्षाओं से मुक्त हैं। उनका अंतः-बाह्य सर्वथा शुद्ध और सात्विक है। वे सांसारिक उद्यम ईश्वर को अर्पित कर चुके। उनमें श्रेष्ठ भक्त का आदर्श देखो, किसी हताश तथा पराजित क्षत्रिय का नहीं।"

धृष्टद्युम्न की बुद्धि जितनी मौन होती जा रही थी, उसका अहंकार उतना ही मुखर होता जा रहा था, "वह ठीक है। न करें वे राज्य की कामना! किन्तु, अपने सम्मान की रक्षा तो सबको करनी ही होती है।..."

"जिस की प्रज्ञा स्थिर हो चुकी, वे शत्रु और मित्र में भेद नहीं करते। उन के लिए मान और अपमान में कोई विशेष अंतर नहीं है। सुख-दुख, हिम-ताप इत्यादि जैसे द्वन्द्व उन्हें पीड़ित नहीं करते। उन्होंने अनुरक्ति को ही त्याग दिया, तो ये प्रकृतिजन्य द्वन्द्व उनके मने में उद्वेग कैसे उत्पन्न कर सकते हैं?"

"कोई सुविधा-असुविधा...।" धृष्टद्युम्न अपना संघर्ष चलाये चल रहा था। कृष्ण ने धृष्टद्युम्न की बात बीच में ही काट दी, "धर्मराज जैसे लोग, किसी भी प्रकार के शरीर-निर्वाह से सन्तुष्ट रहते हैं। वे वन और प्रासाद में एक समान शान्त-चित्त हो कर रह सकते हैं। उनमें न ममता है, न अनुरक्ति। वे स्थिर-बुद्धि, भक्तिवान पुरुष हैं।"

धृष्टद्युम्न के पास कृष्ण की बातों की कोई काट नहीं थी। वह धर्मराज को स्वयं से भिन्न प्रकार का व्यक्ति तो मान सकता था, किन्तु उनसे सहमत नहीं हो सकता था...आज से नहीं, पहले दिन से...। तब उस की समझ में नहीं आया था कि यह कैसा व्यक्ति है, जो कृष्णा का विवाह पाँच भाइयों से करना चाहता है!...यदि वह अर्जुन से उस के विवाह का प्रस्ताव रखता, तो धृष्टद्युम्न उसे समझ सकता था। वह स्वयं कृष्णा से विवाह करना चाहता, तो धृष्टद्युम्न उसे और भी अधिक समझ सकता था।...किन्तु उसने हठपूर्वक कृष्णा का विवाह पाँचों पाण्डवों से करवाया...वह अपने सुख और भोग का त्याग कर सकता था...सचमुच उसमें ऐसी अनुरक्ति नहीं थी कि कृष्णा जैसी सुन्दरी से भी अकेला ही विवाह करना चाहता। शायद उसे अपने सुख से अधिक भाइयों की पीड़ा का विचार था। वह अपने परिवार के सुख के लिए, अपने सुख की बलि बहुत सुविधा से दे सकता था...

"मेरी समझ में नहीं आता कि कोई व्यक्ति, अपने शत्रुओं के लिए इतना दयावान और भाइयों के लिए इतना कठोर कैसे हो सकता है।..." धृष्टद्युम्न जैसे अपने आप से बोला।

कृष्ण हँस पड़े, "यदि अपने और पराए से आगे नहीं बढ़ पाए, तो तुम ईश्वर से भी प्रेम नहीं कर सकते। ईश्वर से प्रेम तो तभी कर सकते हो, जब अपना अहं न रहे, अपने और पराये का भेद न रहे। जब व्यक्ति के मन से अपने और पराये का भेद मिट जाता है, तो व्यक्ति के मन में पदार्थ के प्रति ममत्व भी नहीं रहता। ममत्व नहीं रहेगा, तो हानि तथा लाभ का अंतर भी नहीं रहेगा।..." कृष्ण ने रुक कर धृष्टद्युम्न की ओर देखा, "तुम यह समझ लो कि धर्मराज अपने भाइयों से प्रेम तो

करते हैं; किन्तु उनके ममत्व का इतना विस्तार हो चुका है कि अपने शत्रुओं से भी प्रेम कर सकते हैं। वस्तुतः वे उन्हें अपना शत्रु ही नहीं मानते। इसलिए इतना अपमान सह कर भी उन्हें दुर्योधन पर क्रोध नहीं आता।"

धृष्टद्युम्न को कोई तर्क नहीं सूझा। वह तो युधिष्ठिर के दोष रेखांकित करने का प्रयत्न कर रहा था, किन्तु कृष्ण ने उन्हें गुणों में परिणत कर दिया था। यह कृष्ण की चतुराई नहीं थी। यह उनकी गहरी दूरदृष्टि थी। उन्होंने युधिष्ठिर में वह देखा, जो धृष्टद्युम्न कभी नहीं देख पाया था। यदि युधिष्ठिर समस्त जीव-जगत् से प्रेम करते हैं, तो उसे दोष कैसे माना जा सकता है? उन्होंने यदि अपना क्रोध जीत लिया है, तो उसकी निन्दा कैसे की जा सकती है...?

सहसा, उसकी आँखों में चमक आई, "वासुदेव! यदि आप धर्मराज के इतने ही प्रशंसक हैं, तो आपने कंस से प्रेम क्यों नहीं किया? जरासंध से शत्रुता क्यों पाली? शिशुपाल पर क्रोध क्यों किया?"

वह देख रहा था : कृष्ण पर उस की उक्ति का कोई प्रभाव नहीं हुआ था। वे तनिक भी उत्तेजित नहीं हुए थे। अपने स्थान पर खड़े, वे मन्द-मन्द मुस्करा रहे थे।

"आप उत्तर क्यों नहीं देते?"

"उत्तर तो दूँ, यदि तुम प्रश्न करो।" कृष्ण बोले, "तुम तो मुझे उत्तेजित करने का प्रयत्न कर रहे हो!"

"नहीं! मैं आप पर न तो आरोप लगा रहा हूँ, न आपको उत्तेजित करने का प्रयत्न कर रहा हूँ।" धृष्टद्युम्न कुछ शान्त भी हो गया था और गम्भीर भी, "मैं सचमुच यह जानता हूँ कि आप जिस आचरण की प्रशंसा करते हैं, स्वयं को उससे मुक्त रखते हैं। समय आने पर आप का व्यवहार उसका विरोधी भी हो सकता है। मैं यह नहीं मानता चाहता कि आप की वाणी और कर्म में विरोध है। तो फिर यह रहस्य क्या है?"

"मुझमें आसक्ति नहीं है; इसलिए मोह भी नहीं है। मेरे लिए अस्तित्व और अनस्तित्व में कोई भेद नहीं है। अस्ति तथा नास्ति समान स्थितियाँ हैं।" कृष्ण बोले, "मैंने सम्बन्धों के प्रति ममत्व नहीं पाला। कंस मेरे मामा हैं, इसलिए उनके अस्तित्व की रक्षा होनी चाहिए—ऐसा मोह मुझे कभी नहीं रहा। धर्मराज में आसक्ति अभी शेष है। वे दुर्योधन की रक्षा करना चाहते हैं, क्योंकि वह उन के अपने वंश का है। उनके मन में वंश के प्रति मोह है। वे अस्ति-नास्ति में भेद करते हैं। वे अभी करुणा तथा क्रूरता के मध्य खड़े हैं, उनसे ऊपर नहीं उठे; इसलिए आनृशंसता उनके लिए बहुत महत्त्वपूर्ण है...।"

धृष्टद्युम्न को लगा, वह कृष्ण की बात समझ रहा है...हम कितने भी उदार होते जायें, किन्तु तब तक किसी से प्रेम नहीं कर सकते, जब तक उससे किसी प्रकार का तादात्म्य स्थापित न कर लें, जब तक उसे किसी भी प्रकार अपने ममत्व के घेरे में न ले आयें...बद्ध जीव भी तो ऐसा ही कर सकता है : वह अपने ममत्व का वृत्त विस्तृत करता जा सकता है; किन्तु रहेगा, वह घेरे में ही। अपने और पराये की विभाजक रेखा का अस्तित्व अवश्य रहेगा! कृष्ण ठीक कहते हैं : धर्मराज के मन में अभी आसक्ति शेष है! वे पाण्डवों की रक्षा तो करना चाहते हैं; किन्तु धार्तराष्ट्रों का नाश उन्हें अभिप्रेत नहीं है। वे जीवन के साथ खड़े हैं। वे अस्तित्व के पक्ष में हैं...और कृष्ण के मन में

क्या किसी के प्रति कोई आसक्ति नहीं है? वे वहाँ स्थित हैं, जहाँ अस्तित्व और अनस्तित्व का भेद मिट जाता है; जहाँ होने न होने की कोई विभाजक रेखा नहीं है?...

13

द्रुपद ने बड़ी उत्कण्ठा से धृष्टद्युम्न के लौटने की प्रतीक्षा की थी। वे जानना चाहते थे कि काम्यक वन में क्या घटित हुआ; और कृष्ण क्या सोच रहे हैं?...कृष्णा के पुत्र धृष्टद्युम्न के साथ आ रहे थे, इसलिए वे उनको देखने को उत्सुक थे। कृष्णा नहीं आ रही!...इसका एक प्रकार का खेद था;...किन्तु ठीक ही किया कृष्णा ने; अपने पतियों के साथ रह गयी! द्रुपद की यह तेजस्विनी पुत्री अग्नि-कुण्ड से उत्पन्न हुई थी। वह साधारण नारी नहीं थी कि संकट सामने देखते ही, पतियों को वन में छोड़ पिता के प्रासाद में आ जाती!...दुहिता नहीं आ रही, कोई बात नहीं; दौहित्र तो आ रहे हैं।...

और फिर उन्हें सूचना मिली कि वे लोग आ गये हैं। धृष्टद्युम्न सीधा उन के पास आया था। बच्चों को वह परिचारकों को सौंप आया था। वे यात्रा से थके हुए थे। उन्हें स्नान कर भोजन करना था; और भोजन के पश्चात् विश्राम!...द्रुपद ने वह सारा समय एक प्रकार की कष्टकारक प्रतीक्षा में व्यतीत किया था।...

और अब वे पाँचों उन के सामने खड़े थे। द्रुपद की दृष्टि उन के चेहरों को टटोल रही थी...उन के केश, उन के कपाल, उन की आँखें, उनके कपोल, उनकी चिबुक...इनमें उन की कृष्णा कहाँ थी?...सब कुछ कृष्णा से भिन्न था; किन्तु कृष्णा संग कहीं विद्यमान थी। कभी वह उन के नयनों से झाँक जाती थी, कभी उन की भंगिमाओं से! वे सब कृष्णा के शरीर के अंग थे...

वे उन्हें निरखते और निहारते रहे और उस का आनन्द अपने मन में संचित करते रहे। सहसा स्नेह का प्रतिरूप जागा। वे धृष्टद्युम्न की ओर मुड़े, "ये बालक प्रिय नहीं हैं भीष्म को! पहले इन के पिताओं को हस्तिनापुर से निकाला; और अब इन्हें इन्द्रप्रस्थ से भी निष्कास्ति कर दिया।" उनके नयन क्षोभ में तप्त भी थे और गीले भी, "उसके अधिकार-क्षेत्र में उस अन्यायी, स्वार्थी और अहंकारी द्रोण के लिए स्थान है, उस पापी और दुराचारी कर्ण के लिए स्थान है, उस प्रवंचक सर्प शकुनि के लिए स्थान है; किन्तु इन बच्चों के लिए स्थान नहीं है। कैसे-कैसे नाग पाल रखे हैं उसने उस हस्तिनापुर में; और इन फूल-से बच्चों का, सब कुछ छीन कर, वन में धकेल दिया।"

"ऐसा क्यों है मातामह," सहसा प्रतिविंध्य ने पूछा, "हमारे प्रपितामह ऐसे क्यों हैं? मैंने तो सुना था, कि धर्म उन्हें बहुत प्रिय है। वे त्यागी और महात्मा हैं। फिर उनकी छत्रछाया में सदा अन्याय ही क्यों पोषित होता रहता है?"

द्रुपद ने अपने अश्रु पोंछ लिये : 'उन के सम्मुख कुरुओं की वह पीढ़ी अब नहीं थी, जो भीष्म को प्रतिमानव मान कर, उससे केवल प्रेम करती थी, उस की पूजा करती थी।...कितनी प्रतीक्षा की थी द्रुपद ने, इस पीढ़ी के लिए! इस समय जो बालक उन के सम्मुख खड़े थे, वे भीष्म की गोद में नहीं पले थे। भीष्म ने कभी उनके सिर पर हाथ नहीं रखा था। अपनी अँगुलियों से उनके बाल नहीं सहलाये थे। यह पीढ़ी भीष्म के विषय में प्रश्न उठायेगी। उस के कृत्यों का विश्लेषण करेगी; और

उससे धर्म की परिभाषा पूछेगी...

"आप बताते क्यों नहीं, मातामह!" सुतसोम बोला, "भाई आपसे कुछ पूछ रहा है।"

द्रुपद का मन हुआ, हँस पड़े। यह भीम का पुत्र है...वैसा ही दबंग। कैसे स्पष्टीकरण माँग रहा है, अपने मातामह से।...यदि कभी अवसर आया, तो ऐसे ही यह अपने प्रपितामह से भी उत्तर माँगेगा...

"तुमने ठीक सुना पुत्र!" द्रुपद बोले, "तुम्हारे प्रपितामह का चरित्र ऐसा ही है। भीष्म में एक ओर आध्यत्मिक उपलब्धियों का आकर्षण था, आध्यात्मिक विकास की इच्छा थी; और दूसरी ओर, वह मानव-सुलभ दुर्बलताओं को भी नहीं जीत पाया। राज्य का त्याग, नारी-सुख का त्याग, पिता की इच्छा-पूर्ति के प्रति पुत्र का दायित्व, अपने वचन पर अडिग रहने का संकल्प—यह सब कुछ था उसमें। यह सब उसने अपने आध्यात्मिक विकास की दृष्टि से किया; किन्तु न वह अपने अहंकार को जीत पाया, न लोभ को, न भय को।"

"मातामह, एक ही व्यक्ति में त्याग और अहंकार, दोनों कैसे हो सकते हैं?" छोटा श्रुतकर्मा बोले, "माँ कहती थीं कि व्यक्ति में अहंकार हो, तो वह कुछ भी त्याग नहीं सकता। त्याग का तो आरम्भ ही अहंकार-त्याग से होता है।..."

द्रुपद आह्लादित हुए : यह अर्जुन का पुत्र है। कैसा सूक्ष्म प्रश्न कर रहा है। कृष्णा भी कैसी-कैसी बातें सिखाती रही है इसे! हाँ! न सिखाए तो, पता कैसे चले कि पण्डिता माँ का पुत्र है। कृष्णा यदि महारानी न होती, तो किसी गुरुकुल की आचार्या होती, किसी दार्शनिक-पीठ की अध्यक्षा होती...

"तुम्हारी माता सत्य कहती हैं पुत्र!" द्रुपद बोले, "होना तो ऐसा ही चाहिए कि पहले व्यक्ति अपना अहंकार त्यागे; किन्तु भीष्म में अपने त्याग के प्रति ही अहंकार है। वे समझते हें, समझते क्या है, उन के मन में दृढ़ धारणा है कि इतना बड़ा त्याग आज तक किसी ने नहीं किया, जितना उन्होंने किया है। इसलिए वे विशिष्ट हैं, महान् हैं। शेष लोग तुच्छ हैं, लोभी हैं, सांसारिकता में आसक्त हें।..."

"वे अपना लोभ भी कहाँ त्याग पाये मातामह!" प्रतिविंध्य ने अपनी टिप्पणी की, "कौरव के राज्य का विस्ताार हो। यह आगे बढ़े। शक्तिशाली हो। यह लोभ तो उन्हें सदा ही रहा है।"

द्रुपद ने ध्यान से उसे देखा : यह युधिष्ठिर का पुत्र है। उसी की वाणी बोल रहा है। यह क्षत्रिय राजकुमार राज्य के विस्तार को भी लोभ मानता है। इसमें भी किसी त्यागी जीव की ही आत्मा है क्या?...कृष्णा ने इसे नहीं समझाया कि राज्य का विस्तार क्षत्रियों के लिए लोभ नहीं, आत्मविश्वास का विषय है?...

"और क्या भय का त्याग कर पाये वे?" श्रुतिसेन ने अपना विचार प्रकट किया, "कौरवों का राज्य नष्ट न हो, वंश की वृद्धि न रुक जाये, इस भय ने भी उन्हें कभी नहीं छोड़ा।"

"यह भय क्यों, आशंका क्यों नहीं?" द्रुपद ने पूछा, "और पुत्र, यह आशंका तो सबको होती है।"

"आशंका में मात्र दुख का भाव है।" श्रुतसेन ने उत्तर दिया, "जब आशंका भय में परिणत हो जाती है, तो भयभीत प्राणी अपने भय के कारण दूसरों को भयभीत करता रहता है।"

द्रुपद मन ही मन हँस दिये, कौन उलझे इन बालकों से। कृष्णा ने तो इन्हें पूर्ण दार्शनिक बना

रखा है। बोले, "तुम ठीक कहते हो पुत्रो! भीष्म में अपनी वचनबद्धता, युद्ध-कौशल तथा शक्ति का अहंकार तो है; किन्तु दुष्ट-दलन का क्षत्रिय तेज नहीं है। वे अपने परिवार-मोह में धृतराष्ट्र, दुर्योधन और शकुनि को कुछ नहीं कह सके। हाँ, बहुत हुआ, तो कभी कर्ण को हतोत्साहित कर दिया।" द्रुपद के स्वर में आक्रोश जागा, "पाण्डवों से प्रेम भी करते थे; यह भी मानते थे कि वे लोग सत्य और धर्म के मार्ग पर चल रहे हैं; किन्तु उन पाण्डवों की रक्षा के लिए दुर्योधन का दमन कभी नहीं किया। उस के विरुद्ध बल-प्रयोग के विषय में उन्होंने कभी सोचा भी नहीं, और नैतिक दबाव का कोई प्रभाव दुर्योधन जैसे लोगों पर होता नहीं।"

"वे इतने धर्मात्मा बनते हैं, तो न्याय क्यों नहीं कर सकते?" सुतसोम ने पुनः एक उद्दण्ड प्रश्न किया।

"तुम्हारे प्रपितामह ने राजसत्ता का त्याग तो किया; किन्तु वे उससे अनासक्त नहीं हो पाये पुत्र!" इस बार धृष्टद्युम्न ने उत्तर दिया, "वे कौरव-राज्य की चिन्ताएँ कभी नहीं छोड़ सके, इसलिए कभी पूर्ण न्याय नहीं कर सके। अनासक्ति के बिना भी कहीं पूर्ण न्याय हो सकता है?"

"हाँ! अनासक्ति मातुल!" श्रुतकर्मा उल्फुल्ल स्वर में बोला, "मातुल कृष्ण भी अनासक्ति के बहुत पक्षधर हैं।..."

धृष्टद्युम्न हँसा, "ठीक कहते हो पुत्र! तुम्हारे मातुल कृष्ण पूर्णतः अनासक्त हैं; स्वयं अपने-आप से, कुल-परिवार से, राज्य से, जाति और गौत्र से! इसीलिए तो उन्होंने सम्पूर्ण जम्बूद्वीप में कभी यादवों का राज्य स्थापित करने का प्रयत्न नहीं किया। स्वयं राजा नहीं बने, कभी दिग्विजय के लिए नहीं निकले। इतने युद्ध किये हैं उन्होंने किन्तु व्यक्तिगत लाभ कभी नहीं देखा। देखा तो केवल धर्म देखा, केवल धर्म की जय की आकांक्षा की। धर्म की उसी जय में अपने परिवार, जाति, कुल, गोत्र—किसी की चिन्ता नहीं की। उन के लिए धर्म ही सर्वप्रमुख है।"

"बात तो प्रपितामह भी धर्म की ही करते हैं।" शतानीक बोला, "उन का धर्म और मातुल कृष्ण का धर्म, एक नहीं है क्या?"

"तुम्हारे यहाँ धर्म की चर्चा तो बहुत लोग करते हैं पुत्र!" शिखण्डी के भिंचे होंठ, पहली बार कुछ सहज हुए, "द्रोण नहीं करते क्या धर्म की चर्चा, या कि कर्ण नहीं करता? व्यास, विदुर, और स्वयं तुम्हारे पिता धर्मराज! धर्म की चर्चा तो सभी करते हैं...किन्तु भीष्म और कर्ण की धर्म सम्बन्धी धारणाओं में बहुत अन्तर है। भीष्म का धर्म नितान्त व्यक्तिगत है। उसका सम्बन्ध बस भीष्म के व्यक्तिगत, उस के कुल-वंश-गोत्र और हस्तिनापुर के राज्य से है। उस के बाहर भी लोगों का धर्म और न्याय है, ऐसा भीष्म सोच भी नहीं सकता। एक व्यापक मानवीय धर्म अथवा अध्यात्म के क्षेत्र में आने वाले वैराग्यपूर्ण अनासक्त, सम्पूर्ण, समग्र धर्म की परिकल्पना, उस के मस्तिष्क में कभी नहीं समायी। इसीलिए वह हस्तिनापुर में बैठा धृतराष्ट्र, द्रोणाचार्य, दुर्योधन, शकुनि और कर्ण जैसे पापियों से समझौते करता रहा।"

"मातुल शिखण्डी बहुत कटु बोलते हैं।" श्रुतसेन के अधरों पर अबोध और निष्कलुष मुस्कान थी।

"किन्तु सत्य बोलता हूँ पुत्र!" शिखण्डी की मुस्कान में भी एक प्रकार की उग्रता थी, "अब तुम लोग प्रकृति की द्वन्द्वात्मकता देखना। जिस वंश की रक्षा के लिए, उसे नष्ट होने से बचाने के लिए, वह अधर्म और अन्याय से समझौते करता रहा है; उस वंश का संहार, उन्हीं समझौतों के कारण होगा।" उसने द्रौपदी के पाँचों पुत्रों को दृष्टि भरकर देखा, "तुम लोग मेरी बात सुनो पुत्र!

भीष्म के समझौते, उस के द्वारा अधर्म और अन्याय का यह समर्थन, एक बड़े जन-संहार का कारण बनेगा। पाण्डव तेरह वर्षों का निष्कासन पूरा कर लौटेंगे। दुर्योधन उन का राज्य उन को देगा नहीं; परिणामस्वरूप राज्य के लिए एक भयंकर युद्ध होगा। उस युद्ध का कारण युधिष्ठिर नहीं होंगे; इसी भीष्म का वह लाड़ला दुर्योधन होगा। ...दुर्योधन ही क्यों, स्वयं भीष्म होगा। जो अपने मोह और स्वार्थवश, छोटी-छोटी दुर्घटनाओं को बचाता रहा, वही इस महानाश का मूल कारण होगा। वह न्याय-पक्ष ग्रहण कर दुर्योधन का दमन करता, धृतराष्ट्र के अन्धे चक्षुहीन राज्य से प्रजा की रक्षा करता, तो कौरव-दाह की परिस्थितियाँ नहीं बनतीं।"

"तो फिर धर्म को कौन अधिक जानता है?" श्रुतकर्मा जैसे किसी निष्कर्ष पर पहुँचने का प्रयत्न कर रहा था!

"भीष्म स्वयं स्वीकार करते हैं कि धर्म को कृष्ण, उनसे कहीं अधिक जानते हैं।" द्रुपद निश्चयात्मक स्वर में बोले, "तुम्हारे पिता युधिष्ठिर भी भीष्म से कहीं बड़े धर्मज्ञ हैं। युधिष्ठिर ने अपनी मानवीय दुर्बलताओं से युद्ध कर, उन्हें पराजित किया है। उसने आनृशंसता को पहचाना है। उसमें दया और करुणा है। उस के मन में सब के लिए समान प्रेम और समता का भाव है। वह अपने तथा अपने भाइयों के प्रति कठोर हो कर भी, किसी पराये को न्याय दे सकता है। भीष्म ने कभी आनृशंसता को नहीं जाना। किसी पर दया नहीं की। वह जीवन भर क्षत्रियत्व की कठोरता और कर्त्तव्यनिष्ठा के नाम पर क्रूरता को धारण किये रहा। उसमें न तेज है, न करुणा। वह श्रेष्ठ योद्धा हो सकता है; किन्तु श्रेष्ठ मानव तो युधिष्ठिर ही है। युधिष्ठिर ने आज तक कौरवों के इस महानाश को टाला है। कष्ट सह कर, क्षति उठा कर, कौरवों के नाश को बचाया है।" द्रुपद का स्वर उत्तेजित हो उठा, "भीष्म दर्प की मूर्ति है; और युधिष्ठिर में दर्प नाम को भी नहीं है। दुर्योधन द्वारा उन की हत्या के कितने प्रयास हुए, किन्तु युधिष्ठिर के मन में न द्वेष है न प्रतिहिंसा। उसमें राजसूय यज्ञ कर लेने के पश्चात् भी अहंकार नहीं है। वह विनीत है, शिष्ट है, करुणा से युक्त है तो फिर भीष्म और कर्ण, धर्म को सबसे अधिक कैसे जान सकते हैं!"

"तो फिर हमारे पिता, हमारे प्रपितामह की इस प्रकार पूजा क्यों करते हैं, जैसे वे कोई देव-पुरुष हों?" सुतसोम ने अपने उग्र स्वर में पूछा।

"वह तुम्हारे पिता का गुण है पुत्र! तुम्हारे प्रपितामह का नहीं।" धृष्टद्युम्न ने उत्तर दिया, "कोई गंगा को मलिन करे, तो भी गंगाजल उसे स्वच्छ ही करता है।"

"मुझे तो अपने पिता का ही मन समझ में नहीं आता," सुतसोम बोला, "वे सात्विक हैं, धर्मिक हैं, न्याय उन के पक्ष में है, वे शक्तिशाली भी हैं...फिर भी वे अपने इस शत्रु, दुर्योधन का वध नहीं करेंगे।...हम कब तक उन के अत्याचारों को सहन करें मातामह?"

"अब और सहन करने की आवश्यकता नहीं है पुत्र!" शिखण्डी ओजस्वी स्वर में बोला, "पाप का घट पूर्ण हुआ। अब सारे पापी दण्डित होंगे...दुर्योधन और धृतराष्ट्र भी, उनके रक्षक द्रोण और भीष्म भी। इनमें से किसी को भी क्षमा नहीं किया जायेगा।" द्रुपद जानते थे, शिखण्डी ने सबके मन की बात कही थी; किन्तु वह तो भविष्य में होना था। सामने वर्तमान था। कठोर वर्तमान! तेरह वर्षों तक इन बच्चों को अपने माता-पिता से विलग रहना था। जब तक ये अपने माता-पिता से मिलेंगे, ये इतने बड़े हो चुके होंगे कि माता के आँचल के स्थान पर किशोरियों के कटाक्ष इन्हें अधिक

आकर्षक लगेंगे...बेचारी कृष्णा! वह तो अपने पुत्रों से ऐसी वियुक्त हुई कि...

"पुत्रो, तुम्हारी माता तुम्हारे साथ नहीं है, किन्तु यह उसी का घर है। उसने अपना सारा शैशव एवं कैशोर्य इसी प्रासाद में व्यतीत किया है। तुम इसे अपना ही घर समझ कर यहाँ रहो...।"

"किन्तु मातामह!" श्रुतकर्मा ने उन्हें रोक दिया, "माता ने तो कहा था कि इसे अपना घर नहीं समझें।"

द्रुपद ही नहीं; धृष्टद्युम्न और शिखण्डी भी चौंक उठे। यह कृष्णा ने क्या समझाया अपने पुत्रों को?...

"क्या कहा था तुम्हारी माता ने पुत्र?" द्रुपद ने संयत हो कर पूछा।

"माँ ने कहा था, यह वनवास तो एक व्याज मात्र है पुत्र!" श्रुतकर्मा ने अपनी माता के शब्दों को दोहराया, "वैसे भी तुम लोगों की अवस्था गुरुकुल में जाने की है। क्षत्रिय राजकुमार बारह वर्षों तक गुरु-गृह में रह कर तपस्यापूर्वक शिक्षण प्राप्त करते हैं। तुम अपने मातामह के घर जा रहे हो, किन्तु उसे अपना घर नहीं गुरु-गृह ही समझना। तुम्हारे मातमह वहाँ कुलपति हैं। वे तुम्हारे प्रति कठोर नहीं हो सकेंगे।...किन्तु तुम्हारे गुरु होंगे मातुल धृष्टद्युम्न और शिखण्डी। वे कठोर अनुशासन को मानने वाले गुरु हैं। उन के प्रशिक्षण-काल में जितना स्वेद बहाओगे, युद्ध-क्षेत्र में उतना रक्त कम बहेगा। यदि स्वेद बचाओगे, तो रक्त बहाना पड़ेगा पुत्र! इसलिए अपने गुरुओं का कठोर अनुशासन सहन करना, श्रम करना और अपने को श्रेष्ठ योद्धा बना कर उस गुरु-कुल से लौटना। न अपने पिता का नाम कलंकित करना, न मेरे पिता को लज्जित करना।"

द्रुपद की आँखें भर आईं...उन की पुत्री, उनकी अपेक्षा से कहीं अधिक तेजस्विनी थी। वह सचमुच अग्नि-कुण्ड से उत्पन्न हुई थी...

"तो ठीक है पुत्र! कल से तुम्हारा शिक्षण आरम्भ हो!" द्रुपद बोले, "तुम शस्त्र-शिक्षा अपने मातुल-द्वय से लोगे। तुम्हारे प्रशिक्षक होंगे, पांचालों के श्रेष्ठतम शस्त्र-ज्ञाता; किन्तु पुत्र, तुम्हें शास्त्र का ज्ञान भी होना चाहिए। श्रेष्ठ और विद्वान ब्राह्मण तुम्हें शास्त्र का ज्ञान देंगे, ताकि तुम्हारा ज्ञान और चारित्र्य—दोनों विकसित हो सकें।"

14

"माँ गन्दी! माँ गन्दी! माँ गन्दी! ! !"

कृष्ण के पग थम गये। अभिमन्यु अपनी माँ से रुष्ट हो गया लगता था। वह अपना क्रोध दिखा रहा था और सुभद्रा खड़ी हँस रही थी।

"क्या बात है अभि! यह सहसा, संसार की सर्वश्रेष्ठ माता, इस प्रकार गन्दी कैसे हो गयी?"

"नहीं बोलूँगा! माँ से भी नहीं बोलूँगा। मातुल से भी नहीं बोलूँगा।" अभिमन्यु क्रोध में उसी प्रकार बोलता जा रहा था।

कृष्ण ने आगे बढ़ कर, उसे गोद में उठा लिया। मुक्त होने के लिए, वह बहुत छटपटाया; किन्तु कृष्ण की भुजाओं से मुक्त नहीं हो पाया।

"बिना कारण बताये, मातुल से रुष्ट होना तो कोई अच्छी बात नहीं है।" कृष्ण ने उसे गुदगुदाया, "झगड़ा माँ से हुआ, और क्रोध मातुल पर उतार रहे हो!"

"तो फिर माँ क्यों नहीं बतातीं कि चक्रव्यूह से कैसे बाहर निकला जाता है?"

"चक्रव्यूह!" कृष्ण कुछ विस्मित से हो कर बोले, "मैं तो समझ रहा था कि माँ-बेटे का झगड़ा, खेलने, खाने या घूमने जाने के संदर्भ में हो रहा होगा; किन्तु यहाँ तो कोई महासमर हो रहा है।"

"छोड़िए भैया! यह तो ऐसे ही करता रहता है।" सुभद्रा ने आगे बढ़ कर अभिमन्यु को अपनी भुजाओं में ले लेना चाहा, "इसे दो कौर खिलाने के लिए भी, किसी युद्ध-प्रसंग की चर्चा करनी पड़ती है। या तो किसी शस्त्र का वर्णन करना पड़ता है, या किसी व्यूह का।"

"यह तो बड़े उत्तम शिष्य के लक्षण हैं।" कृष्ण हँसे, "तुम्हारा पुत्र तो अभी से किसी महान् युद्ध-विशारद के लक्षण लिये हुए है। लगता है, इसे विद्या-दान कर इस का गुरु धन्य हो जायेगा।"

"इस के गुरु तो आप ही हैं भैया!"

"तो मुझे धन्य होने में क्या आपत्ति है।" कृष्ण बोले।

"मातुल! माँ से बातें मत करो।" अभिमन्यु ने कृष्ण के चेहरे को अपनी नन्ही हथेली से अपनी ओर घुमा लिया, "मुझे बताओ कि चक्रव्यूह से बाहर कैसे निकला जाता है।"

"अभि! मातुल से ऐसे बातें नहीं करते।" सुभद्रा ने कठोर स्वर में कहा।

"तो कैसे करते हैं?" अभिमन्यु ने कुछ चकित हो कर पूछा।

"कहो 'मुझे बताइए,' 'मुझे सिखाइए'। 'मुझे बताओ' क्या होता है। मातुल तुम्हारे बराबर के मित्र हैं क्या?"

"भई! मातुल तुम्हारे मित्र तो हैं; किन्तु बराबर के नहीं।" कृष्ण एक आसन पर बैठ गये और उन्होंने अभिमन्यु को अपने सामने बैठा लिया, "यही तो कठिनाई है मित्र अभि! कि तुम जानना चाहते हो व्यूह के विषय में, और तुम्हारी माता बता रही है व्याकरण के विषय में। पहले व्याकरण के व्यूह से निकलो तो चक्रव्यूह की चर्चा हो। किन्तु, तुम चक्रव्यूह के विषय में क्यों जानना चाहते हो?"

"जब मैं चक्रव्यूह में प्रवेश कर गया हूँ। वहाँ शत्रुओं से युद्ध कर रहा हूँ, तो क्या मुझे बाहर नहीं निकलना है?" अभिमन्यु ने कुछ क्रोध से पूछा।

"शत्रुओं को मार दो और फिर बाहर निकल आओ।" कृष्ण हँसे।

"बाहर निकलना आयेगा तभी तो शत्रुओं को मार पाऊँगा।"

कृष्ण क्षण भर रुक कर बोले, "तुम्हें व्यूह से बाहर निकलना नहीं आता, तो तुमने व्यूह में प्रवेश ही क्यों किया मित्र?" वे हँसे, "कुछ धैर्य रखते। पहले माँ से, बाहर निकलने की युक्ति सीख लेते, तब प्रवेश करते।"

अभिमन्यु सकपका गया...उसने ऐसे प्रश्न के विषय में तो सोचा ही नहीं था...किन्तु मातुल के प्रश्न के उत्तर में, उसे मौन तो नहीं रह जाना था। बोला, "मैंने सोचा था कि मुझे माँ बाहर निकाल लायेगी।"

"तो तुम माँ के भरोसे चक्रव्यूह में प्रवेश करोगे?"

"माँ तो कहती हैं कि मैं उन के भरोसे वृक्ष पर चढ़ जाऊँ, तैरने के लिए जल में उतर जाऊँ,

और अश्वारोहण के लिए, अश्व पर आरूढ़ हो जाऊँ।"

"वह सब तुम्हारी माँ को आता है।" सुभद्रा बोली, "चक्रव्यूह से बाहर निकलना नहीं आता!"

इस बार कृष्ण चकित रह गये, "यह क्या सुभद्रा! तुम कहो कि तुम अश्वारूढ़ तो हो सकती हो, किन्तु नीचे नहीं उतर सकतीं, तो कौन विश्वास करेगा?"

सुभद्रा हँस पड़ी, "वह ऐसा है भैया! कि जब मैं गर्भवती थी, और मेरी अधिक गतिविधि नहीं रह गयी थी, तो धनंजय मेरे मनोरंजन के लिए, कभी-कभी विभिन्न व्यूहों के विषय में बताया करते थे। आप ऐसे समझ लीजिए कि चौपड़ न खेल कर, हम लोग व्यूह-रचना का खेल खेला करते थे। एक दिन उन्होंने मुझे चक्रव्यूह के विषय में बताया था; किन्तु संयोग से बात पूरी हो नहीं सकी। मुझे ऊँघते देख कर, उन्होंने अपनी बात अधूरी छोड़ दी। न भी छोड़ते, तो मैं ग्रहण न कर पाती। मैं लगभग सो ही चुकी थी।...फिर कभी चर्चा ही नहीं हुई।...जाने मैं क्यों अभि को चक्रव्यूह के विषय में बताने बैठ गयी...।"

"गुरु को अपने अधूरे ज्ञान से तो शिष्य की शिक्षा आरम्भ नहीं कर देनी चाहिए।" कृष्ण मुस्कराये।

मैं कौन-सा इसे युद्ध ज्ञान दे रही थी।" सुभद्रा बोली, "मैं तो इसे बहलाने का प्रयत्न कर रही थी। कोई कथा न सुनाकर, चक्र-व्यूह का प्रवेश आरम्भ कर दिया..."

"अच्छा अभि! चक्रव्यूह से निकलना, तुम्हें मैं सिखा दूँगा।...किन्तु ऐसे नहीं जैसे तुम्हारी माँ कथा-कहानी के रूप में सिखाती है।" कृष्ण बोले, "हम सैनिकों के स्थान पर श्वेत पत्थर और अश्वों के स्थान पर काले पत्थर नहीं रखेंगे। मैं तुम्हें सिखाऊँगा तो सैनिकों, अश्वों और वास्तविक रथों के साथ ही सिखाऊँगा। इसलिए शीघ्रता मत मचाना।...हम एक-एक कर, सारे व्यूहों का ज्ञान प्राप्त करेंगे। पहले सरल व्यूहों का, फिर जटिल व्यूहों का। इसी क्रम में अवसर आयेगा, हम चक्रव्यूह भी सीखेंगे।...पर एक बात बताओ, कि चक्रव्यूह से निकलना, तुम्हारे लिए इतना महत्त्वपूर्ण क्यों है?"

"मुझे युद्ध करना है मातुल!" अभिमन्यु ने कृष्ण के कान में कहा, "वह जो नीच दुर्योधन है, उसका वध करना है। उसने हमारे साथ जो अत्याचार किया है, उस का प्रतिशोध लेना है।"

अवाक् कृष्ण, अभिमन्यु को देखते रहे : इतना छोटा-सा बालक, कैसी-कैसी बातें करता है, "तुम्हें यह सब किसने सिखाया है अभि! तुम्हारी माता ने?"

"नहीं! भैया सुतसोम कहते थे। वे कहते थे कि वे दुर्योधन को वैसे ही चीर देंगे जैसे, पितृव्य भीम ने पापी जरासंध को चीरा था।"

"और यदि कहीं, कोई युद्ध ही न हुआ तो?"

"युद्ध हो न हो, हमें जो काम करना है वह तो करना ही है।" अभिमन्यु ने उत्तर दिया।

"तुम अपना काम अवश्य करोगे अभि!" कृष्ण का स्वर गम्भीर हो गया था।

"चक्रव्यूह मातुल?"

"अवश्य सिखाऊँगा।" कृष्ण बोले, "किन्तु अपनी योजना के अनुसार!"

कृष्ण के आश्वासन से अभिमन्यु पूर्णतः सन्तुष्ट हो गया लगता था। उसने और हठ नहीं की।...हठ न करने का एक कारण यह भी था कि उस समय अकस्मात् ही उसे अपने कुछ मित्रों का स्मरण हो आया था। अब माँ और मातुल उसके लिए अनावश्यक हो गये थे। उन के पास बैठ कर,

वह क्या करता? वह बहुत शीघ्रता में उन्हें वही बैठा छोड़, बाहर भाग गया था।

"कभी-कभी सोचती हूँ भैया!" अभिमन्यु के जाने के पश्चात् सुभद्रा बोली, "प्रतिविंध्य से इस नन्हे अभिमन्यु तक पाण्डवों के सारे पुत्र, अपने शत्रुओं से प्रतिशोध लेने के लिए व्यग्र हो रहे हैं, और समय आने पर कहीं, धर्मराज ने इन्हें युद्ध की अनुमति नहीं दी तो?"

कृष्ण ने लीलामयी मुस्कान से सुभद्रा की ओर देखा, "तुम तो अभी तक पगली की पगली हो, सुभद्रे!"

"क्यों, इसमें पगली होने की क्या बात है भैया!" सुभद्रा ने सहज भाव से उत्तर दिया, "किसे यह ज्ञात नहीं कि धर्मराज किसी भी स्थिति में युद्ध करना नहीं चाहते?"

"दुर्योधन की मृत्यु धर्मराज की इच्छा के अधीन नहीं है।" कृष्ण बोले, "वह उस के अपने कर्मों के अधीन है। आततायी अपने पाप से मारा जाता है सुभद्रे! यदि धर्मराज ने युद्ध नहीं भी किया, तो दुर्योधन और उसके मित्रों का वध मेरे हाथों होगा। धरती उन का बोझ, अब बहुत दिनों तक नहीं सह सकती।"

सुभद्रा ने उत्फुल्ल नेत्रों से कृष्ण की ओर देखा, "सच कह रहे हो भैया?"

"एकदम सच!" कृष्ण बोले, "मैंने तो काम्यक वन में भी कहा था।"

"मैंने समझा, वह आपने पांचाली को सान्त्वना देने मात्र के लिए कहा था।"

"तुम्हारा यह भाई कभी किसी को झूठी सान्त्वना तो नहीं देता।..."

सुभद्रा कुछ क्षणों तक, प्रशंसापूर्ण भाव से कृष्ण की ओर देखती रही; फिर बोली, "ऐसा क्यों नहीं हो सकता कि पाण्डव अपने धर्म के निर्वाह के लिए वन में ही रहें, और यादव हस्तिनापुर पर आक्रमण कर दुर्योधन का वध कर दें?"

कृष्ण गम्भीर मुद्रा में मौन खड़े रहे। फिर बोले, "आज तक यह योजना किसी ने बनायी नहीं। यादवों के राजा उग्रसेन हैं और उन की नेता, सुधर्मा सभा...किन्तु तुम जानती हो, महाराज उग्रसेन के पास अपनी कोई बहुत बलशाली सेना नहीं है; क्योंकि युद्ध उन की प्रवृत्ति नहीं है। यादव सेना, या तो स्वतन्त्र रूप से युद्ध करने वाले अतिरथियों तथा महारथियों का महासंघ है; अथवा द्वारका के प्रधान लोगों की अपनी निजी सेनाओं का संगठित रूप।...इसलिए यादव सेना, सामूहिक रूप से किसी ऐसे युद्ध का आयोजन नहीं कर सकती, जिसमें द्वारका अथवा सारे यादवों का सामूहिक हित न हो।"

"तो क्या कौरवों को दण्डित करने में सारे यादवों की सामूहिक रुचि नहीं होगी?"

"नहीं!"

सुभद्रा चौंक उठी "यादवों में ऐसा कौन है, जो कौरवों को उनके दुष्कृत्यों का दण्ड नहीं देना चाहेगा?"

"इसमें आश्चर्य की कोई बात नहीं सुभद्रे!" कृष्ण शान्त भाव से बोले, "यादवों में अब अनेक ऐसे लोग हैं, जो धर्म और न्याय के लिए नहीं लड़ते; स्वार्थ और लोभ के लिए लड़ते हैं। वे मानते हैं कि संसार में अनेक स्थानों पर अधर्म, अन्याय और अत्याचार होता रहता है। उन सबसे लड़ना हमारा ही दायित्व क्यों है। इसलिए हम अपना रक्त वहीं बहायेंगे, जहाँ हमारा कोई अहित हो रहा हो। वे यह भूल जाते हैं कि आज जो अन्याय बहुत दूर तक दिखायी देता है, रोका न जाये तो कल हमारे द्वार पर आ जायेगा। वे कौरवों-पाण्डवों के पारिवारिक संघर्ष में अपना कोई दायित्व नहीं देखते।..."

"यह तो उचित नहीं है भैया!"

"हाँ! उचित तो नहीं है।" कृष्ण बोले, "क्योंकि जिस क्षण से उन्होंने धर्म-युद्ध त्याग दिया है, उसी समय से अधर्म उनकी जड़ों को खोखला करने में लग गया है। यह अधर्म उनके अस्तित्व को लील जायेगा। प्रकृति अकर्मण्यता की कभी रक्षा नहीं करती।"

"भैया! आप अपनी नारायणी सेना के बल पर कौरवों को दण्डित नहीं कर सकते?"

"बहुत आतुर हो, कौरवों को दण्डित करने के लिए?" कृष्ण मधुर भाव से मुस्करा रहे थे, "किन्तु मेरे मार्ग मे भी कुछ बाधाएँ हैं सुभद्रे!"

"क्या भैया?"

"सर्वप्रथम धर्मराज युधिष्ठिर का धर्म, मेरा मार्ग रोके खड़ा है। वे नहीं चाहते कि तेरह वर्षों से पूर्व, हम कोई युद्ध करें; और...।" कृष्ण कुछ रुके, "और तुम जानती हो सुभद्रे। द्वारका में भी प्रत्येक व्यक्ति मेरे साथ ही हो, ऐसा नहीं है। मतभेद तो होते ही रहते हैं। स्यमन्तक मणि की घटना में मतभेद हुए, तुम्हारे हरण और विवाह को ले कर मतभेद हुए।..."

"हाँ! हुये तो।" सुभद्रा बोली।

"अब यदि कौरवों-पाण्डवों के संघर्ष में यादव अनुपस्थित रहते हैं, तो सारे यादव संगठित दिखायी देते हैं; किन्तु यदि मैं अपनी सेना के साथ, कौरवों के विरुद्ध खड़ा होता हूँ, तो बहुत सम्भावना है कि यादव महारथी और उनकी सेनाएँ, दुर्योधन के पक्ष में जा खड़ी हों।"

"केवल आप का विरोध करने के लिए?"

"नहीं, मुझे अपनी मनमानी करने से रोकने के लिए।" कृष्ण हँस रहे थे; किन्तु उस हँसी में उन की चिन्ता साफ-साफ सुनायी पड़ रही थी।

"द्वारका में आप के इतने विरोधी उत्पन्न हो गये?" सुभद्रा के स्वर में आश्चर्य भी था और विषाद भी!

"नहीं, ऐसा भी नहीं है।" कृष्ण बोले, "द्वारका में मेरे विरोधी नहीं हैं। वे लोग मुझसे प्रेम करते हैं। मेरी रक्षा के लिए, वे अपने प्राण दे देंगे; किन्तु मुझे वे अपनी इच्छानुसार चलाना चाहते हैं...।"

"यह उन का प्रेम है या आधिपत्य?"

कृष्ण हँसे, "मेरे स्वतन्त्र निर्णयों को वे मेरी मनमानी मानते हैं...इसलिए मेरा साथ नहीं दे सकते। और तो और, स्वयं भैया बलराम भी मुझे ऐसी स्वतन्त्रता नहीं देना चाहते।...इसलिए सोचता हूँ कि कहीं ऐसा न हो कि मैं पाण्डवों का पक्ष लेकर लड़ने जाऊँ और परिणामस्वरूप, एक ओर यादवों की एकता भंग हो जाये...और दूसरी ओर यादवों में पाण्डवों के शत्रु उत्पन्न हो जायें, जो युद्ध में पाण्डवों के विरुद्ध जा खड़े हों। उससे दुर्योधन का पक्ष और सबल हो सकता है। संसार में ऐसे लोगों की कमी नहीं सुभद्रे! जो अपने विरोधी के प्रत्येक मित्र को, अपना विरोधी मान, उस के शत्रु हो जाते हैं।"

"तो?"

"तो क्या!" कृष्ण हँसे, "सावधानी बरतनी होगी।"

"आप तो नारायणी सेना का उपयोग करने में भी स्वतन्त्र नहीं दीखते भैया!" सुभद्रा चिन्तित थी, "पाण्डवों की सहायता कैसे करेंगे?"

"तू चिन्ता मत कर पगली!" कृष्ण ने लाड़ से उसके सिर पर हाथ रखा, "धर्म सबल भी है और स्वतन्त्र भी। उस का मार्ग कोई नहीं रोक सकता।"

"फिर भी!" सुभ्रदा बोली, "धर्म को उपकरणों की आवश्यकता तो होती ही होगी। शून्य में विचरण करने वाली वायवीय विचार-तरंगे साकार होकर युद्ध तो नहीं कर सकतीं।"

"तुम ठीक कहती हो सुभद्रा!" कृष्ण, शान्त किन्तु गम्भीर थे, "किन्तु हमें यह भूलना नहीं चाहिए कि जिस समय कंस ने हमें मथुरा बुलाया था, उस समय हमारे पास कोई राज्य नहीं था! कोई शस्त्र भी नहीं था। एक मैं था और एक भैया बलराम; और दूसरी ओर जरासंध की सारी शक्ति कंस के रूप में सामने विद्यमान थी। फिर भी धर्म का मार्ग कोई नहीं रोक पाया।"

सुभद्रा को अपने भाई के आत्मबल पर गर्व हुआ, किन्तु उस की चिन्ता पूर्णतः दूर नहीं हो रही थे, "किन्तु अब तो शायद बलराम भैया भी आप के साथ नहीं हैं।..."

"नहीं! सर्वथा ऐसा नहीं है। वे मेरे साथ तो हैं; किन्तु पूर्णतः मेरे साथ ही नहीं हैं—वे कुछ और लोगों के साथ भी हैं।" कृष्ण बोले, "किन्तु तुम यह क्यों भूलती हो कि पाण्डव मेरे साथ हैं। युयुधान, सात्यकि मेरे साथ हैं। मेरे पुत्र साथ हैं।"

"आप कितने अकेले हो गये हैं भैया, मैं सोचती थी... ।"

कृष्ण ने सुभद्रा की ओर देखा...उस के चेहरे पर स्पष्ट संकोच था...जो कुछ उस के मन में था, उस का विवेक उसे जिह्वा तक आने से रोक रहा था।

"क्या बात है सुभद्रे?"

"कह दूँ?"

"क्यों नहीं कहोगी?"

"मेरे मन ने भैया! आप के व्यक्तित्व के साथ एक प्रकार के देवत्व को जोड़ रखा था।" सुभद्रा धीरे से बोली, "मैं कल्पना भी नहीं कर सकती थी कि उस देवत्व की, उस अलौकिक सत्ता की, कोई अवहेलना भी कर सकता है... ।"

"और अब?"

"अब लगता है कि इतने लोग, उस देवत्व की अवहेलना कर रहे हैं...मेरा अनुमान असत्य था? वह मेरा भ्रम था?..."

"जो मानना चाहे, मान ले।" कृष्ण के अधरों पर पुनः वही लीलामयी मुस्कान आ गयी थी।

"नहीं! आप बतायें भैया! क्या देवत्व की अवहेलना सम्भव है? वह देवत्व ही क्या रहा, जिसकी अवहेलना कोई भी कर सकता है। मनुष्य, ईश्वर की अवहेलना, उपेक्षा तथा विरोध में समर्थ हो जाये, तो ईश्वर का ईश्वरत्व कैसा?"

कृष्ण गम्भीर हो गये, "ईश्वर की अवहेलना कोई नहीं कर सकता। उस की इच्छा का विरोध नहीं हो सकता।"

"तो फिर अब क्या है भैया?"

"मनुष्य जब पीड़ित होता है, दुखी होता है, प्रवंचित और प्रताड़ित होता है, तो उसमें न्याय, धर्म, समता, त्याग, बलिदान इत्यादि की आकांक्षा प्रबल रूप से जागती है। यह आकांक्षा उस के मन से अन्याय, अत्याचार, भोग इत्यादि के भावों को निष्कासित कर देती है। उस के रजोगुण और

तमोगुण तिरोहित हो जाते हैं; शेष रहता है केवल सतोगुण! उस का सत्व उसे पवित्र बनाता है। उस के भीतर का सत्व, बाहर के सत्व की ओर आकृष्ट होता है। देवत्व उसे आकर्षित करता है। वह ईश्वर के निकट होता जाता है...किन्तु जब वह स्वतन्त्र और समर्थ हो जाता है, संसार का भोग उसके पास संचित होता है, धन-संपत्ति आ जाती है; तो उसके साथ-साथ रजोगुण और तमोन्मुखी रजोगुण संचित होने लगते हैं। सत्व बहिष्कृत और निष्कासित होने लगता है। अपने भीतर सत्व न हो तो, मनुष्य सत्व की ओर आकृष्ट भी नहीं होता। ऐसे में त्याग, समता और न्याय के प्रति आकर्षण समाप्त हो जाता है। देवत्व से मनुष्य को भय लगने लगता है, क्योंकि देवत्व भोग, संचय और आधिपत्य का समर्थन नहीं करेगा।..."

"तो यादवों के मन में अब सत्य के प्रति आकर्षण नहीं रहा?" सुभद्रा ने पूछा।

"धन, शक्ति और सत्ता का मद, व्यक्ति को सात्विक कैसे रहने दे सकता है सुभद्रे।" कृष्ण बोले, "देवत्व उन्हें प्रिय था, क्योंकि वह उन के शत्रुओं का दमन कर, उन्हें त्याग सिखा रहा था। शत्रुओं के दमन और त्याग से यादवों को लाभ हो रहा था, उन्हें सांसारिक उपलब्धियाँ हो रही थीं। अब वही देवत्व, उनसे त्याग और आत्म-दमन की अपेक्षा कर रहा है।...तो उन्हें वह देवत्व कैसे प्रिय हो सकता है?"

"तो यह ईश्वर की अवहेलना ही तो हुई!" सुभद्रा बोली।

"नहीं! ये आकर्षण और विकर्षण के प्राकृतिक नियम मात्र हैं, जो स्वयं ईश्वर की इच्छा से परिचालित होते हैं। इस आकर्षण तथा विकर्षण के माध्यम से भी ईश्वर की इच्छा का पालन हो रहा है।" कृष्ण बोले, "इसीलिये वंचित को अधिकार दिलाने वाला 'देवत्व', अपनी विजय-वेला में ही अपने अनुयायियों के लिए अनावश्यक हो जाता है। क्रमशः वह अपने सहयोगियों तथा अनुचरों के मध्य पूर्णतः अकेला हो जाता है।..."

"तो क्या पाण्डव भी अपनी विजय के पश्चात् आपको छोड़ देंगे?"

"यह तो इस पर निर्भर करता है कि पाण्डव अपने स्वार्थ के कारण मेरे साथ हैं अथवा मेरे प्रेम के कारण!.."

किसी के आने की आहट हुई और कृष्ण ने मुड़ कर देखा : द्वार पर खड़ा उद्धव मुस्कराने का प्रयत्न कर रहा था।

"आओ मित्र! बड़े अवसर से आये। यह सुभद्रा आज बड़े शास्त्रार्थ की मुद्रा में है। इस की समस्याओं का समाधान करो!" कृष्ण ने उसका स्वागत किया, "क्या बात है, तुम मुस्कराने का प्रयत्न कर रहे हो; किन्तु मुस्करा नहीं रहे?"

"आइए भैया! पहले बैठिए तो। मैं आप के लिए जल लाती हूँ।" सुभद्रा ने एक आसन प्रस्तुत किया, "सम्भव है, बैठ कर मुस्कराने में कुछ सुविधा हो जाये।"

उद्धव बैठ गया; किन्तु उस के चेहरे से विषाद के लक्षण पूर्णतः धुल नहीं पाए।

"बोलो!"

"अभ्यास-क्षेत्र में आज कृतवर्मा और सात्यकि का कुछ अधिक ही झगड़ा हो गया।" उद्धव ने धीरे से कहा, "मेरी समझ में नहीं आता कि इन लोगों को क्या हो गया है। न तो ये लोग एक-दूसरे से दूर रहते हैं, और न निकट आ कर शान्त रह पाते हैं।"

"झगड़ा किस बात पर हुआ?" कृष्ण ने पूछा।

"बात तो कोई विशेष नहीं थी।" उद्धव ने उत्तर दिया, "कृतवर्मा ने कहा था कि लोग अपने धर्म का आचरण नहीं कर रहे, और सात्यकि ने कह दिया, तुम तो धर्म पर ही चलते हो न। सत्राजित के वध और स्यमन्तक मणि को चुराने में शतधन्वा की सहायता करना, तुम्हारा धर्म ही तो था।' कृतवर्मा न तो सात्यकि की बात सहन नहीं कर पाया, और न अपराध स्वीकार कर सका। वह क्रोध में आपे से बाहर हो गया, जैस उसे कोई उन्माद हो गया हो। बोला, 'युयुधान अपने-आप को बहुत धर्मात्मा समझता है; किन्तु उसे उसकी वास्तविकता ज्ञात है, किसी दिन वह उस के पापों का भण्डाफोड़, सुधर्मा सभा के बीच करेगा...'।"

"उसने युयुधान पर कोई आरोप भी लगाया?"

"नहीं! कोई विशिष्ट आरोप तो नहीं लगाया, बस यही कहता रहा कि सात्यकि अहंकारी है, स्वयं को बहुत धर्मात्मा मानता है, जैसे धर्म उसी के बल पर टिका हो। शेष सबको तो नीच और पापी समझता है। कृष्ण ने उसे सिर पर चढ़ा रखा है। वह भी कृष्ण को प्रसन्न करने के लिए, उसकी चाटुकारिता करता रहता है। अर्जुन से धनुर्विद्या क्या सीख आया है, स्वयं को द्रोणाचार्य ही समझने लगा है। किसी दिन शस्त्र निकल आये, तो वह सात्यकि को समझा देगा कि योद्धा किसे कहते हैं।...इत्यादि...।"

"वह युयुधान पर कोई आरोप लगा भी नहीं सकता। उस का चरित्र, निर्धूम अग्नि है।" कृष्ण बोले, "किन्तु इन दोनों का पारस्परिक विरोध कहीं यादवों के लिए संकट न बन जाये।"

"जब ये एक-दूसरे को सहन नहीं कर पाते, तो एक-दूसरे से मिलते ही क्यों हैं?" सुभद्रा जल के साथ कुछ भोजन सामग्री भी ले आयी थी, "दूर-दूर रहेंगे, तो न अपनी शान्ति भंग करेंगे, न दूसरों के लिए संकट खड़ा करेंगे।"

"एक ही समाज के अंग हैं। दोनों के सम्बन्धी, मित्र, सहयोगी--सब इसी समाज में हैं। कहीं-न-कहीं तो साक्षात्कार होता ही रहेगा!" कृष्ण बोले।

"ऐसी ही बात है तो परस्पर झगड़ा आवश्यक है क्या?" उद्धव ने कहा, "जितना आवश्यक हो, उतना वार्तालाप करें और अपने-अपने स्थान पर प्रसन्न रहें।"

"यही तो कठिनाई है।" कृष्ण धीरे से बोले, "कृतवर्मा झूठे वाग्जाल में जीता है। वह ऊँचे-ऊँचे आदर्शों की बातें करेगा, धर्म और अध्यात्म की डींग हाँकेगा, दूसरों के प्रति अपने प्रेम और स्नेह का अतिरंजनापूर्ण बखान करेगा।...और दूसरी ओर सात्यकि है कि मिथ्या वाक्य सुनते ही भड़क उठता है, अपना नियन्त्रण खो देता है और कटु सत्य उगलने लगता है। मुझे भय है कि इन का यह वाक्-युद्ध किसी दिन शस्त्र-युद्ध में परिणत न हो जाये।"

"आप इन्हें समझाते क्यों नहीं भैया?" सुभद्रा बोली, "आपसे दोनों ही प्रेम करते हैं।"

"मुझसे प्रेम तो दोनों करते हैं; किन्तु कृतवर्मा का प्रेम भय पर आधृत है, और सात्यकि का सम्मान तथा श्रद्धा पर।"

"आप कृतवर्मा का भय दूर नहीं कर सकते भैया?" सुभद्रा ने पूछा, "उसे अभय नहीं दे सकते?"

"मेरी ओर से प्रयत्न में कोई कमी नहीं है।" कृष्ण ने उत्तर दिया, "स्यमन्तक मणि के प्रसंग में,

न केवल मैंने उसे क्षमा कर दिया था; उसे पूर्णतः आश्वस्त करने के लिए, चारुमती का विवाह उस के पुत्र से कर दिया। अपने अपराधी को समधी का सम्मान दिया। मैंने तो क्षमा कर दिया, किन्तु न तो कृतवर्मा अपने भय को जीत पाया, न सात्यिकी ही उसे क्षमा कर सका...कदाचित् वह उसे क्षमा कर भी नहीं पायेगा...।"

"क्यों? तुमने क्षमा कर दिया, तो सात्यकि क्यों क्षमा नहीं कर सकता?" उद्धव के स्वर में हल्का-सा विरोध था।

"अपने प्रति किया गया अपराध तो सात्यकि फिर भी क्षमा कर सकता है; किन्तु मेरे अपराधी को क्षमा करना उस के वश का नहीं है।" कृष्ण हँसे, "कृतवर्मा सात्यकि को इस प्रेम के लिए क्षमा नहीं कर सकता।"

"किसी के प्रेम से ईर्ष्या का क्या अर्थ?" सुभद्रा ने आपत्ति की, "वह भी आपसे वैसा ही प्रेम कर सकता है।"

"कृतवर्मा स्वयं को, अपने-आप को इतना प्रेम करता है, कि वह किसी और से प्रेम कर ही नहीं सकता।" कृष्ण बोले, "बस, प्रेम का प्रदर्शन कर सकता है।"

"तो?" उद्धव कोई आश्वस्ति माँग रहा था।

"किसी की प्रकृति तो बदली नहीं जा सकती।" कृष्ण बोले, "न सात्यकि की, न कृतवर्मा की... किन्तु मेरा प्रयत्न है कि उनका यह पारस्परिक विरोध, यादवों के लिए कोई बड़ा संकट उत्पन्न न करे।... द्वारका की भूमि पर, वे एक-दूसरे से लड़ न पायें।"

"और युद्ध करने के लिए वे द्वारका की भूमि त्याग कर, कहीं और तो जायेंगे नहीं।" उद्धव निश्चिन्त होने का कोई मार्ग खोज रहा था।

"मैं समझती थी कि पारस्परिक वैर-विरोध, कौरवों में ही है; हमारी द्वारका, उससे सर्वथा मुक्त है।" सुभद्रा अपना क्षोभ छिपा नहीं पा रही थी।

15

"क्या बात है युधिष्ठिर! तुम्हारे आश्रम में सहज सात्विक उल्लास दिखायी नहीं देता?" महर्षि वेदव्यास, अपने मन का आनन्द, युधिष्ठिर के मन में जगाने का प्रयत्न कर रहे थे।

और युधिष्ठिर सोच रहे थे : पाण्डव यद्यपि वन में निवास कर रहे थे, वल्कल और मृग-चर्म धारण कर रहे थे; फिर भी उनका जीवन तपस्वियों का-सा तपस्यापूर्ण, शुष्क तथा नीरस नहीं था। धृष्टद्युम्न, धृष्टकेतु तथा कृष्ण के आ जाने से, वन में समारोह-सा हो गया था। वहाँ इतने लोग थे, इतना आवागमन था, निरन्तर विचार-विमर्श चल रहा था, विविध प्रकार की गतिविधियाँ थीं; तथा नित नूतन कार्यक्रम चलते रहते थे...ऐसे में उनका जीवन, तपस्या और साधना का जीवन हो ही कैसे सकता था।...किन्तु, अब जैसे उस समारोह का अवसान हो गया था। कृष्ण, धृष्टद्युम्न, धृष्टकेतु तथा अन्य लोग जा चुके थे। पाण्डव-पत्नियाँ, अपने पुत्रों को ले कर, अपने-अपने मायके चली गयी थीं। धौम्य मुनि अपनी तपस्या में रम गये थे; और पाण्डव अन्तर्मुखी हो, जैसे अपने-अपने

भीतर झाँकने, आत्मविश्लेषण करने का प्रयत्न कर रहे थे...

अब वह सन्नाटा टूटा था, महर्षि के आगमन से। वे अपनी नियमित यात्रा पर निकले हुए थे; और अपनी यात्राओं में वे कहीं भी, किसी भी दिशा में जा सकते थे।...पाण्डवों को स्मरण था कि महर्षि अपनी इसी प्रकार की यात्राओं के कारण, उन्हें हिडिम्ब वन में भी आ मिले थे।...

"हाँ महर्षि!" युधिष्ठिर अपने भीतर चल रहे संवाद से उबरे, "वासुदेव के चले जाने के पश्चात् से ही हम सब जैसे निष्प्राण-से हो रहे हैं। जीवन का सहज उल्लास, कृष्ण के साथ ही चला गया है।"

"वासुदेव तो हैं ही सबके प्राण! वे तो ऊर्जा के स्रोत और आनन्द के सागर हैं।" व्यास बोले, "किन्तु कृष्ण तो वहाँ भी वर्तमान होते हैं, जहाँ वे उपस्थित नहीं होते। पांचाली से अधिक इस बात को कौन समझेगा। वह जानती है कि द्यूत-सभा में वे वर्तमान थे; उपस्थित चाहे न रहे हों।"

"आप का कथन पूर्णतः सत्य है तात्!" द्रौपदी बोली, "कृष्ण अब भी यहाँ वर्तमान हैं। मुझ में वे आक्रोश के रूप में विद्यमान हैं; मध्यम पाण्डव के मन में कर्म-तत्परता के रूप में; और धर्मराज में धर्म के रूप में। इसलिए हम में आनन्द नहीं जागता। आशंकायें जागती हैं। मध्यम पाण्डव, दुर्योधन पर तत्काल आक्रमण करना चाहते हैं। मेरे केश, दुःशासन के वक्ष के रक्त की प्रतीक्षा कर रहे हैं; और धर्मराज इस संकल्प पर अडिग हैं, कि वे वन में तेरह वर्ष व्यतीत करने के पश्चात् ही इस विषय में कुछ सोचेंगे।..."

"समतल प्रदेश की धीर-गम्भीर नदी तथा पर्वत की कुल्या में यह अन्तर तो होता ही है पांचाली! कि एक में महासागर का सम्पूर्ण जल प्रवाहित हो जाये, किन्तु उस की गति परिलक्षिति नहीं होती; और दूसरी ओर जल की मात्रा चाहे कुछ भी न हो, किन्तु उसका निनाद सारे परिवेश को गुँजाता चलता है। युधिष्ठिर की वैसी ही गम्भीर नदी समझो।..."

"महर्षि! भीम और पांचाली के मन में अनेक प्रश्न हैं, अनेक आपत्तियाँ हैं, और शायद असंख्य आरोप हैं। पांचाली को तो ईश्वर के न्याय पर भी संदेह होने लगा है। वह कहती है कि ईश्वर समस्त प्राणियों के प्रति, माता-पिता के समान दया एवं स्नेहयुक्त व्यवहार नहीं कर रहे हैं, वे तो किसी विरोधी की भाँति मानो रोषपूर्वक क्रूर व्यवहार कर रहे हैं। श्रेष्ठ, शीलवान और संकोची जन जीविका के लिए भी कष्ट पा रहे हैं; दुष्ट और निकृष्ट लोग सुख भोग रहे हैं। अपनी विपत्ति और दुर्योधन की सम्पत्ति को देख, वह विधाता की निन्दा करती है, जो सज्जन को दुःख और दुर्जन को सुख दे रहा है। वह कहती है महर्षि! कि यदि कर्म का फल होता हैं, तो ईश्वर भी अपने इस पाप-कर्म का फल अवश्य पायेंगे। यदि ऐसा नहीं होता, तो यह ईश्वर की नियमविहीनता और परम स्वतन्त्रता का मद ही है।...भीम भी मुझसे पूछता है कि हम धर्म का आचरण कर रहे हैं, तो हम वन में क्यों पड़े हैं; और दुर्योधन पापी हो कर भी, राजसिंहासन पर क्यों बैठा है? ईश्वर का न्याय कहाँ है?"

महर्षि ने एक विचित्र उल्लास से आकाश की ओर देखा, "यह तो उस की माया की सृष्टि है। यहाँ सब कुछ उलट-पलट दिखायी देता है। सुख का बोध ही बदल गया है। जो भौतिक पदार्थों के लिए दिन-रात जल रहा है, वह सुखी दिखायी देता है; और जिसको माया का यह मल आकृष्ट नहीं करता, वह दुखी माना जाता है। जिन दुर्गुणों से सात्विक मनुष्य घृणा करता है, प्रतिशोध के नाम पर वह उन्हीं दुर्गुणों को स्वयं धारण करता है। क्यों भीम!" महर्षि ने अपनी दृष्टि भीम पर टिकायी,

"तुम चाहोगे कि युधिष्ठिर, युधिष्ठिर न रह कर दुर्योधन हो जाये?"

"नहीं पितामह! मैं यह नहीं चाहता कि धर्मराज, दुर्योधन बन कर सती नारियों का अपमान करें; किन्तु यह अवश्य चाहता हूँ कि वे मुझे अनुमति दें कि नारियों का इस प्रकार अपमान करने वाले दुर्योधन की वह जंघा तोड़ दूँ, जिसे उसने द्यूत-सभा में प्रदर्शित किया था।..."

"तुम यह अनुमति क्यों नहीं देना चाहते युधिष्ठिर?"

"मुझे उसमें धर्म दिखायी नहीं देता पितामह!" युधिष्ठिर बोले, "धर्म क्षत्रिय को शस्त्र धारण करने की अनुमति देता है; किन्तु केवल न्याय के लिए, अपने लाभ, लोभ अथवा स्वार्थ के लिए नहीं। भीम यदि शस्त्रबल से दुर्योधन का राज्य छीन लेता है, तो पाण्डु-पुत्र भीम और एक साधारण दस्यु में क्या अन्तर रह जायेगा?"

"यदि धर्म से हमें राज्य न मिले, तो हम शस्त्र भी न उठायें?" द्रौपदी के स्वर में स्पष्ट अधैर्य था।

महर्षि ने कुछ कहा नहीं; बस युधिष्ठिर की ओर देखा भर।

"मैं भी प्रायः सोचता हूँ पितामह! कि धर्म, राज्य के लिए है, या राज्य, धर्म के लिए!" युधिष्ठिर बोले, "वासुदेव धर्म-राज्य की स्थापना कर रहे हैं। उन्हें राज्य नहीं चाहिए, धर्म चाहिए। मुझे भी धर्म चाहिए, और धर्म की स्थापना के लिए राज्य। यदि राज्य-प्राप्ति के लिए धर्म त्यागना पड़ता है, तो मुझे राज्य नहीं चाहिए।"

"तो क्या हम राज्य-प्राप्ति के लिए प्रयत्न ही नहीं करेंगे?" भीम बोला, "राज्य की रक्षा के लिए तो वासुदेव ने भी अनेक बार युद्ध किया है।..."

"हम तेरह वर्ष, प्रतिज्ञा के अनुसार व्यतीत करेंगे।" युधिष्ठिर बोले, "और तब धर्म-मार्ग से अपना राज्य वापस माँगेंगे। तब भी यदि दुर्योधन हमारा राज्य हमें नहीं लौटाता, तो शस्त्र-प्रयोग हमारा धर्म हो जायेगा।"

"इसमें तुम्हें क्या आपत्ति है भीम?" व्यास मुस्कराये, "क्या तुम तेरह वर्ष बिना राज्य के नहीं रह सकते?"

"मध्यम तो आजीवन बिना राज्य के रह सकते हैं।" भीम के स्थान पर द्रौपदी बोली, "उन्हें इन्द्रप्रस्थ के राज्य की क्या आवश्यकता है। वे तो जहाँ भी विद्यमान होते हैं, वही उन का राज्य होता है। इस काम्यक वन पर किस का राज्य है? जहाँ तक पाण्डु-पुत्र भीम की दृष्टि जाती है, वहाँ तक उन्हीं का राज्य है।" द्रौपदी ने महर्षि की ओर देखा, "किन्तु मुझे इन्द्रप्रस्थ का राज्य चाहिए, क्योंकि मुझे अपनी वेणी बाँधने से पहले इन खुले केशों को धोने के लिए, दुःशासन के वक्ष का रक्त चाहिए..."

"तुम्हें धर्म नहीं चाहिए, प्रतिशोध चाहिए," व्यास मुस्करा रहे थे, "और प्रतिशोध का समर्थन धर्म नहीं करता।"

"सत्य है महर्षि! कि मैं प्रतिशोध चाहती हूँ; और धर्मराज इस समय प्रतिशोध नहीं चाहते।" द्रौपदी की वाणी वक्र हो गयी थी, "किन्तु तेरह वर्षों के पश्चात् जब वे प्रतिशोध अथवा न्याय–कुछ भी चाहेंगे, तो उस समय भी उन्हें उन्हीं शस्त्रों का प्रयोग करना होगा, जिसे उठाने में, आज वे संकोच कर रहे हैं।" द्रौपदी ने कुछ रुक कर पाँचों पाण्डवों को देखा, "किन्तु उस समय वे देखेंगे कि धृतराष्ट्र-पुत्रों ने तेरह वर्षों में अपना युद्ध-कौशल कितना बढ़ा लिया। तेरह वर्षों तक निरन्तर युद्ध का अभ्यास किया है। जरासंध के मित्रों और पाण्डवों के शत्रुओं को अपने साथ मिला लिया

है। धर्म-राज्य स्थापित करने के लिए, पाण्डवों ने जिन क्रूरकर्मा राजाओं का दमन किया था, उन सब को दुर्योधन ने अपने वक्ष से लगा लिया है। आपसे यह छिपा नहीं है पितामह! कि दुर्योधन किस प्रकार के योद्धाओं को बहुत प्रयत्नपूर्वक पालता है।..."

"पांचाली का वचन सर्वथा उचित है।" महर्षि शान्त भाव से बोले।

"पांचाली से सहमत तो मैं भी हूँ; किन्तु मैं यह मानता हूँ कि यह स्थिति तेरह वर्षों के पश्चात् ही नहीं, आज भी है।" युधिष्ठिर बोले, "दुर्योधन के पास आज भी राज्य है, सेना है, सत्ता है, धन है। पितामह भीष्म, द्रोणाचार्य, अश्वत्थामा, कर्ण और कृपाचार्य जैसे योद्धा हैं। जरासंध, कंस तथा शिशुपाल के मित्र, उस के साथ हैं। ऐसे में यदि मैं भीम और पांचाली की बात मानकर दुर्योधन पर आक्रमण करूँ, तो अधर्म भी अर्जित करूँगा और पराजय भी। कौन लड़ेगा हमारी ओर से? पांचाल और यादव? अभी-अभी, यादव शाल्व से एक युद्ध कर चुके हैं। फिर वे अपने व्यवहार और व्यवस्था में स्वतन्त्र लोग हैं। उनके अपने आन्तरिक विरोध और द्वन्द्व हैं। ऐसे में पांचाल प्रायः अकेले ही रह जाते हैं; और हम जानते हैं कि वे अकेले दुर्योधन से निबट नहीं सकते! वे इतने ही समर्थ होते, तो हस्तिनापुर कब का क्षार हो गया होता...।"

"तो युधिष्ठिर के मन में, धर्म के साथ-साथ भय भी है।" व्यास मुस्करा रहे थे।

"आप चाहें तो उसे मेरा भय भी कह सकते हैं।" युधिष्ठिर ने स्वीकार किया, "डरता हूँ कि अधर्मपूर्वक प्रतिशोध लेने जाऊँ और अपने भाइयों से ही हाथ धो बैठूँ...तो क्या लाभ होगा मुझे?"

"सावधानी तो उचित है, किन्तु भय उचित नहीं है युधिष्ठिर!" व्यास बोले, "युद्ध से पूर्व, तुम्हारे मन का भय अवश्य दूर होना चाहिए।"

युधिष्ठिर ने कोई उत्तर नहीं दिया। वे चकित दृष्टि से वेदव्यास को देख रहे थे।

"क्या बात है धर्मराज?"

"आप भी चाहते हैं कि यह युद्ध हो?"

"मैं युद्ध नहीं चाहता।" व्यास मुस्कराये, "किन्तु अन्याय और अधर्म भी तो नहीं चाहता। जब तक दुर्योधन को, उससे भी कोई भी बड़ी शक्ति, बल-प्रयोग अथवा बल-प्रदर्शन से बाध्य नहीं करेगी, तब तक वह तुम्हारा राज्य नहीं लौटायेगा...इसलिए पुत्र! तुम को शक्तिशाली तो होना ही होगा...और तुम्हारे मन का यह भय भी दूर होना चाहिए। मन में भय हो, तो व्यक्ति लड़ने का साहस नहीं करता। लड़ेगा तो अनावश्यक रूप से हिंस्र होगा!..."

"भय अकारण तो नहीं है पितामह! उसके कारण सामने दिखायी पड़ रहे हैं।" युधिष्ठिर बोले, "आज कौन इसको अस्वीकार कर सकता है कि दुर्योधन का सैन्य-बल, कदाचित् सारे जम्बूद्वीप में सबसे प्रबल है।"

"यदि यह शस्त्रों का भय है पुत्र! तो तुम भी शस्त्र-संग्रह करो। जिन साधनों से तुम्हारे मन का सामर्थ्य जागे, उन साधनों का संचय करो।"

"यहाँ, वन में, कैसा शस्त्र-संग्रह और कैसा सैन्य-संगठन।" युधिष्ठिर बोले, "यहाँ तो धर्म का ही संचय हो सकता है; इसलिए मैं ये तेरह वर्ष धर्म-संग्रह में लगाना चाहता हूँ।"

व्यास मुस्कराये, "धर्म-संचय तो करो ही; किन्तु इस तथ्य की भी उपेक्षा मत करो कि तपस्या से शक्ति भी अर्जित की जाती है, और शस्त्र भी प्राप्त किये जाते हैं। तुम धर्म-संचय करो, और

अर्जुन को शस्त्र-संग्रह के लिए भेज दो।..."

"अर्जुन को कहाँ भेज दूँ?" युधिष्ठिर ने कुछ चकित हो कर पूछा।

"देवलोक में जाकर अर्जुन, वैजयन्त से कुछ दिव्यास्त्र प्राप्त करे।"

अर्जुन जैसे किसी निद्रा से जागा : खाण्डव-वन के युद्ध के पश्चात् उसने इन्द्र से इन्द्रास्त्र माँगा था...इन्द्र ने कहा था कि पहले वह महादेव को प्रसन्न कर उन का पाशुपास्त्र प्राप्त करे...क्या महर्षि उसे, उसी घटना का स्मरण करा रहे हैं?...क्या वे चाहते हैं कि वनवास का यह काल, वह अपने भाइयों के साथ यहाँ वन में, व्यतीत न कर, इन्द्र से अस्त्र प्राप्त करने में व्यय करे?...

युधिष्ठिर के चेहरे पर भी उल्लास जागा, "यह तो अद्भुत प्रस्ताव है महर्षि! अर्जुन साधना करे... धर्म भी अर्जित करे, आध्यात्मिक उत्कर्ष भी; और अस्त्र-बल भी!..."

"हाँ युधिष्ठिर! अपने भाइयों के प्रति अपने ममत्व को यदि तुम कुछ संयत कर सको, तो अर्जुन को हिमालय पर तपस्या करने के लिए भेज दो।..." वे मुड़े, "अर्जुन तुम्हें कोई आपत्ति तो नहीं पुत्र?"

"अपने अभ्युदय में किसे आपत्ति होगी पितामह!" अर्जुन विनीत ढंग से मुस्कराया।

"वह तो ठीक है," द्रौपदी सहसा बोली, "किन्तु यह न हो कि तुम पिछले वनवास के समान, जब अपने भाइयों के पास लौटो, तो पता चले कि न साधना हुई, न शस्त्र-वृद्धि। हाँ! तुम्हारी पत्नियों के दल में कुछ देवांगनाओं की आकर्षक वृद्धि हुई है।"

अर्जुन न मुस्कराया, न उसने कोई उत्तर दिया।

"पांचाली की आशंका, सत्य भी हो सकती है पुत्र!" व्यास मुस्करा रहे थे।

अर्जुन के चेहरे पर इस बार भी विनोद का कोई लक्षण प्रकट नहीं हुआ। वह गम्भीर दृष्टि से शून्य में देखता रहा; और फिर जैसे हृदय के पूर्ण सत्य को अपनी वाणी में ढाल कर बोला, "पितामह! अब न वह वय है, न वह दृष्टि! जीवन के प्रति, जीवन के भोग के प्रति, दृष्टि बहुत बदल गयी है। घोषित रूप में यह तो नहीं कह सकता कि मैंने अपने हृदय के काम-भाव को जय कर लिया है; किन्तु उसे संयत तो किया ही है। उसमें स्थिरता और धीरता आई है। चांचल्य, एक सीमा तक विदा हो गया है, नहीं तो मैं सुभद्रा को वासुदेव के साथ द्वारका भेजने की व्यवस्था नहीं करता।"

अर्जुन ने पांचाली पर एक दृष्टि डाली : वह स्तब्ध बैठी थी। उसे अर्जुन का यह वक्तव्य अच्छा नहीं लग रहा था।

"अब काम मेरे सुख का कारण नहीं है।" अर्जुन पुनः बोला, "वह मेरी सीमा हो सकती है, बाध्यता हो सकती है, प्रकृति का बन्धन हो सकता है, इस शरीर की अनिवार्य हीनवृत्ति हो सकती है...कुछ भी हो, काम अब काम्य नहीं रहा पितामह!"

वेदव्यास के गम्भीर चेहरे पर एक अलौकिक उल्लास जागा, "बहुत शुभ लक्षण है पुत्र! तपस्या की पृष्ठभूमि तैयार हो चुकी है। नये-नये काम-सम्बन्ध, अब तुम्हारे मार्ग के आकर्षक अवरोध नहीं होंगे।"

अर्जुन हँस पड़ा, "पितामह! अब नये काम-सम्बन्ध आकर्षण तो क्या होंगे, कलंक हो सकते हैं। अपने कुल के वृद्धों के काम-आकर्षणों का बहुत सुख भोग चुके हम। हम अपनी पीढ़ी को, वह उत्तराधिकार नहीं देना चाहते, जो हमने पाया था।..."

"उचित ही है पुत्र! प्रत्येक वय के अपने आकर्षण और अपनी मर्यादाएँ होती हैं। तुम ऐसा

सोचते हो, तो यह तुम्हारी प्रौढ़ मानसिकता का ही प्रमाण है। तुम देव-लोक जाने की तैयारी करो। मेरा आशीष तुम्हारे साथ है। तुम अवश्य ही सफलकाम हो कर लौटोगे।"

16

अर्जुन को चलते कई दिन हो गये थे। वह पंचनद प्रदेश को पीछे छोड़ आया था; और हिमालय के चरणों और घुटनों पर बसी हुई बस्तियाँ भी नीचे छूट गयी थीं। अब वह कुछ-कुछ समझने लगा था कि यात्रा भी एक प्रकार की तपस्या हो सकती है।...यदि एक स्थान पर बैठ कर व्यक्ति अपनी आँखें मूँदकर, अपना ध्यान अन्तर्मुखी करने का अभ्यास करता है, तो इस प्रकार चलता-चलता भी वह अपने चारों ओर फैली प्रकृति के नये-नये दृश्यों और हावों-भावों से भी निस्पृह होने का प्रयत्न करता है। दोनों ही स्थितियों में अपने मन को माया के संसार से उदासीन करना होता है; उसमें अपनी रुचि की मर्यादा बाँधनी होती है।...यदि पद्मासन में बैठ कर तितिक्षा का अभ्यास करना पड़ता है, तो यात्रा में भी सम्मुख आये, प्रत्येक कष्ट का सहास सत्कार करना पड़ता है।...

अर्जुन जैसे-जैसे हिमालय के उच्चतर श्रृंगों की ओर बढ़ता जाता था, शीत का प्रकोप कुछ गम्भीर होता जाता था। जनसंख्या विरल होती जाती थी और फलों के वृक्ष भी अनुपलब्ध होते जा रहे थे।...किन्तु अर्जुन के मन में, उत्साह की कहीं कोई कमी नहीं थी। अभी तो वह हिमालय ही पार नहीं कर पाया था, उस के पश्चात् गन्धमादन था और फिर इन्द्रकील पर्वत। इन्द्रकील पर्वत के पहले, उस के रुकने का कोई कारण नहीं था।...

अर्जुन को अपनी पिछली यात्रा याद आ रही थी, जब वह अपने भाइयों को इन्द्रप्रस्थ में छोड़, प्रायश्चित-स्वरूप बारह वर्षों के प्रवास के लिए निकला था...तब भी ऐसा ही हुआ था। मानव-सम्पर्क से मुक्त हो, जब वह शुद्ध प्रकृति के सम्पर्क में आता था, तो जाने क्यों अपने-आप उसका मन ईश्वरोन्मुखी होने लगता था। वह सारी प्रकृति, चाहे वह तृण-विहीन हिमाच्छादित पर्वत-श्रृंग हों, अथवा आकाश की ओर हाथ उठाये हुए ऊँचे-ऊँचे हरे-भरे देवदारु के वृक्ष हों; कलकल ध्वनि करती, इठलाती हुई जल धाराएँ हों अथवा अचल निर्वाक चट्टानें, कुसुमों से सुगन्धित घाटियाँ हों अथवा मेघों का क्रीड़ा-क्षेत्र सुनील स्तब्ध आकाश...यह सब कुछ अर्जुन को स्रष्टा का ही स्मरण कराता है। कभी-कभी तो उसे लगने लगता था कि यह भी सृष्टा की सृष्टि मात्र नहीं है, स्रटा ने स्वयं ही लीला के उन्माद में ये विभिन्न रूप धारण कर लिए हैं। स्रष्टा कहीं इनके पीछे नहीं छिपा इन्हीं के माध्यम से प्रकट हुआ है...तो यह प्रकृति, स्वयं ईश्वर है। इसलिए तो मनुष्य को इस सुन्दर और स्वच्छ प्रकृति में अपनी जननी का रूप दिखायी देने लगता है। माता प्रकृति ही मनुष्य को जन्म देती है, वही उसका पालन-पोषण और विकास करती हैं...और जब मनुष्य अपने शरीर से असमर्थ हो जाता है, तो उसे अपनी गोद में समेट कर, पुनः नया शरीर दे देती है...जब ईश्वर, प्रकृति के रूप में माँ बनकर, जीव के इतना निकट रहता है और विधाता बन कर, अदृश्य डोरों से उसका नियन्त्रण करता है, तो मनुष्य व्यर्थ ही मोह में पड़ा, इतने अनर्थ क्यों करता रहता है?...मनुष्य की आवश्यकताएँ बहुत थोड़ी हैं; किन्तु वह संग्रह बहुत अधिक करता है। वह संग्रह उस के किसी

काम का नहीं है। कभी तो उस की आयु पूर्ण हो जाती है; और कभी जीवित रहते हुए भी वह उसका भोग नहीं कर सकता। तब वह सूक्ष्म रूप से उस का भोग करना चाहता है...भावना के रूप में...मनुष्यों में अपने पराये का विभाजन करता है; और जिन्हें अपना मानता है, उनके लिए भोग का प्रबन्ध करता है...कहीं वह ममत्व को भोगता है, कहीं अधिकार को; और कहीं अहंकार को। वह मोह में और गहरा धँसता जाता है...

अर्जुन के पग जितनी ऊँचाई नापते थे, उसे लग रहा था, उस का मन भी उतने ही सोपान ऊपर चढ़ता जाता था। वह जैसे संसार के मायामय आवरण को चीर कर, यथार्थ के पीछे छिपे सत्य को देख रहा था...नहीं! सत्य कदाचित् दिखायी नहीं पड़ता था। उस का तो अनुभव ही हो सकता था। जो दिखायी पड़ता था, वह माया का प्रपंच था और अनुभव होता था, वह सत्य का सूक्ष्म शरीर था...

गन्धमादन पार किये हुये भी अर्जुन को अनेक दिन हो गये थे। फलों के अभाव में, उसने कुछ वृक्षों के पत्ते खाने आरम्भ कर दिये थे। शरीर की आवश्यकताओं को तो पूर्ण करना था।...किन्तु उन पत्तों में कोई स्वाद नहीं था, रसना, उन्हें खाने की ललक में तत्परता से आगे नहीं बढ़ती थी।... अर्जुन के ध्यान में आया रसना की अनिच्छा के पश्चात् न मन में लोभ जागता था, न पेट की भूख से व्याकुल हो कर, उसे कष्ट दे रहा था।...स्वादिष्ट व्यंजन उपलब्ध नहीं थे, इसलिए सारे अंग जैसे सन्तुष्ट हो कर बैठ गये थे।...तो शरीर की आवश्यकता अधिक नहीं थी, मन का लोभ अधिक था। लोभ समाप्त हो गया था।...शरीर में न ऊर्जा की कमी थी, न शक्ति की! चारों ओर की स्वच्छ निर्दोष वायु, अपने आप में ही पर्याप्त ऊर्जादायिनी थी। जब कभी कण्ठ कुछ सूखता था, तो किसी उत्स अथवा जलस्रोत से कुछ घूँट जल पी लेना ही पर्याप्त होता था। वह जल नहीं था, जैसे अमृत था। कण्ठ के नीचे उतरते ही, सारे शरीर में ऊर्जा प्रवाहित कर देता था। प्राणों में ऐसी स्फूर्ति उत्पन्न होती थी कि अर्जुन को लगने लगता था कि उसके शरीर में पंख उग आये हैं। उसका मन होता था कि आकाश में उड़ने लगे।...

"ठहरो!"

अर्जुन के पग भी रुक गये और विचार-यात्रा भी थम गयी...यह आकाशवाणी थी क्या? स्वर तो ऐसा ही था, जैसे मेघ स्वयं, मनुष्य के समान शब्दों का उच्चारण कर रहे हों। उसने सिर उठा कर देखा...नहीं! यह आकाशवाणी नहीं थी। न ही मेघ मनुष्य बन कर, उससे वार्तालाप कर रहे थे।... सामने के एक विशाल वृक्ष के नीचे एक वृद्ध तपस्वी बैठे थे।

अर्जुन उन के निकट आया। हाथ जोड़कर प्रणाम किया और बोला, "आपने मुझे कोई आदेश दिया, तपस्वी-श्रेष्ठ?"

तपस्वी मुस्कराये, "वेश से तो तुम उद्दण्ड प्रतीत हुए थे युवक! किन्तु व्यवहार से विनीत हो!"

अर्जुन ने अपना निरीक्षण किया...वेश से वह उद्दण्ड कैसे था?...वह तो वनवासियों के साधारण वेश में था; और उसके पास न्यूनतम अस्त्र थे।

"मैं समझ नहीं पाया महाराज मैं वेश से उद्दण्ड क्यों हूँ?"

तपस्वी ने उस के प्रश्न का उत्तर नहीं दिया। पूछा, "कहीं दूर से आ रहे हो?"

"हाँ आर्य ! मेरा निवास आर्यावर्त्त के इन्द्रप्रस्थ नामक नगर में है।"

"जानते हो कि तुम इस समय कहाँ हो?"

"नहीं महाराज! बस इतना जानता हूँ कि गन्धमादन पार कर आया हूँ...और आगे कहीं इन्द्रकील पर्वत है।"

"कहाँ जाना चाहते हो?" तपस्वी ने पूछा।

"इन्द्रकील पर्वत पर ही जाना है।" अर्जुन ने उत्तर दिया।

"तुम इन्द्रकील पर्वत पर पहुँच चुके हो।" तपस्वी ने कहा, "किन्तु शायद तुम नहीं जानते कि यह उन तपस्वियों का प्रदेश है, जिन्होंने अपने मन के भय, लोभ तथा अहंकार को जीत लिया है।"

अर्जुन ने तपस्वी को ऐसे देखा, जैसे उन का आशय न समझ पाया हो।

"यहाँ किसी को अपनी रक्षा के लिए शस्त्र लेकर चलने की आवश्यकता नहीं होती।" तपस्वी ने बताया।

"ओह!" अर्जुन मुस्कराया, "सब लोग अहिंसक हैं? कोई किसी पर आक्रमण नहीं कर सकता?..."

"नहीं!" तपस्वी भी मुस्कराये, "हमारा बल इस बात पर नहीं है कि अन्य लोगों के मन में हिंसा नहीं है, हमारा बल इस बात पर है कि हमारे मन में भय नहीं। यदि अपने मन के भय को जीत लिया है, तो अपनी रक्षा का कोई प्रयत्न नहीं करूँगा। मेरे मन में भय नहीं, इसलिए मेरे मन में हिंसा भी नहीं है।"

"आप चाहते हैं कि मैं शस्त्रों का त्याग कर दूँ?" अर्जुन ने उसका अभिप्राय भाँपते हुए कहा, "शस्त्रों का त्याग कर आगे बढ़ूँ?"

"हाँ!" तपस्वी बोले, "तुम स्वेच्छा से शस्त्र-त्याग नहीं करोगे, तो तुम इन्द्रकील पर्वत पर आगे बढ़ भी नहीं पाओगे। उसके लिए इंद्र का निषेध है।"

अर्जुन के मन में भयंकर द्वन्द्व चल रहा था...वह शस्त्र-त्याग नहीं कर सकता था। वह दिव्यास्त्रों की प्राप्ति के लिए ही तो इन्द्र के पास आया था।...पर यदि वह अपना हठ त्याग नहीं सकता, तो इन्द्र से मिल भी नहीं सकता था।...उसे इन्द्र भी चाहिए था, और शस्त्र भी...

"क्या सोच रहे हो?" तपस्वी ने पूछा।

"मैं शस्त्र त्याग नहीं कर सकता।"

"क्या इतने भयभीत हो?"

"नहीं! ऐसी बात नहीं है।" अर्जुन ने उत्तर दिया, "किन्तु मेरा लक्ष्य, अपने मनोविकारों को जीतना नहीं, शत्रु को जीतना है।"

"हमारे सबसे घोर शत्रु तो हमारे मनोविकार ही हैं।" तपस्वी ने कहा।

"नहीं! मैं बाहरी शत्रु की बात कर रहा हूँ। मैं क्षत्रिय-धर्म का आचरण कर रहा हूँ तपस्वीवर! यदि मैंने अपने भय को जीत लिया, अपने मन की हिंसा को जीत लिया, तो मैं शत्रु से प्रतिशोध नहीं ले सकूँगा, उसे क्षमा कर दूँगा।"

"ठीक कहते हो, किन्तु क्या तुम यह नहीं जानते कि क्षमा, प्रतिशोध से श्रेष्ठतर नीति है?"

"मेरे बड़े भाई धर्मराज युधिष्ठिर भी यही कहते हैं।" अर्जुन ने स्वीकार किया, "किन्तु इस समय उन्होंने ही मुझे दिव्यास्त्रों की प्राप्ति के लिए भेजा है। यदि मैं दिव्यास्त्रों की प्राप्ति का विचार छोड़, आत्मजय के लिए तपस्या करने बैठ गया, तो अपने ज्येष्ठ भाई की आज्ञा के उल्लंघन का दोषी हूँगा।"

"मनुष्य का धर्म आत्मजय है, या बड़े भाई की उचित-अनुचित आज्ञाओं के पालन में जीवन अपव्यय करना?" तपस्वी का स्वर कुछ कठोर हो गया, "शस्त्र और हिंसा विनाश के लिए हैं। उन्हें धारण करने का आदेश देने वाला, तुम्हारा भाई, धर्म का ज्ञाता नहीं हो सकता। तुम्हें उस की अवज्ञा कर, शस्त्र त्याग कर देना चाहिए।"

"इन्द्र से कहिए, वे वज्र का त्याग कर दें। महादेव शिव से कहिए, वे त्रिशूल धारण न करें।" अर्जुन ने कहा, "कुछ लोग अपने शस्त्रों से ही धर्म की रक्षा कर रहे होते हैं तपस्वीवर! मैं उनमें से ही एक हूँ। इसलिए न शस्त्र का त्याग कर सकता हूँ, न भाई की आज्ञा का उल्लंघन कर सकता हूँ।"

"तो तुम्हें वैजयन्त इन्द्र के दर्शन नहीं हो सकते।" तपस्वी ने बल दे कर कहा, "सृष्टि ईश्वर के बनाये विधान के अनुसार चलती है, तुम्हारी इच्छाओं के अनुसार नहीं।"

"किन्तु उस विधान के मूल में न्यायजन्य तर्क है; किसी सामर्थ्यवान व्यक्ति की स्वेच्छाचारिता नहीं।" अर्जुन ने दृढ़ स्वर में कहा, "वैजयन्त स्वयं वज्र धारण करें और मुझे गाण्डीव-त्याग करने के लिए कहें, यह धर्म नहीं है।"

"क्यों?" तपस्वी मुस्कराये, "राजा स्वयं अपने मस्तक पर किरीट धारण करता है, किन्तु प्रजा को उसकी अनुमति नहीं देता। क्या यह अधर्म है?"

"किन्तु मैं वैजयन्त से, उसकी प्रजा के रूप में मिलने नहीं आया हूँ," अर्जुन ने कहा, "मैं धर्मराज युधिष्ठिर के प्रतिनिधि के रूप में, उनसे भेंट करना चाहता हूँ—एक राजा से, दूसरे प्रभुसत्तासम्पन्न स्वतन्त्र राजा के समान।"

तपस्वी थोड़ी देर तक मौन बैठे रहे; फिर बोले, "धनंजय! इन्द्र के प्रति तुम्हारा क्या भाव है?"

"एक इन्द्र के प्रति मेरा पुत्र-भाव था। मेरी माता ने इन्द्र के प्रसाद के रूप में मुझे ग्रहण किया था।" अर्जुन ने कहा, "दूसरे इन्द्र से हमने मैत्री चाही थी, किन्तु उन्होंने अपनी शत्रुता नहीं त्यागी। हमारे राज्य के अन्तर्गत खाण्डव-वन में हमारे शत्रु तक्षक और उस के सहयोगियों को शरण दी; और खाण्डव-दाह के समय उनसे मेरा और कृष्ण का युद्ध हुआ। वर्तमान इन्द्र मेरे प्रति क्या भाव रखते हैं, कह नहीं सकता; किन्तु मैं उन के प्रति पूज्य भाव ले कर आया हूँ।..."

"तुम इन्द्र को पहचानते हो?"

"नहीं! वर्तमान इन्द्र से मेरा साक्षात्कार नहीं हुआ।" अर्जुन ने कहा।

"तो पार्थ! तुम्हारी इच्छा पूरी हुई।" तपस्वी ने कहा, "मैं ही वैजयन्त इन्द्र हूँ। मुझे तुम्हारे आने की सूचना लगातार मिल रही थी। मैं तुमसे भेंट करने के लिए ही, यहाँ बैठा हुआ था।"

अर्जुन ने वैजयन्त को प्रणाम किया, "मैं धन्य हुआ!"

"माँगो अर्जुन! क्या चाहिए तुम्हें?"

"मुझे सम्पूर्ण शस्त्रास्त्रों का ज्ञान तथा दिव्यास्त्रों एवं देवास्त्रों की आवश्यकता है।" अर्जुन ने हाथ जोड़कर कहा, "हम पृथ्वी पर से अधर्म को नष्ट कर देना चाहते हैं; किन्तु अधर्म भयंकर रूप से संगठित और अत्यन्त शक्तिशाली है। मेरे पास जो शस्त्रास्त्र हैं, उनसे कदाचित् मैं अधर्म को नष्ट न कर पाऊँ। धर्मराज भी आशंकित हैं, कि कदाचित् हम धार्तराष्ट्रों को पराजित न कर पायें, और हमारा राज्य हम से सदा के लिए छिन जाये। हम सब जानते हैं कि दुर्योधन से हमारा एक युद्ध अवश्य होगा। हमें भय है कि दुर्योधन अपने छल-बल से पृथ्वी के सारे महान् योद्धाओं को अपने पक्ष में कर

लेगा। सम्भव है कि हमारे आचार्य और पितामह भी उसके पक्ष से युद्ध करें। अतः हमें इतना बल एकत्र करना है कि हम उन सब के संगठित सैन्य-बल को अपनी ही शक्ति से पराजित कर सकें।"

"तुमने कभी देवलोक देखा है अर्जुन?" वैजयन्त ने सर्वथा अप्रत्याशित प्रश्न किया।

"नहीं! क्यों?"

"तुम नहीं जानते कि देवलोक कितना सुन्दर है। वहाँ की युवतियाँ कितनी मोहक हैं। वहाँ की सुरा में कैसा मद है।" वैजयन्त बोले, "यदि तुम चाहो तो मैं तुम्हें वहाँ का स्थायी निवास दे सकता हूँ। धन, सम्पदा, भोग-विलास, अधिकार और सत्ता—जो चाहो, मुझसे ले लो। मेरा विश्वास करो, तुम्हें आर्यावर्त्त की एक-हल्की-सी स्मृति भी नहीं आयेगी। तुम्हें युद्ध की आवश्यकता ही नहीं होगी। फिर क्या करोगे, दिव्यास्त्रों और देवास्त्रों का?..."

"किन्तु मुझे देवलोक का वास नहीं चाहिए।" अर्जुन ने दृढ़ स्वर में कहा, "मैं अपने भाइयों को वहाँ वन में असुरक्षित छोड़ कर आया हूँ। वे मेरी प्रतीक्षा कर रहे होंगे। वहाँ अधर्मी और पापी दुर्योधन मेरे भाइयों को तिल-तिल जलाये और मैं देवलोक के भोगों का उपभोग करूँ, यह मुझसे नहीं हो सकता! नहीं वैजयन्त! आप मुझे वही दें, जिसकी कामना से मैंने यहाँ तक की यात्रा की है।"

"कुछ और माँग लो।" वैजयन्त मुस्कराये, जो जीवन में तुम्हारे लिए सर्वाधिक मूल्यवान हो, अमूल्य हो, जो कभी किसी मानव को न मिला हो।"

"नहीं! मुझे केवल दिव्यास्त्रों तथा देवास्त्रों का ज्ञान और वे अस्त्र चाहिए।" अर्जुन के अधरों पर निश्चिन्त दृढ़ता की मुस्कान थी, "मुझे और कुछ नहीं चाहिए।"

वैजयन्त की मुद्रा उत्फुल्ल किन्तु गम्भीर थी, "देव-शक्तियाँ अपने शस्त्रास्त्रों का कभी दुरुपयोग नहीं करतीं, ऐसा मैं नहीं कहता; किन्तु अब हम पर्याप्त सावधान हो गये हैं। हम चाहते हैं कि शस्त्रों का प्रयोग, केवल अधर्म के नाश के लिए ही हो। किसी के द्वारा उसका दुरुपयोग न हो। इसलिए बहुत आवश्यक है कि दिव्यास्त्र और देवास्त्र देने से पूर्व हमें इस बात का पूर्ण विश्वास हो जाये कि वह मानव लोभ, स्वार्थ अथवा भय की चरम स्थिति में भी धर्म से नहीं डिगेगा।..." वैजयन्त ने रुक कर अर्जुन की ओर देखा, "देवास्त्रों की प्राप्ति से पूर्व यह आवश्यक है कि तुम महादेव शिव के दर्शन करो। उन्हें प्रसन्न करो।"

"वह कैसे होगा, वैजयन्त?"

"यहीं, इसी स्थान पर तुम तपस्या करो। तपस्या से अशिव का नाश होता है और शिव के दर्शन होते हैं।" वैजयन्त ने कहा, "तुम्हें शिव के दर्शन होंगे तो महादेव तुम्हें पाशुपतास्त्र देंगे। जब तुम पाशुपतास्त्र से सज्जित हो जाओ, तो अमरावती में मेरे पास चले आना। वहाँ तुम मेरे अतिथि होगे। वहीं तुम्हें अपनी इच्छानुसार दिव्यास्त्रों तथा देवास्त्रों की प्राप्ति होगी।..."

अर्जुन को, इन्द्रकील पर्वत पर तपस्या करते हुए कई मास बीत गये थे। आरम्भ में वहाँ के शीत में उसे असुविधा का अनुभव हुआ; किन्तु उसने संकल्पपूर्वक उस का सामना किया। उसी अवधि में उसने पहचाना कि मनुष्य के मन और शरीर में अनुकूलन तथा कष्ट-सहन की अनन्त शक्ति है। शरीर को कठोर बनाने का सतत् प्रयत्न, मन का संकल्प और योग विधियाँ शरीर को ऐसा बना दे

रही थीं, जिस पर शीत का कोई प्रतिकूल प्रभाव न पड़े।

'स्वाद' को जीतने का कुछ-कुछ अभ्यास, उसे यात्रा में ही हो गया था, शेष उसने अब स्वयं को साध लिया था। चारों ओर हिम का साम्राज्य था। सम्भव है कि वसन्त में स्थिति बदल जाये, किन्तु इस समय तो हिमाच्छादित वनस्पति उसे अधिक भोजन-सामग्री उपलब्ध नहीं करा सकती थी।... अर्जुन को कभी-कभी अपने शैशव का वह काल स्मरण हो आता था, जो शत-शृंग पर व्यतीत हुआ था। वह भी तो ऐसा ही प्रदेश था। वहाँ जनावास था और आश्रमों के साथ-साथ गुरुकुल और ग्राम भी थे। खाद्य-सामग्री भी यहाँ की तुलना में कुछ अधिक मात्रा में ही उपलब्ध थी...

यहाँ खाद्य-सामग्री प्रायः नहीं थी। कुछ वृक्षों पर पत्ते विद्यमान थे; किन्तु वे भी सारे के सारे खाद्य नहीं थे।...यात्रा में भी उसका यह अनुभव रहा था और वह यही सोचता रहा था...अपने नगरों की तुलना में, इन सारे प्रदेशों के लोग कहीं अधिक निःरोग दिखायी देते थे। कम खाते थे और स्वस्थ रहते थे।...जहाँ खाने को छत्तीस व्यंजन उपलब्ध थे, वहीं रोगों की बहुलता भी थी। इसका अर्थ यह हुआ कि जो कुछ हम शक्ति प्राप्त करने के लिए खाते हैं, वही भोजन हमारे शरीर में रोग उत्पन्न करता है।... उसने साक्षात अनुभव किया था कि देहधारी की मृत्यु, सदा उसके शरीर में ही निवास करती है।...मृत्यु को जीतना हो तो शरीर की तृष्णा को जीतना होगा, मन की वासना को जीतना होगा...

अर्जुन अपने शरीर ही नहीं, मन के प्रति भी बहुत कठोर हो गया। उसे लगने लगा था कि यदि मन को नियन्त्रित किया जा सके, तो शरीर की आवश्यकताएँ, इतनी कम रह जाती हैं कि शायद प्रकृति स्वयं ही उन्हें पूर्ण कर देने के लिए सक्रिय हो उठती है। वायु, जल, आतप और मिट्टी-क्या वे स्वयं ही मनुष्य की आवश्यकताएँ पूरी नहीं कर देते? शरीर और प्राण की रक्षा तो वे कर लेंगे; किन्तु लोभ, तृष्णा और वासना का पोषण वे नहीं करेंगे।...और इन की कोई सीमा नहीं है। वे अनन्त हैं। तभी तो हस्तिनापुर की सारी सम्पत्तियों का स्वामी हो कर भी दुर्योधन को सन्तोष नहीं हुआ। लोभ, तृष्णा, वासना ही तो मनुष्य को पाप की ओर धकेलते हैं। इन्हीं का नाश करना होगा। नाश नहीं कर सकते, तो इन्हें नियन्त्रित तो करना ही होगा।

अपने खान-पान को न्यूनतम करने के पश्चात् अर्जुन ने शरीर को और भी तपाना आरम्भ किया। उसने कुछ दिनों तक सीधे खड़े हो, दोनों हाथों को आकाश की ओर उठाकर, सूर्य की ओर ताकने का अभ्यास किया। धीरे-धीरे अपनी एड़ियों को भूमि से ऊपर उठा, शरीर का सारा बोझ पैरों के पंजों पर डाल दिया। उस का अभ्यास हो जाने पर, अँगुलियों को उठा, शरीर को पैरों के अँगूठों पर साधा!...

उसे लग रहा था, यह शरीर का ही नहीं, मन का भी आरोहण था। मन जैसे संसार के भोगों से असम्पृक्त हो गया था। आत्मा उदात्त और उन्मुक्त हो गयी थी। प्रकृति के प्रति एक सहज प्रेम, मन में इस प्रकार संचित हो गया था कि उसके साथ, पूर्ण तादात्म्य-सा होता जा रहा था। ऐसा लगता था कि पृथ्वी का कण-कण जीवन्त हो उठा है और अर्जुन का मन उसके साथ एक हो जाने को व्याकुल हो उठा है...कुछ भी उससे पृथक नहीं है, कुछ भी भिन्न और पराया नहीं है...यह मन की कैसी स्थिति थी?...किसी-किसी क्षण तो वह स्वयं ही अपने मन की इस स्थिति को देखकर भयभीत हो जाता था।...यदि वह इसी प्रकार अनुभव करता रहा, तो उसे दुर्योधन और कर्ण पराये नहीं लगेंगे। इन्द्रप्रस्थ का राज्य इतना नगण्य लगने लगेगा कि उसे पुनः प्राप्त करने का कोई लोभ भी नहीं रहेगा।...कभी-कभी तो मन में ऐसा भाव उठता था कि साम्राज्य मिट्टी का ढेर-सा लगने

लगता था, मणि-माणिक्य बच्चों के खेलने के कंचों-से दिखायी देने लगते थे।...क्यों मनुष्य उन्हें प्राप्त करना चाहता है? क्यों वह उनके लिए एक-दूसरे का रक्त बहाता है। मृत्यु से अपनी रक्षा तो कर नहीं सकता, क्यों वह अपने धन-धान्य और राजपाट की रक्षा की चिन्ता करता है?...

किसी आहट से अर्जुन का ध्यान भंग हो गया...उसने अपने नयन खोले।...कहीं कुछ नहीं था। आसपास वैसी ही निःस्तब्धता थी, जैसी प्रायः होती थी। इस समय तो पवन का भी ऐसा कोई वेग नहीं था, जिससे वृक्षों के पत्ते हिल कर किसी प्रकार की कोई ध्वनि उत्पन्न करते।...तो फिर आहट कैसी थी?...

अर्जुन की पैनी दृष्टि घूमती रही...और सहसा वह थम गयी। घने वृक्षों के एक झुण्ड के बीच, एक शूकर, खड़ा था—श्वेत, जैसे हिम से ही बना हो। अब तक अर्जुन की दृष्टि ने उसे हिम-खण्ड समझ कर ही, उसकी अवहेलना कर दी होगी।...किन्तु, वह हिम-खण्ड नहीं था। वह जीता-जागता वन्य-शूकर था। उसके नथुने क्रोध की मुद्रा में फड़क रहे थे। सम्भव था कि वह अर्जुन का आखेट करने की सोच रहा हो...

अर्जुन के अधरों पर मुस्कान प्रकट हुई : प्रकृति की कैसी माया है। कोई जीव, समय से पहले यह समझ नहीं पाता कि वह आखेट करने जा रहा है, या आखेट होने! सबको अपनी शक्ति का ज्ञान तो होता है, किन्तु सामने खड़े दूसरे अस्तित्व की क्षमता का पता नहीं होता!

उसने गाण्डीव उठा लिया। तूणीर में से बाण निकाला और लक्ष्य साधकर, शूकर की ओर छोड़ दिया।...किन्तु बाण से भी तीव्र गति से जैसे दसों दिशाओं में उसके विचार चल पड़े...क्यों मारा उसने बाण? क्या यह जीव-हत्या नहीं है?...नहीं! वह क्षत्रिय है। क्षत्रियों का तो प्रिय व्यसन है—आखेट! यदि वे ऐसी जीव-हत्या से डरने लगें, तो वे धर्म की रक्षा कैसे करेंगे? युद्ध-क्षेत्र में कैसे खड़े हो पायेंगे?...यदि अर्जुन अपनी रक्षा के लिए शस्त्र धारण नहीं करेगा, तो जीवित कैसे रह पायेगा? यदि हत्या नहीं करेगा तो आत्महत्या करेगा वह?

अकस्मात् ही अर्जुन के विचार स्तब्ध खड़े रह गये...प्रायः एक ही क्षण में शूकर को एक नहीं, दो बाण लगे थे। एक बाण उसने चलाया था...और दूसरा? दूसरा बाण किसने चलाया था? यहाँ आसपास तो कोई दूसरा मनुष्य था ही नहीं। तो बाण किसने चलाया? न पर्वत बाण चलाते हैं, न वृक्ष, और न वन के जीव-जन्तु! तो किसने चलाया?...और क्या कौशल था बाण चलाने का! शूकर को बाण प्रायः उसी समय लगा था, जिस क्षण अर्जुन के बाण ने उसे बेधा था। अर्जुन निकट था, शूकर के ठीक सामने! इस का अर्थ था उस अदृश्य धनुर्धारी ने, अर्जुन की अपेक्षा, कुछ अधिक दूरी से बाण चलाया था। तो इसका अर्थ यह भी था कि उसने बाण पहले चलाया था। तभी तो वह अधिकतम दूरी तय करके, उसके बाण के साथ ही शूकर को आ लगा था।...पर उसने अर्जुन को बाण चलाते देखा नहीं था, या, अर्जुन को धनुष-सन्धान करते देख कर भी उसने बाण चला दिया था?...

तभी वह धनुर्धारी सामने आ गया...उसके वेश से स्पष्ट था कि वह किरात था और मृगया ही उसका व्यवसाय था।...किन्तु उसके साथ इतनी सारी स्त्रियाँ क्यों थीं, जैसे वह इन्द्रकील पर्वत के किसी एकान्त वन में न हो, अपने अन्तःपुर के उद्यान में हो...वह मृगया जैसे संकटपूर्ण अभियान पर नहीं निकला था। वह तो जैसे काम-क्रीड़ा के उद्देश्य से अपनी पत्नियों-उपपत्नियों के साथ विहार तथा आमोद–प्रमोद की मुद्रा में था...

उस की दृष्टि मृत शूकर पर पड़ी और उसने उस के शरीर में बिंधे हुए दो बाण भी देखे। उसने जैसे अन्य बाण चलाने वाले की खोज में चारों ओर देखा और उसकी दृष्टि आ कर अर्जुन पर ठहर गयी।

इतनी दूरी से भी अर्जुन स्पष्ट देख रहा था कि किरात क्रोध में तमतमा गया था। क्षणभर में वह अर्जुन के सम्मुख आ खड़ा हुआ।

"तुमने मेरे आखेट पर बाण क्यों चलाया? अपने प्राण प्यारे हैं या नहीं?"

अर्जुन जानता था कि पहला बाण किरात ने ही चलाया था। निश्चय ही शूकर को उसी ने पहले देखा होगा। अर्जुन तो आँखें मूँदकर ध्यान कर रहा था। वह शूकर को पहले देख ही कैसे सकता था।...वह यह भी समझता था कि मृगया का प्रायः यह सर्वमान्य नियम था कि जो पहले देखे, अथवा बाण चलाये, आखेट उसी का होता है। इस दृष्टि से, वह आखेट किरात का ही था। उसका क्रोध भी स्वाभाविक ही था।...किन्तु आखेट-व्यवसायी साधारण वनचर किरात का यह साहस कि वह संसार के श्रेष्ठतम धनुर्धारी से इस प्रकार सम्बोधित हो?...

अर्जुन को लगा कि उस का मन जैसे क्षुब्ध हो कर, तमतमा आया है। उस का तर्क कुण्ठित हो गया है। मृगया के नियमानुसार बाण-सन्धान की चर्चा से हट कर, उसका ध्यान, किरात के व्यवहार के औचित्य-अनौचित्य पर अटक गया है। वह स्वयं को आहत और अपमानित अनुभव कर रहा है। उसका अहंकार स्फीत होता जा रहा था और इस किरात को उसकी उद्दण्डता का दण्ड देने के लिए उस का मन ही नहीं, उसकी भुजायें भी मचलने लगी थीं।...

"तुम्हारा आखेट?" अर्जुन के नथुने मुखर क्रोध से फड़क उठे, "आखेट तुम्हारा कहाँ से हो गया? तुम्हारा साहस ही कैसे हुआ कि जिस पशु पर मेरी दृष्टि पड़ चुकी थी, तुम उस पर बाण-सन्धान करो!"

"अच्छा जी! अब बात अधिकार की नहीं, साहस की हो गयी।" किरात कुछ वक्र हो कर बोला, "मेरे साहस की बात पूछते हो।" उसका स्वर कुछ ऊँचा हो गया, "मुझे लगता है कि तुम्हें ही किसी जीवित और समर्थ पशु पर बाण चलाने का साहस नहीं हुआ होगा। तुमने सोचा होगा कि वह पशु तो मेरे बाण के घाव से असमर्थ हो ही चुका है, तुम्हें किसी प्रकार की क्षति पहुँचा नहीं पायेगा; अतः इसे मार कर, तुम अपनी वीरता प्रदर्शित कर सकते हो!"

अर्जुन का मन क्रोध के हाथों, पूर्णतः अनियन्त्रित हो चुका था।...यह वन-चर यह किरात... जिसने शायद कभी धनुर्विद्या का आरम्भिक प्रशिक्षण भी नहीं लिया होगा, जिसने न कभी कोई प्रशिक्षित सेना देखी होगी और न कभी जाना होगा कि वीर क्षत्रियों का युद्ध क्या होता है...जो इन किरात स्त्रियों को प्रभावित करने के लिए अपने इन बाँस के बाणों से ठण्ड से सिकुड़े, दुम दबा कर भागते सियारों को आहत करता होगा...वह किरात वीरवर अर्जुन से कह रहा है कि अर्जुन एक वन्य शूकर को मारने का श्रेय लूटने के लिए, इस किरात के बाण की ओट ले रहा है...

अर्जुन का हाथ अपने गाण्डीव पर कस गया, "बहुत वीर समझते हो अपने-आपको! अभी शायद तुम्हारा किसी वीर से साक्षात्कार नहीं हुआ। साहस है तो अपनी इस स्त्री–सेना से पृथक हो, सामने जाओ।"

"लो, हो गया!" किरात सचमुच उस के सामने आ खड़ा हुआ, "पाखण्डी आखेटक! क्या करोगे तुम?"

अर्जुन ने बाण साधा, "बताओ, तुम्हारा मस्तक काट कर भूमि पर लुढ़का दूँ, अथवा तुम्हें इस शूकर के साथ सुला दूँ!"

किरात ने उसका उपहास-सा करते हुए ताली बजायी और अपनी स्त्रियों की ओर देख कर, नयनों का संकेत दिया मानो कह रहा हो, 'इसे देखो तो! अपने-आप को समझता क्या है।' किन्तु उसने भयभीत होना तो दूर, तनिक-सा भी सावधान होने का भी प्रयत्न नहीं किया।

अर्जुन का मन क्रोध की पराकाष्ठा को छू रहा था...एक वनचर आखेटक किरात! और उसका यह साहस!...दाहिना हाथ प्रत्यंचा को खींचता जा रहा था...और उसका विवेक कहीं उससे असहमत हो, दूर जा खड़ा हुआ था...'क्या कर रहे हो सव्यसाची! वह एक अबोध वनचर है। नहीं जानता कि कितनी संकटपूर्ण क्रीड़ा कर रहा है।...क्या वह जानता है कि जिसे वह एक असहाय तपस्वी समझ रहा है, वह आर्यावर्त्त का सर्वश्रेष्ठ वीर है।...वह तो अबोध बालक के समान है, जो ज्योत्स्ना और अग्नि में भेद नहीं कर सकता। वह रज्जु के भ्रम में सर्प को पकड़ रहा है। उसे क्षमा करो...'

किन्तु उन्मत्त क्रोध ने विवेक की एक नहीं सुनी!...भरतकुलभूषण अर्जुन का इस प्रकार अपमान करने वाला व्यक्ति जीवित नहीं रह सकता, चाहे वह अबोध हो अथवा अज्ञानी!...

अर्जुन ने बाण छोड़ दिया!

किरात, अर्जुन के बहुत निकट आया था। बाण छूटने के, अगले ही क्षण, उसे मृत हो कर भूमि पर गिर पड़ना चाहिए था...किन्तु ऐसा हुआ नहीं!...अर्जुन ने स्वयं अपनी आँखों से देखा कि किरात छिटक कर एक ओर हट गया और अर्जुन का बाण, वन में कहीं वृक्षों में जा कर अदृश्य हो गया...अर्जुन का क्रोध जैसे उस का सारा रक्त खौलाये दे रहा था। उसने दूसरा बाण धनुष पर रखा... शाखा-मृग के समान कूदते इस किरात को वह अभी यमपाश में बाँध देगा...

किन्तु इस बार किरात ने उसे बाण छोड़ने का अवसर नहीं दिया। उसने किसी असाधारण, अलौकिक स्फूर्ति से झपट कर, गाण्डीव की प्रत्यंचा से वह बाण उठा लिया।...अर्जुन चकित, असहाय-दृष्टि से उसे देखता रहा। उसके अंग जैसे शिथिल हो रहे थे। मन और शरीर में न ऊर्जा का आभास हो रहा था, न शक्ति का!...क्या यह सब उस की दीर्घकालीन तपस्या का परिणाम था? क्या वह दुर्बल होता जा रहा था?...

किरात ने आगे बढ़ कर, अपने बाएँ हाँथ से गाण्डीव थाम लिया और दाएँ हाथ से अपने धनुष को अर्जुन की ग्रीवा से फँसा कर झटका दिया। अर्जुन अपने शरीर को स्थिर नहीं रख पाया और सीधा धरती पर जा गिरा। चेतना के लुप्त होते-होते उसने देखा कि किरात ने हँसते हुए, क्रीड़ायुक्त भाव से उस के दोनों तूणीर उठा लिये...

17

द्रुपद ने समाचार सुना और चिन्ता ने उसके मन को घेरना आरम्भ कर दिया।...पाण्डवों ने यह कैसा निर्णय कर लिया!...

धृष्टद्युम्न और शिखण्डी—दोनों ही काम्पिल्य में नहीं थे। सन्ध्या से पहले वे लौटेंगे भी नहीं। तो

द्रुपद किसी से चर्चा कर, अपना मन भी हल्का नहीं कर सकते थे...

एकान्त कक्ष में बैठे-बैठे मन ऊब गया, बाहर निकल, प्रासाद के खुले चौबारे पर टहलने लगे...यह क्या कर दिया युधिष्ठिर ने?...पर युधिष्ठिर से और अपेक्षा भी क्या की जा सकती थी... द्रुपद को कई बार लगा था कि युधिष्ठिर की प्रवृत्ति अपने परिवेश से युद्ध करती रहती है।... गृहस्थों में वह सन्यासी था, क्षत्रियों में ब्राह्मण था, राजाओं में वीतराग तपस्वी था...सब लोग उसे घेर कर, उससे वह सब करवाना चाहते थे, जिस के लिए उसके मन में कोई उत्साह नहीं था।... द्रुपद को तो यह सब उसी दिन समझ लेना चाहिए था, जिस दिन कृष्णा का स्वयंवर हुआ था। हारे हुए पराजित राजा भी कृष्णा को अर्जुन से छीन लेना चाहते थे; और युधिष्ठिर था कि स्वयंवर की प्रतिज्ञा सुनते ही, उठ कर चला गया था...जिस के वह योग्य नहीं है, उस की आकांक्षा ही क्यों करे। जिस कृष्णा को पाने के लिए संसार भर के राजा लालायित थे, उस का विवाह युधिष्ठिर से हो रहा था; और युधिष्ठिर कह रहा था कि कृष्णा का विवाह केवल उसके साथ नहीं पाँचों भाइयों के साथ कर दिया जाये...युधिष्ठिर ने देने के लिए सदा अपनी हथेली खुली रखी है, आधिपत्य जमाये रखने के लिए उसने कभी अपनी मुट्ठी बन्द नहीं की...फिर उससे द्रुपद क्या अपेक्षा कर सकते हैं?...

अपने ऊहापोह में सारा दिन द्रुपद व्याकुलता से पीड़ित रहे। सन्ध्या समय धृष्टद्युम्न प्रासाद में लौटा तो द्रुपद ने तत्काल उसे अपने पास बुला लिया, "शिखण्डी नहीं आया अभी?"

"आते ही होंगे!" धृष्टद्युम्न बोला, "वे नये बन रहे बाणों का निरीक्षण करने गये थे।"

"तुमने समाचार सुना, धृष्टद्युम्न?" द्रुपद अब स्वयं को रोक नहीं पाए।

"क्या?"

"युधिष्ठिर ने अर्जुन को तपस्या करने के लिए इन्द्रकील पर्वत पर भेज दिया है।"

"अर्जुन अब काम्यक वन में नहीं है?" धृष्टद्युम्न ने पूछा।

"नहीं! वहाँ से तो वह कब का चला गया। अब तक तो वह इन्द्रकील पर्वत पर पहुँच चुका होगा!"

"तो काम्यक वन में दुर्योधन से उन की रक्षा कौन करेगा?" धृष्टद्युम्न जैसे अपने-आप से पूछ रहा था, "यह धर्मराज ने क्या किया?"

"यह तो वही जाने," द्रुपद का आक्रोश तरल हो कर अब उन के मन के बाहर निकलने लगा था, "इस की तो सदा की नीति रही है कि जिससे उस को लाभ हो सकता हो, उसी को त्याग दो।"

"पर अर्जुन को इस समय तपस्या की क्या आवश्यकता थी?" धृष्टद्युम्न खीझ कर बोला, "यह समय युद्ध के अभ्यास का है न कि तपस्या का! शत्रुओं को तपाने के स्थान पर स्वयं ही तपने चल दिया!"

"महर्षि वेदव्यास के कहने पर, उसने अर्जुन को दिव्यास्त्रों की प्राप्ति के लिए इन्द्रकील पर्वत पर भेजा है।..." द्रुपद ने जैसे उसकी क्रोधाग्नि को उकसाया।

"महर्षि वेदव्यास कोई युद्ध-विशारद हैं, अथवा कोई महान् अनुभवी महासेनापति, जिनके कहने पर अर्जुन को इन्द्रकील पर्वत के उस शीत में असहाय मृत्यु की उपलब्धि के लिए भेज दिया?" धृष्टद्युम्न का स्वर कटु होता जा रहा था, "कहीं यह भी दुर्योधन की ही कोई चाल तो नहीं?"

"दुर्योधन की चाल हो या न हो, जो कुछ हुआ है, वह शुभ नहीं है।" द्रुपद बोले, "अर्जुन तो वहाँ उस शीत में अप्राकृतिक मृत्यु को प्राप्त होगा और दूसरी ओर चारों पाण्डव तथा कृष्णा, काम्यक वन में सदा असुरक्षित रहेंगे। कर्ण के बाणों से उस की रक्षा कौन करेगा?"

द्रुपद पूछ नहीं रहे थे। वे केवल अपने मन की आशंकाओं को प्रकट कर रहे थे। धृष्टद्युम्न भी इस बात को समझता था और वह उन के प्रश्न का उत्तर देने का प्रयत्न भी नहीं कर रहा था... किन्तु उसके लिए भी चिन्ता का विषय तो यह था ही!

उसी समय शिखण्डी ने कक्ष में प्रवेश किया, "गुप्तचर सूचना लाये हैं पिताजी! कि हस्तिनापुर में दुर्योधन और उसके मित्र बहुत प्रसन्न हैं कि उन्हें कुछ करने की आवश्यकता ही नहीं पड़ी और युधिष्ठिर ने अर्जुन जैसे धनुर्धर को उन के मार्ग से हटाकर, गलने के लिए इन्द्रकील पर्वत पर भेज दिया है।"

"दुर्योधन के प्रसन्न होने का तो यह विषय ही है।" द्रुपद बोले, "जो वह चाहता था, युधिष्ठिर ने कर दिया।"

"मुझे यह तो नहीं लगता कि इन्द्रकील पर्वत पर तपस्या करने से धनंजय की मृत्यु हो जायेगी, किन्तु यह अवश्य लगता है कि आध्यात्मिक साधनाओं से अर्जुन की वृत्तियाँ बदल जायेंगी। उसका मन भीरु भी हो सकता है, और कोमल भी। मन में वैराग्य उन्पन्न हो गया, तो स्थिति और भी जटिल हो जायेगी। वह युद्ध से विरत हो जायेगा। शस्त्रों का अभ्यास करने के स्थान पर, शास्त्रों का पारायण करने लगेगा। युद्ध-क्षेत्र में खड़े होने के स्थान पर किसी कुटिया में आँखें बन्द कर बैठ जायेगा। युधिष्ठिर की अनृशंसता ही हमारे लिए कम कष्टदायक नहीं है, अब यह अर्जुन भी वैसी ही करुणा अपने मन में संचित कर वहाँ से लौटा, तो स्वयं तो वह युद्ध करेगा नहीं, हमें भी लड़ने नहीं देगा।"

सहसा ही बाहर अनेक पगों की आहट हुई और द्रौपदी के पाँचों पुत्रों ने कक्ष में प्रवेश कर द्रुपद, धृष्टद्युम्न तथा शिखण्डी को प्रणाम किया।

सहसा धृष्टद्युम्न, प्रतिविंध की ओर मुड़ा, "युधिष्ठिर-कुमार! मुझे बताओ कि जब तुम अपना बल बढ़ाना चाहोगे, युद्ध-कौशल को समृद्ध करना चाहोगे, तो तुम नये-से-नये शस्त्रों का निर्माण करवाओगे, उनका अभ्यास करोगे; अथवा किसी पर्वत की गुफा में बैठ कर आध्यात्मिक साधना करोगे, ताकि तुम्हें कुछ दिव्यास्त्रों और देवास्त्रों की प्राप्ति हो?"

द्रुपद समझ रहे थे कि युधिष्ठिर के प्रति अपनी खीझ, धृष्टद्युम्न युधिष्ठिर के पुत्र पर उगल रहा था...किन्तु, वह यह क्यों भूल रहा था कि प्रतिविंध युधिष्ठिर का ही नहीं, कृष्णा का भी पुत्र था।... वैसे भी इन कोमल बालकों के प्रति इतनी कठोरता शोभनीय नहीं है...

प्रतिविंध की समझ में धृष्टद्युम्न का प्रश्न तो आ गया था, किन्तु वह यह नहीं समझ पा रहा था कि उससे यह प्रश्न पूछा क्यों जा रहा है।

"मातुल! पहले आप राज्य-पालन का सामर्थ्य प्राप्त करना चाहेंगे अथवा पहले प्रजा एकत्रित कर तब राज्य स्थापित करेंगे?" उसने उत्तर देने के स्थान पर प्रतिप्रश्न किया।

धृष्टद्युम्न ने चकित दृष्टि से उस की ओर देखा : कैसा विचित्र बालक है यह! एक सीधे से प्रश्न का सीधा उत्तर न दे कर, एक अनावश्यक-सा प्रश्न पूछ रहा है।

"यह क्या मेरे प्रश्न का उत्तर है प्रतिविंध?" धृष्टद्युम्न ने हल्के-से रोष के साथ पूछा।

उत्तर भी प्राप्त होगा।"

धृष्टद्युम्न के उत्तेजित मन में, दोनों ही बालकों के कथन के तल तक जाने का धैर्य नहीं था। जाने ये दोनों क्या कर रहे थे।

"मैं पहले राज्य स्थापित करूँगा, तो ही प्रजा की कामना करूँगा।" धृष्टद्युम्न बोला, "राज्य ही नहीं होगा, तो प्रजा की कामना का लाभ?"

"तो मेरे पिता भी पहले अपने मन की हिंस्र वृत्तियों को नियन्त्रित करेंगे फिर महादेव से दिव्यास्त्रों की कामना करेंगे।" श्रुतकर्मा बोला, "मन पर नियन्त्रण न हो और मनुष्य को आसाधारण बल प्राप्त हो जाये, तो वह अमर्यादित रूप से हिंस्र हो कर, ईश्वर की सृष्टि का अनावश्यक विनाश करता है।"

धृष्टद्युम्न का आक्रोश तो शान्त नहीं हुआ; किन्तु उसका विवेक श्रुतकर्मा के तर्क में बँध कर, विवश हो गया...धृष्टद्युम्न ने स्वष्ट रूप से अर्जुन की तपस्या के विषय में कुछ भी तो नहीं कहा था, किन्तु प्रतिविंध्य भी समझ गया था और श्रुतकर्मा भी कि वह क्या कह रहा था...अद्‌भुदत्‌ हैं ये बालक! निश्चित रूप से पाण्डवों की चिन्तन-प्रक्रिया पांचालों से भिन्न है।...वे लोग अपने प्रति न्याय तो चाहते हैं, किन्तु किसी का अहित करना नहीं चाहते...

द्रुपद के मन को कुछ शान्ति मिली...युधिष्ठिर दूरदर्शी है...उसने कुछ सोच कर ही, अर्जुन को तपस्या के लिए भेजा है। महर्षि वेदव्यास का परामर्श, उनके लिए घातक नहीं हो सकता...दुर्योधन तो मूर्ख है, जो उन की नीति नहीं समझता...स्वयं द्रुपद और उसके पुत्र भी युधिष्ठिर की नीति समझ नहीं पाये तो बेचारा दुर्योधन उसे क्या समझेगा, जिसकी बुद्धि, देह-बुद्धि, आसक्ति और भोग से ऊपर उठ ही नहीं सकती...

"वह तो ठीक है प्रतिविंध्य और श्रुतकर्मा!" सहसा शिखण्डी बोला, "पहले भुजा में शक्ति संचित की जाती है और फिर गदा उठायी जाती है। पहले मन को संयत किया जाता है और तब शस्त्र अर्जित किये जाते हैं। किन्तु..." उसने रुक कर द्रौपदी के पाँचों पुत्रों पर दृष्टि डाली, "किन्तु जब तक अण्डे में से शावक बाहर नहीं निकलता, तब तक उस पर अण्ड-कवच ही नहीं, स्वयं शावक की माता का भी पूर्ण संरक्षण रहता है।...धनंजय की तपस्या पूर्ण होने तक उसके लिए किसी सुरक्षा-कवच की व्यवस्था नहीं की गयी है। धनंजय आँखे मूँद कर बैठा तपस्या करता रहे और दुर्योधन अथवा कोई अन्य शत्रु, उसका वध कर जाये, तो?...दूसरी ओर धर्मराज और उनके भाई अपने लिए अर्जुन रूपी सुरक्षा-कवच के लौट आने की प्रतीक्षा करते रहें और उस कवचहीनता की स्थिति में कोई उन पर घातक प्रहार कर जाये तो?" शिखण्डी रुका, "पाँचों पाण्डव इकट्ठे रहते, तो अर्जुन तपस्या करते हुए भी, अपने भाइयों द्वारा रक्षित रहता और शेष भाइयों को भी अर्जुन का युद्ध-कौशल निरन्तर उपलब्ध रहता।..."

"आप एकदम ठीक कहते हैं मातुल!" सुतसोम कुछ अटपटे-से स्वर में बोला, "किन्तु यह भी सम्भव है कि काम्यक वन धनंजय की तपस्या के लिए उपयुक्त न हो और धर्मराज ने अपनी सुरक्षा का कोई उपाय सोच रखा हो।" सुतसोम ने वक्र दृष्टि से शिखण्डी की ओर देखा, "आप यह भूल रहे हैं कि पाण्डवों की सुरक्षा के लिए उनके महासेनापति, मध्यम पाण्डव, महावीर भीमसेन ही पर्याप्त हैं।"

द्रुपद को लगा, भीम की इस उपेक्षा से सुतसोम आहत हुआ है। वैसे उसका कथन सत्य है।

दैनन्दिन के साधारण संकटों से तो पाण्डवों की रक्षा भीम ही करता रहा है। सेनाओं के युद्ध की स्थिति हो, तो बात और है।...वैसे ये बालक ठीक ही तो कह रहे हैं।...काम्पिल में तो इतनी ही सूचना आई है कि अर्जुन तपस्या के लिए इंद्रकील पर्वत की ओर चला गया है; किन्तु युधिष्ठिर की वास्तविक योजना क्या है, यह तो द्रुपद जानते ही नहीं...

"और मातुल!" सुतसोम पुनः बोला, "जब तक पाण्डव स्वयं अपनी रक्षा के लिए सन्नद्ध नहीं हो जाते, क्या वह उनके मित्रों का दायित्व नहीं है, कि वे उन की रक्षा करें?"

धृष्टद्युम्न का मन कुछ सहम गया...उसने यह तो सोचा कि युधिष्ठिर को क्या करना चाहिए... .यह नहीं सोचा कि स्वयं उसे क्या करना चाहिए...सुतसोम अपने पिता के समान उस के सम्मुख कटु ही नहीं, एक वीभत्स सत्य को उसके नग्न रूप में प्रस्तुत कर रहा था...क्या यह धृष्टद्युम्न का कर्तव्य नहीं था कि वह देखे कि जब तक पाण्डव अपनी व्यवस्था नहीं कर लेते, वह अपने सैन्य-बल के माध्यम से उन की रक्षा करे...कृष्ण तो प्रतीक्षा नहीं करते कि कोई उन की सहायता के लिए निवेदन करे...तो धृष्टद्युम्न किसकी प्रतीक्षा कर रहा है?...

"तुम ठीक कह रहे हो पुत्र! हमें ही अपना दृष्टिकोण कुछ बदलना पड़ेगा।" द्रुपद सस्नेह बोले, "अच्छा! अब तुम लोग जा कर विश्राम करो। तुम लोग दिन भर के शस्त्राभ्यास से थके हुए होगे! प्रातः फिर जल्दी उठना है। कल के शस्त्राभ्यास के लिए, तुम्हारे प्रशिक्षकों के साथ, तुम्हारे मातुल तथा शिखण्डी भी होंगे। इस का अर्थ समझते हो?"

"हाँ! हम कल कुछ और नया सीखेंगे, केवल पुरातन का पुनर्वतन ही नहीं करेंगे।" शतानीक बोला।

"नहीं बुद्धू!" श्रुतसेन ने उसे टोका, "कल कठोर अभ्यास होगा; संकटपूर्ण प्रशिक्षण होगा।"

"दोनों बातें ठीक हैं।" धृष्टद्युम्न ने कहा, "नया भी सीखोगे और कठिन भी! तुम क्षत्रिय हो। सत्य और न्याय के लिए शस्त्र धारण करने वाले हो। इसलिए तुम्हें न स्वेद गिराने से पीछे हटना होगा, न रक्त बहाने से!"

"हम तैयार हैं!" पाँचों भाइयों ने अपनी भुजायें उठा कर कहा।

"पर मातामह! आप हमारे साथ कब चलेंगे?" प्रतिविंध्य के प्रश्न में प्रेमपूर्ण अनुरोध था।

"मातामह अब वृद्ध हो गये हैं, उन्हें विश्राम चाहिए।" सुतसोम ने उसे टोक दिया।

"तुम्हारे प्रपितामह से तो अधिक वृद्ध नहीं हूँ।" द्रुपद हँसे, "कौरवों के महासेनानायक आचार्य द्रोण, मेरी ही अवस्था के हैं। क्या उन्होंने युद्ध-कर्म छोड़ दिया कि मैं शस्त्राभ्यास से विरत हो जाऊँ। अभी तो मुझे द्रोण और उसके स्वामियों के नाश के लिए एक महासमर लड़ना है।"

प्रतिविंध्य ने गर्वपूर्वक, सुतसोम की ओर देखा; और नयन मटका कर बोला, "तुम मेरे मातामह को वृद्ध नहीं कह सकते।"

18

अर्जुन की चेतना लौटी!

उसने धीरे से आँखें खोलीं और अनुभव किया कि उसके शरीर में तनिक भी ऊर्जा नहीं थी। अंगों

की दुर्बलता इतनी स्पष्ट थी कि झपटकर एक बार में ही उठाकर खड़ा भी नहीं हो सकता था।...

उसने अपने माथे पर हाथ रखा। हाथ गीला हो गया। वह आर्द्रता न जल की थी, न हिम की... यह उसका अपना रक्त था, जो उसके माथे से बहा था।...हाँ! जब किरात ने अपने धनुष में फँसा कर उस की ग्रीवा को खींचा था, तो वह गिर पड़ा था। उसका माथा हिम-शिला से टकराया था। उसी समय यह रक्त बहा होगा...

किरात वहाँ नहीं था। वह अपनी स्त्रियों के साथ, वहाँ से जा चुका था। वह शूकर भी अनुपस्थित था। सम्भवतः किरात ही उसे वहाँ से उठा ले गया होगा...किन्तु अर्जुन का गाण्डीव और दोनों तुणीर पड़े थे, जैसे किरात के लिए अर्जुन के शस्त्र तनिक भी उपयोगी न हों। वह उन्हें व्यर्थ और अनावश्यक मानकर वहीं छोड़ गया था। उस के लिए एक वन्य-शूकर अधिक उपयोगी था, अर्जुन के विख्यात धनुष और बाण नहीं...

अर्जुन के मन में असाधारण दीनता भर आयी...वह क्या समझ रहा था स्वयं को...और वह क्या निकला! बहुत सम्भव है कि इतने दिनों की इस कठोर तपस्या से, उसके अंग कुछ शिथिल हो गये हों। यदि भोजन ही शरीर को शक्ति देता है, तो एक लम्बे समय तक, भोजन तो उसने प्रायः किया ही नहीं है। शरीर को तो दुर्बल होना ही था।...क्या यह शरीर और स्नायुओं की दुर्बलता ही थी, जिसने उसे इतना क्रुद्ध कर दिया था?...हस्तिनापुर में द्यूत-क्रीडा के अवसर पर, जब दुर्योधन ने भयंकर दुर्व्यवहार किया था, उन्हें अपशब्द कहे थे, पांचाली को अपमानित किया था...क्रोध तो उसे तब भी आया था, किन्तु इतना नहीं कि वह अपने विवेक की बात ही न सुनता!...तब भी तो उसने अपने क्रोध का दमन किया था, मन को संयत रखा था; और धर्म-विरुद्ध आचरण कर, मर्यादा को भंग नहीं किया था।...आज क्या हो गया था अर्जुन को?... यदि एक वनचर किरात ने अपने अज्ञान में उसे आहत करने वाली कुछ बातें कह दी थीं, तो उसे इस प्रकार क्रोध के वशीभूत हो कर, उस किरात की निरीह हत्या के लिए तत्पर तो नहीं हो जाना चाहिए था...वह क्रोध वस्तुतः उस के अहंकार से उपजा था। अहंकार भी कितना तुच्छ था कि अबोध किरात की बातों से आहत हो गया...उसके अहंकार ने फूत्कार भी किया, तो किसी वीर योद्धा के सामने नहीं, एक वनवासी के सामने!...

अर्जुन का मन असहाय हो कर रो पड़ा...उसके अहंकार को कैसे खण्डित किया है महादेव ने! यदि कहीं उसे इस प्रकर दण्डित न किया गया होता, तो उस किरात का वध कर, इस समय वह स्वयं को असाधारण वीर मानकर अहंकार में फूला बैठा होता।...अर्जुन को लगा कि इस एक पराजय ने उसके मन को प्रभु के प्रति अथाह प्रेम से भर दिया है। उसका मन प्रेम से विह्वल हो कर रोना चाहता था। प्रभु के चरणों में अपना सिर पटक-पटक कर अपने अहंकार के लिए क्षमा माँगना चाहता था; और उसकी कृपा के लिए अपना आभार निवेदित करना चाहता था...कितना कृपालु है प्रभु...

वह अपने स्थान से उठा और धीरे-धीरे चलता हुआ, निकट के जल स्रोत तक गया। कृतज्ञता-भाव से दबे मन और प्रेमाश्रुओं से भरी आँखों के साथ उसने स्नान किया।...जलधारा के तट पर मिट्टी की वेदी बनाकर, उस पार्थिव शिव की स्थापना की। निकट की झाड़ियों से ले कर कुछ पुष्प अर्पित किये...

पद्मासन में बैठकर, उसने हाथ जोड़े, तो उस के नयन पुनः अश्रुओं से भर आये। हृदय कैसा तो विह्वल हो उठा, जैसे फूट-फूटकर रोना चाहता हो और उसी में भक्ति का, समर्पण का, अहंकारशून्यता का, दीनता और अकिंचनता का सुख अनुभव करना चाहता हो..."कितने दयालु हो प्रभु तुम! अपने दास को तनिक भी भ्रमित नहीं होने देते! उसे अहंकार के मार्ग पर बढ़ने नहीं देते। जब वह अहंकार में फूला, तो तुमने एक ही क्षण में, उसे अकिंचन बना कर खड़ा कर दिया।...मैं समझ गया हूँ प्रभु! अपने पुरुषार्थ से हम, तुम्हारा प्रेम नहीं पा सकते। जब तुम्हारी कृपा होगी, जब तुम्हारी दया-दृष्टि हम पर पड़ेगी, तभी तुम्हारा प्रेम भी मिलेगा। तुम मुझसे रुष्ट होते, तो मेरे अहंकार को पुष्ट करते, जैसे तुम दुर्योधन के अहंकार को कर रहे हो...तुम मुझ पर प्रसन्न हो, इसलिए तुमने मुझे अपनी अकिंचनता से बोध करा दिया...'

अर्जुन की आँखें मुँद गयीं। उसका मन अन्तर्मुखी होता चला गया। वह कैसी विचित्र यात्रा थी मन की?...दृश्य जगत् अदृश्य हो गया और एक नयी सृष्टि उस के सामने थी।...उस की आँखें बन्द थीं, किन्तु वह सब कुछ देख रहा था। वह आँखों से नहीं देख रहा था, जिस प्रभु से आँखों को देखने की शक्ति मिलती है, उसी प्रभु की शक्ति से देख रहा था; वहाँ सूर्य का प्रकाश नहीं था; किन्तु कहीं अंधकार नहीं था। यह स्वतः प्रकाशित जगत्, यह कौन-सा दिव्य लोक था?...

सहसा, उसके सम्मुख वही वनचर किरात आ कर खड़ा हो गया। वह न तो क्रुद्ध था, न रुष्ट! वह मैत्री-भाव से मुस्करा रहा था। अर्जुन ने जो पुष्प पार्थिव शिव को समर्पित किये थे, वे उस किरात के चरणों में सुशोभित थी...तो क्या महादेव शिव को समर्पित किया गया प्रत्येक भाव, उस वनचर किरात को प्राप्त हो रहा था? क्या महादेव शिव ही किरात के रूप में उसके सम्मुख आये थे, उसके अहंकार-भंजन के लिए?...

किरात ने कुछ नहीं कहा। उस के होंठ नहीं हिले। कोई शब्द उत्पन्न नहीं हुआ।...किन्तु अर्जुन का मन बहुत स्पष्ट रूप से सुन रहा था। किरात कह रहा था, "कुन्ती पुत्र अर्जुन! मैं तेरी तपस्या से प्रसन्न हूँ। इसलिए तेरी कामना पूर्ण करना चाहता हूँ।...किन्तु अहंकारी पर मेरी कृपा नहीं हो सकती; इसलिए तेरा अहंकार नष्ट करना आवश्यक हो गया था। तेरा उससे कोई अनिष्ट नहीं हुआ... अभ्युदय ही हुआ...। बोल, क्या चाहिए तुझे? किस कामना को लेकर तप रहा है तू?"

अर्जुन के भी अधर नहीं हिले। उसने भी शब्दों का उच्चारण नहीं किया; किन्तु वह अपनी कामना को सुन रहा था, "प्रभु! मुझे अपना पाशुपतास्त्र दें। मैं युद्ध मे अपने शत्रुओं को पराजित कर सकूँ।"

"जिन शत्रुओं की तू चर्चा कर रहा है, उनके वध के लिए, दिव्यास्त्र, तुझे अमरावती में वैजयन्त से मिलेंगे।" उसने किरात की शिव-वाणी सुनी, "मैं तुम्हें अपना पाशुपतास्त्र दे रहा हूँ; किन्तु यह बाहरी शत्रुओं से नहीं, अपने आन्तरिक विकारों से युद्ध करने के लिए है। इसे ले जा और अपने मन के विकारों से लड़, तुझे पशु हो कर नहीं, पशुपति हो कर जीना है। इसलिए अपने क्रोध से लड़ अपने अहंकार से लड़ अपने काम से लड़, अपने राग-द्वेष से लड़। अपने मन के पशु को पराजित कर, उसे नाथयेकर जब तू पशुपति बन जायेगा, तो तुझे दिव्य जीवन का अनुभव होगा। वह जीवन भोग का नहीं है, इसलिए आनन्द का जीवन है।...तेरे विकार नहीं होंगे, तो बाहर तेरे शत्रु भी नहीं होंगे।"

किरात जैसे स्वयं महादेव शिव में परिणत हो गया। अर्जुन उन की ओर बढ़ना चाहता था; किन्तु उससे पहले महादेव अदृश्य हो गये।...अर्जुन को लगा, उस के वक्ष से कोई अंग निकलकर बाहर चला गया है; और वहाँ एक शून्य रह गया है...उस का मन चीत्कार कर रहा है, 'कहाँ हो प्रभु? कहाँ हो महादेव? मैं तुम्हें कहाँ खोजूँ?' महादेव वहाँ नहीं थे; किन्तु उनका निःशब्द संदेश उसके मन में निरन्तर गूँज रहा था, 'मैं कहाँ नहीं हूँ। शुद्ध बुद्धि को शुद्ध आत्मा से संयुक्त कर; और मुझे देख! मैं प्रत्येक कण में हूँ।'

अर्जुन को लगा, वह किसी असाधारण यात्रा पर चल पड़ा है।...वह था, किन्तु उस का शरीर नहीं था। कोई वाहन नहीं था, किन्तु गमन था। न वह चल रहा था, न उसे पवन उड़ा रहा था; किन्तु वह एक असाधारण यात्रा का अनुभव कर रहा था। उस के पैरों के नीचे पृथ्वी नहीं थी।... पृथ्वी बहुत दूर, नीचे छूट गयी थी। आस-पास कहीं आकाश भी नहीं था। अन्तरिक्ष भी कहीं पीछे छूट गया था।...अब वह जहाँ पहुँच गया था, वहाँ न सूर्य का प्रकाश था, न चन्द्रमा का। वहाँ अग्नि का ताप नहीं था। जो कुछ भी था, वह अपने प्रकाश से स्वतः प्रकाशित था। जो कुछ दिखायी देता था, सब ज्योति-स्वरूप था। ग्रह-नक्षत्रों के अधिष्ठाता, अपने प्रकाश से आलोकित, अपने लोकों में निवास कर रहे थे...

अब वह स्पष्ट देख रहा था, जिस शरीर को वह अपना अस्तित्व मानता था, वह शरीर वह स्वयं नहीं था; वह शरीर उसका कोई उपकरण भी नहीं था; वह उसका बन्धन था, जिससे वह इस समय मुक्त हो गया था।...जिन नयनों को वह दृश्य का साधन मानता था, वह उसकी दृष्टि का सीमांकन था। जिन्हें वह अपने स्रोत मानता था, वे वाणी को रुद्ध कर, उस की श्रवण-शक्ति को प्रतिबन्धित कर रहे थे। उसके पग उस की गति के अवरोधक थे। वे उसकी तीव्रगामिता के बन्धन थे। शरीर के दो ही हाथ नियत थे, किन्तु शरीर के अभाव में वह सहस्रों हाथों वाला था।...शरीर ने उस के अस्तित्व को कीलित कर रखा था। अब वह मुक्त था, परम स्वतन्त्र...यह उसका वास्तविक स्वरूप था...

सहसा अनेक जल-जन्तुओं से घिरे, जल के देवता वरुण आ कर उसके निकट ठहर गये।... उनकी अंग-कान्ति वैदूर्य मणि के समान थी। एक अन्य दिशा से अनेक यक्षों के साथ कुबेर आ गये। उनका शरीर स्वर्ण के समान था। उसके पश्चात् सूर्यपुत्र यमराज आये। अनेक पितृगण थे। उनके हाथ में 'दण्ड' था; और वे दूसरे सूर्य के समान प्रकाशमान थे। सबके अन्त में ऐरावत की पीठ पर बैठे हुए देवराज आये।

यमराज ने अत्यन्त स्नेह से कहा, "फाल्गुन! हम सब लोकपाल आये हैं। तुम आज हमारे दर्शनों के अधिकारी हो गये हो। मेरा वचन है कि संसार में तुम्हारी अक्षय कीर्ति स्थापित होगी। मैं तुम्हें अपना दण्डास्त्र देता हूँ। लो, तुम इसे ग्रहण करो।"

अर्जुन के हाथ नहीं उठे। न ही यमराज ने कोई अस्त्र बढ़ाया; किन्तु अर्जुन को लगा कि उस का शस्त्र-ज्ञान कुछ बढ़ गया है। उसने कुछ ग्रहण किया है। वह पहले से कुछ अधिक समृद्ध हुआ है।...

वरुण ने भी उसी प्रकार कहा, "मैं तुम्हें अपनी वरुण-पाश दे रहा हूँ।" कुबेर ने उसे अपना 'अन्तर्धान' नामक अस्त्र दिया। अन्त में देवराज बोले, "तुम इन्द्रकील पर्वत से चल कर, उत्तर दिशा में अमरावती नगर में जाओ अर्जुन! वहाँ तुम्हें वैजयन्त इंद्र से अनेक दिव्यास्त्र और उन शस्त्रास्त्रों का प्रशिक्षण प्राप्त होगा। उसे मेरा प्रसाद ही समझना...।"

चारों लोकपाल अपनी-अपनी दिशाओं में लौट गये; और अर्जुन को लगा कि वह नीचे की ओर यात्रा कर रहा है...स्थूल जगत् की ओर!...

उसकी वाह्य चेतना लौटी। उसने आँखें खोल कर देखा। वह पार्थिव शिव के सम्मुख पद्मासन लगाये बैठा था...क्या था, यह सब? क्या यही समाधि थी? निर्विकल्प समाधि? क्या उसने सचमुच उन दिव्य लोंकों की यात्रा की थी; अथवा अपने चंचल मन की किन्हीं कल्पनाओं के भ्रमजाल में फँस गया था?...क्या उसने सत्य ही, महादेव शिव के साक्षात् दर्शन किये थे? क्या वस्तुतः लोकपाल उसके पास आये थे? क्या उसने सचमुच ही उन लोकपालों के शस्त्रास्त्रों को आत्मसात् किया है? भौतिक रूप में तो उन्होंने वे शस्त्रास्त्र उसे दिये नहीं थे। उन्होंने जो कुछ भी दिया था, वह उस की आत्मा ने ही ग्रहण किया था। शरीर तो उस लोक में जैसे कोई था ही नहीं। न उन लोकपालों का, न अर्जुन का, न उन शस्त्रों का!...उसे लग रह था कि आज उसके लिए भौतिक शस्त्रों का कोई महत्त्व रह भी नहीं गया था। यमराज ने उसे अपना दण्ड दिया था। कदाचित् उससे मृत्यु को नहीं जीता जा सकता। कोई जीव कभी 'मृत्यु' को नहीं जीत सकता। वह अमर नहीं हो सकता!...किन्तु मृत्यु का भय तो जीता ही जा सकता है। मृत्यु को मित्र तो बनाया जा सकता है। यदि देह के प्रति मोह न रहे, तो मृत्यु से हमारा विरोध ही कैसा?...और यह देह तो मैं नहीं हूँ। मृत्यु मेरा तो कुछ बिगाड़ ही नहीं सकती! यह देह जिन पंचभूतों से बनी है, प्रकृति के नियमों के अधीन, इसे उन्हीं में जा मिलना है...तो मृत्यु की चिन्ता ही क्या?...और वरुणदेव ने उसे वरुण पाश दिया था। सत्य और ऋत के देवता हैं वरुण! उनका पाश 'मिथ्या' को बाँधेगा, स्वेच्छाचार को बाँधेगा।...अर्जुन अपने 'अहंकार' को बाँधेगा, क्योंकि वह मिथ्या है; काम और क्रोध को बाँधेगा, क्योंकि उसका कोई अस्तित्व नहीं है, वे मात्र शरीर के विकार हैं। वह अपनी कामनाओं को धर्म-बन्धन में बाँधेगा, क्योंकि कामना और तृष्णा किसी अनुशासन को नहीं मानतीं।...कुबेर ने उसे 'अन्तर्धान' नामक शस्त्र दिया है। धन के संरक्षक हैं कुबेर! धन का स्वामी नहीं मानते स्वयं को! धन तो लक्ष्मी का है। कुबेर तो उसके संरक्षक मात्र हैं। उस के प्रति लोभ नहीं उनको, लालसा और तृष्णा नहीं है, भोग की कामना नहीं है...अर्जुन भी उनकी कृपा से लोभ, लालसा और तृष्णा को अन्तर्धान कर देगा...

हाँ! देवराज ने कुछ नहीं दिया। उन्होंने कहा, अमरावती में वैजयन्त इन्द्र से मुझे शस्त्रास्त्र मिलेंगे।...वे वस्तुतः भौतिक शस्त्र होंगे। दिव्यास्त्र और देवास्त्र। वैजयन्त ने भी तो यही कहा था कि जब मेरी तपस्या, मेरे भीतर के अशिव का नाश कर देगी, शिव अपना पाशुपतास्त्र दे देंगे, तब ही वे मुझे दिव्यास्त्र और देवास्त्र दे सकेंगे।...तो क्या, वे प्रतिज्ञाएँ पूरी हो नहीं गयीं? अर्जुन की आत्मा ने शिव के दर्शन किये हैं। पाशुपतास्त्र को समझा है...तो क्या अमरावती की यात्रा का समय आ गया?...यदि ऐसा है, तो अर्जुन को अपने धर्म-सम्मत विवेक से, मन रूपी अश्व को पूर्णतः नियन्त्रित कर के पुण्य सत्य मार्ग पर चल पड़ना चाहिए।...अमरावती में भोग की प्रचुर सामग्री है। उन सब का प्रलोभन वैजयन्त इन्द्र ने आरम्भ में ही दिया था।...किन्तु अर्जुन को इन्द्रियों का भोग नहीं चाहिए।...उसे अपने लिए जो कुछ चाहिए था, वह सब तो जैसे महादेव शिव के दर्शन से ही उसे प्राप्त हो गया है। कैसा तो पूर्णकाम हो गया है वह!...अब तो उसे कृष्ण के धर्मराज्य की

स्थापना के लिए युद्ध का सामर्थ्य चाहिए, शस्त्रास्त्र...उसकी परिचालन-विधि, युद्ध का अभ्यास, व्यूह-रचना, सैन्य-संचालन की नयी विधियाँ...

"पर यह सब क्या कृष्ण के धर्मराज्य के लिए चाहिए? अपने लिए कुछ नहीं चाहिए?...अपने लिये, भाइयों के लिए? माता के लिए? अपनी पत्नियों और सन्तानों के लिए? उसे पाण्डवों का राज्य वापस नहीं चाहिए क्या?...'क्यों नहीं चाहिए?' उसके मन के किसी कोने से स्वर आया, 'पाण्डवों का राज्य उनको मिले! यह भी तो धर्म-स्थापना का ही अंग है। कृष्ण ने पाण्डवों का राजसूय यज्ञ इसीलिए करवाया था कि धर्मराज्य की स्थापना हो। उसकी स्थापना भी सैन्य-बल के आधार पर ही हुई थी; और उसकी पुनःप्राप्ति भी युद्ध से ही होगी।...यह बात धर्मराज भी समझते हैं, तभी तो उन्होंने उसे वैजयन्त से दिव्यास्त्र, प्राप्त करने के लिए भेजा है...धर्मराज ने बहुत प्रतीक्षा की है। धृतराष्ट्र और दुर्योधन को अनेक अवसर दिये हैं कि वे लोग यदि पूर्ण न्याय न कर सकें, तो अंश-न्याय तो करें ही। महाराज पाण्डु का पूरा राज्य उनके पुत्रों को न दें, तो उसका कोई खण्ड ही दे दें। पाण्डव तो खाण्डवप्रस्थ को ले कर ही सन्तुष्ट हो गये थे।...सर्वत्र धर्म का राज्य न हो, तो अधर्म के साम्राज्य में धर्म को जीवित रहने के लिए कोई सीमित क्षेत्र तो मिले। दोनों का सह-अस्तित्व ही सही!...किन्तु दुर्योधन तो धर्म को श्वास भी नहीं लेने देना चाहता। वह चाहता है कि केवल अधर्म जिये...इसका अर्थ हुआ कि सह-अस्तित्व सम्भव नहीं है। एक के होते, दूसरा जीवित नहीं रह पाएगा। अधर्म रहेगा, तो धर्म का कोई अस्तित्व नहीं होगा।.. और धर्म को तो जीवित रहना ही है। संसार टिका ही धर्म के आधार पर है। अतः धर्म को लड़ना होगा, अधर्म का पूर्ण नाश करना होगा। धर्मराज तो चाहेंगे कि पाण्डवों के साथ-साथ धार्तराष्ट्र भी न केवल जीवित रहें, वरन् सुखी भी रहें, किन्तु दुर्योधन अपने जीते-जी, पाण्डवों को जीवित नहीं रहने देगा। इसलिए पाण्डवों को जीवित रखने के निमित्त, अब दुर्योधन को मरना ही होगा।...अब दुर्योधन से जो युद्ध होगा, उस में दुर्योधन को पराजित ही नहीं होना होगा, प्राण-त्याग करना होगा। भीम उसे जीवित नहीं छोड़ेगा।... पता नहीं अधर्म यह क्यों नहीं समझता कि उसके अपने अस्तित्व के लिए आवश्यक है कि धर्म को जीवित रहने के लिए कहीं-न-कहीं स्थान मिले। अधर्म ने जब-जब धर्म को पूर्णतः नष्ट कर देना चाहा है, तब-तब अधर्म को स्वतः नष्ट होना पड़ा है। दुर्योधन के साथ, यह अन्तिम युद्ध होगा।... धर्मराज कितनी भी दया दिखायें, इस युद्ध में से दुर्योधन जीवित बच कर नहीं निकल सकता...'

19

"युधिष्ठिर! तुमने धर्म के लिए राज्य का त्याग किया। अपना, अपने भाइयों का तथा अपनी पत्नी का अपमान सहन किया।...किन्तु मुझे अब भी लगता है कि तुम्हारा मन शान्त नहीं है।" महर्षि वृहदाश्व बोले, "त्याग से यदि मन को शान्ति न मिले, तो वह त्याग तामसिक है धर्मराज! सात्विक त्याग से तो आत्मा को मुक्ति का अनुभव होना चाहिए।"

ऋषि प्रातः ही पाण्डवों के आश्रम में पहुँचे थे; और भोजन के पश्चात् युधिष्ठिर चर्चा-हेतु ऋषि के पास आये थे।

युधिष्ठिर ने तत्काल कोई उत्तर नहीं दिया; किन्तु उनकी मुद्रा से स्पष्ट था कि मन-ही-मन वे अपने उत्तर को निरख-परख रहे हैं। अन्ततः जब वे बोले, तो वह ऋषि बृहदाश्व के प्रश्न का उत्तर नहीं था। वह उनका अपना प्रश्न था, "महर्षि! इस भौतिक शरीर के रहते, कभी चिन्ताओं का अन्त हो सकता है?"

ऋषि हँस पड़े, "चिन्ता तो एक मानसिक स्थिति है युधिष्ठिर! मेरा प्रश्न यह है कि तुम्हारा मन यह क्यों कहता है कि शरीर में प्राण है, तो शरीर की कुछ आवश्यकताएँ होंगी ही। यह शरीर जिस परिवेश में रहेगा, उसमें किसी-न किसी प्रकार का संघर्ष तो चलेगा ही। फिर उन आवश्यकताओं और उन संघर्षों से चिन्तित क्यों होना? चिन्ता तो एक प्रकार के भय का बाह्य रूप है। और भय, व्यक्ति के शरीर का अनवरत रक्तपान करता है। यदि तुम चिन्तित हो, तो तुम भयभीत भी हो। निरन्तर भयभीत रहकर क्या जीवन चल सकता है पुत्र?" ऋषि ने स्नेहपूर्वक युधिष्ठिर की ओर देखा, "सूर्यास्त होने पर यदि जीव यह सोच कर भयभीत होता रहे, कि जाने कल सूर्योदय होगा कि नहीं, तो जीवित रह सकता है क्या? मनुष्य तो तभी जीवित रह सकता है, जब वह यह मान ले कि सूर्योदय और सूर्यास्त, प्रकृति का नियम है। वह ईश्वर के निर्देश पर होता है। उसका दायित्व मनुष्य पर नहीं है, जो उसकी चिन्ता करे। इसी प्रकार वह प्रकृति के नियमों को जितना स्वीकार करता चलेगा, उतना ही ईश्वर को स्वीकारता चलेगा। जितना वह ईश्वर को स्वीकार करेगा, उतना ही उस का भय कम होगा। भय कम होगा, तो चिन्ता भी कम होगी! तुम्हारे, इतने योग्य और समर्थ भाई हैं। ऐसी पतिव्रता, सती नारी, तुम्हारी पत्नी। वासुदेव कृष्ण तुम पर इतने कृपालु हैं। तो फिर तुम्हें चिन्ता किस बात की है?"

"ये अपने लिए चिन्तित नहीं हैं महर्षि!" भीम बोला, "भैया को हमारी चिन्ता है।"

"इतने सामर्थ्यवान भीम के लिए चिन्ता?" ऋषि चकित थे।

"हाँ महर्षि!" भीम ने उत्तर दिया, "भैया अपने लिये कुछ नहीं चाहते; किन्तु वे अपने कारण से हम लोगों को जीनन के सुख-भोगों से वंचित नहीं देखना चाहते। द्यूत गें राज्य हारने के पश्चात्...।"

"ठहरो मध्यम पाण्डव!" महर्षि ने भीम को टोक दिया, "मैं समझता हूँ कि यह कहना उचित नहीं है कि युधिष्ठिर अपना राज्य द्यूत में हारे। वे अपना राज्य, धर्म-साधना में हारे। मैं नहीं जानता कि तुम लोग, मुझसे सहमत हो पाओगे या नहीं; किन्तु मेरे जीवन का अनुभव है कि जीव और माया का खेल, इसी प्रकार चलता है। प्रभु प्रलोभन के रूप में पहले अनन्त सुख-सुविधाएँ, जीव के सामने फैला देते हैं। जीव यदि अधर्मपूर्वक उनमें आसक्त हो जाता है, तो वे उसे माया के प्रपंच में खेलने के लिए खुला छोड़ देते हैं।...किन्तु यदि जीव, भोग के लोभ में भी अधर्म की ओर नहीं बढ़ता, तो वे उसकी सारी सुख-सुविधाओं का हरण कर लेते हैं। यह जीव की परीक्षा का क्षण है। अपनी उस दीन-हीनता में वह घोर अधर्मी हो, पाप के सागर में कूद सकता है; और निपट आस्तिक हो कर स्वयं को प्रभु हाथों में छोड़ कर पूर्णतः निश्चिन्त भी हो सकता है।" वृहदाश्व ने भीम की ओर देखा, "वासुदेव कृष्ण तुमसे मिलने, वन में आये थे। क्या उन्होंने तुम से यह नहीं कहा कि वे दुर्योधन का वध कर, इन्द्रप्रस्थ तथा हस्तिनापुर का राज्य तुम्हारी झोली में डाल देंगे?"

"कहा था।" भीम ने उत्तर दिया, "वे उस के लिए पूर्णतः तत्पर थे।"

"क्या वह तुम्हारी परीक्षा नहीं थी? तुम लोगों के लिए धर्म-अधर्म के निर्णय की घड़ी नहीं थी? क्या तुम लोग उस समय तामसिक ग्रहण और सात्विक त्याग के द्वन्द्व में नहीं झूले थे?"

"कुछ ऐसी ही बात थी महर्षि! यद्यपि उस समय इस बात को समझ नहीं पाये थे।" द्रौपदी ने उत्तर दिया, "हम चाहते थे कि धर्मराज, वासुदेव की बात मान लें। वे हस्तिनापुर पर आक्रमण करें और राज्य पर अपना आधिपत्य स्थापित करें।...किन्तु धर्मराज ने यह स्वीकार नहीं किया। हमारे लिए आश्चर्य की बात यह नहीं कि धर्मराज ने उसे अस्वीकार कर दिया। हमें आश्चर्य तो इस बात का था कि धर्मराज की अस्वीकृति से वासुदेव असन्तुष्ट नहीं हुए। उनके व्यवहार से यही आभास हुआ कि जैसे उन की अपनी अपेक्षा ही पूरी हुई हो।"

"प्रभु अपनी लीला से नहीं चूकते।" बृहदाश्व हँस पड़े, "युधिष्ठिर! जो व्यक्ति धर्म के लिए राज्य छोड़ सकता है, उसे चिन्ता किस बात की? किस बात का भय? क्या तुम दुर्योधन की शक्ति से भयभीत हो?"

"हाँ! मेरे मन में उसके लिए भय था महर्षि! किन्तु उस शस्त्रबल का प्रतिकार करने के लिए हमने भगवान वेदव्यास के निर्देश पर अर्जुन को, दिव्यास्त्र प्राप्त करने के लिए इन्द्रकील पर्वत पर भेज दिया है। अब शस्त्र का भय मुझे नहीं है; किन्तु धर्म का भय अब भी है।"

"धर्म का भय?"

"महर्षि! एक आशंका हम सब के मन में है।" द्रौपदी ने सहज भाव से कहा, "यदि तेरह वर्ष व्यतीत होने पर महाराज धृतराष्ट्र ने पुनः धर्मराज को बुला कर कहा, 'पुत्र! द्यूत खेलो।' तो धर्मराज न पिता की आज्ञा का उल्लंघन कर पायेंगे, न द्यूत में शकुनि से जीत पायेंगे। ऐसी स्थिति में वे पुनः द्यूत में हारेंगे और हम पुनः राज्य से वंचित होंगे।"

महर्षि कुछ देर मौन चिन्तन करते रहे; फिर बोले, "मैं यह तो नहीं कहूँगा कि युधिष्ठिर पिता की आज्ञा का उल्लंघन करे अथवा पिता की आज्ञा का उल्लंघन करना सीखे।...ऐसे में तुम लोगों के सम्मुख एक ही मार्ग रह जाता है कि युधिष्ठिर द्यूत में न हारे। उसे द्यूत-विद्या का इतना ज्ञान हो कि शकुनि जैसा द्यूतकर्मी भी युधिष्ठिर पार न पा सके।"

"यह कैसे सम्भव हैं ऋषिवर!" युधिष्ठिर बोले।

"यदि कहीं ऐसा हो सकता!" भीम ने कल्पना की।

"यदि यह शंका केवल इसलिए है, कि युधिष्ठिर को द्यूत विद्या का ज्ञान नहीं है, तो तुम्हारी इस समस्या का समाधान मैं कर सकता हूँ।" ऋषि मुस्कराये।

"कैसे?" युधिष्ठिर ने कुछ चकित हो कर पूछा।

"यदि इसे मेरा अहंकार न समझो, तो कहना चाहूँगा कि द्यूत-विद्या और अश्व-विद्या का मेरा ज्ञान संसार में अद्वितीय है। तुम चाहो तो इन दोनों विद्याओं का सम्पूर्ण रहस्य मैं तुम्हें समझा दूँगा। फिर तुम्हें द्यूत में किसी शकुनि का भय नहीं रह जायेगा।"

"यदि ऐसा सम्भव है, तो मुझ पर यह कृपा अवश्य करें ऋषिवर!" युधिष्ठिर प्रसन्न दिखायी दे रहे थे।

"तो पुत्र! प्रसन्नतापूर्वक मेरी इन विद्याओं को ग्रहण करो।" ऋषि बोले, " वैसे तो मुझे तुम पर पूर्ण विश्वास है; फिर भी यह चेतावनी अवश्य दूँगा कि न तो इसे अपना व्यसन बनने देना और न

ही इससे लाभ पाने के लिए किसी को पीड़ित करना।"

"आप आश्वस्त रहें ऋषिवर!"

"क्षमा करें तात्!" सहसा सहदेव बोला, "मेरी एक जिज्ञासा है।"

"बोलो पुत्र!"

"आप का द्यूत से क्या सम्बन्ध?" सहदेव ने पूछा, "क्या आप भी कभी द्यूत-कर्मी रहें हैं?"

ऋषि हँसे, एक उन्मुक्त, उज्ज्वल और निश्छल हास!

"पुत्र! कुछ लोगों का ज्ञान, किसी लाभ अथवा स्वार्थ हेतु होता है।" ऋषि बोले, "और कुछ लोग, ज्ञान को मात्र ज्ञान के लिए प्राप्त करते हैं। इसे इस प्रकार समझो कि एक व्यक्ति शारीरिक व्यायाम इसलिए करता है कि वह अपनी शक्ति बढ़ा कर किसी को पीट सके; और दूसरा व्यक्ति व्यायाम इसलिए करता है कि वह अपने शरीर को सिद्ध कर सके। वह उसकी साधना होती है। यही बात ज्ञान के क्षेत्र में है। किसी के लिए ज्ञान, साधन मात्र है; और किसी के लिए स्वयं ज्ञान ही साध्य है। सन्यासी को जब यात्रा का आदेश दिया जाता है, तो इसलिए नहीं कि उसे कहीं पहुँचना है; वरन् इसलिए कि वह उस की साधना है। तुम उसे एक प्रकार का निष्काम कर्म समझ सकते हो।" ऋषि रुके, "द्यूत-विद्या मेरा मानसिक व्यायाम है। उसका अन्य कोई उपयोग मेरे लिये नहीं है।...अब यदि वह धर्मराज का रक्षा-कवच बन जाये, तो इससे अधिक प्रसन्नता का विषय और क्या हो सकता है?"

बृहदाश्व ऋषि ने युधिष्ठिर की ओर देखा, "वैसे, क्या तुम्हें कोई सूचना है कि हस्तिनापुर में धृतराष्ट्र तुम्हारे विषय में क्या सोच रहा है?"

"हम वनवासी हैं महर्षि! हमारे पास न संदेश-वाहक हैं, न दूत, न गुप्तचर!" युधिष्ठिर ने उत्तर दिया, "हम तो इतना भी नहीं कर सकते कि अर्जुन का समाचार हमें निरन्तर मिलता रहे। हमें अपने बच्चों के विषय में भी कोई सूचना नहीं है। हिडिम्बवन, मणिपुर तथा गंगाद्वार तो दूर, काम्पिल्य, द्वारका, शुक्तिमती तथा काशी में हमारे बच्चों की शिक्षा-दीक्षा कैसी हो रही है...हम तो यह भी नहीं जानते।...हम तो अपनी आस्था के भरोसे बैठे हैं, कि प्रभु हमारे रक्षक हैं। वे ही हमारे सारे कार्य सिद्ध करेंगे।..."

ऋषि के अधरों पर वक्र मुस्कान उभरी, "प्रभु तुम्हारे कार्य क्यों करेंगे? वे तुम्हारे सेवक हैं, दास हैं अथवा कर्मचारी हैं?"

युधिष्ठिर ने असमंजसपूर्ण आँखों से ऋषि की ओर देखा : जाने वे उन की किस बात से रुष्ट हो कर वक्र हो उठे थे...

"यह सारा कार्य-व्यापार प्रभु का है : इसलिए वे अपने कार्य तुम्हारे माध्यम से करेंगे।" ऋषि सहज भाव से बोले।

भीम का अट्टहास दूर तक वृक्षों से टकराता चला गया, "महर्षि! आपने धर्मराज को उन्हीं के बन्धनों में बाँध दिया।" उसकी हँसी रुकी नहीं, "कोई आस्थावान व्यक्ति यह कैसे कह सकता है कि यह मेरा कार्य है, प्रभु का नहीं।"

"तो युधिष्ठिर, यह प्रभु का कार्य-व्यापार है। तुम निमित्त मात्र हो। जो कुछ करो, उन्हीं का कार्य मान कर करो। तुम न किसी कार्य के कर्ता हो, न किसी का कारण! वह ईश्वर ही कारण है,

और वही कर्ता है।" वे क्षण भर रुके, "तुम्हारे पास सेवक, दूत और गुप्तचर नहीं हैं; किन्तु प्रभु के अकिंचन सेवक सारी पृथ्वी पर विचरण करते हैं। तुम्हें आवश्यक समाचार मिलते रहेंगे। जो न मिलें, उन्हें अनावश्यक ही मानना। मेरी सूचनाओं के अनुसार अमरावती से लोमश ऋषि इधर ही आ रहे हैं। वे अवश्य ही अर्जुन का समाचार लायेंगे।"

"पर वे इधर आयेंगे?" सहदेव ने पुष्टि करनी चाही।

"अवश्य आयेंगे।" बृहदाश्व पूर्णतः आश्वस्त थे, "वे देवलोक की यात्रा करके आयें और महर्षि वेदव्यास के दर्शन और महामुनि धौम्य से भेंट न करें, यह सम्भव नहीं है।" वे रुके, "अच्छा युधिष्ठिर! अब हम द्यूत-विद्या की चर्चा कर लें। आओ...।"

महर्षि बृहदाश्व अपनी द्यूत-विद्या युधिष्ठिर को देने के पश्चात् वहाँ नहीं टिके। द्यूत-विद्या का रहस्य पाकर युधिष्ठिर में एक नया आत्मविश्वास जागा था। अब वे स्वयं को शकुनि से पूर्णतः सुरक्षित मानने लगे थे। इस ओर से तो मन शान्त था, किन्तु लोमश ऋषि का कोई समाचार नहीं मिल रहा था। वे आ जाते तो अर्जुन के कुशल-क्षेम की सूचना मिल जाती।...किन्तु युधिष्ठिर यह भी जानते थे कि लोमश ऋषि उन के राजदूत नहीं थे, जो मार्ग में विश्राम किये बिना, अश्व परिवर्तित करते हुए यात्रा करते और शीघ्रातिशीघ्र उन के पास आ पहुँचते। वे ऋषि थे। अपनी गतिविधि की आवश्यकता के अनुसार यात्रा करते थे। मार्ग में विभिन्न तीर्थो तथा आश्रमों में ठहरते, सबसे चर्चा करते, क्रमशः आगे बढ़ते थे।...पाण्डवों का लोमश ऋषि की यात्रा पर वश नहीं था तो अपनी व्याकुलता पर भी नियन्त्रण नहीं था। उनमें प्रायः ऋषि के माध्यम से अर्जुन की, ओर अर्जुन के माध्यम से ऋषि की चर्चा होती रहती थी।...

"मुझे तो यह लग रहा है कि लोमश ऋषि नहीं आ रहे, स्वयं धनंजय ही आ रहे हैं।" नकुल ने कहा, "उनके आने की चर्चा से ही हमारे आश्रम में उत्साह आ गया है।"

"मैं सहमत नहीं हूँ।" द्रौपदी का स्वर वैराग्यपूर्ण था, "धनंजय की अनुपस्थिति से हमारे हृदयों में जो एक शून्य आ गया था, इस चर्चा से वह कुछ और सघन हो उठा है।"

"मैं तुम्हारे मन का शून्य भरने का इतना प्रयत्न करता रहता हूँ, उस का कोई फल नहीं है?" भीम उसे विनोदपूर्ण दृष्टि से देख रहा था।

"नहीं! कोई फल नहीं है।" द्रौपदी ने सर्वथा भावशून्य स्वर में कहा।

"पता नहीं, फिर कृष्ण क्यों कहते हैं कि कर्म का फल अवश्य मिलता है।" भीम के स्वर में हताशा थी, किन्तु नयन चंचल ऊर्जा आन्दोलित थे।

"मध्यम! तुम गम्भीर बातों को परिहास में मत उड़ाओ।" द्रौपदी बोली, "तुम्हें नहीं लगता कि धनंजय केवल शस्त्रास्त्रों की दृष्टि से ही हमारे लिए महत्त्वपूर्ण नहीं हैं। उनके व्यक्तित्व में जो समारोह है, वह किसी के भी हृदय का शून्य भर देता है। मैं तो यह भी सोचती हूँ कि हम लोग यहाँ किसी भी स्थिति में हों, किन्तु एक साथ तो हैं। एक-दूसरे से अपने मन की बात कह तो लेते हैं। एक-दूसरे की सहायता तो कर लेते हैं। धनंजय वहाँ निपट अकेले हैं...।"

"पांचाली!" भीम ने कुछ इस प्रकार उत्तेजित होने का अभिनय किया, जैसे द्रौपदी ने कोई बहुत

अनुचित बात कह दी हो, "तुम जिसे अकेला समझती हो, वह अप्सराओं से घिरा, उन के रूप और यौवन का रस-पान कर रहा होगा, ऐसे में वह क्यों चाहेगा कि उसके भाई उस के साथ हों, अथवा उस की पत्नी उस की इन गतिविधियों की साक्षी हो?"

"मध्यम! तुमने तो मेरी पीड़ा और भी बढ़ा दी।" द्रौपदी ने भी दुःखी होने का अभिनय किया, "अब तक तो मैं धनंजय के विरह से ही पीड़ित थी, अब ईर्ष्या-भाव भी साथ में जुड़ गया है।..."

"यदि मध्यम को स्वयं अपनी बात पर विश्वास होता, तो वे स्वयं देवलोक में तपस्या करने चले जाते," नकुल मुस्कराया, "और धनंजय को हमारे पास भेज देते!"

"तुम मुझे इतना स्वार्थी समझते हो?" भीम ने उसे कृत्रिम क्रोध से भरी आँखें दिखायीं।

"नहीं! इसमें स्वार्थ की क्या बात है?" नकुल ने अपना तर्क आगे बढ़ाया, "आप तो धनंजय को तपस्या के कष्ट से बचाने के लिए ऐसा करते।"

"मध्यम देवलोक में पहुँच जाते तो उन्हें तपस्या की आवश्यकता ही नहीं थी, वे देवताओं के सारे शस्त्रास्त्र, जैसे छीन ही लेते और देवगण अपने शस्त्रों की पुनः प्राप्ति के लिए तपस्या करते दिखायी देते।" सहदेव बोला।

भीम को इस विनोद में कुछ अधिक ही रस आने लगा था। बोला, "शस्त्रास्त्र ही क्यों, सौ-पचास अप्सराएँ भी तुम लोगों के लिए उठा लाता। कहता, मेरे छोटे भाई तनिक संकोची हैं, इसलिए धर्मराज के भय से कुछ कहते नहीं; किन्तु मन-ही-मन, तुम्हारी कामना तो करते ही हैं।"

"मध्यम! कुछ तो विचार करो। पांचाली हमें कामुक और लम्पट मानने लगेगी।" नकुल ने भयभीत होने का अभिनय किया।

"पांचाली इस समय कुछ भी सोचने-समझने की स्थिति में नहीं है।" भीम ने हथेली की ओट में कहा, जैसे अपनी वाणी को द्रौपदी के लिए अश्रव्य बना रहा हो, "वह बेचारी तो धनंजय के विरह की मारी, इस समय संज्ञा-शून्य, अचेत-सी पड़ी है।"

"आप को ईर्ष्या हो रही है भैया!" सहदेव मुस्कराया, "कि आप की उपस्थिति में भी पांचाली को विरह का अनुभव हो रहा है?"

भीम की विनोदी मुद्रा लुप्त हो गयी, "हाँ ईर्ष्या तो हो ही रही है। पांचाली खुल कर कह तो सकती है कि उसे अर्जुन की अनुपस्थिति खल रही है। मैं तो कह भी नहीं सकता।"

"क्यों? आप क्यों नहीं कह सकते मध्यम!" सहदेव भी गम्भीर हो गया था।

"क्योंकि, यदि मैंने ऐसा कुछ कह दिया, तो तुम लोग तो रोने ही लगोगे भाई!" भीम अपनी पीड़ा छुपाने के लिए सायास हँस पड़ा।

"मुझे तो लगता है कि हम सब ही अर्जुन की अनुपस्थिति से उदास हैं। सब को ही किसी-न-किसी रूप में नीरसता का अनुभव हो रहा है।" युधिष्ठिर बोले, "इसलिए तो सबको लोमश ऋषि की प्रतीक्षा है।"

युधिष्ठिर ने अपने मुख से उदासी को स्वीकार किया, किन्तु मन-ही-मन, वे एक प्रकार की प्रसन्नता का अनुभव कर रहे थे...द्रौपदी ने सबके सम्मुख अर्जुन के विरह की पीड़ा को स्वीकार किया, और उनके किसी भाई के मन में ईर्ष्या का उदय नहीं हुआ।...न द्रौपदी में कोई दुराव था और न उनके भाइयों में प्रतिस्पर्धा...यह प्रेम, शृंगार से उद्भूत नहीं था। यह सान्निध्य का प्रेम था। यह द्रौपदी का अर्जुन के प्रति कामाकर्षण नहीं, उन सबके पारिवारिक प्रेम का आकर्षण था।...यदि

यह कामाकर्षण होता तो भी उनके भाइयों के मन में इस प्रकार की ईर्ष्या के लिए स्थान नहीं होता। काम-सुख, उनके लिए जीवन की महत्त्वपूर्ण उपलब्धि नहीं है...

लोमश ऋषि को पाण्डवों के पास पहुँचने में बहुत समय नहीं लगा। पाण्डवों ने उन का हार्दिक स्वागत किया; और धौम्य मुनि ने उन्हें उचित सम्मान दिया।

आरम्भिक औपचारिकताओं के पश्चात् जब वे सब, कथा-मण्डप में एकत्रित हुए, तो युधिष्ठिर से रहा नहीं गया। बोले, "अर्जुन कैसा है महर्षि! क्या आप स्वयं उस से मिले हैं?"

युधिष्ठिर की व्याकुलता देख, ऋषि मुस्कराए, "तुम्हें मेरा कुशलक्षेम जानने की कोई आतुरता नहीं है? केवल अर्जुन का ही समाचार चाहते हो?"

युधिष्ठिर कुछ संकुचित हुए, "अर्जुन के प्रति हमारे प्रेम का अर्थ आपकी अवमानना नहीं है ऋषिवर!"

"मैं समझता हूँ," ऋषि मुस्कराये, "मैं परिहास ही कर रहा था। वैसे भी मेरे पास अपना समाचार कहने को है ही क्या! अर्जुन ने बहुत साधना की है, तपस्या की है। और फलस्वरूप, बहुत कुछ उपलब्ध किया है।..."

"क्या उपलब्ध किया है ऋषिवर?" भीम ने पूछा।

ऋषि मौन रहे। बोलने से पहले कदाचित् वे अपने विचारों में कोई निश्चित क्रम स्थापित कर लेना चाहते थे।

"अर्जुन ने अपने संकल्प और तपस्या से बहुत कुछ पाया है।" अन्ततः ऋषि बोले, "उस 'बहुत कुछ' का कोई निश्चित् नामकरण नहीं हो सकता, उसे कोई सरल-सी संज्ञा नहीं दी जा सकती।..."

"मैं कुछ समझा नहीं।" युधिष्ठिर ने धीरे से कहा।

"तुमने अर्जुन को दिव्यास्त्रों और देवास्त्रों की प्राप्ति के लिए भेजा था। यह लौकिक कामना थी—भौतिक शक्ति की प्राप्ति, प्रहारक ऊर्जा की प्राप्ति, शत्रुओं के नाश का सामर्थ्य।..."

"हाँ ऋषिवर!"

"अर्जुन ने यह सब प्राप्त कर लिया है धर्मराज! किन्तु इस लौकिक उपलब्धि के साथ-साथ उसकी आध्यात्मिकता की प्रगति भी हुई है।" ऋषि बोले, "यदि प्रहारक शक्ति की प्राप्ति के साथ उस का आत्मिक विकास न होता, तो शक्ति के साथ-साथ, उस में अहंकार की वृद्धि होती! अहंकारी के पास शक्ति हो, तो वह राक्षस हो जाता है।...किन्तु अर्जुन के साथ ऐसा नहीं हुआ। उसने उपलब्धियों के साथ-साथ उस की निरर्थकता का भाव भी पाया है। उसने पाशुपतास्त्र तो पाया है, किन्तु पशु से पशुपति बनने का मंत्र भी पाया है। इसलिए उसकी लौकिक शक्ति से ईश्वर की सृष्टि को कोई भय नहीं है। हाँ! तुम्हें उससे भय हो सकता है।..."

"हमें?" चारों पाण्डव और द्रौपदी चौंक पड़े, "हमें अपने भाई की शक्ति से क्या भय हो सकता है?"

"जिस के लिए भोग-सामग्री एकत्रित की जाये, उसकी भोग में से आसक्ति उठ जाये, तो वह भोग-सामग्री व्यर्थ हो जाती है।" ऋषि बोले।

सबने प्रश्नवाचक दृष्टि से ऋषि की ओर देखा।

"आनृशंसता का भाव युधिष्ठिर में भी बहुत है," ऋषि बोले, "वैसी ही करुणा अर्जुन में भी है।

यदि अपनी तपस्या के कारण सर्व-जीव-दया का भाव और विकसित हो जाये; और वह अपने शस्त्रों से ईश्वर के बनाये जीवों का नाश करना अस्वीकार कर दे, तो तुम लोगों को उस के दिव्यास्त्रों का क्या लाभ होगा?"

"क्या ऐसी कोई सम्भावना है?" भीम ने प्रायः निषेधात्मक स्वर में पूछा।

"तुम्हारे प्रश्न का निश्चित उत्तर मैं नहीं दे सकता, मध्यम पाण्डव।" ऋषि बोले, "किन्तु एक सूचना अवश्य देना चाहता हूँ।..."

"क्या?" द्रौपदी ने पूछा।

"ईश्वर की विचित्र लीला है। वह मनुष्य के विकास के साथ-साथ, उसे मोहग्रस्त करने के लिए, उसके सम्मुख ढेर सारी भोग-सामग्री भी उपलब्ध करा देता है।" ऋषि बोले, "यदि व्यक्ति मोहग्रस्त हो जाता है, तो उस भोग-सामग्री को ही अपनी उपलब्धि समझ, उसका भोग करने लगता है, और क्रमशः पतन की ओर अग्रसर होता है।"

"तो?"

"इसी प्रकार अपनी तपस्या की उपलब्धि के फलस्वरूप अर्जुन देवलोक में वैजयन्त का अतिथि है। वहाँ भोग-सामग्री का तनिक भी अभाव नहीं है। मेरा विचार है कि वैजयन्त न केवल उसके सम्मुख प्रलोभनों का प्रदर्शन करेंगे, वे उसे भोग की दिशा में प्रेरित भी करेंगे। अब यह अर्जुन के अपने विवेक और संयम पर निर्भर करता है कि वह अपनी तपस्या के फलस्वरूप, चरम भोग को अपना लक्ष्य मानता है, अथवा उस भोग का तिरस्कार कर, उसके मायावरण को पार कर, स्वयं मायापति की ओर बढ़ता है।"

"आपका गणित क्या कहता है?" युधिष्ठिर ने पूछा।

"अधिक सम्भावना तो इसी बात की है कि अर्जुन अपने उच्च लक्ष्यों से स्खलित नहीं होगा।" ऋषि बोले, "शेष तो ईश्वर की लीला है।"

"धर्मराज! अब आप को अपने भाई का समाचार मिल गया है," धौम्य मुनि सारी चर्चा में पहली बार बोले, "मेरा विचार है कि अब आपका काम्यक वन में रुके रहने का कोई विशेष कारण नहीं है...।"

"धौम्य ठीक कह रहे हैं युधिष्ठिर! एक ही स्थान पर इतने लोगों को साथ ले कर रहना, वस्तुतः न तो वनवास है, न साधना, न तपस्या। ऐसे तो व्यक्ति वन में ही एक नया संसार बसा लेता है।" लोमश बोले, "तुम लोगों को अब तीर्थों का भ्रमण करना चाहिए।"

पाण्डवों ने एक-दूसरे की ओर देखा।

"मेरी बात ध्यान से सुनो धर्मराज!" धौम्य का स्वर अपेक्षाकृत निश्चित और दृढ़ था, "तेरह वर्षों के पश्चात् जब तुम लोग हस्तिनापुर लौटोगे, तो उस समय सम्भावित युद्ध अथवा द्यूत के लिए तुम अब सक्षम हो...किन्तु वह तैयारी तेरह वर्षों के पश्चात् आने वाली परिस्थितियों के लिए है।...अब तुम्हें वर्तमान के लिए भी कुछ सोचना चाहिए।"

"मैं समझा नहीं मुनिवर!"

"इस समय इस वन में तुम लोग पूर्णतः असुरक्षित हो।" धौम्य बोले, "यदि दुर्योधन तुम लोगों का वध करने के लिए यहाँ आक्रमण करता है तो सहायक तो दूर, तुम पाँचों भाई एक साथ

उपस्थित नहीं हो। मैं भीमसेन के सामर्थ्य की उपेक्षा नहीं कर रहा, किन्तु भीम, अर्जुन जैसा धनुर्धारी नहीं है। अर्जुन की अनुपस्थिति में दुर्योधन के सहायक कर्ण, द्रोण, भीष्म जैसे धनुर्धारियों का प्रतिकार तुम कैसे करोगे। इसलिए या तो यहाँ अपनी सुरक्षा का प्रबन्ध करो, अथवा स्वयं ही किसी सुरक्षित स्थान के लिए चल पड़ो।" धौम्य ने रुक कर युधिष्ठिर की ओर देखा, "वनवास में तुम सैन्य-संगठन नहीं कर सकते, इसलिए तुम्हें स्वयं ही किसी सुरक्षित स्थान पर जाना होगा।"

"कहाँ?" युधिष्ठिर कुछ चकित थे।

"धर्मराज! यह समझें कि लोमश ऋषि तुम्हारे लिए सुरक्षा-कवच बना कर आये हैं। वे तुम लोगों को तीर्थ-यात्रा के लिए जहाँ ले आयेंगे, वहाँ तुम लोग दुर्योधन के सैन्य-बल से सुरक्षित रहोगे।..."

युधिष्ठिर ने मन-ही-मन विचार किया : मुनि ठीक ही कह रहे थे।

"ऐसा कौन-सा पवित्र स्थान है महर्षि! जहाँ जा कर हमें रहना चाहिए?" सहदेव ने पूछा।

जिस स्थान को देखकर ईश्वर का स्मरण हो, वह तीर्थ है सहदेव!" लोमश ऋषि ने उत्तर दिया, "किन्तु जिस किसी स्थान पर, पवित्र से पवित्र स्थान पर, तुम निरन्तर रहते चलोगे, उससे परिचित होते चलोगे, वह तुम्हारे लिए सामान्य होता जायेगा; और तीर्थस्थान के बदले, निवास-स्थान बन जायेगा। उस की पवित्रता का कोई भान तुम्हें नहीं रहेगा। इसलिए अनेक बार तीर्थों के निवासियों में उसके प्रति तनिक भी श्रद्धा नहीं रह जाती। अतः तुम्हें चलते रहना चाहिए। नये-से-नये स्थान पर जाना चाहिए। ईश्वर के ऐश्वर्य का शोध करते जाना चाहिए। नित नया और नित्य पवित्र देखते जाना चाहिए।"

"हमें किस दिशा में जाना चाहिए महर्षि?" युधिष्ठिर ने पूछा।

"जिस दिशा से अर्जुन को लौटना है, उसी दिशा में बढ़ो। उत्तर दिशा की ओर। पवित्र हिमालय की ओर। गंगा के उद्गम की ओर!" महर्षि बोले, "इससे एक ओर तुम संसार के सुन्दरतम और पवित्रतम स्थान देखोगे; और दूसरी ओर अपने भाई के निकटतर होते जाओगे। वह जैसे ही देवलोक से नीचे उतरेगा, तुम उस के सम्मुख होगे...।"

"बहुत ही सुन्दर विचार है।" धौम्य मुनि ने तत्काल समर्थन कर दिया, "बहुत दिनों से मेरे मन में भी कुछ ऐसे ही विचार थे; किन्तु अर्जुन के विषय में कोई समाचार पाये बिना यहाँ से आगे बढ़ना उचित नहीं था। अब इस प्रकार का कोई बन्धन नहीं रहा धर्मराज!"

"वह तो ठीक है तात्!" युधिष्ठिर ने उत्तर दिया, "किन्तु हमारे साथ अनेक साधक और तपस्वी हैं, अनेक भिक्षोपजीवी ब्राह्मण हैं, अनेक ऐसे लोग भी हैं, जिन के पास कोई आजीविका नहीं है...।"

"धर्मराज, आप की चिन्ता बहुत सात्विक है; किन्तु तीर्थयात्री अपने सिर पर इतना बोझ ले कर नहीं चल सकता।" धौम्य बोले, "साधकों और तपस्वियों के लिए ईश्वर की बनाई हुयी वन-सम्पत्ति है। वे जहाँ भी जायेंगे, उन्हें उदर-पोषण के लिए फल-फूल मिल जायेंगे। भिक्षोपजीवी, कहीं भी भिक्षा माँग सकते हैं...और आजीविका के इच्छुक लोग आप के साथ रह कर तो भिक्षुक में परिणत हो जायेंगे। उन्हें, अन्य राजाओं के पास भेज दें। वे वहाँ अपना और आपका परिचय दे कर, आजीविका प्राप्त करने का प्रयत्न करें। मुझे विश्वास है कि आप का नाम सुनकर ही अनेक राजा उन्हें आजीविका दे देंगे। वे समझ जायेंगे कि आप के साथ रहा हुआ व्यक्ति सात्विक और परिश्रमी ही होगा।..."

"वैसे भी युधिष्ठिर! जिन क्षेत्रों की यात्रा तुम्हें करनी है, वे इतने सुविधाजनक नहीं हैं कि इतने सारे नागरिक, जो संकटपूर्ण तथा कठिन जीवन से परिचित नहीं हैं, उन की यात्रा कर सकें। वह

यात्रा अपने-आप में कठोर तथा संकल्पमयी तपस्या है।"

"अपने सेवकों, सारथियों तथा अन्य अनुचरों को आप यहीं छोड़ दें धर्मराज!" धौम्य बोले, "हम तीर्थ-यात्रा से लौटकर, यहीं उनसे भेंट कर सकते हैं।"

"नहीं! सबको यहीं से विदा करें! जिन्हें राज-सभाओं में जाना है, वे यहीं से अपने गन्तव्य की ओर चलें, किन्तु शेष लोगों को मार्ग में अनेक स्थानों पर, उचित दूरी पर छोड़ते चलें।" भीम ने धीरे से कहा, "इन्द्रसेन और विशोक पर पीछे की व्यवस्था छोड़ी जा सकती है।"

"हाँ! वे लोग सावधानी पूर्वक उपयुक्त स्थान पर रहें। समाचार एकत्रित करें तथा सम्पर्क बनाये रखें।" द्रौपदी बोली, "जब हम लौटें, तो हमें यह सूचना भी मिलनी चाहिए कि आप के द्वारा भेजे गये लोगों का किस राजा ने अधिक सम्मान किया। इन सूचनाओं के आधार पर हमारी भविष्य की योजनाएँ बन सकती हैं।"

"तुम ठीक कहती हो कृष्णा!" युधिष्ठिर गम्भीर स्वर में बोले, "तो हम आज से ही तीर्थयात्रा की तैयारी करें। लोगों को विदा करें और इन्द्रसेन इत्यादि के पीछे रहने की व्यवस्था करें।" वे रुके, "और आप महर्षि! आप हमारे साथ चलेंगे न?"

"मैं तुम्हारे साथ नहीं चलूँगा, तो उन कठिन क्षेत्रों में तुम्हारा मार्ग-दर्शन कौन करेगा?" लोमश मुस्कराये, "समझ लो कि मैं तुम्हारे साथ नहीं चल रहा, तुम ही मेरे साथ चल रहे हो।"

"ऐसा ही हो महर्षि!"

"मेरा अज्ञान क्षमा हो मुनिवर!" सहदेव धीरे से बोला, "क्या सत्य ही हम ऐसे अलंघ्य स्थानों पर जा रहे हैं, जहाँ इच्छा होने पर भी दुर्योधन हमारे पीछे नहीं आ सकता? दुर्योधन का दुस्साहस कुछ कम तो नहीं, न ही सहन-शक्ति की दृष्टि से वह इतना दुर्बल है।..."

"तुम ठीक कह रहे हो सहदेव!" धौम्य बोले, "मेरा तात्पर्य इतना ही था कि वहाँ हमारे पीछे आने के लिए दुर्योधन को अपनी आधी सेना खड्डों और खाइयों में गिरानी पड़ेगी। उस जलवायु में उस का सामान्य सैनिक जी नहीं सकेगा। बड़ी सेनाओं की यात्रा की सुविधा नहीं होगी और अनेक पार्वत्य राजाओं की सीमाओं का अतिक्रमण करने के कारण उन का विरोध सहन करना पड़ेगा। तुम तक पहुँचने के लिए उसे प्रकृति और मनुष्य द्वारा निर्मित अनेक बाधायें पार करनी होंगी।..."

युधिष्ठिर कुछ नहीं बोले। मन-ही-मन चकित भाव से सोचते रहे : पाण्डवों की प्रहारक शक्ति बढ़ाने के लिए महर्षि वेदव्यास ने अर्जुन को इंद्रकील पर्वत पर भेज दिया; द्यूत में रक्षा करने के लिए बृहदाश्व उन्हें द्यूत-रहस्य दे गये; अब असुरक्षित पाण्डवों की दुर्योधन के सैन्य-बल से रक्षा करने के लिए लोमश ऋषि उन्हें अलंध्य स्थानों पर ले जा रहे हैं...क्या है ये? यह पितामह वेदव्यास की योजना है? जम्बू-द्वीप के ऋषियों की कोई सम्मिलित व्यवस्था है?...अथवा यह मात्र ईश्वर की लीला है...?

20

धृतराष्ट्र को सहसा ही लगने लगा था कि अपने ही घर में उस का महत्त्व बहुत कम हो गया था। पाण्डवों के वन चले जाने से दुर्योधन की जैसे सारी चिन्ताएँ ही दूर हो गयी थीं। वह जानता था कि

अब सारी सत्ता और सम्पत्ति उसके पिता के हाथ में थी...और जो उसके पिता का था, वह उसका भी था। इसलिए अब उसे पिता की भी कोई चिन्ता नहीं रह गयी थी।...राजप्रासाद के सेवकों और परिचालकों तक को ज्ञात था कि महाराज धृतराष्ट्र, दुर्योधन की किसी इच्छा की उपेक्षा नहीं कर सकते, जबकि दुर्योधन, हस्तिनापुर के महाराज की प्रत्येक बात की अवहेलना कर सकता है।...लगता था, सत्ता धृतराष्ट्र के हाथ में नहीं, दुर्योधन के हाथ में थी।...मन में यह विचार आते ही धृतराष्ट्र का मानो सम्पूर्ण अस्तित्व ही काँप उठता था...उस के पास सत्ता के सिवाय, और था ही क्या? सत्ता ही नहीं रही, तो उसका सारा सुख-भोग, महत्त्व-अधिकार...सब कुछ समाप्त हो जायेगा...

उस की इच्छा हुई, इस संदर्भ में वह किसी से कोई चर्चा करे।...किससे चर्चा करे?...विदुर को बुलाना, उसे अब अच्छा नहीं लगता था। विदुर का परामर्श क्या होगा, वह जानता था। उस परामर्श को सुनना उसे तनिक भी प्रिय नहीं था, अब उसे उससे किसी प्रकार का संतोष भी नहीं होता था।...तो क्या वह संजय को बुलाये? संजय, विदुर के समान कठोर नहीं था। वह पाण्डवों का वैसा पक्षधर भी नहीं था।...किन्तु नीति की बात तो वह भी करता ही था।...तो क्या कणिक को बुलाये? किसी और मन्त्री अथवा परिजन को बुलाये?...पर किसी को भी बुलाने का क्या लाभ? ये सब एक जैसे ही हैं। वे उचित परामर्श नहीं देते। बस! राजा की चाटुकारिता मात्र करते हैं...किन्तु धृतराष्ट्र को सत्य-परामर्श की आवश्यकता है भी क्या?...वह भी अपने मनोनुकूल परामर्श ही चाहता है, जो उसके कृत्य का समर्थन करे, जिससे बिना त्याग के, उन के मन को पूर्ण सन्तोष हो...

"दासी।"

"जी महाराज!"

"जाओ! संजय को बुला लाओ। कहना, आवश्यक कार्य है, शीघ्र आये।"

दासी को भेज कर भी धृतराष्ट्र को संतोष नहीं हुआ : जाने क्या हो गया है, इस हस्तिनापुर को। प्रत्येक व्यक्ति को बुलाना पड़ता है। अपने-आप कोई नहीं आता। धृतराष्ट्र को अच्छी तरह याद है कि जब पाण्डु-पुत्र हस्तिनापुर में रहते थे, तो वे अपने पितृव्य को प्रणाम करने प्रतिदिन आते थे...और यह दुर्योधन तो जैसे भूल गया है, कि उसका एक वृद्ध पिता भी है, जिस का मन कुछ सोचता है, माँगता है, घबराता है, भयभीत होता है...और सान्त्वना पाने के लिए, किसी से वार्तालाप करना चाहता है। दुर्योधन समझता है कि अपने पिता को प्रासाद की कुछ दासियों के भरोसे छोड़ा जा सकता है...इस अन्धे वृद्ध को चाहिए ही क्या...स्वादिष्ट भोजन, अच्छी मदिरा...और कुछ युवती दासियाँ...पर इतना तो धृतराष्ट्र के अनेक सेवकों को भी उपलब्ध था; किसी मन्त्री, सेना-नायक, किसी अच्छे व्यापारी, किसी बड़े कृषक को भी उपलब्ध था। तो फिर सम्राट् की विशिष्टता ही क्या हुई?...मात्र इतना ही पाने के लिए तो धृतराष्ट्र ने इतने षड्यन्त्र नहीं किये थे। इससे कहीं अधिक तो स्वयं पाण्डु उसे दे दिया करता था; युधिष्ठिर भी इससे अधिक दे सकता था...आज भी दे सकता है...तो धृतराष्ट्र के कुरु-सम्राट् होने का क्या अर्थ? नहीं! सम्राट् धृतराष्ट्र का अधिकार मात्र स्वादिष्ट भोजन, मदिरा और कुछ दासियों तक सीमित नहीं किया जा सकता...

सहसा उस का मन दूसरी दिशा में चल पड़ा...सम्राट् बन कर वह और क्या सुख पा सकता

है?...थाली भर भोजन, मदिरा के कुछ पात्र और दासियाँ...जो सुन्दर भी हैं या नहीं, वह नहीं जानता...शरीर पर कुछ आभूषणों का स्पर्श, जिन के रूपाकार से उसका कोई परिचय नहीं है, प्रासाद के कुछ कक्ष...क्या उस के पास बस इतना कुछ ही है? नहीं। होने को बहुत कुछ है। पर उस होने का क्या अर्थ, यदि वह उस का भोग नहीं कर सकता...ये शरीर की सीमाएँ हैं।...तभी तो दुर्योधन उसकी अवहेलना कर रहा है। वह जानता था कि प्रकृति की इन सीमाओं में बँधा सम्राट् भी, किसी साधारण मनुष्य से अधिक भोग नहीं कर सकता...वह केवल संचय कर सकता है।...किन्तु यदि भोग नहीं कर सकता, तो संचय का क्या अर्थ? संचय कर, दूसरों को वंचित तो किया जा सकता है; किन्तु स्वयं उसका भोग नहीं किया जा सकता...

पगों की आहट हुई और संजय निकट आ गया, "प्रणाम महाराज!"

"बैठो संजय!" धृतराष्ट्र बोला, "मेरा मन कुछ अशान्त था। सोचा, तुम्हें बुलवा लूँ।"

"यह तो महाराज की कृपा है।" संजय विनीत स्वर में बोला, "मेरा तो धर्म ही महाराज की सेवा है।"

"वेतन-भोगी सेवक के समान मत बोलो संजय!" धृतराष्ट्र ने कुछ खीझ कर कहा, "धन दे कर तो किसी से भी अपने मनोनुकूल कुछ भी कहलवाया जा सकता है; किन्तु सद्भावना को कभी क्रीत दासी नहीं बनाया जा सकता।"

"महाराज सत्य कहते हैं।" संजय बोला, "आदेश करें महाराज! मुझे किसलिए स्मरण किया।"

"मैं सोच रहा था संजय! कि दुर्योधन और उसके मित्रों ने अपने व्यवहार से पाण्डवों को जितना रुष्ट किया है, उससे वे लोग प्रतिशोध के लिए युद्ध की तैयारी कर रहे होंगे; और ये मूर्ख, सब कुछ भूल कर, यहाँ भोग-विलास में मग्न हैं। उन्हें जब मेरी ही चिन्ता नहीं है, तो वे पाण्डवों की चिन्ता क्या करेंगे...!"

संजय का ध्यान ही इस ओर नहीं गया कि धृतराष्ट्र ने अपने विषय में भी कुछ कहा है। वह तो इतना समझ पाया कि धृतराष्ट्र पाण्डवों की ओर से व्यर्थ ही आशंकित था...

"जहाँ तक मुझे सूचना है महाराज! पाण्डवों के मन में प्रतिशोध की भावना नहीं है।" संजय ने विनीत भाव से कहा, "इसलिए वे युद्ध का कोई विशेष आयोजन भी नहीं कर रहे। वे चारों भाई प्रातः उठ कर, अग्निहोत्र कर, अपने शस्त्र ले वन में चारों दिशाओं में निकल जाते हैं। अपने तथा अपने आश्रितों के लिए भोजन एकत्रित करते है, और तापसों की रक्षा के लिए, हिंस्र पशुओं को मारते हैं...।"

धृतराष्ट्र की विषाक्त हँसी ने संजय की बात बीच में ही काट दी, "और फिर भी तुम कहते हो, कि वे युद्ध की तैयारी कर नहीं रहे?"

संजय कुछ समझ नहीं पाया। वह अपनी आँखों में एक शून्य लिये, धृतराष्ट्र की ओर देखता रहा।

"आखेट युद्ध का ही एक रूप है।" धृतराष्ट्र बोला, "हिंस्र पशुओं से लड़ना, नये व्यूह की रचना के समान है। वैसे भी उससे जितना व्यायाम होता है, वह युद्ध में सहायक होता है।" उसने रुक कर, अनुमान से संजय के चेहरे पर अपनी ज्योतिहीन आँखें टिका दीं, "और अर्जुन क्या कर रहा है?"

"वह हिमालय पर तपस्या कर रहा है।" संजय ने बताया।

"नहीं, वह तपस्या नहीं कर रहा। वह दिव्यास्त्रों की प्राप्ति का उद्यम कर रहा है।" धृतराष्ट्र ने अपने एक-एक शब्द पर बल देते हुए कहा, "इससे अधिक और क्या तैयारी हो सकती है? उसका एक-एक दिव्यास्त्र, दुर्योधन की एक-एक सेना पर भारी पड़ेगा।...और दुर्योधन क्या कर रहा है? समारोह और उत्सवों का आयोजन कर रहा है। सुरा और सुन्दरियों का सम्मेलन हो रहा है। वह समझता है कि उसके पास भीष्म, द्रोण, कर्ण, अश्वत्थामा तथा कृप जैसे योद्धा हैं, तो उसे भय किस बात का है?...किन्तु वह, यह भूल जाता है कि भीष्म, द्रोण, और कृप अत्यन्त वृद्ध हो चुके हैं। अर्जुन और भीम युवा हैं...और उनके साथ हैं श्रीकृष्ण।..."

"और श्रीकृष्ण तो बहुत क्रुद्ध भी हैं।" संजय बोला, "वह तो युधिष्ठिर ने अपने धर्म की दुहाई दे कर उन्हें रोक लिया, नहीं तो वे तत्काल हस्तिनापुर पर आक्रमण करने के पक्ष में थे।..."

धृतराष्ट्र के चेहरे का रंग भय से काला पड़ गया, "दुर्योधन कहाँ है? वह क्या कर रहा है?"

"युवराज कदाचित् अपनी पुत्री, राजकुमारी लक्ष्मणा के स्वयंवर की तैयारी देखने गये हैं।" संजय बोला।

धृतराष्ट्र के मन की पीड़ा, उस के चेहरे पर प्रकट हो गयी, "मूर्ख है वह! जो समय सेनाएँ सज्जित कर, अपनी सुरक्षा का प्रबन्ध करने का है, उसे वह गुड्डे-गुड़िया के विवाहों में व्यतीत कर रहा है।...राज्य रहा तो उस की सारी सन्तानों का असाधारण समारोहों के साथ विवाह होगा; और राज्य ही न रहा तो वह किसी और के स्वयंवर के लिए पुष्प-मालाएँ गूँथता रहेगा...जाओ! किसी दासी को भेजो, जा कर उस मूर्ख को बुला लाये। उससे कहो, अभी आये, तत्काल। किसी आवश्यक कार्य के व्याज से, मुझे टालने का प्रयत्न न करे।"

संजय ने उठकर द्वार पर खड़ी दासी को धृतराष्ट्र का आदेश सुना दिया। दासी दौड़ती हुई, आदेश-पालन के लिए चली गयी।

"महाराज कुछ अधिक चिन्तित हैं।" संजय लौट आया, "युवराज युद्धाभ्यास और सैनिक-संगठन की गतिविधि बढ़ा देंगे, तो क्या हस्तिनापुर सुरक्षित हो जायेगा? कुरुकुल विनष्ट होने से बच जायेगा?"

धृतराष्ट्र ने असमंजस में संजय की ओर चेहरा घुमाया, "क्या कहना चाहते हो? क्या दुर्योधन किसी भी स्थिति में पाण्डवों को पराजित नहीं कर सकता?"

"नहीं! मैं यह नहीं कह रहा महाराज! जय-पराजय तो सेनापति और राजा जानें।" संजय बोला, "मेरे मन में तो यह आता है कि युवराज की सेना कितनी भी शक्तिशालिनी हो, वे पाण्डवों को पूर्णतः पराजित कर दें—तो भी क्या! युद्ध में से कौन जीवित बच कर निकलेगा, यह तो कोई कह ही नहीं सकता। जो जीवित बचेगा, वह भी अपने परिजनों के शवों पर अश्रु बहाएगा। सुरक्षा युद्ध में नहीं है महाराज! शान्ति में है। पाण्डव तो कुरुवंश का ही अंग हैं। वे नष्ट होंगे, तो भी कुरुवंश ही नष्ट होगा... ।"

धृतराष्ट्र का हाँफता हुआ मन ठिठक कर पुनः खड़ा हो गया : यह संजय भी विदुर की-सी भाषा बोलने लगा...

"ईश्वर की सृष्टि को नष्ट करना तो मनुष्य का लक्ष्य नहीं है।" संजय मन्द स्वर में विनीत भाव से कह रहा था, "यदि युवराज अपना व्यवहार बदल लें, तो धर्मराज उन्हें तत्काल क्षमा कर देंगे।"

धृतराष्ट्र ने बड़ी कठिनाई से अपने चीत्कार को कण्ठ में ही रोका।...उसे लगा, कहीं संजय से

भी वही सब न कह बैठे जो उसने विदुर को कह दिया था...

दुर्योधन आ गया था। उसने धृतराष्ट्र के चरण स्पर्श कर प्रणाम किया, "आपने मुझे बुलाया पिताजी?"

"हाँ पुत्र! बैठो और मेरी बात ध्यान से सुनो।"

दुर्योधन बैठ गया।

"अर्जुन दिव्यास्त्रों के लिए हिमालय पर तपस्या कर रहा है। उस के भाई वन में हिंस्र पशुओं से युद्ध कर, अपनी क्षमता बढ़ा रहे हैं; और तुम राग-रंग में डूबे, अपनी ऊर्जा का अपव्यय कर रहे हो?"

दुर्योधन सर्वथा निश्चिन्त हो कर हँसा, "नहीं पिताजी! आप को किसी ने भ्रमित किया है। वस्तुस्थिति..."

"तो क्या है वस्तुस्थिति?"

"अर्जुन तपस्या कर अपनी शक्ति का ह्रास कर रहा है। इस तपस्या से उस का शरीर क्षीण हो जायेगा और मन दुर्बल! बहुत सम्भव है, लौट कर युद्ध करने के स्थान पर, हिमालय के किसी तुंग शिखर पर कुटिया बनाकर, अपने पिता पाण्डु के समान वहीं रम जाये। शेष चारों पाण्डव बुद्धिविहीन पशुओं से युद्ध कर, अपने युद्ध-कौशल का विनाश कर रहे हैं और अपने भ्रम तथा अहंकार को स्फीत कर रहे हैं। सत्य यह है महाराज! कि वे सम्पूर्ण राज-समाज से कट कर, वन में पड़े तापसों के भ्रम-चक्र में फँस गये हैं।" वह बोला, "यदि अपने अज्ञातवास में वे पहचाने नहीं गये, तो वे तेरह वर्षों के पश्चात् वन से लौटेंगे। उस समय तक वे अपनी क्षमता और शक्ति क्षीण कर चुके होंगे और राज-समाज में कोई उन्हें पहचानेगा भी नहीं।...इधर मैं लक्ष्मणा का स्वयंवर आयोजित कर रहा हूँ। उसमें दूर-दूर की सारी राज-शक्तियों को आमन्त्रित किया जायेगा। स्वयंवर तो मात्र एक ओट है पिताजी! मूल लक्ष्य है, राजाओं को अपने आसपास संगठित करना। मेरा प्रयत्न यह है कि हस्तिनापुर का प्रभा-मण्डल, मगध के जरासंध से अधिक शक्तिशाली और विराट हो।" दुर्योधन क्षणभर के लिए रुका, "एक तो पाण्डवों तक यह समाचार पहुँचेगा नहीं कि मैं क्या कर रहा हूँ।... और यदि पहुँचेगा, तो वे यही समझेंगे कि मैं अपने पुत्र और पुत्रियों के विवाहों में व्यस्त हूँ। वे यह कैसे समझ पायेंगे कि एक-एक राजा की मैत्री का अर्थ है, सहस्रों सैनिकों का बल...।"

धृतराष्ट्र के चेहरे पर सुखद आश्चर्य का भाव आया : उसने अपने इस दुर्योधन को इतना बुद्धिमान कभी नहीं समझा था। यह तो कूटनीति में अपने पिता के भी कान काट रहा है।... धृतराष्ट्र स्वयं को ही भूल गया था...कैसे उसने अपने भाई को हस्तिनापुर की राजसत्ता से दूर-दूर तक रखा था, कभी सैनिक अभियान के नाम पर, कभी धर्म के नाम पर...! दुर्योधन भी कुछ-कुछ वैसा कर रहा था।...यह तो आज तक धृतराष्ट्र को सूझा ही नहीं कि उसे विभिन्न प्रकार के साधु-सन्तों को पाण्डवों के पास भेजना चाहिए; और उन्हें अधिक से अधिक तपस्या के लिए प्रेरित करना चाहिए। उन्हें यह समझाना चाहिए कि मोक्ष-प्राप्ति, राज्य-प्राप्ति से बड़ी उपलब्धि है...

"तुमने लक्ष्मणा के स्वयंवर में यादवों को भी आमन्त्रित किया है क्या?" धृतराष्ट्र ने पूछा।

"नहीं पिताजी! मैंने तो केवल राज-समाज को आमन्त्रित किया है—मात्र किरीटधारी राजाओं और उनके राजकुमारों को। यादवों में कोई राजा है ही कहाँ? उग्रसेन को मैंने कभी राजा नहीं माना। वह अधिक से अधिक वृष्णियों, अन्धकों का मुखिया हो सकता है।...और यदि उग्रसेन ही राजा नहीं है, तो

वहाँ और कौन राजा है?"

"कृष्ण के पुत्र?"

"कृष्ण न राजा है, न उस के राजा बनने की संभावना है। तो उसके पुत्र कैसे राजा बन सकते हैं?"

"किन्तु वासुदेव के पास शक्ति तो राजाओं से भी अधिक है।"

"छीन ली जायेगी।" दुर्योधन बोला, "उस का भी प्रबन्ध कर रहा हूँ। आप किसी भी दिन यह सुन लेंगे कि मैंने कृष्ण को बन्दी बना लिया है।..."

"दुर्योधन!"

"आप तनिक भी चिन्तित न हों महाराज!" दुर्योधन बोला, "कृष्ण की शक्ति को समाप्त करना बहुत आवश्यक है। जब तक कृष्ण की नारायणी सेना वर्तमान है, तब तक इन पाण्डवों की शक्ति कम नहीं हो सकती। कृष्ण के पास जो कुछ भी है, वह पाण्डवों के अधिकार में जा सकता है; इसलिए कृष्ण का कोई न कोई प्रबन्ध करना ही होगा।"

"किन्तु कृष्ण बहुत शक्तिशाली है पुत्र! उसने शाल्व को भी पराजित कर दिया है। मैंने सुना है, उसने सौभ को तो प्रायः नष्ट ही कर दिया है।..."

"वह ठीक है महाराज! शाल्व मूर्ख है, जो उसने द्वारका पर सैनिक अभियान किया। मैं कृष्ण से युद्ध-क्षेत्र में नहीं टकराना चाहता। मेरा प्रयत्न है कि द्वारका में कृष्ण के विरोधियों को बल प्रदान किया जाये।"

"द्वारका में कृष्ण का विरोधी कौन हो सकता है पुत्र?" धृतराष्ट्र ने पूछा, "कोई यादव कृष्ण का विरोध क्यों करेगा?"

"होने को तो कृष्ण के विरोधी भी हैं। ईश्वर के विरोधी हो सकते हैं, तो कृष्ण ऐसी क्या बड़ी चीज है।" दुर्योधन धीरे से मुस्कराया, "ईर्ष्या बड़ी शक्तिशालिनी होती है; और महत्त्वाकांक्षा सदा ईर्ष्या को जन्म देती है। कृष्ण से तो मैं बलराम को ही भिड़ा देना चाहता हूँ। बलराम मेरे गुरु हैं। मुझे पूर्ण विश्वास है कि यदि उन पर कृष्ण का दबाव न रहे, तो भीम तथा मुझमें से, वे मुझे ही अपना प्रिय शिष्य मानेंगे। यह तो बहुत अच्छा है कि बलराम का कोई पुत्र नहीं है, नहीं तो उसे स्वयंवर में बुलाना पड़ता। मैं उन्हें रुष्ट नहीं करना चाहता। मेरा प्रयत्न है कि जब कभी पाण्डवों से हमारा युद्ध हो, बलराम हमारी ओर से युद्ध करें।..."

धृतराष्ट्र का उत्साह, अब तक पर्याप्त मन्द हो चुका था : उसका यह पुत्र आकाश के तारे तोड़ने की योजना बना रहा था। यह कृष्ण से बलराम को पृथक करने की बात कर रहा था।... असम्भव भी कभी सम्भव हुआ है?

"और महाराज! कृष्ण के कुछ अतिप्रिय लोग हैं द्वारका में।...कृष्ण के विरोधी नहीं हैं, किन्तु कृष्ण के उन प्रियजनों के विरोधी तो हैं। जो कृष्ण के प्रियजनों का विरोध करते हैं, वे कृष्ण का विरोध भी कर सकते हैं। मेरी दृष्टि में कुछ ऐसे यादव महारथी भी हैं।" दुर्योधन बोला, "मैं इस प्रयत्न में हूँ कि यदि कभी पाण्डवों से हमारा युद्ध हो, तो उसमें कृष्ण पाण्डवों की कोई सहायता न कर सके...न उन्हें अपनी सेना दे सके, न स्वयं उन की ओर से युद्ध कर सके...।"

धृतराष्ट्र चुप ही रहा। उसने कुछ नहीं कहा।

दुर्योधन का मन आज कुछ अधिक ही उत्फुल्ल था। पिता के मौन को उसने वार्त्तालाप की

समाप्ति का संकेत नहीं माना। न वह वहाँ से उठ कर ही गया। उसने घूम कर एक दृष्टि संजय पर डाली; और फिर बोला, "आजकल आपके निकट आपके महामन्त्री विदुर दिखायी नहीं देते। मुझे लगता है कि आप को संजय का सान्निध्य अधिक भाने लगा है।"

धृतराष्ट्र की इच्छा हुई कि वह दुर्योधन को बताये कि विदुर को उसने पाण्डवों के पास से इसलिए वापस नहीं बुलाया था कि उसे विदुर से प्रेम था। विदुर को उसने उसी कारण से बुलाया था, जिस कारण से वह कृष्ण को बन्दी बनाना चाहता है...पाण्डवों की शक्ति क्षीण करने के लिए... किन्तु क्या लाभ? दुर्योधन कभी यह स्वीकार नहीं करेगा कि विदुर की भी कोई शक्ति है; और उस के किसी पक्ष में रहने, न रहने से उस पक्ष की शक्ति बढ़ती या घटती है...

"नहीं! विदुर से मेरा कोई विरोध तो नहीं है; किन्तु संजय मुझे कुछ अधिक प्रिय हो गया है।" धृतराष्ट्र ने कहा, "तुम्हें विदुर से कोई भय तो नहीं है न?"

"नहीं! महामन्त्री से क्या भय? वह तो मन्त्र ही देगा। प्रशासन तो उस के हाथ में नहीं है न!" दुर्योधन बोला, "आप का विदुर और वह पाण्डवों की माता कुन्ती, हस्तिनापुर में रह कर भी क्या कर सकते हैं? अधिक से अधिक, यहाँ की सूचनाएँ ही तो भेज सकते हैं।...तो मेरे इतने गुप्तचर पाण्डवों के चारों ओर फैले हुए हैं कि उन तक पहुँचने वाली सूचनाएँ पहले मेरे पास आ जायेंगी।"

"तो फिर कुन्ती हस्तिनापुर में क्यों रह रही है?" धृतराष्ट्र रोषपूर्ण स्वर में बोला, "वह कहीं और क्यों नहीं चली जाती?"

"कहाँ जायेगी अभागन। कोई सहारा भी तो नहीं उस का।" दुर्योधन बोला, "फिर भी यदि आवश्यकता पड़ी, रथ में बैठ कर भिजवा दूँगा धर्मराज के राज्य में।" उसने आत्म-मुग्धता में जोर का अट्टहास किया।

"क्या आवश्यकता है?" धृतराष्ट्र बोला, "पड़ी है विदुर के घर में, तो पड़ी रहे। हमारे लिये उस का हस्तिनापुर में होना, न होना, क्या अर्थ रखता है। वह हमारे सामने आती नहीं, हममें से कोई विदुर के घर जाता नहीं। पारिवारिक उत्सवों और राजनीतिक समारोहों में हम उसे आमन्त्रित करते नहीं। हमारे लिये तो वह हस्तिनापुर में है ही नहीं।"

"मैं भी यही सोचता हूँ पिताजी! इसलिए मैंने आज तक, उसके हस्तिनापुर में रहने का विरोध नहीं किया।" दुर्योधन ने धीरे से उत्तर दिया।

तभी दासी ने कक्ष में प्रवेश किया, "महाराज की जय हो।"

"क्या है?" धृतराष्ट्र ने पूछा।

"गुप्तचर-प्रमुख युवराज से भेंट करना चाहते हैं।"

"यहाँ क्यों?" धृतराष्ट्र के स्वर में आपत्ति थी, "युवराज के प्रासाद में प्रतीक्षा क्यों नहीं की?"

"सूचना अत्यन्त आवश्ययक है। युवराज तक उस का तत्काल पहुँचना आवश्यक है।" दासी ने पुनः हाथ जोड़कर सिर झुका दिया, "अतः वे युवराज की खोज करते हुए यहीं आ गये हैं।"

धृतराष्ट्र ने निश्चय करने में कई क्षण लगा दिये; फिर धीरे से बोला, "ले आओ।"

दासी लौट गयी।

गुप्तचर-प्रमुख ने प्रवेश कर प्रणाम किया।

"बोलो!" धृतराष्ट्र के कुछ कहने से पहले ही दुर्योधन ने उसे आदेश दिया।

"धर्मराज युधिष्ठिर अपने भाइयों के साथ, काम्यक वन छोड़ कर, तीर्थ-यात्रा के लिए हिमालय की ओर चले गये हैं।"

"बस।"

"जी महाराज!"

"अच्छा जाओ।"

दुर्योधन ने गुप्तचर-प्रमुख के विदा होने तक स्वयं को बड़ी कठिनाई से रोका।

"देख लिया आपने?" वह ठहाका मार कर हँसा, "ये ऋषि-मुनि पाण्डवों की आत्महत्या का प्रबन्ध कर रहे हैं। आप देखेंगे कि किसी दिन ये पाण्डव हिमालय के हिम में जम जायेंगे; अथवा किसी खाई में गिर कर नरक में पहुँच जायेंगे।"

दुर्योधन का उल्लास अपनी सारी मर्यादाएँ तोड़ देना चाहता था।

21

स्वयंवर आरम्भ होने में अभी कुछ समय शेष था।

दुर्योधन ने अपनी ओर से स्वयंवर की सारी व्यवस्था पूरी कर ली थी। उस का मन कुछ अतिरिक्त रूप से उल्लसित भी था। वह एक प्रकार से कार्य-सम्पन्नता की तृप्ति का अनुभव कर रहा था।...

"युवराज! तुमने अपने मन में किसी 'वर' का चयन कर रखा है, या उसे पूर्णतः लक्ष्मणा पर ही छोड़ दिया है?" कर्ण आ कर दुर्योधन के पास बैठ गया था।

"यदि वर का चयन युवराज ही कर लेंगे, तो फिर लक्ष्मणा के लिए स्वयंवर ही क्या रहा?" दुःशासन को कर्ण की जिज्ञासा अनावश्यक लग रही थी।

"वह तो ठीक है राजकुमार! किन्तु सर्वथा अनियन्त्रित स्वयंवर में कठिनाइयाँ भी हो सकती हैं।" कर्ण ने उत्तर दिया, "लक्ष्मणा की अवस्था ही क्या है! उसकी बुद्धि का विकास ही कितना हुआ है। यदि वह किसी साधारण राजकुमार पर रीझ गयी तो तुम्हारे लिए जटिलताएँ भी उत्पन्न हो सकती हैं।"

"मित्र कर्ण की बात में बल है।" दुर्योधन गम्भीर स्वर में बोला, "इसलिए मेरी योजना यह है कि इससे पहले कि लक्ष्मणा किसी राजकुमार के कण्ठ में माला डाले, उससे थोड़ा विचार-विनिमय हो जाना चाहिए। यह समझ लो कि मेरी और लक्ष्मणा की आँखें, प्रत्येक राजकुमार को साथ-साथ देखेंगी; और मेरे संकेत के बिना वह किसी के कण्ठ में वरमाला नहीं डालेगी।"

"यदि ऐसी बात है भैया! तो इतना सब जंजाल करने की क्या आवश्यकता थी! आप सीधे-सीधे अपने मनोनीत वर से लक्ष्मणा का विवाह कर देते।" दुःशासन बोला।

"नहीं!" दुर्योधन शान्त मन से मुस्कराया, "विवाह तो एक राजकुमार से होता अनेक राजा तथा राजकुमार हमसे रुष्ट हो जाते कि हमने अपने जामाता के रूप में उनका चयन क्यों नहीं किया। वह स्वयंवर नये मित्र बनाने के लिए है, राज-समाज रुष्ट करने के लिए नहीं। स्वयंवर के माध्यम से हमने उन्हें जता दिया है कि हम उन्हें इस योग्य समझते ही हैं कि वे हमारे सम्बन्धी हो सकें;

अब यदि राजकुमारी किसी और पर रीझ गयी, तो बेचारा दुर्योधन क्या कर सकता है।..."

"वाह मित्र!" कर्ण हँसा, "यह तो द्यूत से भी बड़ा जाल है।"

"पर यदि किसी राजकुमार ने उत्पात किया तो?"

दुर्योधन की भृकुटी तन गयी, "हस्तिनापुर में उत्पात करने का परिणाम..." उसने स्वर को संयत किया, "उसकी आशंका नहीं है। लक्ष्मणा की रक्षा के लिए वैसे तो हम सब हैं ही; किन्तु विशेष रूप से उसका दायित्व भूरिश्रवा तथा शल जैसे वीरों को सौंपा गया है।"

लगा, सारी शंकाओं का समाधान हो गया; सारे प्रश्नों का उत्तर मिल गया; और सब लोग सन्तुष्ट हो, युवराज को प्रणाम कर, अपने-अपने दायित्वों का निर्वाह करने के लिए चले गये।

दुर्योधन के अपने मन में न कोई आशंका थी, न कोई प्रश्न! वहाँ तो कुछ स्वप्न थे, कुछ योजनाएँ थीं और कुछ लक्ष्य थे। वह शान्त मन से इस स्थिति का आनन्द लेना चाहता था। लक्ष्मणा का विवाह, उसे किस बन्धन-सूत्र में बाँधेगा, कौन-सी नयी मैत्री जन्म लेगी...अथवा कौन-सा पुराना सम्बन्ध दृढ़ होगा...

दुर्योधन को वहाँ बैठे-बैठे एक लम्बा समय हो गया था। कई बार उसने सोचा भी कि उठे और कोई काम देखे...किन्तु उद्यान में इस प्रकार बैठने और आह्लादित होने का अपना एक मद था। उस रंग को वह भंग नहीं करना चाहता था...

सहसा भागते हुए अनेक पगों से उसकी एकाग्रता भंग हो गयी...उसकी पलकें ऊपर उठीं : कुछ सैनिक और कुछ दासियाँ मर्यादाहीन ढंग से दौड़ती हुई उस की ओर आ रही थीं...

निश्चित रूप से कुछ-न-कुछ अघटनीय घट गया, नहीं तो ये दासियाँ और ये सैनिक, इस प्रकार मर्यादा भंग करने का साहस नहीं करते...

सैनिक निकट आये, तो दुर्योधन ने देखा : वे लोग अत्यन्त भयभीत दिखायी दे रहे थे..."महाराज! क्षमा महाराज! क्षमा!" प्रायः सब ही अपने घुटनों के बल पर बैठ, हाथ जोड़, उससे क्षमा माँग रहे थे।

"क्या हुआ?" दुर्योधन ने पूछा।

"महाराज! राजकुमारी लक्ष्मणा का अपहरण हो गया।"

दुर्योधन की इच्छा हुई कि ठहाका मारकर हँस पड़े : ऐसी मिथ्या सूचना प्रचारित कर कोई दुर्योधन से परिहास कर रहा है, अथवा उसे भयभीत करने का बौना प्रयत्न कर रहा है...हस्तिनापुर के भीतर कुरु-योद्धाओं से घिरे इरा क्षेत्र में से, समारोह के दिन, विशेष रूप से की गयी इस सुरक्षा-व्यवस्था में से कौन राजकुमारी का अपहरण कर ले जायेगा...इस प्रकार की सूचना भेजने वाला व्यक्ति शायद यह नहीं जानता कि दुर्योधन को इस प्रकार का परिहास प्रिय नहीं है; और भयभीत तो वह होता नहीं...

"तुम्हें किसने यह सूचना दी है?" दुर्योधन की आँखों में क्रोध प्रकट होने लगा था।

"किसी ने नहीं महाराज। सब कुछ हमारे नयनों के सम्मुख ही घटित हो गया। हम राजकुमारी के अंगरक्षक हैं महाराज!..."

दुर्योधन को समझ में आ गया कि न यह परिहास था, न मिथ्या सूचना!...सचमुच असम्भव घटित हो गया था...

उस के नयन क्रोध से लाल हो उठे, "तुम लक्ष्मणा के अंगरक्षक हो, तो तुम्हारे जीवित रहते उसका अपहरण कैसे हो गया?" वह उठकर खड़ा हो गया था। उस की मुट्ठियाँ भिंच गयीं, "अंगरक्षक

के अस्तित्व का अर्थ ही क्या है? तुमने वहीं अपने प्राण क्यों नहीं त्यागे? कर्तव्य-पालन करते हुए शत्रु के हाथों मरना अधिक गौरवपूर्ण है अथवा अपने स्वामी से प्राण-दण्ड पाना?"

प्रमुख दासी सामने हाथ जोड़े उस के सम्मुख आ खड़ी हुई, "महाराज। हमारे प्राण लेने के लिए भी वह नहीं रुका।...मैं तो विक्षिप्त हो गयी हूँ। समझ में ही नहीं आता कि वह कहाँ से प्रकट हो गया और किस प्रकार झपट कर, राजकुमारी को उठा ले गया, जैसे मेघों से प्रकट हो कर कोई श्येन, अपनी माँ के पंखों में छिप कर दाना चुगते कुक्कु-शावक को उठा कर, आकाश में लुप्त हो जाय।..."

दुर्योधन ने पहचाना : यह लक्ष्मणा की अत्यन्त मुँह लगी दासी, मुखरा थी। जैसा नाम, वैसा काम। शब्दों की यातुधनी। इस समय भी शब्दों का माया-जाल ही बुन रही थी...वह दुर्योधन को अपने शब्दों से बहला रही थी।...मूर्खा यह भी नहीं जानती कि कब बोलना चाहिए और कब चुप हो जाना चाहिए।...

दुर्योधन का हाथ उठा और दासी भूमि पर लोट गयी। दुर्योधन ने उस की ओर देखा तक नहीं। वह अंगरक्षकों के नायक से सम्बोधित हुआ, "कौन था?"

"ज्ञात नहीं हो सका महाराज!"

"तुम लोग, उस के पीछे क्यों नहीं गये? यहाँ क्यों चले आये?"

"महारथी कर्ण, राजबन्धु भरिश्रवा तथा राजकुमार शल उस के पीछे गये हैं महाराज! उन्होंने ही हमें निर्देश दिया कि हम आप को तत्काल सूचित करें।"

"वे लोग किधर गये हैं?"

"वर्द्धमान द्वार की ओर महाराज!"

"आक्रमणकारी कितने लोग थे?"

"दिखायी तो केवल एक किशोर ही दिया था महाराज! उस के अदृश्य सहायकों के विषय में हमें कोई सूचना नहीं है।"

दुर्योधन ने उस की ओर देखा, "नगर-द्वार की रक्षक-वाहिनियों के नायक को सूचित करो कि वे लोग अपने-अपने द्वार पर तत्काल पहुँच जायें। द्वार बन्द कर दिये जायें। किसी भी व्यक्ति को, चाहे कितना भी महत्त्वपूर्ण और शक्तिशाली क्यों न हो, नगर से बाहर जाने की अनुमति नहीं होगी—स्वयंवर में आये, हमारे अतिथियों को भी नहीं। यदि वह अपहरणकर्ता नगर-प्राचीर से बाहर निकल जाये, तो सारी वाहिनियाँ, सारे नायक, उस का पीछा करें। उसे रोकें और बन्दी बनाने का प्रयत्न करें। यदि वह हाथ न आये, तो उसका वध कर दें; किन्तु उसे निकल भागने का अवसर न दें। जाओ!"

स्वयं दुर्योधन ने सैनिकों के जाने की प्रतीक्षा नहीं की। वह वेग से चलता हुआ, अपने रथ के निकट आया, "सारथि! वर्द्धमान द्वार की ओर चलो। शीघ्र! अधिकतम वेग से।"

उसने रथ में रखा हुआ अपना धनुष उठाया, उसकी प्रत्यंचा चढ़ायी; और रथ के शस्त्र-खण्ड में से तूणीर उठा कर सर्वाधिक मारक बाण छाँटने लगा।

दुर्योधन की सेना लौट रही थी।

सेना के आगे-आगे दुर्योधन का रथ था। लक्ष्मणा अपने पिता के साथ बैठी थी। उसकी वेणी

बिखर गयी थी, पुष्प-सज्जा मलिन हो गयी थी; और वस्त्रों पर धूल की परत स्पष्ट देखी जा सकती थी। उसे देख कर लगता था कि किसी खुले रथ में, उसने लम्बी यात्रा की है।...वह अपने पिता से कोई बात नहीं कर रही थी। दुर्योधन ने भी उससे कोई चर्चा करने में किसी प्रकार की रुचि नहीं दिखायी थी।...किन्तु लक्ष्मणा का व्याकुल हो कर, बार-बार पीछे की ओर, उस रथ पर दृष्टिपात करना, जिसमें वह किशोर बाँध कर डाल दिया गया था, दुर्योधन को अच्छा नहीं लग रहा था।...

कर्ण, शल, भूरिश्रवा इत्यादि के रथ दुर्योधन के पीछे-पीछे आ रहे थे। बन्दी के रथ के पीछे, विभिन्न वाहिनियाँ अपनी विजय-गाथा, गाती चली आ रही थीं...

दुर्योधन प्रसन्न नहीं था। एक अकेले किशोर को इतनी वाहिनियों की सहायता से चार-चार महारथियों का एक साथ मिलकर पकड़ना, कोई गौरवशाली विजय नहीं थी।...यह कोई उपलब्धि नहीं थी। ऐसा कृत्य नहीं था, जिसका यशोगान किया जा सके।...उलटे, यह तो चिन्ता का विषय था कि पराजित हो कर भी वह किशोर आकर्षण का केन्द्र हो गया था। जो किशोर, निपट अकेला हस्तिनापुर में घुस आये, सारी वाहिनियों और उसके महारथियों को चुनौती देता हुआ, राजकुमारी का अपहरण कर ले जाये; और राजकुमारी को मुक्त कराने आयी कुरुसेना और उस का नेतृत्व करने वाले चार महारथियों का वीरतापूर्वक सामना करे, वह निश्चित रूप से असाधारण वीर है। लक्ष्मणा, यदि पिता की इच्छा के विरुद्ध ऐसे वीर की ओर आकृष्ट हो जाये, तो क्या आश्चर्य!...

मन-ही-मन, दुर्योधन एक प्रकार की हताशा का अनुभव कर रहा था...उसने इस स्वयंवर के माध्यम से, जिस राजनीतिक विजय की कल्पना की थी, वह इस किशोर ने ध्वस्त कर डाली।...उस के मन में बार-बार कुण्डिनपुर की कल्पना जागती थी। जरासंध ने कुण्डिनपुर में रुक्मिणी के विवाह के माध्यम से एक साम्राज्य की नींव रखने का स्वप्न देखा था; और कृष्ण ने रुक्मिणी का अपहरण कर, उस स्वप्न को ध्वस्त कर डाला था।...आज कुछ वैसा ही, इस किशोर ने दुर्योधन के साथ किया था।...

पर किशोर अकेला कैसे हो सकता है? यदि यह बिना सहायक के, अकेला ही सब कुछ कर पाये, तो अद्‌भुत्‌ है यह किशोर; और हस्तिनापुर की रक्षा-व्यवस्था का कोई महत्त्व नहीं है। व्यर्थ हैं ये समस्त वाहिनियाँ और उन का संचालन करने वाले नायक। ये सब शोभा की वस्तुएँ हैं : राजसी ऐश्वर्य के प्रदर्शन के साधन!...कुण्डिनपुर में ऐसे ही भीष्मक और रुक्मी, जरासंध और शिशुपाल... सब खड़े रह गये थे...और कृष्ण, रुक्मिणी का हरण कर, ले गया था...

दुर्योधन ने अपना सिर झटका!...यह बार-बार, बीच में कृष्ण कहाँ से आ जाता है?...और सहसा उसका ध्यान इस ओर गया, कि जब से उसने इस अपहरणकर्ता किशोर को देखा है, उस के मन में बार-बार कृष्ण का बिम्ब प्रकट हो रहा है, उसे बार-बार ऐसा लग रहा है कि कृष्ण उस के सम्मुख खड़ा मुस्करा रहा है...भला, लक्ष्मणा-हरण से रुक्मिणी-हरण का क्या सम्बन्ध? तो उसे बार-बार कृष्ण का स्मरण क्यों आ रहा है?...

रथ, प्रासाद-क्षेत्र में प्रवेश कर चुका था। वाहिनियाँ, बाहर वाहन से ही विदा हो गयी थीं। उस के साथ ही, शल, यज्ञकेतु और भूरिश्रवा भी अपने-अपने स्थान को चले गये थे। कर्ण, दुर्योधन के साथ ही भीतर चला आया।

दुर्योधन रथ से नीचे उतर आया। सारथि, रथ लौटा ले गया और सेवकों ने आसन उपस्थित कर दिये। लक्ष्मणा को प्रासाद के भीतर भेज दिया गया; और उस किशोर को अंगरक्षकों ने ला कर

दुर्योधन के सम्मुख खड़ा कर दिया।

"महाराज! क्या इस उद्धत का वध कर दिया जाये?" अंगरक्षकों के नायक ने पूछा।

"नहीं!" दुर्योधन बोला, "इस का वध तो स्वयंवर-मण्डप में सबके सम्मुख होना चाहिए, ताकि सारे जम्बू-द्वीप के क्षत्रिय देखें कि कुरु-राजकुमारी के अपहरण का क्या दण्ड होता है।"

दुर्योधन ने दृष्टि उठा कर उसे देखा : किशोर के हाथ-पाँव बँधे हुए थे, किन्तु वह तनिक भी भयभीत नहीं था।

"तुम्हारे सहायक कहाँ हैं?"

"द्वारका में।"

दुर्योधन तमक कर उठ खड़ा हुआ, "क्या अभिप्राय है तुम्हारा?"

"आपने पूछा कि मेरे सहायक कहाँ हैं, तो मैंने बता दिया।" वह निर्भीकता से बोला।

"मैं पूछ रहा हूँ कि हस्तिनापुर में तुम्हारे सहायक कहाँ हैं?"

"हस्तिनापुर में मेरा कोई सहायक नहीं है।"

"तुम अकेले आये थे?"

"नहीं। जो सहायक आये थे, उन्हें मैंने द्वारका भेज दिया है ताकि, वे लोग वहाँ जा कर बतायें कि पाँच-पाँच महारथियों ने मुझ अकेले से युद्ध कर मुझे अन्यायपूर्वक बन्दी बना लिया है। वे द्वारकावासियों को बतायें कि हस्तिनापुर में न वीरता है, न न्याय, न स्वाभिमान।"

"पर द्वारका ही क्यों?" दुर्योधन झपट कर उस के सम्मुख पहुँच गया, "द्वारका में कौन है तुम्हारा?"

"मेरे पिता, मेरे भाई, मेरा कुटुम्ब।"

"कौन हैं तुम्हारे पिता?"

"वासुदेव श्रीकृष्ण! मैं जाम्बवती-नन्दन साम्ब हूँ।"

दुर्योधन जैसे आकाश से गिर पड़ा : इसलिए इस किशोर को देख कर बार-बार उसके मन में कृष्ण की मूर्ति उभर रही थी, उसे कृष्ण का स्मरण हो रहा था...

"तुम लोगों को कन्याओं के अपहरण का रोग है क्या?" दुर्योधन का स्वर, क्रोध से फटता जा रहा था, "तुम्हारे पिता ने अपहरण किया, तुम्हारे भाई प्रद्युम्न ने अपहरण किया : और अब तुम आये हो। कोई क्षत्रिय संस्कार नहीं है, तुम लोगों में। तुम लोग प्रत्येक अवसर पर क्षत्रिय-मर्यादा का उल्लंघन करते हो...।"

"हम अपहरण नहीं, हरण करते हैं।" साम्ब पूर्णतः विश्वस्त स्वर में बोला, "और हरण, सामर्थ्य का प्रमाण है। आप के पितामह भीष्म, आपकी पितामही का काशी से हरण कर के ही लाए थे। कुरुओं के गौरव कौन्तेय अर्जुन भी द्वारका से मेरी बुआ का हरण करके लाये थे...।"

"अर्जुन कुरुओं का गौरव तो क्या, कुरु भी नहीं है। वह पाण्डु का नहीं, इन्द्र का पुत्र है।" दुर्योधन के स्वर में घृणा थी।

"वैसे तो आप के पिता भी सम्राट् विचित्रवीर्य के नहीं, महर्षि व्यास के पुत्र हैं। यदि अर्जुन कुरुवंशी नहीं हैं, तो यहाँ कुरुवंशी है ही कौन,? साम्ब मुस्करा रहा था।

"तुम्हें मृत्यु का भय नहीं लड़के?"

"नहीं। यदि मेरा वध हुआ, तो मेरे पिता, मेरे भाई हस्तिनापुर के राजवंश के एक पुरुष को भी जीवित नहीं छोड़ेंगे। मेरा वध आपको बहुत महँगा पड़ेगा।..."

दुर्योधन का मन हुआ कि वह चिल्ला कर कहे कि वह संसार में किसी से नहीं डरता; किन्तु यह लड़का कह रहा है कि वह कृष्ण का पुत्र है,...और कृष्ण वही था, जिसने युधिष्ठिर के राजसूय यज्ञ के अवसर पर, भरी सभा में शिशुपाल का मस्तक काट दिया था। दुर्योधन किसी और को भ्रम में रख सकता है; किन्तु अपने-आपको धोखे में नहीं रख सकता। वह यह कहने का साहस भी नहीं कर सका कि वह कृष्ण से नहीं डरता...

"तुम लक्ष्मणा को जानते हो?"

"नहीं!"

"तो तुमने उसका अपहरण क्यों किया?"

"अपने अपमान का प्रतिशोध लेने के लिए।"

"कैसा अपमान?"

"इस स्वयंवर में यादवों को आमन्त्रित क्यों नहीं किया गया?"

दुर्योधन सजग हो गया : यह लड़का, न केवल स्वयं को अपराधी नहीं मान रहा था, वह दुर्योधन से उस के कर्मों और निर्णयों का स्पष्टीकरण माँग रहा था.. किन्तु वह दुर्योधन को बाध्य नहीं कर सकता। वह दुर्योधन का बन्दी है, दुर्योधन उस का बन्दी नहीं...किन्तु यदि दुर्योधन ने उत्तर नहीं दिया, तो उसका अपना मन भी यही मानेगा कि वह अपराधी था...उस के पास अपने कृत्यों का कोई सार्थक आधार नहीं था...

"यदि आप भी शिशुपाल के समान यही मानते हैं कि यादव राज-समाज के अंग नहीं हैं, तो आप भी उसी मार्ग से यम-लोक जायेंगे, जिस मार्ग से शिशुपाल गया था...।" साम्ब ने चिल्ला कर कहा।

दुर्योधन का मुख क्रोध से लाल हो गया : यह लड़का दुर्योधन का अपराधी हो कर, उसका बन्दी होकर भी, उस के प्रासाद में उसके सम्मुख खड़ा हो, उसे धमका रहा था...

दुर्योधन ने अपना खड्ग खींच लिया।

"साहस है तो मेरे हाथ खोल दीजिए, और एक खड्ग मुझे भी दीजिए। फिर देखिये, यादव इन खिलौनों से कैसे खेलते हैं...।" भयभीत होना तो दूर, साम्ब तनिक-सा हतप्रभ भी नहीं हुआ था।

दुर्योधन नग्न खड्ग ले कर आगे बढ़ा। साम्ब बन्धनों से मुक्त होने के लिए कसमसाया। उस के अंगों पर सैनिकों की जकड़, और भी कस गयी...

दुर्योधन, साम्ब के ठीक सम्मुख जा खड़ा हुआ। उसने क्रोध से जलती आँखों से, साम्ब की ओर देखा। साम्ब की आँखों में भय नहीं था, घबराहट नहीं थी; वहाँ एक मोहिनी थी : कृष्ण की मोहिनी! उन आँखों में झाँकना, जैसे कृष्ण की आँखों में ही झाँकना था...कृष्ण...कृष्ण...कृष्ण...

दुर्योधन के मन में एक योजना जन्म लेने लगी थी.....

यदि उसने साम्ब की हत्या कर दी, तो यादवों से युद्ध होगा। कृष्ण, अपने पुत्र के वध को न क्षमा कर पायेगा, न भूल पायेगा। कृष्ण हस्तिनापुर आयेगा तो; किन्तु वह दुर्योधन से चर्चा करने, अकेला उस के प्रासाद में नहीं आयेगा।...

वह सेना के साथ आयेगा, बाण बरसाता आयेगा।...और उससे युद्ध-क्षेत्र में ही भेंट होगी।...

किन्तु यदि साम्ब का वध न किया और, उसे कारागार में रखा जाये, तो कृष्ण को दुर्योधन के पास, दुर्योधन की इच्छानुसार आना होगा; उससे संधि करनी होगी...पर दुर्योधन को, कृष्ण से कोई संधि नहीं करनी। वह तो चाहता है कि उस के हाथों से कृष्ण का वध हो जाये...कृष्ण को संधि-वार्ता के लिए प्रासाद में बुलाया जाये, और उसे बन्दी बना लिया जाये...फिर कृष्ण को, साम्ब के ही समान बाँध कर दुर्योधन के सामने लाया जाये। वह दुर्योधन के सम्मुख, इसी प्रकार खड़ा हो, जैसे अभी साम्ब खड़ा है...और दुर्योधन, कृष्ण का वध करे, साम्ब का नहीं।...कृष्ण की मृत्यु के पश्चात्, दुर्योधन बलराम के पैरों में गिरकर उनसे क्षमा माँगेगा। उन्हें मना लेगा। बलराम को मनाना क्या कठिन है...उसके पश्चात् यादवों में क्या शक्ति रह जायेगी।...दुर्योधन के मन में व्यर्थ ही भीम और अर्जुन की ओर से आशंका है। उनका मेरुदण्ड तो कृष्ण है। कृष्ण का वध हो जाय, तो अर्जुन और भीम के प्राण अपने-आप निकल जायेंगे...बहुत सम्भव है, कृष्ण की मृत्यु का समाचार पा कर वे हिमालय से नीचे ही न उतरें, उलटे ऊपर ही चढ़ते जायें...

दुर्योधन का उठा हुआ हाथ झुक गया...साम्ब को जीवित रहना चाहिए...कृष्ण के हस्तिनापुर आने तक, दुर्योधन के जाल में फँसने तक...दुर्योधन के हाथों, कृष्ण के वध तक!...

दुर्योधन ने खड्ग को अपने कोश में डाल लिया, "नायक! इसे मेरे निजी कारागार में बन्द कर दो। पहरे पर अपने सैनिक लगा दो। देखना यह भागने न पाये। यदि भाग गया तो तुम्हारा और तुम्हारे सैनिकों का वध मेरे हाथों होगा...जाओ। ले जाओ।"

'कायर!' साम्ब के अधरों पर असीम घृणा थी।

सैनिक साम्ब को लेकर चले गये।

कर्ण ने चकित हो कर, कुछ आपत्तिपूर्ण दृष्टि से दुर्योधन की ओर देखा, "यह तुमने क्या किया मित्र? कृष्ण के पुत्र को, अपनी पुत्री के अपहर्ता को, जीवित छोड़ दिया?"

"इसका शव किस काम आयेगा," दुर्योधन की आँखें, अपने स्वप्नों में उलझी हुई थीं, "यह तो साधारण चारा है, जो एक महामत्स्य को हमारे जाल में फँसाने का कारण बनेगा।"

दुर्योधन ने अपने कक्ष में पहुँच कर लक्ष्मणा को बुलवाया, "तुम इस लड़के को कब से जानती हो? हमारे किसी पारिवारिक उत्सव में तो यह कभी सम्मिलित हुआ नहीं।..."

"किस लड़के को?" लक्ष्मणा ने बड़े अबोध ढंग से पूछा।

"साम्ब को।"

"कौन साम्ब?"

"अपने अपहरणकर्ता, कृष्ण-पुत्र, साम्ब को। "

"ओह! वे वासुदेव-पुत्र साम्ब हैं।"

लक्ष्मणा के शब्दों में साम्ब के लिए जो सम्मान था, वह दुर्योधन के हृदय में बाण के समान चुभा : और इस सूचना से जितना आनन्द लक्ष्मणा को मिला, उसने तो जैसे दुर्योधन के हृदय को चीर कर ही रख दिया।

दुर्योधन की आँखें कठोर हो गयीं, "मैं तुमसे कुछ पूछ रहा हूँ, लक्ष्मणा!"

"क्या?" लक्ष्मणा, जैसे किसी स्वप्न से जगायी गयी थी।

"तुम साम्ब को कब से जानती हो?"

"मैंने साम्ब को पहली बार तब ही देखा था, जब मन्दिर-क्षेत्र में उन्होंने मुझे उठाकर, अपने रथ में बैठा लिया था...और..."

"इससे पहले तुम्हारा उससे परिचय नहीं था?"

"उन का परिचय तो आपने अभी दिया पिताजी!" लक्ष्मणा का उल्लास छिपाये नहीं छिप रहा था।

"तो तुमने उसे अपने हरण के लिए नहीं बुलाया था?" दुर्योधन की आँखें, जैसे लक्ष्मणा के मन के आर-पार कर विचरण लेना चाहती थीं।

"स्वयंवर के लिए सर्वत्र निमन्त्रण तो आपने भेजे थे, तो मैं किसी को क्यों बुलाती?" लक्ष्मणा बोली, "किन्तु, उन्होंने स्वयंवर में सम्मिलित होने के स्थान पर, मेरा हरण करना क्यों उचित समझा?"

दुर्योधन के मन में संदेह के अनेक अंकुर फूट आये थे।

"यदि वह स्वयंवर में सम्मिलित होता, तो तुम उसका वरण कर लेतीं?" दुर्योधन टकटकी लगा कर, उस की ओर देख रहा था।

"तब मैं उस की वीरता से थोड़ी परिचित होती!" लक्ष्मणा ने अल्हड़ उल्लास के साथ कहा।

दुर्योधन पुनः ठिठका : यह लड़की सर्वथा मूर्ख है। जान-बूझकर इस प्रकार के संकेत दे रही है?...तब वह उसकी वीरता से परिचित नहीं होती, इसलिए कदाचित् उसका वरण नहीं करती; किन्तु उसने हरण किया...दुर्योधन ने अपने महारथियों और वाहिनियों के साथ, उससे युद्ध किया। उसे पराजित कर बन्दी बनाया।...और वह लड़का चोर के स्थान पर महावीर हो गया।...

"अब तो तुम उसकी वीरता से परिचित हो गयी हो।" दुर्योधन ने बड़ी कठिनाई से स्वयं को संयत किया, "अब यदि स्वयंवर में सम्मिलित होता है तो...?"

"अब, जब उन्होंने मेरा हरण कर ही लिया है, तो स्वयंवर का क्या अर्थ है...?" लक्ष्मणा ने दुर्योधन की बात बीच में ही काट दी। उसका स्वर प्रखर था और उसमें अवसाद का लेशमात्र भी नहीं था।

दुर्योधन के मन में जैसे कोई विस्फोट हो गया। उसने लक्ष्मणा की ओर देखा : उस की यह पुत्री, जिसे वह अब तक एक बालिका मात्र समझता था, तरुणाई को प्राप्त हो गयी थी। चेहरे से वह कैसी अबोध, स्वच्छ और कामना-शून्य लगती थी; किन्तु उस के भीतर कामनाओं से भरपूर एक स्त्री अंगड़ाइयाँ ले रही थी : प्रकृति का साक्षात् विग्रह-स्त्री!...और पिता को अपनी पुत्री अबोध बालिका के रूप में ही अच्छी लगती है, वह उसे स्त्री के रूप में देखना नहीं चाहता।...किन्तु लक्ष्मणा चाहे स्वयं नहीं जानती हो, किन्तु उस के भीतर प्रकृति, एक स्त्री के रूप में आ बैठी थी और अपने मनभावन प्रेमी की आकांक्षा कर रही थी।...साम्ब बन्दी, है, वह उसका अपहरण नहीं कर सकता; किन्तु यदि यह स्वतन्त्र रही, तो उसका अपहरण कर, उसे द्वारका ले जायेगी।...

"काशिका!" दुर्योधन ने अनायास ही, अपनी पत्नी को पुकार लिया।

काशिका, दुर्योधन की दृष्टि बचाकर निकट ही मँडरा रही थी।...जाने वह लक्ष्मणा के साथ कैसा व्यवहार करे। यदि लक्ष्मणा रोती हुई पिता के कण्ठ से लग जाती, तो बात कुछ और ही होती; किन्तु इस समय लक्ष्मणा ऐसी रूपगर्विता और प्रेमगर्विता नारी थी, जिसके अपहरण ने उसे बताया कि 'पुरुष' उसकी कामना में कितना दुस्साहसी हो सकता है...

वह दुर्योधन के सम्मुख चली आई। उस के चेहरे पर स्पष्ट भय था...सम्भव था कि दुर्योधन इस सारे काण्ड के लिए कहीं उसे ही दोषी ठहराए!...न भी ठहराए, किन्तु पुत्री के प्रति अपने क्रोध

को पत्नी पर निकाले, तो...

"आर्यपुत्र!"

"लक्ष्मणा का ध्यान रखना। ऐसा न हो कि इसे भी बन्दी बनाकर, कारागार में डालना पड़े।"

काशिका को यह पूछने का साहस ही नहीं हुआ कि 'ध्यान रखने' का क्या अर्थ था; और लक्ष्मणा ने ऐसा कौन-सा अपराध किया था कि उसे बन्दी बना कर कारागार में रखने की आवश्यकता आ पड़ी थी।...

"अच्छा आर्यपुत्र!"

किन्तु दुर्योधन इतनी शान्ति से सब कुछ समाप्त कर देने को तैयार नहीं था, "मैंने स्वयं इसके स्वयंवर की व्यवस्था की है; किन्तु इसका यह अर्थ नहीं कि इसका मन हमारे घोरतम शत्रु पर आ जाये। पिता के सम्मान की कोई चिन्ता नहीं। हमारी भावनाओं के प्रति कोई सम्मान नहीं। क्या समझती है वह, कि मैं उसे इस प्रकार चली जाने दूँगा।"

"आप लक्ष्मणा से रुष्ट हैं कि साम्ब ने उसका अपहरण क्यों किया?" काशिका साहस कर बोली, "अपहरण का दोषी अपहरणकर्ता होता है आर्यपुत्र! अपहृत कन्या नहीं। आप साम्ब को जो दण्ड देना चाहें दें।...लक्ष्मणा के प्रति आप का यह रोष मेरी समझ में नहीं आ रहा।..."

दुर्योधन क्या बताता काशिका को, कि उसे संदेह है कि इस अपहरण के पश्चात् लक्ष्मणा, साम्ब से प्रेम करने लगी है; अथवा उसको अपना पति ही मानने लगी है। उसकी सारी सहानुभूति साम्ब के साथ है।...साम्ब को दिया गया प्रत्येक दण्ड, लक्ष्मणा को तड़पायेगा और मन-ही-मन साम्ब के और निकट होती जायेगी।...अवसर मिलते ही साम्ब को कारागार से मुक्त कराने का प्रयत्न करेगी और यदि सम्भव हुआ, तो उसे ले कर द्वारका पहुँच जायेगी...

"मेरा रोष तुम्हारी समझ में नहीं आ रहा, तो उसे समझने का प्रयत्न करो। यदि तुम और वह—दोनों सावधान रहतीं, तो उस का अपहरण सम्भव न हो पाता और इस समय लक्ष्मणा, स्वयंवर-मण्डप में खड़ी होती..."

"चलिए, हमारी असावधानी से अपहरण हुआ; और आप की सावधानी और वीरता से वह लड़का पकड़ा गया। अब, आप की पुत्री, आप के पास है और वह लड़का कारागार में। तो फिर स्वयंवर में बाधा क्या है? लक्ष्मणा के हाथ में जयमाल दे कर, उसे स्वयंवर-मण्डप में खड़ा कर दीजिये।"

दुर्योधन का धैर्य जैसे चुक गया था, "बात तो समझती हो ही नहीं और तर्क करती चलती हो। तुम भूलती हो कि जब पितामह काशिराज की कन्या अम्बा का हरण कर लाये थे; और उसे उसकी इच्छानुसार शाल्व के पास पहुँचा भी दिया गया था, तो भी शाल्व ने उसे यह कह कर स्वीकार नहीं किया था कि हरण के क्षण से ही, वह भीष्म की पत्नी हो चुकी।..."

"जो ऐसा मानता हो, वह मण्डप से उठ कर चला जाय।" काशिका बोली, "हमारी पुत्री उन राजकुमारों में से किसी एक का चयन कर लेगी, जो ऐसा नहीं मानते।"

"यदि तुम्हारी ही पुत्री होती, तो ऐसा कर लेती।" दुर्योधन का स्वर ऊँचा हो गया, "किन्तु वह मेरी भी पुत्री है। इसलिए वह जन-शून्य मण्डप में जाकर, अपना अपमान नहीं करवायेगी।" दुर्योधन रुका, "इसलिए अब तुम सावधान रहो। लक्ष्मणा कहीं नहीं जायेगी—न अकेली, न अपनी सखियों के साथ। और यदि कहीं जाना भी हुआ तो वह तुम्हारे साथ जायेगी।"

दुर्योधन कक्ष से बाहर चला आया!...अपनी इस पत्नी से वितण्डावाद करने का कोई लाभ नहीं था; किन्तु वह, यह भूल नहीं सकता था कि उस के निमन्त्रण पर सम्पूर्ण जम्बू-द्वीप के सम्मानित राजा और राजकुमार हस्तिनापुर में आये हुए थे। वे लोग लक्ष्मणा के स्वयंवर के लिए आये थे। स्वयंवर-मण्डप तैयार खड़ा था; और लक्ष्मणा भी अपने प्रासाद में उपस्थित थी।...किन्तु अब स्वयंवर सम्भव था?...यदि उसने अब भी, अपनी योजना के अनुसार स्वयंवर का आयोजन किया, तो अनेक राजकुमार स्वयंवर का बहिष्कार करेंगे। अपहरण के पश्चात् स्वयंवर नहीं हुआ करते।...और यदि कुछ राजकुमार किसी कामना, लोभ अथवा भयवश मन्डप में बैठे रहे; और लक्ष्मणा ने ही जयमाला तोड़कर फेंक दी, कि अब वह साम्ब की वाग्दत्ता है, तो? क्या उत्तर देगा, दुर्योधन उन लोगों को?... कन्या का पिता होना भी, कितने संकट का विषय है...और विशेष कर उस कन्या का, जिस के हृदय और मस्तिष्क, पिता से स्वतन्त्र हो कर काम करते हों...

"दुर्योधन!"

दुर्योधन ने सिर उठाकर देखा : सामने शकुनि खड़ा था।

"हाँ मातुल!"

"स्वयंवर का क्या होगा?"

"क्या कहूँ मातुल! इन परिस्थितियों में लक्ष्मणा को स्वयंवर की अनुमति नहीं दे सकता।"

"तो आमन्त्रित अभ्यागतों को क्या कह दिया जाये?"

"घोषणा करवा दें कि स्वयंवर नहीं होगा। राज-समाज अपनी सुविधानुसार अपने राज्य को लौट सकता है।"

"ठीक है पुत्र! किन्तु हमने जम्बूद्वीप के राज-समाज को इसलिए आमन्त्रित किया था कि हमारे मित्रों की संख्या में वृद्धि हो। यह आयोजन इसलिए तो नहीं किया था कि वे स्वयं को अपमानित महसूस करते हुए लौटें और हमारे शत्रु हो जायें।"

दुर्योधन का मन, वेग से दौड़ते हुये पशु के समान भाग रहा था...कृष्ण चाहे लक्ष्मणा का अपहरण नहीं करवा सका; किन्तु उसने अपना लक्ष्य प्राप्त कर ही लिया। जम्बू-द्वीप के राज-समाज में, दुर्योधन के लिए दुर्भावना का बीज-वपन तो उसने कर ही दिया। अपहरण की योजना असफल हो गयी, साम्ब का प्रयत्न निष्फल रहा...किन्तु कृष्ण की इच्छा पूरी हुई।...

"तो स्वयंवर के विषय में यह तुम्हारा अन्तिम निर्णय है?"

दुर्योधन मौन ही रहा।

"स्वयंवर स्थगित करने की घोषणा भी कर दें, तो भी समाज को कोई कारण बताना होगा। उन्हें कोई उत्तर तो देना होगा।" शकुनि बोला।

"हाँ। कोई उत्तर तो देना ही होगा मातुल।" अपनी व्याकुलता में दुर्योधन उठ खड़ा हुआ, "किन्तु, उन्हें मैं तब तक कोई निश्चित् उत्तर नहीं दे सकता, जब तक साम्ब के बारे में कोई अन्तिम निश्चय न कर लिया जाय।"

"मैं समझता हूँ पुत्र!" शकुनि चला गया।

दुर्योधन समझ नहीं पाया कि शकुनि क्या समझ गया...किन्तु कुछ समय तक के लिए तो वह टल ही गया था। उत्तर पाने के लिए अब दुर्योधन के वक्ष पर खड़ा नहीं था...

दुर्योधन की आँखों के सम्मुख, फिर साम्ब का बिम्ब आ खड़ा हुआ...और साम्ब का विचार आते ही, दुर्योधन के विचारों में कृष्ण आ खड़े हुये...

'कृष्ण!' दुर्योधन मन ही मन बोला, 'तूने मेरी जो हानि, की सो की; किन्तु यदि तू साम्ब को छुड़ाने यहाँ आया; और मैं तुम्हारा वध करने में सफल हो गया, तो फिर राज-समाज में मेरे मित्र-ही-मित्र होंगे।...'

दुर्योधन का मन हुआ कि ठहाका मार कर हँस पड़े।

22

हस्तिनापुर में घटित सारी घटनाओं की सूचना, साम्ब के मित्रों ने कृष्ण तक पहुँचा दी थीं।

कृष्ण को पहले तो आश्चर्य हुआ।...साम्ब ने लक्ष्मणा के हरण की योजना बनाई ही क्यों? कृष्ण ने तो कभी दुर्योधन के परिवार से अपने परिवार के किसी व्यक्ति के वैवाहिक सम्बन्ध की कल्पना भी नहीं की थी।...साम्ब ने लक्ष्मणा के रूप की बहुत प्रशंसा सुन ली थी क्या? उसे लक्ष्मणा प्रिय थी?...प्रिय रही हो, या न रही हो; किसी-न-किसी कारण से लक्ष्मणा ने उसे आकृष्ट तो किया ही था अन्यथा वह यह दुस्साहस क्यों करता!...और यदि लक्ष्मणा ने उसे किन्हीं भी कारणों से आकृष्ट किया ही था, तो फिर साम्ब, स्वयंवर की प्रतिज्ञाओं को कैसे स्वीकार कर सकता था।... कृष्ण अपने इस पुत्र को भली प्रकार से जानते हैं। पर्याप्त उद्यत था वह। उसकी इच्छा पूरी होनी चाहिए। उसे लक्ष्मणा चाहिए तो चाहिए ही, वह स्वयंवर की नियमितताओं, औपचारिकताओं तथा मर्यादाओं की चिन्ता नहीं कर सकता था। न उनके लिए रुक सकता था, न उनका पालन कर सकता था...और वैसे भी तो हस्तिनापुर से इस स्वयंवर का कोई आमन्त्रण नहीं आया था। साम्ब को यदि लक्ष्मणा चाहिए ही थी, तो उस के सम्मुख सिवाय हरण के और कोई मार्ग नहीं था।...

किन्तु, यदि उसने लक्ष्मणा के हरण की योजना बनाई ही थी, तो लक्ष्य-प्राप्ति के लिए, योजना-बद्ध ढंग से उसकी तैयारी क्यों नहीं की?...पर उस का सारा ध्यान तो लक्ष्मणा में लगा होगा, ऐसे में वह हरण की योजना पर ध्यान कैसे देता! जिनका मन, फल में अनुरक्त होता है, वे कर्म के विषय में कुछ नहीं सोचते।...अपूर्ण कर्म का फल तो अपूर्ण ही होगा।...इसी असावधानी के कारण, उसे लक्ष्मणा नहीं मिली, कारागार मिला।...अब उसे मुक्त तो कराना ही होगा...

साम्ब, दुर्योधन के कारागार में था, इसकी चिन्ता कृष्ण को थी; किन्तु वे जानते थे कि दुर्योधन कितना भी मूर्ख और दम्भी क्यों न हो, वह साम्ब का वध करने की मूर्खता नहीं कर सकता। इतना तो वह समझता ही होगा कि यदि उसने कृष्ण के पुत्र की हत्या केवल इसलिए कर दी कि उसने लक्ष्मणा के हरण का प्रयत्न किया था, तो उसकी आँखों के सम्मुख, उसके पुत्रों तथा उसके भाइयों के सिर, सुदर्शन-चक्र से कट-कट कर भूमि पर गिरेंगे; और अन्ततः वह स्वयं भी जीवित नहीं बचेगा।...उस का सिर तो वैसे कब का कट कर भूमि पर गिर चुका होता, किन्तु स्वयं युधिष्ठिर ही उसके रक्षा-कवच बन गये थे। पाण्डवों के साथ किये गये व्यवहार का दण्ड सिवाय प्राण-दण्ड के और क्या हो सकता था...किन्तु युधिष्ठिर का धर्म आड़े आ रहा था। धर्मराज ने कहा था कि तेरह वर्षों तक वे अपने धर्म

का पालन करना चाहते हैं...और इसलिए दुर्योधन की मृत्यु तेरह वर्षों के लिए टल गयी थी। कृष्ण को अपने रोष को दमन करना पड़ा था। यदि वे अपनी ओर से भी दुर्योधन को दण्डित करना चाहते, तो युधिष्ठिर का धर्म खण्डित होता था...धर्म युधिष्ठिर का था, और हाथ कृष्ण के बँध गये थे...पर अब स्थिति बदल गयी थी। साम्ब की मूर्खता, और दुर्योधन के दम्भ ने कृष्ण के हाथ बन्धन-मुक्त कर दिये थे। उन्हें हस्तिनापुर पर आक्रमण करने का पूरा अधिकार था। वे अपने पुत्र को कारागार से मुक्त कराने के लिए सैनिक अभियान कर सकते थे। इसमें युधिष्ठिर के धर्म के लिए कोई बाधा नहीं थी।... दुर्योधन को तो अपने पापों के कारण मरना ही था, उस की, मृत्यु के निमित्त होने का यश चाहे पाण्डवों की यातनाओं को मिले, अथवा साम्ब के कारागार को...

सहसा, किसी झंझावात के समान जांबवती, उस के सम्मुख प्रकट हो गयी, “आपने सुना, साम्ब दुर्योधन के कारागार में है?”

“तो और कहाँ होना चाहिए उसे?” कृष्ण मुस्करा रहे थे।

जांबवती ने फटी-फटी आँखों से उन्हें देखा और फिर आँखों से अश्रु और मुख से शब्द एक साथ निकले, “किसी की भी माया-ममता आप को है या नहीं? पुत्र शत्रुओं के कारागार में है और आप मुस्करा रहे हैं।...”

“मेरा तो भाग्य ही यही है सुनयने!” कृष्ण बोले, “कंस की मृत्यु आह्वान करने के लिए मेरे माता-पिता को उस के कारागार में रहना पड़ा था; और मेरे छह भाइयों को प्राण देने पड़े थे। अब कदाचित् दुर्योधन की मृत्यु को निमन्त्रित करने के लिए मेरे पुत्र को उसके कारागार में जाना पड़ा है।”

जांबवती के अश्रु सूख गये, “कब प्रयाण करेंगे आप?”

“नारायणी सेना को सज्जित होने का आदेश दे दिया है। महारथियों को निमन्त्रण भेज रहा हूँ।” कृष्ण उल्लसित स्वर में बोले, “कहो तो मैं सेना के बिना ही चला जाता हूँ, तुम पीछे से सेना ले कर आ जाना।...”

“अच्छा! अब अपनी सेना के नियन्त्रण का भार भी मुझ पर डालना चाहते हैं!” जांबवती ने कुछ इतरा कर कहा, “स्वयं खड़े वंशी बजायेंगे क्या?”

“ठीक कहा तुमने! अब तो यह नारायणी सेना भी भार ही है।” कृष्ण गम्भीर थे, “न उसमें सामरस्य है, न अनासक्ति...इसलिए उस में संगीत भी नहीं है।”

जांबवती ने कोई प्रतिक्रिया व्यक्त नहीं की। थोड़ी देर तक मौन खड़ी रही, फिर जैसे जाने से पहले चेतावनी-सी देती हुई बोली, “जल्दी से साम्ब को लौटा कर लाओ, नहीं तो तुम्हारा सारा यश हस्तिनापुर की गलियों में लोगों के पैरों तले रौंदा जायेगा।...”

“ऐसा ही होगा चारुनयने! ऐसा ही होगा!” कृष्ण पुनः मुस्करा रहे थे, किन्तु इस बार वक्रतापूर्वक!

बलराम ने सुना तो जैसे उन का रस-भंग हो गया : यह क्या मूर्खता की साम्ब ने। अपने मित्रों के साथ मिल कर लक्ष्मणा के हरण की योजना बनायी। साम्ब ने उन्हें बताया होता, तो वे स्वयं साम्ब के साथ जाते; और साम्ब अन्य राजकुमारों के समान स्वयंवर में सम्मिलित होता। हस्तिनापुर से औपचारिक निमन्त्रण नहीं आया था, तो क्या हुआ! वह दुर्योधन की पुत्री का स्वयंवर था; और

दुर्योधन उनका शिष्य था। आवश्यक नहीं कि शिष्य के घर जाने के लिए, वे निमन्त्रण की प्रतीक्षा करें। किसी कारण से निमन्त्रण नहीं आ पाया होगा...किन्तु वे साम्ब को ले कर हस्तिनापुर जा पहुँचते, तो साम्ब के स्वयंवर में सम्मिलित न हो पाने का, कोई कारण ही नहीं था...फिर भी साम्ब उनसे चर्चा किये बिना ही चला गया।...और दुर्योधन ने यह क्या मूर्खता की, कि उसे बन्दी बना कर, कारागार में डाल दिया! ऐसा तो तभी होता है, जब कन्या-पक्ष वाले, वर को अपने योग्य नहीं मानते; अन्यथा हरण हो जाने के पश्चात् तो विवाह कर ही दिया जाता है। कोई वर को बन्दी बना कर, कारागार में तो नहीं डाल देता...

बलराम ने कृतवर्मा की ओर देखा।

"कृष्ण को यह सूचना मिल गयी क्या?"

"हाँ! मिल गयी है।" कृतवर्मा ने कहा, "तभी तो सात्यकि अपना रथ, शस्त्रों से भर रहा है।"

बलराम का विचलित मन एक क्षण के लिए अपने प्रश्न और कृतवर्मा के उत्तर में कोई सम्बन्ध नहीं जोड़ पाया, "सात्यकि कहाँ जाने की तैयारी कर रहा है?"

"कृष्ण जा रहे हैं, दुर्योधन को दण्डित करने। सात्यकि उनके साथ जायेगा।" कृतवर्मा बोला, "मैं आप को सूचित करने आया हूँ, कि मैं भी कृष्ण के साथ जाऊँगा। यद्यपि मैं सात्यकि से किसी प्रकार का सहयोग करना नहीं चाहता; किन्तु मैं इस संकट में अकेला नहीं जाने दूँगा।"

"किन्तु कृष्ण ने मुझे तो कोई सूचना भिजवायी ही नहीं।" बलराम बोले, "क्या वह अकेला ही हस्तिनापुर पर आक्रमण करेगा?"

"क्यों? कृष्ण अकेले नहीं जा सकते क्या?" कृतवर्मा हँसा, "कितने ही अभियानों में वे आप के बिना अकेले ही गये हैं।..."

बलराम ने शायद कृतवर्मा की बात नहीं सुनी। उस का मन अपनी ही तरंग में किसी और दिशा में चल पड़ा था...कृष्ण तो वैसे ही बहुत रुष्ट था दुर्योधन से। पाण्डवों के साथ हुये व्यवहार ने उसे बहुत उत्तेजित कर रखा था।...साम्ब के बन्दी होने से तो कृष्ण को एक बहाना मिल गया था। वह साम्ब घटना के व्याज से, दुर्योधन को अगले-पिछले सारे अपराधों के लिए दण्डित करेगा...कृष्ण सेना ले कर हस्तिनापुर पहुँचा तो हस्तिनापुर का कोई योद्धा जीवित नहीं बचेगा। बहुत सम्भव है कि कृष्ण दुर्योधन का वध कर दे...

बलराम अपने मन की प्रतिक्रियाओं को देख कर चकित थे...उन्हें साम्ब की कोई चिन्ता नहीं हो रही थी, वे दुर्योधन के लिए चिन्तित हो रहे थे। कृष्ण दुर्योधन को जीवित नहीं छोड़ेगा।...और साम्ब!...नहीं! दुर्योधन साम्ब को कोई क्षति नहीं पहुँचा सकता। वह, यह कैसे भूल सकता है कि साम्ब, बलराम का भ्रातृपुत्र है...किन्तु कृष्ण अवश्य ही उसकी हत्या कर देगा...संसार का एक श्रेष्ठ गदाधारी व्यर्थ ही मारा जायेगा...बलराम के मन में हूक उठी...उनका अपना सर्वश्रेष्ठ शिष्य, उनके अपने भाई के हाथों मारा जायेगा...सर्वश्रेष्ठ? हाँ, सर्वश्रेष्ठ! भीम उस के जोड़ का योद्धा अवश्य था...किन्तु भीम में बल अधिक था...युद्ध-कौशल में तो दुर्योधन ही श्रेष्ठतर था।...बलराम अपने इस शिष्य को इस प्रकार तो मरने नहीं देंगे...

वे उठ कर खड़े हो गये।

"कहाँ जा रहे हैं बल भैया!" कृतवर्मा ने पूछा।

"कृष्ण के पास! चलो, तुम भी चलो।" बलराम बोले, "इतनी बड़ी बात हो गयी और कृष्ण ने मुझे सूचना भी नहीं दी!..."

कृष्ण ने बलराम को आदरपूर्वक बैठाया! रुक्मिणी, सत्यभामा और जांबवती उन्हें प्रणाम कर, भीतर चली गयीं।

"तुम सेना सजा रहे हो कृष्ण?" बलराम ने पूछा।

"हाँ भैया! सूचना तो आपको भी मिल ही गयी होगी।"

कृष्ण की सहजता से, बलराम कुछ विचलित हुये; किन्तु अगले ही क्षण सँभल कर बोले, "सेना की क्या आवश्यकता है?"

"वहाँ भयंकर युद्ध होगा भैया!" कृष्ण बोले, "आप जानते हैं, दुर्योधन अन्यायव्रती भी है और दंभी भी! बल प्रयोग तो करना ही पड़ेगा।"

"अरे कृष्ण!" बलराम अतिरिक्त गम्भीर स्वर में बोले, "तुम सेना ले कर जाओगे। कौरवों को मारोगे। वे सबल हुये तो यादवों को मारेंगे; दुर्बल पड़े तो प्रतिशोध के लिए साम्ब के प्राणों का सौदा करेंगे। यदि साम्ब जीवित न रहा, तो तुम सारे कौरवों को मार डालोगे...।"

"तो?"

"क्या आवश्यकता है विनाश की।" बलराम का स्वर शान्त था, "मैं स्वयं जाऊँगा हस्तिनापुर। दुर्योधन से सीधे-सीधे साम्ब को लौटा लाऊँगा। साम्ब की इच्छा होगी, तो लक्ष्मणा को भी लाऊँगा।..."

"दुर्योधन आप की बात मान जायेगा?"

शिष्य है मेरा। मेरे आदेश का उल्लंघन नहीं कर सकता।" बलराम का स्वर कोमल हो गया, "जो कार्य शान्ति से हो सकता है, उस के लिए रक्तपात क्यों?"

कृष्ण समझ गये कि बलराम क्या चाहते हैं।

"भैया! वैसे तो दुर्योधन इतने पाप कर चुका है कि उसका वध ही, एक मात्र उचित कर्तव्य है।" कृष्ण बोले, "फिर भी मैं नहीं चाहता कि व्यर्थ ही यादवों और कौरवों का रक्त बहे...किन्तु यदि साम्ब सुरक्षित नहीं लौटा...।"

"तो मैं दुर्योधन को बाँधकर, तुम्हारे चरणों में डाल दूँगा।"

"ठीक है।" कृष्ण बोले, "मैं आप की बात नहीं टालूँगा। आप हस्तिनापुर हो आयें। मैं आप की प्रतीक्षा करूँगा।"

बलराम उठ खड़े हुए। वे प्रसन्न थे : उन्होंने अपने शिष्य को निश्चित् मृत्यु से बचा लिया था।

कृष्ण की मुद्रा गम्भीर थी। वे सोच रहे थे : आज उन को अपना ही भाई, इतना पराया क्यों लग रहा था?

बलराम के साथ सैनिक नहीं थे। वस्तुतः उन्हें अपने लिये, सैनिकों की कभी कोई उपयोगिता अनुभव ही नहीं हुई थी।...जाने क्यों कृष्ण अड़ गये थे कि वे अपने साथ कुछ वाहिनियाँ और कुछ सेनापति अवश्य ले कर जायें। कृष्ण ने उद्धव को भी साथ भेज दिया था।....बलराम जानते थे कि कृष्ण उद्धव को तभी भेजते थे, जब उन्हें आशंका होती थी कि वे अपने क्रोध को नियन्त्रित नहीं

कर पाएँगे और असाधारण विनाश कर बैठेंगे। उद्धव की वाणी बहुत मधुर थी। उसे क्रोध भी कम आता था। वह शान्त मन और वाणी से, तर्क के रूप में अत्यन्त कटु बातें भी कह जाता था; किन्तु कोई यह अनुभव नहीं करता था कि उद्धव ने कोई झगड़ा किया है अथवा कोई अभद्रता की है।... जाने ऐसा क्यों था कि वे बातें जब बलराम कहते हैं, तो उनका स्वर ऊँचा हो जाता था, उनकी वाणी में आवेश आ जाता था और उनके चेहरे पर भी मधुर भाव नहीं रह जाते थे...अन्य लोगों को तो जो अनुभव होता था, वह होता ही था, स्वयं उन्हें लगता था कि उनका झगड़ा हो गया है और अब, कभी, उस व्यक्ति से मधुर वार्तालाप नहीं हो सकता।

किन्तु इस बार तो कृष्ण के आशंकित होने का कोई कारण नहीं था। बलराम ने तो स्वयं ही कृष्ण के क्रोध को शान्त करने लिये हस्तिनापुर जाना स्वीकार किया था...फिर जाने क्यों आशंकित था कृष्ण!...

बलराम ने हस्तिनापुर के वर्द्धमान द्वार के गंगा-तट पर अपना शिविर स्थापित किया।

"आप दुर्योधन के प्रासाद में नहीं जायेंगे?" उद्धव को कुछ आश्चर्य हो रहा था। बलराम न तो अधिक औपचारिकता में पड़ते थे और न ही उन्हें दुर्योधन इतना पराया लगता था कि वे उस के निमन्त्रण की प्रतीक्षा करते।

"अपनी बात होती, तो मैं सीधा गया होता।" बलराम बोले, "किन्तु इस समय मैं यादवों का, महाराज उग्रसेन का प्रतिनिधि हूँ। उन के सम्मान की रक्षा के लिए आवश्यक है कि मैं कौरवों से, उचित अगवानी और सम्मान की अपेक्षा करूँ।..." उन्होंने उद्धव के कंधों पर हाथ रखा, "तुम मेरे प्रतिनिधि के रूप में कुरुओं की राजसभा में जाओ। उन्हें सूचना दो कि मैं आया हूँ; और नगर के बाहर उन की प्रतीक्षा कर रहा हूँ।"

राजसभा के द्वारपाल ने द्वारका से उद्धव के आने की घोषणा की और बताया कि वे महाराज धृतराष्ट्र के दर्शन करना चाहते हैं; तो प्रत्येक सभासद चौंका।...लक्ष्मणा के हरण की घटना को बहुत समय नहीं बीता था। वे सब सावधान थे कि उन्होंने कृष्ण के पुत्र को बन्दी बना कर हस्तिनापुर के कारावास में रखा हुआ है। ऐसे में कृष्ण का ससैन्य आगमन कुछ अधिक स्वाभाविक होता; किन्तु यह उद्धव?...

धृतराष्ट्र और दुर्योधन को अपने गुप्तचरों से, बलराम के आने और गंगा-तट पर ठहरने की सूचना पहले ही मिल चुकी थी; किन्तु उन्होंने पूर्ण अज्ञान का ही अभिनय किया।

"बुलाओ! बुलाओ उद्धव को।" धृतराष्ट्र ने आदेश दिया, "उसे ससम्मान भीतर लिवा लाओ।"

उद्धव ने सभा में आकर धृतराष्ट्र को प्रणाम किया! भीष्म, बाह्लीक, सोमदत्त इत्यादि की अभ्यर्थना की। शेष सभासदों का अभिवादन किया; और आसन ग्रहण किया।

"कहो उद्धव! द्वारका में सब कुशल तो है न?" धृतराष्ट्र ने पूछा।

"आपकी कृपा है महाराज!" उद्धव ने अपनी संगीतमयी वाणी में कहा, "महाराज उग्रसेन के प्रतिनिधि के रूप में वासुदेव बलराम, आप की नगरी में पधारे हैं। उन्होंने अपना शिविर नगर-द्वार के बाहर, गंगा पर स्थापित किया है।"

दुर्योधन का मन बलराम के आगमन की सूचना मिलने के क्षण से ही एक विचित्र प्रकार की स्तब्धता का अनुभव कर रहा था : कृष्ण के स्थान पर बलराम आये थे, जो उस के प्रतिद्वन्द्वी नहीं, उस के गुरु थे। यादवों की सेना नहीं आयी थी, बलराम के साथ, उनकी कुछ अंगरक्षक वाहिनियाँ ही थीं। उनकी भंगिमा भी युद्ध की नहीं थी, वे मैत्रीपूर्ण ढंग से भेंट करने आये थे।...दुर्योधन की प्रतीक्षा व्यर्थ हुई। कृष्ण ने उस की चाल को भाँप लिया था?...या वह डर गया था...बलराम यदि आक्रामक मुद्रा में आये होते, तो उनसे युद्ध भी किया जा सकता था। वे पराजित हो कर लौटते तो कृष्ण स्वयं आता।...किन्तु बलराम युद्ध की मुद्रा में नहीं आये थे...वे प्रेम से अपने भतीजे को माँगेंगे।...दुर्योधन के लिए उनका तिरस्कार करना कठिन होगा...वस्तुतः वह उनका तिरस्कार करना भी नहीं चाहता था। उसकी रणनीति में बलराम का बहुत महत्त्व था। कृष्ण का बल क्षीण करने के लिए, बलराम का प्रयोग किया जा सकता था...पर यदि बलराम की बात मान कर साम्ब उन्हें लौटा दिया, तो न तो कृष्ण के वध की, उसकी कामना पूर्ण हो पायेगी, न स्वयंवर न हो पाने से हुई हानि की क्षतिपूर्ति हो पायेगी, न यादवों के सम्मुख कौरवों की नाक ऊँची रह पाएगी।...

यह किसकी चतुराई थी? दुर्योधन सोच रहा था– क्या कृष्ण ने इतनी दूर तक पहले ही भाँप लिया था, इसलिए बलराम को भेज दिया? बलराम का तिरस्कार वह नहीं कर सकता। यादवों के घर में उसका पक्ष लेने वाले बलराम ही थे...या फिर कृष्ण के परम मित्र और शिष्य सात्यकि का परम शत्रु कृतवर्मा।...इन दोनों को ही न वह रुष्ट कर सकता है, न उनकी उपेक्षा कर सकता है...

"मेरे गुरुदेव पधारे हैं।" वह अकस्मात् बोला, "हमें उनका स्वागत करने के लिए नगर-द्वार से बाहर जाना चाहिए।"

धृतराष्ट्र को लगा कि दुर्योधन भी कदाचित् वही सोच रहा था, जो उसके अपने मन में था, तभी तो वह ऐसी वाणी बोल रहा था।

"संजय! राजकीय रथ तैयार किये जायें।" धृतराष्ट्र ने आदेश दिया "हम वासुदेव बलराम का स्वागत करने, नगर-द्वार पर जायेंगे; और उन्हें अपने साथ अपने प्रासाद में लायेंगे।"

भीष्म और विदुर की मुद्रा खिल उठी। द्रोण कुछ संकुचित हो उठे...उन्हें लगता था कि यादवों का सम्मान किसी-न-किसी गणित से, अन्ततः पांचालों के सम्मान में परिणत हो जाता था, जो द्रोण को किसी भी रूप में प्रिय नहीं था।...साम्ब का कुरुओं के हाथों बन्दी होना, एक ऐसी घटना थी, जिसमें यादव और कुरु सदा के लिए, एक-दूसरे के शत्रु हो सकते थे...किन्तु लक्षण ऐसे नहीं हैं...

कौरवों ने गंगा-तट पर जाने की तैयारी की, किन्तु द्रोण उन के साथ नहीं गये। अनेक उपहारों के साथ स्वयं धृतराष्ट्र, भीष्म, बाह्लीक, सोमदत्त, भूरिश्रवा, दुर्योधन और उसके अनेक भाई, राजकीय समारोह के साथ गंगा-तट पर बलराम के शिविर में पहुँचे।

दुर्योधन को अपने सामने देख कर, बलराम के मन में ममत्व जागा। वे भूल गये कि इस दुर्योधन ने पाण्डवों के साथ क्या व्यवहार किया था...उसने सदा कृष्ण के शत्रुओं का पक्ष लिया था। इस समय उसने साम्ब को बन्दी बना कर, कारागार में डाल रखा था...उन्हें स्मरण रहा तो केवल इतना कि वह उनका सर्वश्रेष्ठ शिष्य था। उसकी इच्छा हुई कि दुर्योधन को कण्ठ से लगा लें। उसके कंधे पर प्रेम से हाथ रख पूछें, "तू कैसा है दुर्योधन?"

पर तभी उन्हें कुछ स्मरण हो आया।...वे यादवों के प्रतिनिधि के रूप में कौरवों की राजधानी में आये थे; और उन्हें न केवल साम्ब और लक्ष्मणा को प्राप्त करना था, उन्हें यादवों के सम्मान की भी

रक्षा करनी थी।...उन्हें कुछ कठोर भी होना पड़े, तो कोई बात नहीं। उन्हें कोमलता से बचना होगा, क्योंकि उनकी कोमलता दुर्योधन के लिए घातक होगी...

"महाराज धृतराष्ट्र!" बलराम बोले, "मैं आपके लिए सर्वसमर्थ सम्राट् उग्रसेन का आदेश लाया हूँ। आप कृष्ण के पुत्र साम्ब को न केवल तत्काल मुक्त कर दें, वरन् दुर्योधन पुत्री लक्ष्मणा भी, ससम्मान सहित उसे प्रदान करें।"

धृतराष्ट्र अभी अपने भीतर ऐंठ ही रहा था कि सोमदत्त उबल पड़ा, "उग्रसेन सर्वसमर्थ सम्राट् कब से हो गये। जो वृष्ण, भोज तथा अन्धक यादवों का मुखिया मात्र है, वह सर्वसमर्थ सम्राट हो गया? कितने युद्धों में भाग लिया है उग्रसेन ने? कितने राजाओं का दमन किया है उसने?..."

शायद सोमदत्त अभी और भी बहुत कुछ कहता, किन्तु बलराम ने बीच में ही टोका दिया, "आज यादवों से अधिक शक्तिशाली कोई नहीं है। ऐसा कोई युद्ध नहीं है, जो हमने जय न किया हो। यह दूसरी बात है कि युद्ध में महाराज उग्रसेन अपनी वृद्धावस्था के कारण स्वयं सम्मिलित न हुए हों; किन्तु उन्हीं के प्रतिनिधि हैं, सेनापति हैं—मैं, कृष्ण, युयुधान, सात्यकि, कृतवर्मा...कोई भी हो, हमारे राजा, महाराज उग्रसेन ही हैं।"

बाह्लीक चिढ़ गये, "तुम लोग उसे राजा मानते रहो, हम नहीं मानते। यह हमारी कृपा ही समझो कि हम उग्रसेन द्वारा राजचिह्नों के प्रयोग पर आपत्ति नहीं करते; अन्यथा कब से सब कुछ छीन लिया होता..."

बलराम को इस तकरार में तनिक भी आनन्द नहीं आ रहा था। ऊब कर बोले, "मैं तुम लोगों से महाराज उग्रसेन के लिए राज-मान्यता प्राप्त करने नहीं आया। मैं तो साम्ब और लक्ष्मणा को लेने आया हूँ।..."

"बलराम! तुम यह तो सोचो कि जिन की कन्या का अपहरण होगा, क्या वे उसका प्रतिरोध नहीं करेंगे...!" धृतराष्ट्र ने अपने स्वर को कुछ मधुर बनाने का प्रयत्न किया।

किन्तु बलराम अब तर्क सुनने से परे आ चुके थे। उन्हें सोमदत्त और बाह्लीक की बातें, पहले क्षण से ही कष्टकर थीं। क्रमशः एक ओर बातों के प्रभाव की विरक्तता बढ़ती जा रही थी और दूसरी ओर बलराम के क्रोध की मात्रा।

"मुझे वह सब कुछ नहीं सुनना।" उनका आक्रोश प्रकट रूप से सामने आ गया, "हमारा पुत्र तत्काल हमें लौटाओ—अभी। इसी क्षण! नहीं तो, रण-सज्जित हो जाओ। मैं अपने साथ यादवों की सेना नहीं लाया। किन्तु, तुम कायरों की वीरता की गहराई को जानता हूँ; इसलिए अकेला युद्ध के लिए उपस्थित हूँ।"

धृतराष्ट्र अवाक् रह गया। वह तो बलराम को पाण्डवों से छीनकर, अपना बनाने आया था; किन्तु वैसा कुछ सम्भव नहीं हो रहा था...वह यह भी समझ रहा था कि वे लोग वहाँ और ठहरे, तो दुर्योधन चाहे कुछ भी कहे, न कहे; अन्य कौरव योद्धा मौन नहीं रहेंगे और बात बहुत कुछ बढ़ जायगी। बलराम के क्रोध को भड़काने का कौरवों को बहुत भारी मूल्य चुकाना पड़ेगा। यादवों में परस्पर फूट डालकर उन को दुर्बल करने का जो स्वप्न वह अपनी अन्धी आँखों से देख रहा था, वह कभी पूरा नहीं हो पाएगा। इस झगड़े को अपना सामूहिक अपमान मानकर वे लोग एकजुट हो जायेंगे। साम्ब कृष्ण का पुत्र है; और बलराम उसे लेने आये हैं।...कौरवों के विरोध के कारण, दोनों

भाइयों के मध्य पड़ी दरार पट जायेगी और वे दोनों पहले के समान सर्वथा एक हो जायेंगे...और यदि कृष्ण और बलराम एक हो जायेंगे, तो वे कृष्ण के प्रभाव के कारण, पाण्डवों के पक्ष में चले जायेंगे; और पाण्डव अजेय हो जायेंगे...

घटनाओं की दिशा को देखते हुए दुर्योधन कुछ दुःखी हुआ था कि कुरु-वंश के दो वृद्ध जाने क्यों यादवों को अपना शत्रु बनाने के लिए कटि बाँधे हुए हैं...उसकी इच्छा हुई कि वह आगे बढ़ कर बलराम के चरण पकड़ ले। इन्हें मना कर अपने साथ अपने प्रासाद में ले जाये!...किन्तु अगले ही क्षण, उसकी बुद्धि चेत गयी।...बलराम को प्रसन्न करके, यदि उन्हें अपने साथ ले गया, तो उनकी इच्छापूर्ति भी करनी होगी। वे साम्ब को माँगेंगे। दुर्योधन को लक्ष्मणा और साम्ब—दोनों ही उन्हें सौंपने पड़ेंगे। कौरवों और यादवों मे समझौता हो जायेगा...ऐसी स्थिति में न कृष्ण हस्तिनापुर आयेंगे, न दुर्योधन के जाल में फँसेंगे।...उलटे वे बलराम को और प्रिय हो जायेंगे और बलराम उन्हें... इससे तो अच्छा है कि यह झगड़ा बढ़ जाये। और बलराम रुष्ट हो कर लौट जायें। कृष्ण, सेना लेकर हस्तिनापुर पर आक्रमण करे; और दुर्योधन घेर कर बन्दी बना ले...बाह्लीक और सोमदत्त ने बहुत अच्छा किया...दुर्योधन का मनचाहा किया। दुर्योधन चाह कर भी अपना इतना हित नहीं साध सकता था, जितना बाह्लीक और सोमदत्त ने अनायास ही साध दिया कि यह झगड़ा जितना ही बढ़े, उतना ही अच्छा...

धृतराष्ट्र के पहले संकेत पर दुर्योधन का रथ हस्तिनापुर की ओर मुड़ गया।...व्यक्तिगत रूप से, बलराम, दुर्योधन से रुष्ट नहीं हो सकते। दुर्योधन तो अपने पिता की आज्ञा का पालन कर रहा था...और पिता ही नहीं, कुल-वृद्धों की आज्ञा का पालन भी धर्म था...

बलराम ने देखा, सारे कौरव, जैसे एक मूक-संधि के अन्तर्गत, अपना-अपना रथ मोड़ कर नगर को लौट गये। उनमें से किसी ने न बलराम को नगर में आने के लिए आमन्त्रित किया, न किसी ने उन्हें विदा करने की आवश्यकता समझी, और न ही किसी ने उनसे अनुमति ली...क्षुब्ध बलराम, खड़े, कौरवों को जाते हुए देखते रहे...

यदि कौरवों ने उन पर शस्त्रों से प्रहार किया होता, तो भी शायद बलराम को इतना कष्ट न होता; किन्तु इतनी उपेक्षा....जैसे वे बलराम न हों, मार्ग की कोई शिला हों...बलराम की इच्छा हुई कि इन अहंकारी कौरवों को इन की नगरी समेत इसी गंगा में डुबो दें...

अपने भवन में लौट कर दुर्योधन ने पाया कि काशिका उस की प्रतीक्षा कर रही थी।

"क्या बात है?" दुर्योधन ने पूछा।

"बलराम जी से संधि हुई?"

"नहीं!"

"क्यों?" काशिका के स्वर में भय था।

"क्योंकि तुम कुरुओं की संधि-विग्रहक नहीं हो।" दुर्योधन खीझकर बोला, "तुम्हें उससे क्या लेना-देना? तुम केवल यह देखो कि लक्ष्मणा कोई उत्पात न करे।"

"वह उत्पात नहीं कर रही, केवल पूछ रही थी।"

"क्या?"

"वही, जो मैंने आप से पूछा।"

"ओह!" दुर्योधन ने और कुछ नहीं कहा; किन्तु उस का मन बहुत दूर तक, बहुत कुछ सोच गया...तो लक्ष्मणा इस प्रतीक्षा में बैठी थी कि बलराम से कोई संधि हो जाये और उसका हाथ, साम्ब के हाथ में दे दिया जाये...यह कैसा उन्माद हो गया इस लड़की को? जिन माता-पिता ने उसे अब तक इतने प्रेम और यत्न से पाला-पोसा, उनकी चिन्ता उसे नहीं है।...जो, उन माता-पिता की इच्छा के विरुद्ध, कुरु-राज्य और कुरु-कुल के नियमों के विरुद्ध, उन के सम्मान की अवहेलना कर, उस का अपहरण कर, उसे लिये जा रहा था—उसकी चिन्ता है उसे। वह उसे आकृष्ट कर रहा है। विरोध में भी एक प्रकार का आकर्षण होता है क्या?...

"यादवों से हमारी कोई संधि नहीं हो सकती।" दुर्योधन बोला, "कह दो लक्ष्मणा से। किसी संधि की प्रतीक्षा न करे।"

"तो क्या साम्ब को उस के अपराध के लिए मृत्यु-दण्ड दिया जायेगा?" काशिका ने चिन्तित स्वर में पूछा।

"नहीं। जिसका युद्ध में वध नहीं किया गया, उसे मृत्यु-दण्ड क्यों दिया जायेगा?" दुर्योधन पुनः खीझ कर बोला, "उसे इतने प्रयत्न से इसलिए बन्दी किया गया था कि युद्ध-क्षेत्र में उसका वध न कर, कारावास में किया जाये?"

"मैं क्या जानूँ!" काशिका कुछ उपेक्षा से बोली, "उसे मृत्यु-दण्ड भी नहीं दिया जायेगा। संधि भी नहीं की जायेगी।...तो क्या उसे कारगार में रख कर, प्रतीक्षा की जायेगी कि कब वह स्वयं कारागार तोड़कर भाग जाता है, अथवा कब कोई उसे मुक्त करा ले जाता है!"

दुर्योधन की सारी खीझ समाप्त हो गयी। उसे चर्चा में विनोद का-सा रस आने लगा...जो काशिका कह रही है, प्रत्येक व्यक्ति यही सोचेगा। कोई नहीं जानता कि दुर्योधन की क्या योजना है। वह किस की प्रतीक्षा कर रहा है...

सहसा दासी ने कक्ष में प्रवेश कर प्रणाम किया, "महाराज के विशेष दूत संजय, युवराज से भेंट की प्रतीक्षा कर रहे हैं।"

दुर्योधन को कुछ आश्चर्य हुआ...सहसा यह क्या हो गया कि महाराज ने उस के पीछे-पीछे संजय को भेज दिया...

"उपस्थित करो!"

संजय ने आ कर प्रणाम किया, "युवराज! एक आवश्यक सूचना है।"

"बोलो!"

"वासुदेव बलराम ने हस्तिनापुर की गंगा से लगती प्राचीर को अपने आयुध से क्षतिग्रस्त कर दिया है। गंगा का जल नगर में धीरे-धीरे प्रवेश कर रहा है। उन्हें रोकने के लिए गए सैनिक हताहत हो कर लौटे हैं। बलराम प्राचीर को निरन्तर तोड़ रहे हैं। लगता है कि वे नगर को गंगा में बहा देंगे।"

दुर्योधन चकित रह गया : यह बलराम ने क्या किया!...यह आशंका तो हो सकती थी कि बलराम से युद्ध होगा, किन्तु नगर को गंगा में डुबो देने की योजना...

"नगर-रक्षक-वाहिनियों के सेनापति क्या कर रहे हैं?" दुर्योधन कुछ अटपटा गया था।

"वे सब व्यूह-बद्ध खड़े हैं। बलराम जी की वाहिनियाँ भी आत्म-रक्षा के लिए सन्नद्ध खड़ी हैं।"

"तो हमारे सैनिक प्रहार क्यों नहीं करते?" दुर्योधन बोला, "यादवों की संख्या ही कितनी है।"

"उनके निकट जा कर उनसे युद्ध करने का साहस हमारे महारथी भी नहीं कर रहे।" संजय बोला, धनुर्धर दूर से ही उन पर कुछ बाण छोड़ रहे हैं। उन बाणों को झेलने के लिए उद्धव और उसके सैनिक हैं। बड़ी बात यह है युवराज कि बलराम जी ने अपना आयुध हल, प्राचीर में कुछ इस प्रकार फँसा दिया है कि उनके संकेत भर से प्राचीर का एक बड़ा खण्ड, अपने स्थान से धसक जायेगा और गंगा का जल वेग से नगर में प्रवेश करने लगेगा। ऐसी स्थिति में नगर को बचाना कठिन हो जायेगा।"

"तो महाराज क्या चाहते हैं?" दुर्योधन बोला, "सैनिक व्यूह-बद्ध एक बड़ा और भयंकर आक्रमण?"

"महाराज की इच्छा है कि आप साम्ब को तत्काल मुक्त कर, राजकुमारी लक्ष्मणा को साथ ले जा कर, बलराम जी को समर्पित कर उनसे संधि कर लें।" संजय ने उत्तर दिया।

दुर्योधन को लगा, कि हस्तिनापुर की रक्षा तो हो जायेगी, किन्तु उस के मन में बनी योजना के प्रासाद की प्राचीरें ढह जायेंगी।...बलराम विजयी हो कर द्वारका में लौटेंगे। कृष्ण को अपना पुत्र मिल जायेगा, तो वह क्यों हस्तिनापुर आयेगा, दुर्योधन के जाल में फँसने?...

किन्तु इस समय और कोई विकल्प नहीं था। हस्तिनापुर को बचाना आवश्यक था।...साम्ब और लक्ष्मणा को, बलराम को समर्पित करना ही होगा...

कारागार की ओर जाते हुए, दुर्योधन के मन में एक और योजना जन्म ले रही थी...कृष्ण हस्तिनापुर आ कर दुर्योधन के जाल में न फँसा तो क्या हुआ! दुर्योधन का जाल तो द्वारका ही जा रहा है न! लक्ष्मणा द्वारका में होगी, कृष्ण के अपने परिवार में। इस सम्बन्ध से कृष्ण और दुर्योधन समधी हो जायेंगे।...यह तो पाण्डवों से भी निकट का सम्बन्ध होगा। दुर्योधन का कृष्ण पर अधिकार होगा, समधी का अधिकार।...आवश्यकता होने पर दुर्योधन भी पाण्डवों के समान, कृष्ण से सहायता की माँग कर सकेगा...तब कृष्ण उसका तिरस्कार नहीं कर पायेगा...

बलराम का पूरे राजकीय सम्मान से स्वागत कर, दुर्योधन उन्हें अपने प्रासाद के निजी कक्ष में ले आया।...

बलराम ने किसी प्रकार का कोई विरोध नहीं किया था, और न ही उन के मन में किसी प्रकार का संशय अथवा संदेह ही था। उन्होंने दुर्योधन का सारा सत्कार निश्छल भाव से गुरुवत् ग्रहण किया।...और जब उनका धैर्य चुक गया, तो वे बोले, "दुर्योधन! मुझे अभी तक साम्ब और लक्ष्मणा दिखायी नहीं दिये।"

"वे आ रहे हैं गुरुदेव! उनका विदाई-योग्य शृंगार हो रहा है।" और सहसा दुर्योधन का स्वर अत्यन्त करुण हो गया, "आप मुझे एक बात बतायें गुरुवर, कि यदि यादव हमसे पारिवारिक सम्बन्ध जोड़ना चाहते हैं, तो फिर हमसे घृणा क्यों करते हैं? पारिवारिक सम्बन्ध तो प्रेम से चलते हैं, विरोध और घृणा से तो नहीं।"

"कौन तुमसे घृणा करता है दुर्योधन?" बलराम ने सस्नेह उसके कंधे पर हाथ रखा, "यदि ऐसी कोई बात होती, तो मैं तुम्हें अपने शिष्य के रूप में क्यों स्वीकार करता।...और देखो, अब भी, तुमने

जब साम्ब को बन्दी बना लिया था, मैंने कृष्ण को रोक दिया, और स्वयं हस्तिनापुर आया। क्यों? इसलिए कि मैंने मान लिया था कि तुम मेरी इच्छा का सम्मान करोगे। तुमसे घृणा होती, तो मैं इस विश्वास के साथ आता?" बलराम रुके, "और तुम लोगों ने नगर-द्वार पर यादवों को अपशब्द कहे और मेरा तिरस्कार किया, तो भी मैंने उस के लिए तुम्हें दोषी नहीं माना...।"

"अब कुल-वृद्धों की जिह्वा तो मैं नहीं पकड़ सकता गुरुवर!" दुर्योधन बोला, "और न ही अपने पिता की अवज्ञा कर सकता हूँ।"

"जानता हूँ।" बलराम बोले, "इसीलिए मेरे मन में तुम्हारे प्रति तनिक भी असन्तोष नहीं है।"

"आप के वात्सल्य को तो मैं जानता हूँ गुरुदेव!" दुर्योधन ने अपनी आँखों में कृतज्ञता उँड़ेली, "किन्तु पाण्डवों की तुलना में आप हमें अपना शत्रु ही मानते हैं न?"

"नहीं तो। मैंने ऐसा तो कभी नहीं माना।" बलराम कुछ अटपटे स्वर में बोले, "तुमसे किसने कहा?"

दुर्योधन आग्रह-बोझिल नेत्रों से बलराम की ओर देखता रहा; और फिर किसी आग्रही शिशु के समान बोला, "तो फिर आप वचन दें कि हमारे और पाण्डवों के किसी भी संघर्ष में आप मध्यस्थ के समान रहेंगे; कभी किसी एक का पक्ष ग्रहण नहीं करेंगे।"

"मैं तो अभी भी यही मानता हूँ।" बलराम हँसे, "हम तो तुम दोनों को एक ही वंश के रूप में, एक ही आँख से देखते हैं।"

"ऐसा ही है तो आप मुझे वचन दें कि हमारे और पाण्डवों के किसी संघर्ष में कोई यादव किसी भी एक पक्ष की ओर से शस्त्र नहीं उठायेगा।"

बलराम सँभले : यह कैसा वचन माँग रहा है?

"तुम दोनों में कोई संघर्ष होने नहीं जा रहा।" बलराम बोले, "पाण्डव वनवास कर रहे हैं, सैन्य-संगठन नहीं।"

"पर यदि कभी संघर्ष हो तो आप यादवों की ओर से...।"

"दुर्योधन।" बलराम ने उसकी बात बीच में ही काट दी, "यादवों में जितनी स्वतंत्रता और जनतान्त्रिकता है, उसे ध्यान में रख कर सोचो, ऐसा कोई वचन, मैं सारे यादवों की ओर से कैसे दे सकता हूँ?"

"ठीक है। तो कुल की ओर से आप ऐसा वचन दीजिए।" दुर्योधन बोला, "यदि आपकी भगिनी सुभद्रा, पाण्डवों के परिवार में ब्याही है, तो अब मैं भी लक्ष्मणा का विवाह साम्ब से कर रहा हूँ। आपके परिवार से हमारा और पाण्डवों का समान सम्बन्ध है।...तो फिर किसी एक की पक्षधरता क्यों?"

"हम किसी एक का पक्ष नहीं लेगे। मध्यस्थ रहेंगे।" बलराम बोले।

"यदि हमारा और पाण्डवों का सशस्त्र संघर्ष हुआ, तो आप के कुल का कोई व्यक्ति शस्त्र नहीं उठायेगा; न हमारी ओर से, और न पाण्डवों की ओर से।"

"ऐसा कोई संघर्ष नहीं होगा।" बलराम हँसे, "फिर भी, यदि हुआ, तो हमारे कुल का कोई व्यक्ति शस्त्र नहीं उठायेगा।"

"वचन देते हैं?"

"हाँ! वचन देता हूँ।"

"हमें कभी आपसे राजनीतिक अथवा सैनिक सहायता की आवश्यकता होगी, तो आपका कुल हमें भी उसी प्रकार सहायता देगा, जैसी सहायता आप पाण्डवों को देते आये हैं।" दुर्योधन बोला।

"हाँ! हाँ! देगा।" बलराम कुछ खीझ कर बोले, "कह तो दिया, तुम्हारा और पाण्डवों का अधिकार एक समान होगा।"

"अपना वचन स्मरण रखिएगा।"

"स्मरण रहेगा।"

"और यदि कृष्ण नहीं माने तो?" दुर्योधन ने अपना अन्तिम अस्त्र चलाया।

"क्यों नहीं मानेगा। मैं उसका बड़ा भाई हूँ।" बलराम बोले, "मैं उस की ओर से भी वचन दे रहा हूँ।"

दुर्योधन कुछ आश्वस्त दिखायी दिया। उसने संकेत किया।

सैनिकों में घिरे साम्ब और लक्ष्मणा भीतर आये।

"मैं इन दोनों बच्चों को आपको सौंप रहा हूँ।" दुर्योधन ने करुण चेहरा बनाया, "अब हमारी लाज आप के हाथ में है। ऐसा न हो कि कोई आप का वचन न माने, अथवा लक्ष्मणा को आपके परिवार में इस कारण सम्मान न मिले, कि वह दुर्योधन की पुत्री है।"

"पागल मत बनो।" बलराम ने उसका कंधा थपथपाया, "लक्ष्मणा हमारी पुत्र-वधू है। उसका असम्मान...वह स्वयं हमारे कुल का सम्मान है!"

दुर्योधन ने आगे बढ़ कर गुरु के चरण छूने चाहे।...बलराम अपनी सफलता से गद्गद और दुर्योधन की अकिंचनता से परम आह्लादित थे। उन्होंने दुर्योधन को उस की भुजाओं से पकड़ कर उठाया और अपने वक्ष से लगा लिया, "चरण क्यों छूते हो। तुम अब हमारे समारे समधी हो, आओ, गले मिलो।"

23

अर्जुन ने आज दिन भर चित्रसेन के साथ, नृत्य का अभ्यास किया था। उसका शरीर चित्रसेन के निर्देशों पर चल रहा था; किन्तु उसका मन उसमें तनिक भी रम नहीं पाया था। एक समय था नृत्य और संगीत में उसकी असाधारण रुचि थी; किन्तु उस समय धनुर्विद्या का अभ्यास करता रहा था। उसने मान लिया था कि क्षत्रिय का कार्य तो राजनीति, दण्ड-नीति, युद्धाभ्यास तथा युद्ध ही था। नृत्य और संगीत तो उसके मनोरंजन के विषय थे। दर्शक तथा श्रोता मात्र बना रहना ही पर्याप्त था। गायक अथवा नर्तक बनना आवश्यक नहीं था। हाँ! उन शास्त्रों का इतना ज्ञान तो होना चाहिए था कि उनका आनन्द लिया जा सके।...

अमरावती में वह शस्त्राभ्यास के लिए आया था; और जब तक उसने अपना शस्त्राभ्यास पूरा नहीं कर लिया था; किसी अन्य दिशा में उसने झाँककर भी नहीं देखा था। तब तक उसे कभी अपनी माता, भाइयों, पत्नियों का स्मरण भी नहीं आया था।...किन्तु शस्त्राभ्यास हो जाने के पश्चात् वैजयन्त के आग्रह पर, अमरावती में रुके रहने का निश्चय उसे कभी भी बहुत आश्वस्त नहीं कर पाया था।... इन तेरह वर्षों के निष्कासन के पश्चात् दुर्योधन से उनका युद्ध अनिवार्य ही था। अधिक सम्भावना यही थी कि भीष्म पितामह तथा आचार्य द्रोण, दुर्योधन के पक्ष से ही युद्ध करेंगे। ऐसे में पाण्डवों को शस्त्रों तथा शस्त्राभ्यास की अत्यधिक आवश्यकता थी। उन शस्त्रों के लिए वह ब्रह्माण्ड के किसी भी

कोने में जा सकता था। भाइयों से दूर रह सकता था। माँ को विस्मृत कर सकता था। पत्नी और बच्चों की उपेक्षा कर सकता था। निराहार रहकर तपस्या कर सकता था।...किन्तु शस्त्राभ्यास के पश्चात् इस प्रकार उनसे दूर रहने का क्या औचित्य था?...वे लोग वहाँ वनों में मारे-मारे फिर रहे होंगे। अन्य कठिनाइयाँ तो होंगी ही—दुर्योधन भी उन्हें पग-पग पर पीड़ित कर रहा होगा। उस के गुप्तचर पाण्डवों के पीछे लगे होंगे और क्षण-क्षण का समाचार दे रहे होंगे। बहुत सम्भव है कि सायास उन्हें आहत और अपमानित करने के लिए, भिन्न-भिन्न प्रकार के षड्यन्त्र रच रहा होगा...और ऐसे में अर्जुन यहाँ अमरावती में वैजयन्त इन्द्र के राजप्रासाद में सुरक्षित, सम्मानित और सुखपूर्वक जीवन ही नहीं बिता रहा, नृत्य और संगीत में मग्न है।...उसका मन इन सारी गतिविधियों में कैसे रम सकता था?

अमरावती के लोगों के तो जैसे प्राण ही भोग-विलास में बसते थे। उन्हें न दुःख की कोई आशंका थी, न भविष्य की कोई चिन्ता। उन्हें लगता था कि ईश्वर ने जो जीवन दिया है, वह क्षण-क्षण के भोग लिए ही है। तभी तो सुख, भोग विलास को न हेय दृष्टि से देखा जाता था, न उनसे बचने का कोई प्रयत्न किया जाता था। काम और भोग सहज स्वीकृत थे, अतः उन्हें पूर्णता तक पहुँचाने का प्रयत्न किया जाता था। उसे और आकर्षक, और उत्तेजक बनाने का अनवरत् प्रयास चल रहा था। तभी तो संगीत और नृत्य में उनके प्राण बसते थे और अप्सराएँ उनके व्यक्तिगत और सामाजिक जीवन का अनिवार्य अंग थीं। युवा तो युवा, प्रौढ़ स्त्री-पुरुषों को भी उसमें तनिक संकोच नहीं था। वे यह मानते थे कि आरम्भिक यौवन का भोग तो नासमझी का भोग था। उस काल में मनुष्य प्रकृति के आवेगों के सम्मुख इतना अवश होता है कि वह उनका अनुचर मात्र हो सकता है, उनका स्वामी नहीं। यह तो कुछ प्रौढ़ होने पर ही समझ में आता है कि प्रकृति के सृजन-धर्मा खिलौने के रूप में नहीं, स्वतन्त्र स्वामी के रूप में स्वेच्छा से किये गये विलास और काम-क्रीड़ा के सुख का रस क्या होता है...

किन्तु अर्जुन का चित्त कैसा तो हो गया था। उसे अपनी वृत्ति कुछ परिवर्तित हुई-सी लग रही थी।...इन्द्रप्रस्थ से जब वह पहली बार बारह वर्षों के वनवास के लिए निकला था, प्रकृति के सान्निध्य में जब वह साधना के लिए बैठता था, तो अपने मन में भक्ति के उद्वेग का अनुभव करता था; किन्तु प्रकृति से पृथक् हो नारी के सम्पर्क में आते ही, वह कुछ और हो जाता था। उसे लगता था कि उसका दमित काम दोगुने वेग से प्रकट हो जाता था। तब वह भक्ति और भोग के इस असन्तुलित सन्तुन से चकित भी रह जाता था।...किन्तु इस बार महादेव शिव की जब से कृपा हुई है, वह पहले जैसा अर्जुन ही नहीं रहा था। जाने क्यों काम-प्रसंग उसके मन में एक कुत्सा-सी उत्पन्न कर देते थे। इन्द्र-सभा में इतने दिनों तक सम्मिलित होते रह कर भी, उसका मन न काम की ओर आकृष्ट हो पाया, न अप्सराओं का सौन्दर्य उसे मुग्ध कर पाया, न नृत्य-संगीत ही उसे आत्म-विस्मृति का सुख दे पाये...

अर्जुन, वैजयन्त के आग्रह को टाल नहीं सका था। वह उनसे कैसे कह देता कि उसका अमरावती आने का लक्ष्य पूरा हो गया है; इसलिए, अब वह उनके स्नेह तथा सत्कार का तिरस्कार कर, वापस अपने परिवार में लौट जाना चाहता है।...उन्होंने उसका असाधारण स्वागत किया था। स्वयं वैजयन्त प्रासाद में उसके ठहरने की व्यवस्था की थी। उसे पुत्र का-सा स्नेह और सम्मान दिया था। वह इतना स्वार्थी नहीं हो सकता था कि इन सबकी अवहेलना कर, उनकी कोमल भावनाओं

को रौंदता हुआ लौट जाये। अपने सुख के लिए न सही, किन्तु उनके आग्रह का सम्मान रखने के लिए तो उसे कुछ समय अमरावती में व्यतीत करना ही होगा।...

जाने क्यों वैजयन्त का प्रबल आग्रह था कि अर्जुन नृत्य और संगीत का अभ्यास करे।...तुम्बरू से अर्जुन परिचित ही था। वही उसका संगीत-शिक्षक और संगीत-सहयोगी नियुक्त हुआ था।... अर्जुन यदि वैजयन्त के इस प्रस्ताव को स्वीकार नहीं करता, तो उसके पास स्वयं को व्यस्त रखने के लिए कोई विशेष गतिविधि भी नहीं थी। वह तो कल्पना भी नहीं कर सकता था कि अमरावती में रह कर वह आध्यात्मिक साधना और तपस्या करेगा।...ऐसा कोई प्रयत्न, वैजयन्त के वैभव के लिए अपमानजनक होता।...तो फिर संगीत का अभ्यास ही क्या बुरा था! उसे कौन-सा वैजयन्त की सभा में गायन करना था। वह अपने सुख के लिए वेदों की ऋचाएँ गा सकता था, साम-गान कर सकता था। संगीत के माध्यम से ब्रह्म की आराधना कर सकता था, समाधि में प्रवेश कर सकता था...

किन्तु यह नृत्य, किसी भी प्रकार, उस के मनोनुकूल नहीं पड़ रहा था। जिस प्रकार का कोमल और लचीला शरीर, नृत्य के लिए अपेक्षित था, वह अर्जुन के पास नहीं था। नृत्य में एकाग्रता की भी वह सुविधा उसे नहीं थी कि तन्मय हो कर कुछ काल के लिए, अपने-आपको भूल जाता।...फिर भी चित्रसेन का उत्साह देखकर उसे कुछ-न-कुछ करते ही रहना पड़ता था...

दिन भर का अभ्यास कर, सन्ध्या ढलने पर ही वह अपने आवास पर लौटा था। शरीर थका हुआ था, और मन भी कुछ अवसन्न ही था। वन में रह रहे अपने भाइयों तथा पांचाली; हस्तिनापुर में निवास कर रही माता; काम्पिल्य तथा द्वारका में निवास कर रहे पुत्रों...के विषय में अनेक बार, अनेक कारणों से उसने सोचा था। कई बार यह विचार भी मन में आया कि वैजयन्त से कह कर, अब लौटने की योजना बना ही लेनी चाहिए। वन में अपने भाइयों के साथ रहेगा तो उनकी सुरक्षा तथा अन्य कार्यों में किसी प्रकार से सहायक हो सकेगा...नहीं तो ऋषियों की संगति में ब्रह्म-चर्चा होगी ही। सम्भव है कि वह साधना का ही कोई अवसर पा जाये...कैसी थी वह समाधि, जो इन्द्रकील पर्वत पर लग गयी थी। वैसा आनन्द तो अपनी स्मृति मात्र में तड़पा जाता था। क्या उसे पुनः उसी समाधि का सुख नहीं मिल सकता? वह कई-कई दिवसों अथवा पक्षों तक उसी समाधि में निमज्जित बैठा नहीं रह सकता?...

दासी ने भिड़े कपाट खोले और निकट आ, हाथ जोड़ धीरे से कहा, "आर्य! द्वार पर अमरावती की शोभा, देवी उर्वशी खड़ी हैं। वे आप के साक्षात्कार का आग्रह कर रही हैं। क्या देव उन पर अनुग्रह करेंगे?"

अपनी विचार-शृंखला की अन्विति में यह व्यवधान, अर्जुन को अच्छा नहीं लगा। उर्वशी को भी इस समय ही आना था। उसके विचार से काफी रात हो गयी थी और भले लोगों को इस समय तक अपने-अपने विश्रामकक्ष में पहुँच जाना चाहिए था। अमरावती के वासियों को रात-रात भर समारोहों में उपस्थित रहने का अभ्यास अवश्य था, किन्तु किसी के घर, उससे भेंट करने के लिए जाने का तो अब समय नहीं था...

किन्तु उर्वशी का अमरावती में अपना महत्त्व था। वह वैजयन्त की सभा की श्रेष्ठ अप्सराओं में

थी। स्वयं वैजयन्त उस की कृपा के आकांक्षी रहा करते थे। संगीत और नृत्य दोनों में ही वह असाधारण थी।...और अमरावती में महत्त्वपूर्ण होने के लिए, किसी स्त्री को इससे अधिक और कुछ नहीं चाहिए था...

"ससम्मान लिवा लाओ।" अर्जुन ने सायास कहा; और अपना उत्तरीय धारण कर लिया।

कपाट पुनः खुले और उर्वशी स्वयं प्रकट हुई। आज उसका रूप अद्भुत था। लगता था कि किसी विशेष अभियान के लिए, उसने असाधारण श्रृंगार किया था।...प्रकृति की ओर से उसे समृद्ध सौन्दर्य और शरीर सौष्ठव मिला था। नारी शरीर का कदाचित् वह सुन्दरतम प्रारूप थी। श्रृंगार से वह और भी शान पर चढ़ आया था...यद्यपि अर्जुन की दृष्टि से यह छिपा नहीं था कि श्रृंगार और प्रसाधनों के सारे प्रयत्न के बाद भी उसके विदा होत हुए यौवन पर प्रौढ़ावस्था की छाया दिखायी पड़ रही थी...

अर्जुन ने उर्वशी को वैजयन्त की सभा में भी देखा था...जब पहली बार देखा था, तो उसके मुख-मण्डल पर एक दिव्य सी आभा दिखायी पड़ी थी...उस के हाव-भाव, नृत्य की कलात्मकता से आच्छादित, पवित्रता का एक दिव्य वायवीय आलोक लिए हुए थे।...आज कलात्मकता, पवित्रता और दिव्यता के भाव या तो थे ही नहीं, अथवा अत्यन्त क्षीण थे। उन के स्थान पर मादकता और उत्तेजकता थी। देह का सौन्दर्य नहीं, स्वयं देह ही अनावृत्त हो कर उसके सम्मुख थी। वस्त्र या तो बहुत कम थे, अथवा इतने झीने थे कि शरीर की स्थूलता छिपाने के स्थान पर उसे रेखांकित कर रहे थे...

"पधारें देवि!" अर्जुन ने हाथ जोड़कर उर्वशी का स्वागत किया, "इतनी रात गये, इस प्रकार पधारने का कष्ट करने का कोई विशेष प्रयोजन तो होगा!..."

"ओ फाल्गुन!" उर्वशी के नयनों से जैसे कटाक्ष बरस रहे थे, "बैठने को भी नहीं कहा, और आने का प्रयोजन पूछने लगे।" उर्वशी ने स्वयं चुन कर आसन ग्रहण किया, "तुम्हारे पास निष्प्रयोजन आने का निषेध है अथवा प्रयोजन पूछ कर तत्काल विदा कर देना चाहते हो?"

"नहीं! न इतना अभद्र हूँ, न इतना अभागा।" अर्जुन ने स्वयं को कुछ संयत किया, "आपका शुभागमन मेरे लिए सम्मान का विषय है।...किन्तु यह समय...।"

"तुम्हें यह समय बहुत विकट लग रहा है प्रिय! किन्तु अप्सराओं के लिए तो यही विहार का समय है।" उर्वशी हँसी, "आयी तो मैं तुम्हारे ही पास हूँ; किन्तु यह वैजयन्त का प्रासाद है। तुम मुझसे सुरा के लिए भी नहीं पूछोगे?"

"सुरा!" अर्जुन को लगा, कि उर्वशी पहले से ही सुरा के कुछ अतिरिक्त प्रभाव में है। और अब और सुरा....

"हाँ! प्रासाद तो वैजयन्त का ही है।" अर्जुन हँसा, "किन्तु उस प्रासाद का यह खण्ड, अपने आवास के रूप में मेरे पास है। यहाँ मेरी व्यवस्था है; और उसमें सुरा के लिए कोई स्थान नहीं है।... वैसे भी मेरे पास सोने का समय है, विहार का नहीं।"

"बड़े निष्ठुर हो फाल्गुन!" उर्वशी के अधर, शब्दों की ठीक विपरीत मुद्रा में मुस्करा रहे थे, "रात्रि के इस एकान्त में मुझे अपने द्वार पर आया देख वैजयन्त भी हर्ष से उन्मत्त हो जाते; और तुम हो कि तनिक-सा उत्साह भी नहीं दिखा रहे।"

अर्जुन को अपने चेहरे पर प्रसन्नता लाने के लिए कुछ प्रयास करना पड़ा।

"नहीं! ऐसी तो कोई बात नहीं है। मैं आप के आने से अत्यन्त प्रसन्न हूँ। मेरे लिए यह

सम्मान का विषय है कि आप यहाँ आयीं।...मैं तो केवल समय की दृष्टि... ।"

उर्वशी के कटाक्ष कुछ और प्रखर हो गये। वह इठला कर बोली, "तुम भी फाल्गुन, क्या समय की चर्चा कर रहे हो। कामदेव की प्रेरणा से आयी हूँ। रतिदान की भावना दिन के समय भोजन तो नहीं हो सकती न!"

अर्जुन स्तब्ध सा-खड़ा रह गया : कितना स्पष्ट था उर्वशी का आग्रह और कितना स्थूल...स्थूल ही क्यों बीभत्स...बीभत्स...उस पर न लज्जा का आवरण था, न मर्यादा के वन्दनवार...यह देवत्व का धरातल नहीं था...न मनुष्यत्व का...यह पशुवत् व्यवहार था...अर्जुन का सौन्दर्य-बोध जैसे किसी भयंकर आघात से अचेत हो गया था। वह समझ ही नहीं पा रहा था कि उसे उर्वशी को क्या उत्तर देना चाहिए।...अब इस विश्लेषण की आवश्यकता भी नहीं रह गयी थी कि उर्वशी इस समय क्यों आयी थी। इस वेश-भूषा और प्रसाधन का अर्थ क्या था। उस का रूप इतना उत्तेजक और शरीर इतना निर्वस्त्र क्यों था...

उर्वशी मुस्कराती हुई अपने स्थान से उठी, और अपने शरीर की अनेक आकर्षक मुद्राओं का प्रदर्शन करती हुई, अर्जुन के सम्मुख आ खड़ी हुई, "क्यों? अवाक रह गये? सोचते होगे कि जिस उर्वशी से सारी अमरावती के पुरुष काम-भिक्षा माँगते हैं, वह स्वेच्छा से तुम्हारे द्वार पर क्यों आ गयी?" उर्वशी ने अपनी भुजायें, अर्जुन के कण्ठ में डाल दीं, "क्या तुम्हें आज तक किसी मानुषी ने नहीं बताया कि तुम इतने सुन्दर हो कि अप्सराएँ भी तुम्हें पा कर स्वयं को धन्य मानेंगी?"

अर्जुन का मन अब तक पर्याप्त संयत हो चुका था...उस की दृष्टि अपने श्वासों से छूते हुए मुख-मण्डल पर टिक गयीं। यह चेहरा उस दिन कितना दिव्य और महिमा-मण्डित लग रहा था; और आज वह कैसा बीभत्स लग रहा था। मन की सारी विकृतियाँ जैसे साकार हो कर, उस सौम्य चेहरे को मलिन ही नहीं, मलपूर्ण बना रहीं थीं...वह अप्सरा तो क्या, साधारण मानुषी जैसी आकर्षक भी नहीं लग रही थी। वासना में, प्रेम की आँच न हो, तो काम-याचना भी पाशविक लगने लगती है...घृणित और अपकर्षणमयी...

अर्जुन ने उसकी भुजाओं को अपने कठोर हाथों में थाम, यथासम्भव कोमलता से परे हटा दिया...वे मृणाल नहीं थीं, न चन्दन की सुगन्ध दे रही थीं...वे लिजलिजी नागिनें, थीं, "न तुम मेरी प्रणयिनी हो, न मैं तुम्हारा प्रेमी!...तुमने मुझसे काम-याचना कर, मर्यादा का उल्लंघन किया है। इस प्रकार के सम्बन्ध के विषय में सोचना भी मेरे लिए पाप है।..."

उर्वशी के वक्ष पर जैसे भीषण आघात हुआ। आज तक किसी रुक्ष से रुक्ष शुष्क से शुष्क तपस्वी ने भी, उसके साथ यह व्यवहार नहीं किया था...उसके भ्रू वक्र हो उठे। आहत-काम तिरस्कृत हो कर क्रोध में परिणत हो गया था, "इतना दुस्साहस, किस के बल पर कर रहे हो अर्जुन?"

"इसमें दुस्साहस की क्या बात है देव सुन्दरि!" अर्जुन का स्वर कुछ कठोरता लिए हुए था, "अपने स्वाभिमान की रक्षा का अधिकार किसी भी मनुष्य को है। मैं कोई सार्वजनिक सम्पत्ति नहीं हूँ कि कोई भी स्त्री मेरे कण्ठ में भुजायें डाल दे और घसीट कर अपनी शैया पर ले जाये।"

"जानती हूँ कि सार्वजनिक सम्पत्ति नहीं हो। द्रौपदी और सुभद्रा की निजी सम्पत्ति हो... ।" नियन्त्रण में दबा उर्वशी का क्रोध भी अमर्यादित होने के लिए मचल रहा था।

"ज्ञानी होते हुए भी अज्ञानी का-सा व्यवहार क्यों कर रही हो फिर?"

"मैंने स्वीकार किया है कि मेरे मन में तुम्हारे प्रति काम-भाव था," उर्वशी आक्रोशपूर्वक बोली, "किन्तु वह पूर्ण सत्य नहीं है।"

"तो पूर्ण सत्य क्या है मंगलमुखी?"

"चित्रसेन ने वैजयन्त का संदेश दिया था कि तुम मुझ में आसक्त हो, अतः मैं तुम्हारी सेवा में उपस्थित होऊँ।"

अर्जुन चकित हो कर रह गया...वैजयन्त ने कैसे कह दिया कि वह उर्वशी में आसक्त है?...

"किन्तु यह असत्य है।" अर्जुन अपनी ओर से स्पष्टीकरण अवश्य दे रहा था; किन्तु उसका मन स्वयं इस शोध में उलझ गया था कि वैजयन्त के ऐसा कहने का अर्थ क्या है?...यह उनका भ्रम मात्र था?...वे अर्जुन के सत्कर्म के लिए यह अनुग्रह आवश्यक समझते थे?...अथवा यह भी अमरावती के शासक का किसी प्रकार का कोई षड्यन्त्र था।

"सत्य क्या है, यह तो ईश्वर ही जानता है कुन्तीपुत्र!" उर्वशी के स्वर की वक्रता और भी प्रखर हो उठी थी, "किन्तु वैजयन्त का कहना है कि राजसभा में जब मैं नृत्य कर रही थी, तुम मुग्ध दृष्टि से निर्निमेष मुझे देख रहे थे।...और मैं जानती हूँ कि वैजयन्त के कथन में कुछ भी मिथ्या नहीं है। तुम्हारी वह लुब्ध दृष्टि मैंने भी देखी थी...और सत्य तो यह भी है कि मैं उसी क्षण तुममें आसक्त भी हुई थी।"

अर्जुन को राजसभा में नृत्य करती उर्वशी का वह दिव्य मुख-मण्डल स्मरण हो आया।...हाँ! वह एकटक निहार रहा था उस कमनीय तथा पवित्र मुख-मण्डल को।...न वैजयन्त ने मिथ्या कहा था और न ही वह उर्वशी का भ्रम था।...किन्तु अर्जुन के भाव को कितना दूषित कर दिया था, उन दोनों ने...

"देवि! आप आसन ग्रहण करें, और मेरी बात सुनें।" अर्जुन ने आदरपूर्वक दोनों हाथ जोड़ दिये, "मैं इस भ्रम के निवारण का प्रयत्न करता हूँ।"

किन्तु उर्वशी बैठी नहीं! वह अपनी तेजस्विनी दृष्टि से अर्जुन की ओर देखती रही।

"मैंने आप में उस उर्वशी को देखा था, जो हमारे पूर्वज पुरुरवा की प्रेयसी थी, जिससे हमारे वंश की वृद्धि हुई थी।" अर्जुन बोला, "मेरी दृष्टि में तो पूज्य-भाव था, मातृ-भाव! उसमें वात्सल्य न देख, आपने काम-भाव देखा!..."

"अप्सराओं को कभी किसी ने मातृ-भाव से देखा है?" उर्वशी की विषाक्त हँसी किसी का भी वक्ष छेद सकती थी, "तुम्हारे जैसा तो मैंने कोई पुरुष नहीं देखा, जो अप्सरा को काम-दृष्टि से नहीं, मातृ-दृष्टि से देखता है। अप्सरा का नृत्यलीन शरीर, उसके कम्पित उरोज, उद्वेलित नितम्ब, तुम्हारे पौरुष को नहीं ललकारते, तुम्हारे मन में वात्सल्य जगाते हैं। तुम पुरुष नहीं हो नपुंसक हो, पुंसत्वहीन क्लीव...। छोड़ दो यह धनुष-बाण। पैरों में नूपुर बाँधो और नपुंसकों के समान नाचो। नारी तुम बन नहीं सकते; पुरुष तुम हो नहीं। धिक्कार है तुम पर!..."

उर्वशी एक भी क्षण नहीं रुकी। वह पैर पटकती हुई, तत्काल द्वार से बाहर निकल गयी...

अर्जुन अपने स्थान पर स्तम्भित खड़ा था...क्या कह गयी उर्वशी! आज वह उसके कक्ष के एकान्त में कह गयी है, कल वह वैजयन्त की राजसभा में कहेगी।...किस-किसको स्पष्टीकरण देता रहेगा अर्जुन! किस-किसको बताएगा वह कि उसे उर्वशी में भी कुन्ती और शची ही दिखायी पड़ी थीं। अमरावती में कौन स्वीकार करेगा इस बात को? जहाँ पौरुष का अर्थ केवल सम्भोग-सामर्थ्य है, नारी केवल अप्सरा है, प्रेम केवल वासना है—उस अमरावती में अप्सरा को माता के समान पूज्य-दृष्टि

से कौन देख सकता है, और कौन उसको समझ सकता है?...पितामह भीष्म को भी तो पाण्डवों की सभा में शिशुपाल ने सार्वजनिक रूप से नपुंसक कहा था। भोगी पुरुष, ब्रह्मचर्य को नपुंसकता ही तो मानेगा। साहसिक की दृष्टि में वीरता का अर्थ क्रूर हत्याएँ करना है; किन्तु वीर क्षत्रिय तो निर्बलों की रक्षा में प्राण देने को वीर-गति मानता है।...यह तो दृष्टिकोण का भेद है। अमरावती में केवल अर्जन है, विसर्जन नहीं; ग्रहण है, त्याग नहीं। भोग है, तपस्या नहीं।...इसलिए यहाँ अर्जुन के लिए कोई स्थान नहीं है। उसके लिए यहाँ और ठहरने का कोई प्रयोजन नहीं है।...

प्रातः जब अर्जुन, वैजयन्त से भेंट करने गया था तो समझ गया, उन्हें रात की घटना का सारा समाचार मिल चुका था।

"तुमने उर्वशी को रुष्ट कर दिया फाल्गुन!" वे मुस्करा रहे थे।

"मैंने तो रुष्ट नहीं किया वैजयन्त!" अर्जुन का स्वर उत्तेजनारहित था, "उसे रुष्ट किया है, उसके अपूर्ण काम ने। मैं कल रात ही पहली बार समझ पाया कि काम का क्रोध से क्या सम्बन्ध है। रुद्ध काम की परिणति, सिवाय क्रोध के और क्या हो सकती है।"

"ठीक कहते हो फाल्गुन!" वैजयन्त बोले, "वह भी अमरावती में, जहाँ काम कभी रुद्ध हुआ ही न हो।"

"मैं रात्रि भर सोचता रहा हूँ," अर्जुन धीरे से बोला, "कि अभी तो मुझ से केवल एक देवी उर्वशी ही रुष्ट हुई...किंतु अमरावती में केवल एक अप्सरा ही तो नहीं है। जब अप्सराएँ पुरुष को 'भोग्य' के रूप में ही देखती हैं, तो अन्य किसी अप्सरा को भी मेरा व्यवहार तिरस्कारपूर्ण लग सकता है।...हमारे संस्कार में प्रेम-विहीन सम्भोग का कोई अस्तित्व ही नहीं है।" अर्जुन रुका, "और बात इतनी-सी ही नहीं है...।"

"क्या बात है अर्जुन?" वैजयन्त के स्वर में पहली बार गम्भीरता परिलक्षित हुई।

"मुझे लगता है कि पिछले दिनों मेरे भीतर बहुत कुछ परिवर्तित हो गया है।"

"मैं समझा नहीं।"

"जब मैं इन्द्रकील पर्वत तपस्या-हेतु आया था, तब तक मैं कोई अन्य ही व्यक्ति था। तब मैं अमरावती आया होता, तो मेरा व्यवहार कुछ और ही होता...किन्तु...।"

वैजयन्त ने उसकी ओर देखा।

"जिस दिन महादेव शिव ने मुझ पर कृपा की। लगता है, उन्होंने मेरे भीतर निवास करने वाले अपने शत्रु अनंग का सर्वथा नाश कर दिया है। अब मुझे काम-प्रसंग में तनिक भी आकर्षण प्रतीत नहीं होता। कदाचित मेरे लिए स्त्री-पुरुष में अभेद हो गया। रति-प्रसंग मुझे अब अगृहित लगता है। मुझे लगता है कि अब मैं किसी स्त्री को काम-प्रेरित दृष्टि से नहीं देख सकता; और यदि कोई स्त्री मुझे कामयुक्त दृष्टि से देखेगी, तो मेरे लिए अपनी सारी कमनीयता खो बैठेगी...कह नहीं सकता कि इस सबका अर्थ क्या है; किन्तु मेरे साथ कुछ ऐसा ही हो गया है...।"

वैजयन्त मौन रहे। वे गम्भीर भाव से अर्जुन की ओर देखते रहे। फिर धीरे से बोले, "लगता है कि महादेव ने तुम्हें भी अनंग-जय बना दिया है। यह तो वे ही जानें कि उनकी इच्छा क्या है;

किन्तु मुझे लगता है कि अब मैं तुम्हारी दृष्टि से सर्वथा कंगाल हो गया हूँ। मैं, अमरावती का स्वामी वैजयन्त, जिस विपुल ऐश्वर्य का स्वामी हूँ, वह ऐश्वर्य तुम्हारे लिए निरर्थक हो गया है। तुम्हारी पिपासा, खारा सागर शान्त नहीं कर सकती, चाहे उसमें कितना ही जल क्यों न हो। तुम्हें अब अमरावती में रोके रखना व्यर्थ है। तुम यहाँ रहोगे, तो तुम्हें यह सारा विलास-व्यवहार अत्यन्त गर्हित लगेगा...और तुम विलास के विरोधी के रूप में अमरावती के निवासियों को अपने शत्रु लगने लगोगे।...अच्छा है कि अब तुम अपने भाइयों के पास लौट जाओ।"

"यही उचित होगा।" अर्जुन बोला, "किन्तु क्या आपने उर्वशी को मेरी सेवा में जाने का निर्देश भिजवाया था?"

"हाँ!" वैजयन्त हँसे, "मैंने सोचा कि तुमने तपस्या कर ली, शस्त्रास्त्र भी प्राप्त कर लिये, उन शस्त्रों के परिचालन में पर्याप्त दक्षता भी प्राप्त कर चुके...तो अब तुम थोड़ा विलाससुख क्यों न भोगो।... किन्तु मेरी धारणा कुछ उचित नहीं रही। तपस्वी को शारीरिक भोग का लोभ नहीं देना चाहिए।..."

अर्जुन अपने कक्ष में लौट आया।...उसका मन तनिक भी शान्त नहीं हो पाया था...क्या सचमुच वैजयन्त के मन में वही था, जो वे कह रहे थे?...या वह सब एक छली शासक का पाखण्ड मात्र था?...क्या उन्हें मन-ही-मन अर्जुन के शक्तिशाली हो जाने का भय था? क्या वे खाण्डव वन के युद्ध को नहीं भूल पाये थे?...वे चाहते थे कि अर्जुन विलास में डूब कर, अपने लक्ष्य से भ्रष्ट हो जाये?...जाने क्या था वैजयन्त के मन में....

24

कुलिन्दराज सुबाहु के राज्य की सीमा छोड़े हुए, पाण्डवों को दो दिन हो चुके थे। हिमालय के निचले क्षेत्र भी पीछे छूट गये थे; और हिमालय अपना वास्तविक प्रभुत्व दिखा रहा था।

सहदेव ने दृष्टि उठाकर दूर तक देखा : हिमालय का मनोरम दृश्य अपने पूर्ण विस्तार के साथ उस के सम्मुख था। दृश्य विराट एवं नयनाभिराम था, किन्तु एकसार था। कहीं कुछ भी, एक-दूसरे से भिन्न नहीं था, जिसमें दृष्टि अटक सकती। उसकी दृष्टि भटकती हुई लौट आयी और मन अतीत की ओर मुड़ गया...

काम्यक वन में निवास के अन्तिम दिनों में लोमश ऋषि ने धर्मराज की लोक-समूह से पृथक होने का परामर्श बार-बार दिया था। धर्मराज उन के परामर्श के औचित्य को भली प्रकार समझते थे; किन्तु अपने साथ रह रहे लोगों के अपने प्रति मोह को कैसे छोड़ते? वे धर्मराज को छोड़कर, लौटना नहीं चाहते थे; और धर्मराज उनके स्नेह के प्रति कठोर नहीं हो सकते थे...अन्ततः स्थिति कुछ ऐसी आ गयी थी कि यदि अपने आस-पास घिर आये हुए लोगों को विदा कर, पाण्डव लोमश ऋषि के साथ नहीं चलते, तो लोमश ऋषि अकेले ही अपनी यात्रा पर निकल जाते।...और यदि ऐसा होता तो फिर उचित पथ-प्रदर्शक के अभाव में पाण्डवों की तीर्थयात्रा स्थगित हो सकती थी।

बाध्य हो कर धर्मराज को कुछ निर्मोही होना पड़ा। काम्यक वन छोड़ने के तीन दिन पहले, धर्मराज ने उन सब लोगों के मध्य घोषणा कर दी कि वे तीन दिनों के पश्चात् निश्चित रूप से

काम्यक वन छोड़, हिमालय की ओर प्रस्थान करेंगे। यात्रा कठिन होगी, और मार्ग में किसी प्रकार की कोई सहायता अथवा सुविधा उपलब्ध नहीं होगी। सुरक्षा की दृष्टि से भी वह यात्रा बहुत हितकर नहीं थी। इसलिए सारे भिक्षोपजीवी लौट जायें। संन्यासी, किन्हीं आश्रमों में चले जायें, जो लोग भूख-प्यास तथा परिश्रम एवं क्लान्ति सहन नहीं कर सकते, वे भी अन्यत्र चले जायें, क्योंकि, कठिन यात्रा में अन्न तथा जल की उपलब्धि निश्चित् नहीं होती। जिनसे शीत सहन न हो सके, वे भी लौट जायें, क्योंकि हिमालय के हिमाच्छादित प्रदेश में असहनीय शीत होगा। मिष्ठान्न भोजी, पकवानभोजी, मांसाहारी तथा मदिरा इत्यादि के इच्छुक भी लौट जायें, क्योंकि इनमें से कोई भी पदार्थ मार्ग में उपलब्ध नहीं होगा। जो लोग यह अपेक्षा करते हैं कि भोजन किसी दक्ष रसोइए द्वारा पकाया जाये, वे लोग भी लौट जायें, क्योंकि अब पाण्डवों के साथ न कोई रसोइया होगा, न वे खाद्यान्न जिन्हें पकाया जा सके। जिनकी आजीविका की किसी भी प्रकार की कोई व्यवस्था कहीं भी हो सकती है, वे भी चले जायें...

लोग जाना नहीं चाहते थे; किन्तु पाण्डवों की तीर्थ-यात्रा की योजना निश्चित थी, अतः अनिच्छा से ही सही, एक-एक कर, उन्हें विदा होना ही पड़ा।...सबसे अधिक कठिनाई, उन राजभक्तों की थी, जो राजा को छोड़ना नहीं चाहते थे। उनकी आजीविका की व्यवस्था कहीं भी हो सकती थी, किन्तु वे कहीं और क्यों जायें। वे अपने राजा के साथ ही रहेंगे।...और उनके राजा तो युधिष्ठिर ही थे...

धर्मराज ने उन्हें समझाया कि वे उनकी राज-भक्ति का सम्मान करते हैं; किन्तु अब उनके पास राज्य नहीं था। इन्द्रप्रस्थ की राजसभा अब दुर्योधन के अधीन थी। वे उस सभा से सम्बद्ध थे इसलिए उन्हें अपनी आजीविका के लिए तो दुर्योधन के पास जाना चाहिए; और यदि किसी कारण से वे दुर्योधन के पास नहीं जाना चाहते, तो महाराज धृतराष्ट्र के पास चले जायें। युधिष्ठिर वहाँ नहीं हैं तो क्या हुआ, इन्द्रप्रस्थ तो वहीं है, उसकी राजसभा भी वर्तमान है...और उसके राजा धृतराष्ट्र हैं...

यह तर्क तो उन राजभक्तों को ग्राह्य नहीं था...किन्तु आजीविका का कोई साधन तो खोजना ही पड़ेगा...स्वयं पाण्डवों में कुछ मतभेद था, युधिष्ठिर के अनुचरों को अब हस्तिनापुर की राजसभा में कोई मान मिलेगा या नहीं। युधिष्ठिर का विचार था कि उनके विश्वस्त अनुचरों के लिए, धृतराष्ट्र अवश्य ही आजीविका का प्रबन्ध कर देंगे...किन्तु भीम उनसे सहमत नहीं था। उसका विचार था कि युधिष्ठिर अथवा पाण्डवों से सम्बन्धित किसी भी व्यक्ति को दुर्योधन अथवा धृतराष्ट्र तनिक भी सहन नहीं करेंगे।...अन्ततः धौम्य मुनि ने अपना विचार बड़े विस्तार से प्रकट किया था। उन्होंने कहा था कि दुर्योधन और धृतराष्ट्र, दोनों ही पाण्डवों की इस असहायता का राजनीतिक लाभ उठाना चाहेंगे। वे युधिष्ठिर को सर्वथा मित्र-विहीन कर देने के लिए, चुन-चुन कर, उनके मित्रों और अनुचरों को अपने राज्य में आजिविका देंगे।...

फिर भी उन अनुचरों से कहा गया कि यदि धृतराष्ट्र उन्हें आजीविका न दें, तो वे लोग पंचाल नरेश द्रुपद के पास चलें जायें। किसी कारण से वहाँ न जाना चाहें तो, मत्स्यराज अथवा अन्य राजाओं के पास चले जायें।...

क्रमशः लोग इच्छा और अनिच्छा के द्वन्द्व में झूलते हुए, धीरे-धीरे विभिन्न दिशाओं में चले गये।...अब चारों पाण्डव, द्रोपदी, धौम्य तथा लोमश मुनि के अतिरिक्त उनके पास इन्द्रसेन, विशोक, रसोइए तथा अन्य सेवकों सहित चौदह व्यक्ति थे। कुछ रथ और अश्व थे।...कृष्ण, धृष्टद्युम्न तथा

धृष्टकेतु, युधिष्ठिर के निषेध करने पर भी, उनके उपयोग के लिए रथ और अश्व छोड़ गये थे।... सारथि, पाण्डवों के पीछे-पीछे चलने को प्रस्तुत थे ताकि आवश्यकता होने पर वे उनकी सहायता कर सकें।...युधिष्ठिर चाहते थे कि वे लोग भी विदा हो जायें; किन्तु भीम ने उन्हें रोक लिया था, "इन्हें चलने दें धर्मराज! इनकी राजभक्ति तथा कष्ट सहन करने की क्षमता की परीक्षा हो जाये।"

"यदि वे परीक्षा में पूरे उतरे, तो भी लाभ क्या होगा?" युधिष्ठिर ने पूछा था।

"पीछे के बहुत सारे कार्य हम इन्हें सौंप सकते हैं।"

धर्मराज सहमत हुए या नहीं, यह किसी को ज्ञात नहीं हुआ; किन्तु उन्होंने कुछ कहा नहीं।

मार्गशीर्ष की पूर्णिमा व्यतीत होने पर, पुष्य नक्षत्र के आरम्भ होते ही, उनकी यात्रा आरम्भ हुई। यथासम्भव सुरक्षा की पूरी व्यवस्था की गयी थी। पाण्डवों के अंग अभेद्य कवचों से ढके हुए थे। ऊपर पुराने वस्त्र अथवा मृगचर्म थे। मस्तक पर जटायें थीं। हाथों में विभिन्न शस्त्रास्त्र थे। इन्द्रसेन, विशोक तथा अन्य सेवक अश्वों और रथों के साथ, उन के पीछे-पीछे चल रहे थे।

इस बार यात्रा का नेतृत्व लोमश ऋषि कर रहे थे। इस क्षेत्र और उस की कठिनाइयों को वे ही जानते थे। मार्गों तथा स्थानों का महत्त्व भी उन्हें ही ज्ञात था। वे लोग तीर्थ-यात्रा पर जा रहे थे, तो नेतृत्व ऋषि ही कर सकते थे...किन्तु भीम भी अपना दायित्व समझता था। ऋषि मार्ग-निर्देशन कर सकते थे, रक्षण नहीं। रक्षा का दायित्व तो भीम का ही था।

ऋषि ने युधिष्ठिर की ओर देखा : काफी समय से, वे आत्मलीन ही नही, कुछ खिन्न भी लग रहे थे।

"क्या बात है धर्मराज! आप प्रसन्न नहीं हैं?"

युधिष्ठिर ने ऋषि की ओर देखा। मुस्कराने का प्रयत्न किया; किन्तु मुस्करा नहीं पाये।

"पांचाली को इस स्थिति में देखता हूँ, तो कष्ट होता है ऋषिवर!" युधिष्ठिर धीरे से बोले, "क्षणिक रूप से ही सही, किन्तु कभी-कभी मेरी आस्था खण्डित हो जाती है और मेरे मन में विरोध जागता है। यह ईश्वर का कैसा न्याय है? धर्म का पालन करते हुए, मेरी पत्नी और मेरे भाई वल्कल पहन, नंगे पाँव वन-वन भटक रहे हैं; और अधर्म का अधिष्ठाता दुर्योधन सुख, वैभव, अधिकार, सत्ता...सबका भोग कर रहा है।"

ऋषि खिलखिला कर हँस पड़े, "यह एक तुम्हारा ही तो प्रश्न नहीं है। युग-युगों से लोग यही प्रश्न पूछते आ रहे हैं। युधिष्ठिर! जब मनुष्य अधर्म-मार्ग से वृद्धि की ओर बढ़ता है, तो सुख-समृद्धि की अपार उपलब्धि होती है। उस सुख-सम्पत्ति के मोह में न केवल मनुष्य अपने अधर्म को देख नहीं पाता, वरन् उसकी ओर और भी अधिक आकृष्ट होता है। अधर्म उसकी सम्पदा में वृद्धि करता है। सम्पदा उसके मोह और अहंकार को बढ़ाती चलती है। अहंकार उसकी बुद्धि का नाश करता है... और अन्ततः वह जड़ सहित नष्ट हो जाता है।"

"आपको नहीं लगता ऋषिवर कि यह सब मात्र पराजय का दर्शन है?" युधिष्ठिर ने कुछ संकोच से पूछा, "मात्र मन बहलाने का साधन?"

"ऐसा लगता, यदि मैंने यह सब होते हुए न देखा होता।" ऋषि हँसे, "मेरे सामने यह सारी प्रक्रिया अत्यन्त स्पष्ट है। मैं इसके आर-पार देखता हूँ। दुर्योधन को अपने भाइयों, मित्रों तथा पुत्रों सहित नष्ट होते हुए, मैं प्रत्यक्ष रूप से देख रहा हूँ।" ऋषि ने रुक कर युधिष्ठिर की ओर देखा, "सुनो धर्मराज! जब किसी का अधर्म फले, तो ईश्वर को उस से रुष्ट जानो। किसी का अधर्म न

फले तो समझो, ईश्वर उससे प्रसन्न हैं। धर्म फले तो समझो, ईश्वर उससे अन्यन्त प्रसन्न हैं; और यदि किसी का धर्म न फले तो समझ लो कि ईश्वर उससे परम सन्तुष्ट हैं और इसलिए वरदान देने से पहले उसकी परीक्षा ले रहे हैं..."

"पता नहीं क्या माया है उसकी।" युधिष्ठिर मन्द स्वर में बोले, "सामान्यतः तो मेरा मन क्षुब्ध नहीं होता। फिर कभी-कभी धैर्य ही छूट जाता है। कष्ट होता है कि संसार में ऐसा सब क्यों होता है।..."

"तुम्हारा मन भी सोचता होगा कि क्यों वैसा नहीं होता, जैसा तुम चाहते हो।" ऋषि कुछ विनोदी मुद्रा में बोले, "क्यों सृष्टि तुम्हारी इच्छा से नहीं चलती! क्योंकि सृष्टि का कार्य-व्यापार तुम्हारे नियमों के अनुसार सम्पादित नहीं होता?..."

"हाँ ऋषिवर! ऐसा ही है।"

तो स्वयं को स्मरण करा लिया करो कि सृष्टि का निर्माण ईश्वर ने किया है, तुमने नहीं। सृष्टि उसी के बनाये नियमों पर चलेगी, तुम्हारी कामनाओं पर नहीं। तुम न नियम-निर्माण कर सकते हो, न उनमें परिवर्तन कर सकते हो। तुम उल नियमों को समझ कर केवल उनके अनुकूल आचरण कर सकते हो। जब तक कार्य-कारण-स्वरूप इस प्रकृति में बँधे हो, नियम तो ये ही रहेंगे। अहंकार के हाथों का खिलौना बन, दुखी क्यों होते हो?..."

सहदेव समझ नहीं पाया कि ऋषि की इस व्याख्या से युधिष्ठिर सन्तुष्ट हुए या नहीं; इस चर्चा को धर्मराज ने आगे नहीं बढ़ाया।....वैसे इतना तो सहदेव समझाता ही था कि धर्मराज की यह विचलित मनःस्थिति अस्वाभाविक और अस्थायी थी!...थोड़े से चिन्तन और मनन के पश्चात् वे स्वयं भी कुछ इसी प्रकार के निष्कर्षों तक पहुँच जाते।...

उनकी यात्रा कुलिन्दराज सुबाहु के राज्य की सीमा तक, बिना किसी विशेष घटना के निर्विघ्न चलती रही थी।...सुबाहु के राज्य की सीमा के आ जाने का पता भी उन्हें अकस्मात ही लगा था...

दूर प्रायः उनकी दृष्टि की सीमा पर उन्हें कुछ युद्धक गज और सुसज्जित अश्व दिखायी दिये थे। तब उन्होंने देखा था कि उन पशुओं के साथ सैनिक भी थे, जिनके शस्त्र दूर से ही चमक रहे थे।

सबसे पहले भीम ही सतर्क हुआ था।

"हम कहाँ आ गये हैं महर्षि?" उसने पूछा था।

"मध्यम पाण्डव! हम लोग कुलिन्दराज की सीमा के अत्यन्त निकट हैं।..." और तब तक ऋषि की दृष्टि उन सैनिकों और उनके नायक पर पड़ गयी थी, "कुलिन्दराज सुबाहु का तुम्हारे प्रति शत्रु-भाव तो नहीं है?"

"राजसूय यज्ञ के अवसर पर इस क्षेत्र में अर्जुन आया था। जहाँ तक मेरा ज्ञान है, सुबाहु ने विना विरोध अथवा शत्रुता के भाव प्रदर्शित किये, धर्मराज को अपना सम्राट मान लिया था। उपहार भी दिये थे...।"

"तो कोई भय नहीं।" ऋषि ने आगे बढ़ने का संकेत किया था।

"भय?" भीम हँसा था, "शत्रुता का भाव हो, तो भी भय किस बात का है ऋषिवर! मेरा धनुष मेरे कंधे पर हो, तूणीर पीठ पर, खड्ग कटि में हो और गदा हाथ में; तो भय किस बात का है ऋषिवर?"

"भय है मध्यम पाण्डव।" लोमश हँस कर बोले, "भय है कि कहीं रक्तपात न हो। कहीं भीम के हाथों से, बेचारा सुबाहु व्यर्थ ही मारा न जाये।"

"ओह!" भीम ने अट्टहास किया, "आपका भय तो मेरे भय से कुछ बहुत ही भिन्न कोटि का है ऋषिवर! किन्तु भय तो भय ही होता है।"

कुलिन्दराज सुबाहु आगे बढ़ आया था। अब स्पष्ट हुआ कि उसके सैनिक, अश्व तथा गज, सब मांगलिक वेश में थे। वे पाण्डवों का स्वागत करने आये थे।

सुबाहु ने धर्मराज को प्रणाम किया, "मेरा सौभाग्य धर्मराज! जो आप मेरे क्षेत्र में आये।...किन्तु मित्र अर्जुन आपके साथ नहीं हैं, यह कष्ट का विषय है।"

उसे कुछ अधिक बताने की आवश्यकता नहीं पड़ी थी। पाण्डवों के साथ घटित घटनाओं की सूचना, उसे पहले से ही थी। उन की गतिविधि से भी वह कुछ-कुछ अवगत रहा था।...

वह उन्हें अपने प्रासाद में ले आया था। स्नान, भोजन और विश्राम हो चुकने के पश्चात् वह युधिष्ठिर से भेंट करने आया था।

"धर्मराज! आप अपने रहने की कैसी व्यवस्था पसन्द करेंगे?" उसने पूछा। धर्मराज शब्द 'रहने' पर चौंके थे। उन्होंने सस्नेह उस की ओर देखा, "तुम जानते हो सुबाहु! हम वनवास कर रहे हैं और इस समय तीर्थ-यात्रा पर निकले हैं। हमारे रहने की कैसी व्यवस्था?" धर्मराज मुस्कराये, "हम आज विश्राम कर, कल प्रातः यहाँ से प्रस्थान करेंगे।"

"आप दुर्योधन पर सचमुच आक्रमण नहीं करेंगे?" उसने आश्चर्य से पूछा।

"दुर्योधन से हम कैसे लड़ेंगे मित्र सुबाहु?" युधिष्ठिर के कुछ कहने से पहले ही भीम ने कहा, "हमारे पास न सेना है, न युद्धक गज, न अश्व, न रथ, न शस्त्र, न धन...।"

सुबाहु ने जैसे पहले से भी कुछ अधिक चकित हो कर पूछा, "और जो कुछ मेरे पास है, वह किसका है? हम तो यही समझते आये हैं कि यह राज्य, यह सेना, धन-सम्पत्ति...सब कुछ सम्राट् का ही है। हमारे प्राण भी सम्राट की ही धरोहर हैं...।"

"बस सुबाहु! बस!" भीम बोला, "यह सूचना दुर्योधन तक पहुँच गयी, तो वह यह सब कुछ तुमसे छीन लेगा, क्योंकि उसने द्यूत में सम्राट का सर्वस्व जीत लिया है।"

सुबाहु पहले तो जैसे स्तम्भित ही रह गया; किन्तु फिर कुछ सँभलकर बोला, "ऐसा नहीं हो सकता महावीर भीम! और ऐसा अवसर आये ही क्यों! हम उन पर आक्रमण करने की घोषणा इसी क्षण करते हैं।"

"तुम्हारे पास कितनी सेना है सुबाहु?" युधिष्ठिर बोले, "तुम समझते हो कि इतनी-सी सेना से तुम दुर्योधन को जय कर लोगे?"

"हमारी युद्ध-पद्धति भिन्न है धर्मराज!" सुबाहु बोला, "हमारी नियमित सेना छोटी है। वेतन-भोगी शस्त्र-व्यवसायी सैनिक कम हैं।...किन्तु जब युद्ध-काल आता है, तो सारे सामर्थ्यवान कुलिन्द, किरात और तणंग हमारे सैनिक होते हैं। फिर हमारे मित्र, शुभचिन्तक और सम्बन्धी भी हैं। आप युद्ध का आदेश दें। सेना अपर्याप्त नहीं रहेगी।"

"ठहरो कुलिन्दराज!" सहसा धौम्य बोले, "एक प्रश्न मेरा भी है।"

"पूछें मुनिवर!"

"मैं राजसभाओं की, कृत्रिम शिष्टता से युक्त भाषा नहीं बोल सकता; इसलिए मेरी स्पष्टवादिता और रुक्षता से रुष्ट मत होना।" धौम्य बोले, "मेरे मन में सहज जिज्ञासा है कि अव, जब पाण्डवों

के पास न धन है, न बल, न सत्ता, तुम उनके लिए अपने राज्य को दाँव पर लगाने को क्यों इतने तत्पर हो? क्यों अपने सगे सम्बन्धियों सहित उनके लिए प्राण विसर्जित करने को व्याकुल हो? इससे क्या लाभ होगा तुमको?"

सुबाहु कुछ क्षणों तक मौन रहा, फिर बोला, "इसमें मेरा ऋण-शोधन भी है; और भविष्य-चिन्तन भी। यदि धर्मराज का संरक्षण न होता तो हमारा राज्य हमसे कबसे छिन चुका होता। उसे चाहे दुर्योधन छीनता, चाहे शिशुपाल; चाहे शाल्व अथवा शल्य...या कोई और। जब बड़ी सेनाएँ दिग्विजय पर निकलती हैं, तो हमारे जैसे छोटे राज्यों का रक्षक कोई नहीं होता। यह तो पाण्डवों का ही हृदय था कि वे नाम-मात्र का कर ले कर हमारे प्राणों, धन-सम्पत्ति तथा राजसत्ता की रक्षा करते रहे; और उनके भय से किसी ने भी आँख उठा कर हमारी ओर नहीं देखा। जब किसी सम्राट् द्वारा सचमुच धर्म-राज्य स्थापित किया जाता है, तो देश के प्रत्येक नागरिक और उस के धन-प्राण सुरक्षित होते हैं।...आप देखेंगे कि युद्ध की स्थिति में जम्बू-द्वीप के छोटे-छोटे राजा, धर्मराज के पक्ष में खड़े होंगे और बड़े तथा शक्तिशाली राजा उन के विरुद्ध!...क्योंकि धर्मराज के कारण बड़े राजा, छोटे राजाओं पर अपना मनमाना अत्याचार नहीं कर पाये; छोटे राजा सुरक्षित रहे...। हम सब आपकी आज्ञा के अधीन हैं धर्मराज!...कुलिन्द, किरात, तणंग, गन्धर्व, किन्नर...हम चाहते हैं कि सारे जम्बू-द्वीप में धर्मराज की सत्ता पुनः स्थापित हो, ताकि हमारा भविष्य सुरक्षित रहे...।"

"बात ऐसी है मित्र सुबाहु!" भीम ने, युधिष्ठिर को युद्ध का निर्णय लेने न लेने की संकटपूर्ण स्थित से, उबार लिया, "अभी हम तीर्थ-यात्रा पर जा रहे हैं। बारह वर्षों का वनवास पूरा कर लेने के पश्चात् हमें एक वर्ष का आज्ञातवास भी करना है। इसलिए अभी युद्ध की चर्चा नहीं हो सकती।... किन्तु इसका अर्थ यह नहीं है कि हमें तुम्हारी सहायता की आवश्यकता नहीं है...।"

"आादेश करें मध्यम पाण्डव!"

"हम अपने कुछ सेवक और साथी, तुम्हारे पास छोड़ जायेंगे। ये रथ और अश्व भी तुम्हारे पास रहेंगे।..."

"यह तो ऐसा कोई बड़ा दायित्व नहीं है।" सुबाहु बोला।

"बड़ा तो नहीं है, किन्तु अत्यन्त महत्त्वपूर्ण कार्य है।" भीम ने उत्तर दिया, "तुम्हें इन सब की रक्षा करनी होगी। इनकी गोपनीयता की रक्षा करनी होगी। इन्हें यात्राओं इत्यादि की सुविधा देनी होगी। सम्भव है इन्हें कुछ संदेश-वाहकों और गुप्तचरों की आवश्यकता पड़े। उनका प्रबन्ध भी तुम ही करोगे।..." भीम रुका, "सम्भव है, इनकी गतिविधियों के कारण तुम्हें कुछ असुविधा हो, कुछ संकटों का सामना करना पड़े; क्योंकि तुम्हारे राज्य के अन्तर्गत होते हुए भी, ये तुम्हारे अधीन नहीं होंगे। तुम इनका भरण-पोषण करोगे, इनकी रक्षा करोगे, किन्तु तुम इनके स्वामी नहीं होगे।"

"इसमें मुझे कोई असुविधा नहीं है। ये सब तो राजकाज और प्रशासन के बहुत साधारण कार्य हैं।" सुबाहु बोला, "इनकी ओर से तो आप निश्चिन्त ही रहें। कोई बड़ा दायित्व हो तो कहें।"

"ये लोग हमारे लौटने तक यहीं रहेंगे और हमारे मित्रों तथा सम्बन्धियों से सम्पर्क बनाये रखेंगे। तुम इन्हें अपने गुप्तचर विभाग की एक शाखा के कर्मचारी मानना और उसी रूप में इन्हें कार्य करने की स्वतन्त्रता देते हुए, इनकी सहायता करना।"

"इसमें मुझे तनिक भी कठिनाई नहीं है।" सुबाहु मुस्कराकर बोला, "जैसा आप चाहते हैं, वैसा

ही होगा। ये चाहें तो यहाँ से सारे आर्यावर्त पर दृष्टि रखें, इन पर कोई दृष्टि नहीं डाल सकेगा।"

सहदेव समझ रहा था कि भीम के मन में क्या है।...वह शायद मान बैठा था कि धर्मराज पूर्णतः सन्यास की मनःस्थिति में हैं, इसलिए राजनीतिक प्रबन्ध उसने अपने हाथ में ले लिया था।...कदाचित् यह सारा प्रबन्ध उचित था। सम्भव है कि इस योजना से ही, उसने काम्यक वन से चलते हुए, इन्द्रसेन आदि को लौटाने से धर्मराज को रोक दिया था।...उचित ही है, वे लोग पीछे यहीं रहें और अपने मित्रों से आवश्यक सम्पर्क बनाए रखें...अन्यथा, लौटने के पश्चात् सारे सूत्रों को जोड़ने में ही बहुत समय लग जायेगा...

क्रमशः पर्वत की चढ़ाई कठिन ही नहीं, संकटपूर्ण होती जा रही थी। सबसे अधिक कठिनाई, द्रौपदी के लिए ही थी। उसे लगने लगा था कि यह यात्रा, उसके सामर्थ्य से बाहर है। पार्वत्य प्रदेश का कुछ पता ही नहीं लगता था कि कहाँ किस प्रकार की विकट स्थिति खड़ी कर दे।...अपनी किशोरावस्था में द्रौपदी, पर्वतों पर दौड़ती फिरती थी; किन्तु वे पर्वत न तो इतने ऊँचे थे, न इतने कठिन...और अब द्रौपदी का मन कम से कम अपने सम्मुख स्वीकार कर लेना चाहता था कि उसकी वह अवस्था नहीं रही। शरीर में वह क्षमता नहीं रही।...यह उसका मन ही जानता था कि स्वयं को अक्षम होते देखने और उसे स्वीकार करने में कितनी पीड़ा थी।...मन न माने तो क्या, शरीर तो बता ही रहा था कि यौवनावस्था, अब विदा हो रही थी...किन्तु यह उसी के साथ क्यों हो रहा था?...भीम असमर्थ नहीं हो रहा था...धर्मराज तो अक्षम दिखायी नहीं देते थे...

भीम रुक गया।

वह सबसे आगे था। यात्रा के आरम्भ से ही, लोमश ऋषि से मार्ग जान कर, वह सबके आगे-आगे चल रहा था। वह सामने आने वाली कठिनाइयों का निरीक्षण करता था। उनका नियन्त्रण और दमन करता था। मार्ग को सुरक्षित कर, वह अपने भाइयों को आगे बढ़ने का संकेत करता था। भीम के चलते जाने का अर्थ था कि मार्ग में कोई असुविधा, संकट अथवा कठिनाई नहीं है।

सबकी प्रश्नवाचक दृष्टि उठी : भीम रुक क्यों गया?

भीम ने आगे चलने का संकेत किया।

वे लोग आगे बढ़ते गये। सबके पीछे द्रौपदी थी। द्रौपदी भी भीम के पास पहुँच कर रुक गयी।

"बहुत थक गयी हूँ।

"देख रहा हूँ।" भीम ने उत्तर दिया "चाहो तो रुक जाओ। थोड़ा विश्राम कर लो।"

"मेरे कारण सबको रुकना पड़ेगा।" द्रौपदी लगभग लड़खड़ा रही थी।

"तुम चलती रहोगी पांचाली तो भी सबको रुकना पड़ेगा।" भीम मुस्करा रहा था।

"क्यों? तब क्यों रुकना पड़ेगा?"

"क्योंकि तुम किसी भी क्षण लड़खड़ा कर गिरा पड़ोगी।" भीम बोला, "तब भी क्या हम लोग चलते रहेंगे?"

"सत्य कहते हो मध्यम!" द्रौपदी के अधरों पर एक उदास मुस्कान थी, "मैं और चली तो सचमुच गिर पड़ूँगी। कहीं पैर फिसल गया और किसी खाई में जा गिरी, तो न मेरा शव निकाल

पाओगे, न अन्त्येष्टि कर पाओगे।..." द्रौपदी अपने स्थान पर बैठ गयी।

"बैठ जाओ। विश्राम कर लो।" भीम के स्वर में अत्यन्त आसक्त प्रेमी का अनुरोध था, "नहीं चल पाओगी तो कंधे पर उठा कर ले चलूँगा।"

"किस-किस को कंधे पर उठाओगे मध्यम! मुझे तो यहाँ सभी गिरते-पड़ते दिखायी दे रहे हैं।..." प्रयत्न करने पर भी द्रौपदी का स्वर उल्लासपूर्ण नहीं हो पा रहा था।

तभी आगे चलने वाला नकुल रुक गया।

"लो! मेरे कारण सब लोग रुक गये!" द्रौपदी बोली।

भीम ने उस ओर देखा और धीरे से बोला, "नहीं! वे लोग तुम्हारे कारण नहीं रुके हैं। उनके रुकने का कारण कुछ और ही है। देखो! नकुल मुझे आने का संकेत कर रहा है।"

भीम ने झुक कर, द्रौपदी को अपनी भुजाओं में उठा लिया। वह तीव्र गति से चलता हुआ, नकुल के पास पहुँचा, "क्या है?"

नकुल ने बिना एक भी शब्द कहे, अपनी तर्जनी अँगुली से एक ओर संकेत कर दिया। भीम ने उस दिशा में देखा, बीस-पच्चीस लोगों का एक झुण्ड उनकी ही ओर आ रहा था। वे तपस्वी वनचर नहीं थे। अत्यन्त हृष्ट-पुष्ट और दीर्घाकार लोग थे। उनके हाथों में शस्त्र इत्यादि तो दिखायी नहीं पड़ रहे थे, किन्तु अपनी गतिविधि तथा शरीर की आकृति-प्रकृति से वे व्यायाम-धर्मी लोग दिखायी देते थे।...ये लोग यहाँ क्या कर रहे हैं? और, वे अपने मार्ग पर चलते दिखायी नहीं देते, उनकी ओर ही आते-से लगते हैं, किन्तु, वे उनकी ओर क्यों आ रहे हैं?...

भीम ने सब लोगों को अपने निकट आने का संकेत किया।

"आप लोग पांचाली के पास ठहरें, मैं देखता हूँ कि वे कौन लोग हैं और क्या चाहते हैं।"

भीम उनकी ओर बढ़ा। उन लोगों की चाल और अधिक वेगमान हो गयी; और कुछ समय पश्चात् वे उसके सामने खड़े थे। भीम की दृष्टि उनका निरीक्षण कर रही थी...निश्चय ही वे लोग योद्धा थे और पर्याप्त सक्षम दिखायी पड़ते थे। इतने वेग से, इस कठिन चढ़ाई पर भी वे न हाँफ रहे थे, न थके दिखायी देते थे। जैसे इतनी चढ़ाई उनकी सामान्य दिनचर्या का ही एक अंग हो।...किन्तु सबसे महत्त्वपूर्ण बात यह थी कि उनके आगे-आगे चलनेवाला युवक, अपने साथियों से पर्याप्त भिन्न था। उसके सिर पर एक भी केश नहीं था। किसी घट के समान चिकना था उस का मुण्ड!...और भीम के मन में एक नाम गूँजता चला गया...घटोत्कच!...घटोत्कच! क्या यह सम्भव है?...

"आर्य! क्या आप मध्यम पाण्डव भीमसेन हैं?" उस युवक ने अत्यन्त आदरपूर्वक पूछा।

तो वे लोग आक्रमक नहीं थे।...फिर भीम से अपना मार्ग अथवा स्थान-विशेष का पता नहीं पूछ रहा था। वह पूछ रहा था कि क्या वह भीमसेन है! तो क्या वे लोग भीम को ही खोज रहे थे?... क्यों?...कहीं वे दुर्योधन के भेजे हुए वेतन-भोगी हत्यारे तो नहीं?...

"हाँ! मैं भीमसेन ही हूँ!" भीम ने कहा।

युवक ने झुककर उसके चरण छुए और हाथ जोड़ कर उसके सम्मुख आ खड़ा हो गया, "तात्, मैं आपका ज्येष्ठ पुत्र, घटोत्कच हूँ।"

भीम के हृदय में जैसे किसी असाधारण उल्लास का निर्झर फूट पड़ा, "यह तो मुझे तुम्हें देखते ही समझ जाना चाहिए था पुत्र!"

उसने अपनी भुजायें फैला दीं और घटोत्कच उनमें समा गया।

कुछ क्षणों तक वे लोग उसी प्रकार एक-दूसरे की भुजाओं में बँधे, स्तब्ध खड़े रहे! क्रमशः भीम ने स्वयं को सँभाला।

"ये सब तुम्हारे संगी हैं पुत्र?"

"हाँ पिताजी! ये मेरे मित्र हैं, जो मेरे प्रेम के कारण मेरे साथ आये हैं।"

"और तुम यहाँ कैसे आ गये पुत्र?"

घटोत्कच की दृष्टि अब युधिष्ठिर, नकुल, सहदेव, धौम्य, लोमश तथा द्रौपदी का निरीक्षण कर रही थी।

"वे माता पांचाली हैं?"

"हाँ पुत्र! वह माता पांचाली है। बड़े कष्ट में है। उससे अब और चला नहीं जाता। ऐसी थक गयी है कि...।"

"उसकी अब आप चिन्ता न करें पिताजी! किन्तु पहले मैं सबको प्रणाम कर लूँ।"

भीम चौंका।...वह अपने पुत्र से मिलकर शेष सब कुछ विस्मृत कर चुका था। उसे, घटोत्कच और उसके मित्रों को अपने भाइयों और द्रौपदी से मिलवाना चहिए था...

"आओ पुत्र!"

भीम ने घटोत्कच का परिचय दिया। उसने चरणस्पर्श कर प्रणाम किया और आशीष पायी।

"किन्तु तुम यहाँ कैसे चले आये पुत्र?" द्रौपदी ने कुछ आश्चर्य से पूछा, "यह स्थान तो तुम्हारे निवास से बहुत दूर है।"

"हाँ! यह स्थान हमारे निवास से दूर है और हमारा निवास हस्तिनापुर से दूर है। इसलिए द्यूतक्रीड़ा और उसके परिणामों का समाचार बहुत देर से मिला मुझे। जब समाचार मिला, तो आप लोग, वनवास के लिए नहीं, तीर्थ-यात्रा के लिए निकल चुके थे।...वैसे तो माँ मुझे एक क्षण के लिए भी अपनी आँखों से ओझल करना नहीं चाहतीं; किन्तु यह समाचार सुन कर वे स्वयं को रोक नहीं सकीं। मुझे आदेश दिया कि आप लोग जहाँ भी हों, मैं आप के पीछे जाऊँ! आपके सारे समाचार जानूँ। माँ को सूचित करूँ। आप लोगों को अपने साथ वृकोदर-प्रदेश में ले चलूँ।" वह रुका, "वे आजकल हिडिम्ब-वन को इसी नाम से पुकारती हैं।"

"ओह!" भीम बहुत कुछ कहना चाह कर भी कुछ नहीं कह पाया।...हिडिम्बा ने मात्र 'वृकोदर' शब्द से अपना मन खोल कर, उसके सामने रख दिया था।...कदाचित् वह स्वयं को यह विश्वास दिलाना चाहती थी कि यद्यपि वह वृकोदर के निकट नहीं है; किन्तु उसी के प्रदेश में है। वह उससे नैकट्य का अनुभव करती है...उसे स्मरण करती है...इसे क्या केवल स्मरण ही कहा जायेगा?...द्रौपदी, भीम के सम्मुख बैठी थी; और स्त्री के रूप में भीम ने द्रौपदी से अधिक प्रेम और किसी से नहीं किया... किन्तु हिडिम्बा का प्रसंग उसके मन में टीसें तो उठाता ही है। उसका इस प्रकार निरीह और सम्पूर्ण समर्पण, भीम के मन को विह्वल तो करता ही है, किन्तु वह अपने इस पुत्र के सम्मुख अपने प्रेम-प्रसंग की चर्चा तो ले कर नहीं बैठ सकता...मर्यादा रोकती है उसे, नहीं तो वह बताना चाहता था कि उसका प्रौढ़ मन भी प्रेम करता है; और उसमें कुछ अस्वाभाविक और असहज नहीं है...

"किन्तु तुम यहाँ तक कैसे आ पहुँचे पुत्र?" युधिष्ठिर ने पूछा।

"एक प्रकार से आपका पीछा करता हुआ आ रहा हूँ।" घटोत्कच बोला, "पहले काम्यक वन में पहुँचा और फिर जहाँ-जहाँ आप गये वहीं से आपका पीछा करता हुआ, अब आ कर आपके पास पहुँचा हूँ।"

"तुम्हारी माता कैसी हैं?"

"माँ ने अपनी गतिविधि और अपनी इच्छाओं को बहुत सीमित कर लिया है।" घटोत्कच बोला, "एक प्रकार से वैराग्य ले लिया है...।"

"वैराग्य" भीम के स्वर में आश्चर्य था।

"वैराग्य उस अर्थ में नहीं।" घटोत्कच मुस्कराया, "वस्तुतः माँ अपने उसी संसार में रहना चाहती हैं, जो उसने पिताजी के साथ बसाया था। उसके बाहर के संसार से, उसने वैराग्य ले लिया है। वह वर्तमान में नहीं, अपने अतीत में जी रही है। उसका जीवन एक अत्यन्त निष्ठावान भक्त का जीवन है। अन्तर यही है कि वह ईश्वर की नहीं, पिताजी की भक्त है।..."

"हम लोग किसी सुविधाजनक स्थान पर बैठ जायें।" सहदेव ने प्रस्ताव रखा, "विश्राम भी हो जायेगा और चर्चा भी।"

"सहदेव ठीक कह रहा है।" युधिष्ठिर ने उसका समर्थन किया।

द्रौपदी प्रयत्नपूर्वक उठी। उसे देख कर यह समझना तनिक भी कठिन नहीं था कि उसे खड़े होने तक में कठिनाई हो रही है, चलने की तो बात ही क्या...

घटोत्कच ने आगे बढ़ कर, उसे, अपनी बाँहों में सँभाल लिया, "मेरी सुकुमार माँ!"

द्रौपदी समझ नहीं पायी कि उसकी प्रतिक्रिया क्या थी! यह दैत्यराज पुरुष उसे 'माँ, कह रहा है, 'सुकुमार माँ!' वह पाण्डव-पुत्र है, तो द्रौपदी उसकी माँ ही है; किन्तु उसकी अपरिचित सपत्नी का यह पुत्र अपने रूप-रंग, वेश-भूषा, हाव-भाव से अपना पुत्र तनिक भी नहीं लगता।...पर उसकी खुरदरी अनगढ़ वाणी में जो स्नेह है, उसकी उपेक्षा कोई नहीं कर सकता।...और उसके सम्मुख तो द्रौपदी 'सुकुमार' है ही...

घटोत्कच ने द्रौपदी को अपनी भुजाओं में कुछ इस प्रकार उठा लिया था, जैसे उसने कोई अत्यन्त कोमल वस्तु सँभाल रखी हो, जिसके, दृढ़ पकड़ से भी आहत होने अथवा भंग होने का भय हो...

वे लोग एक वृक्ष के नीचे बैठ गये, तो युधिष्ठिर ने पूछा, "तुम्हारी माता क्या अब भी आ कर, हमारे साथ इन्द्रप्रस्थ में रहने की इच्छा प्रकट नहीं करतीं?"

"नहीं!" घटोत्कच अत्यन्त निश्चित स्वर में बोला, "उसके मन में जैसा अनुराग पिताजी के लिए है, कुछ वैसा ही वृकोदर प्रदेश के प्रति भी है। न वे पिताजी को विस्मृत कर सकती हैं, न हमारे वृकोदर प्रदेश को छोड़ सकती हैं। वे यह तो सोच सकती है कि पिताजी हमारे पास आ कर हमारी शैली में रहें; किन्तु यह उन्होंने कभी नहीं सोचा कि वे इन्द्रप्रस्थ जाकर, राजरानियों के समान रहें।"

"उसे मुझ पर क्रोध नहीं आता?" साहस कर भीम ने पूछ ही लिया, "क्या वह मुझसे रुष्ट नहीं है?..."

"नहीं तो, आपसे रुष्ट क्यों होंगी?...और आपसे रुष्ट होतीं तो मुझे आपके पास क्यों भेजतीं?" घटोत्कच ने कुछ स्मरण करने की मुद्रा में कहा, "मुझे ऐसा कोई अवसर स्मरण नहीं आता, जब माँ ने आपकी शिकायत की हो।...हाँ! ग्लानि के ऐसे शब्द उनके मुख से अनेक बार उच्चारित हुए हैं, जिसमें

उन्होंने स्वयं को इसलिए कोसा कि उन्हें अपने उस परिवेश और उस जीवन जीवन-शैली के प्रति इतना मोह क्यों है। यदि वे यह मोह छोड़ पातीं तो कदाचित् अपने वृकोदर के पास जा पातीं!..."

"और तुम्हारी जीवन-शैली?" सहसा भीम ने पूछा, "तुम्हें क्या सिखाया है, तुम्हारी माँ ने?"

"मैं एकान्त वन में रह, भूले-भटके, सामने आ जानेवाले मनुष्य का मांस खाने वाला राक्षस नहीं हूँ पिताजी!" घटोत्कच हँसा, "माँ ने अपनी बुद्धि और क्षमता-भर मुझे संस्कार दिये हैं। आप मेरे इन मित्रों को देख कर समझ गये होंगे कि शेष मानवों से पृथक् वन में एकान्तवास करने वाले प्राणी नहीं हैं। हम स्वयं बृहत् मानवसमाज का अंग बनने का ही प्रयत्न नहीं कर रहे, वरन् अन्य वनवासियों को भी उनकी एकान्त गुफाओं से निकालने का प्रयत्न कर रहे हैं।" घटोत्कच ने रुक कर, उन सब लोगों पर एक दृष्टि डाली, "हम यह मानते हैं कि जीवन अखण्ड और समग्र है। उसमें खण्ड अथवा वर्ग नहीं हैं। ग्राम अथवा नगर में रहने से, लोगों की आजीविकाएँ पृथक होती हैं। व्यावसायिक कारणों से, दिनचर्या भिन्न होती है...किन्तु उनके समाज पृथक नहीं होते। वैसा ही वनचरों के साथ भी है; तो फिर वनचर, वन से बाहर से आने वाले ग्रामीण अथवा नागरिक मानव का वध कर, उसे अपना आहार क्यों बनायें?...और वनचर ग्राम अथवा नगर के निकट आ जाने पर ग्रामीण अथवा नागरिक, अपने शस्त्रों से उसका पशुवत् आखेट क्यों करें?..."

"तुम ठीक कह रहे हो पुत्र!" युधिष्ठिर के स्वर में प्रशंसा का भाव था, "क्या यह सब तुम्हें तुम्हारी माता ने सिखाया है?"

"कुछ माता ने सिखाया, कुछ माता के हृदय में बसी पिता की स्मृतियों ने; और कुछ जीवन ने।" घटोत्कच ने उत्तर दिया।

"यदि सब लोग तुम्हारे समान ही सोचने लगे तो वनचरों की अपनी पृथक् अस्मिता कैसे रह पायेगी। ऐसे में तो वे नागरिकों तथा ग्रामीणों के अपार सागर में खो जायेंगे," नकुल ने संशय व्यक्त किया।

"वनचरों की पृथक् अस्मिता क्या है काका?...उनका अज्ञान, उनका असम्पर्क और उनकी साधनहीनता?" घटोत्कच की दृष्टि नकुल पर ठहर गयी, "वन में आतप अथवा हिंस्र पशुओं से अपनी रक्षा के लिए यदि एक वनचर अपने शरीर को पादप के पल्लवों से ढँक लेता है, तो क्या इन्द्रप्रस्थ की राजसभा में भी उन पल्लवों को अपने माथे से बाँधे रखे? उसकी पहचान उसकी क्षमताएँ, उसका चरित्र तथा उसका चिन्तन है, अथवा पादप के वे पल्लव?"

नकुल ने कुछ नहीं कहा!

घटोत्कच पुनः बोला, "वनचरानारियाँ शृंगार करने के लिए सोने-चाँदी के आभूषण नहीं जुटा पातीं, तो वन में उपलब्ध विभिन्न रंगीन पदार्थों से अपना शृंगार करती हैं। तो क्या सुरुचिपूर्ण आभूषण पा जाने पर भी, वे उन स्थूल पदार्थों को इसलिए धारण किये रहें, कि वे उनकी पहचान हैं?" उसके स्वर में कुछ आवेश उभर आया, "उन्हें इस प्रकार की पहचान बनाये रखने के लिए प्रेरित करने वाले लोग, एक प्रकार से, उन्हें सामान्य जीवन के निकट आने से रोक रहे हैं। उनकी प्रगति में बाधक हो रहे हैं।"

"तुम सत्य कह रहे हो पुत्र!" भीम ने प्रशंसा-भाव से उसके कंधे पर हाथ रखा, "अलगाव और विभाजन की प्रेरणा कभी भी मानव के लिए हितकर नहीं है, चाहे वह कितने ही सुन्दर और

आकर्षक शब्दों में क्यों न प्रस्तुत की जाये।"

"मुझे बताओ घटोत्कच!" सहसा द्रौपदी ने उसे पुकारा, "तुम्हारी माता मेरे विषय में कैसी धारणा रखती हैं?"

"कैसी धारणा रखेंगी...!"

"मुझसे घृणा करती हैं? ईर्ष्या करती हैं?" द्रौपदी ने पूछा।

"क्यों, पर क्यों??" घटोत्कच चकित दृष्टि से उसकी ओर देख रहा था, "वे ऐसा क्यों करेंगी?"

"क्योंकि वे अपने पति से दूर हैं, और मैं उसके साथ रहती हूँ! क्या वे यह नहीं मानतीं कि मैंने उनसे उनका पति छीन लिया है?"

"नहीं! नहीं!! एकदम नहीं!!! भला, वे इस प्रकार क्यों सोचेंगी?" घटोत्कच गम्भीर हो गया, "वे आपकी चर्चा बड़े सम्मान से करती हैं। वे कहती हैं कि उन्होंने अपने क्षेत्र और जीवन-शैली के मोह में अपने पति को छोड़ दिया; और आप वे नारी हैं, जिन्होंने राजकुमारी होते हुए, भिक्षोपजीवी पाण्डवों से विवाह किया और पांचाल का राजप्रासाद त्याग दिया। वे कहती हैं पांचाली माता!" घटोत्कच द्रौपदी की ओर झुक कर बोला, "कि पाण्डवों की पत्नियों में एक आप ही 'सती' हैं, जिन्होंने पुत्र-मोह पर विजय पायी है और उन्हें त्याग, पतियों के साथ वन में आ गयीं। मेरी माता स्वयं को कोसती हैं कि इतनी हीन-बुद्धि क्यों हैं कि स्वयं को परिवर्तित नहीं कर पातीं। आप तो सब स्थानों पर अपने पतियों के साथ हैं—नगर में, ग्राम में, प्रासाद में...और द्यूत में भी! मेरी माता कहती हैं कि उन्होंने आप जैसी सती नारी कोई दूसरी नहीं देखी।..."

"बस, पुत्र बस!" द्रौपदी का मन भर आया। उसने अपनी आँखें पोछीं, "तुम्हारी माता जैसा उदार हृदय, यदि कहीं मैंने भी पाया होता...।"

"सुनो घटोत्कच!" युधिष्ठिर ने उसे पुकार लिया, "तुम इतनी लम्बी और कठिन यात्रा कर, क्या बस हमारा समाचार जानने के लिए ही आये हो?"

"नहीं महाराज!"! घटोत्कच भाव-विह्वल स्वर में बोला, "मैं तो आप लोंगों को साथ ले चलूँगा। आप वृकोदर-प्रदेश में रहें। वहाँ दुर्योधन का कोई भय नहीं है, फिर हम सब मिल कर, बनचरों की सेना संगठित करेंगे। अपना राज्य स्थापित करेंगे। समय आने पर, हस्तिनापुर पर आक्रमण करेंगे...।"

"नहीं पुत्र! उसकी आवश्यकता नहीं पड़ेगी।" युधिष्ठिर मुस्कराये, "हम तुम्हारे साथ राज्य-स्थापना नहीं कर सकते। हमने वनवास का वचन दिया है। हमारा, अपने कुल की राजधानी हस्तिनापुर पर आक्रमण करने का भी कोई विचार नहीं है...।"

"हम तुम्हारे साथ नहीं जायेंगे, किन्तु तुम हमारे साथ रह सकते हो, घटोत्कच!" भीम ने बीच में ही कहा, "हमारी इस कठिन यात्रा में साथ रहोगे, तो हमें तुम्हारी सहायता रहेगी। पांचाली के लिए यह यात्रा अत्यन्त कठिन है...।"

"मैं समझता हूँ पिताजी!" घटोत्कच बहुत मधुर ढंग से बोला, "वैसे तो मैं आपके साथ अज्ञातवास के अन्त तक रह सकता हूँ; किन्तु माँ वहाँ अकेली है। फिर, वे आपके समाचार की प्रतीक्षा कर रही हैं..."

"तुम शीघ्र लौटना चाहते हो?" भीम ने पूछा।

"इतनी शीघ्रता भी नहीं है।" घटोत्कच मुस्कराया।

द्रौपदी ने देखा : इस बड़े-से भयंकर लगने वाले चेहरे पर जब स्नेहपूर्ण मुस्कान प्रकट होती है, तो उसमें से भी कमनीयता झाँकने लगती है।...

"तो?"

"यदि आप मेरे साथ नहीं चलते, तो मैं आप की यात्रा के कठिन खण्डों में आप के साथ रहूँगा।" वह बोला, "आपको किसी सुरक्षित भूमि पर पहुँचा कर, माँ के पास लौट जाऊँगा।"

"ठीक है! ऐसे ही करो पुत्र!" भीम ने कहा, "किन्तु स्मरण रखना, पांचाली के ये जो केश खुले हैं, उनका एक विशेष प्रयोजन है।"

"जानता हूँ पिताजी! युद्ध होगा।" वह मुस्करा रहा था।

"हमें तुम्हारी सहायता की आवश्यकता होगी।" भीम मुस्कराया।

"आप युद्ध-भूमि में, मुझे किसी से पीछे नहीं पायेंगे।"

"तुमसे यही आशा थी पुत्र!"

25

दुर्योधन का गुप्तचर-प्रमुख, सत्यशोधन, बहुत प्रसन्न-मुद्रा में उसके सम्मुख खड़ा था।

दुर्योधन ने एक खोजपूर्ण दृष्टि उसके चेहरे पर डाली।...पहले तो उस का मन हुआ कि वह उसे डाँट दे। उसका इस प्रकार उल्लसित हो कर, राजा के सम्मुख आना और फिर बिना कोई सूचना दिये, दाँत निकाले खड़े रहना राजमर्यादा का उल्लंघन था। उसका काम तो मात्र इतना था कि वह राजा को सूचना दे। यह राजा का कार्य था कि वह निश्चय करे कि वह सूचना उल्लास-योग्य थी, अथवा विलाप-योग्य!...फिर भी उसने सूचना प्राप्त होने तक गुप्तचर प्रमुख को डाँटने का कार्यक्रम स्थगित रखा और भाव-शून्य, कठोर स्वर में पूछा, "क्या सूचना लाये हो?"

सत्यशोधन का आत्म-नियन्त्रण कुछ और शिथिल हो गया। वह स्पष्ट रूप से मुस्कराया और बोला, "युवराज। बहुत आनन्द की सूचना लाया हूँ।"

"बोलो!"

"कुलिन्दराज का राज्य छोड़ कर, पाण्डव, उसके पार ऊँचे पर्वतों की ओर चले गये हैं। जहाँ तक मेरा विचार है, उस क्षेत्र में जा कर समतल-क्षेत्र का कोई साधनहीन निवासी जीवित नहीं बचता। पाण्डवों के पास शीत से अपनी रक्षा करने का कोई प्रबन्ध नहीं है। न वस्त्र, न कोई उपकरण! मृगों का आखेट करेंगे और उनका चर्म पहनेंगे। हमारी सूचनाओं के अनुसार, उनके पास खाद्यान्न भी नहीं है। वे लोग निश्चित् मृत्यु की ओर गये हैं। उनके जीवित लौटने की आशा अब प्रायः नहीं है।" वह रुका, "क्या युवराज अब भी चाहेंगे, कि हमारे गुप्तचर, उनके पीछे चलते जायें और हमें सूचनाएँ भेजते रहें?...अथवा आप चाहेंगे कि हमारे गुप्तचर कुलिन्दराज की सीमाओं पर बने रहें और पाण्डवों के लौटने की प्रतीक्षा करें?"

दुर्योधन ने उसके प्रश्न का उत्तर नहीं दिया। उसने अपनी ओर से नयी सूचना माँगी, "तुमने पिछली बार कहा था कि पाण्डवों के साथ कुछ रथ, कुछ अश्व और कुछ सेवक भी थे। उनका क्या

हुआ?"

लगा कि सत्यशोधन परम आनन्दित हो कर एक उन्मुक्त अट्ठहास कर बैठेगा; किन्तु राजमर्यादा के उल्लंघन के भय से उसने स्वयं को सन्तुलित किया और बोला, "उन्होंने वे रथ, अश्व और सेवक कुलिन्दराज की ही शरण में छोड़ दिये थे...।"

"तो उन पर दृष्टि रखो।" दुर्योधन बोला, "पाण्डव, निश्चित् रूप से उनसे अपना सम्पर्क बनाए रखेंगे। उनसे ही तुमको पाण्डवों के सम्बन्ध में निश्चित् सूचनाएँ प्राप्त होंगी।"

इस बार सत्यशोधन स्वयं को रोक नहीं पाया। वह हल्के से हँसा और बोला, "युवराज! पाण्डवों के विदा होने के अगले ही दिन कुलिन्दराज ने पाण्डवों के सेवकों को मार-पीट कर, अत्यन्त अपमानजनक स्थिति में अपने राज्य से निष्कासित कर दिया है..."

दुर्योधन, प्रयत्न करने पर भी अपना आश्चर्य छिपा नहीं पाया, न प्रसन्नता। उसके चेहरे पर मुखर उल्लास था, "उन रथों और अश्वों का क्या हुआ?"

"लगता है कुलिन्दराज ने उनसे वे रथ और अश्व छीन लिये हैं; क्योंकि जब वे रोते हुए नगर से विदा हो रहे थे, तो उनके साथ रथ और अश्व नहीं थे।"

"कुलिन्दराज ने यह बहुत अच्छा काम किया।" दुर्योधन चुप हो गया; किन्तु उसके मन में कहने के लिए बहुत कुछ था। वह कहना चाहता था कि कुलिन्दराज के पास दूत भेजो। उसे उपहार दो, उसे सम्मान दो, और उसे बताओ कि कुरुराज दुर्योधन, उससे प्रसन्न हैं और अपनी राजसभा में उसे महत्त्वपूर्ण स्थान देना चाहते हैं...किन्तु ये सारी बातें, वह इन गुप्तचरों के सम्मुख नहीं रखना चाहता था। अपनी मुद्रा कुछ बदल कर, मन्द स्वर में बोला, "यदि वह उनको आश्रय नहीं देना चाहता था, तो उसने पाण्डवों को स्पष्ट ही क्यों नहीं कह दिया?"

"यही तो राजनीति है युवराज! वह उस मोटे भीम की उपस्थिति में, अपना विरोध जताने का साहस नहीं कर पाया होगा; इसलिए उसने उन्हें आश्रय देने का आश्वासन दिया होगा।...किन्तु वह जानता है कि युवराज दुर्योधन के शत्रुओं को आश्रय देने का अर्थ क्या है...।"

"युवराज दुर्योधन के शत्रुओं को आश्रय...क्या अर्थ है इसका?..." दुर्योधन जैसे अपने-आप से बोला, "दुर्योधन के शत्रुओं को तो उसकी अपनी राजधानी हस्तिनापुर में ही आश्रय मिला हुआ है। युधिष्ठिर ने काम्यक वन से प्रस्थान करते हुए, अपनी असहायता से बाध्य हो कर, अपने जिन राजभक्तों, कर्मचारियों को विदा किया था, तुम जानते हो, उन सबको महाराज धृतराष्ट्र ने स्वयं आश्रय दिया है।...युधिष्ठिर के राजभक्त कर्मचारियों को महाराज धृतराष्ट का आश्रय...।"

"जानता तो हूँ युवराज!" सत्यशोधन बोला, "किन्तु आज तक यह पूछने का साहस नहीं कर पाया कि ऐसा सम्भव कैसे हुआ? महाराज धृतराष्ट्र ने आपके शत्रुओं को शरण क्यों दी?"

"उनका विचार है कि हम युधिष्ठिर के जिन मित्रों और राजभक्तों को अपना आश्रय देंगे, वे सब हमारे अपने हो जायेंगे; उन लोगों की युधिष्ठर भक्ति क्षीण होती जायेगी। क्रमशः वे हमारे मित्र होते जायेंगे और अन्ततः युधिष्ठिर सर्वथा मित्रविहीन हो जायेगा।"

"किन्तु मैंने तो सुना है युवराज! कि महाराज धृतराष्ट ने अश्रु बहाते हुए, उन लोगों को अपने कण्ठ से लगाया है और कहा है कि वे युधिष्ठिर का पालन तो नहीं कर सके, किन्तु अपने उस पुत्र के प्रेम के कारण उसके भेजे हुए अनुचरों का पालन अवश्य करेंगे।"

"वह उनका राजनीतिक पाखण्ड है; अन्यथा उनके पाण्डव-प्रेम के स्वरूप को कौन नहीं जानता?" दुर्योधन ने उसकी ओर देखा, "कोई और सूचना?"

"हाँ युवराज!"

"क्या है?"

"द्रौपदी के पाँचों पुत्र पांचालों को छोड़, यादवों की राजधानी द्वारका में पहुँच गये हैं।"

"क्यों?" दुर्योधन ने आश्चर्य से पूछा, "क्या वे भी अपने पिताओं के समान तीर्थ-यात्रा करने गये हैं; पवित्र प्रभास-क्षेत्र के दर्शन करने?"

"नहीं महाराज!" सत्यशोधन हँसा, "यह भी विधि की विचित्र विडम्बना है कि अपने जिन भागिनेयों को धृष्टद्युम्न अपना रक्त पिला कर योद्धा बना रहा था, वे उससे रुष्ट हो कर कृष्ण के पास चले गये। उनका कहना है कि यदि वे धृष्टद्युम्न के पास ही रहे तो अभिमन्यु उनसे कहीं श्रेष्ठतर योद्धा बन जायेगा।"

दुर्योधन कुछ क्षणों तक मौन चिन्तन करता रहा...इसका अर्थ क्या है?...इसका परिणाम क्या होगा?...

"बस?"

"हाँ युवराज!"

"तो, अब तुम जाओ और दुःशासन को यहाँ भेज दो।" वह रुका और पुनः बोला, "अंगराज कर्ण को भी सूचना भिजवा दो कि मैं उनकी प्रतीक्षा कर रहा हूँ।"

सत्यशोधन प्रणाम कर चला गया।

दुर्योधन अपने कक्ष में एक सिरे से दूसरे सिरे तक टहलता रहा...वह चिन्तित नहीं था। आज तीनों ही सूचनाएँ बहुत अच्छी आयी थीं...पाण्डव अपनी निश्चित मृत्यु की ओर अपने पैरों पर चल कर चले गये थे। जिस छोटे से राजा कुलिन्दराज सुबाहु को उन्होंने अपना मित्र समझ कर, उसके पास अपने सेवक छोड़े थे, वह भी उनका शत्रु निकला...इससे तो कहीं अच्छा था कि वे अपने इन सेवकों को भी हस्तिनापुर ही भेज देते। महाराज धृतराष्ट्र अपने स्वार्थवश ही सही, किन्तु उन्हें आजीविका तो देते। कुलिन्दराज ने तो उन्हें मार-पीट कर, अपने राज्य से ही निकाल दिया...सहसा, दुर्योधन की चिन्तन-प्रक्रिया थम गयी...उसे अपने गुप्तचरों को पाण्डवों के उन सेवकों के पीछे भेजना चाहिए था.. किन्तु...किन्तु फिर उसके अपने ही मन में कोई हँसा... गुप्तचर उन सेवकों के पीछे जा कर क्या करते...क्या देखते कि उनमें से कौन किस नदी में डूब कर मर गया और कौन किस सरोवर में...व्यर्थ है उनके पीछे जान खपाना! यदि वे अपनी मृत्यु स्वयं ही न मर गये, तो बहुत सम्भव है कि वे लोग अपने पैर घसीटते, आजीविका माँगते हस्तिनापुर ही आ पहुँचें...किन्तु ये, द्रौपदी के पुत्र द्वारका क्यों चले गये?...दुर्योधन पुनः रुका... उसके मन में एक नया विचार सिर उठा रहा था...पाण्डवों ने अपने सेवकों को कुलिन्दराज के पास क्यों छोड़ा? क्या युधिष्ठिर को द्रुपद और कृष्ण पर भी भरोसा नहीं है?...कृष्ण अर्जुन का मित्र है, युधिष्ठिर का नहीं!...सम्बधी भी वह अर्जुन का ही है।...युधिष्ठिर को उससे क्या लगाव हो सकता है?...किन्तु द्रुपद पर उसे क्यों विश्वास नहीं है? उसने द्रुपद के स्थान पर सुबाहु को क्यों चुना?...क्या सचमुच धृष्टद्युम्न और पाण्डवों में कोई अनबन हो गयी है? उन्होंने अपने

अनुचर काम्पिल्य नहीं भेजे, उनके सेवक भी द्रुपद के आश्रय में नहीं गये, और अब द्रौपदी के पुत्र भी द्वारका चले गये...

दुःशासन ने आ कर उसे प्रणाम किया, "आपने मुझे स्मरण किया भैया?"

"हाँ! तुम लोगों के साथ कुछ चर्चा करना चाहता हूँ।" दुर्योधन अपनी उत्तेजना को दबाये हुए था, "कर्ण को भी बुलवाया है।"

दुःशासन, एक आसन पर बैठ गया। वह जानता था कि जब तक कर्ण नहीं आयेगा, तब तक दुर्योधन कुछ नहीं बोलेगा। दुःशासन उसका भाई ही नहीं है, उसका सबसे अधिक निष्ठावान अनुचर है; फिर भी जाने क्यों दुर्योधन, कर्ण पर इतना भरोसा करता है। कर्ण की उपस्थिति में तो अनेक बार दुःशासन को लगने लगता है कि दुर्योधन का सहोदर, वह नहीं, कर्ण है।

उसका अनुमान पूर्णतः सत्य निकला। कर्ण के आ जाने के पश्चात् ही दुर्योधन ने अपना मुख खोला, "सूचना मिली है कि द्रौपदी के पाँचों पुत्र काम्पिल्य छोड़ कर द्वारका चले गये हैं।"

"तो चले जायें।" दुःशासन ने कुछ ऊबे हुए स्वर में कहा, "एक मातुल को छोड़, दूसरे के पास चले गये। हमारे लिए तो दोनों एक जैसे हैं।"

"तुमने ध्यान नहीं दिया राजकुमार!" कर्ण की मुद्रा पर्याप्त गम्भीर थी, "धृष्टद्युम्न पांचाली का सगा भाई है—सहोदर। उसे त्याग कर, पांचाली के पुत्र, सुभद्रा के भाई कृष्ण के पास चले गये हैं... पांचाली और सुभद्रा सपत्नियाँ हैं...।"

"तो क्या हो गया?" दुःशासन बोला, "सुभद्रा का भाई हो अथवा द्रौपदी का! क्या अन्तर है? हैं तो दोनों मातुल ही। और फिर धृष्टद्युम्न जो सिखा सकता था, सिखा चुका होगा। उससे उच्चतर शस्त्र-प्रशिक्षण के लिए, वे कृष्ण के पास चले गये हैं। उन्हें जाना ही चाहिए था। कौन नहीं जानता कि कृष्ण, धृष्टद्युम्न से श्रेष्ठतर योद्धा और महान शस्त्रविद् हैं। इसका अर्थ यह हुआ कि द्रौपदी के पुत्र अब उच्चतर शस्त्र-शिक्षा के लिए गये हैं, जैसे अंगराज कर्ण, ऋषि परशुराम के पास गये थे।... पहले सूचना दी गयी होती, तो द्वारका के मार्ग में ही, उन पाँचों के वध की व्यवस्था कर दी जाती और प्रचारित कर दिया जाता कि वनचरों ने उन्हें मार डाला।...हमारे गुप्तचर समाचार भी लायेंगे, तो तब, जब सब कुछ समाप्त हो चुका होगा।..."

कर्ण को अपने परशुराम के पास जाने और द्रौपदी-पुत्रों के कृष्ण के पास जाने की तुलना तनिक भी रुचिकर नहीं लगी थी। उसे लगा कि दुःशासन ने उसे जैसे गाली देने का प्रयत्न किया है...किन्तु कर्ण उसे क्या कहता! दुःशासन तो उन लोगों में से था, जिसे अपने ही शब्दों का अर्थ ज्ञात नहीं होता...जो मुँह में आया, कह देगा और फिर स्वीकार कर लेगा कि वह कहना नहीं चाहता था।...

"दुःशासन!" दुर्योधन का स्वर कुछ कठोर था, "तुम्हें यहाँ विलाप करने के लिए नहीं बुलाया है। हम गम्भीर चर्चा के लिए यहाँ उपस्थित हुए हैं। अपना अनर्गल विलाप करने से पहले, कर्ण की बात सुनो...।"

"वही ठीक।" दुःशासन का स्वर भी कुछ प्रखर था, "किन्तु इस पर भी विचार होना चाहिए कि ऐसा क्यों है कि हमारे गुप्तचर समाचार तब लाते हैं, जब साँप निकल गया होता है, और हम

सिवाय लकीर पीटने के कुछ भी नहीं कर सकते।"

"अच्छा! इस पर भी विचार कर लेंगे।" दुर्योधन बोला, "किन्तु पहले तुम कर्ण की बात सुनो।"

"यदि धृष्टद्युम्न यह मानता हो कि कृष्ण उससे श्रेष्ठतर योद्धा है, और इस लिये उसने स्वेच्छा से अपने भागिनेयों को द्वारका भेज दिया है, तो निश्चित् रूप से वही बात है, जो राजकुमार दुःशासन ने कही है; किन्तु ऐसा सम्भव है क्या?" कर्ण मुस्करा रहा था।

कर्ण की इस रहस्यमयी मुस्कान ने दुर्योधन को कुछ अधिक ही आन्दोलित कर दिया था : क्या सचमुच कर्ण के मन में भी वही बात है, जो दुर्योधन सोच रहा है?...

"तुम्हें क्या लगता है मित्र?" दुर्योधन ने पूछा, "क्या ऐसा सम्भव नहीं है?"

"जहाँ तक मैं धृष्टद्युम्न और उसके पिता को समझता हूँ, ऐसा कदापि सम्भव नहीं है...।"

तभी दासी ने कक्ष में प्रवेश कर, हाथ जोड़ प्रणाम किया, "महाराज! गुरु-पुत्र अश्वत्थामा पधारे हैं।"

"लिवा लाओ।" दुर्योधन ने आदेश दिया।

अश्वत्थामा भीतर आया तो,चिहुँक कर खड़ा का खड़ा रह गया, "महाराज अंगेश! लगता है आपके दुर्योधन-प्रेम के कारण, युवराज से एकान्त में मिलना कभी सम्भव नहीं होगा। जब आता हूँ, आप पहले से उपस्थिति ही नहीं, आसनस्थ भी होते हैं।"

कर्ण हँसा, "सूर्योदय से पूर्व प्रकाश नहीं हो सकता। किसी दिन, तुम मुझ से पूर्व आ कर दिखाओ, तो युवराज से एकान्त में मिल सकोगे।"

"तो तुम सूर्योदय हो और मैं प्रकाश?"

"नहीं! मैं सूर्य हूँ और तुम प्रकाश।" कर्ण बोला।

"बैठो गुरु-पुत्र!" दुर्योधन हँस कर बोला, अंगराज से रुष्ट होने का कोई कारण नहीं है। मैंने ही उन्हें एक गम्भीर चर्चा के लिए बुलाया है।"

अश्वत्थामा दुःशासन के साथ बैठ गया, "ऐसी कौन-सी गम्भीर समस्या है, जिस पर चर्चा करने के लिए हस्तिनापुर के सबसे अगम्भीर व्यक्ति को बुलाया गया है।"

दुःशासन ने अट्टहास किया, "मित्र अश्वत्थामा! जो व्यक्ति तुम्हारी इस वार्ता-शैली से परिचित न हो, वह तो पहली भेंट में ही तुमसे भिड़ जायेगा।"

"जो मेरी वार्ता-शैली से परिचित न हो, उससे मैं कभी पहली भेंट करता ही नहीं।" अश्वत्थामा मुस्करा रहा था।

"अपनी वाक्चातुरी छोड़ कर, मेरी यह राजनीतिक समस्या सुलझाओ।" दुर्योधन ने अश्वत्थामा के आने से पूर्व हुई सारी चर्चा दोहरा दी।

अश्वत्थामा ध्यान से सुनता रहा। दुर्योधन कह चुका, तो बोला, "जहाँ तक मैं समझता हूँ, धृष्टद्युम्न संसार में किसी का श्रेष्ठत्व तथा वर्चस्व स्वीकार नहीं कर सकता। यही दोष उसके पिता में भी है; अन्यथा वह पिताजी का इस प्रकार अपमान न करता।"

"यही बात मैं सोच रहा था।" कर्ण ने कहा, "किन्तु मेरे मन में अभी यह स्पष्ट नहीं है कि द्रौपदी-पुत्रों द्वारा इस प्रकार निरादृत होने पर, धृष्टद्युम्न के क्रोध का लक्ष्य कौन होगा—द्रौपदी के पुत्र, अथवा उन्हें इस प्रकार अनादर करने की प्रेरणा देनेवाला कृष्ण! यदि वह अपने भागिनेयों से रुष्ट हुआ, तो समझ लो कि भविष्य में होने वाले किसी युद्ध में, पाण्डवों को धृष्टद्युम्न से कोई

सहायता नहीं मिल पायेगी।...क्योंकि पाण्डव अपने पुत्रों और धृष्टद्युम्न में से, धृष्टद्युम्न का चयन नहीं करेंगे। वे अपने पुत्रों का त्याग नहीं कर सकते...किसी के लिए भी! और यदि धृष्टद्युम्न का क्रोध कृष्ण के विरुद्ध भड़का, तो उसे शान्त करने के लिए पाण्डवों को कृष्ण का त्याग करना पड़ेगा, जो उनके लिए उतना ही असम्भव है।"

"इसका अर्थ यह हुआ कि पाण्डवों को कृष्ण और धृष्टद्युम्न—दोनों की सहायता, एक साथ नहीं मिल सकती।" दुःशासन अपनी प्रसन्नता में जोर से हँसा, "क्या ऐसा नहीं हो सकता कि पाण्डवों के प्रति अधिक सौहार्द जताने के लिए, कृष्ण और धृष्टद्युप्न ही परस्पर लड़ मरें?"

उनके मध्य एक मौन छा गया।

यह एक ऐसा प्रश्न था, जिसका उत्तर किसी के पास नहीं था; किन्तु उन सबकी कामना थी कि यह कल्पना साकार हो...यथार्थ में परिणत हो...

"यदि बात केवल धृष्टद्युम्न की होती, तो ऐसा भी सम्भव हो सकता था," अश्वत्थामा बोला, "किन्तु वह कृष्ण, ऐसा कभी नहीं होने देगा। वह पाण्डवों का अहित कभी नहीं होने देगा। पाण्डव उसका तिरस्कार करें, उसे त्याग दें—तब भी नहीं। उसके राग-द्वेष में, मैत्री और शत्रुता में, व्यक्ति-तत्व होता ही नहीं। वह तो केवल लक्ष्य देखता है। उसकी अवहेलना हो, तिरस्कार हो, अनादर हो—कुछ भी हो, किन्तु यदि उसका लक्ष्य पूर्ण होता है, तो वह सब कुछ सहन कर लेंगे। तुमने देखा नहीं, पाण्डवों के राजसूय में उसने सन्यासियों के चरण धोना स्वीकार कर लिया था, ताकि राजसूय निर्विघ्न पूर्ण हो। उसके लिए अपना आदर-अनादर, मान-अपमान, कोई अर्थ नहीं रखता।...और इस समय, जो लक्ष्य उसके सामने है, उसके वर्तमान रहते, वह धृष्टद्युम्न का विरोध, कभी आमन्त्रित नहीं करेगा।"

"और यह द्रौपदी?" सहसा दुर्योधन ने पूछा, "यदि धृष्टद्युम्न और कृष्ण के मध्य, कोई तनाव उन्पन्न हो जाये, तो द्रौपदी की क्या स्थिति होगी? वह किसका पक्ष लेगी?"

"इस द्रौपदी का चरित्र तो मेरी समझ में नहीं आता।" कर्ण बोला, "तिलोत्तमा के कारण, सुन्द और उपसुन्द तक लड़ मरे थे; किन्तु इन पाण्डवों में द्रौपदी को ले कर एक बार झगड़ा तक नहीं हुआ। यदि द्रौपदी में पुरुष को लुभाने की इतनी ही क्षमता है कि वह कुछ भी करती रहे, कितने ही पुरुषों से सम्बन्ध रखे, उसके पति न उससे रुष्ट होते हैं, न उन पुरुषों से, जिनके उससे सम्बन्ध हैं; तो उसके विषय में क्या कहा जा सकता है।...और ये पाण्डव तो पुरुषत्व का कोई प्रमाण नहीं दे रहे। पता नहीं ये लोग मन्द-बुद्धि हैं, या उनमें पुंसत्व का अभाव है, कि अपनी ही पत्नी पर भी उन्हें पूर्णाधिकार की इच्छा नहीं होती, पर-स्त्री की तो क्या कहें।...उन्हें किसी प्रकार के सहभोग में भी आपत्ति नहीं होती।..."

"और उस अर्जुन को देखो।" दुर्योधन बोला, "उसी ने द्रौपदी का स्वयंवर जय किया, और उसी को उसके भाइयों ने पहले भी बारह वर्षों के लिए द्रौपदी से दूर भेज दिया था; और अब फिर उसे ही तपस्या के लिए इन्द्रकील पर्वत पर भेज दिया। जाओ, तुम तपस्या करो; और हम तुम्हारी पत्नी के साथ काम-सुख प्राप्त करें...यह युधिष्ठिर भी एक ही धूर्त है।..."

"और वह मूर्ख उनकी बात मान कर चला भी गया।" दुःशासन ने अट्टहास किया।

अश्वत्थामा को अर्जुन के विषय में ऐसी चर्चा अच्छी नहीं लगी। वह उसके पिता का बहुत प्रिय शिष्य था। वे आज भी उससे प्रेम करते थे; और अर्जुन आज भी उनका उतना ही आज्ञाकारी शिष्य था।

"पुंसत्वहीन नहीं हैं पाण्डव।" अश्वत्थामा कुछ उग्र स्वर में बोला, "वे तपस्वियों के समान संयमी हैं। उनके जीवन में काम-भोग का केवल आंशिक महत्त्व है। जीवन की उपलब्धि नहीं है काम-सुख। वे पाँचों भाई, अपनी मूल्यवान से मूल्यवान वस्तु को भी मात्र व्यक्तिगत नहीं समझते। स्वार्थी नहीं हैं वे। वे सब कुछ परस्पर बाँट सकते हैं। उनका प्रेम देखो। ईर्ष्या का अभाव देखो। स्त्री-प्रसंग में भी, उनमें परस्पर ईष्या नहीं है।" सहसा वह कर्ण की ओर पलटा, "और अंगराज! तुम जो सदा द्रौपदी के चरित्र को लांक्षित करने का प्रयत्न करते रहते हो, वह मात्र अपनी पराजय का प्रतिशोध लेने के लिए। उसे देखते ही तुम्हारी कामना जाग उठती है। तुम तृष्णा से जलने लगते हो। तुम्हारी हताशा, प्रतिहिंसा में परिणत हो जाती है। तुम पाण्डवों का तो कुछ बिगाड़ नहीं सकते, उन्हें पीड़ित करने के लिए, उनकी पत्नी को, उस अबला स्त्री को, अपमानित करने का प्रयत्न करने लगते हो। द्यूत-क्रीड़ा के अवसर पर भी तुमने यही किया था। तुम्हारा वासना-पीड़ित मन किसी स्त्री का सम्मान नहीं कर सकता...।"

दुर्योधन को लगा, अश्वत्थामा के चिन्तन ने प्रतिकूल दिशा ग्रहण कर ली है। यदि वह इसी ओर बढ़ता गया, तो विचार-विमर्श क्या होना, उसका और कर्ण का झगड़ा हो जायेगा...

"गुरुपुत्र!" दुर्योधन का स्वर अनुरोधपूर्ण था, "हम कर्ण और द्रौपदी के सम्बन्धों पर नहीं, द्रौपदी के धृष्टद्युम्न और कृष्ण के प्रति दृष्टिकोण की बात कर रहे थे।"

"वह ठीक है युवराज!" अश्वत्थामा अपने आवेश के प्रति सजग हो गया था, "किन्तु गम्भीर चर्चा और ठीक-ठीक निष्कर्षों के लिए, व्यक्ति की दृष्टि निष्पक्ष और यथार्थदर्शी होनी चाहिए। उसमें वासना, ईर्ष्या और संकीर्णता होगी, तो उचित निष्कर्ष कहाँ से प्राप्त होंगे? द्रौपदी अपने संयमित और न्यायोचित व्यवहार से यदि अपने पाँच पतियों में सन्तुलन बनाये रख सकती है, तो क्या वह अपने सहोदर और परमप्रिये सखा में एक सौहार्दपूर्ण स्नेहयुक्त सम्बन्ध नहीं बनाये रख सकती?"

"मैं भी तो यही कह रहा था कि कृष्ण और धृष्टद्युम्न में झगड़ा होने की सम्भावना ही नहीं है।" कर्ण ने अपना बचाव प्रस्तुत किया।

"किन्तु उसका कारण, जो कुछ तुम बता रहे हो, वह उचित नहीं है।" अश्वत्थामा पुनः उग्र होता जा रहा था, "तुम उसका कारण द्रौपदी की चरित्रहीनता बता रहे हो, जबकि मैं उसका श्रेय द्रौपदी की सात्विकता को दे रहा हूँ।"

"गुरुपुत्र! तुम कर्ण-विरोध के आवेश में यह भूल गये कि द्रौपदी तुम्हारे पिता के उसी परमप्रिय मित्र द्रुपद की पुत्री है, जिसने उनका अपमान किया था।" दुःशासन ने उसे उत्तेजित करने का प्रयत्न किया।

"नहीं, वह सब स्मरण है मुझे।" अश्वत्थामा बोला, "किन्तु किसी भी शत्रुता में मैं नारीत्व का अपमान नहीं करता। मैं अपने शत्रु की पुत्री का वध तो कर सकता हूँ, किन्तु न उसे निर्वस्त्र कर सकता हूँ, न व्यभिचार का निमन्त्रण दे सकता हूँ।"

वह उठ कर खड़ा हो गया, "अच्छा! अब चलता हूँ। इस सारी चर्चा के पश्चात् अब मुझसे कोई शान्त और गम्भीर वार्ता नहीं हो सकेगी।"

अश्वस्थामा चला गया! वे लोग उसे जाते हुए देखते रहे। किसी ने भी उसे रोकने का कोई प्रयत्न नहीं किया।

"इस क्रुद्ध ब्राह्मण को आप कैसे सँभालेंगे युवराज!" अश्वत्थामा के जाने के पश्चात् कर्ण बोला, "इसका तो कोई पता ही नहीं चलता कि कब किस ओर मुड़ जायेगा। कहाँ तो पिता-पुत्र दोनों को द्रुपद से इतना वैर था, और कहाँ द्रौपदी का पक्ष ले कर हमसे ही भिड़ गया।...

"तुम उसकी चिन्ता मत करो मित्र!" दुर्योधन पर्याप्त शान्त स्वर में बोला, "इन पिता-पुत्र की हम को बहुत आवश्यकता है। इसका असन्तुलित क्रोध हमारा सम्बल है। युद्ध में इसी क्रोध को भड़का कर, इसे पाण्डवों के विरुद्ध खड़ा कर देना है। यह हिंस्र पशु के समान उनसे लड़ता रहेगा।... और...।"

"और क्या?" दुःशासन ने उत्सुकता से पूछा।

"और जिस दिन मैं पाण्डवों और कृष्ण से मुक्ति पा जाऊँगा; मैं भी द्रुपद के समान इसे समझा दूँगा कि मैत्री केवल समान-धर्मा लोगों में समता के आधार पर होती है।" दुर्योधन बोला, "अभी तो मेरा सारा ध्यान, इस बात पर केन्द्रित है कि किस प्रकार पाण्डवों के विरुद्ध स्वयं को सैनिक दृष्टि से अधिक से अधिक शक्तिशाली बनाया जाये और किस प्रकार उन्हें दुर्बल से दुर्बल किया जाये।"

"तो युवराज! एक काम करो।" कर्ण बोला, "यदि सम्भव हो तो गुप्तचरों, मिथ्यावादियों और दुष्प्रचारकों के माध्यम से धृष्टद्युम्न को यह समझाओ कि कृष्ण उसके परिवार में सेंध लगा रहा है। अपने अपमान का प्रतिशोध लेने के लिए, द्रौपदी ने धृष्टद्युम्न को कभी नहीं पुकारा। न सभा में, न वन में! उसने जब पुकारा, कृष्ण को पुकारा! अब उसके पुत्र भी धृष्टद्युम्न को छोड़कर, कृष्ण के पास चले गये हैं। उसके मन में कृष्ण के विरुद्ध जितना विष भर सको, भरो।"

"और भैया!" सहसा दुःशासन बोला, "लक्ष्मणा, द्वारका में बैठी क्या कर रही है? वह अपने यादवों को तनिक भी पाण्डव-विरोधी नहीं बना सकी।"

"हाँ! नहीं बना सकी।" दुर्योधन ने एक दीर्घ निःश्वास छोड़ा, "उसकी पहुँच बस साम्ब तक ही है, कृष्ण तक नहीं; और यादवों की नीतियाँ अभी तक कृष्ण ही निर्धारित करता है, साम्ब नहीं।"

"फिर भी साम्ब, कृष्ण का पुत्र है...।"

"प्रत्येक पुत्र क्षमताओं में पिता के समकक्ष होता, तो फिर बात ही क्या थी।" दुर्योधन ने निःश्वास छोड़ा।

"युवराज! अभी तो एक कृष्ण ही इतना भारी पड़ रहा है।" कर्ण बोला, "यदि सारे पुत्र, क्षमताओं में उसके समतुल्य हो जाते, तो हमारे लिए बहुत कठिनाई होती।"

दुर्योधन ने मानो अपनी चिन्तन-प्रक्रिया को रोक कर, कर्ण की ओर देखा, "कहते तो ठीक हो!... पर अभी एक मार्ग शेष है।"

"क्या?"

"लक्ष्मणा ने हमारे लिए द्वारका तक का मार्ग बना दिया है।" दुर्योधन ने उत्तर दिया, "अब हमारी चतुराई पर निर्भर करता है कि हम कृष्ण से क्या-क्या छीन सकते हैं।...

विदुर, सन्ध्या से काफी पहले ही घर आ गये थे।

"कुन्ती भाभी कहाँ हैं पारंसवी?"

"बाहर, उद्यान की ओर गयी थीं। गंगा-तट पर बैठी होंगी।"

विदुर अपने निवास के उद्यान-खण्ड की ओर चले आये। कुन्ती, गंगा-तट पर बैठी, जैसे लहरों में कुछ खोजने का प्रयत्न कर रही थी।

"भाभी!"

कुन्ती की आत्मलीनता भंग हुई, "आओ विदुर!" उसने दृष्टि उठा कर सूर्य की ओर देखा, "आज तुम जल्दी घर आ गये ?"

"हाँ भाभी!"

"कुशल तो है?"

"कुशल ही है।" विदुर भी निकट की एक शिला पर बैठ गये, "समाचार आया है, तुम्हारे पुत्र कुलिन्दों का राज्य पार कर, प्रायः कुबेर के राज्य में प्रवेश कर गये हैं।"

"कौन लाया है यह समाचार? दुर्योधन के गुप्तचर?" विदुर हँसे, "समाचार तो दुर्योधन के गुप्तचर ही लाये हैं; किन्तु वे यह समाचार लाये हैं कि पाण्डव हिमालय के ऐसे, अत्यधिक शीतल तथा दुरूह प्रदेश में चले गये हैं, जहाँ से कोई जीवित नहीं लौटता।"

"क्या यह समाचार सत्य नहीं है?"

"दुर्योधन के लिए सत्य है, क्योंकि यह उसकी कामना के अनुकूल है। उसकी इच्छा का फलीभूत रूप है।" विदुर बोले, "हमारे लिये यह सत्य नहीं है, क्योंकि हम जानते हैं कि उसके गुप्तचर ऐसा समाचार क्यों दे रहे हैं।"

"क्यों दे रहे हैं?"

"इसलिए कि उसके वेतन-भोगी गुप्तचर, दुर्योधन की दुर्भावनाओं की पूर्ति के लिए, पाण्डवों के पीछे, उन प्रदेशों में नहीं जाना चाहते, जहाँ पाण्डव कठिन श्रम, तपस्या, आत्मबल और साहस कर पहुँचेंगे।..." विदुर बोले, "उस प्रदेश में पाण्डव तो अपने मित्र बना लेंगे। दुर्योधन के गुप्तचरों को न कोई स्थानीय सहायता मिल सकेगी, न हस्तिनापुर से काई उनका कुशल-मंगल पूछने जायेगा।..."

"स्पष्ट कहो विदुर!"

"भाभी, सत्य तो यह है कि लोमश पाण्डवों को उन प्रदेशों में ले गये हैं, जहाँ दुर्योधन की सेना तो क्या, गुप्तचर भी नहीं पहुँच सकते। इसलिए पाण्डव अब दुर्योधन के आक्रमणों से पूर्णतः सुरक्षित हैं।"

कुन्ती ने कोई विशेष प्रतिक्रिया नहीं व्यक्त की। मौन बैठी कुछ सोचती रही। फिर सहसा बोली, "और एक समाचार तुम्हें दूँ विदुर!"

"क्या भाभी।"

"पाण्डवों ने जिस कुलिन्दराज पर विश्वास कर, उसे अपना मित्र मान, अपने सेवक उसके आश्रय में छोड़े थे, वह इतना नीच निकला कि उसने उनका सर्वस्व छीन, उन्हें मार-पीट कर, अपने राज्य से निष्कासित कर दिया।"

"तुम्हें यह समाचार किसने दिया भाभी?"

"यही तुम्हारी गुप्तचर व्यवस्था है कि हस्तिनापुर की वीथियों में भिक्षा माँगने वाला भिक्षुक भी जानता है कि ऐसा हुआ है...।"

विदुर हँसे, "बड़ी भोली हो भाभी! यह हस्तिनापुर की गुप्तचर-व्यवस्था नहीं है। यह दुर्योधन की दुष्प्रचार-व्यवस्था है। वह चाहता है कि हस्तिनापुर का कण-कण, जान जाये कि पाण्डवों के मित्रों के साथ क्या घटित हो रहा है। वह प्रचारित करना चाहता है कि संसार में पाण्डवों का कोई मित्र नहीं है।"

"पर क्यों?"

"ताकि पाण्डवों के मित्र तथा हितैषी उन्हें दीन, दुर्बल और असहाय जान त्याग दें। उन्हें पूर्णतः विस्मृत कर दें।" विदुर बोले, "तुम भूल गयीं भाभी, कि दुर्योधन के पिता ने भी तुम्हारे पति के विषय में बहुत कुछ ऐसा ही दुष्प्रचार किया था।"

"लगता है कि मैं भूल गयी हूँ।" कुन्ती अत्यन्त मन्द स्वर में जैसे अपने-आप से बोली। और सहसा उसने सिर उठा कर विदुर की ओर देखा, "तो फिर सत्य क्या है?"

विदुर ने इधर-उधर देखा : आसपास कोई नहीं था। वे कुछ और निकट खिसक आये, "बहुत गोपनीय सूचना है; यदि गुप्त रख सको तो बताऊँ।...कहते हैं न स्त्रियाँ रहस्य को अपने पेट में पचा नहीं सकतीं।"

कुन्ती कुछ निर्णय नहीं कर पायी कि वह इस जन-मान्यता का विरोध करे या न करे : स्त्री-जाति की इस प्रशस्ति को निर्विघ्न प्रचारित होने दे, अथवा उसे कुछ बाधित करे...कितना अच्छा होता कि स्त्री होने के नाते, वह अपना रहस्य छिपा न पाती। यदि अपनी दुर्बलतावश ही, वह कह सकती कि कर्ण उसी का पुत्र है, वह पाण्डवों का भाई है....तो क्यों कर्ण दुर्योधन की, इस प्रकार पाण्डवों के विरुद्ध सहायता करता? क्यों वह द्रौपदी के अपमान को अपना सुख मानता...

"लोग ठीक कहते होंगे विदुर!" कुन्ती धीरे-से बोली, "मुझे ऐसे रहस्य मत बताओ, जिनका बोझ मेरा दुर्बल व्यक्तित्व सहन न कर सके।..."

"अरे नहीं भाभी! वह तो विनोद मात्र था।" विदुर हँसे, "सुनो! सुबाहु ने जो कुछ किया, वह एक नाटक मात्र था, ताकि दुर्योधन के गुप्तचर उसका राज्य छोड़ कर लौट जायें, और इन्द्रसेन इत्यादि स्वतन्त्रतापूर्वक अपना कार्य कर सकें।"

कुन्ती ने विस्मयपूर्ण दृष्टि से उस की ओर देखा, "तुम यह कैसे जानते हो? भैया तुम्हारी कोई स्वतन्त्र गुप्तचर व्यवस्था है?"

"वैसे तो दुर्योधन के गुप्तचरों के द्वारा लायी गयी प्रत्येक सूचना मुझे बहुत सुविधा से मिल सकती है; किन्तु उसके अतिरिक्त भी भाभी! मेरी स्थिति यहाँ कुछ भी क्यों न हो, मैं हस्तिनापुर का महामन्त्री हूँ और महर्षि वेदव्यास का प्रिय पुत्र हूँ। संसार-भर के यायावर सन्यासी महर्षि के आश्रम में आते हैं। उनकी इच्छा हो तो उन प्रदेशों की सूचनाएँ भी उन तक पहुँच जाती हैं, जहाँ जाने की कल्पना तक दुर्योधन के गुप्तचर नहीं कर सकते।"

कुन्ती ने कोई उत्तर नहीं दिया। वह मौन बैठी, गंगा के जल-प्रवाह को देखती रही।

"क्या बात है भाभी! तुम इन सूचनाओं से प्रसन्न नहीं हो?"

"नहीं, ऐसी कोई बात नहीं।" कुन्ती सायास हँसी, "किन्तु मैं कभी-कभी सोचती हूँ विदुर! कि मेरे पुत्र पांचाली के साथ एक ऐसे लोक में पहुँच गये हैं, जहाँ मैं चाहूँ भी तो जा नहीं सकती। वे चाहें भी तो मुझ तक आ नहीं सकते।"

"नहीं, ऐसी कोई बात नहीं है भाभी! लोग वहाँ से आते-जाते हैं। वर्ष भर में कितने ही ऋषि

उस ओर से इधर आते हैं, और कितने ही इधर से उधर जाते हैं... ।"

"मैं तुम्हारी बात का विरोध नहीं कर रही।" कुन्ती ने विदुर की ओर नहीं देखा। उसकी दृष्टि जल में उठी उर्मियों को ही देखती रही, "मैं अपनी भावना की बात कर रही हूँ।...आज मैं उनसे भेंट करना चाहूँ, तो उन तक समाचार पहुँचने में कितना समय लगेगा? और वे मेरे पास आना चाहें तो कितनी लम्बी यात्रा करनी पड़ेगी? इस लिए कहती हूँ कि मेरे मन में एक बिम्ब उभरता है कि किसी और लोक में चले गये हैं, जहाँ से समाचार तो आते हैं; किन्तु लोग नहीं आते। कई बार तो मेरा मन इसकी तुलना यमलोक से करने लगता है। मनुष्य की मृम्यु हो जाती है, तो जीव, आत्मा अथवा सूक्ष्म शरीर के रूप में वर्तमान रहता ही है। बस वह प्रकट नहीं होता। हम उसे देख नहीं सकते; छू नहीं सकते; उससे वार्तालाप नहीं कर सकते। पर हम जानते है कि उसका अस्तित्त्व है; इस लोक में नहीं, किसी और लोक में है।...मैं अपने पुत्रों को मृत नहीं मानती विदुर! मैं उनके प्राणों के लिए चिन्तित भी नहीं हूँ। मैं जानती हूँ कि वे जीवित हैं; वे जीवित रहेंगे; वे लौटकर आयेंगे भी। इस समय तो स्थिति वही है....वे हैं; किसी और लोक में! जहाँ से मात्र, समाचार आते हैं.... ।"

कुन्ती उठ कर खड़ी हो गयी।

विदुर भी उठ खड़े हुए, "भीतर जाना चाहती हो भाभी!"

"हाँ विदुर! शीत बढ़ रहा है। पारंसवी तुम्हारी प्रतीक्षा में बैठी होगी।" कुन्ती भवन की ओर चल पड़ी।

विदुर पीछे-पीछे भवन तक आये। इस बीच, उन्होंने वार्तालाप का कोई प्रयत्न नहीं किया। ऐसे समय में वे क्या कहते, कुन्ती से? ऐसी धैर्यशीला स्त्री, इस समय जैसे कुछ विचलित हो उठी थी.. .विदुर सान्त्वना भी देते, तो क्या कहकर देते...

पारंसवी भवन के मुख्य कक्ष में बैठी थी। कुन्ती आ कर उसके साथ ही बैठ गयी। विदुर असमंजसपूर्ण अनिर्णय की स्थिति में कुछ देर तो खड़े रहे; किन्तु फिर उन दोनों के सम्मुख रखे मंच पर बैठ गये।

बात कुन्ती ने ही आरम्भ की, "पारंसवी! विदुर यह सूचना लाये हैं कि मेरे पुत्र हिमालय के उच्च क्षेत्रों में, प्रायः कुबेर के राज्य में पहुँच गये हैं। सहज तो यही है कि मेरा मन उनमें लगा रहे। मैं प्रतीक्षा करती रहूँ कि कब कोई वहाँ से आयेगा। उनका समाचार लाएगा। उन समाचारों को मैं सहेजती रहूँगी। जब भी समाचार आयेगा, तो उसकी प्रसन्नता में उनकी चर्चा करती रहूँगी। रहूँगी हस्तिनापुर में; किन्तु मेरे प्राण उच्चतम शृंगों पर बसा करेंगे। मैं यहाँ रहूँगी, किन्तु यहाँ हूँगी नहीं; और जहाँ हूँगी, वहाँ रहूँगी नहीं....तो फिर यह उपस्थिति में अनुपस्थिति का, और अनुपस्थिति में उपस्थिति का जीवन कैसा होगा? रहूँगी तुम्हारे साथ, किन्तु तुम्हारे सुख-दुख मुझे स्पर्श भी नहीं करेंगे। तुम्हारा मेरे लिए कोई महत्त्व नहीं होगा। महत्त्व उनका होगा, जो यहाँ हैं ही नहीं। मैं तुम्हारे सुख-दुख बाँटूँगी नहीं; और मेरे सुख-दुख में वे आयेंगे नहीं। इस अयथार्थ जीवन के जीने का क्या सुख?..."

"क्या कह रही हो भाभी!" पारंसवी ने कुन्ती के कंधे पर हाथ रखा, जैसे उसे कल्पना-लोक से यथार्थ में लौटा लाना चाहती हो, "कैसी बहकी-बहकी बातें कर रही हो। कोई चिन्ताजनक समाचार आया है क्या?" पारंसवी ने विदुर की ओर देखा।

"नहीं! ऐसा कुछ नहीं है।" विदुर ने पूर्ण आश्वस्त स्वर में कहा।

"अरे नहीं पगली! मैं किसी अशुभ सूचना के आघात से विक्षिप्त नहीं हो गयी हूँ।" कुन्ती कुछ मुस्करा कर बोली, "मैं तो यथार्थ को स्वीकार करने का प्रयत्न कर रही हूँ।"

"तुम यहाँ एक यथार्थ जीवन ही जी रही हो भाभी।" विदुर बोले, "तुम कदाचित् भूल गयीं कि हस्तिनापुर में रह जाने के पीछे एक विशेष प्रयोजन था तुम्हारा।"

"भूली नहीं हूँ। अब भी स्मरण है मुझे।" कुन्ती बोली, "मैं अपने पुत्रों का विकास, उन्नयन और उत्थान चाहती हूँ। उनको उनका न्यायपूर्ण, धर्म-संगत अधिकार दिलाना चाहती हूँ। इसलिए हस्तिनापुर में बैठी हूँ, ताकि यह तथ्य सबकी स्मृति में बना रहे कि पाण्डवों का सर्वस्व दुर्योधन ने अन्यायपूर्वक छीना है। युधिष्ठिर लौटेगा तो इस अन्याय का विरोध करने के लिए उसे प्रेरित करना मेरा धर्म है।...किन्तु मैं अपना शेष जीवन प्रतीक्षा में नहीं जीना चाहती। प्रतिशोध और प्रतिहिंसा की मूर्ति बन, एक प्रतीक्षापूर्ण पैशाचिक जीवन नहीं जीना चाहती। मेरे पुत्रों का विकास हो; किन्तु मेरा विकास क्यों पूर्णतः थम जाये? मैं ऐसा जीवन क्यों जीऊँ कि जैसे मेरे जीवन में अब कुछ शेष ही न हो! मैं उस राक्षस के समान नहीं जीना चाहती, जिसके प्राण किसी शुक में हों, और वह शुक किसी दूरस्थ टापू में बसता हो। मैं अपना जीवन वर्तमान में, यहीं जीना चाहती हूँ विदुर!"

विदुर शून्यदृष्टि से कुन्ती की ओर देखता रहा, और अन्ततः धीरे से बोला, "मैं तुम्हारी बात समझा नहीं भाभी!"

"वही समझाने का प्रयत्न कर रही हूँ विदुर!" कुन्ती बोली, "मेरे पुत्र वनवास और आज्ञातवास से लौट कर आयें। अपने अपमान का प्रतिशोध लें। अपना अधिकार और राज्य प्राप्त करें—यह सब उनके जीवन का सहज विकास है; किन्तु मेरी अवस्था अब भोग के लिए नहीं है, और न भोग अथवा संघर्ष में मेरा विकास हो सकता है। मैं वर्षों तक प्रतीक्षा के शून्य में जीना नहीं चाहती। मुझे एक मनोवांछित फल की प्रतीक्षा में यहाँ निष्क्रिय हो कर बैठी नहीं रहना है..."

"तुम क्या चाहती हो भाभी?" पारंसवी कुछ अधैर्य में बोली, "कुछ स्पष्ट कहो। मेरा मन तो तुम्हारी बातें सुन कर घबराने लगा है।"

कुन्ती हँसी, "घबराने की कोई बात नहीं बहना! मैं कुछ भी अस्वाभाविक और अप्रत्याशित नहीं करना चाहती। मैंने तो केवल इतना ही कहा है कि मैं अपना जीवन स्वतन्त्र रूप से जीना चाहती हूँ। उसे अधिक उपयोगी बनाना चाहती हूँ। परावलम्बी हो कर अपने पुत्रों के जीवन की छाया मात्र बन कर नहीं जीना चाहती...।"

इस बार न पारंसवी ने कुछ कहा, न विदुर ने। वे दोनों कुन्ती की ओर देखते मात्र रहे।

"मैं अब तपस्या करना चाहती हूँ।"

"तपस्या!" पारंसवी अत्यन्त विचलित स्वर में बोली, "क्या तुम भी वनवास करना चाहती हो? तुम्हें वन में ही रहना था, तो पुत्रों के साथ ही क्यों न चली गयी भाभी! अब, जब वे लोग वहाँ नहीं हैं, हम तुम्हें वन जाने देंगे, तो वे हमारे विषय में क्या सोचेंगे...।"

"घबरा मत पारंसवी!" कुन्ती बोली, "न मैं वनवास के लिए जा रही हूँ न पर्वतारोहण के लिए। मैं यहीं रहूँगी : तुम्हारे घर में, तुम्हारे साथ! तपस्या से मेरा तात्पर्य, एकान्तवास का नहीं है। तपस्या तो कहीं भी हो सकती है; जहाँ भी हम तप सकें। मैं अब तपूँगी। जिनसे आज तक बचती

आयी, दूर रहती आयी, उपेक्षा करती आयी, उनके सम्मुख जाऊँगी। जिनसे घृणा करती आयी, उनके निकट रहूँगी। अपने मन की घृणा को जीतने का प्रयत्न करूँगी। नहीं जानती कि उनका प्रेम अर्जित कर पाऊँगी या नहीं; किन्तु अपने मन में उनके लिए प्रेम उन्पन्न करने का प्रयत्न करूँगी। मेरे जीवन की उपलब्धि, उनका प्रेम पाना नहीं, मन का द्वेष मिटाना है। दया भी तो प्रेम से उन्पन्न होती है। क्या मैं इतनी ही गयी-बीती हूँ कि उन अभागों पर दया भी नहीं कर सकती?"

पारंसवी ने उसे फटी-फटी आँखों से देखा, "क्या तुम दुर्योधन, शकुनि, धृतराष्ट्र और गान्धारी के प्रति अपना विरोध मिटाने की बात कर रही हो? उनसे प्रेम करने की इच्छा है तुम्हारी?"

"कुछ ऐसा ही सोच रही हूँ।" कुन्ती मुस्करा कर बोली, "इसलिए नहीं कि मुझे वे लोग अच्छे लगने लगे हैं, वरन् इसलिए कि मुझे अपने मन का यह विष अब अच्छा नहीं लगता। उनके मन में घृणा है, इसलिए मैं अपने मन को घृणा से भर लूँ यह तो सुनीति नहीं है। कोई मेरे घर में फेंकने के लिए, अपने घर में कूड़ा संचित कर रहा है, तो मैं भी अपने घर में कूड़ा एकत्रित करने लगूँ?" कुन्ती कुछ रुक कर बोली, "मैं जानती हूँ कि यह सब करना सरल नही है। इसलिए मैंने इसे तपस्या कहा है। जब-जब उनसे मेरा साक्षात्कार होगा, तब-तब मेरे मन में विरोध जागेगा, क्रोध जागेगा, घृणा-द्वेष जागेगा...पर मेरा मन तो मेरा है पारंसवी! यदि वे नीच हैं, तो उनके अनुकरण में मैं अपने मन को क्यों नीच बन जाने दूँ...यह बात बहुत देर से मेरी समझ में आयी है कि मैं उनके कृत्यों के लिए उत्तरदायी नहीं हूँ। उन्हें सुधारना मेरा कार्य नहीं है। प्रत्येक व्यक्ति केवल अपने लिए उत्तरदायी है। मुझे अपनी आत्मा को विकृतियों और दूषणों से बचाना है। उनकी आत्मा को स्वच्छ नहीं कर सकती, इसलिए अपनी आत्मा को मलिन नहीं करूँगी। इसलिए सोचा है कि मैं दोषों से घृणा करूँगी, दूषितों से नहीं। इसे तुम मेरा वाक्जाल मत समझना विदुर! मुझे सचमुच धृतराष्ट्र पर दया आने लगी है। वह व्यक्ति थोड़े से शारीरिक भोग के लिए, अपने तुच्छ अहंकार की तृप्ति के लिए अपनी आत्मा को पाप के समुद्र में डुबो रहा है। उसकी आत्मा को मलहीन होने में जाने कितने जन्म लगेंगे। इसलिए मेरी परीक्षा इसी में है कि जिन्होंने जीवनभर मुझे सताया है, पीड़ित किया है, मैं उन लोगों के प्रति, अपने मन में किसी प्रकार की दुर्भावना न आने दूँ। आये, तो उसका दमन करूँ। मन को संयत करूँ...।"

"तो तुम करना क्या चाहती हो भाभी?"

"यह सब तुम्हें इसलिए बता रही हूँ विदुर! कि कल मैं यदि तुम्हें कहूँ कि मेरे लिए गान्धारी से मिलने जाने की कोई व्यवस्था कर दो, तो न चकित होना, न व्यथित।" कुन्ती बोली, "मेरी इच्छा है कि अब मैं दुर्योधन के सुख-दुख में भी, बिना किसी उद्वेग के, सम्मिलित होऊँ। मेरा मन कष्ट पाता है तो पाए; क्योंकि यह कष्ट उसके मल के कारण हे और मैं अब अपने मन और आत्मा में किसी प्रकार की कोई मलिनता स्वीकार नहीं करूँगी।"

विदुर और पारंसवी, कुन्ती को देखते रह गये। वे कोई निर्णय नहीं कर पाये कि वे कुन्ती का समर्थन करें अथवा विरोध।

26

द्रौपदी, एक वृक्ष के नीचे, अकेली बैठी बड़ी देर से अपने विचारों में लीन थी...पिछले दिनों, उन लोगों ने परस्पर बहुत चर्चा की थी। चर्चा ही क्यों, उसे वाद-विवाद कहना चाहिए।...कितनी कटुता थी द्रौपदी के मन में युधिष्ठिर के लिए और उसके पश्चात् भीम, अर्जुन तथा नकुल-सहदेव के लिए।...कभी-कभी तो उसे लगने लगता था कि जिन धार्तराष्ट्रों ने उसका अपमान किया था, उनके प्रति भी उसके मन में उतनी कटुता नहीं थी, जितनी अपने पतियों के प्रति थी...पर यह तो मन का छल मात्र था। ऊपरी काई हटा कर देखने पर, उसकी समझ में आ गया कि धार्तराष्ट्रों के प्रति उसके मन में घृणा थी, शत्रुता थी...वह उनका नाश चाहती थी, सर्वनाश! सबकी मृत्यु...! मृत्यु से कम कुछ नहीं। उनके साथ, उसके मन के माधुर्य का कोई एक सूत्र, कभी एक क्षण के लिए भी नहीं जुड़ा था। उनसे उसे कोई अपेक्षा नहीं थी।...कटुता तो उनके प्रति थी, जिनसे उसे प्रेम था, जिनसे उसे अपेक्षाएँ थीं, जिन्हें वह अपने रक्षक मानती थी...उन लोगों की ओर से प्रेम की प्रतिध्वनि नहीं हुई। उन्होंने उसके प्रेम में बहकर अपने धर्म को तिलांजलि नहीं दी। उन्होंने अपने धर्म की रक्षा की; और उसे असुरक्षित छोड़ दिया...

द्रौपदी सोचती जाती थी और उसके मन की परतें उघड़ती जाती थीं...उसके मन में, यह बहुत बाद में स्पष्ट हुआ था कि पाण्डवों के व्यवहार से जो आहत हुई, वह द्रौपदी के भीतर की रूपगर्विता नारी थी। वह रूपगर्विता नारी जो मानती थी कि पुरुष की दृष्टि उस पर पड़ी नहीं कि वह मदान्ध हुआ नहीं। उसने चाहा कि जिस पुरुष की ओर, वह एक अपांग से देख ले, वह घुटनों के बल आ गिरे। फिर उसका आचार-व्यवहार, धर्म-नीति, कुछ न हो, बस उसका रूप ही हो।...पाण्डवों ने सदा उसे अपनी प्रिय पत्नी माना था। उसकी हल्की-सी कसक से भी वे तड़प उठते थे; किन्तु परीक्षा की इस घड़ी में उन्होंने सिद्ध कर दिया था कि वह उन्हें कितनी भी प्रिय क्यों न हो, उनके धर्म से बढ़ कर नहीं थी...

द्रौपदी अपने आपको धीरे-धीरे पहचान रही थी...वह केवल एक रूपगर्विता नारी ही नहीं थी। नारी तो वह थी ही, और उसका रूप भी ऐसा था, जिस पर कोई भी गर्व करता, किन्तु यह तो उसके व्यक्तित्त्व का एक अंश मात्र था।...उसके सम्पूर्ण व्यक्तित्त्व में तो और भी बहुत कुछ था... वह धर्म को जानती थी, धर्मशास्त्र की पण्डिता थी, चरित्र और संकल्प से परिचय था उसका...अब यह उसकी बारी थी कि वह पाण्डवों के चरित्र पर मुग्ध हो। युधिष्ठिर को ठीक ही कहा जाता था 'धर्मराज!' और कौन मनुष्य ऐसा होगा, जो पितृ-आज्ञा को, अपना धर्म मान कर, अपना साम्राज्य इस प्रकार त्याग दे...त्रेता में भगवान राम ने ऐसा किया और द्वापर में धर्मराज युधिष्ठिर ने।...ठीक है कि यह वैसा त्याग नहीं था, जैसा भगवान राम ने किया था, किन्तु इसका मूल स्वरूप तो वही था। धृतराष्ट्र पाण्डवों का राज्य छीन लेना चाहता था, जैसे कैकेयी राम का राज्य छीनना चाहती थी। धृतराष्ट्र जानता था कि युधिष्ठिर उसकी आज्ञा का उल्लंघन नहीं करेंगे और वह यह भी जानता था कि द्यूत में शकुनि उनके हाथों में पासे आने नहीं देगा...यह सब युधिष्ठिर भी जानते थे।...वे द्यूत का विरोध करते रहे, किन्तु धृतराष्ट्र की इच्छा का विरोध नहीं किया उन्होंने। खेलने बैठ ही गये थे, तो किसी भी दाँव के पश्चात् वे उठ भी नहीं सकते थे।...किन्तु धृतराष्ट्र की आज्ञा की अपेक्षा में, वे

बैठे हारते रहे। पासों में हार चुकने के पश्चात् वे राज्य देना अस्वीकार कर सकते थे, इतना सैन्य-बल था उनके पास।...किन्तु अपने वचन के विरुद्ध नहीं जा सकते थे। उनकी पत्नी को सभा में ला कर, उनके सम्मुख निर्वस्त्र करने का प्रयत्न किया गया; किन्तु धर्मराज तनिक भी नहीं डोले। वे जानते थे कि द्रौपदी दासी नहीं है; किंन्तु वे स्वयं तो दास हो चुके थे। वे, स्वामी के विरुद्ध शस्त्र कैसे उठाते। पत्नी की रक्षा उन्होंने कुलवृद्धों,धर्म और ईश्वर पर छोड़ दी...

कैसी परीक्षा ली थी धार्तराष्ट्रों ने पाण्डवों की!...पर क्या दुर्योधन, पाण्डवों का राज्य ही छीनना चाहता था?...यदि केवल इतनी ही बात होती, तो पाण्डवों से राज्य लेना क्या कठिन था? युधिष्ठिर तो किसी भी बात पर राज्य त्याग देते!...और द्यूत के पश्चात् तो वह उनका राज्य ले ही चुका था। फिर उन्हें इस प्रकार अपमानित करने की क्या आवश्यकता थी? क्या वह मात्र पर-पीड़न का सुख लेना चाहता था?...पर नहीं। इस सुख के साथ कितना जोखिम था। वह पाण्डवों के बल को भी जानता था और उनके क्रोध को भी। यदि पाण्डवों में से कोई एक भी अपनी मर्यादा तोड़ बैठता, तो कुछ ही क्षणों में धृतराष्ट्र की अपरिहार्य क्षति हो जाती...उसके पश्चात् पाण्डवों को जो भी कुछ होता। पाण्डव यदि मार भी डाले जाते, तो भी धृतराष्ट्र की इतनी हानि कर चुके होते, जो उसके जीवन का रोग बन गयी होती।...और बात पाण्डवों की मृत्यु के साथ ही समाप्त नहीं हो जाती... पाण्डवों के मित्र प्रतिशोध लेकर छोड़ते।....और मित्र भी कैसे...कृष्ण और धृष्टद्युम्न...नहीं दुर्योधन पाण्डवों को मात्र अपमानित नहीं कर रहा था। वह उनकी परीक्षा भी नहीं ले रहा था। किसी की परीक्षा लेने के लिए, कोई अपने लिए इतना संकट आमन्त्रित नहीं करता...कदाचित् दुर्योधन एक ओर पाण्डवों का धर्म खण्डित करना चाह रहा था और दूसरी ओर उनकी एकता! वह युधिष्ठिर को इन्द्रप्रस्थ का राजा नहीं रहने देना चाहता था, तो वह उन्हें धर्मराज भी नहीं रहने देना चाहता था। वह चाहता था पाण्डव धर्म के लिए न लड़ें, अपने राज्य के लिए लड़ें, अपने स्वार्थ के लिए लड़ें। वह चाहता है कि युधिष्ठिर भी उसी के समान मात्र एक भोगी, लोलुप और अत्याचारी क्षत्रिय बनें, ताकि धर्म का बल पाण्डवों की ओर न रहे। कोई राजा इसलिए पाण्डवों की ओर से न लड़े, क्योंकि वे धर्म के लिए लड़ रहे हैं; वह उनके पक्ष से इसलिए युद्ध करे, क्योंकि युद्ध जीतने से भोग-सामग्री उपलब्ध होती है। अहंकार स्फीत होता है। दूसरों का दमन करने का अधिकार मिलता है।...और उस दिन धर्मराज तनिक भी दुर्बल पड़ते, तो ऐसा हो गया होता।...

इतना ही नहीं, वह तो पाण्डवों की एकता समाप्त करने का भी भरपूर प्रयत्न कर रहा था। उसने तो कह दिया था कि जो पाण्डव कह देगा कि युधिष्ठिर को उसे दाँव पर लगाने का अधिकार नहीं है, वह उसे दास से अदास कर देगा, मुक्त कर देगा।...किन्तु एक भी पाण्डव ने इन परिस्थितियों में मुक्त होने की इच्छा प्रकट नहीं की।...

द्रौपदी के मन में कितना क्रोध था अपने पतियों के विरुद्ध। किन्तु धीरे-धीरे वह समझ गयी कि वे उसकी उपेक्षा नहीं कर रहे थे; वे तो धर्म-युद्ध लड़ रहे थे, अपनी अग्नि-परीक्षा दे रहे थे। वे हारे नहीं, वे विजयी हुए थे। वे कटुता के नहीं, आराधना के पात्र थे। उन्होंने अपनी धातु प्रमाणित की है, वह धातु, जो किसी भी ताप से पिघल कर विकृत नहीं होती। उन्होंने बता दिया है कि वे धर्म के लिए कितना कष्ट सह सकते हैं। एक-दूसरे के लिए कितनी यातना सह सकते हैं। कितना प्रेम करते हैं, वे एक-दूसरे से। उनकी एकता अविभाज्य है...

पहले द्रौपदी को लगा था कि उनके मन में उसका महत्व नहीं था, उसके अपमान से वे जैसे व्यथित नहीं थे...किन्तु क्रमशः उसके मन ये भाव भी जाते रहे। नारी के रूप में उसका अपमान, पाण्डवों ने नहीं, दुर्योधन ने किया था। युधिष्ठिर ने स्वयं अपने-आपको तथा अपने भाइयों को तो दाँव पर लगाया था, द्रौपदी को अथवा किसी भी पाण्डव की किसी पत्नी को दाँव पर नहीं लगाया था—जबकि सामाजिक विधान से वे सब उनकी सम्पत्ति की परिधि में ही थीं। द्रौपदी को दाँव पर लगवाया शकुनि ने। बाध्य हो कर धर्मराज ने उसे दाँव पर लगाया तो, किन्तु इस चतुराई से कि वह न केवल पाण्डवों की समस्त स्त्रियों के लिए कवच बन जाये, वरन् अपने-आपको भी बचा सके।...

द्रौपदी जितना सोचती है, वह धर्मराज पर रीझती जाती है : कौन होगा ऐसा मनुष्य, ऐसा पुरुष, ऐसा योद्धा, ऐसा राजा, जो इतना अपमान और इतना कष्ट सह कर, तनिक भी प्रतिवाद नहीं करता। प्रतिकार की चर्चा तो करता है; प्रतिशोध की बात भी अपने मन में नहीं लाता। अपने शत्रुओं को भी क्षमा कर देता है और सर्वनियन्ता के न्याय के प्रति भ्रू तक नहीं उठाता। अन्य पाण्डवों ने बार-बार ईश्वरीय न्याय के प्रति अपना रोष प्रकट किया है, कृष्ण से भी पूछा है कि धर्म-प्राण कष्ट में क्यों हैं? अन्यायी और दुष्ट धृतराष्ट्र और दुर्योधन ऐश्वर्य का भोग क्यों कर रहे हैं। वन में भटकते हुए द्रौपदी ने जब धर्मराज से पूछा था, 'मनुष्यों में सर्वोपरि होते हुए भी, आपको इतना दुख क्यों सहन करना पड़ता है?' तो उन्होंने उत्तर दिया था, 'राजपुत्रि! देखो, यह हिमालय कैसा भव्य और सुन्दर है। यह मुझे कुछ नहीं देता; पर मेरा स्वभाव ऐसा है कि मैं भव्य और सुन्दर से प्रेम करता हूँ। ईश्वर अखिल सौन्दर्य, समस्त सुषमा का मूल है। वही एक ऐसा पात्र है, जिससे प्रेम करना चाहिए। उससे प्रेम करना मेरा स्वभाव है। इसलिए मैं उससे प्रेम करता हूँ। मैं किसी बात के लिए उससे प्रार्थना नहीं करता, मैं उससे कोई वस्तु नहीं माँगता। उसकी जहाँ इच्छा हो, मुझे रखे। मैं तो सभी अवस्थाओं में केवल प्रेम के लिए ही, उससे प्रेम करता हूँ, मैं प्रेम में सौदा नहीं कर सकता।...'

द्रौपदी के मन में ईश्वर के प्रति की गयी प्रार्थना गूँजने लगी, "हे भगवान! मुझे न तो सम्पत्ति चाहिए, न विद्या! यदि तेरी इच्छा है तो सहस्रों बार जन्म-मृत्यु के चक्र में पड़ूँगा; पर हे प्रभु! केवल इतना ही दे कि फल की आशा छोड़ कर तेरी भक्ति करूँ; केवल प्रेम के लिए ही, तुझ पर मेरा निःस्वार्थ प्रेम हो।"

द्रौपदी को लगा कि युधिष्ठिर को जानना सचमुच बहुत कठिन है, वस्तुतः हम किसी पदार्थ अथवा भाव को जानते तो तब ही हैं, जब उसकी अवधारणा हमारे मन में पहले से हो। यदि हमारा मन भयंकरता की अवधारणा से परिचित न हो तो वन में घूमते उन्मुक्त सिंह के भयंकर स्वरूप को हम हृदयस्थ कैसे कर सकते हैं। यदि हम मन की निष्कामिता, उसकी पवित्रता और सात्विकता से परिचित न हों, तो हम धर्मराज को कैसे समझ सकते हैं?...धर्मराज कभी बैठे, साधना करते दिखायी नहीं देते। उन्होंने मोक्ष-प्राप्ति हेतु तपस्या करने के लिए कभी राज्य छोड़ कर वन जाने का संकल्प नहीं किया।...किन्तु वे जैसे प्रतिक्षण एक तपस्या में लीन हैं। निरन्तर अपने मन और जीवन में से मैल को काट रहे हैं; विकारों को त्याग रहे हैं; लोभ, कामना और अधिकार से स्वयं को मुक्त कर रहे हैं...जिसे स्वच्छता से प्रेम होता है, वह मल को अपनी हथेली में उठा कर गर्व का अनुभव कैसे

करेगा, चाहे उसमें अकूत सम्पत्ति ही क्यों न हो।...लोग तो बैठ कर, संकल्पपूर्वक तपस्या करते हैं, धर्मराज का तो सारा जीवन ही तपस्या ही तपस्या है, तभी तो वे क्षमाशील हैं, इतने शान्त हैं, इतने निस्पृह हैं...अब द्रौपदी सोचती है तो अतीत की कितनी ही सारी बातें, उसके मन में स्पष्ट होती जाती हैं...काम्पिल्य में उसके स्वयंवर में अर्जुन ने जब प्रतिज्ञा पूरी कर उसे प्राप्त कर लिया था और ला कर धर्मराज को समर्पित करते हुए कहा था, 'आप भाइयों में सबसे बड़े हैं। आपका विवाह सबसे पहले होना चाहिए। आप इस राजकन्या को ग्रहण करें। इससे विवाह करें...,' तो युधिष्ठिर उसे पा कर उत्फुल्ल क्यों नहीं हुए थे? क्यों वे चिन्ता में लीन थे? क्यों धर्म के नाम पर, द्रौपदी का विवाह उन्होंने पाँचों भाइयों से करवाया था?...इस मनुष्य में काम-जनित ईर्ष्या भी नहीं है, जो किसी साधारण से साधारण, रोगी और असमर्थ जीव में भी होगी...परिस्थितियों का लाभ उठा कर, वे अर्जुन द्वारा जय की गयी राजकन्या याज्ञसेनी पर पूर्ण अधिकार जमाना नहीं चाहते थे...धर्मराज ही यह कर सकते थे और उनके भाई पाण्डव ही ऐसे पुरुष थे, जो द्रौपदी जैसी पत्नी के लिए भी, किसी प्रकार के मतभेद से आशंकित नहीं थे...न जाने, माता कुन्ती ने उन्हें कैसे-कैसे संस्कार दिये थे।

द्रौपदी का मन होता है, वह धर्मराज के चरणों में लोट जाये...कैसा पवित्र हृदय है उनका...ईश्वर का वास ऐसे ही पवित्र हृदय में होता है।...मुण्डकोपनिषद् कहता है, '...वह पवित्र हृदय में स्वयं को प्रकाशित करता है। पवित्र और निर्मल मनुष्य इसी जीवन में ईश्वर-दर्शन प्राप्त कर, कृतार्थ हो जाता है।'...जिसके हृदय में स्वयं ईश्वर प्रकाशित होता हो, उसे तपस्या, साधना और योगाभ्यास की क्या आवश्यकता है।...और ऐसे हृदय में सामान्य जन के समान काम, क्रोध, लोभ-मोह, घृणा-द्वेष, मद-मात्सर्य, अहंकार और हिंसा, कैसे ठहर सकते हैं?...

पवन का एक वेगवान झोंका आया और द्रौपदी को उसके चिन्तन-जगत् से बाहर निकाल लाया...उसका ध्यान-आकाश की ओर गया!...नहीं! आकाश पर कोई ऐसे मेघ तो दिखायी नहीं दे रहे थे; किन्तु पवन-झकोरा संकेत दे रहा था कि प्रकृति कोई सुन्दर रूप धारण करने वाली है। इस प्रदेश में वैसे तो प्रकृति सदा प्रसन्न रहती थी। देखने वाले के नयनों में तनिक भी प्रकाश हो और मन में थोड़ी-सी भी सात्विकता, तो वह प्रकृति के दर्शन में ही परम पुरुष को पा जाता था।...किन्तु यहाँ प्रकृति क्रीड़ामयी भी बहुत थी।...अभी यह पवन-झकोरा आया था, सम्भवतः थोड़ी देर में यहाँ झंझावात ही उपस्थित हो जाये...और द्रौपदी के मन में एक कोमल-सी कल्पना जागी : एक बच्चा अपनी क्रीड़ा-प्रियता में भागता हुआ, अपने घर से निकल कर, किसी नये-से स्थान पर आ जाये; और फिर उसे ढूँढती हुई उसकी माँ वहाँ पहुँच जाये...ऐसे ही हैं, ये पवन-झकोरे और झंझावात।

द्रौपदी के एक मन ने उसे चेतावनी दी कि अब वह यहाँ से उठ जाये। क्या पता है, थोड़ी देर में यहाँ अन्धड़ आये, उनचासों पवप उद्वेलित होने लगें, मेघों के घिर आने में, समय ही कितना लगता है!...फिर वर्षा हो सकती है, हिमपात हो सकता है, उपल-वृष्टि हो सकती है...खोज में निकले हुए माता-पिता को अपना शिशु न मिले, तो माता-पिता उद्विग्न भी हो सकते हैं।...पता नहीं, वह पवन-झकोरा, लौट कर, माता-पिता के पास अपने घर चला गया अथवा किसी अन्य गली-वीथि में उतर आया। यदि ऐसा हुआ, तो उसकी खोज और भी धूम-धड़ाके से होगी...

द्रौपदी को अपने पुत्रों का स्मरण हो आया था...वे निश्चित् रूप से काम्पिल्य में सुरक्षित और सुखी होंगे। धृष्टद्युम्न उनका बहुत ध्यान रखता है। वे उससे हिले-मिले भी खूब हैं...किन्तु वहाँ

उनकी माँ नहीं होगी, उसके पास। पिता भी नहीं होंगे।...किन्तु पिता को तो सन्तान तभी खोजती है, जब माँ की असमर्थता उसे निराश करती है : जब सन्तान की अपेक्षाएँ, माता के सामर्थ्य से ऊँची उठ जाती हैं...अन्यथा माँ के वक्ष से लग कर, सन्तान कब सुखी नहीं होती? माँ का हृदय तो शान्ति का अनुभव ही तभी करता है, जब वह सन्तान को अपने वक्ष से लगा लेती है....

किन्तु द्रौपदी ने सदा स्वयं को समझाया है...वह केवल माँ ही नहीं है, वह पत्नी भी है; और पत्नी वह पहले है, माँ बाद में। स्त्री यदि माँ बनने के लिए ही पत्नी है, तो अस्थायी पत्नीत्व ही उसके लिए पर्याप्त है।...किन्तु सन्तान पाने के पश्चात्, पति का महत्त्व गौण हो जाता तो स्त्री को साधना, तपस्या और विकास की ओर नहीं ले जाता। वह उसका स्वार्थ तथा अहंकार ही बढ़ाता हैं। पत्नी का धर्म तो पति के साथ विकसित होता है। वही उसका भोग भी है, वही त्याग भी। वही उसका काम भी है, वही उसका वैराग्य भी।...इसलिए द्रौपदी अपने पुत्रों के साथ नहीं गई थी। वह अपने पतियों के साथ, उन्हें सँभालने, उनकी सेवा करने, उन्हें स्मरण कराते रहने, कि उन्हें दुःशासन के वक्ष का रक्त पीना है, और दुर्योधन की जंघा तोड़नी है...उनके साथ वनवास के कष्ट उठाने और तपस्या करने आयी थी।...अब उसके मन में कितनी ही आँधियाँ उठें, झंझावात उठें, अन्धड़ आये, वह अपने पुत्रों को खोजने के लिए काम्पिल्य नहीं जा सकती...

वायु का एक और झोंका आया।...पर यह झोंका, पहले झोंके से कुछ भिन्न था...कुछ अधिक शीतल, कुछ अधिक सुगन्धित...पर सुगन्ध कैसी थी? किसी पुष्प वृक्ष के निकट जाने से पुष्प-गन्ध आती है, किन्तु वायु में सुगन्ध! कहते हैं कि मलय-गिरि से आने वाले पवन में सुगन्ध होती है... होती भी है; किन्तु ऐसी नहीं जैसे किसी ने कोई सुगन्धित पुष्प ला कर नाक के निकट रख दिया हो। द्रौपदी ने दृष्टि चारों ओर घुमायी...यह कैसा माया जाल था?...सुगन्ध आ रही थी किन्तु पुष्प कहीं दिखायी नहीं पड़ रहा था...यदि यह पुष्प की सुगन्ध नहीं थी, तो फिर यह किस पदार्थ की गन्ध थी?.. .कहते हैं, इन पार्वत्य प्रदेशों में कोसों तक ऐसे वन हैं जिनके पौधों में छोटे-छोटे फूल होते हैं। वे फूल अपने-आप में तीव्र गन्ध नहीं देते; किन्तु उनकी सामूहिक सुगन्ध बहुत दूर से भी सूँघी जा सकती है। और कभी-कभी तो बयार के कंधों पर आरूढ़ हो, वह कोसों तक की यात्रा करती है...

सहसा द्रौपदी का मन सावधान हो गया। जिन पौधों और सुगन्ध की बात वह सोच रही थी, वे पथिकों के सहायक नहीं होते। अनेक बार तो गन्ध मनुष्य की चेतना को मन्द ही नहीं करती, सुला भी देती है। मनुष्य अचेत हो जाता है। द्रौपदी ने सुना था कि अनेक क्षत्रिय राजाओं ने, उस गन्ध को प्राप्त करने का प्रयत्न किया था, ताकि वे उसका प्रयोग, शत्रु सेना पर कर, उसे अचेत कर सकें; किन्तु अभी तक किसी को इसमें सफलता प्राप्त नहीं हुई थी।...तो यह गन्ध कैसी थी?

द्रौपदी ने कुछ वृक्षों के आस-पास देखा, झाड़ियों में झाँका, दो-एक पगडण्डियों पर मुड़ कर, कुछ दूर तक जा कर देखा, किन्तु न तो कहीं कोई पुष्प दिखायी दिया न ही सुगन्ध का कोई और स्रोत।...

निराश वह अपने आश्रम की ओर मुड़ी : आश्रम में मध्यम पाण्डव भीम से कहेगी कि जाये और इस सुगन्ध का स्रोत ढूँढ कर लाये...बहुत दिनों से उसे कोई जोखिम-भरा साहसपूर्ण कार्य करने का अवसर भी नहीं मिला है। यद्यपि इस कार्य में कोई संकट नहीं है, किन्तु अनुसन्धान तो है... सक्रियता तो है...और भीम जिस मार्ग पर चलता है, उस पर संकट अपने-आप ही उग आते हैं...

सहसा, द्रौपदी को लगा कि वह गन्ध कुछ तीव्र हो गयी है, जैसे या तो वह गन्ध-स्रोत के निकट पहुँच रही है, अथवा गन्ध-स्त्रोत उसके निकट खिसकता आ रहा है।...कुछ ही पग चलने पर स्थिति स्पष्ट हो गयी। वह ही सुगन्ध-स्रोत के निकट पहुँच रही थी।...उसके सम्मुख एक झाड़ी पर एक सहस्रदल कमल अटका हुआ था। निश्चित् रूप से वह उस झाड़ी पर उत्पन्न नहीं हुआ था। वह पवन के झोंके के साथ, कहीं से उड़ता हुआ आया था, और आ कर झाड़ी पर अटक गया था...

द्रौपदी ने निकट जा कर पूरी सावधानी से पुष्प को अपनी तर्जनी और अंगूठे की सहायता से उठा लिया : पुष्प अपने भरे यौवन पर था, पुष्पित, पूर्ण और जीवन्त—जैसे अभी थोड़ी देर पहले तक अपनी टहनी से लगा, जल, भूमि और सूर्य ऊर्जा का पूर्ण पान करता रहा दुबला-पतला युवक हो। अभी उसकी एक भी पंखुड़ी क्षत-विक्षत नहीं हुई थी...

और सहसा द्रौपदी का मन दूसरी ओर भटक गया : काम्पिल्य में न कमल- बावड़ियों की कमी थी, न कमल-पुष्पों की। इन्द्रप्रस्थ में भी पाण्डवों ने बड़े प्रयत्नपूर्वक कमल-सरोवर बनवाये थे। इन्द्रप्रस्थ के आस-पास का क्षेत्र, जलवायु की दृष्टि से कमल के उत्पादन के लिए बहुत अनुकूल था। पुष्पों में रुचि तो सारे भाइयों की थी; किन्तु अर्जुन को शायद, कृष्ण के सान्निध्य के कारण, पुष्प-सज्जा से अधिक अनुराग था। उसी के प्रयत्नों से कुछ पुष्प-सरोवर और कुछ पुष्प-उद्यान, विशेष रूप से विकसित किये गये थे।...किन्तु ऐसा सहस्रदल कमल तो अर्जुन अथवा किसी दूसरे पाण्डव ने कभी ला कर नहीं दिया द्रौपदी को। द्रौपदी का विश्वास था कि काम्पिल्य तथा इन्द्रप्रस्थ में, जब कभी कुछ बड़े आकार के पुष्प उसके सम्मुख प्रस्तुत किये गये—उनमें अधिकांशतः सुगन्ध नहीं होती थी।...प्रकृति आकार के साथ गुण देती है। हम कृत्रिम साधनों से आकार तो बढ़ा लेते हैं, गुणों की मात्रा नहीं बढ़ा सकते। पाटल में गन्ध है, कमल में गन्ध है, मोंगरे, रजनी-गन्धा, रात की रानी और हरसिंगार में गन्ध है; किन्तु जब-जब उद्यानाध्यक्षों तथा मालियों ने अपनी चतुराई से उन पुष्पों का आकार बड़ा करने में सफलता पायी है, उनकी सुगन्ध सदा ही क्षीण अथवा विलीन हुई। यह तो वैसा ही हैं, जैसे किसी नारी को प्रसाधनों की सहायता से अत्यन्त आकर्षक बना दिया जाये; किन्तु इस प्रक्रिया में उसका प्रेमपूर्ण, सरस हृदय कहीं खो जाये।...पर यह सहस्रदल कमल, उतना ही सुगन्धित था, जितना बीस दलों के पचास कमलों के गुच्छ को होना चाहिए।...इसका अर्थ था इस जाति का कमल, द्रौपदी ने पहले कभी देखा नहीं था।...यह कमल उद्यानाध्यक्षों और मालियों के प्रयत्न का फल नहीं था, यह तो प्रकृति का चमत्कार था। प्रकृति द्वारा निर्मित नहीं, सृजित...प्रसूत...। यह कमलों का राजा है, कमलराज! इसे तो धर्मराज को समर्पित किया जाना चाहिए।...

जाने क्यों द्रौपदी को लगा कि अभी थोड़ी देर पहले तक बैठी, वह जो कुछ धर्मराज के विषय में सोच रही थी, उसमें और इस प्रकार इस सहस्रदल कमल के सामने आ प्रस्तुत होने में कोई-न-कोई सम्बन्ध था। क्या इसमें प्रकृति का कोई इंगित था?...कुछ हो न हो, धर्मराज के प्रति अपनी गर्वगर्भित स्नेह-भावनाओं के प्रतीक के रूप में वह, यह सहस्रदल कमल उन्हें भेंट करेगी...

द्रौपदी का मन उत्फुल्ल हो उठा। सहस्रदल कमल के साथ, उसे अपनी सार्थकता भी प्रमुदित किये हुए थी : धर्मराज को वह वह भेंट करने जा रही है, जो उन्हें उनके किसी भाई, किसी पत्नी, किसी मित्र अथवा किसी उपराजा ने कभी नहीं दिया...

द्रौपदी के पग जितनी आतुरता से आगे बढ़ रहे थे, उसका मन क्रमशः कहीं बुझता भी जा रहा था...वह सहस्रदल कमल युधिष्ठिर को दे देगी। वे इसे कृतज्ञतापूर्वक स्वीकार करेंगे। इसका आदर करेंगे। अपने पास, शिला पर रख लेंगे...द्रौपदी के मन में धर्मराज के प्रति जो आदर, श्रद्धा और भक्ति-भाव है वह सन्तुष्ट होगा।...किन्तु द्रौपदी का एक मन नारी-रूपा भी तो है, जो इस प्रकार के सहस्रदल कमल को अपने निर्बन्ध केशों में गूँथना चाहेगा, जो इनकी माला बना कर, अपनी ग्रीवा में धारण करना चाहेगा, जो उसे अपनी अँगुलियों में पकड़, सदा उसकी सुगन्ध का पान करना चाहेगा...

द्रौपदी के पग रुक गये। अपनी भावना में वह कमल धर्मराज को समर्पित कर चुकी। अब यह उसका नहीं है।...इसे तो वह धर्मराज को दे ही देगी।...किन्तु, उसे अपने लिए भी ऐसे ही सहस्रदल कमल चाहिए। अपने उपयोग के लिए, अपने धारण के लिए, स्वामित्व-तृष्णा को तृप्त करने के लिए। उसे ऐसे ही कमल, इन्द्रप्रस्थ के उद्यानों और सरोवरों में उगाने हैं...और जब पाण्डव, युद्ध जीत जायेंगे और हस्तिनापुर पर भी उन्हीं का राज्य होगा, वह राजप्रसादों की बावड़ियों और सरोवरों में भी ऐसे कमल लगवायेगी, ताकि वहाँ से धार्तराष्ट्रों के दृष्कृत्यों की दुर्गन्ध नष्ट हो सके।...कैसे होगा, यह सब?

अनिर्णय की स्थिति अधिक देर तक नहीं टिकी। क्षणभर में ही द्रौपदी अपनी इच्छा और उसकी पूर्ति के माध्यम के विषय में निर्णय कर चुकी थी। उसके पग, युधिष्ठिर की कुटिया की ओर न बढ़ कर, उस शिला की ओर बढ़ गये, जहाँ भीम अपने पैरों को पानी में डुबोये बैठा, धारा में बहती आती मछलियों से अठखेलियाँ कर रहा था...

द्रौपदी मन ही मन मुस्करायी। यह पाण्डव अपनी प्रकृति से आज भी एक सरल हृदय, अबोध, निश्छल क्रीड़ाशील शिशु ही था। वह तो जीवन को भी जैसे क्रीड़ा ही समझता था। उसके भीतर की ऊर्जा सदा ही, उसे कहीं-न-कहीं व्यस्त रखती थी। राज-काज न हो, युद्ध-संचालन न हो, कोई संकटपूर्ण चुनौती न हो...तो वह जल-धाराओं से ही खेल लेगा। शिलाओं से ही मैत्री कर लेगा। पुष्पों और कीट-पतंगों से ही क्रीड़ा कर लेगा। वृक्षों और पवनों के साथ आँख-मिचौनी करता रहेगा। वह अर्जुन के समान न मनन करता है, न आजकल शस्त्राभ्यास करता दिखायी देता है, न तपस्या और साधना की बात सोचता है। वह जैसे कुछ बनना ही नहीं चाहता, कुछ बनने का प्रयत्न नहीं करता। उसे तो जो कुछ प्रकृति ने बना दिया है, वह, वह है और वही बना रहना चाहता है। अधर्म की ओर उसकी प्रवृत्ति नहीं है, किन्तु जीवन के भोग से, उसे बहुत-बहुत प्यार है।...

"पार्थ! इसे देखो!"

भीम ने पलट कर उसकी ओर देखा, "कृष्णे! सामने तुम खड़ी हो, तो और किसे देखूँ?"

"मुझे तो प्रतिदिन देखते हो, किन्तु इसे भी कभी देखा है?" द्रौपदी ने लीलापूर्वक वह सहस्रदल भीम की आँखों के सम्मुख रख दिया।

भीम ने एक उड़ती हुई दृष्टि उस पर डाली और बोला, " पद्म है। क्या मैंने कभी पद्म नहीं देखा?" वह पुनः द्रौपदी के चेहरे की ओर निहार रहा था, "तुम भी विचित्र हो कृष्णे! जो दर्शनीय है, उसकी ओर ध्यान नहीं दे रहीं, और एक वन्य-कुसुम की ओर इतनी आकृष्ट हो कि...।"

"कौन्तेय! परिहास छोड़ो और देखो इसकी ओर।" द्रौपदी ने कृत्रिम क्रोध दिखाया, "यह साधारण पद्म है क्या? क्या इससे पूर्व तुमने कभी इस वर्ण का, इस प्रकार की सुगन्ध से भरपूर, सहस्रदल

कमल देखा है?"

भीम के मानो नेत्र खुल गये, "तुम सामने होती हो तो मेरा ध्यान ही अन्यत्र कहीं नहीं जाता। लाओ, देखूँ तो! हाँ! हल्का नीला-सा सहस्रदल! सुगन्ध। अरे यह कहीं सहस्रदल सौगन्धित तो नहीं, जिसके विषय में प्रसिद्ध है कि वह कुबेर के उद्यान में खिलता है।"

"अब यह क्या है और कहाँ मिलता है, इसका शोध तो आप ही करें आर्यपुत्र!" द्रौपदी बोली, "मैं तो एक प्रार्थना करने आयी हूँ।"

भीम के मन मेंजैसे अमृत के असंख्य कलश ढुलक गये। द्रौपदी कोई प्रार्थना ले कर आयी है। इसका कोई प्रिय कार्य, उसके सम्मुख उपस्थित होने जा रहा है। उसे द्रौपदी का कोई मनचाहा करने का अवसर मिलने वाला है। इस कल्पना मात्र से मन पुलकित हो उठा।

"बोलो!"

"मुझे ऐसे ढ़ेर सारे सौगन्धित पद्‌म ला दो। मैं उनकी माला बना कर पहनना चाहती हूँ। मैं उनसे अपने बिखरे केशों का शृंगार करना चाहती हूँ। मैं उनसे अपने कर्णों के कुण्डल और कलाइयों के वलय बनाना चाहती हूँ...।" द्रौपदी रुक गयी।

"और क्या करना चाहती हो देवि?"

"आप हँसेंगे तो नहीं?

"मन प्रफुल्लित होगा, तो हँसूँगा ही। उपहास नहीं करूँगा।" भीम ने गम्भीरतापूर्वक कहा।

"मेरी इच्छा है कि जब हम वापस लौटें, तो इन्द्रप्रस्थ ही नहीं, हस्तिनापुर के सरोवरों में भी ऐसे ही सौगन्धित कमल खिलाये जायें।"

"हस्तिनापुर में क्यों?" भीम ने चकित हो कर पूछा, "तुम पर भी धर्मराज का धृतराष्ट्र-प्रेम प्रभाव डाल रहा है क्या?"

"नहीं। क्योंकि जब हम लौटेंगे," द्रौपदी के नयन फैल कर विशाल हो गये थे और उनमें तेजस्विनी रक्तिम आभा कौंधने लगी थी, "हमारे साथ धार्तराष्ट्रों की मृत्यु भी चलेगी। आप दुर्योधन की जंघा तोड़ देंगे। आप दुःशासन का वक्ष फाड़ कर, उसमें से तप्त लहू का पान करेंगे और मैं उस रक्त से अपने इन निर्बन्ध केशों को धो कर, इन पर लगा, दुःशासन के मलिन हाथों के स्पर्श का, मल धोऊँगी। तब हस्तिनापुर का राजा कौन होगा? उसके सरोवर भी तो हमारे ही होंगे। उनमें सौगन्धिक पद्‌म भी हम ही खिलायेंगे...।"

भीम चकित नेत्रों से द्रौपदी को देखता रह गया : कैसी है यह नारी? एक ही श्वास में यह शृंगार और विनाश की चर्चा करती है; एक क्षण में ही यह कितनी कमनीय और कितनी भयंकर हो उठती है; यह आह्लादकारिणी भी है और विनाशकारिणी भी। यह पूर्णतः प्रकृति-रूपा है...माता प्रकृति, जो सृष्टि का प्रसव भी करती है, उसका पालन-पोषण भी करती है और फिर उसका भक्षण भी कर डालती है।

पाण्डव तो कदाचित् भूल ही गये हैं कि वे वन में क्यों आये हैं? भीम भी तो स्वयं को तीर्थ-यात्री मान, भूला बैठा था, कि उन्हें दुर्योधन ने इन्द्रप्रस्थ से निष्कासित कर रखा है...वे सब तो जैसे ऋषियों की ज्ञान-वार्ताओं, प्रकृति के सौंदर्य और तीर्थों के पुण्य में सब कुछ विस्मृत कर चुके थे...किन्तु नहीं भूलेगी, तो द्रौपदी नहीं भूलेगी, एक क्षण के लिए भी नहीं भूलेगी; अपने रूप पर

मुग्ध हो कर, अपने शृंगार की कामना करेगी...यह उनके रक्त से अपना शृंगार कर, उनके शवों पर नृत्य करने वाली रणचण्डिका...

भीम का मन द्रौपदी के रूप पर मुग्ध था, अब उसके गुणों से अभिभूत हो गया।

““अवश्य लाऊँगा। जितने कहोगी, उतने सौगन्धित पद्‌म लाऊँगा।” भीम ने कहा, “किन्तु, पहले इसे केशों में लगा लो। लाओ! मैं लगा दूँ।” वह आगे बढ़ आया।

“नहीं! इसे तो मैं धर्मराज को दूँगी।”

“जो उपलब्ध है, उसे धर्मराज को दे दोगी; और रिक्त हो कर मुझसे और पद्‌म लाने को कहोगी?” भीम चकित दृष्टि से द्रौपदी को देख रहा था, “इसे ही क्यों अपने पास नहीं रख लेतीं?”

“यह पवनदेव ने मुझे प्रदान किया है। यह मेरी श्रद्धा का प्रतीक है। इसे धर्मराज को अर्पित करूँगी।” द्रौपदी ने हेलापूर्वक भीम की ओर देखा, “और जो सौगन्धित पद्‌म अपने प्रेमवश पवन-पुत्र मुझे ला कर देंगे, उन्हें अपने प्रिय के उपहार के रूप में स्वयं धारण करूँगी। यदि मुझ पर तुम्हारा विशेष प्रेम है, तो ढेर सारे सहस्रदल सौगन्धित पद्‌म लाओ और मेरा शृंगार करो।...”

द्रौपदी आगे बढ़ गयी और भीम की दृष्टि उसके साथ चली गयी।...कृष्णा के लिए धर्मराज श्रद्धा और भक्ति के प्रतीक थे। वह उन्हें भेंट चढ़ाती थी। भीम उसका प्रिय था, जिसके सम्मुख वह अपनी आवश्यकताएँ, अपेक्षाएँ और माँगें रखती थी। कैसा सन्तुलन था, द्रौपदी के व्यवहार में, अपने पतियों के प्रति अपनी भावनाओं और सम्बन्धों को ले कर।...पर भीम के मन में कण मात्र भी ईर्ष्या या स्पर्धा नहीं थी। उसे भी एक सौगन्धित पद्‌म मिला होता, तो वह उसे धर्मराज को उपहारस्वरूप देने की बात सोचता...धर्मराज उसके राजा थे, बड़े भाई थे...भीम समय-समय पर चाहे उनसे कितना भी रुष्ट क्यों न हुआ हो, किन्तु वह जानता था कि जितना पवित्र चरित्र धर्मराज का था, जैसा स्वच्छ मन उनका था...और किसी का नहीं था। जिस प्रकार अपने काम-क्रोध, लोभ-मोह, स्वार्थ और संकीर्णता को उन्होंने जीता था, और किसी ने नहीं जीता...

भीम उठ खड़ा हुआ। उसे विलम्ब नहीं करना चाहिए। शीघ्र जा कर, द्रौपदी के लिए सौगन्धित पद्‌म लाने चाहिए।...जाने ये पद्‌म उनके काम्यक वन वाले आश्रम तक जा सकते हैं, या नहीं।...जाने ये इन्द्रप्रस्थ और हस्तिनापुर की जलवायु में वहाँ के सरोवरों में खिल सकते हैं या नहीं...किन्तु, ये द्रौपदी के शरीर पर तो सुशोभित हो ही सकते हैं....भीम ने कटि में खड्‌ग बाँधा, एक कंधे पर तूणीर; दूसरे कंधे पर धनुष साधा और गदा उठा कर चल पड़ा।

किसी से कुछ कहने की आवश्यकता नहीं थी। धर्मराज पूछेंगे तो कृष्णा बता देगी।...समय नष्ट करने का क्या लाभ?...

द्रौपदी ने बताया कि सौगन्धित पद्‌म ईशान् कोण से आया था। उसी दिशा के किसी सरोवर में खिलते होंगे सौगन्धित...पवन का वेग भी कुछ अधिक ही था।...द्रौपदी ने ठीक ही कहा था, पहला सौगन्धित पद्‌म तो पवनदेव ने अयाचित् ही ला कर उसके सम्मुख डाल दिया था...उसकी प्रार्थना पर अब और सौगन्धित पद्‌म पवन-पुत्र भीम ही ला कर दे सकता था।....

भीम को ग्लानि, विकलता, भय अथवा घबराहट का अनुभव वैसे भी कभी नहीं होता था...इस समय तो उसके मन में प्रिया के अनुरोध को पूर्ण करने की उत्फुल्लतजनित, इतनी ऊर्जा भरी थी, कि सामने कोई पर्वत भी आ जाता, तो वह अपनी गदा के प्रहार से उसका चूर्ण बना देता।...भीम

जानता है, यह सुख क्या होता है। अपने प्रिय को समर्थ मान कर, प्रिया जब अनुरोध करती है, तो प्रिय का मन मानो पिपासित पृथ्वी को तृप्त करने के लिए, आकाश पर मँडराते मेघों के समान आकुल-व्याकुल हो, घुमड़ने लग जाता है। कितना गर्व होता है, उसे अपने सामर्थ्य पर...प्रेम का मद भीम की शिराओं में शक्ति की लहरें बन कर पछाड़ें खा रहा था...

गन्धमादन क्षेत्र की पवित्र वायु शरीर को छूती तो लगता, जैसे कोई मयूर-पंखी से व्यजन कर रहा है। भीम का उन्मत्त मन इस समय किसी और ही संसार में था।...द्रौपदी ने उसे स्मरण करा दिया था कि वह पवन-पुत्र था। तभी तो पवन का यह स्पर्श उसे पिता के शीतल सुखद स्पर्श जैसा लग रहा था...पिता ने एक ही सौगन्धित पद्म ला कर दिया था, पुत्र को न केवल अनेक सौगन्धित सहस्रदल लाने थे, उनके स्रोत का भी पता लगाना था।...ठीक है, वे अभी वनवास कर रहे हैं, तीर्थ-यात्रा पर हैं; किन्तु दुर्योधन से युद्ध की तैयारी तो उन्हें करनी ही थी...उसे यमलोक भेज कर हस्तिनापुर पर आधिपत्य जमाना ही था।...तो क्यों न वह भीम, द्रौपदी के समान, हस्तिनापुर के शृंगार की विधियाँ सोचे? क्यों न योजनाएँ, अभी से तैयार हों...

भीम के बढ़ते चरण लताओं और पौधों को कुचल कर, अपना मार्ग बना रहे थे। अनेक बार, मार्ग में आयी शाखाओं को वह हाथों से झटक देता था। आवश्यक होने पर उन्हें झंझोड़ कर, तोड़ देता था। हाथ से शाखाओं को मोड़ने का मन न होता, तो वक्ष को ही उनसे भिड़ा देता...देखता कि कौन आहत होता है— वृक्ष या भीम का वक्ष...

भीम को स्मरण हो आया, वह उस पवनदेव का पुत्र था, जो वेग से चलें तो वृक्ष क्या, वनों-के-वन उखड़ते चले जायें, समुद्र के वक्ष पर लहरों के पर्वत परस्पर टकरा जायें...पवन-पुत्र भीम का मार्ग कौन रोक सकता था...

भीम का मार्ग तो कोई रोक नहीं सकता था; किन्तु आसपास वैसा कोई सरोवर दृष्टिगोचर नहीं हो रहा था, जहाँ सौगन्धित सहस्रदल की तो बात ही क्या, साधारण कमल भी दिखायी पड़ सकें... भीम का धैर्य चुकने लगा...ऐसे वह कब तक लक्ष्यहीन चलता रहेगा?...द्रौपदी बैठी, प्रतीक्षा कर रही होगी...धर्मराज को कोई आवश्यक कार्य आ पड़ेगा, तो किसे आदेश देंगे? अर्जुन देवलोक में है, वह स्वयं इधर चला आया है, नकुल-सहदेव अभी स्वतन्त्र रूप से जोखिमों से जूझना सीख नहीं पाये हैं... कोई आसपास है भी तो नहीं, जिससे पूछा जा सके...यात्रा के आरम्भ में तो कुछ किन्नर और गन्धर्व जोड़े दिखायी दिये भी थे...इधर तो कोई है भी नहीं...

भीम के जबड़े अधैर्य और क्रोध से भिंच गये। दोनों हाथ, सामने आये वृक्ष को थामकर कस गये। उसने वृक्ष को जोर से झंझोड़ा। वृक्ष जैसे थरथराया। कुछ पत्ते टूट कर गिरे और उसकी शाखाओं पर शान्तिपूर्वक बैठे, अनेक पक्षी घबराकर उड़ गये; और भयभीत स्वर में चिल्लाने लगे। एक भयंकर उन्माद भीम को लीलता जा रहा था।...उसने कटि से पौंड्र शंख खोला और पूरे वेग से फूँक दिया...लगा, सोए हुए वन को किसी ने झंझोड़ कर, जगा दिया हो...परम निःस्तब्धता में किसी ने भैरवनाद सुना दिया हो...वन के जीव-जन्तु अपनी गुफाएँ छोड़ कर बाहर निकल आये, कोटरों में और शाखाओं पर बैठे पक्षी पंख फड़फड़ाते और चीत्कार करते हुए आकाश में उड़ चले...

भीम ने प्रसन्न-मन से आकाश की ओर देखा : आकाश में कोलाहल करते हुए, वृत्ताकार उड़ते हुए पक्षियों में अनेक जल-पक्षी थे, जिनकी आँखें, स्पष्ट रूप से भीगी हुई थीं...भीम के अधरों पर

मुस्कान आ गयी....तो कहीं पास ही, कोई बड़ा सरोवर है, जिसमें ये बड़े-बड़े जल-पक्षी क्रीड़ा कर रहे थे...निश्चित् रूप से वहाँ सौगन्धित पद्म होने की सम्भावना है।....

भीम के पग वेग से उसी दिशा में उठ चले।

वहाँ सरोवर था। उसमें असंख्य कमल भी खिले हुए थे। भीम प्रसन्नतापूर्वक सरोवर में कूद पड़ा।...किन्तु नहीं! ये सौगन्धिक सहस्रदल पद्म नहीं थे। न उनका आकार उतना बड़ा था, न उनका वह वर्ण था, और न ही उनमें वैसी सुगन्ध थी।...यह पद्म नहीं था, छद्म था...उस सौगन्धित सहस्रदल का!...एक ओर भीम की इच्छा हो रही थी इस शीतल जल में देर तक क्रीड़ा कर, वह अपनी क्लान्ति मिटा ले; और दूसरी ओर उसका मन हो रहा था कि इस सरोवर से ऐसे छद्म का प्रतिशोध ले।...इतने थपेड़े लगाये इस जल को, जितने मथनी, दही को मारती है, और उसमें से नवनीत निकालती है।...इतना हिल्लोलित करे इस जल को कि इसमें खड़ा, प्रत्येक मृणाल टूट कर गिर जाये...प्रत्येक कमल-दल चिन्दी-चिन्दी हो कर बिखर जाये...भीम के अपने मन में स्पष्ट नहीं था कि वह किसे दण्डित करना चाहता है—जल को? सरोवर को? कमल-पुष्पों को?...या वह मात्र अपनी खीझ निकालने का कोई मार्ग खोज रहा था...

क्रोध में आरम्भ की गयी यह क्रिया, क्रमशः उसकी क्रीड़ा बन गयी। नटखट और क्रीड़ाशील शिशु के समान, वह भूल गया कि जल में उसने यह युद्ध क्यों आरम्भ किया था। वह उसी में रम गया था और उसमें उसे आनन्द की अनुभूति होने लगी थी। मृणाल और कमलदल उसके खिलौने हो गये थे। वह स्वयं को भूल कर, उनसे क्रीड़ा करता रहा था...

सहसा उसे ध्यान आया कि वह एक विशेष उद्देश्य ले कर निकला था; और यहाँ व्यर्थ समय नष्ट कर रहा था। आरम्भ में, जल-क्रीड़ा से, जो एक प्रकार की स्फूर्ति उसके शरीर में आयी थी, वह लुप्त हो रही थी और बहुत देर तक तैरने का श्रम शरीर को शिथिल कर रहा था। उसे भूख और थकान, दोनों का अनुभव हो रहा था।

भीम सरोवर से बाहर निकल आया...शस्त्र धारण किये और चारों ओर देखा। कदाचित् मध्यानह्न के आसपास का समय था। भूख तो लगनी ही थी, इसमें आश्चर्य की बात क्या थी।...बहुत हरा-भरा वन था। असंख्य वृक्ष थे, किन्तु उतने फल नहीं थे। ऐसे में तो भीम को किसी कदली-वन में होना चाहिए था...पेट भर कर केले खाता और वृक्षों को तोड़ता, जैसे हनुमान जी ने अशोक वाटिका में किया था...

भीम का मन एक दिशा में दौड़ पड़ा। पवन-पुत्र होने के नाते, हनुमान उसके भाई थे। वे सीता को खोजने निकले थे, और भीम द्रौपदी के लिए सौगन्धित सहस्रदल पद्म खोजने निकला था। वे थक गये थे और उन्हें भूख लग आयी थी। भीम भी थक गया था, और उसे भूख लग आयी थी। उन्हें भी अशोक-वाटिका उजाड़ने से कोई रोक नहीं पाया था, और भीम को भी इस वन को तहस-नहस करने से कोई रोक नहीं पायेगा...भीम को जैसे कोई आवेश हो आया था।...वह फल तोड़ने के व्याज से, वृक्षों की शाखाएँ तोड़ने लगा। हाथ में एक फल आता और एक शाखा टूट जाती। टूटती हुई शाखा की कड़कड़ाहट ध्वनि, जैसे उसे कोई आनन्द दे जाती...मानो उसने अपने किसी शत्रु को धराशायी कर दिया हो!

जैसे-जैसे उसका पेट भरता गया, उसकी गतिविधि में शिथिलता आती गयी। यह शिथिलता

नहीं, एक प्रकार की तन्द्रा थी...उसे थोड़ा विश्राम कर लेना चाहिए था। सम्भव हो, तो थोड़ा सो लेना चाहिए था...

वह, एक विशाल वृक्ष के तने से लग कर बैठ गया!

भीम चल तो जमीन पर ही रहा था, किन्तु उसके पग जैसे मेघों पर पड़ रहे थे। उसे लग रहा था कि पवन-पुत्र होने के नाते, उसमें भी पवनदेव के अनेक गुण आ गये थे। वह जहाँ चाहे जा सकता था; उसका मार्ग कोई रोक नहीं सकता था।...उसका वेग भी कुछ इतना अधिक हो गया था कि वृक्षों की तो बात ही क्या, वह पर्वतों को भी उखाड़ फेंकता।...उसे लग रहा था कि उसके सम्मुख जो कुछ भी है, सब कुछ चित्र मात्र है, उसका वास्तविक अस्तित्व नहीं है।...जैसे शून्य में कोई माया-जाल हो। वह जिस वस्तु को हाथ लगाता है, वहाँ कुछ नहीं होता, बस शून्य होता है। जिधर पग बढ़ाता है, वहाँ जो कुछ होता है, उसके पगों के नीचे दब कर नष्ट हो जाता है...वह सर्वशक्तिमान था, जिसे चाहे फूँककर उड़ा दे, और जिसे चाहे अपने चरणों के नीचे दबा कर, उसका चूर्ण बना दे। उसे देखते ही दिग्गज भयभीत हो कर मार्ग दे देते थे। यदि वह आकाश की ओर हाथ बढ़ाता, तो आकाश भी कदाचित् फट जाता। वह बलपूर्वक पृथ्वी पर पैर पटकता, तो पृथ्वी-पाताल विदीर्ण हो जाती...वन के वृक्ष तो उसके श्वासों के वेग से ही टूट-टूट कर गिरते जा रहे थे। उन्हें मार्ग से हटाने के लिए, उन्हें छूना भी नहीं पड़ता था...

सहसा भीम एक दोराहे पर पहुँच गया। एक मार्ग मुड़ कर नीचे की ओर चला जाता था और दूसरा पर्वत के ऊपर चढ़ जाता था। चढ़ाई वाले मार्ग को रोके कोई जीव लेटा हुआ था, जैसे चलते-चलते थक कर गिर गया हो; अथवा उसमें प्राण ही न हों...

भीम निकट पहुँचा। उसने देखा : वह कोई वानर था। आकार में साधारण वानरों से कुछ बड़ा ही था, किन्तु शरीर से हृष्ट-पुष्ट नहीं लग रहा था। अत्यन्त कृश-काय था बेचारा! किन्तु वह मार्ग रोके क्यों पड़ा है? थक गया था तो किसी वृक्ष की छाया में चैन से सोता! वैसे तो वानर वृक्षों की शाखाओं पर ही सोते हैं, नहीं तो शाखा-मृग क्यों कहलाते!...इसे देखो, बीच मार्ग में पड़ा है, जैसे यह सारा इसी का साम्राज्य हो।...और रोके हुए भी उस मार्ग को है, जिस पर भीम को जाना है...

"ऐ यहाँ क्यों पड़ा है?" भीम का स्वर कुछ ऊँचा ही नहीं था, कुछ अभद्र भी हो गया था।

वानर ने बड़ी आलस मुद्रा में आँखें खोलीं, जैसे उतने-से प्रयत्न में भी उसे कष्ट हो रहा हो। उसकी आँखों में प्रश्न था।

"यहाँ मार्ग रोके क्यों पड़ा है?" भीम पुनः उसी अविनीत भाव से बोला, "तुझे किसी का भय नहीं है?"

वानर ने किसी प्रकार की कोई उत्तेजना नहीं दिखायी। वैसे ही शान्त और मन्द स्वर में बोला, "मैं अस्वस्थ हूँ। चलना-फिरना तो दूर, हिल-डुल भी नहीं सकता।"

"तो यहीं गिरना था तुझे, ठीक मार्ग के बीच?" भीम का स्वर उच्छृंखल होता जा रहा था, "उठता है या लगाऊँ एक ठोकर!"

"हम लोग तो पशु योनि के प्राणी हैं, अतः धर्म की बात नहीं जानते," वानर ने अत्यन्त निर्जीव स्वर में कहा, "किन्तु मनुष्य बुद्धिमान होते हैं, अतः वे सब जीवों पर दया करते हैं।"

"उपदेश दे रहा है मुझे। मुझे जानता नहीं तू? अभी गदा का एक प्रहार करूँगा, तो प्राण

निकल जायेंगे तेरे!"

वानर चुपचाप भीम की ओर देखता रहा। फिर धीरे से बोला, "पता नहीं, तुम्हारे जैसे बुद्धिमान लोग, धर्म का नाश करनेवाले तथा मन, वाणी और शरीर को दूषित करनेवाले क्रूर कर्मों में कैसे प्रवृत्त होते हैं!"

"तुम्हें मृत्यु का भय नहीं है?" भीम की आँखें लाल हो गयीं।

"तुम्हें धर्म का ज्ञान नहीं है। "वानर बोला," मालूम होता है, तुमने विद्वानों की सेवा कभी नहीं की।"

"तूने बहुत की है विद्वानों की सेवा।" भीम की भुजाएँ फड़क रही थीं, "लोगों के लिए असुविधा उत्पन्न करने के लिए, यहाँ बीच में पड़ा है।..."

वानर ने किसी प्रकार की कोई घबराहट नहीं दिखायी। उसने भारी पलकों को धीरे-धीरे उठा कर भीम की ओर देखा, "अस्वस्थ हूँ तो क्या, अपने कर्त्तव्य का तो निर्वाह करना ही है। इसलिए यहाँ पड़ा हूँ।"

"यहाँ मार्ग में इस प्रकार पसर कर किस कर्त्तव्य का निर्वाह कर रहा है?" भीम मानो उसका अपमान करने के लिए हँसा।

"यह मार्ग स्वर्ग की ओर जाता है।" वानर ने धीरे से, रहस्यपूर्ण ढंग से कहा, "मैं मार्ग रोके पड़ा हूँ ताकि कोई अनधिकारी स्वर्ग में न चला जाये।"

भीम पहली बार हतप्रभ हुआ : यह वानर तो कुछ समझदारी की बातें कर रहा है, और स्वयं को अन्यन्त कर्त्तव्यनिष्ठ बता रहा है।

"यह मार्ग कहाँ जाता है?" भीम ने पुनः पूछा।

"स्वर्ग-लोक को।"

"स्वर्ग-लोक या देव-लोक?" भीम ने बलपूर्वक पूछा।

"स्वर्ग-लोक।" वानर अत्यन्त निश्चिन्त् और निर्द्वन्द्व स्वर में बोला।

"ठीक से जानते हो या वानर-बुद्धि दिखा रहे हो?" भीम पुनः अवज्ञापूर्वक हँसा।

"स्वर्ग-लोक।"

"स्वर्ग-लोक!" भीम बोला, "जहाँ कोई मनुष्य इस देह में नहीं जा सकता? जहाँ सदेह जाना सम्भव नहीं?"

"हाँ! उसी स्वर्ग-लोक को।"

"उसके लिए, यहाँ पृथ्वी से मार्ग जाता है?" भीम चकित था।

"हाँ। यही मार्ग है न!" वानर के स्वर में दृढ़ता का पुट आ मिला था।

"तो तुम उसे रोके क्यों पड़े हो?" इस नये अविष्कार से भीम कुछ उत्तेजित हो उठा था।

"कहा न! ताकि कोई अनधिकारी मनुष्य स्वर्ग की ओर न जा सके।"

"कौन अनधिकारी?" भीम भन्नाया, "मैं चन्द्रवंशी क्षत्रिय। कुरुकुल में जन्मा, कौंतेय, पाण्डव, पवन-पुत्र, भीम, सदेह स्वर्ग जाने के अयोग्य है; क्योंकि एक रोगी, वृद्ध, जीर्ण-क्षीण, मन्दबुद्धि वानर ऐसा समझता है।"

"नहीं! इसलिए कि तुम अनधिकारी हो। तुममें अहंकार है। अहंकार-विसर्जन के बिना, कोई

व्यक्ति इस मार्ग पर आगे नहीं बढ़ सकता।...” वानर का स्वर इस बार पर्याप्त दृढ़ था।

‘गुण होंगे तो अहंकार भी होगा।’ भीम ने मन-ही-मन सोचा, और बोला, “अच्छा! तू हट मार्ग से।”

“इस मार्ग से मत जाओ।” वानर पुनः दीन हो गया था, “यह तुम्हारे हित में नहीं है। मत जाओ। अभी तुम अपने अहंकार को जीत नहीं पाये हो।”

“इस संसार में अहंकार-शून्य कोई नहीं है।” भीम बोला, “तू हट मार्ग से, नहीं तो उठा कर फेंक दूँगा। सारी अस्थियों का चूर्ण बन जायेगा।”

इस बार वानर कुछ नहीं बोला।

“हटते हो या नहीं?” भीम ने अपनी गदा उठायी।

वानर ने उसकी ओर देखा और निरीह भाव से बोला, “यदि इतने ही दृढ़ संकल्पी हो, इस मार्ग से जाने के लिए, तो मेरी पूँछ उठा कर, एक ओर कर दो और निकल जाओ।”

भीम के मन में आया कि पूँछ क्यों, मैं इसकी गर्दन से पकड़ कर, इसे ही उठा कर एक ओर फेंक देता हूँ।...किन्तु फिर उसके वृद्ध और रोगी शरीर को देखकर दया आ गयी।...

उसने वानर की पूँछ पकड़ी...किन्तु भीम से पूँछ उठी नहीं!...भीम ने चकित हो कर वानर की ओर देखा...ऐसा सम्भव नहीं कि पर्वत शिलाओं को उठा लेने वाला भीम एक साधारण, वृद्ध और रोगी वानर की पूँछ को न उठा सके। यह वानर कोई-न-कोई चतुराई कर रहा है।...भीम ने गदा भूमि पर रखी। दृढ़तापूर्वक, उसकी पूँछ दोनों हाथों में पकड़ी और सोचा, इसे दो-चार बार घुमा कर इस प्रकार आकाश में उछाल दूँगा, कि अपने-आप स्वर्ग पहुँच जायेगा...

किन्तु भीम की इच्छा तनिक भी पूरी होती दिखायी नहीं दी। उठना तो दूर, पूँछ तो जैसे उससे हिल ही नहीं रही थी।

भीम का अहंकार पानी-पानी होता जा रहा था।...संसार में स्वयं को सर्वाधिक शक्तिशाली समझने वाले पवन-पुत्र भीम से, एक साधारण वृद्ध और रोगी वानर की पूछ नहीं उठायी जा रही थी...

“कौन हैं आप?” सहसा भीम का मन भी बदल गया और स्वर भी, “कौन हैं आप? यहाँ धूल में मृत-प्राय अनाथ पशु के समान पड़े हैं...कौन हैं आप?”

वानर की उनींदी आँखों में पहली बार मन्द हास झलका, “मैं हनुमान हूँ। पवन-पुत्र हनुमान! पवन-पुत्र होने के नाते, तुम्हारा भाई हूँ।...”

भीम के हाथ जुड़ गये...मस्तक झुक गया, “मैं आपको प्रणाम करता हूँ महावीर! आपके दर्शन कर, मैं धन्य हुआ।...”

“मेरे दर्शन तुम ने कहाँ किये हैं भीम!” हनुमान हँसे।

“तो अपने दर्शन दें बजरंग बली!”

हनुमान हँसे....और उनका शरीर बढ़ने लगा...वह अत्यन्त तेजस्वी शक्तिशाली और वृहदाकार शरीर था...तो ये थे हनुमान...और कैसे बन कर पड़े थे, जैसे शरीर में प्राण ही न हों...

“मुझे क्षमा करें महावीर!” भीम का स्वर असाधारण रूप से दीन हो गया था, “मैं समझ गया कि अहंकार क्या होता है और अहंकार-शून्यता क्या होती है...मैं समझ गया कि इस मार्ग से कौन सदेह स्वर्ग में जा सकता है...”

हनुमान खिलखिला कर हँस पड़े। सारे वन में उनके हास की प्रतिध्वनि गूँज रही थी, जैसे दसों

दिशाएँ हँस रही हों...

एक झटके से भीम की आँखें खुल गयीं...वह एक विशाल वृक्ष की छाया में, उसके तने के साथ लगकर शायद सो गया था...आस-पास कोई नहीं था। हनुमान भी नहीं...भीम के भाई हनुमान...कहाँ गये हनुमान?...तो क्या वह भीम का स्वप्न था? पर यह स्वप्न कैसे हो सकता है? वह तो इतना जीवन्त अनुभव था।...अपने सामर्थ्य को छिपा कर कोई कैसे रहे?...कैसे साधारण बन कर रहे?...दूसरों से क्यों स्वयं को श्रेष्ठ समझे?...भीम को अहंकार के विगलन का उपदेश देने स्वयं हनुमान आये थे...वे उसे दिखा रहे थे कि वस्तुतः वे क्या हैं, और अपनी क्षमताओं को छिपाकर कैसे साधारण से बन कर रहते हैं...किन्तु इस समय इस प्रकार का उपदेश देने के लिए आने की क्या आवश्यकता थी उन्हें?... नहीं! यह स्वप्न ही रहा होगा...पर स्वप्न? भीम को ऐसे स्वप्न तो नहीं आया करते...

"होगा!..." भीम ने अपने मस्तिष्क से सब कुछ झटक दिया...उसने काफी समय इधर-उधर बिता दिया था। ऐसे तो रात हो जायेगी। धर्मराज वहाँ चिन्तित होंगे। पांचाली व्याकुल होगी। सम्भव है, नकुल और सहदेव उसे खोजने के लिए चल पड़ें...और वह तो सौगन्धित पद्म खोज ही नहीं पाया है...

भीम के पग चलते रहे; और मन तथा नेत्र, पुष्प-किरीट धारण किये हुए पर्वत-शृगों पर लगे रहे। कहाँ होगा वह सरोवर जिसमें सौगन्धित सहस्रदल खिलते हैं? सम्भव है सरोवर न हो, सरित हो...धत्त!...भीम ने स्वयं को झिड़क दिया। कभी सरिताओं में भी कमल खिले हैं? कमल खिलाने हों, तो जल को सरोवर ही बनना पड़ता है। सरिता को कहाँ अवकास है, कि वह रुक जाये; अपने स्वच्छ जल को कुछ गँदला करे, कुछ थोड़ा कीच धारण करे और सौगन्धित सहस्रदल पद्म खिलाये। सरिता के जीवन में ठहराव नहीं होता, मात्र गति होती है। जो अपनी गति पर मुग्ध हो, वह न स्वयं को संयत कर सकता है, न अपने वक्ष पर कमल खिला सकता है...

भीम का ध्यान द्रौपदी की ओर चला गया...वह प्रतीक्षा में बैठी होगी। मन-ही-मन व्याकुल हो रही होगी।...लौट कर भीम जब असंख्य सौगन्धित पद्म उसके आँचल में डालेगा, तो वह कितनी प्रसन्न होगी...भीम की आँखों के सम्मुख द्रौपदी का प्रफुल्लित चेहरा तैर गया...विशालाक्षी द्रौपदी के वे सस्मित अधर...चेहरे पर वैसा सन्तोष!...उन स्थितियों और उस सन्तोष के लिए भीम क्या नहीं कर सकता?...

भीम के तन और मन में नयी और असाधारण ऊर्जा का संचार हुआ...भीम इस समय पर्वतों को फलांग सकता था, आकाश के नक्षत्र तोड़ कर ला सकता था, सागर के गर्भ में से सारे रत्न बटोर सकता था...

सूर्य अपराह्न से सन्ध्या की ओर चल पड़ा था।...सहसा भीम को एक स्वच्छ और पारदर्शी नदी दिखायी दी। नदी नहीं, जलधारा ही थी। नहीं, जल-धारा भी नहीं थी। यह तो बस जल-समूह था... वर्षा का जल यहाँ जमा हो गया था, या हिम तथा उपल विगलित हो कर, यहाँ संचित हो गये थे... अथवा भूमि के जल-उत्सों ने, एक नदी के आकार का सरोवर बनाया था?...जो कुछ भी था, किन्तु। हंस, कारण्डव तथा अनेक अन्य जल-पक्षी दिखायी दे रहे थे...कमल भी थे, जैसे पर्वत को किसी ने कमलों की माला पहना दी हो...

भीम के पगों में वेग आ गया। वह जैसे पवन-वेग से उड़ रहा था...किन्तु ये न तो स्वर्ण-कमल थे, न उनका रंग वैसा नीला था, न सहस्रदलों वाले थे, और न उनमें वैसी सुगन्ध थी...

भीम के पग कुछ शिथिल हुए और आँखों के सम्मुख वनवास के क्लेशों से पीड़ित प्रियतमा द्रौपदी का बिम्ब आ गया...'ओह भीम! तुम भी मेरी इच्छा-पूर्ति नहीं कर सके?...' भीम की पीठ पर नहीं, मन पर कशाघात हुआ...'मध्यम! तुम भी मेरी इच्छा-पूर्ति नहीं कर पाये!...मध्यम! तुम भी!'... थोड़ी देर पहले भीम को जो कमल-वन, पर्वत के कण्ठ में पड़ा हुआ हार लग रहा था, वही कमल-वन, जैसे पर्वत के वक्ष पर उग आये फफोलों के समान लगने लगा...इन कमलों के सौन्दर्य का कोई क्या करे, जो उसकी प्रिया के मन को प्रसन्नता नहीं दे सकते।

अब भीम कुछ और ऊँचाई पर आ गया था। वन कुछ क्षीण हो गये थे और स्थान-स्थान पर जल-स्रोत और स्वच्छ जल के सरोवर दिखायी दे रहे थे। यह क्षेत्र उतना निर्जन भी नहीं था। पास ही किन्नरों, गन्धर्वों और यक्षों के कुछ ग्राम होने चाहिए। वनों तथा सरोवरों के आसपास कुछ ऐसी गतिविधियाँ परिलक्षित हो रही थीं...

भीम ने लकड़ी का बोझ ले जाते, एक ग्रामीण यक्ष को रोक लिया, "यह किसका क्षेत्र है?"

"कुबेर का आर्य!"

"यहाँ आसपास कोई सरोवर है, जहाँ परम रमणीय सहस्रदल सौगन्धित कमल खिलते हों?"

ग्रामीण ने कुछ भयभीत दृष्टि से भीम की ओर देखा, "मैंने तो नहीं देखा आर्य! किन्तु सुना है कि कैलास पर्वत के निकट, कुबेर के भवन के मार्ग में एक सौगन्धित क्षेत्र है।"

"वहाँ कोई सरोवर है? वहाँ सहस्रदल सौगन्धित पद्म खिलते हैं क्या?"

"यह मैं नहीं जानता आर्य! पर उसे सौगन्धित क्षेत्र कहा गया है।"

भीम के लिए इतना ही पर्याप्त था...यदि वह सौगन्धित क्षेत्र था, तो सौगन्धित पदम् भी वहीं खिलते होंगे।...ठीक कहता है ग्रामीण, उसने नहीं देखा होगा। यदि साधारण लोग उसे देख पाते, तो उसे प्राप्त करने का भी प्रयत्न करते...अपने घरों में, अपने खेतों में, अपनी बावड़ियों और तड़ागों में, उसकी खेती करना चाहते...

"आभार!" भीम ने कहा; और आगे चल पड़ा।

कुछ दूर चल कर, सीधी चढ़ाई थी। थोड़ी-सी चढ़ाई के पश्चात् ही हरीतिमा कुछ अधिक दिखायी देने लगी थी। वृक्षों की संख्या बढ़ गयी थी। वे अधिक ऊँचे भी थे और सघन भी!...किन्तु आगे बढ़ने के लिए कोई विशेष मार्ग नहीं था। कोई छोटी-सी पगडण्डी भी नहीं दिखायी दे रही थी। '...क्या इधर से कोई आता जाता ही नहीं?' भीम ने मन-ही-मन सोचा। उसे अपने प्रश्न का उत्तर पाने के लिए अधिक देर नहीं रुकना पड़ा।...उसने कुछ लताओं को हटा कर, एक ओट कर, आगे बढ़ने का मार्ग बनाया ही था कि एक सशस्त्र सैनिक उसके सामने पड़ गया...

"ऐ, कौन हो तुम? इधर कहाँ जा रहे हो?"

"क्यों?" भीम ने उसे कुछ आश्चर्य से देखा, "यह वन तुम्हारी सम्पत्ति है?"

"नहीं! यह यक्षराज कुबेर का निजी क्षेत्र है।" वह बोला।

"यहाँ सर्व-साधारण का आना-जाना मना है?" भीम ने पूछा।

"हाँ! यह निषिद्ध क्षेत्र है।" सैनिक ने उत्तर दिया, "यह यक्षराज की प्रिय रमण-स्थली है।"

"अच्छा-अच्छा!" भीम हँसा, "यहाँ यक्षराज इन वृक्षों पर झूले डालकर अप्सराओं के साथ क्रीड़ा करते रहते हैं।"

"नहीं!" सैनिक कुछ रुष्ट हो कर बोला, "यह सौगन्धित क्षेत्र है। यहाँ सौगन्धित सरोवर है। उसमें जल-क्रीड़ा करने के लिए आते हैं, धनाध्यक्ष कुबेर।"

भीम प्रसन्न हो गया, "बस! आपसे यही सूचना चाहिए थी मान्यवर!"

"मैं तुम्हारा अभिप्राय नहीं समझा।" सैनिक बोला।

"उसकी आवश्यकता नहीं है।" भीम ने उत्तर दिया, "तुम मुझे अपने नायक के पास ले चलो।"

"उसकी अनुमति नहीं है।" सैनिक बोला, "इधर कोई मार्ग नहीं है। नायक के पास जाना है, तो नीचे उतर जाओ। घूम कर पर्वत की दूसरी ओर पहुँचो; और उचित मार्ग से नायक के पास जाने की प्रार्थना करो।"

"मेरे पास इतना समय नहीं है।" भीम ने कहा, "मुझे इसी मार्ग से जाना है; और तुम मुझे मार्ग दिखाओगे।"

इससे पहले कि सैनिक कुछ कहता अथवा समझता, भीम ने झपट कर उसकी ग्रीवा पकड़ ली और अपनी अँगुलियों को कसता चला गया।...सैनिक का मुख लाल हो गया। श्वास रुक रहा था और ग्रीवा में असह्य पीड़ा थी...

"मुझे छोड़ो।" वह छटपटाया।

"चुपचाप अपने नायक तक ले चलोगे?" भीम ने पूछा।

सहमत हो जाने के अतिरिक्त, सैनिक के पास कोई मार्ग नहीं था। उसने सिर हिला दिया।

भीम ने उसे छोड़ दिया, "चलो। चुपचाप आगे बढ़ते चलो।"

"मैं तो बढ़ता चलूँगा।" वह बोला, "किन्तु मार्ग में अनेक सैनिक हैं। वे हमें रोकेंगे। वे मेरे आदेश का तो पालन नहीं करेंगे न।"

"ठीक है।" भीम बोला, "मैं अपना खड्ग तुम्हारी पीठ से लगाये चलता हूँ। वे समझ जायेंगे कि तुम बाध्य हो कर मुझे ले जा रहे हो। तुम उन्हें कहना कि वे लोग मुझे घेरकर चलें। शेष नायक के पास पहुँचने के पश्चात्..."

सौगन्धित सरोवर के रक्षकों के नायक ने एक विचित्र दृश्य देखा : उसके वन-रक्षक असाधारण रूप से हृष्ट-पुष्ट एक व्यक्ति को घेर कर, ला रहे थे। उन के शस्त्र उसकी ओर लक्षित थे, और व्यक्ति ने अपना नग्न-खड्ग एक वन-रक्षक की पीठ में चुभो रखा था...

नायक ने वन-रक्षकों को पीछे हट जाने का संकेत किया और भीम से बोला, "अपना खड्ग हटाओ।"

भीम ने अपना खड्ग चुपचाप कोष में रख लिया। खड्ग हटते ही उसका बन्दी भाग कर अपने साथियों से जा मिला।

"कौन हो तुम?" नायक ने पूछा।

"मैं पाण्डु-पुत्र भीम हूँ। धर्मराज का छोटा भाई। हम लोग तीर्थ-यात्रा पर निकले हैं; और लोमश ऋषि के साथ बद्रिकाश्रम क्षेत्र में ठहरे हुए हैं।"

"तो यह सब क्या है?" नायक ने रोषपूर्वक पूछा, "यह तीर्थयात्रियों का व्यवहार है? वेश

वनवासियों का और कृत्यों साहसियों का?"

भीम ने उसकी बात का उत्तर नहीं दिया। उसने घूम कर सामने फैले विशाल सरोवर को देखा : सचमुच अद्भुत था वह सरोवर। विशाल और रमणीक। चारों ओर असाधारण सुगन्ध छायी हुई थी। सरोवर में सहस्रों की संख्या में सौगन्धित पद्म खिले हुए थे...

"मेरी बात सुन रहे हो?" नायक ने कुछ डाँट कर पूछा।

"बधिर नहीं हूँ।" भीम ने उत्तर दिया, "ऐसा ही एक सौगन्धित सहस्रदल देख कर, मेरी प्रिया ने बहुत सारे पद्मों की कामना की है। मैं उसकी इच्छापूर्ति के लिए, ये पुष्प लेने आया हूँ।"

"सौगन्धित पद्म।" नायक हंसा, "इस सरोवर की रक्षा हम इसलिए तो कर रहे हैं कि आप जैसे महानुभाव आयें और हम सहस्रदल सौगन्धित पद्म उन्हें सादर समर्पित करें।" नायक ने उसे तिरस्कारपूर्वक देखा।

भीम ने उसके उपहास की चिन्ता नहीं की, "मैं सज्जनतापूर्वक तुम्हें सूचित कर रहा हूँ कि मुझे ढेर सारे सौगन्धित पद्म चाहिए।"

"ओह, यह बात है।" नायक की मुद्रा तनिक भी नहीं बदली, "मैं भी उतनी ही सज्जनतापूर्वक तुम्हें सूचित कर रहा हूँ कि यह सरोवर, धनाध्यक्ष यक्षराज कुबेर की निजी सम्पत्ति है। मैं उनकी ओर से, इसकी रक्षा के लिए नियुक्त हूँ। उनकी अनुमति के अभाव में कोई भी प्राणी, पुष्प लेना तो दूर, इस जल को छू भी नहीं पायेगा।...पुष्प लेने की बहुत इच्छा हो, तो हमारे स्वामी से आज्ञा ले आओ।"

भीम ने क्षणभर विचार किया, "अच्छा! ले चलो, कुबेर के पास! पहले उन्हीं से बात कर लूँ।"

"तुम उनसे इस प्रकार नहीं मिल सकते।" नायक बोला।

"तो कैसे मिल सकता हूँ?"

"जिस मार्ग से आये हो, उसी मार्ग से विशालबद्री नामक भगवान् नर-नारायण के स्थान पर लौट जाओ। वहाँ से वृषपर्वा के रमणीक आश्रम पर जाओ, जहाँ सिद्ध और चारण निवास करते हैं। "उनके आश्रम को लाँघ कर आर्ष्टिषेण के आश्रम पर जाओ। वहाँ से तुम्हें धनदाता कुबेर के निवास का मार्ग मिलेगा।"

भीम ने नायक को इस प्रकार देखा, जैसे वह मार्ग न बता रहा हो, उन्मत्त के समान प्रलाप कर रहा हो, "तुमने अनुमतिपत्र प्राप्त करने के कार्यालय का मार्ग तो बहुत संक्षिप्त बताया है।"

"यही मार्ग है।" नायक ऐंठ कर बोला।

"देखो!" भीम ने अपनी तर्जनी उसकी ओर उठायी, "यदि अनुमति प्राप्त करने का नियम बनाया गया है, तो अनुमति देने की व्यवस्था भी होनी चाहिए। अन्यथा मैं यही मानूँगा कि अनुमति-प्राप्ति का कोई नियम नहीं है; और मुझे अब अनुमति प्राप्त करने की आवश्यकता नहीं है।"

"यहाँ तो यही व्यवस्था है।" नायक बोला, "राजा की इच्छा है, जैसी व्यवस्था वे करना चाहें, करें।"

"राजा का अर्थ स्वेच्छाचारी, निरंकुश, अत्याचारी राक्षस नहीं होता।" भीम ने कुछ क्रुद्ध स्वर में कहा, "नियम, प्रजा की सुविधा के लिए होते हैं, उसके उत्पीड़न के लिए नहीं।"

"मेरा धर्म यहाँ नियमों, व्यवस्था और विधान पर शास्त्रार्थ करना नहीं है।" नायक ने कहा, "वह सभासदों का दायित्व है। मेरी नियुक्ति तो तुम जैसे अतिक्रमणकारियों से इस सम्पत्ति की रक्षा के

लिए हुई है।"

"यह अच्छा विधान है तुम्हारा।" भीम का धैर्य, साथ छोड़ता जा रहा था, "बिना अनुमति के सरोवर में उतर नहीं सकते; और अनुमति की कोई व्यवस्था ही नहीं है।"

"यही समझ लो।" नायक दम्भपूर्वक बोला।

भीम ने उसे रुष्ट दृष्टि से देखा, और सरोवर की ओर मुड़ गया।

"कहाँ जा रहे हो?" नायक ने चेतावनीपूर्ण स्वर में पूछा।

"मैं अपनी प्रिया के लिए सौगन्धित पद्म लेने जा रहा हूँ।" भीम ने दृढ़ स्वर में कहा, "तुमसे जो बन पड़े, कर लो।"

"सरोवर में उतर कर देखो।" नायक ने भी उतनी ही दृढ़ता से कहा।

भीम ने जैसे उसकी चेतावनी सुनी नहीं। वह सरोवर तक गया और निर्द्वन्द्व भाव से जल में बैठ गया। जल की शीतलता ने उसे अनुभव कराया कि यद्यपि वसन्त ऋतु का आगमन हो चुका था किन्तु इस पार्वत्य प्रदेश में, अभी ऊष्मा का वैसा संचार नहीं हुआ था, जैसा भीम ने मान लिया था।

रक्षकों का नायक आँखें फाड़े, भीम की ओर देख रहा था : उसने कल्पना भी नहीं की थी कि उसकी वैसी गम्भीर चेतावनी के पश्चात् भी कोई व्यक्ति सरोवर में उतरने का साहस कर सकता है, चाहे वह कितना भी शक्तिशाली क्यों न हो!...किन्तु यह व्यक्ति जाने किस धातु का बना हुआ था कि न उसे धनाध्यक्ष कुबेर का नाम आतंकित करता था, न रक्षकों की सशस्त्र वाहिनी की उपस्थिति, न नियम-विधान का भय!...

नायक की दृष्टि भीम की गतिविधियों का निरीक्षण करती रही। उसने उसे सरोवर तक जाते देख, जल में प्रवेश करते देखा; और फिर देखा कि वह सौगन्धित पद्मों का अपहरण कर रहा था...

"उसका वध कर दो!" नायक ने अपने सैनिकों को आदेश दिया।

भीम असावधान नहीं था। प्रकटतः तो उसने पलट कर यह भी नहीं देखा था कि कितने सैनिक उपरिथत हैं; किन्तु उसके भीतर का योद्धा पूर्णतः सजग और सन्नद्ध था। वह जानता था कि ऐसी किसी परिस्थिति में बिना किसी चेतावनी के भी, उस पर घातक आक्रमण किया जा सकता था।

यक्ष सैनिकों की स्थिति, इसके ठीक विपरीत थी। वे ऊपर से जितने सावधान और आक्रामक दिखायी दे रहे थे, भीम के बल और कौशल से वे उतने ही असावधान थे। उनका पहला आक्रमण सर्वथा योजना-विहीन और युद्ध-कौशल से शून्य था। पहले ही धावे में जब उनके अनेक सैनिक धरती पर लोटने लगे, तो उनके नायक को स्थिति की गम्भीरता का आभास हुआ।...उसने अपने सैनिकों को सँभलने और आक्रमण को योजनाबद्ध बनाने के लिए कुछ निर्देश दिये और दो सैनिकों को, शीघ्रतापूर्वक सेनापति के पास जाने का आदेश दिया, ताकि या तो सेनापति स्वयं आ कर स्थिति सँभालें अथवा सहायता के लिए और वाहिनियाँ भेजें।...इतना कुछ कर लेने पर भी, उसको साहस नहीं हुआ कि वह स्वयं खड्ग ले कर, भीम के सम्मुख जा खड़ा होता...

युधिष्ठिर ने भोजन के समय भी भीम को नहीं देखा, तो उन्होंने द्रौपदी की ओर देखा, "मध्यम कहाँ है?"

द्रौपदी पहले से ही कुछ असहज लग रही थी; इस प्रश्न से उसका शान्त बने रहने का छद्म

पूर्णतः भंग हो गया। उसकी व्याकुलता खुल कर सामने आ गयी, "वे मेरे लिए वैसे ही अनेक सौगन्धित पद्म लेने गये हैं, जैसा एक, प्रातः मैंने आपको दिया था।"

युधिष्ठिर को और कुछ पूछना नहीं पड़ा। सारी स्थिति समझने में उन्हें अधिक समय भी नहीं लगा। मन में एक आवेश-सा उठा। उन्हें लगा, उसके मन में द्रौपदी के प्रति विरोध, और कठोरता का भाव उदित हुआ है...इतनी समझदार और पण्डिता हो कर भी यह स्थितियों को क्यों नहीं समझती...क्यों यह अति साधारण नारियों के समान, साधारण से साधारण शृंगार-सामग्री के लिए भी, इस प्रकार लालायित हो उठती है? यह क्यों समझ नहीं पाती कि उसकी इच्छा-पूर्ति के लिए, भीम भयंकर जोखिम भी उठा सकता है।...वह सौगन्धित पद्म साधारण पुष्प नहीं था...जाने वह किस क्षेत्र में हो...द्रौपदी यह क्यों नहीं सोचती कि यहाँ की प्रकृति जितनी सुन्दर और लुभावनी है, वह उतनी ही कठोर और भयंकर भी हो सकती है। यह पवन अभी वेग पकड़ ले, हिम-झंझावात आरम्भ हो जाये, मेघ आतंक मचाने लगें...तो वे लोग भीम को खोजने कहाँ जायेंगे। पर यह सब कहने का क्या लाभ था! भीम जा चुका था...और द्रौपदी अपनी नारी-सुलभ प्रकृति त्याग नहीं सकती थी... उसके विवाह के ठीक पश्चात् माँ ने इसी विषय में उन्हें विशेष रूप से सावधान किया था।...स्त्री, प्रकृति-रूपा है। वह अपने रूप और अलंकरण का प्रदर्शन भी करेगी, और उस पर मुग्ध भी होगी... उसके पास स्वर्ण के सहस्रों आभूषण भी होंगे, तो वह एक पुष्प का मोह त्याग नहीं पायेगी... और यह सहस्रदल सौगन्धित पद्म तो साधारण पुष्प नहीं था...

"पर मध्यम को गये तो बहुत विलम्ब हो चुका।" सहदेव ने कहा, "अब तक तो उन्हें लौट आना चाहिए था।"

"मैंने सौगन्धित पद्म लाने का अनुरोध करते हुए, यह नहीं सोचा था कि उसके लिए कहीं दूर जाना होगा।" द्रौपदी ने धीरे से कहा, "मैंने तो यही समझा था कि वह यहीं कहीं, निकट ही उपलब्ध होगा, जो पवन के उड़ाये बिना स्वयं उड़कर यहाँ चला आया है।"

"निकट कहीं उपलब्ध होता, तो आज तक हमारी दृष्टि में न पड़ा होता क्या?" नकुल ने कहा, "अवश्य ही उसके लिए मध्यम को कहीं दूर जाना पड़ गया है।"

"सहदेव! मेरा विचार है कि तुम तपोवन में जा कर, तपस्वियों से पूछो। शायद कोई जानता हो कि ऐसा सौगन्धित पद्म कहाँ मिलता है।" युधिष्ठिर बोले, "यदि पता चल जाये तो वहाँ पहुँचने का मार्ग जान लो; और यदि कोई पथ-प्रदर्शक मिल जाये तो उसे साथ ले आओ।" वे रुक कर जैसे अपने-आपसे बोले, "लोमश ऋषि यदि कहीं समाधि में न बैठ गये होते, तो यह कठिनाई न होती।"

सहदेव चला गया।

नकुल ने सारे शस्त्रास्त्र सहेज लिए, जैसे भावी युद्ध के लिए सन्नद्ध हो रहा हो।

द्रौपदी को भी चिन्ता होने लगी थी : कहीं उसके कारण मध्यम किसी संकट में तो नहीं जा फँसे? किसी मनुष्य अथवा मनुष्यों के समूह से भीम को कोई संकट नहीं हो सकता...उस के शस्त्रास्त्र उस के पास थे। ऐसी स्थिति में वह अकेला ही, एक पूरी सेना के लिए पर्याप्त था।...वन्य पशुओं की भी कोई चिन्ता नहीं थी। भीम, सिंहों और गजों से भी भिड़ सकता था...किन्तु सरिताओं और पर्वतों से तो मनुष्य नहीं लड़ सकता...यह सारा क्षेत्र भीम के लिए सुपरिचित नहीं था। यदि वह अपने अज्ञानवश, किसी वेगवती सरिता में बह जाये, अथवा किसी ऊँचे हिमशृंग से उसके पैर

फिसल जायें....तो उसका बल-विक्रम क्या कर सकता है?

...ऐसे अवसरों पर धर्मराज भी स्थिर नहीं रहते। अपने भाइयों के प्रति उनका मोह इतना अधिक है कि वे स्वयं को संयत नहीं रख पाते।...उनका सारा ज्ञान, मोह की धारा में बह निकलता है और वे असन्तुलित रूप से व्याकुल हो जाते हैं...

सहदेव लौट आया। उसके साथ एक युवा ब्रह्मचारी भी आया था।

"धर्मराज!" वह बोला, "सहस्रदल सौगन्धित पद्म, सौगन्धित क्षेत्र में, एक रमणीय सरोवर में पुष्पित होते हैं। वह सरोवर धनाध्यक्ष कुबेर के अधिकार में है; किन्तु सर्वसाधारण को वहाँ जाने की अनुमति नहीं है। इसलिए आपके भाई वहाँ तो नहीं ही पहुँचे होंगे...।"

"नहीं ब्रह्मचारी!" युधिष्ठिर ने उत्तर दिया, "यदि सर्वसाधारण को वहाँ जाने की अनुमति नहीं है, तो भीम अवश्य ही वहाँ पहुँचा होगा। तुम हमें यह बताओ कि वह यहाँ से कितनी दूर है।"

"वह स्थान तो यहाँ से निकट ही है।" ब्रह्मचारी बोला, "किन्तु अन्यन्त दुर्गम है। पार्वत्य उतार-चढ़ाव है और सघन वन है। यह सब भी इतना महत्त्वपूर्ण नहीं है। सबसे बड़ी कठिनाई कुबेर के वन-रक्षक हैं। वे किसी भी स्थिति में, आप को इस मार्ग से जाने नहीं देंगे।...दूसरे मार्ग से जाने पर डेढ़-दो प्रहर लग सकते हैं; किन्तु सरोवर तक तब भी नहीं पहुँचा जा सकता, क्योंकि तब सरोवर-रक्षक आपको रोकेंगे।"

युधिष्ठिर को निश्चय करने में दो क्षण भी नहीं लगे, "ब्रह्मचारी! हमें निकटतम मार्ग से ले चलो। कुबेर के सैनिकों की तुम चिन्ता मत करो। उन्हें हम समझा लेंगे। विलम्ब, हमारे लिए भी घातक है और कुबेर के लिए भी। वे लोग भीम को रोकेंगे, और भीम उनके रोके रुकेगा नहीं। परिणामतः संघर्ष होगा। उस संघर्ष में व्यर्थ का रक्तपात होगा; और ईश्वर के बनाये प्राणियों का संहार होगा।...तुम हमें शीघ्र ले चलो।"

"आइए।"

ब्रह्मचारी चल पड़ा और वे लोग उसके पीछे-पीछे चले! युधिष्ठिर आगे थे। उनके पीछे द्रौपदी चल रही थी; और नकुल एवं सहदेव, पीछे से उन की रक्षा करते हुए आगे बढ़ रहे थे। कोई संदेह नहीं कि वन सघन था; किन्तु ब्रह्मचारी जैसे एक-एक वृक्ष और एक-एक लता से परिचित था। वह निरन्तर उन्हें सचेत करता चल रहा था...उसे संकटपूर्ण झाड़ियों तथा लताओं के नीचे छिपे गढ़ों तक का ज्ञान था...

"इस क्षेत्र में वन्य-पशु नहीं हैं?" सहदेव ने पूछा।

"नहीं! प्रायः वे लोग इधर नहीं आते। यहाँ उनके लिए जल-स्रोत नहीं हैं। वे दूसरी ओर हैं। इस मार्ग से जाने पर सौगन्धित क्षेत्र तक एक भी सरिता अथवा कोई सरोवर नहीं है। हाँ! पक्षी अवश्य दिखायी दे जाते हैं।...किन्तु आश्चर्य है...।"

"कैसा आश्चर्य?" युधिष्ठिर ने पूछा।

"अभी तक हमें कुबेर का एक भी वन-रक्षक नहीं मिला है।" ब्रह्मचारी बोला, "लगता है, कहीं कुछ अघटनीय अवश्य घटा है; अन्यथा, यहाँ तो पग-पग पर यक्ष-सैनिक अपने शस्त्रों के साथ नियुक्त हुआ करते थे।"

"क्या ऐसा नहीं हो सकता कि मध्यम के कारण ही कुबेर के सैनिकों की यह सारी व्यवस्था,

नष्ट-भ्रष्ट हो गयी हो?" द्रौपदी ने पूछा।

"व्यवस्था नष्ट-भ्रष्ट हुई नहीं लगती।" ब्रह्मचारी जल्दी से बोला, "एक भी सैनिक के उपस्थित न होने का तो अर्थ है कि या तो सैन्यबल, यहाँ से हटा लिया गया है, अथवा वे लोग किसी असाधारण भय के कारण अपना स्थान छोड़ कर भाग गये हैं।"

"दूसरी बात की ही सम्भावना अधिक है।" युधिष्ठिर बोले, "सम्भव है कि भीम इसी मार्ग से गया हो।"

"किन्तु यहाँ किसी संघर्ष के तो लक्षण ही नहीं हैं।" ब्रह्मचारी बोला।

"संघर्ष के बिना ही सैनिक भाग गये होंगे।" सहदेव ने कहा।

"नहीं! शायद भीम इस मार्ग से न गया हो।" युधिष्ठिर बोले, "इधर न तो वृक्षों की शाखाएँ टूटी हुई हैं, न लताओं को उखाड़ा गया है। भीम इधर से गया होता, तो अपनी यात्रा के स्पष्ट प्रमाण छोड़ गया होता।"

वे लोग वन से बाहर निकल आये थे। सामने, एक लम्बी हिमानी ढलान थी, जैसे कोई जल से भरी सरिता, जमकर हिम में परिणत हो गयी हो।

"आप लोग सावधानी से मेरे पीछे आयें। "ब्रह्मचारी बोला, "यहाँ और कोई संकट नहीं है। बस, एक ही बात का ध्यान रखें कि हिम-भ्रम न हो।"

"हिम-भ्रम क्या?" द्रौपदी ने पूछा।

"हिम का भ्रम!" ब्रह्मचारी बोला, "कई बार लगता तो यही है कि यह हिम-खण्ड, भूमि के ही समान सशक्त और कठोर है, किन्तु वैसा होता नहीं है। हिम की एक कोमल-सी परत के नीचे जल-धारा होती है। उस स्थान पर मनुष्य का पैर पड़ जाये तो हिम का वह आच्छादन टूट जाता है। और मनुष्य उस हिमानी जल-धारा में डूब कर स्वयं हिम हो जाता है।"

"और कितनी दूर है वह स्थान, ब्रह्मचारी?" युधिष्ठिर ने पूछा।

"बस धर्मराज! सामने की चढ़ाई चढ़ते ही हम सौगान्धित क्षेत्र में होंगे।" फिर कोई चर्चा नहीं हुई। सबकी दृष्टि सामनें की चढ़ाई पर ही टिकी हुई थी...जानें भीम वहाँ होगा भी या नहीं! जानें उन्हें वहाँ तक पहुँचने में कितना समय लगेगा...अभी तक तो उनके मन में आशा थी कि भीम उन्हें वहाँ मिल जायेगा; किन्तु यदि भीम वहाँ न हुआ तो?...यहाँ तक आने का सारा श्रम व्यर्थ जायेगा... और जो समय इसमें लगाया, वह अलग...पर किया भी क्या जा सकता है! आखिर, कहीं से तो सन्धान आरम्भ करना ही था...

चढ़ाई आरम्भ होते ही ब्रह्मचारी ने सबसे आगे चलकर, नेतृत्व करने के स्थान पर, सबसे पीछे रहना ही उचित समझा! यदि किसी का पैर फिसला, अथवा किसी को सहारे की आवश्यकता हुई तो, पीछे रह कर ही ब्रह्मचारी सहायता कर सकता था।

युधिष्ठिर के मन में एक बार आया कि वे ब्रह्मचारी को, आगे-आगे चलने को कहें। यदि अकस्मात् ही पीछे से किसी ने आक्रमण कर दिया, तो ब्रह्मचारी अपनी रक्षा कैसे कर पायेगा।... किन्तु सारे मार्ग में वैसी कोई दुर्घटना नहीं हुई थी। कुबेर के जिन सैनिकों का मिलना निश्चित् था, वे ही नहीं मिले, तो किसी दुष्ट, आतताई की कल्पना से आशंकित रहने का क्या लाभ?...यह शान्त क्षेत्र था। सामान्यतः यहाँ कुबेर के सैनिक व्यवस्था बनाए रखते होंगे...

चढ़ाई समाप्त होने से कुछ पहले ही, वे लोग रुक गये।

सामने के वृक्षों के झुरमुट में कुछ सैनिक अपने शस्त्रों सहित, छिपने का प्रयत्न कर रहे थे।

"कौन हो, तुम लोग?" युधिष्ठिर ने उच्च स्वर में पूछा।

सैनिक चौंक कर उनकी ओर मुड़े। उनकी मुद्रा तनिक भी आक्रामक नहीं थी। वे लोग मूषक के समान, अपने भीतर ही छिप जाने का प्रयत्न कर रहे थे।

"कौन हो तुम?" युधिष्ठिर ने पुनः पूछा।

"तुम लोग कौन हो?" सैनिकों के नायक ने कुछ साहस कर प्रतिप्रश्न किया। सहदेव आगे बढ़ा...

सैनिकों ने अपने धनुष उनकी ओर तान दिये, "आगे मत बढ़ना।"

ब्रह्मचारी उनसे पृथक् हो, आगे बढ़ आया, "भय त्याग दो। ये तुम्हारे शत्रु नहीं। ये ज्येष्ठ पाण्डव धर्मराज युधिष्ठिर...।"

उनका वाक्य पूरा भी नहीं हुआ था कि नायक चिल्लाया, "ये भी पाण्डव हैं।"

"हाँ। ये पाण्डव हैं, और तुम्हारे शत्रु नहीं हैं।"

"वह पाण्डव भी हमारा शत्रु नहीं है; किन्तु उसने हमारे आधे से अधिक सैनिकों की हत्या कर दी है।" नायक पर्याप्त विरोधपूर्ण स्वर में बोला।

"किसने?" युधिष्ठिर निकट चले आये।

"मध्यम पाण्डव भीम ने।" नायक के स्वर में जैसे चीत्कार था, "और अब तुम लोग उसकी सहायता करने आये हो।"

"नहीं! हम तुम्हारी सहायता करने आये हैं।" युधिष्ठिर का स्वर स्नेहयुक्त था, "हमें बताओ, कहाँ है वह?"

"ऊपर! सौगन्धित सरोवर के तट पर।" नायक बोला, "उसकी भुजायें थम ही नहीं रहीं। जिसे सम्मुख पाता है, उसकी हत्या कर देता है। मैंने भी सेनापति से सहायतार्थ नयी वाहिनी भेजने का आग्रह किया था। हमारा तो कोई सैनिक आया नहीं, और तुम लोग आ गये उसकी सहायतार्थ...।"

"भय त्यागो।" युधिष्ठिर मुस्कराये, "अपने सैनिकों को रोको। युद्ध बन्द करो। अब हम आ गये हैं। भीम किसी पर प्रहार नहीं करेगा। आओ, मेरे साथ!"

युधिष्ठिर आगे-आगे चल रहे थे। अब उनकी समझ में आ गया था कि मार्ग में उन्हें कुबेर का कोई भी सैनिक क्यों नहीं मिला। भीम के साथ हुए इस युद्ध में, वे सब लोग अपना स्थान छोड़ अपने साथियों की सहायता के लिए, यहाँ आ गये होंगे।

चढ़ाई समाप्त होते ही, उन्होंने देखा, ऊपर सपाट मैदान था। व्यक्ति दूर तक देख सकता था।... भीम सौगन्धित सरोवर के मध्य खड़ा, सौगन्धित पद्मों को मृणाल सहित तोड़-तोड़ कर, एकत्रित कर रहा था। उस समय उसके हाथ में कोई शस्त्र भी नहीं था, न ही उसकी मुद्रा तनिक भी आक्रामक थी। यह लगता ही नहीं था कि थोड़ी देर पहले, उसने यहाँ कोई भयंकर युद्ध किया है, जिसमें अनेक सैनिक हताहत हुए हैं...वह तो किसी क्रीड़ा-मग्न बालक के समान लपक-लपक कर, अपनी रुचि के अनुसार सौगन्धित पुष्प एकत्रित कर रहा था...

द्रौपदी देख रही थी, उसके एक अनुरोध की पूर्ति के लिए, भीम ने क्या कर दिया था...सरोवर के तट पर अनेक सैनिक हताहत पड़े थे। लगता था, वाहिनी की वाहिनी ही, जैसे धराशायी हो गयी

थी...द्रौपदी के मन में, उन सैनिकों के लिए करुणा जागी, किन्तु यह अनुभूति नहीं रही कि भीम के प्रति उसके मन में आह्लादक प्रेम जागा था; और अपने प्रति कहीं, गर्व का भाव...

अब तक भीम ने भी उन्हें देख लिया था। वह सरोवर से बाहर निकल आया। उसने अपनी दोनों भुजाओं से बाँधे हुए सौगन्धित पद्म, द्रौपदी की ओर बढ़ा दिये...द्रौपदी के अधरों पर एक असाधारण मुस्कान जागी...उसके नयनों में वह मोहिनी साकार हो आयी, जो प्रीति को पिघला कर ही बनायी जा सकती है।

भीम को लगा कि उसकी आत्मा तक द्रौपदी की दासी हो गयी है।...वह कृतकृत्य हो गया था। उसने वे सारे सौगन्धित पद्म द्रौपदी के आँचल में डाल दिये, जैसे किसी देवी के चरणों में पुष्पांजलि भेंट कर रहा हो...

"मध्यम!" युधिष्ठिर ने हल्के-से स्वर में पुकारा! वे समझ नहीं पा रहे थे कि भीम के मन को जानते हुए भी, इस समय उसके शौर्य को अनुचित ठहराना चाहिए अथवा नहीं।

"मुझे क्षमा करें ज्येष्ठ!" भीम ने सहज भाव से कहा, "मैं आप को सूचित करके नहीं आया था। वस्तुतः मैंने सोचा ही नहीं था कि इसमें इतना समय लग जायेगा। मैंने तो यही मान लिया था कि जो पुष्प वायु के साथ उड़कर आया है, वह कहीं बहुत दूर से नहीं आया होगा...।"

"तुम भी यदि वायु मार्ग से आये होते, तो बहुत कम समय में यहाँ पहुँच गये होते।" युधिष्ठिर धीरे से बोले, "किन्तु मार्ग जाने बिना तुम चल पड़े, अतः बहुत लम्बे मार्ग से आये।..."

"चाहे विलम्ब हुआ, चाहे लम्बे मार्ग से आया; किन्तु पांचाली की इच्छा मैंने पूर्ण कर दी।" भीम का उल्लास सर्वथा मुखर था।

"पांचाली की इच्छा तो तुमने पूर्ण कर दी," युधिष्ठिर बोले, "किन्तु उसके लिए मूल्य किसने चुकाया? इन सैनिकों ने? तुम पांचाली की कामना पूर्ण कर सको, इसके लिए इतने लोगों को अपने प्राण देने पड़ेंगे क्या?"

"ओह! ये लोग...।" भीम के स्वर में कहीं कोई पीड़ा नहीं थी, "पता नहीं कैसे अबोध सैनिक हैं ये! सीधे ही मेरी हत्या करने आ गये और उनका वह नायक..." भीम की दृष्टि, नायक पर जा कर ठहर गयी, "हाँ वह नायक! इसने इन्हें मेरे वध का आदेश दिया।...मुझे अपनी रक्षा तो करनी ही थी।..."

नायक सहम कर पीछे हट गया...उसे अब भी भय था कि कहीं भीम उस पर आक्रमण न कर दे।

"डरो नहीं नायक!" युधिष्ठिर ने कहा, "किन्तु तुमने अपने सैनिकों को मध्यम पाण्डव के वध का आदेश क्यों दिया?"

"प्रथम तो इन्हें यहाँ आने की ही अनुमति नहीं थी; किन्तु इन्होंने बलात् अपने खड्ग के बल पर हमारी सीमाओं का अतिक्रमण किया।" नायक बोला, "और जब मैंने इन्हें बताया कि यह सरोवर धनाध्यक्ष कुबेर की संरक्षित सम्पत्ति है; और इन्हें सरोवर में जाने का कोई अधिकार नहीं है, तो इन्होंने राजा के आदेश की चिन्ता किये बिना, पुष्पों का अपहरण आरम्भ कर दिया। ऐसे में बल-प्रयोग तो करना ही पड़ता है।..."

"यह सार्वजनिक स्थान है।" भीम ने बलपूर्वक कहा, "कुबेर को किसी को रोकने का कोई अधिकार नहीं है। और यदि वह चाहता है कि पुष्प लेने से पहले प्रत्येक व्यक्ति उसकी अनुमति

ले, तो ऐसी व्यवस्था तो होनी चाहिए कि अनुमति प्राप्त की जा सके। यह क्या नियम हुआ कि अनुमति के अभाव में पुष्प नहीं ले सकते; और अनुमति देनेवाला कोई हो ही नहीं।..."

युधिष्ठिर ने मन-ही-मन कुछ क्षण विचार किया और बोले, "नायक! तुम चाहो तो धनाध्यक्ष को यह सूचना भेज सकते हो हम चार पाण्डव और हमारी पत्नी पांचाली—कुछ दिनों तक इस सौगन्धित सरोवर के तट पर निवास करना चाहते हैं। यदि अनुमति नहीं देंगे तो हम यहाँ से चले जायेंगे; किन्तु उनका उत्तर आने तक हमें यहाँ ठहरने की अनुमति दो। मैं वचन देता हूँ कि धनाध्यक्ष की यह सम्पत्ति सुरक्षित रहेगी। हममें से कोई अब इसका सौगन्धित पद्म भी नहीं तोड़ेगा। हमें इस सौगन्धित क्षेत्र में श्वांस लेने और इस सरोवर एवं सहस्रदलों के दर्शन का सुख लेने दो। हमारी उपस्थिति मात्र से किसी की सम्पत्ति की कोई क्षति नहीं होगी।"

नायक ने भीम की ओर अर्थ भरी दृष्टि से देखा।

"नहीं। भीम की ओर से निश्चिंत रहो। तुम बल-प्रयोग नहीं करोगे, तो यहाँ कोई उपद्रव नहीं होगा।"

नायक ने अपने सैनिकों को एक मूक संकेत किया; और वहाँ से हट गया।

"मध्यम!" युधिष्ठिर बोले, "तुम इसे सार्वजनिक सम्पत्ति मानते हो; किन्तु यहाँ का राजा, इसे अपनी सम्पत्ति मानता है। क्या उसे इसका अधिकार नहीं है? यदि इन्द्रप्रस्थ में यमुना-तट पर के हमारे क्रीड़ा-क्षेत्र को कोई सार्वजनिक सम्पत्ति माने तो?"

"मैंने तो पुष्प लेने की अनुमति माँगी थी।" भीम ने सहज भाव से कहा।

"तुमने अनुमति माँगी थी, किन्तु अपनी व्यवस्था के अनुसार। उनकी व्यवस्था के अनुसार नहीं।"

"हाँ। अव्यवस्था अथवा अनर्गल व्यवस्था का विरोध करने का हमें पूरा-पूरा अधिकार है।" भीम ने उत्तर दिया, "यह व्यवस्था नहीं, अन्याय है। क्षत्रिय ऐसे अन्याय को सहन कर जाये, तो अपने तेज की रक्षा कैसे करेगा।"

"अन्याय का विरोध करना धर्म है, अपनी इच्छा को व्यवस्था पर आरोपित करना, अधर्म!" धर्मराज ने उसकी ओर देखा, "पहले अपने शुद्ध मन से पूछ कर अपने विवेक के सम्मुख यह निर्णय करो कि तुम्हारे मन में काम था या न्याय! तुम अपनी प्रिया की कामना-पूर्ति का प्रयत्न कर रहे थे अथवा न्याय की स्थापना का प्रयत्न! तुम्हें अपनी प्रिया की कामना-पूर्ति कर सुख मिलता है; किन्तु उस सुख को प्राप्त करने के लिए, इस प्रकार नर-संहार करने का तुम्हें क्या अधिकार है?"

"तो क्या मैं कुबेर की ऐसी अनर्गल और तर्क-शून्य व्यवस्था भी मान लेता?" भीम चकित था।

"हमें चाहे आत्मदमन करना पड़े, किन्तु नृशंस होने का अधिकार हमें नहीं है मध्यम!" युधिष्ठिर बोले, "तुम अपनी तेजस्विता में भूल गये कि ये सैनिक भी अपने धर्म का ही निर्वाह कर रहे थे, जिनका वध तुम्हारे हाथों हो गया!...यदि पांचाली को सौगन्धित पुष्पों के लिए कुछ प्रतीक्षा करनी पड़ती अथवा उसे वे पद्म ही न मिलते, तो उतनी बड़ी हानि नहीं होती, जो इस नर-संहार से हुई।"

"किन्तु, ये सैनिक मेरी हत्या करने आये थे।" भीम ने कुछ उत्तेजित स्वर में कहा।

"हाँ, विवाद को इस स्थिति तक लाने का कुछ दायित्व इन सैनिकों के नायक का भी है, जिसने बिना यह समझे हुए कि जिस पर वह आक्रमण कर रहा है, वह कैसा योद्धा है, अपने सैनिकों को आक्रमण करने का आदेश दे दिया।...किन्तु उनके अधिकारों का अतिक्रमण, तुम्हारे हाथों से हुआ है। तुम्हें इस सरोवर पर कुबेर का अधिकार मानना चाहिए था; और उनकी अनुमति

के बिना, वे सौगन्धित पुष्प नहीं लेने चाहिए थे। तुम समर्थ हो, इसका अर्थ यह नहीं है कि तुम दूसरों के अधिकारों का सम्मान नहीं करोगे। यदि सामर्थ्यवान लोग नियमों का सम्मान नहीं करेंगे, तो संसार में व्यवस्था कैसे चलेगी? असाधारण को भी संसार में साधारण के समान जीना सीखना चाहिए...।"

भीम ने कोई उत्तर नहीं दिया। उत्तर देना चाहिए, यह बात उसे सूझी ही नहीं। उसके मन में तो उसका अपराह्न की निद्रा में देखा गया स्वप्न चल रहा था...पवन-पुत्र हनुमान जैसा असाधारण वीर कैसा साधारण-सा, गिरीह वानर बना, बीच मार्ग में धरती पर लेटा था...

27

सौगन्धित क्षेत्र में ठहरे हुए पाण्डवों को एक सप्ताह बीत गया। युधिष्ठिर के मन में कहीं यह धारणा थी कि इन सारी घटनाओं को सुन कर और यह जान कर कि चक्रवर्ती सम्राट् युधिष्ठिर सौगन्धित सरोवर के तट पर ठहरे हुए हैं, कदाचित् कुबेर अतिथि-सत्कार अथवा सभ्य-जनोचित व्यवहार की दृष्टि से एक बार अवश्य उनसे भेंट करने आयेंगे।...किन्तु न कुबेर स्वयं आये, न उनका कोई समाचार ही आया।

"मेरा विचार है कि अब हमें लौट चलना चाहिए।" युधिष्ठिर ने अपने भाइयों और द्रौपदी के सम्मुख प्रस्ताव रखा।

"कुबेर से भेंट किये बिना?" द्रौपदी ने कुछ आश्चर्य से पूछा, "हम उनके क्षेत्र में आये। उनके सौगन्धित सरोवर के तट पर रहे। और अब उनसे मिले बिना, उनकी प्रतीक्षा किये बिना, लौट चलें?"

"हमने एक सप्ताह उनकी प्रतीक्षा ही तो की है।" युधिष्ठिर बोले, "हम अनिश्चित काल तक प्रतीक्षा तो नहीं कर सकते। उधर अर्जुन के देवलोक से लौटने का भी समय निकट आता जा रहा है। मैं चाहता हूँ कि हम लोग गन्धमादन पर्वत पर ही, अर्जुन की प्रतीक्षा करें। यदि हमें गन्धमादन पर्वत तक जाना ही है, तो धनाध्यक्ष की प्रतीक्षा यहाँ क्यों करें? गन्धमादन के निचले क्षेत्र में ही तो राजर्षि आर्ष्टिषेण का आश्रम है। उसी के आगे कुबेर-भवन है। हम उनसे वहीं भेंट कर लेंगे।"

"मैं कुबेर के साक्षात्कार के लिए आतुर नहीं हूँ।" द्रौपदी बोली, "किन्तु, यह जो व्यवहार उन्होंने हमारे साथ किया है...यह क्या सम्मानजनक है? धर्मराज उनके द्वार पर आये हुए हैं, यह जान कर भी अगवानी-हेतु आना तो दूर, अपने प्रासाद में बैठे-बैठे एक निमन्त्रण तक भी नहीं भिजवाया कि हम ही उन तक जा सकें।"

"आतिथ्य करना, न करना तो अतिथेय की अपनी इच्छा पर होता है।" युधिष्ठिर बोले, "उसके लिए हम किसी को बाध्य तो नहीं कर सकते पांचाली!"

"बाध्य करने की बात क्या," नकुल धीरे से बोला, "आपने मध्यम को न रोका होता, अपनी ओर से अभय देकर शान्ति स्थापित न करवा दी होती, तो धनाध्यक्ष अपने दर्शन देने अवश्य आते।"

"माद्रेय ठीक कह रहे हैं। वह तो हो ही गया होता।" द्रौपदी ने कहा, "किन्तु मैं एक अन्य बात कह रही हूँ। हम दर्शनों से कृतकृत्य हो गये होते—ऐसा भी नहीं है; किन्तु क्या वे अपने

व्यवहार से हमारा अपमान करने का प्रयत्न नहीं कर रहे? वे हमारी उपेक्षा नहीं कर रहे? हमें उनका आतिथ्य नहीं चाहिए, किन्तु हमें अपना सम्मान तो चाहिए।"

"मैं पांचाली से सहमत हूँ।" भीम ने कहा, "यदि धर्मराज यहाँ से चलना ही चाहते हैं, तो चलें; किन्तु नर-नारायण आश्रम में लौटने के स्थान पर, हम यहीं से गन्धमादन पर्वत की ओर क्यों नहीं चलते? कुबेर हम तक नहीं पहुँच पा रहे, तो हम ही उन तक जा पहुँचेंगे। उनके दर्शन कर लेंगे, उनका सम्मान भी हो जायेगा; और हम अपने सम्मान की रक्षा भी कर लेंगे।"

"नहीं मध्यम!" युधिष्ठिर भीम की चंचलता और चातुरी पर मुस्कराये बिना नहीं रह सके, "यह संघर्ष का मार्ग है। हमें अपने सम्मान की रक्षा करनी है; किन्तु हमें धनाध्यक्ष की मर्यादा की भी रक्षा करनी है।" वे कुछ रुक कर बोले, "मेरी भी इच्छा थी कि वे यहाँ आते और हमसे भेंट करते।...किन्तु मैं इस तथ्य की अवहेलना नहीं कर सकता कि हमने क्षेत्र का अतिक्रमण किया है; और हमारे हाथों अनेक सैनिक मारे गये हैं। ऐसे में आवश्यक नहीं कि वे आ कर हमारा सत्कार करें या हमें अपने प्रासाद में निमन्त्रित करें। उन्होंने हमारे यहाँ रहने में आपत्ति नहीं की, क्या यही पर्याप्त नहीं है?...हमें किसी के उपकार को कभी नहीं भूलना चाहिए; और अपने प्रति किये गये अपकार की सदा उपेक्षा करनी चाहिए; अन्यथा हमारे मन में सात्विक भावों के स्थान पर रजोगुण की वृद्धि होती रहेगी।"

"धर्मराज ठीक कह रहे हैं।" धौम्य मुनि पहली बार बोले, "अन्य व्यक्ति के आचरण की अधिक समीक्षा न कर, हमें अपने आचरण को धर्म-संगत बनाने का ही अधिक प्रयत्न करना चाहिए।"

"ठीक है। मेरा धर्म से कोई विरोध नहीं है।" भीम ने कहा, "किन्तु यदि हम धनाध्यक्ष की मर्यादाओं का पालन करते रहे, तो हम अर्जुन से मिलने के लिए गन्धमादन पर्वत पर नहीं जा सकेंगे।"

"क्यों?" सहदेव ने जिज्ञासा की।

"क्योंकि गन्धमादन पर्वत पर कुबेर-भवन है।"

"यदि ऐसा हुआ, तो हम गन्धमादन क्षेत्र में रुक कर अर्जुन की प्रतीक्षा करेंगे।" युधिष्ठिर बोले, "उससे कोई ऐसा विशेष अन्तर नहीं पड़ेगा। हम गन्धमादन के ऊपर नहीं जा सकेंगे, तो अर्जुन, नीचे आ कर हमसे मिल लेगा। इतनी–सी बात के लिए हमें न मन में रोष पालने की आवश्यकता है, न धनाध्यक्ष की मर्यादा नष्ट करने की।"

यह एक प्रकार का आदेश ही था।...युधिष्ठिर के आदेश का उल्लंघन करने की हठ, कोई नहीं कर सकता था। चेहरों के भावों से स्पष्ट था कि युधिष्ठिर का यह निर्णय न भीम को प्रिय था, न द्रौपदी को; किन्तु वे युधिष्ठिर का और विरोध करना नहीं चाहते थे।...

वे लोग नर-नारायण आश्रम में लौट आये।...प्रकृति पुनः कुछ कुपित हो गयी थी, इसलिए तत्काल आगे बढ़ना सम्भव नहीं था। इस सारे क्षेत्र में उग्र प्रकृति से भिड़ना समझदारी की बात नहीं थी, यह सबको ही ज्ञात था। बद्री विशाल, सुरक्षित स्थान था। वहाँ अनेक आश्रम थे और तपस्वियों का एक समुदाय वहाँ उपस्थित रहता ही था। वर्षा, उपल, हिमपात तथा हिम-झंझावातों से रक्षा की व्यवस्था थी। भू-स्खलन और शृंग-पात इत्यादि की घटनाएँ, प्रायः नहीं होती थीं।...भीम और द्रौपदी,

सौगन्धित-क्षेत्र से नीचे उतर, यहाँ आ जाने से प्रसन्न नहीं थे...यह तो एकदम वैसा ही था कि एक व्यक्ति किसी पर्वत पर चढ़े; और शृंग दो पगों की दूरी पर रह जाये, तो उससे कहा जाये कि नीचे उतर कर, पुनः चढ़ेगा, तो उसे शृंग पर पग रखने दिया जायेगा।...सौगन्धित क्षेत्र से गन्धमादन की ओर न बढ़ कर, बद्री विशाल के मार्ग से वृषपर्वा तथा आर्ष्टिषेण के आश्रमों से हो कर गन्धमादन...

भीम बाहर से लौटा, तो कुटीर में कोई नहीं था। कहाँ गये सब लोग? आज कहीं जाने की योजना तो थी नहीं...सम्भव है कि धौम्य मुनि की कुटिया में हों...

भीम धौम्य मुनि की कुटिया में पहुँचा। मुनि बैठे किसी जिज्ञासु ब्राह्मण से चर्चा कर रहे थे...

"आओ मध्यम!" मुनि ने स्वागत किया।

"कुटिया में कोई नहीं था। मैं पूछने चला आया कि सब लोग कहाँ गये हैं?"

"कुलपति से मिलने गये हैं।" मुनि ने बताया, "उन्हें सूचना देने कि अब ऋतु बदल रही है। प्रकृति अब उतनी क्रूर नहीं रही है। इसलिए हम प्रस्थान करना चाहेंगे...।"

"अच्छा मुनिवर! मुझे अनुमति दें।"

जिज्ञासु ब्राह्मण उठ खड़ा हुआ। उसने हाथ जोड़े और धौम्य ने आशीर्वाद की मुद्रा में अपना दाहिना हाथ उठा दिया...

भीम ने अब ब्राह्मण को ध्यान से देखा : वह शरीर की आकृति से असाधारण रूप से बलशाली लग रहा था। उसकी मांस-पेशियाँ, उसकी तपस्या की नहीं, व्यायाम अथवा शारीरिक श्रम की कथा कह रही थीं। शरीर इतना सुगठित था कि किसी तपस्वी का हो ही नहीं सकता था। उसने जाते हुए दृष्टि उठा कर, सीधे भीम की ओर देखा भी नहीं था। भीम को लगा कि वह आँखें चुराकर, कतरा कर, निकल गया है...

"वह कौन था?" भीम पूछे बिना नहीं रह सका।

"ब्रह्मचारी है।" धौम्य बोले, "यहीं रहता है।"

"आपके पास ब्रह्म-चर्चा के लिए आया था?"

"नहीं! तुम लोगों के विषय में जिज्ञासा कर रहा था। धर्मराज के चरित्र से बहुत प्रभावित है। इसलिए उनका शरणागत होना चाहता है। उनके साथ यात्रा करना चाहता है।"

"धर्मराज तो स्वयं लोमश ऋषि के साथ यात्रा कर रहे हैं।" भीम हँसा, किन्तु तत्काल गम्भीर हो कर, उसने पूछा, "आपने अनुमति दे दी?"

"नहीं! अनुमति तो उसने अभी माँगी ही नहीं है। अपनी इच्छा ही प्रकट की है।" धौम्य हँसे, "विचित्र ब्रह्मचारी है।...सुरक्षा के भाव से ग्रस्त है और अपने लिए वैसी सुरक्षा-व्यवस्था चाहता है, जैसी सार्थवाह, किसी सार्थ के लिए करता है। पूछ रहा था, तुम लोगों के पास कौन-कौन से शस्त्र हैं; और तुम लोग किस प्रकार का युद्ध कर सकते हो...।"

भीम चौंका...ब्रह्मचारी शस्त्रास्त्रों की चर्चा...भीम के मन में फिर से उसकी आकृति घूम गयी। वह शरीर किसी तपस्वी का हो ही नहीं सकता। वह तो किसी योद्धा का बलिष्ठ शरीर है। कौन है वह?...क्या, दुर्योधन का भेजा हुआ कोई गुप्तचर? गूढ़ पुरुष??...पर क्या आवश्यकता है दुर्योधन को, गूढ़-पुरुष भेजने की? वह उनके विषय में सब कुछ तो जानता है; और अभी पाण्डवों का अज्ञातवास तो आरम्भ भी नहीं हुआ है...

भीम अपनी कुटिया में लौट आया; किन्तु उस बलिष्ठ तपस्वी को वह भूल नहीं पाया.. वह पाण्डवों के शस्त्रों और उनकी शस्त्र-क्षमता के विषय में जानना चाहता था...दुर्योधन को इसकी आवश्यकता नहीं। वह पाण्डवों के शस्त्रों और उनकी शस्त्र क्षमता के विषय में जानता है...पर ऐसा कौन है, जिसे पाण्डवों की शस्त्र-शक्ति के विषय में सूचना चाहिए; और वह उन्हें गुप्त रूप से प्राप्त करना चाहता है...शरणागत बन कर, आश्रित बन कर, निकट रह कर...क्या वह कुबेर का कोई चर है?... पर कुबेर को भी, इसकी क्या आवश्यकता है?...

थोड़ी देर में युधिष्ठिर, द्रौपदी और नकुल-सहदेव लौट आये। वे लोग एक प्रकार से, कुलपति से विदा ले आये थे। किन्तु अपने साथ चलने वाले ब्राह्मणों को सूचना देने से पूर्व, उन्हें परस्पर कुछ परामर्श भी करना था। लोमश ऋषि से भी चर्चा करनी थी। आगे की यात्रा और कठिन थी। मार्ग में फलों इत्यादि की बहुत सुविधा भी नहीं थी। ऐसे में साथ चलने वाले जितने अधिक लोग होंगे, उतनी ही कठिनाई होगी।...किन्तु साथ चलने के इच्छुक तपस्वियों और ब्राह्मणों को धर्मराज यह कहने में संकोच कर रहे थे कि वे लोग उन्हें साथ ले चलने के लिए उत्साहित नहीं हैं...उनका विचार था कि उन्हें यह संदेश दिया जाये कि वे गन्धमादन की यात्रा में उनके साथ न जायें। जब वे लोग अर्जुन के साथ गन्धमादन से लौट आयें, तब जो तपस्वी वनवास की अवधि में उनके साथ रहना चाहें—रह सकते हैं।...

भीम का मन अभी धौम्य मुनि की कुटिया में देखे हुए हृष्ट-पुष्ट ब्रह्मचारी की समस्या से मुक्त नहीं हो पाया था...अन्य तपस्वियों को न तो साथ ले चलने में उसकी रुचि थी, और न उनके साथ चलने की कोई चिन्ता...किन्तु वह ब्रह्मचारी...

"ज्येष्ठ!" सहसा भीम युधिष्ठिर को सम्बोधित किया, "आप कुछ नये और अपरिचित ब्रह्मचारियों को तो साथ ले कर नहीं चल रहे न?"

"नये? नये ब्रह्मचारी कहाँ हैं? तुम किस की बात कर रहे हो मध्यम?" युधिष्ठिर ने कुछ आश्चर्य से पूछा।

"मुझे उस का नाम तो ज्ञात नहीं है।" भीम बोला, "किन्तु वह असाधारण रूप से हृष्ट-पुष्ट है। उसकी मांस-पेशियाँ, किसी योद्धा के साँचे में ढले हुए शरीर का स्मरण करा देती हैं। वह तपस्वी कम, मल्ल अधिक दिखायी देता है...।"

"तुम जटानन्द की बात तो नहीं कर रहे? उसका शरीर कुछ ऐसा ही है।" युधिष्ठिर बोले, "यदि तुम उसी की चर्चा कर रहे हो, तो वह मेरे लिए तनिक भी अपरिचित नहीं रह गया। वह अत्यन्त निष्ठावान तपस्वी है और कठोर तपस्या में विश्वास करता है। जितना कष्ट वह अपने शरीर को देता है, उतना कष्ट कोई विरला ही देगा।"

भीम का मन कह रहा था कि यह व्यक्ति—जटानन्द या जो कुछ भी उसका नाम हो।...वह पहले ही धर्मराज सम्पर्क कर चुका है; और उनका विश्वास भी प्राप्त कर चुका है। अब यदि इस समय भीम उसके विषय में किसी प्रकार का संशय प्रकट करेगा, तो धर्मराज उससे यही कहेंगे कि वह व्यर्थ ही एक निर्दोष तपस्वी पर संदेह कर रहा है।...वे सहज भाव से किसी भी व्यक्ति पर इतना विश्वास कर लेते हैं कि उनके विश्वासपात्र पर संदेह करने वाला व्यक्ति, स्वयं ही संदेहास्पद हो जाता है। ऐसे समय में वे तनिक भी कूटनीतिज्ञ नहीं हो सकते। बहुत सम्भव है कि जटानन्द

को बुला कर, यही कह दें कि भीम का उस पर संदेह है, इसलिए वह भीम के निकट जा कर, उसका विश्वास प्राप्त करे...

नहीं! धर्मराज को कुछ बताने की आवश्यकता नहीं है। भीम स्वयं ही उस पर दृष्टि रखेगा; और उचित अवसर आने पर स्वयं ही उससे निबटेगा...

द्रौपदी अपने कुटीर के समीप की कुसुम क्यारियों के निकट पहुँची ही थी कि किसी बलिष्ठ ने उसकी कलाई पकड़ कर, बाँह मोड़ दी। उसके मुख से अनायास ही एक चीत्कार फूटा...किन्तु तब तक कटार जैसा कोई तीक्ष्ण शस्त्र उसकी पीठ में चुभने लगा...

उस व्यक्ति ने फुसफुसा कर कहा, "किसी को सहायतार्थ पुकारोगी, तो कटार को तुम्हारे शरीर के आर-पार कर दूँगा।"

अब तक सारी स्थिति द्रौपदी की समझ में आ चुकी थी। यह व्यक्ति जो भी था, आसाधारण रूप से बलिष्ठ था। द्रौपदी के लिए यह सम्भव नहीं था कि वह अपने बल पर उससे छूट जाती। उसने एक कटार द्रौपदी के शरीर में चुभा रखी थी, और अपने शरीर पर एक प्रकार से भरा-पूरा शस्त्र-भण्डार समेट रखा था। यदि द्रौपदी ठीक-ठीक पहचान रही थी, तो ये सारे शस्त्र पाण्डवों के ही थे।....यह दुष्ट न जाने क्या चाहता था!...यह कब से उन लोगों पर दृष्टि रख रहा था। कैसा समय चुना था उसने। भीम इस समय स्नान करने गया था। शेष तीनों पाण्डव धौम्य मुनि की कुटिया में ध्यान कर रहे थे।...वह कुटिया से बाहर निकली ही होगी, कि वह भीतर घुस गया होगा। उसने पाण्डवों के सारे शस्त्रास्त्रों पर भी अधिकार कर लिया था। इस समय धर्मराज, नकुल और सहदेव भी आयें तो उससे युद्ध नहीं कर पायेंगे। फिर उसने द्रौपदी को बाँध रखा था। वे बल-प्रयोग का प्रयत्न करेंगे, तो वह उन्हें धमकी देगा कि वह द्रौपदी को मार डालेगा...किन्तु अपनी मृत्यु के भय से द्रौपदी उसके सम्मुख चली तो नहीं जायेगी...

द्रौपदी ने पुनः चीत्कार किया, "मेरी रक्षा करो। देखो, यह दुष्ट मुझे बलात् घसीटे लिए जाता है...।"

"मैं कह रहा हूँ, चुप हो जा।" वह बोला, "नहीं तो तेरी हत्या कर दूँगा।"

"कर दे हत्या!" द्रौपदी बोली, "मैं मृत्यु के भय से तेरे साथ नहीं चली जाऊँगी।"

"तुझे अपने प्राण प्रिय नहीं हैं?"

"इतने प्रिय नहीं कि उनकी रक्षा के लिए चुपचाप तेरे साथ चली जाऊँ।"

"मुझे जानती है, मैं कौन हूँ।"

"मैं नहीं जानती। जानना चाहती भी नहीं। मेरे लिए इतना ही पर्याप्त है कि तू एक दुष्ट है और मृत्यु का प्रार्थी है।" द्रौपदी ने कहा, "जो अपराध तूने किया उसका दण्ड मिलेगा तुझे! तू बहुत शीघ्र काल के गाल में समा जायेगा।"

"मैं जटासुर हूँ।" वह अपने स्वर को दबा कर बोला, "कुबेर का अनुगामी हूँ; और कुबेर-भवन की रक्षक वाहिनियों का सेनापति मणिमान मेरा परम मित्र है। एक बार मैं यहाँ से निकल कर उसके पास पहुँच गया, तो कोई मुझे हाथ नहीं लगा सकेगा।...कुबेर-भवन में पहुँचने का अर्थ समझती है तू?"

"मैं तो एक ही बात समझती हूँ कि तू किसी भी भवन में जा छिपे, तेरे प्राण नहीं बचेंगे।" द्रौपदी बोली, "मैं वह अग्नि हूँ जिसका स्पर्श कर, तुझे जल कर क्षार होना ही होगा।"

"नहीं, वहाँ पाण्डवों की छाया भी नहीं पहुँच सकती। वहाँ सुरक्षा है, धन और सम्मान है। भोग और विलास है।" वह बोला, "तुझे रानी बना कर रखूँगा। इन भिक्षुकों के साथ वन-वन भटक कर, तुझे क्या सुख मिलेगा?"

'ये सारी दुष्टिता भरी बातें,' द्रौपदी ने सोचा, 'भोग का लोभ और मृत्यु का भय। यह मूर्ख जानता नहीं कि यह किसे लोभ दिखा रहा है और किसे भयभीत करने का प्रयत्न कर रहा है।....'

"आर्यपुत्र! तत्काल आइए।" द्रौपदी पूरे बल से चिल्लायी, "देखिए, यह दुष्ट...।"

जटासुर ने कटार की नोक, कुछ और चुभो दी...

किन्तु द्रौपदी को और पुकारने की आवश्यकता नहीं थी। अनेक तपस्वी अपने स्थानों से उठ कर, उन के आस-पास घिर आये थे। वे लोग जटासुर से भिड़ने का साहस नहीं कर रहे थे; परन्तु कोलाहल मचा रहे थे। सम्भवतः उनमें से कुछ तो पाण्डवों की खोज में इधर-उधर निकल भी गये थे।...ऐसे में यह कैसे सम्भव है कि धौम्य मुनि की कुटिया तक समाचार नहीं पहुँचता।...उस शारीरिक पीड़ा और मानसिक यातना के होते हुए भी, द्रौपदी के मन में एक प्रकार का विजयोल्लास था।...किन्तु उसका अन्तर्मन कहीं यह भी जानता था कि भीम वहाँ नहीं है। वह स्नान करने गया है। पता नहीं किस ओर निकल गया होगा। कहीं किसी रमणीय स्थल पर जल-क्रीड़ा में मग्न हो जाये, तो प्रहर भर वहाँ से हिलेगा ही नहीं। ऐसे में उसे सूचना कैसे मिलेगी...

लगता था, धौम्य मुनि की कुटिया तक सूचना पहुँच गयी थी। इधर-उधर भागते हुए लोगों में द्रौपदी ने युधिष्ठिर, नकुल तथा सहदेव को अपनी ओर आते हुए देखा। उसके पीछे-पीछे ही धौम्य मुनि भी भागे चले आ रहे थे...

"रुक जाओ!" उन्हें अपनी ओर आते देख, जटासुर चिल्लाया, "एक डग भी और बढ़े तो यह कटार इसके शरीर के आर-पार कर दूँगा।"

युधिष्ठिर न केवल स्वयं रुक गये, उन्होंने अपनी भुजायें फैला कर, नकुल और सहदेव को भी रोक लिया।

द्रौपदी का उल्लास खण्डित हो गया। स्थिति इतनी अनुकूल नहीं थी, जितनी वह समझ बैठी थी। सर्वप्रथम तो पाण्डवों के पास एक भी शस्त्र नहीं था, और जटासुर इतने सारे शस्त्र लिए हुए था। शारीरिक शक्ति में भी युधिष्ठिर, नकुल या सहदेव, उसके समतुल्य नहीं थे, कि वे लोग शस्त्रों के बिना ही, उससे भिड़ जाते...और बड़ी बात तो यह थी कि उसने द्रौपदी को बाँध रखा था। ऐसी स्थिति में पाण्डव साहस नहीं कर सकते थे कि वे उस पर आक्रमण करें और यह अपनी कटार की नोक, द्रौपदी के शरीर में चुभो दे।...

"आर्यपुत्र! आप इसकी धमकियों से न डरें। आप मुझे मुक्त करायें।" द्रौपदी चिल्ला कर बोली 'यह, मेरी हत्या नहीं कर सकता।"

"सावधान!" जटासुर चिल्लाया, "कोई दुस्साहस मत करना, नहीं तो यह मरेगी और तुम सब भी जीवित नहीं बचोगे।"

"यह मेरी हत्या नहीं करेगा।" द्रौपदी पुनः बोली, "पुरुष जिस स्त्री का हरण करता है उसकी

हत्या नहीं कर सकता; और फिर मैं ही तो इसका रक्षा-कवच हूँ। मेरी हत्या कर देगा, तो यह फिर मेरे पतियों के हाथों से बच कर कहाँ जायेगा।"

सहदेव संन्यासियों की भीड़ से होता हुआ, जटासुर के निकट आ गया था। उसने जटासुर पर छलांग लगायी और उसके शरीर पर बँधे शस्त्रों में से एक खड्ग खींच ले जाने में सफल हो गया... जटासुर के शरीर पर उस खड्ग का कोश ही रह गया था...जटासुर कुछ चौंका, किन्तु इतना सावधान वह तब भी था कि उसने द्रौपदी को अपनी पकड़ से निकलने नहीं दिया...

"देखो वनवासी!" जटासुर की आँखें क्रोध से लाल हो आयी थीं, "यदि तुमने मुझ पर आक्रमण किया, तो मैं इस सुन्दरी का तो वध कर ही दूँगा।...और फिर मैं तुम में से एक-एक को मार डालूँगा। ऐसी कमनीय स्त्री मेरे हाथ से निकल गयी, तो मैं, तुम्हें कभी क्षमा नहीं करूँगा... ।"

"ठहरो सहदेव!" युधिष्ठिर बोले, "हम पांचाली के रक्षक हैं। हमें उसके हत्यारे नहीं बनना है। समझ से काम लो। हमें जटासुर से लड़ना नहीं है, उसे समझाना है।" और वे जटासुर से सम्बोधित हो गये, "देखो जटासुर! यह अधर्म है। इतना ज्ञात तो तुम्हें भी होगा कि परनारी का इस प्रकार हरण पाप है। यह स्थान तपस्वियों, ऋषियों और मुनियों की भूमि है। यहाँ रह कर तो कोई अपनी पत्नी के प्रति भी काम-भाव को मन में नहीं आने देता...तुम तपस्वियों को क्यों कलंकित कर रहे हो?..."

युधिष्ठिर की चिरौरी से जटासुर की मुद्रा तनिक भी नहीं बदली; किन्तु सहसा युधिष्ठिर की ही सारी उद्विग्नता शान्त हो गयी...सामने से भीम चला आ रहा था, उसके पीछे-पीछे सहदेव भी था... सम्भवतः अपनी अवशता को समझ कर, सहदेव भीम को ढूँढ़ने चला गया था।

भीम की दृष्टि जटासुर पर पड़ी; और वह सब कुछ समझ गया।...यह वही व्यक्ति था जो धौम्य मुनि से उन लोगों के विषय में सूचनाएँ एकत्रित कर रहा था। उसे जब पता चला होगा कि पाण्डव यहाँ से प्रस्थान करने वाले हैं, तो वह और प्रतीक्षा नहीं कर सका और यह दुस्साहस कर बैठा।... मूर्ख कहीं का। यदि वही प्रयत्न वह गन्धमादन पर्वत पर करता तो शायद वहाँ पाण्डवों को अपना एक भी सहायक न मिलता।...वैसे भीम को सहायकों का करना ही क्या था...वह अकेला ही निबट लेगा...किन्तु भीम यह भी तो नहीं कर सकता कि जटासुर पर झपट पड़े।...यदि उसने ऐसा कुछ किया, तो यह दुष्ट पांचाली की हत्या चाहे न करे, उसे पीड़ा अवश्य पहुँचायेगा...और भीम पांचाली को कष्ट में नहीं देख सकता...बलप्रयोग से पहले भीम को अपनी योजना पर गम्भीरतापूर्वक विचार कर लेना चाहिए...

"जटासुर!" भीम ने बहुत शान्त स्वर में कहा, "द्रौपदी संसार का अनमोल नारी-रत्न है। उस पर किसी भी पुरुष का मुग्ध हो उठना स्वाभाविक ही है। इसलिए तुम्हारे इस कृत्य पर मुझे तनिक भी आश्चर्य नहीं हुआ है। पर तुम भी सोचो कि तुम पराई स्त्री पर मुग्ध हो कर उसका अपहरण करना चाहते हो, तो मैं पति हो कर, अपनी पत्नी का इस प्रकार हरण कैसे देख सकता हूँ।"

"तो क्या चाहते हो?" जटासुर ने जैसे किसी संधि की अपेक्षा की।

"चाहता क्या हूँ। वही चाहता हूँ, जो प्रत्येक पति चाहता है। संसार की अत्यन्त सुन्दर नारी—जो मेरी पत्नी भी है—को अपनी ओर आकृष्ट करना चाहता हूँ। उसके मन को जीतना चाहता हूँ। उसे स्वयं में अनुरक्त करना चाहता हूँ, उसे बताना चाहता हूँ कि मैं वीर हूँ, योद्धा हूँ, मुझ में जग-जयी

पौरुष है; और तू चोर है, कायर है, अपने प्रतिद्वन्द्वी से लड़ने तक का साहस नहीं है तुझ में। जो वीर नहीं, वह नारी के मन को क्या जय कर पायेगा।"

"पाण्डव!" जटासुर चिल्लाया। उसका स्वर पीड़ा से उत्पन्न हुआ-सा प्रतीत हो रहा था।

"चिल्लाने की आवश्कता नहीं।" भीम ने शान्त स्वर में उत्तर दिया, "तू चाहे तो तू भी सिद्ध कर। मुझ से युद्ध कर। बाहु-युद्ध। शस्त्रों को त्याग और मेरे साथ द्वन्द्व-युद्ध कर। मुझे मार दे और द्रौपदी को ले जा। वह तेरी हो जायेगी। ऐसे चोरों के समान भागेगा, तो एक मैं तेरे प्राणों का ग्राहक बना, तेरे पीछे घूमता रहूँगा; और दूसरे, तेरा आधिपत्य होते हुए भी, द्रौपदी तेरी नहीं होगी। वह कभी तुझे स्वीकार नहीं करेगी। पौरुष है तो युद्ध कर, नहीं तो चोरों के समान भाग जा। हम सब एक कायर चोर को खदेड़ कर, एक घृणित पशु के समान, उसका आखेट करेंगे।..."

जटासुर स्तब्ध खड़ा सोचता रहा...क्या वह भीम की चुनौती स्वीकार करे?...

"नारी के शरीर पर आधिपत्य का क्या सुख, यदि उसका मन ही तेरे अधिकार में नहीं है।..." भीम पुनः बोला।

"तुम मेरे साथ पाखण्ड कर रहे हो।" अन्ततः जटासुर बोला, "मैं शस्त्र त्याग दूँगा, और तुम अपने भाइयों के साथ मिल कर, मुझ पर शस्त्रों से आक्रमण करोगे।"

"अपने समान चोर और कायर समझ रखा है हमें? ऐसा कायरतापूर्ण कृत्य करूँगा, तो द्रौपदी जैसी नारी मुझसे प्रेम करेगी? उसका मन जीत पाऊँगा मैं?" भीम ने क्रोधित होने का नाटक किया, "यह भीम का वचन है, धर्मराज के छोटे भाई मध्यम पाण्डव का! कोई शस्त्रों को हाथ नहीं लगायेगा। कोई तीसरा हम दोनो के मध्य नहीं आयेगा। मरना तो तुझे है ही। साहस है तो वीर के समान मर; नहीं तो पूँछ दबा कर भाग जा। देखता हूँ, तू कितनी दूर तक जीवित भागता है।"

जटासुर विचित्र-से द्वन्द्व में फंस गया था। भीम की बातें सुन कर न उससे भागते बन रहा था, न रुकते। वह द्रौपदी का मात्र आधिपत्य ही नहीं चाहता था, वह उस पर अधिकार भी चाहता था। उसके शरीर पर अधिकार, उसके मन पर अधिकार...यदि वह भीम की चुनौती को स्वीकार कर उसका वध कर दे, तो द्रौपदी उसकी होगी...भीम के वचनानुसार भी और परिस्थितियों के अनुसार भी। भीम की मृत्यु हो गयी, तो उससे द्रौपदी को कौन छीन सकेगा।...और सत्य कहता है भीम! उसने हिडिम्ब का वध किया था...हिडिम्बा ने अपनी आँखों के सम्मुख अपने भाई का वध होते देखा था और वधकर्त्ता की वीरता पर मुग्ध हो कर, उसके सम्मुख आत्मसमर्पण कर बैठी थी।...शायद ऐसा ही होता है स्त्री का मन। वह बल और साहस पर मुग्ध होती है... और स्त्री उसी की होती है, जिस पर उसका मन मुग्ध हो—पत्नी वह किसी की भी क्यों न हो। परकीया के प्रेम की तीव्रता को कौन नहीं जानता?...उसमें बल भी है और साहस भी...द्रौपदी इस समय उसके आधिपत्य में है; किन्तु वह उसकी नहीं है। वह उसकी भुजाओं से मुक्त होने के लिए तड़प रही है...भीम की इस चुनौती को स्वीकार कर, उसे अपने बल और साहस के प्रदर्शन का अवसर मिलेगा।...द्रौपदी देखगी कि संसार में भीम से भी अधिक बलशाली और साहसी ही नहीं, युद्ध-कुशल पुरुष भी हैं।...वह अपने इन पतियों को त्याग, स्वेच्छा से उसका वरण करेगी... उसके पति कहलाने वाले ये पुरुष उसे पुकारते रह जायेंगे और वह अपने अनुराग में बँधी जटासुर के पीछे-पीछे चली आयेगी...

जटासुर का मन जैसे कल्पनाओं का नन्दन-कानन हो गया...द्रौपदी उसकी हो ही नहीं जायेगी, उसके प्रेम में उन्मादिनी-सी, वह उसे पुकारेगी...याचक बन, उसके प्रेम की भिक्षा माँगेगी, स्वेच्छा से आत्मसमर्पण कर स्वयं को कृतकृत्य मानेगी...

जटासुर की पकड़ ढीली पड़ गयी।...उसने द्रौपदी को मुक्त कर दिया। शस्त्र भूमि पर डाल दिये और बोला, "आओ!"

द्रौपदी भाग कर युधिष्ठिर के निकट आ गयी; और भीम कूदकर जटासुर और शस्त्रों के मध्य पहुँच गया।...सहदेव अपना खड्ग खींचकर सावधान हो गया था। यदि जटासुर द्रौपदी की ओर बढ़ा, तो सहदेव, द्रौपदी की रक्षा के लिए कूद पड़ेगा; और यदि वह असुर भीम की ओर बढ़ा, तो भीम के साथ जा खड़ा होगा।...

सारा तपस्वी समाज धीरे-धीरे इस प्रकार आगे बढ़ आया था, कि युधिष्ठिर और द्रौपदी, उसके मध्य में आ गये थे। उनके चारों ओर तपस्वियों की प्राचीर-सी बन गयी थी।...नकुल ने इस बीच सारे शस्त्रों को अपने अधिकार में ले लिया था...

जटासुर भीम की ओर बढ़ा, और भीम ने अट्टाहस किया, "तूने सोचा था मूर्ख! कि तू द्रौपदी का हरण कर, कुबेर-भवन में अपने मित्र मणिमान की गोद में जा छिपेगा। वहाँ कोई तुझे हाथ नहीं लगा सकेगा, तू इस पांचाल राज-पुत्री का स्वामी बन जायेगा...अब देख, तुझे मैं यम के भवन में, काल की गोद में सुलाता हूँ! दुष्ट! मैंने तुझे धौम्य मुनि से पाण्डवों के रहस्यों को जानने का प्रयत्न करते हुए देख लिया था। मुझे ज्ञात हो गया था कि तू हमारे शस्त्रों में रुचि ले रहा है।...और तब से मैं जान गया कि तेरी मृत्यु मेरे हाथों होनी निश्चित् है...।"

नकुल ने युधिष्ठिर को भी उनके शस्त्र पकड़ा दिये थे। अब तीनों भाई, भीम की सहायता के लिए सन्नद्ध खड़े थे....

"नहीं धर्मराज! उसकी आवश्यकता नहीं।" भीम तनिक भी चिन्तित दिखायी नहीं पड़ रहा था, "एक चोर के वध के लिए आपको कष्ट करने की आवश्यकता नहीं है। आप तो राजा के समान उसके लिए मृत्यु-दण्ड की घोषणा करें। मैं आपके सेनापति के रूप में उसे कार्यान्वित करूँगा।"

"ठीक है भीम! तुम इस दुष्ट को उसके अपराध के लिए दण्डित करो। मैं इसके लिए, मृत्यु-दण्ड की घोषणा करता हूँ।"

"देखता हूँ, कौन किसको मृत्यु-दण्ड देता है!"

तीनों भाइयों को शस्त्र-बद्ध हो, भीम को लिए आते देख, जटासुर कुछ भयभीत हो गया था; किन्तु अब उसे विश्वास हो गया था कि भीम अकेला ही युद्ध करेगा, वह भी शस्त्रों के बिना। उसका साहस कुछ-कुछ जाग उठा था; और न केवल जीवित रहने की, वरन् द्रौपदी को प्राप्त कर लेने की आशा भी बँधने लगी थी।...

पहला आक्रमण जटासुर ने ही किया; किन्तु वह आक्रमण मात्र आवेश में ही किया गया था, उसके पीछे कोई सुनिश्चित योजना नहीं थी। भीम ने उसे रोकने अथवा झेलने का प्रयत्न नहीं किया। वह एक ओर हट गया। जटासुर गिरा तो नहीं; किन्तु स्वयं को सँभालने के लिए उसे प्रयत्न करना पड़ा।...भीम जानता था कि यदि जटासुर ने ऐसे ही दो-चार आक्रमण और किये तो, उसकी युक्ति का पर्याप्त क्षय हो जायेगा।...किन्तु जटासुर इस समय क्रोध के आवेश में था। वह न कुछ

सोच पा रहा था, और न कोई रणनीति बना पा रहा था। वह तो क्रुद्ध वन्य-शूकर के समान अपने वेग में अपने को धकेल कर भूमि पर गिरा देना चाहता था।...दूसरी ओर भीम ने क्रोध का लेश मात्र प्रभाव भी प्रकट नहीं होने दिया था। वह तो जैसे अपने अखाड़े में सुशिक्षित मल्ल के समान क्रीड़ा कर रहा था, जिसे गुरु से सीखी गयी प्रत्येक युक्ति स्मरण थी। वह अपने प्रतिद्वन्द्वी से भयभीत नहीं था; न ही वह तत्काल कुछ कर अपने प्रतिद्वन्द्वी पर त्वरित विजय प्राप्त करने के लिए व्याकुल दिखायी पड़ रहा था। उसका आत्म-विश्वास जटासुर को भयभीत किये हुए था।...

इस बार जब जटासुर दाँत पीसता हुआ, भीम पर चढ़ दौड़ा, तो भीम ने एक ओर हट कर, पार्श्व से उसे धक्का दिया। जटासुर अपने ही वेग से भूमि पर औंधे मुँह गिरा। उसके गिरते ही भीम ने उस पर स्फूर्तिपूर्ण आक्रमण किया। भीम की ठोकरों से पिटा जटासुर भूमि से उठने का प्रयत्न ही करता रहा; और भीम उसे बार-बार धराशायी करता रहा।

जटासुर ने उठने का प्रयत्न छोड़ दिया चित् लेट कर, उसने भीम के पैरों को अपने हाथों में थाम लिया। भीम को गिरा लेने के लिए उसे अधिक प्रयत्न नहीं करना पड़ा...किन्तु यह तो भीम के गिरने के पश्चात् ही, उसकी समझ में आया कि भीम सोच-समझकर, योजना के अधीन गिरा था। वह उस पर कुछ इस प्रकार से गिरा कि जटासुर की दो-एक पार्श्वास्थियाँ तो अवश्य ही चट कर जायें। अब भीम उसके साथ इस प्रकार गुँथ गया था कि जटासुर के लिए उस पर आघात करना सम्भव नहीं रह गया था।...और उस पर आघात करना सम्भव नहीं था, तो उससे गुँथे रहने का क्या लाभ? यह उनका मृत्यु-पर्यन्त मल्ल-युद्ध था, प्रेमालिंगन तो था नहीं कि वह उससे चिपका रहता...

जटासुर उससे पृथक् होने का प्रयत्न कर रहा था और भीम उसे जकड़े हुए था। जटासुर समझ नहीं पा रहा था कि भीम को इससे क्या लाभ था। इस प्रकार गुँथे रह कर, भीम भी उसकी किसी प्रकार की कोई क्षति नहीं कर सकता था, इस प्रकार पड़े रहने का क्या लाभ?...पर भीम था कि उसे छोड़ ही नहीं रहा था...

किन्तु भीम जानता था कि वह क्या कर रहा था। वह दम साधे हुए, जटासुर को जकड़े हुए था; और जटासुर विभिन्न प्रकार से छूटने के प्रयत्न में अपनी शक्ति का अपव्यय कर रहा था। वह थक रहा था, शिथिल हो रहा था, उसके प्रयत्न क्षीण हो रहे थे।...और अकस्मात् ही भीम उसे छोड़ कर उठ खड़ा हुआ। जब तक कि जटासुर को समझ में आता कि वह भीम की भुजाओं से मुक्त हो चुका है, और उठ कर खड़ा हो सकता है, भीम ने उछल कर उसके हाथ पर दोलत्ती दे मारी!

जटासुर के लिए उठना तो दूर, बैठना भी सम्भव नहीं रहा। वह अनायास ही लेट गया; और भीम कूद कर उसके वक्ष पर खड़ा हो गया...जटासुर को लगा कि उसके वक्ष की कोई अस्थि टूट गयी और वह पीड़ा के कारण युद्ध में एकाग्र नहीं हो पा रहा है।

...भीम के लिए अन्तिम निर्णय का क्षण आ गया था। जटासुर की स्थिति अथवा प्रतिक्रिया को देखने का अवकाश नहीं था, भीम के पास! वह तो जैसे मुष्टिकाओं, कोहनियों, पैरों और घुटनों के प्रबल आघातों के मध्य जटासुर को श्वास लेने को भी समय नहीं दे रहा था।

जटासुर के सारे प्रयत्न शिथिल हो गये थे। उसका अंग-अंग टूट रहा था। उसकी दृष्टि भी कदाचित् ठीक से कार्य नहीं कर पा रही थी। वह समझ नहीं पा रहा था कि भीम कहाँ खड़ा है और कहाँ से आघात कर रहा है।...

सहसा उसने मुख से रक्त वमन किया; और निष्क्रिय हो कर लेट गया...भीम ने जैसे अन्तिम प्रहार के रूप में युद्ध-चीत्कार किया और उछलकर, अपने दोनों पैरों से जटासुर के वक्ष पर भीषण ठोकर मारी...

जटासुर का सिर एक ओर लटक गया था। उसके शरीर में प्राणों का कोई लक्षण नहीं था।

बद्रिका आश्रम में पाण्डव अधिक दिन नहीं टिके। जटासुर वाली घटना के पश्चात् स्वयं युधिष्ठिर का मन वहाँ से उखड़ गया था। वे अब तक यह स्वीकार नहीं कर पा रहे थे कि इतने पवित्र तीर्थ में, तपस्वी समाज में भी ऐसी घटना हो सकती है...वे किस पर विश्वास करें, किस पर न करें। जो व्यक्ति, सबसे अधिक निष्ठावान तपस्वी लगता था, वही सबसे अधिक दुष्ट निकला।...उन्हें मनुष्य की पहचान नहीं है क्या? या फिर वह व्यक्ति सचमुच निष्ठावान तपस्वी था, किन्तु द्रौपदी का रूप देख कर उसकी हीन वृत्तियाँ जाग्रत हो उठीं और वह तप-भ्रष्ट हो गया।...क्या यह भी युधिष्ठिर की ही भूल थी कि वे द्रौपदी जैसी असाधारण सुन्दरी नारी को तपस्वियों की भूमि में ले आये? यदि एक जटानन्द, जटासुर बन सकता है, तो अन्य अनेक लोग भी इस प्रकार वासना का ग्रास बन सकते हैं।...युधिष्ठिर को उनके सम्मुख इतना आकर्षक प्रलोभन रख, उसकी तपस्या की परीक्षा नहीं करनी चाहिए थी।...पर उनका दूसरा ही मन यह मानता था कि यह तीर्थ-भूमि है। यहाँ जो लोग आये हैं, वे अपनी कामनाओं और वासनाओं को त्याग कर आये हैं; और सांसारिकता को जीतने का प्रयत्न कर रहे हैं। उनके लिए स्त्री और पुरुष के शरीर का कोई भेद नहीं होना चाहिए। सत्य तो यह है कि उनका ध्यान शरीर पर होना ही नहीं चाहिए। वे इतना जो जान ही चुके हैं कि इस शरीर का निर्माण, उनकी आत्मा ने नहीं, उनकी कामनाओं और वासनाओं ने किया है। वे...अपनी कामनाएँ और वासनाएँ त्याग देंगे, तो उनकी आत्मा शरीर धारण नहीं करेगी...और आत्मा तो निर्लिंग है, वह स्त्री और पुरुष का भेद नहीं रखती...

वे लोग राजर्षि वृषपर्वा के आश्रम से होते हुए श्वेत पर्वत तथा माल्यवान पर्वत को लाँघते हुए, गन्धमादन क्षेत्र में राजर्षि आर्ष्टिषेण के आश्रम में आ पहुँचे थे। ऋषि-शिष्यों ने उनका पर्याप्त सत्कार किया था, उनके लिए सुविधाजनक कुटीरों का प्रबन्ध कर दिया था, उन्हें भोजन करवा दिया था; किन्तु राजर्षि के दर्शन वे अभी तक नहीं कर पाये थे।...

सन्ध्या समय ऋषि ने उन्हें बुलावा भेजा। युधिष्ठिर, अपने भाइयों तथा द्रौपदी के साथ उनके कुटीर पहुँचे तो आर्ष्टिषेण अपने आसन पर प्रसन्नमुख विश्राम करते दिखायी दिये।

"आओ धर्मराज!"

पाण्डवों ने उन्हें प्रणाम किया।

"कैसे हो युधिष्ठिर?" ऋषि ने पूछा, "इस ओर कैसे आना हुआ?"

"लोमश ऋषि हमें अपने साथ ले आये।" युधिष्ठिर बोले।

"ले तो आये; किन्तु तुम्हारे मन में भी तो कोई प्रयोजन रहा होगा!"

"वनवास के समय में मन को विक्षिप्त होने से बचाने के लिए, तथा सुख-शान्ति से समय व्यतीत करने के लिए, हमें तीर्थ-यात्रा ही सबसे उत्तम साधन प्रतीत हुआ!" युधिष्ठिर ने कहा, "इस दिशा में आने का एक और विशेष प्रयोजन भी है।"

"क्या?"

"हमारा भाई अर्जुन वर्षों के पश्चात् देव-लोक से लौट रहा है। हम उसकी अगवानी करने आये हैं।" युधिष्ठिर बोले, "हम इन्द्रप्रस्थ में होते, तो बात और थी। इस समय हमारा कोई स्थायी निवास-स्थान तो है नहीं। ऐसे में किसी भी वन में उसके आने की प्रतीक्षा करने से, हमें यही उत्तम लगा कि उसके देव-लोक से उतरते ही, हम उससे भेंट करें।..."

"यह तो बहुत उत्तम विचार है युधिष्ठिर!" ऋषि बोले, "भाइयों में ऐसा प्रेम तो होना ही चाहिए।"

"एक और प्रयोजन भी है महर्षि!"

"वह क्या है पुत्र?"

"जब गन्धमादन क्षेत्र में आ ही गये हैं, तो गन्धमादन पर्वत के कुबेर-भवन तक जाकर धनाध्यक्ष कुबेर के दर्शन भी कर लिये जायें।" युधिष्ठिर ने उत्तर दिया, "हम लोग उनके सौगन्धित सरोवर पर भी गये थे; किन्तु वहाँ उनसे भेंट न हो सकी। उनके चरों ने हमें वहाँ से आगे, गन्धमादन पर नहीं जाने दिया। कहा कि उधर से मार्ग नहीं है। इसलिए हमें बद्रिकाश्रम लौटकर, राजर्षि वृषपर्वा के आश्रम से होते हुए, यहाँ आना पड़ा। अब आगे... ।"

ऋषि ने युधिष्ठिर को आगे नहीं बोलने दिया। उन्होंने मध्य में ही कहा, "तुम ठीक स्थान पर आ गये हो पुत्र! कुबेर के दर्शनार्थ, मानवों के लिए यही स्थान सर्वोत्तम है। यह गन्धमादन क्षेत्र है। इसके आगे गन्धमादन पर्वत है। गन्धमादन पर्वत पर जाने की हमें अनुमति नहीं है। किसी मानव को नहीं है। वहीं से हो कर मार्ग आगे देवलोक तक जाता है। मुझे तो आश्चर्य है कि अर्जुन देव-लोक तक कैसे पहुँच गया। यहाँ से आगे तो मानव जाता ही नहीं।"

"कोई मानव नहीं जाता से क्या अभिप्राय है ऋषिवर!" भीम सहसा बोला, "अर्जुन गया है। हम भी जायेंगे। आप अनुमति दें तो कल प्रातः ही हम प्रयाण करें। सन्ध्या तक आपके चरणों में लौट आयेंगे।"

"नहीं, मध्यम पाण्डव!" ऋषि मुस्कराये, "क्या नाम है तुम्हारा—भीमसेन?"

"हाँ महर्षि!"

"तो पुत्र! तुम ऐसा दुस्साहस मत करना। इस क्षेत्र में आ कर इस प्रकार की उच्छृंखलता की बात कोई नहीं सोचता। मन की चंचलता को शान्त करो : और धर्म का पालन करो। तुम्हारा धर्म इसी में है कि कुबेर की मर्यादा की रक्षा करो।"

"यदि हम धनाध्यक्ष कुबेर के दर्शन करना चाहें, तो उससे धनाध्यक्ष की मर्यादा भंग हो जायेगी?" भीम हँसा, "महर्षि! हम आपके दर्शन करने आये, तो आपकी मर्यादा भंग हो गयी क्या?"

"मेरी बात और है पुत्र! मैं वनवासी तपस्वी हूँ। मेरे पास न अपना कोई काम है, न मिलने वालों की भीड़। वे धनाध्यक्ष हैं, इसलिए उनके पास सहस्रों कार्य हैं। दर्शनार्थी भी बहुत आते हैं। स्मरण रखो कि वे धनाध्यक्ष ही नहीं, धनदाता भी हैं।" वे रुके, "और फिर पुत्र! तुम पूर्वाह्न में ही

यहाँ पहुँच गये थे; किन्तु मुझसे भेंट करने के लिए, सन्ध्या तक तुमने प्रतीक्षा की! तुमने मेरी मर्यादा की रक्षा की...वैसे ही धनाध्यक्ष की मर्यादा की रक्षा करनी पड़ती है।"

"तो हम धनाध्यक्ष के दर्शन नहीं कर सकते?" युधिष्ठिर ने पूछा।

"क्यों नहीं कर सकते।" ऋषि मुस्कराए, "पर्व-सन्धियों पर धनाध्यक्ष यहीं अपने दर्शन देते हैं। तुम लोग सुखपूर्वक यहीं रहो। धर्म का पालन करते हुए, साधना में मन लगाओ। उचित अवसर पर धनाध्यक्ष स्वयं ही दर्शन देंगे।"

युधिष्ठिर कुछ देर तक मौन रहे। फिर धीरे से बोले, "जैसी आपकी आज्ञा ऋषिवर! हम यहीं प्रतीक्षा करेंगे।"

"यहाँ तुम्हें कोई कष्ट नहीं होगा। प्रकृति ने सारी सुख-सुविधाएँ दे रखी हैं। मनुष्य के शरीर के पोषण तथा मन की शान्ति के लिए पर्याप्त साधन हैं यहाँ। जितने दिन रहना चाहो, रहो। सतत् अध्यवसाय कर, अपना विकास करते रहो।" ऋषि बोले, "वैसे भी पुत्र! गन्धमादन अनेक अर्थों में योग-भूमि है। कुबेर-भूमि है। कुबेर-भवन तपस्या का क्षेत्र नहीं है। किन्नर, गन्धर्व, साधना तो करते हैं, तपस्या नहीं करते। उनकी साधना का पुरस्कार भोग है! वैसे भी धनाध्यक्ष, भोग ही देंगे। धनाध्यक्ष हो कर, वे त्याग कैसे दे सकते हैं।..."

"मैं आपकी बात समझ गया ऋषिवर!" युधिष्ठिर ने हाथ जोड़ दिये, "हम वैसा ही करेंगे, जैसा आपने कहा है। हम धनाध्यक्ष की मर्यादा भंग नहीं करेंगे।"

"अच्छा! जाओ पुत्र! विश्राम करो!" ऋषि बोले, "मेरा भी, समाधि का समय हो गया है।

पाण्डव कुटीर में लौट आये।

युधिष्ठिर सदा के समान शान्त थे; किन्तु नकुल किसी प्रकार भी स्वयं को रोक नहीं पा रहा था। बोला, "ज्येष्ठ! आप धर्मराज हैं। धर्म को, आपसे अधिक कौन जानता है; किन्तु मैं ऋषि के परामर्श से सहमत नहीं हूँ।"

"क्यों? क्या हुआ?" युधिष्ठिर मुस्करा रहे थे।

"ठीक है कि धनाध्यक्ष के पास अकूत धन है। यह भी ठीक है कि उनसे भेंट करने के लिए बहुत-से लोग आते होंगे।...किन्तु जिनसे भेंट करने बहुत लोग आते हैं, वे क्या इस प्रकार व्यवहार करते हैं?"

"क्या कहना चाहते हो नकुल?" धर्मराज ने पूछा, "किस बात पर आपत्ति है तुम्हें?"

"द्वार पर आये, भिक्षुक और सम्राट में अन्तर होता है।" नकुल बोला, "सौगन्धित क्षेत्र से भी कुबेर के साधारण सैनिकों ने आपको लौटा दिया, जैसे आप अति साधारण यात्री हों।...और अब भी सम्राट युधिष्ठिर को किसी अकिंचन वनवासी के समान कहा जा रहा है कि वह गन्धमादन क्षेत्र में रह कर, कुबेर के दर्शनों के लिए साधना करें।..."

"तुम जो कुछ भी कह रहे हो, मैं उससे बहुत असहमत नहीं हूँ।" युधिष्ठिर मुस्करा रहे थे, "तुम ऐसा सोचते हो, क्योंकि तुम्हें अपने भाई से प्रेम है—तुम मेरा सम्मान करते हो। मेरी अवमानना होते देख, तुम्हें कष्ट होता है।"

"आपको कष्ट नहीं होता ?" सहदेव ने पूछा।

पहली बात तो यह है कि इस समय मैं सम्राट हूँ ही नहीं।" युधिष्ठिर बोले, "दूसरी बात, मैं यहाँ विस्थापित सम्राट के रूप में नहीं, एक साधारण तीर्थ-यात्री के रूप में आया हूँ। सम्राट की

स्थिति न हो, तो मन में सम्राट का अहंकार रखना अनुचित है। जब मैं सम्राट के रूप में किसी को कुछ दे नहीं सकता, तो उनसे सम्राट का-सा सम्मानपूर्ण व्यवहार माँगने का मुझे क्या अधिकार है?"

"प्रश्न आपके अधिकार का नहीं, उनके व्यवहार का है।" सहदेव ने उत्तर दिया, "महत्व पद का ही नहीं, व्यक्ति का भी होता है। यदि दुष्ट दुर्योधन को कुबेर, सम्राट के रूप में सम्मानित करें, और आपका साधारण वनवासी के रूप में तिरस्कार करें, तो क्या वे अपनी मर्यादा की रक्षा कर रहे हैं? कल, जब आप इन्द्रप्रस्थ के सिंहासन पर आसीन होंगे और मैं आपके प्रतिनिधि के रूप में आपकी सेना का नेतृत्व करता हुआ आऊँगा, तो क्या मैं भूल जाऊँगा कि कुबेर ने हमारे साथ ऐसा व्यवहार किया था!"

युधिष्ठिर मुक्त मन से हँसे। इस प्रकार वे कम ही हँसा करते थे।

"क्या बात है धर्मराज?" उन्हें इस प्रकार हल्के मन की स्थिति में देख द्रौपदी को सुखद आश्चर्य हुआ।

"हर समय अपनी महत्ता का इतना बोझ ढोना, बहुत भारी पड़ता है पांचाली!" युधिष्ठिर बोले, "व्यक्ति को कभी सब कुछ भूल कर, साधारण जन भी हो जाना चाहिए। कभी महत्त्वहीन हो कर, सृष्टि का एक साधारण अंग हो कर भी जीना चाहिए। उससे भार-वहन से थके मन तथा शरीर को विश्रान्ति मिल जायेगी।"

भीम ने धर्मराज की बात सुनी तो उसका मन भटक कर हनुमान की ओर चला गया।...क्या वे भी यही संदेश नहीं दे रहे थे...जो महत्त्वपूर्ण होता नहीं, वह स्वयं को इतना महत्त्वपूर्ण मानता है; और जो सचमुच महिमावान् है, उसे इसकी तनिक भी चिन्ता नहीं...

किन्तु भीम अधिक देर उस मानसिकता में नहीं रहा।...कुछ ही क्षणों में उसके भीतर का तेजस्वी क्षत्रिय जाग उठा...धनाध्यक्ष ने स्थान-स्थान पर ये क्या प्राचीरें बना रखी हैं, सीमाएँ बना रखी हैं...राज्य तो भीम ने बहुत देखे हैं और राज्यों की सीमाएँ भी होती हैं, किन्तु इस प्रकार की बाधाएँ वर्तमान नहीं होतीं...ठीक कह रहा था नकुल...भीम तो भीम ही रहेगा, इन्द्रप्रस्थ का राज्य रहे या न रहे...भीम अपनी सेना के साथ दिग्विजय की इच्छा से आया होता, तो कुबेर उसके साथ इस प्रकार का व्यवहार कर पाता?...और सेना नहीं है तो क्या, भीम तो अब भी वही है। वह अकेला ही अपनी गदा ले कर इस गन्धमादन पर्वत पर चढ़ जाये, तो कुबेर भी देख ले कि जिन क्षत्रियों को वह पर्वत के नीचे अनन्त काल तक रोके रखना चाहता है, उनमें कितना बल है?...

किन्तु धर्मराज का कहना है कि वह तपस्या का काल है। वे लोग अपनी आत्मा के विकास के लिए तपस्या कर रहे हैं। वे लोग 'अनृशंसता' तथा 'तितिक्षा' का अभ्यास कर रहे हैं। वे अपने अहंकार के विगलन की प्रक्रिया में से गुजर रहे हैं...ऐसे में बात-बात पर शस्त्र नहीं उठाये जा सकते।...उनका वश चलता, तो शायद जटासुर का वध भी न करने देते...किन्तु पांचाली के अपहरण-जैसे अपराध के पश्चात् उसे जीवित छोड़ देना भी उनके वश में नहीं था।...ठीक है, भीम भी थोड़ा अभ्यास कर ले कि चींटियों के काटने को हाथी कैसे सहन कर लेता है; और उस चींटी के प्रति तनिक-सा भी क्रोध मन में नहीं लाता।

प्रातः भीम नहाने के लिए सरोवर-तट पर पहुँचा तो देखा पांचाली वहाँ पहले से ही वर्तमान थी।

"पांचाली!"

"आओ, मध्यम पाण्डव!" वह मुस्कराई, "मैं तुम्हारी ही प्रतीक्षा कर रही थी।"

"यहाँ? यहाँ क्यों??"

"क्योंकि मैं एकान्त में तुमसे अपने मन की कुछ बातें कहना चाहती थी।"

"क्या बात है पांचाली?"

"तुमने सुना था भीमसेन! उस जटासुर ने क्या कहा था।" द्रौपदी आवेशपूर्ण स्वर में बोली, "उसने कहा था कि एक बार वह गन्धमादन पर्वत पर कुबेर-भवन में पहुँच जाये, तो वहाँ उसका मित्र मणिमान है। फिर उसे किसी का भय नहीं रहेगा।"

"हाँ ! कहा था उसने!"

"इसका अर्थ हुआ कि गन्धमादन पर्वत के उस कुबेर-भवन में वे लोग रहते हैं, जो जटासुर जैसे अत्याचारियों को आश्रय देते हैं।" द्रौपदी बोली, "यह तो प्रभु की कृपा हुई कि तुम्हारे हाथों वह मारा गया, नहीं तो मैं इस समय कुबेर-भवन में बन्दिनी होती...।"

भीम ने बिना कुछ कहे, सहमति में सिर हिला दिया।

"जटासुर ने मेरा अपहरण किया, उसका दण्ड तुमने उसे दे दिया," द्रौपदी बोली, "किन्तु वह दण्ड पूरा नहीं हुआ।"

"कैसे? वह मृत्यु को प्राप्त हुआ। अब मृत्यु से बड़ा दण्ड और क्या होगा?" भीम कुछ चकित था।

"जो लोग उस अत्याचारी को संरक्षण देते थे; और यदि वह सफल हो कर वहाँ पहुँच जाता, तो उसे पुनः शरण देते, वे लोग तो अभी भी अपने प्रासादों में सुरक्षित बैठे हैं।" द्रौपदी का आवेश बढ़ता जा रहा था, "क्या उनको दण्ड केवल इसलिए नहीं दिया जायेगा, क्योंकि हमारे वहाँ जाने से धनाध्यक्ष कुबेर की मर्यादा नष्ट होती है? उसकी क्या मर्यादा है, जिसके संरक्षण में पापी और अत्याचारी पलते हैं?"

भीम ने एक प्रगाढ़ दृष्टि द्रौपदी पर डाली...वह उसका मन्तव्य समझ रहा था...किन्तु ऋषि आर्ष्टिषेण ने उन्हें आगे बढ़ने का निषेध किया था। धर्मराज युधिष्ठिर धनाध्यक्ष की मर्यादा भंग नहीं करना चाहते थे; किन्तु पांचाली का कथन सत्य था...उस मणिमान के भरोसे ही तो जटासुर ने पांचाली के अपहरण का दुस्साहस किया था...तो मणिमान को दण्ड क्यों न मिले?...

"मध्यम!" द्रौपदी पुनः बोली, "खाण्डव वन में तुम्हारे भाई सत्यप्रतिज्ञ अर्जुन ने गन्धर्वों, नागों, राक्षसों तथा देवराज इन्द्र को भी युद्ध में आगे बढ़ने से रोक दिया था। बहुत से भयंकर मायावी राक्षस, उनके हाथों मारे गये थे और उन्होंने गाण्डीव नामक धनुष भी प्राप्त कर लिया था। आर्यपुत्र! तुम्हारा पराक्रम भी इन्द्र के ही समान है। तुम्हारा तेज और बाहुबल भी महान् है। वह दूसरों के लिए दुःसह और दुर्धर्ष है।..."

अपने बल और पराक्रम के विषय में भीम को तनिक भी संदेह नहीं था। द्रौपदी उसे उसके पराक्रम का स्मरण क्यों करा रही थी, यह भी स्पष्ट नहीं था। अपनी इच्छा के विषय में भी उसे किसी प्रकार का कोई भ्रम नहीं था...किन्तु उसकी इच्छा के मार्ग में धर्मराज की अप्रसन्नता खड़ी थी, ऋषि आर्ष्टिषेण का निषेध खड़ा था, कुबेर की मर्यादा खड़ी थी...

"भीमसेन!" द्रौपदी ने अपनी बात आगे बढ़ायी, "मैं चाहती हूँ कि तुम्हारे बाहुबल के वेग से थर्राकर, सम्पूर्ण राक्षस इस पर्वत को छोड़ दें; और दसों दिशाओं की शरण लें। तत्पश्चात् शिव-स्वरूप इस शैल-शिखर को, तुम्हारे सारे सुहृद भय और मोह से रहित देखें।" द्रौपदी की आमन्त्रणमयी दृष्टि उसके हृदय में उतरती जा रही थी, "भीमसेन! दीर्घकाल से मैं अपने मन में यही इच्छा पाल रही हूँ कि तुम्हारे बाहुबल से सुरक्षित हो, मैं इस शैल-शिखर के दर्शन करूँ।"

भीम के मन के सारे धुँधलके छँट गये थे। द्रौपदी की इच्छा के ताप में ऋषि का निषेध, धनाध्यक्ष की मर्यादा और धर्मराज की अप्रसन्नता—सब धुंध के समान गल गये थे। भीम के मन में प्रकाश ही प्रकाश था। वह जानता था कि उसे क्या करना है...

"ठीक है देवि!" भीम की वाणी, जैसे प्रेम का मूर्तिमान रूप थी, "तुम आश्रम में जाओ। तुम्हारी इच्छा पूर्ण होगी।"

द्रौपदी की दृष्टि में केवल स्नेह और कृतज्ञता ही नहीं, और भी बहुत कुछ था, जिसे भीम ही समझ सकता था।...भीम ही जानता था कि जब द्रौपदी की आँखें कहती हैं कि मैं इस कार्य के लिए संसार भर में केवल तुम्हें ही समर्थ मानती हूँ, केवल तुम पर ही निर्भर हूँ मैं...तो भीम के मन में क्या-क्या घटित हो जाता था।...पति हो कर भी उसके भीतर का प्रेमी विलीन नहीं हुआ था। द्रौपदी, पत्नी हो कर भी सदा उसकी प्रिया ही रही थी, कान्ता...यह भीम का ही मन जानता था कि प्रिया का एक अनुरोध, उसे कौन-कौन सा सुख दे जाता था।...उस अनुरोध को पूर्ण करने के लिए वह क्या नहीं कर सकता था...द्रौपदी की एक दृष्टि, उसमें पर्वतों को उखाड़ फेंकने का सामर्थ्य ही नहीं, उन्माद भी जगा जाती थी।...

भीम ने घट उठा कर द्रौपदी के सिर पर रख दिया। द्रौपदी के हाथों ने उसे सँभाल लिया। उसने नयनों ही नयनों में, निःशब्द कहा, 'चलती हूँ।' भीम की भी आँखें ही बोलीं, 'निश्चिन्त हो कर जाओ।'

द्रौपदी सहज गति से अपने मार्ग पर चली गयी। भीम की दृष्टि दूर तक उसका पीछा करती रही...कितने कष्ट दिये हैं, पाण्डवों ने पांचाली को! नहीं तो यह राजकन्या और राजरानी, क्या इस योग्य थी कि इस प्रकार पैदल चल कर सरोवर में नहाने आये, और फिर अपने हाथों मिट्टी के कुम्भ में पानी भरकर, अपने हाथों उठा, अपने सिर पर वहन कर, कुटीर तक ले जाये...द्यूत के पश्चात् द्रौपदी अपने मायके नहीं गयी। वह पाण्डवों से पृथक रह कर किसी सुख-सुविधा की कामना नहीं करती। वह अपने पतियों के साथ है—सदा-सर्वदा!...और उसके खुले केश उसके साथ हैं...वे खुले केश, भीम को सदा स्मरण कराते रहते हैं कि वे दुःशासन के रक्त की प्रतीक्षा में हैं...क्यों रक्त चाहते हैं द्रौपदी के खुले केश? क्यों द्रौपदी का अपमान हुआ था! उस अपमान का प्रतिशोध पाण्डवों ने नहीं लिया, क्योंकि वे धर्म में बँधे थे...किन्तु उसका प्रतिशोध लेंगे, वे वचनबद्ध हैं...द्रौपदी का अपमान जटासुर ने भी किया और उसे मणिमान का समर्थन उसी प्रकार प्राप्त था, जैसा कर्ण का समर्थन दुर्योधन और दुःशासन को प्राप्त था...तो क्या जटासुर के साथ मणिमान भी दण्डित न हो?... ठीक कहती है पांचाली! यदि मणिमान न होता तो कोई जटानन्द, जटासुर न बनता। जटासुर को तो अपना दण्ड भुगतना ही था; किन्तु जटासुरों के निर्माण के लिए उत्तरदायी आततायी मणिमान क्यों सुरक्षित बैठे रहें? वे क्यों न द्रौपदी के अपमान का मूल्य चुकायें? केवल इसलिए कि वे ऊँचे और महत्त्वपूर्ण पद पर आसीन हैं? कुबेर के भवन का रक्षक होने के कारण, उसकी कोई मर्यादा

नहीं है?...पाण्डव तो कुबेर की मर्यादा की रक्षा करें, किन्तु कुबेर, पाण्डवों की मर्यादा की रक्षा क्यों न करें? वह मणिमान को दण्डित करने के स्थान पर, उसे अपनी सुरक्षा के कवच-तले, सुरक्षित रखता है...इन्द्र, तक्षक नाग की रक्षा करता है; और कुबेर, जटासुर की!...क्या अन्तर है दोनों में?...

भीम के मन में एक उन्माद जागा...वह दुःशासन की भुजा नहीं उखाड़ सका, उसका वक्ष नहीं फाड़ सका...क्योंकि वह धर्म-बन्धन में बँधा था।...किन्तु मणिमान को वह नहीं छोड़ेगा...और उसकी रक्षा के लिए, कवच-रूप में प्रकट हुई धनाध्यक्ष की इस मर्यादा की भी चिन्ता नहीं करेगा...

धर्मराज ने भी आगे न जाने का मन बनाया है, क्योंकि ऋषि आर्ष्टिषेण ने ऐसा परामर्श दिया है।...ऋषि तो यह भी मानते हैं कि आगे का मार्ग मनुष्यों के लिए अगम्य है। क्यों अगम्य है? क्या शीत के कारण? ऊँचाई के कारण? वायु की विरलता के कारण? मनुष्य शीत से अकड़कर मर जाता है? उस ऊँचाई पर मानव-शरीर में किसी प्रकार का कोई विकार आ जाता है? अथवा उस वायु में मनुष्य श्वास नहीं ले पाता?...पर यदि सचमुच वह मार्ग अगम्य होगा, तो भीम उस पर चल नहीं पायेगा...और यदि वह उस मार्ग पर यात्रा कर पाया, तो वह मानवों के लिए अगम्य कैसे हुआ?...इसलिए, उससे न तो ऋषि के निषेध की अवमानना होगी, न उस पर आधृत धर्मराज के निर्णय की...अर्जुन भी तो उसी मार्ग से गया होगा...और उसी मार्ग से लौटेगा भी। वह भी तो मानव ही है। उसके लिए क्यों यह मार्ग न अगम्य था, न निषिद्ध?...उसके धनुष के सम्मुख, सारे निषेध विहीन हो गये होंगे...और यदि अर्जुन का गाण्डीव सारे निषेधों को जय कर सकता है, तो भीम की गदा क्यों नहीं कर सकती?...भीम के मन में आनन्द का सहस्रदल खिल आया।...उसकी सारी समस्याओं का समाधान हो गया था। उसकी योजना बन गयी थी।...

उसका स्नान, जल-क्रीड़ा में परिणत हो गया...वह सरोवर में लहरें उठा रहा था; और उन लहरों को अपने संगी-साथी मान कर, उनके साथ खेल रहा था...

भीम के पग भूमि पर नहीं, वृक्षों पर पड़ रहे थे।

गन्धमादन का परीक्षण कर, वह तत्काल समझ गया कि यक्षों की ऐसी व्यवस्था थी कि पर्वत पर चढ़ने का केवल एक ही मार्ग उपलब्ध हो। शेष सारे पर्वत पर जोखमपूर्ण चढ़ाइयाँ और सघन वन थे। कहीं यम-द्वार के समान भयंकर प्रपात थे।...उस मार्ग पर निश्चित् रूप से उनकी कठोर सैनिक सुरक्षा होगी। यही कारण था कि वह मार्ग मानवों के लिए अगम्य माना जाता था। उस मार्ग से पर्वत पर चढ़ने का अर्थ था, अपने अभियान के आरम्भ में ही कुबेर के सैनिकों से भयंकर युद्ध। उनकी संख्या भीम को ज्ञात नहीं थी। वैसे भी वे ऊँचाई पर थे। वे ऊपर से शस्त्रास्त्रों का प्रहार अधिक प्रभावी रूप से कर ही सकते थे; इच्छा होने पर वे पाषाण और शिलाएँ लुढ़का सकते थे।...इस पर यदि भीम उन पर भारी पड़ा, तो वे अपनी सहायता के लिए पीछे से और सैनिक मँगवा सकते थे।...वह मार्ग भीम के लिए यदि अगम्य नहीं भी था, तो भी अत्यन्त संकटपूर्ण था।...यदि हठपूर्वक भीम उनसे जूझ ही पड़ता, तो वे लोग उसे एक लम्बे समय तक अटकाये रख सकते थे...तब तक युद्ध का समाचार धर्मराज तथा ऋषि आर्ष्टिषेण तक पहुँचाया जा सकता था।...और यदि वे लोग युद्ध के मध्य में ही आ गये, तो युद्ध को पूर्णता तक पहुँचाना, भीम के लिए भी सम्भव नहीं होगा...

अन्ततः भीम ने उस मार्ग से न जाने का निश्चय किया था। उसने अपना अभियान सघन वन में से आरम्भ किया था। वन में हिंस्र पशुओं का साक्षात्कार तो हो सकता था, किन्तु वहाँ सैनिक नहीं थे। यक्षों ने मान लिया था कि इन वनों से हो कर कोई आ ही नहीं सकता, अतः वहाँ चौकियाँ स्थापित करने की आवश्कता ही क्या थी?...और फिर यदि अपने सैनिकों के लिए मार्गों का निर्माण किया जाता, तो उन्हीं का लाभ, उनके शत्रु भी उठा सकते थे।...

भीम ने मुड़ कर देखा : वह प्रायः आधी चढ़ाई चढ़ आया था। अब यदि वह वन से निकल कर मुख्य मार्ग पर आ जाता है, और वहाँ सैनिकों से संघर्ष करना पड़ता है, तो उस युद्ध की सूचना, नीचे गन्धमादन क्षेत्र के आश्रमों तक नहीं पहुँचेगी।...यक्ष उसकी सूचना अपने नायक तथा अपने राजा को तो देंगे...युद्ध के उस संकट-काल में, वे ऋषि-समाज में यह सूचना प्रसारित करने क्यों आयेंगे?...

भीम, प्राचीर के निकट के एक वृक्ष पर चढ़, प्राचीर फाँद कर मुख्य मार्ग पर आ गया...किन्तु यह देख कर चकित रह गया कि मार्ग पर कहीं कोई सैनिक तो नहीं ही था, वहाँ कोई साधारण जन भी दिखायी नहीं दे रहा था।...सम्भवतः कुबेर ने मार्ग के दोनों छोरों पर सुरक्षा की व्यवस्था की होगी और यह मान लिया होगा कि दोनों छोर सुरक्षित हैं, तो उनके मध्य का मार्ग भी सुरक्षित है। निश्चय ही वे इतने युद्ध-नीति-कुशल नहीं थे कि मान सकते थे कि कोई छोरों की अवज्ञा कर, उन के मध्य भी प्रकट हो सकता है...धनाध्यक्ष, सचमुच कुशल सेनाध्यक्ष नहीं हो सकते।

कुबेर-भवन के सम्मुख पहुँच कर भीम को ज्ञात हुआ कि अभी तक जिसे वह एक भवन समझता रहा था, वह पूरा एक नगर था; पर्वत-शिखर के ऊपर बसा हुआ एक नगर। बाहरी भाग में अनेक उद्यान थे। उनके पश्चात् नगर-प्राचीर आरम्भ होती थी। प्राचीर में अनेक साधारण द्वार और तोरण बने हुए थे; किन्तु आश्चर्य उसमें कहीं रक्षक नियुक्त नहीं थे। अधिकांश स्थानों पर विलास और मनोरंजन का वातावरण था...साधारण यक्षों का मनोरंजन करने के लिए अप्सराएँ नृत्य कर रही थीं...

सारी स्थिति भीम की समझ में आ रही थी...इस पर्वत-नगर की सुरक्षा का प्रबन्ध, नीचे गन्धमादन क्षेत्र में किया गया था। वहाँ इसे बाहर से आने वाले किसी भी व्यक्ति के लिए भरसक अगम्य बना दिया गया था। जब नीचे से कोई ऊपर आयेगा ही नहीं तो रक्षकों और सैनिकों की आवश्यकता ही क्या है...

भीम ने घूमकर अनेक भवनों को देखा। मूल्यवान पदार्थों से बने ये भवन आकर्षक थे। दूर, कुछ भवन स्फटिक-शिला के बने हुए थे, जिनके कंगूरों पर सुवर्ण का कुछ काम किया गया था... सम्भवतः वह धनाध्यक्ष कुबेर का निजी आवास रहा होगा...किन्तु भीम को कुबेर से नहीं, मणिमान से भेंट करनी थी।...हाँ! यदि कुबेर ने उसके और मणिमान के मध्य आने का प्रयत्न किया, तो फिर धनाध्यक्ष से निबट लिया जायेगा....

किन्तु मणिमान कहाँ जायेगा...

भीम ने एक चतुष्पथ पर खड़े हो कर अपना शंख फूँका।

लोगों ने आश्चर्य से देखा...असाधारण रूप से बलिष्ट दिखने वाला एक दीर्घाकार और अपरिचित व्यक्ति नगर के प्रमुख चतुष्पथ पर खड़ा हो कर भीषण निनाद करता हुआ शंख फूँक रहा था। वह

शस्त्रास्त्रों से सज्जित था; और युद्ध की मुद्रा धारण किये हुए था।...किसी ने जानने का प्रयत्न नहीं किया कि वह कौन था और क्या करने आया था...जिसके जिधर सींग समाये, अपनी सुरक्षा के लिए वह उधर ही भाग गया! वह चतुष्पथ, जहाँ अप्सराएँ नृत्य कर रही थीं, कलाकार अपनी कलाओं का प्रदर्शन कर रहे थे, तथा व्यापारी हाट लगाये विभिन्न प्रकार की वस्तुएँ बेच रहे थे...थोड़ी ही देर में पूर्णतः जन-शून्य हो गया। अब निर्जन चतुष्पथ के ठीक मध्य में, जीवित स्तम्भ के समान भीम खड़ा था...

किन्तु यह स्थिति अधिक देर तक नहीं रही...कुछ ही क्षणों में किसी अज्ञात योजना के अधीन विभिन्न दिशाओं से अनेक यक्ष सैनिक प्रकट होने लगे। वे सब-के-सब सशस्त्र थे और व्यक्तिगत रूप से न आ कर किसी सुगठित तथा संगठित वाहिनी के अंग के रूप में प्रकट हुए थे। उनके पास गदा, परिघ, खड्ग, शूल, शक्ति इत्यादि अनेक प्रकार के शस्त्र थे।...उन्होंने एक उचित दूरी बनाये हुए, भीम को चारों ओर से घेर लिया था। उस घेरे के पीछे, एक दीर्घाकार सशस्त्र पुरुष खड़ा हुआ था, जो कदाचित् उनका सेनापति था...

"कौन हो तुम?" उस पुरुष ने पूछा।

"मैं भीम हूँ।"

"भीम कौन?" उसने पूछा।

"संसार में जितने भीम हैं, क्या तुम सबको जानते हो?" भीम ने प्रश्न किया।

"मेरे प्रश्न का उत्तर दो।" उस व्यक्ति ने क्रुद्ध स्वर में कहा, "अधिक दुष्टता करोगे, तो इसी क्षण तुम्हारा मस्तक धरती पर लुढ़कता दिखायी देगा।"

"और तुम अधिक बकवाद करोगे, तो तुम्हारा मस्तक हवा में उठता दिखायी देगा।"

उस व्यक्ति का क्रोध उसके स्वर में प्रकट हो आया, "सैनिको! इस दुष्ट का वध कर दो।"

सैनिकों ने उसके आदेश का पालन किया। पहला आक्रमण अस्त्रों का हुआ। चारों ओर से शूल और शक्तियाँ उड़ती हुई इस प्रकार भीम तक आयीं, जैसे आकाश से पक्षियों का झुण्ड किसी एक स्थान पर उतर रहा हो। भीम अपने धनुष पर मल्ल चढ़ाये हुए थे...उसकी अँगुलियाँ हिलीं और धनुष से छूट कर मल्ल इस प्रकार उन अस्त्रों को नष्ट करने लगे, जैसे कोई सर्प शलभों को खा जाये।...

दूसरे प्रहार के लिए शस्त्रों वाले सैनिक आगे आये। गदा, खड्ग, शूल तथा परशु लिए हुए, उन सैनिकों ने बड़ा सुनियोजित आक्रमण किया था; किन्तु इस बार भीम ने अपनी गदा उठा ली थी। वृत्ताकार घूमती गदा, जैसे प्रत्येक क्षण, प्रत्येक सैनिक के सिर पर वर्तमान थी। सैनिकों को लग रहा था कि वे लोग अपने शस्त्रों से जैसे किसी पर्वत पर प्रहार कर रहे हैं, और पर्वत की कठोरता के कारण उनके अपने शस्त्र छिटक-छिटक कर, उनके हाथों से छूटते जा रहे हैं।...और जो सैनिक स्वयं उस गदा के सामने पड़ गया, वह मात्र अस्थियों और मांस-मज्जा का ढेर हो गया...उसके शरीर के आकार को पहचानना ही कठिन था...

इससे पहले कि उसका सेनापति कोई आदेश देता अथवा वे लोग कोई नया व्यूह रचते, सैनिकों के पैर उखड़ गये।...वे अपने शस्त्रों के साथ भागे। अनेक ने तो भागने की सुविधा के लिए अपने शस्त्र भी पटक दिये...

उनके सेनापति का मुख क्रोध से विकृत हो उठा। क्रुद्ध तो वह था ही; इस बार उसकी पीड़ा

उसकी वाणी में फूटी, "मणिमान के सैनिको! अकेले मनुष्य से पराजित हो कर पलायन कर रहे हो। अपनी माताओं के दूध को लज्जित करने वालो! जाओ, भाग जाओ। भागकर कहाँ जाओगे? अपनी रक्षा की पुकार करने, अपने स्वामी धनाध्यक्ष कुबेर के प्रासाद में? उन्हें अपना मुख कैसे दिखाओगे? कदाचित् दिखा लोगे! निर्लज्ज जो ठहरे।...किन्तु क्या कहोगे, एक अकेले साधारण मनुष्य के भय से अपने शस्त्रास्त्र फेंक, मल-मूत्र त्यागते हुए भाग आये हो?..."

उसके आह्वान पर सैनिक ठहर गये।

"लौट आओ!" वह पुनः बोला, "इस बार तुम युद्ध मत करो। बस खड़े हो कर देखो कि मणिमान को युद्ध करने के लिए तुम्हारी कोई आवश्यकता नहीं है। वह अकेला ही, बड़ी-बड़ी सेनाओं को खदेड़ सकता है। वह बापुरा तो एक साधारण मनुष्य है, जो किसी भ्रमवश धनाध्यक्ष की नगरी में घुस आया है।..."

...तो यह मणिमान है...भीम सोच रहा था...भाग्य बहुत अनुकूल था भीम का। सीधा मणिमान ही आन भिड़ा। कदाचित यह यहाँ की द्वार-रक्षक वाहिनी का सेनापति होगा। तभी तो जटासुर ने कहा होगा कि यदि वह मणिमान के पास पहुँच जाता, तो सुरक्षित हो जाता...

मणिमान ने एक शूल उठाया। अपनी भुजा को उसकी पूरी ऊँचाई तक ताना और फिर शूल को भीम की ओर उछाल दिया। भीम की इच्छा हुई कि वह कूद कर परे हो जाये और इस वार को व्यर्थ कर दे...किन्तु जाने क्यों, उसने स्वयं ही उछल-कूद का विचार छोड़ दिया और अपने धनुष पर वत्सदन्त बाण चढ़ा कर छोड़ दिया।

शूल, बाण सहित धरती पर गिरा, तो क्रोध के मारे मणिमान के मुख में झाग आ गया...उसके शूल का यह अपमान! किन्तु कोई बात नहीं...शूल हल्का था।...उसने अपनी गदा उठायी और भीम के वक्ष को लक्ष्य कर, पूर्ण वेग से फेंक दी...

भीम ने दूसरा बाण छोड़ा...गदा की दिशा बदल गयी और उसका वेग समाप्त हो गया। वह किसी हाँफते हुए असहाय वृद्ध के समान बलात दो-चार चल कर भूमि पर गिर पड़ी।

मणिमान की आँखें रक्तिम हो उठीं। अपने सैनिकों के सम्मुख उसका यह अपमान!...उसने एक तीखी और भारी शक्ति उठाई और पूरे बल से फेंक दी, जैसे वह पर्वत को भी छेद देगा...इस बार भीम बच नहीं पाया...शक्ति उसकी दाहिनी भुजा में लगी और रक्त की धारा फूट निकली...

भीम को लगा, जैसे साधारण-सी क्रीड़ा, सहसा गम्भीर हो उठी थी।...उसने अभी तक मणिमान पर कोई गम्भीर प्रहार नहीं किया था, किन्तु अब विलम्ब का कोई कारण नहीं था...भीम, इस मणिमान युद्ध में किसी भी प्रकार का कोई यश नहीं लेना चाहता था। यह उस पापी जटासुर का सहयोगी था, वह भी पांचाली के अपहरण का अपराधी था। यह दुष्ट कलंकित हो सकता है, गौरवान्वित नहीं हो सकता...

भीम ने खींच कर अपनी गदा दे मारी। जब तक मणिमान सँभलता, गदा उसके वक्ष पर जा लगी और वह मुख से रक्त वमन करता हुआ, वहीं ढेर हो गया...

अब उसके सैनिकों का रुकना कठिन था। उन्हें अपनी रक्षा की ही चिन्ता नहीं थी; जा कर राजा को मणिमान की मृत्यु की सूचना भी देनी थी, तथा इस आक्रमणकारी से कुबेर-भवन की रक्षा की व्यवस्था करने का निवेदन भी करना था।...

मणिमान और उसके सैनिकों के शवों के मध्य, भीम अकेला खड़ा था। उसकी आँखों में विजय की आभा थी, अधरों पर तृप्ति की मुस्कान, और मन पूर्णतः शान्त!...उसने अपनी प्रिया के अपमान का ही प्रतिशोध नहीं लिया था, अपराधियों को आश्रय देने वाले इस राक्षस को भी दण्डित किया था। वह, उन सारे लोगों के लिए चेतावनी थी, जो अपने पद और स्थिति का लाभ उठा कर दुष्ट-दलन के स्थान पर, दुष्ट-पालन करते हैं...शासक ही आततायी पापियों का समर्थन और संरक्षण करने लगेगा, तो प्रजा की रक्षा कौन करेगा?...इस मणिमान को बहुत पहले ही मर जाना चाहिए था।...

किन्तु यह युद्ध का अन्त नहीं था!...भीम जानता था कि ये सैनिक अपने अधिकारियों को सूचना देंगे। बात कुबेर तक पहुँचेगी। यह कुबेर का अपना नगर है...अनेक वाहिनियाँ आयेंगी और भयंकर युद्ध होगा। अब तो यह समाचार धर्मराज तक भी पहुँचेगा...और पांचाली तक भी!...किन्तु भीम को कोई चिन्ता नहीं थी। उसकी कल्पना में यदि धर्मराज का खिन्न चेहरा उभरा था, तो साथ-ही-साथ पांचाली की प्रसन्न मुद्रा भी...पांचाली की मनोकामना पूरी हुई थी...

युधिष्ठिर ने अपने कुटीर के द्वार पर धौम्य मुनि को खड़े देखा, तो चकित रह गये : थोड़ी देर पहले ही तो वे मुनि की कुटिया से लौटे थे।

"धर्मराज! मध्यम पाण्डव इस समय कहाँ हैं?" मुनि ने धीरे से पूछा; और उत्तर की प्रतीक्षा किये बिना ही बोले, "मुझे कुछ ऐसी सूचनाएँ मिली हैं कि गन्धमादन पर्वत पर भयंकर युद्ध चल रहा है। कुबेर के अनेक नगर-रक्षक सैनिक हताहत हुए हैं। यह युद्ध एक असाधारण रूप से दीर्घाकार तथा हृष्ट-पुष्ट मनुष्य के साथ हो रहा है। वह मनुष्य कहीं भीम तो नहीं?"

युधिष्ठिर की दृष्टि द्रौपदी की ओर घूम गयी : भीम पांचाली को बताकर ही गया होगा...

द्रौपदी उस दृष्टि का अर्थ समझती थी। बोली, "हाँ! मध्यम पाण्डव, गन्धमादन पर्वत की ओर गये थे।"

"अपने शस्त्र लो और तत्काल मेरे साथ चलो।" युधिष्ठिर ने खड्ग बाँधते हुए, नकुल और सहदेव से कहा, और द्रौपदी की ओर घूमे, "पांचाली! तुम यहीं ऋषि आर्ष्टिषेण की कुटिया में ठहरो! वहाँ तुम्हें कोई भय नहीं होगा। ऋषि लोमश भी थोड़ी देर में आ ही जायेंगे।"

पीछे रुकने की द्रौपदी की तनिक भी इच्छा नहीं थी; किन्तु वह साथ चलने का आग्रह नहीं कर सकी...वह धर्मराज के मन को समझती थी...धर्मराज जान गये थे कि भीम ने द्रौपदी की कामना-पूर्ति के लिए ही यह दुस्साहस किया था।...वहाँ युद्ध हुआ था, और कदाचित अब भी हो रहा था। बहुत सम्भव है कि यह युद्ध कुछ लम्बा खिंचे।...वहाँ द्रौपदी की उपस्थिति, संकट का कारण भी हो सकती है।...और द्रौपदी को युद्ध-क्षेत्र में अपने सम्मुख देख कर भीम कोई असाधारण दुस्साहस भी कर सकता है। द्रौपदी भीम और धर्मराज की प्रकृति का अन्तर भी जानती है...भीम की दृष्टि केवल यह देखती है कि द्रौपदी की कामना क्या है; और वह उसे पूर्ण करने में जुट जाता है...धर्मराज देखते हैं कि श्रेय क्या है, धर्म क्या है...उनके लिए कामनाओं का वैसा महत्व नहीं है...उनकी उपस्थिति का प्रभाव ही ऐसा है कि उनके सम्मुख विवेक-विरोधी कोई अनुरोध सम्भव नहीं हो पाता...! द्रौपदी को प्रायः लगता है कि भीम उसकी कामनाओं का दास है; किन्तु वह स्वयं धर्मराज की इच्छाओं की

दासी है। भीम के सम्मुख अपनी कामनाओं, अपने आग्रहों और अनुरोध को प्रकट करके भी उस पर अनुकम्पा करती है; किन्तु धर्मराज उसकी कामनाओं को धर्मपूर्वक संयत करने में सहायक हो, उस पर कृपा करते थे...

उन्होंने द्रौपदी को ऋषि के कुटीर में छोड़ा और धौम्य मुनि को साथ लेकर पर्वत पर चढ़ गये।

धर्मराज को मार्ग में किसी प्रकार का कोई अवरोध नहीं मिला। न आरम्भ में, न मध्य में, न अन्त में। सारी सुरक्षा-व्यवस्था जैसे छिन्न-भिन्न हो चुकी थी।

"सब लोग तो कहते हैं कि इसके आगे का मार्ग मानवों के लिए अगम्य है।" नकुल ने जैसे सशब्द चिन्तन किया, "मुझे तो कहीं कोई अगम्यता दिखायी नहीं दे रही!..."

"इसे अगम्य बनाने वाले यक्ष सैनिक, मध्यम पाण्डव के हाथ लग गये होंगे।" युधिष्ठिर बोले, "वे सैनिक या तो पलायन कर गये हैं, या ऊपर युद्ध करते अपने सैनिकों की सहायता करने चले गये हैं।"

"मुझे भीम के लिए चिन्ता हो रही है।" धौम्य बोले।

"आपकी चिन्ता अपने स्थान पर बहुत उचित है।" युधिष्ठिर ने कहा, "मुझे भी भीम की चिन्ता है। वह बिना कुछ सोचे-समझे, बिना किसी से चर्चा अथवा परामर्श किये, उठ कर शत्रु-सेनाओं में जा घुसता है। शत्रु-नगर, शत्रु-सेनाएँ और अकेला भीम! यदि अपनी चिन्ता नहीं है, तो उसे हमारी चिन्ता तो होनी चाहिए। वह यह भी नहीं सोचता कि उसे कुछ हो गया, तो उसके भाई क्या करेंगे।" युधिष्ठिर क्षण-भर रुके, "दूसरी ओर मुझे चिन्ता उन गन्धर्व और यक्ष सैनिकों की भी है, जो भीम के हत्थे चढ़ेंगे।...उसने सौगन्धित क्षेत्र में भी यही किया था। वह यह सोचता ही नहीं कि एक छोटी-सी बात के लिए वह कितना नर-संहार कर रहा है...।"

धौम्य कुछ नहीं बोले : ठीक ही तो कह रहे थे धर्मराज! एक चिन्ता भाई की थी, एक धर्म की, मानवता की। धर्मराज को दोनों से प्रेम था...उन्हें दोनों की रक्षा करनी थी...

गन्धमादन पर्वत पर पहुँच कर मुख्य चतुष्पथ तक पहुँचने में युधिष्ठिर को तनिक भी कठिनाई नहीं हुई। ऐसा लग रहा था कि वहाँ दिखायी पड़ने वाला प्रत्येक व्यक्ति मुख्य चतुष्पथ की ओर जा रहा था, ताकि दूर से उस मनुष्य को देख सके, जिसने उनके सैनिकों और मणिमान की हत्या कर दी थी...

चतुष्पथ पहुँच कर युधिष्ठिर ने देखा कि श्मशान बने उस चतुष्पथ में भीम अब भी अकेला खड़ा था। उसका शरीर अपने घावों से रिसते रक्त से अनेक स्थानों पर लाल हो रहा था। उसे वह स्थान त्यागने की कोई जल्दी नहीं थी। वह तो कदाचित स्वयं कुबेर के आने की प्रतीक्षा कर रहा था। वह भयभीत तो नहीं था, तनिक-सा सावधान भी नहीं था...

"भीम!"

भीम ने अपने भाइयों और धौम्य मुनि को देखा।

"यह क्या किया तुमने भीम!" युधिष्ठिर खेदपूर्ण स्वर में बोले, "अपने दुस्साहस अथवा मोह में पड़कर, नर-संहार जैसा यह पाप-कर्म, दूसरी बार कर डाला। व्यर्थ इतना रक्त बहाया। हम मुनि-वृत्ति से रह रहे हैं। धर्म के मार्ग पर चल अपनी आत्मा के विकास का प्रयत्न कर रहे हैं। ऐसे में यह कृत्य हमारे तनिक भी अनुकूल नहीं है। यदि तुम मुझे प्रसन्न रखना चाहते हो, तो भविष्य में ऐसा नृशंस कार्य कभी मत करना!"

युधिष्ठिर के स्वर में पीड़ा छिपी नहीं थी।

"मैंने जो कुछ किया, वह क्यों किया, यह आपको मैं विस्तार से बताऊँगा। हम मुनि-वृत्ति से रहना चाहते हैं, किन्तु कोई रहने दे, तब न! भगवान परशुराम के शस्त्र धारण करने के भी कुछ कारण थे—वह सब चर्चा, बाद में होगी!..." भीम ने उत्तर दिया, "पहले यह बताइए कि आप लोग पांचाली को अकेली कहाँ छोड़ आये हैं?"

"उसे ऋषि आर्ष्टिषेण के आश्रम में छोड़, तुम्हारी सहायता के लिए आये हैं।" युधिष्ठिर बोले।

"वह वहाँ सुरक्षित है?"

"क्यों? वहाँ वह सुरक्षित क्यों नहीं हैं?" युधिष्ठिर ने उत्तर दिया, "वह ऋषि आश्रम है; वह तपस्या-भूमि है।"

"ऐसा तो बद्रिकाश्रम में भी था; किन्तु वहाँ भी एक जटासुर था।" भीम ने उत्तर दिया, "वैसे गन्धमादन क्षेत्र, चाहे ऋषि-भूमि हो, गन्धमादन पर्वत पर तो तपस्या का कोई लक्षण नहीं है।"

"हम तुम्हारे लिए चिन्तित थे, इसलिए भागते चले आये। तुम्हें पांचाली की सुरक्षा में संदेह है, तो अब शीघ्र यहाँ से चलो।"

भीम के चेहरे पर एक विचित्र मुस्कान आयी, पांचाली की सुरक्षा के विचार से तो मुझे तत्काल यहाँ से चल पड़ना चाहिए; "किन्तु एक बार युद्ध का आह्वान कर मैं कायर के समान यहाँ से पलायन नहीं कर सकता। मैं नहीं चाहता कि मुझे खोजते हुए कुबेर, अपने सैनिकों के साथ ऋषि आश्रम में आयें!...जो होना है, यहीं हो ले!"

"तो तुम कुबेर की प्रतीक्षा कर रहे हो?" युधिष्ठिर ने चकित हो कर पूछा।

"हाँ ज्येष्ठ!"

"तुमने राज-द्रोह तो किया ही है, अब तुम देव-द्रोह भी करोगे?"

भीम के उत्तर देने से पहले ही उनका ध्यान, दूर से आते हुए वेगवान रथों की ओर चला गया.. .भीम ने देखा, आगे-आगे आने वाले अनेक रथ, पीछे आने वाले एक रथ के लिए मार्ग बनाते हुए, एक ओर हट कर खड़े हो गये थे। किन्तु, वे व्यूह-बद्ध नहीं हो रहे थे, और न वे आक्रामक मुद्रा में दिखायी दे रहे थे।

उन सबसे भिन्न एक दीर्घाकार और सुसज्जित रथ आया और रुक गया। उसके सारे प्रतीक राजसी थे। उसमें, से राजसी वेश-भूषा में एक सुन्दर और बलिष्ठ पुरुष नीचे उतरा। सैनिकों ने उसका अभिवादन किया, "धनाध्यक्ष कुबेर की जय हो!" 'तो ये कुबेर हैं...' युधिष्ठिर ने सोचा...'ये युद्ध-वेश में नहीं हैं। न ही उन्होंने शस्त्रास्त्र धारण कर रखे थे...'

युधिष्ठिर, नकुल तथा सहदेव ने आगे बढ़ कर उन्हें प्रणाम किया और धौम्य मुनि ने आशीर्वाद की मुद्रा में हाथ ऊपर उठा दिया।

"धर्मराज युधिष्ठिर!" कुबेर ने कुछ इस प्रकार कहा, जैसे वे युधिष्ठिर को पहचानते ही न हों, उनसे भली प्रकार परिचित भी हों, "यह भीमसेन धर्म को नहीं जानता। इसे अपने बल का बड़ा अभिमान है। इसकी बुद्धि अभी बालकों की-सी है, तथा यह अत्यन्त क्रोधी और निर्भीक है। तुम इसे समझा कर अपने शासन में रखो। इसने मेरा यह दूसरा अपराध किया है। यह यहाँ दुस्साहसपूर्वक आया है। इसे समझा कर, इसका निषेध कर दो, ताकि यह इस अपराध की पुनरावृत्ति न करे...।"

भीम अब भी दूर ही खड़ा था। उसने अपने शस्त्र भी अभी तक नहीं त्यागे थे।...किन्तु क्रमशः उसकी मुद्रा भी बदली। वह धीरे-धीरे कुबेर के निकट आया और उसने भी भाइयों के ही समान उन्हें प्रणाम किया।

"शत्रुओं का मान-मर्दन और सुहृदों का आनन्दवर्धन करने वाले बनो!" कुबेर ने आशीर्वाद की मुद्रा में कहा, "किन्तु तुम अधार्मिक न होते हुए भी, बार-बार ऐसी उच्छृंखलताएँ क्यों करते हो? तुम मेरे रक्षणीय न होते, तो जानते हो परिणाम क्या होता?"

"मैं आपके द्वारा रक्षणीय क्यों हूँ?" भीम ने कुबेर द्वारा सांकेतिक परिणाम जानने में तनिक भी रुचि नही दिखायी।

"तुम मुझे नष्ट करने के लिए आक्रमण नहीं कर रहे। तुम इस भूमि पर आधिपत्य स्थापित करने के लिए युद्ध नहीं कर रहे। तुम मेरे धन तथा मेरे अधिकार का अपहरण नहीं कर रहे। तुम मेरे प्रति पूज्यबुद्धि रखते हो। इसलिए तुम मेरे द्वारा रक्षणीय हो।" कुबेर बोले, "तुम्हारी क्षमताओं का लाभ हम किन्हीं और सन्दर्भों में प्राप्त करना चाहते हैं; इसलिए न तुमसे संघर्ष करना चाहते हैं, न तुम्हें नष्ट करना चाहते हैं। यक्ष तुम्हें शत्रु नहीं मानते; यद्यपि तुम बार-बार उनका अपराध कर रहे हो।"

भीम ने पुनः हाथ जोड़ दिये, "जब धनाध्यक्ष इतना कुछ जानते हैं, तो उन्हें यह भी जानना चाहिए कि मैंने ऐसा क्यों किया।"

"बताओ! क्यों किया?"

"पहली बार लगभग एक पूरे दिन की यात्रा कर मैं आपके सौगन्धित सरोवर पर पहुँचा था। मैं पांचाली की कामना-पूर्ति के लिए कुछ सौगन्धित सहस्रदल चाहता था। आपकी अनुमति-प्राप्त करने के लिए, आपके रक्षक-दल के नायक के सम्मुख प्रार्थना भी की थी, किन्तु उसने अनुमति प्राप्त करने का कोई प्रबन्ध करने से स्पष्ट मना ही नहीं किया, अपने सैनिकों को मेरा वध करने का आदेश भी दिया। तो फिर आत्म-रक्षा तो मुझे करनी ही थी।"

"और मणिमान के वध का कारण?" कुबेर ने शान्तिपूर्वक पूछा।

"बद्रिकाश्रम में जटासुर ने पांचाली का अपहरण किया। वह उसे यहीं लाना चाहता था, मणिमान के आश्रय में।..."

"लाया तो नहीं।" कुबेर ने कहा।

"मैंने लाने नहीं दिया।" भीम ने बलपूर्वक कहा, "किन्तु संसार में न तो जटासुर अकेला है न प्रत्येक पत्नी का पति भीम के समान समर्थ होता है। मणिमान के न जाने कितने मित्र जटासुर के समान हैं। पाप को प्रश्रय देने के अपराध में मणिमान का वध आवश्यक था।"

"तो तुम मेरे पास क्यों नहीं आये?" कुबेर ने कहा, "उसके अपराधों के लिए मैं उसे दण्डित करता।"

"आपके पास पहुँचने का प्रयत्न तो हम कब से कर रहे हैं।" भीम ने उत्तर दिया, "किन्तु प्रत्येक पग पर निषेध है। आप तक आने वाला प्रत्येक मार्ग मानवों के लिए अगम्य घोषित कर दिया गया है। कैसे आते हम आपके पास?"

"युधिष्ठिर!" कुबेर ने इस बार धर्मराज को संबोधित किया, "तुम्हारा अनुज ठीक कहता है।

समर्थ पति अपनी पत्नी और उसके सम्मान की रक्षा के लिए इतना तो करेगा ही। शायद कहीं मेरी व्यवस्था में ही त्रुटि रह गयी है।" वे रुके, "अच्छा भीम! अब तुम्हें मेरी ओर से यह अधिकार है कि मेरे क्षेत्र में तुम जहाँ भी रहना चाहो, सुख-सुविधापूर्वक रह सकते हो। यक्ष और गन्धर्व तुम्हारी सहायता भी करेंगे और सेवा भी! क्या तुम गन्धमादन पर्वत अथवा मेरे प्रसाद में रहना चाहोगे?"

"नहीं धनाध्यक्ष!" उत्तर युधिष्ठिर ने दिया, "हम वनवास कर रहे हैं। ऐसी स्थिति में हम किसी नगर अथवा प्रासाद में नहीं रह सकते। हमें तो गन्धमादन क्षेत्र में संयमपूर्वक रहकर अर्जुन के लौटने की प्रतीक्षा करने की अनुमति दी जाये।"

"जैसी तुम्हारा इच्छा!" कुबेर बोले, "तुम लोग आर्ष्टिषेण आश्रम में ही सुखपूर्वक रहो! यक्ष और गन्धर्व, वहीं तुम्हारी सेवा करेंगे।"

28

अर्जुन को पहुँचाने के लिए वैजयन्त का रथ आया था।

गन्धमादन पर्वत पर वैजयन्त का रथ आये और कुबेर को उस की सूचना न मिले यह सम्भव नहीं था। कुबेर स्वयं, अर्जुन से मिलने नहीं आये थे; किन्तु उस की यात्रा के लिए आवश्यक सुविधाएँ, उन्होंने उपलब्ध करा दी थीं और यह सूचना भी दे दी थी कि उस के भाई गन्धमादन पर्वत के नीचे, आर्ष्टिषेण के आश्रम में उस की प्रतीक्षा कर रहे हैं। ऐसी सूचना उन्होंने आश्रम में भी भिजवा दी थी।

पर्वत के नीचे, पाण्डव, अर्जुन के रथ के अगम्य मार्ग से नीचे उतरने की प्रतीक्षा कर रहे थे। पर्वत-शिखरों पर मेघ घिरे हुए थे और मानवों के लिए अगम्य कहा जाने वाला यह मार्ग, नीचे से दिखायी भी नहीं दे रहा था। ऐसे में जब रथ उन मेघों से प्रकट हुआ, तो देखने वालों को यही आभास हुआ कि अर्जुन सचमुच ही आकाश से धरती पर उतर रहा है; और उस के रथ के घोड़े, पृथ्वी पर नहीं दौड़ रहे, मेघों पर पग रखते हुए, अन्तरिक्ष में उड़ते हुए आ रहे हैं।...

अपने भाइयों को पहचान कर, अर्जुन ने सारथि को रथ रोकने का संकेत किया। रथ के रुकते ही, वह लपक कर रथ से उतरा और उसने युधिष्ठिर के चरण स्पर्श कर, उन्हें प्रणाम किया। वह भीम को प्रणाम कर, उठ ही रहा था और भीम की भुजायें वक्ष से लगाने के लिए फैली ही थीं, कि नकुल, अर्जुन को प्रणाम करने के लिए झुक गया। नकुल के पश्चात् सहदेव आया...

"कैसे हो अर्जुन?"

"आप का आशीर्वाद और प्रभु की कृपा है।" अर्जुन ने उत्तर दिया, "आप को लोमश ऋषि से मेरे विषय में समाचार तो मिल ही गये होंगे।"

"लोमश ऋषि हमारे साथ ही हैं।" युधिष्ठिर ने बताया, "सारे समाचार मिल गये थे कि तुम अपने प्रयत्न में पूर्णतः सफल रहे हो। किन्तु हमें मात्र समाचार सुनने की नहीं, तुम्हें साक्षात् अपने सम्मुख देखने की, तुम्हें अपने कण्ठ से लगाने की उत्सुकता थी। तुम्हारी सफलता को मूर्तिमन्त रूप में देखने की तृष्णा थी ऋषि के शब्दों से सान्त्वना तो मिली; किन्तु तृप्ति नहीं हुई।"

युधिष्ठिर ने अर्जुन को उस के कन्धों से थाम, उसे अपनी भुजाओं की दूरी पर खड़ा कर, जैसे भली-भांति निरखा-परखा : अर्जुन स्वस्थ और प्रसन्न लग रहा था। उस के चेहरे पर भाइयों से मिलने का हर्ष भी था; और सफलता की कान्ति भी। उस के मस्तक पर बहुमूल्य रत्नों का जाज्वल्यमान किरीट था। शरीर पर वैसे ही आभूषण थे।...किन्तु उस किरीट के पीछे जटायें थीं, तपस्वी का रूप था...

सहसा सहदेव ने पूछा, "रथ में क्या है भैया?"

सबकी दृष्टि रथ की ओर चली गयी...

"शस्त्रास्त्र हैं।" अर्जुन ने मुस्करा कर कहा, "बहुत सारा भार ले आया हूँ अपने साथ। अब हम जहाँ-जहाँ जायेंगें, उन्हें भी अपने साथ ढोना पड़ेगा।..." उसने सारथि की ओर देखा, "रथ को आश्रम तक ले चलो। हम आ रहे हैं।..."

"अर्जुन!" युधिष्ठिर ने उसे रोक दिया, "तुम सहदेव को साथ ले कर, रथ में जाओ। पांचाली तुम्हारी प्रतीक्षा कर रही होगी। हम पीछे-पीछे आ रहे हैं। तब ऋषि को प्रणाम करने के लिए चलेंगे।"

"आइए भैया!" सहदेव ने आग्रहपूर्वक उस की भुजा थाम ली।

रथ से शस्त्रास्त्र उतरवाने में सारथि की सहायता करने के लिए सहदेव, रथ के निकट ही रुक गया; और अर्जुन ने कुटीर में प्रवेश किया।

द्रौपदी उठ कर खड़ी हो गयी, "धनंजय!"

"कैसी हो कृष्णा?" वह उस के निकट आ गया।

द्रौपदी ने अर्जुन का रूप देखा : वह पहले से कुछ क्षीण, किन्तु अधिक ऊर्जा- सम्पन्न दिखायी दे रहा था। उसका वर्ण कुछ निखरा हुआ था और चेहरे की आभा निश्चित् रूप से अधिक आकर्षक हो गयी थी। माथे पर किरीट था, कण्ठ में द्युतिमान हीरक-हार! भुजाओं में केयूर...

सहसा अर्जुन ने अपना किरीट उतार कर द्रौपदी के मस्तक पर रख दिया, "तपस्या में लगा रहा, इस कारण से तुम्हारे लिए कुछ विशेष नहीं ला सका पांचाली!" उसने अपने आभूषण उतारकर द्रौपदी की ओर बढ़ा दिये।

द्रौपदी को रोमांच हो आया। नयनों में हर्ष के प्रतीक, अश्रु आ गये। कण्ठ रुँध गया। उसने अपना आँचल फैला कर, वे आभूषण कृतज्ञतापूर्वक स्वीकार किये; और किसी प्रकार स्वयं को सन्तुलित करती हुई बोली, "अच्छा है, तपस्या में लगे रहे और कुछ नहीं लाये; अन्यथा मेरे लिए दो-चार सपत्नियों का उपहार तो ले ही आते...।"

अर्जुन को, सुभद्रा से विवाह के पश्चात् द्रौपदी से भेंट स्मरण हो आयी।...उस की इच्छा हुई कि एक अट्टहास उस के कण्ठ से फूटे और आकाश तक गूंजता चला जाये...नारी की प्रकृति! इन पाँचों वर्षों में पांचाली इस आतंक से त्रस्त बैठी, उस की प्रतीक्षा करती रही होगी, कि वह उसके लिए और कितनी सपत्नियाँ ला रहा है...

किन्तु उस के अधरों से हास नहीं फूटा। वह पहले से भी अधिक गम्भीर हो गया, "इस भय को अब सदा के लिए त्याग दो पांचाली! अब ऐसा कभी नहीं होगा...।"

द्रौपदी, गम्भीर बनकर, वर्षों बाद मिला यह अवसर चूकना नहीं चाहती थी, "क्यों, क्या धनंजय वृद्ध हो गये हैं?" वह रुकी, "हो भी गये हैं तो क्या? कुरुकुल में ययाति भी हुए हैं और शान्तनु भी। वृद्धावस्था उन्हें जीवन के भोग से तो रोक नहीं सकी।..."

अर्जुन मुस्कराया, "पांचाल राजकुमारी ठीक कहती हैं। कुरुकुल में ऐसा भी हुआ है, और उस के विपरीत भी कुछ हुआ है। पिता ने जीवन का भोग किया है, तो पुत्रों ने उस भोग का त्याग भी किया है।"

"क्या बात है फाल्गुन!" इस बार द्रौपदी भी गम्भीर हो गयी, "तुम तनिक भी परिहास-मुद्रा में नहीं हो।"

"विशेष कुछ नहीं कृष्णे!" अर्जुन सहज भाव से बोला, "मैंने कई वर्ष तपस्या की है। उसने जीवन के अनेक नये सत्यों से साक्षात्कार कराया है।..." वह कुछ रुककर बोला, "मुझे लगता है कि किरात के साथ युद्ध के पश्चात् मैंने जब भगवान महादेव का ध्यान किया, तो सम्भवतः मुझे निर्विकल्प समाधि का अनुभव हुआ, जिसमें महादेव के साक्षात् दर्शन हुए।...यह उनके दर्शनों का अमोघ प्रभाव है या कुछ और...कह नहीं सकता; किन्तु यह सत्य है कि शरीर का आकर्षण ही नहीं उसका बोध ही जैसे व्यर्थ लगने लगा है।..."

"क्या?"

"इसकी अनुभूति मुझे तब हुई जब उर्वशी ने आ कर आत्मनिवेदन किया।" अर्जुन बोला, "मुझे लगा, मनुष्य का यह जीवन, भोग के इस निम्न स्तर पर, व्यय करने के लिए नहीं है। उसका उद्देश्य शरीर का यह वीभत्स भोग नहीं है...। उसका निर्माण कुछ उच्चतर लक्ष्यों के लिए हुआ है...।"

"तो तुम्हें अब मैं प्रिय नहीं हूँ?" द्रौपदी के कण्ठ से हताश स्वर निकला, "तुम्हें मेरी आवश्यकता नहीं? मैं जो इतने वर्षों से तुम्हारी प्रतीक्षा कर रही हूँ।...मैं क्या तुम्हारे लिए विगत-यौवना हो गयी?"

"किसने कहा कि तुम मुझे प्रिय नहीं! तुम्हारा अभाव कितना खला, तुम्हारी अनुपस्थिति ने कितना तड़पाया, तुम्हें कितना स्मरण किया, यह तो मैं ही जानता हूँ। तुम्हारे निकट आने के लिए मन कितना तड़पा, यह बताना कठिन है कृष्णे!" अर्जुन ने उस की ओर देखा, "किन्तु अब, तुम्हारा स्नेह प्रिय है मुझे। तुम्हारे शरीर का लोभ नहीं, तुम सखी हो मेरी! प्रेम को शरीर की आवश्यकता नहीं होती। प्रेम का मल छन गया है सखि! वह निर्मल हो गया...। अब मैं केवल तुम्हारा हूँ...तुम्हारा यौवन रहे या जाये, रूप आकर्षक रहे या अनाकर्षक हो जाये। अप्सराओं के यौवन और रूप का सौन्दर्य भी मुझे तुमसे विलग नहीं कर पायेगा; क्योंकि वह सब, अब मेरे लिये महत्वपूर्ण ही नहीं रहा।"

द्रौपदी तत्काल निर्णय नहीं कर पायी कि यह उस की प्रसन्नता का विषय था या विषाद का। अर्जुन उस के निकट आया था अथवा दूर चला गया था...सचमुच उसे अब किसी के रूप-सौन्दर्य का भय नहीं रहा था?..."ये आभूषण तुम सुभद्रा को नहीं दोगे?"

अर्जुन हँसा, "मुझे तुमसे प्रिय और कोई नहीं है, इसलिए तुम्हारे आँचल में डाल दिये हैं, जो मन में आये करो...अपना शृंगार करो, उपहार दो, दान करो अथवा किसी सरिता में बहा दो। तुम्हारी प्रसन्नता से अधिक प्रिय मुझे और कुछ नहीं है।"

अर्जुन के व्यक्तित्व में, वस्तुतः कोई मौलिक परिवर्तन आ गया था।...द्रौपदी सोच रही थी...उस की स्वच्छता और सात्विकता, उसे किसी उच्च धरातल पर आसीन कर रही थी...द्रौपदी को वह सखी

कहता है, प्रिया नहीं कहता, कान्ता नहीं कहता...क्या द्रौपदी स्वयं को उस के समकक्ष मान पायेगी?...

"ये आभूषण कहाँ से प्राप्त हुए?" उसने पूछा।

"यह वैजयन्त का उपहार है! विदाई के अवसर पर दिया गया उपहार!"

अर्जुन, कुटीर से बाहर निकल आया। युधिष्ठिर, भीम तथा नकुल लौट आये थे।

भीम ने देखा, अर्जुन के मस्तक पर न किरीट था, न शरीर पर आभूषण।...निश्चित रूप से वह द्रौपदी को दे आया होगा...भीम का मन कुछ उत्फुल्ल हुआ...बहुत दिनों के पश्चात् द्रौपदी को कोई आभूषण प्राप्त हुआ है, अन्यथा वह तो पुष्पों से ही अपना शृंगार कर मन को समझा लेती थी...

सारथि, शस्त्रास्त्रों को रथ से उतार, व्यवस्थित कर रहा था।

"भीम!" युधिष्ठिर ने कहा, "नकुल और सहदेव को साथ ले लो और इन दिव्य शस्त्रास्त्रों को कुटीर के अन्दर सुरक्षित रखवाओ। मैं अर्जुन को धौम्य मुनि तथा ऋषि-श्रेष्ठ आर्ष्टिषेण तथा लोमश से मिलवा आता हूँ।"

अर्जुन को देख धौम्य जैसे अपना सहज नियन्त्रण भूल गये और प्रफुल्लित हो कर बोले, "अर्जुन! तुम्हारे बिना, तुम्हारे भाई बड़े व्याकुल थे। उन का उल्लास, जैसे तुम्हारे साथ ही चला गया था।"

"मुझे भी लगा मुनिवर! कि मैं भी अपना मन और उल्लास इन्हीं के पास छोड़ गया था।" अर्जुन ने धीरे से कहा, "आप कैसे हैं?"

"स्वस्थ हूँ! अपनी साधना में लगा हूँ।" धौम्य बोले, "धर्मराज इस वनवास में भी एक कर्तव्यपरायण प्रजापालक राजा के समान मेरा भरण-पोषण कर रहे हैं।" सहसा वे रुके, "अर्जुन! तुम्हारे नयनों में योद्धा का वेग कम, तपस्वी का वैराग्य अधिक दिखायी दे रहा है। तुम शस्त्राभ्यास कर लौटे हो, अथवा तपस्या करके?"

अर्जुन हँसा, "तपस्वी भी तो योद्धा ही होता है मुनिवर! और योद्धा भी तपस्या ही करता है। अब आपको क्या बताऊँ, किसमें अधिक मन रमा और किसमें कम!...आप के आशीर्वाद से पहले से अधिक समर्थ हो कर लौटा हूँ।"

"प्रभु की कृपा है।" धौम्य बोले, "तुम्हारी शस्त्र-शक्ति और तपस्या, दोनों से ही धर्म को बल मिलेगा।...आओ! आश्रम कुलपति को भी प्रणाम कर आयें।"

धौम्य आगे-आगे चल रहे थे। उन्होंने न अधिक कुछ पूछा था, न कहा था; किन्तु कोई भी स्पष्ट देख सकता था, कि भीतर से वे पर्याप्त आन्दोलित थे।...कदाचित स्वयं को सन्तुलित करने के लिए ही, वे आगे-आगे चल रहे थे...

"लोमश ऋषि कहाँ हैं मुनिवर?" अर्जुन ने पूछा।

धौम्य मन्द मुस्कान के साथ बोले, "तुम्हारे प्रवास के परिचित हैं, इस लिये उनके प्रति कुछ अधिक सौहार्द्र दिखा रहे हो।"

अर्जुन ने कोई उत्तर नहीं दिया। मात्र एक मुस्कान से अपनी सहमति जता दी।

"वे किसी दूरस्थ एकान्त स्थान में तपस्या के लिए गये हैं।" धौम्य बोले, "वे बीच-बीच में

ऐसा करते रहते हैं। हमें अपने साथ लाये थे; किन्तु यहाँ ऋषि आर्ष्टिषेण के भरोसे पूर्णतः निश्चिन्त हो गये हैं।"

कुलपति ने उन का इस प्रकार स्वागत किया, जैसे उन्हें अर्जुन के आने का समाचार पहले से मिल चुका हो।

अर्जुन के प्रणाम को स्वीकार कर, आशीर्वाद देते हुए बोले, "अब तुम्हारी क्या योजना है युधिष्ठिर! तुम लोग अर्जुन की प्रतीक्षा में यहाँ रुके थे। अब अर्जुन आ गया है।..."

"हमारे कारण आप को कोई असुविधा है ऋषिवर?" युधिष्ठिर पूर्णतः गम्भीर थे।

"ऐसा कुछ तो मैंने नहीं कहा। वह तो मेरी समझ से जिज्ञासा मात्र थी पुत्र!" ऋषि हँसे, "यह तपस्या का क्षेत्र है। जहाँ लोग तपस्या करते हैं। तुम लोग अब तक तपस्या की दिनचर्या में ही संलग्न थे; किन्तु वस्तुतः तुम लोग अर्जुन की प्रतीक्षा कर रहे थे। अब प्रतीक्षा समाप्त हो गयी है। अर्जुन लौटा है और शस्त्रास्त्रों के साथ लौटा है। क्या अब तुम लोग शस्त्रास्त्रों का अभ्यास और युद्ध की तैयारी नहीं करोगे?"

युधिष्ठिर हँसे, "मुझे अपने वनवास के पहले दिन से लग रहा है कि मेरे चारों ओर युद्ध की तैयारियाँ हो रही हैं।...किन्तु मुझे सदा ही लगा रहता है, हमें युद्ध न होने की सम्भावना को भी दृष्टि में रखना चाहिए। युद्ध करने की तैयारी ठीक है किन्तु शान्ति स्थापना का भी प्रयत्न होना चाहिए। सम्भव है कि हम किसी संधि पर पहुँच जायें; और युद्ध की आवश्यकता ही न रहे।"

"ऐसा हो जाये तो किसे अप्रिय होगा पुत्र!" ऋषि बोले, "किन्तु उस का प्रयत्न तुम कैसे करोगे?"

"मैं वस्तुतः आरम्भ से उसी का प्रयत्न कर रहा हूँ आर्य कुलपति!" युधिष्ठिर बोले, "यदि हमारा आध्यात्मिक विकास, राज्य, अधिकार, भोग तथा धन-सम्पत्ति इत्यादि की निरर्थकता सिद्ध कर देता है, तो हम युद्ध के लिए इतने आतुर ही नहीं रहेंगे।"

"तुम एक सन्यासी की भाषा बोल रहे हो युधिष्ठिर! कहीं तुम्हारी कायरता ने तो यह रूप-धारण नहीं कर लिया?" ऋषि बोले, "तामसिक त्याग से, सात्विक ग्रहण श्रेष्ठतर है धर्मराज।"

"यदि हम पाँच भाइयों की कायरता से, लाखों लोगों के प्राणों की रक्षा होती है; और हम एक भयंकर और नृशंस युद्ध से मानवता को बचा लेते हैं, तो क्या वह श्रेष्ठतर स्थिति नहीं है?" युधिष्ठिर ने पूछा।

ऋषि हँसे, "शान्ति, युद्ध से सदा श्रेष्ठतर है; किन्तु यदि शान्तिंप्रियता की ओट में अन्याय को बल मिले, तो वह अधर्म है।"

"इसीलिये मैंने अर्जुन को दिव्यास्त्रों की प्राप्ति के लिए भेजा था," युधिष्ठिर ने उत्तर दिया, "कि हमें दुर्बल पा कर, दुर्योधन को अधिक अन्याय का लोभ न हो। हमें शक्तिशाली पा कर कदाचित् वह कोई न्यायपूर्ण संधि कर ले; और मानवता एक भयंकर युद्ध के अपराध से बच जाये।"

ऋषि कुछ क्षण तक मौन रहे; फिर बोले, "नीति की दृष्टि से मुझे तुम्हारी बात धर्म-संगत लगती है; किन्तु तुम्हें आत्म-निरीक्षण कर लेना चाहिए कि कहीं जिसे तुम धर्म समझ रहे हो, वह

तुम्हारी कायरता तो नहीं। तुम्हारे भाई तुम पर निर्भर हैं। तुम्हारी कोई प्रवृत्ति उन का अनुचित दमन न करे।" वे रुके, "वैसे यदि अभी तुम्हें युद्धाभ्यास की आवश्यकता प्रतीत नहीं होती और तुम लोग साधना के लिए यहाँ और समय व्यतीत करना चाहते हो, तो तुम्हारे यहाँ ठहरने से मुझे प्रसन्नता ही होगी।"

अपने कुटीर की ओर लौटते हुए युधिष्ठिर ने देखा कि सारे शस्त्रास्त्र रथ से उतार कर सहेज लिये गये थे; और सारथि, लौट जाने के लिए, अर्जुन की अनुमति की प्रतीक्षा में खड़ा था।

अर्जुन ने उस की सेवा और सहायता के लिए, मधुर शब्दों में प्रशंसा कर, वैजयन्त के लिए संदेश देकर उसे विदा कर दिया।

"ये थोड़े-से दिव्यास्त्र हैं ज्येष्ठ! जो मैं अपने साथ ला सका।" अर्जुन ने बताया, "वस्तुतः वहाँ से शस्त्रास्त्रों को साथ लाने से पहले, यह सब सोचना पड़ा कि वहाँ से तो मैं वैजयन्त के रथों में दिव्यास्त्र ले आऊँ, और यहाँ हमारे पास उन्हें सुरक्षित रखने का कोई स्थान ही न हो; अथवा यहाँ से लौटते हुए उन्हें अपने कंधों पर उठा कर साथ ले जाने में असुविधा हो; वनवास के काल तथा अज्ञातवास में उनके परिवहन में कठिनाई हो, तो फिर क्या लाभ! इसलिए अनेक शस्त्रास्त्रों के निमार्ण और परिचालन की विधि सीख आया हूँ। वे सारे शस्त्रास्त्र मेरे मन में हैं। जब चाहूँगा उन्हें प्रकट कर लूँगा।..."

"तुमने ठीक किया अर्जुन!" युधिष्ठिर बोले, "वस्तुतः इन शस्त्रों का परिवहन भी सरल नहीं होगा। यहाँ तक आते हुए मार्ग में हम लोगों को स्वयं चलने में कम कठिनाई नहीं हुई। पांचाली तो प्रायः निराश ही हो गयी थी। वह तो भीम की ही क्षमता थी...और फिर घटोत्कच हमारी सहायता के लिए आ गया था।"

"घटोत्कच! वह तो अब तक बड़ा हो गया होगा।" अर्जुन बोला।

"हाँ! भीम का-सा ही डील-डौल पाया है उसने।" युधिष्ठिर ने बताया, "सम्भव है, लौटते हुए भी उस से भेंट हो जाये।"

"मेरे मन में बड़ी उत्सुकता है उसे देखने की।" अर्जुन बोला।

"उत्सुकता तो सारे पुत्रों को देखने की है। अब तो सब ही बड़े हो गये होंगे।" युधिष्ठिर बोले, "किन्तु इस समय तो मैं व्यग्र हूँ तुम्हारे इन दिव्यास्त्रों का प्रभाव देखने के लिए। क्या तुम इस का प्रयोग कर हमें दिखा सकते हो?"

"हाँ! क्यों नहीं!" अर्जुन ने कहा, "कल प्रातः मैं आप को कुछ दिव्यास्त्रों का प्रभाव दिखाऊँगा। इनमें वे अस्त्र हैं, जो पर्वत-शृंगों का चूर्ण बना सकते हैं। पूरे के पूरे वन को अग्निसात कर सकते हैं...।"

"ठीक है। कल प्रातः इनका परीक्षण कर लेते हैं।"

धौम्य मुनि रात को ध्यान करने बैठे, तो मन को तनिक भी एकाग्र नहीं कर पाये। मन विक्षिप्त हो कर, जैसे सारे अन्तरिक्ष में भटक रहा था। न व्याकुलता कम हो रही थी, न कोई उपाय सूझ रहा

था।...इस समय कुलपति को कष्ट देना भी उचित नहीं था। उनकी समाधि का समय था...जैसे यह समस्या उनके और पाण्डवों के मध्य एक पुरोहित और यजमान के मध्य हो! यह उन का पारिवारिक प्रसंग था। इसमें कुलपति को लाना उचित था क्या?...

वे किसी भी प्रकार स्वयं को सँभाल नहीं पाये, तो उठ खड़े हुए।...और समय नष्ट करने का कोई लाभ नहीं था....

कुलपति के कुटीर के बाहर बैठे-बैठे सो गये ब्रह्मचारी को उन्होंने कंधे से थाम, झकझोर कर जगाया, "ब्रह्मचारी!"

ब्रह्मचारी ने आँखें तो तत्काल खोल दीं, किन्तु सजग होने में उसे कुछ समय लगा।

"क्या बात है मुनिवर?"

"कुलपति यदि समाधि में भी हों, तो किसी प्रकार उन्हें सूचित करो।" धौम्य बोले, "मेरा उनसे इसी समय मिलना अत्यन्त आवश्यक है।"

"इस समय कुटीर में प्रवेश का निषेध है महामुनि!" वह बोला, "मेरा दायित्व तो इस समय बाहर से आनेवालों को कुलपति के पास जाने से रोकना है, मिलने के लिए आये लोगों की सूचना देना नहीं।"

"वह सब तो जानता हूँ।" धौम्य बोले, "मैं असाधारण परिस्थितियों में एक असाधारण माँग कर रहा हूँ।"

"पर ऐसी क्या बात है?" ब्रह्मचारी बोला।

"वह सब तुम्हें नहीं बता सकता।" धौम्य बोले, "उन्हें सूचित नहीं करोगे, तो मैं स्वयं भीतर घुस जाऊँगा। बलपूर्वक रोकने का प्रयत्न करोगे, तो मैं बलात् भीतर जाऊँगा।...और यह तुम्हें बता दूँ कि यदि इस समय, तुमने मुझे उनके पास जाने नहीं दिया, तो इसके लिए, कुलपति तुम्हें भी क्षमा नहीं करेंगे।"

ब्रह्मचारी धर्म-संकट में पड़ गया था। गुरु का आदेश कुछ और था; और धौम्य मुनि की आज्ञा कुछ और। किसे स्वीकार करे, किसे न करे।...किन्तु इतनी बात तो समझ में आ गयी थी कि किसी गम्भीर आवश्यकता के कारण ही धौम्य मुनि ऐसी माँग कर रहे हैं। उनकी चेतावनी भी किसी संकट की ओर संकेत कर रही थी...

"अच्छा! आप ठहरिए! मैं देखता हूँ।..." वह भीतर गया।

धौम्य की इच्छा हो रही थी कि वे भी ब्रह्मचारी के पीछे-पीछे भीतर चले जायें। बहुत सम्भव है कि गुरु को गम्भीर ध्यान अथवा समाधि में देख कर ब्रह्मचारी संकोच कर जाये। वे स्वयं वहाँ होंगे, तो कुछ तो करेंगे।...किन्तु इस प्रकार की उद्विग्नता, एक मुनि के लिए उचित नहीं थी, और कुलपति के अनुशासन की अवहेलना कर, इस प्रकार की उच्छृंखलता तो सर्वथा अशोभनीय थी...

तभी वह ब्रह्मचारी बाहर आ गया, "जाइए! कुलपति आपकी प्रतीक्षा कर रहें हैं।"

धौम्य ने कुटीर में प्रवेश कर, हाथ जोड़े और घुटनों के बल बैठ गये, "मुझे क्षमा करें, आर्य कुलपति! मैंने इस समय आप को कष्ट देने की अभद्रता ही नहीं की, आश्रम की मर्यादा भी भंग की है।"

"ग्लानि त्यागो धौम्य!" कुलपति मुस्कराये, "बालक को कष्ट होता है, तो सबसे पहले अपनी

माता को ही जगाता है। बोलो! किस कारण इतने व्याकुल हो?"

"आप जानते हैं ऋषिवर! कि अर्जुन लौट आया है। वह अपने साथ, रथ भर कर दिव्यास्त्र लाया है। वे दिव्यास्त्र वैजयन्त इन्द्र ने दिये हैं; और उन का परिवहन भी वैजयन्त के रथ में ही हुआ है। मेरा विचार है कि कुबेर अपने क्षेत्र में इस संख्या और इतनी मात्रा में, दिव्यास्त्रों की उपस्थिति पसन्द नहीं करेंगे; जबकि अर्जुन और उस के दिव्यास्त्रों की अनुपस्थिति में ही भीम दो बार धनाध्यक्ष के सैनिकों पर आक्रमण कर चुका है...।"

"राजनीति की दृष्टि से तुम ठीक कह रहे हो; किन्तु हमें इसमें चिन्तित होने की क्या आवश्यकता है। वैजयन्त का रथ, कुबेर की जानकारी में गन्धमादन पर्वत से हो कर आया है। धनाध्यक्ष जानते हैं कि उस रथ में, अर्जुन के साथ, वे सारे दिव्यास्त्र भी थे...।"

"अवश्य जानते होंगे।" धौम्य बोले, "यह मेरी चिन्ता का विषय नहीं है।"

"तो क्या है, तुम्हारी चिन्ता?"

"होने को तो यह चिन्ता भी हो सकती है कि इस क्षेत्र में यदि इतने दिव्यास्त्र होंगे, तो उन पर अनेक देव-शक्तियों, मानवों, राक्षसों इत्यादि की दृष्टि होगी। उन्हें प्राप्त करने के प्रयत्न होंगे। उनके लिए युद्ध भी हो सकते हैं, और युद्धों में उन का प्रयोग भी हो सकता है। कुबेर तो कुबेर, क्या आप स्वयं चाहेंगे कि इस तीर्थ-क्षेत्र में, प्रकृति के इस प्रशान्त और परम सुरम्य क्षेत्र में ऐसा उत्पात हो?"

"तुम्हारी चिन्ता विचारणीय है।" ऋषि अपनी गम्भीरता से चिन्ता की ओर बढ़ रहे थे, "इन बातों को ध्यान में रख कर, आश्रम की अपेक्षित सुरक्षा का प्रबन्ध होना चाहिए।...किन्तु कुबेर को यह कदापि प्रिय नहीं होगा, कि उनके अधिकार-क्षेत्र में, उनके अपने आवास के इतने निकट, एक स्वतन्त्र सैनिक-स्कन्धावार का निर्माण हो, जिस पर उन का अपना कोई नियन्त्रण न हो।..."

"मेरी चिन्ता यह भी नहीं है ऋषिवर!"

ऋषि ने चकित हो कर धौम्य की ओर देखा, "तो तुम्हारी चिन्ता क्या है धौम्य?"

"धर्मराज ने यह जानने की उत्सुकता प्रकट की है कि उन दिव्यास्त्रों का वास्तविक प्रभाव क्या है।" धौम्य बोले, "वह तो शायद अर्जुन थका हुआ था, अथवा कोई और बात थी...उसने धर्मराज का अनुरोध, कल प्रातः तक के लिए टाल दिया। कल प्रातः अर्जुन धर्मराज और अपने अन्य भाइयों को, उन दिव्यास्त्रों का परीक्षण करके दिखायेगा...।"

"यहाँ? गन्धमादन क्षेत्र में?" कुलपति के मुख से अनायास ही निकल गया।

"हाँ आर्य! यहाँ कल प्रातः।"

"तुमने उन्हें रोका नहीं?"

"मैं उन का पुरोहित हूँ।" धौम्य बोले, "अपने यजमान क्षत्रिय राजा को शस्त्र-परीक्षण से रोकना मेरा धर्म नहीं है।"

"तो फिर मुझे क्यों सूचना दी?"

"यह मेरा समाज-चिन्तन है।" धौम्य बोले, "मैंने अपने दोनों धर्मों के निर्वाह का प्रयत्न किया है।"

"क्या तुम चाहोगे कि इस सूचना को पाण्डवों से गुप्त रखा जाये कि वह समाचार तुम्हारे माध्यम से हम तक आया है?" कुलपति की दृष्टि बहुत प्रखर हो आयी थी।

"नहीं!" धौम्य हँस पड़े, "ऐसी कोई बात नहीं है। यह गोपनीय नहीं है। न ही मैं पाण्डवों की

पीठ-पीछे उन का कोई रहस्य यहाँ उद्घाटित कर रहा हूँ। आप इस समय भी उन्हें बुला कर यह बता सकते हैं कि मेरे माध्यम से आप को यह सूचना मिली है कि वे लोग प्रातः यहाँ अपने दिव्यास्त्रों का परीक्षण कर रहे हैं।..."

"यदि ऐसी बात थी धौम्य! तो जब उनमें यह चर्चा हो रही थी, उसी समय तुमने उन्हें रोक क्यों नहीं दिया?" कुलपति कुछ समझ नहीं पा रहे थे।

धौम्य कुछ क्षण मौन रहे, फिर बोले, "पहला कारण तो यह है कि जिस समय उनमें यह निर्दोष चर्चा हो रही थे, मैं इस क्रिया की गम्भीरता को हृदयंगम नहीं कर सका था। जैसे-जैसे समय व्यतीत होता गया, और मैं इस विषय में मनन करता गया, इसकी भयंकरता मेरे सामने स्पष्ट होती चली गयी।...दूसरा कारण वह था, जो मैंने पहले निवेदित किया है कि यह पुरोहित धर्म नहीं, कि मैं अपने यजमानों को हतोत्साहित करूँ। तीसरा कारण यह है कि उन्हें इस कृत्य की भयंकरता समझाने के लिए, मैं उपयुक्त पात्र नहीं हूँ।..."

कुलपति का मस्तिष्क तीव्र गति से कार्य कर रहा था। धौम्य के बताये हुए कारणों पर विवाद करने का यह कोई उपयुक्त समय नहीं था। इस समय तो शीघ्रातिशीघ्र यह समाचार कुबेर तक पहुँचना चाहिए। यह उन का क्षेत्र है। वे देखें कि उन्हें कैसी सुरक्षात्मक कार्यवाही करनी है...किन्तु कुबेर अपने प्रासाद में हों, न हों...हों भी, तो इस समय विश्राम कर रहे होंगे...पर नहीं! वह विश्राम उन्हें बहुत महँगा पड़ेगा...

"अच्छा! तुम जाओ धौम्य! विश्राम करो।" कुलपति बोले, "इस सूचना के लिए मैं तुम्हारा कृतज्ञ हूँ। मैं प्रयत्न करता हूँ कि उचित समय पर इसका प्रतिकार हो जाये; किन्तु यदि मैं इसमें सफल न हुआ। कोई प्रबन्ध न हो सका, तो एक वचन तुम मुझे दो।"

"आदेश करें कुलपति!"

"यदि मैं प्रातः तक कोई प्रबन्ध नहीं कर पाया, तो तुम परीक्षण के समय, किसी प्रकार, किसी व्याज से, कोई व्यवधान उपस्थित कर, परीक्षण को अधिक से अधिक समय तक टालने का प्रयत्न करोगे। और कोई बन्धन न लगा सको, तो इतना तो कह ही सकते हो कि पाण्डवों का धर्म है कि दिव्यास्त्रों के ऐसे परीक्षण से पूर्व वे क्षेत्रपति कुबेर को इसकी सूचना दे दें...।" कुलपति ने धौम्य की ओर देखा।

"वचन देता हूँ कुलपति! कि इतना तो करूँगा ही!"

"अच्छा। जाओ।"

धौम्य प्रणाम कर चले गये।

कुलपति अपनी व्याकुलता में तत्काल उठ खड़े हुए, "दृढ़कीर्ति!"

"गुरुदेव!" ब्रह्मचारी भीतर आ गया।

"दृढ़कीर्ति! अपने साथ दो ब्रह्मचारी और ले लो और इसी क्षण, आश्रम के सबसे सक्षम अश्वों पर जाओ। गन्धमादन पर्वत के अगम्य मार्ग के रक्षकों से कहो, वे इसी क्षण धनाध्यक्ष कुबेर को सूचित करें कि पाण्डव कल प्रातः अपने दिव्यास्त्रों का परीक्षण करेंगे।" कुलपति बोले, "देखो! समय बहुत कम है। प्रमाद एकदम न हो। न तुमसे, न उन यक्ष सैनिकों से। यदि वे तुम्हें अनुमति दें, तो तुम उनके साथ धनाध्यक्ष के प्रासाद तक जाओ, और स्वयं उन्हें सूचना दो।"

"जो आज्ञा आर्य कुलपति!"

दृढ़कीर्ति चला गया; किन्तु कुलपति न ध्यान करने के लिए बैठ सके, न उन्होंने सोने का प्रयत्न किया। वे जानते थे कि उन्हें इन परिस्थितियों में नींद नहीं आयेगी।

प्रातः उठ पाण्डवों ने स्नान किया। महादेव शिव का ध्यान कर, उन्हें प्रणाम किया। इन्द्र को नमस्कार किया, अपने दिव्यास्त्रों के साथ, वे आश्रम के बाहर, अपेक्षाकृत एक खुले स्थान पर पहुँचे।

अर्जुन ने वैजयन्त-प्रदत्त अपना कवच पहना और दिव्यास्त्रों का उनकी विभिन्न विशेषताओं के अनुसार वर्ग-विभाजन किया...

तभी युधिष्ठिर ने देखा, ऋषि आर्ष्टिषेण अपने अनेक शिष्यों के साथ उनकी ओर ही आ रहे हैं।...यह समय, उनके आश्रम से बाहर निकलने का नहीं था। तो आज यह कैसा व्यतिक्रम?... ऋषि अभी उनके निकट पहुँचे भी नहीं थे कि दूसरी ओर से अनेक रथों के आने का शब्द हुआ। रथों के ध्वज बता रहे थे कि वे धनाध्यक्ष कुबेर के राजकीय रथ थे; और उन सबके आगे-आगे आनेवाला स्वर्ण-मण्डित रथ, स्वयं धनाध्यक्ष का था।...रथ निकट अया, तो युधिष्ठिर चकित रह गये... रथ में धनाध्यक्ष के साथ, स्वयं ब्रह्मर्षि नारद विद्यमान थे...

युधिष्ठिर ने आगे बढ़ कर उन का स्वागत किया, "ब्रह्मर्षि आप!"

पाँचों पाण्डव प्रणाम कर चुके, तो नारद बोले, "धनंजय! पुत्र, मैं तुमसे ही मिलने आया हूँ।"

अर्जुन हाथ जोड़े हुए, उनके सम्मुख चला आया!

"ज्ञात हुआ पुत्र! कि तुमने बहुत तपस्या की है। कुछ लोगों का मानना है कि तुम्हें निर्विकल्प समाधि ही प्राप्त नहीं हुई, स्वयं महादेव शिव के दर्शन भी हुए हैं। उन्होंने तुम्हें अपना पाशुपतास्त्र भी दिया है।..." नारद रुके, "ठीक कह रहा हूँ न पुत्र?"

"प्रभु की कृपा है ब्रह्मर्षि!"

"पुत्र! जिनके पास जितनी क्षमता होती है, उनके पास उतना ही संयम भी होना चाहिए।" नारद बोले, "वैजयन्त तथा अन्य देवों से तुम्हें दिव्यास्त्र प्राप्त हों, उस से पूर्व ही महादेव ने तुम्हें पशु से पशुपति बनने का मन्त्र दिया। अपने भीतर के पशु का स्वामी बनना सिखाया!...और तुम यह क्या कर रहे हो पुत्र?"

"मैं समझा नहीं ब्रह्मर्षि!"

"तुम इन दिव्यास्त्रों का परीक्षण करने जा रहे हो, ताकि तुम्हारे भाइयों के सम्मुख, इनकी क्षमता का प्रदर्शन हो सके! किन्तु तुमने नहीं सोचा पुत्र! कि इनके परीक्षण से यहाँ की प्रकृति नष्ट होगी। प्राकृतिक सन्तुलन बिगड़ेगा। असंख्य जीव-जन्तु व्यर्थ ही मारे जायेंगे। तुम्हारा ध्यान इस ओर नहीं गया कि ये दिव्यास्त्र बिना किसी विशिष्ट लक्ष्य के मात्र, परीक्षण के लिए नहीं चलाये जाते। इनके प्रयोग का अधिकार तुम्हें केवल उन परिस्थितियों में है; जब तुम अपने शत्रुओं में इस प्रकार घिर जाओ कि अपने प्राण बचाने के लिए, तुम्हारे पास और कोई मार्ग न हो और उनका प्रयोग आवश्यक हो जाये।" नारद ने क्षण भर रुककर उस की ओर देखा, "इस समय तुम्हें किसी भी ओर से अपने प्राणों का भय है?"

"नहीं ब्रहार्षि!"

"तो अन्य जीव-जन्तुओं के प्राणों के लिए तुम क्यों भय बन जाना चाहते हो? क्यों प्रभु की बनाई सृष्टि को अकारण नष्ट करना चाहते हो?"

"नहीं! हमारी ऐसी कोई इच्छा नहीं है ब्रह्मर्षि!" युधिष्ठिर बोले, "यह हमारा प्रमाद ही था। हमारा ध्यान इस ओर नहीं गया।" उन्होंने अर्जुन की ओर देखा, "अर्जुन! यह परीक्षण रोक दो।"

अर्जुन ने तत्काल आज्ञा का पालन किया।

युधिष्ठिर हाथ जोड़ कर नारद के सम्मुख खड़े हो गये, "मेरी एक समस्या का समाधान करें ब्रह्मर्षि!"

"बोलो वत्स!"

"प्रमादवश हमारा ध्यान इस ओर नहीं गया; किन्तु मुनि धौम्य, ऋषि आर्ष्टिषेण, धनाध्यक्ष कुबेर...इनमें से कोई भी हमारा ध्यान इस ओर आकृष्ट कर सकते थे। फिर इन्होंने आप को यहाँ तक आने का कष्ट क्यों दिया?"

नारद ने एक दृष्टि उन सब लोगों पर डाली और मुस्कराये, "अपने-अपने कारण तो वे ही जानें वत्स! किन्तु यह सत्य है कि शस्त्रबद्ध क्षत्रिय को शस्त्र-परिचालन से विरत करना कठिन होता है; और जिसके पास असाधारण शक्ति हो, जो दिव्यास्त्रों से सम्पन्न हो, वह कहाँ किसी की सुनता है। वह मान लेता है कि श्रेष्ठ जीव तो केवल एक वही है, शेष जीव तो कीड़े-मकोड़े हैं।...यदि इनमें से कोई यह दायित्व अपने कंधो पर लेता और अपने प्रयास में सफल नहीं होता, तो वह इस संहार के लिए स्वयं को दोषी मानता; इसलिए इन्होंने मुझे बुलाया, क्योंकि इन्हें विश्वास था कि तुम लोग मेरे कथन की उपेक्षा नहीं करोगे।..."

कुबेर कुछ आगे बढ़ आये, "कहने को तो मैं भी कह सकता था, किन्तु भय था कि उसे एक शासक का आदेश मानकर कहीं तुम राजनीतिक टकराव का कारण न बनाओ। और भीम का व्यवहार तो मैं देख ही चुका था। उसने दो-दो बार मेरे निषेधों को मानना अस्वीकार किया है। इसलिए ब्रह्मर्षि को यह कष्ट देना पड़ा।...किन्तु तुम लोगों ने अपने व्यवहार से यह सिद्ध कर दिया है कि तुम्हें अपनी शक्ति का अहंकार कभी नहीं हो सकता। तुम्हारे हाथों में कितनी भी प्रहारक अथवा विनाशक शक्ति आ जाये, तुम उस के कारण मत्त हो कर अपना विवेक कभी नहीं खोओगे।" कुबेर ने अपना स्नेहयुक्त हाथ, युधिष्ठिर के कंधे पर रखा, "अब मुझे तुम पर विश्वास हो गया है। तुम्हारे पास कितने भी शक्तिशाली दिव्यास्त्र क्यों न आ जायें, न तुम धर्म का त्याग करोगे, न विवेक का। देव-शक्तियों ने अर्जुन को दिव्यास्त्र दे कर कोई भूल नहीं की है।"

नारद और कुबेर, पाण्डवों को आशीर्वाद दे कर विदा हो गये। ऋषि आर्ष्टिषेण भी अपनी कुटिया में लौट आये।

"ज्येष्ठ! मेरा विचार है कि हमें यह स्थान अब छोड़ देना चाहिए।"

"क्यों ?" युधिष्ठिर के स्वर में कुछ आश्चर्य था।

"हम यहाँ अर्जुन के लौट आने की प्रतीक्षा ही तो कर रहे थे।" भीम ने उत्तर दिया, "अब वह आ गया है; तो हमें यहाँ रुक कर, करना ही क्या है?"

"हम अर्जुन की प्रतीक्षा में थे। उस की कुशलता और सफलता के लिए चिन्तित थे। इसलिए साधना में हमारा ध्यान नहीं लग रहा था। हम प्रकृति के सौन्दर्य का आनन्द नहीं ले रहे थे।" युधिष्ठिर बोले, "अब अर्जुन हमारे साथ है। अब हम यहाँ निश्चिन्त हो कर साधना कर सकते हैं। प्रकृति के अनुकूल हो कर जी सकते हैं।..."

भीम के चेहरे पर थोड़ी देर के लिए अधैर्य प्रकट हुआ, "धर्मराज! वनवास के पश्चात् हमें एक बड़े युद्ध का सामना करना है। हमें उस के लिए तैयारी करनी है। हम अपने सारे दायित्व पूरे कर, वानप्रस्थ स्थिति में यहाँ नहीं आये हैं, कि निश्चिन्त हो कर धर्म अर्जित करते रहें। हमें लौट कर, अपने शत्रुओं का वध करना है : अपने अपराधियों को दण्डित करना है। उस के लिए हमें शस्त्राभ्यास करना चाहिए। शस्त्रों का निर्माण करना चाहिए और नये-नये शस्त्रास्त्र अर्जित करने चाहिए।...यहाँ रहने का अर्थ है कि हम उनमें से कुछ भी नहीं कर सकते। दिव्यास्त्रों का परीक्षण भी नहीं कर सकते। यह कुबेर का क्षेत्र है न! कोई पूछे इस धनाध्यक्ष से, यदि उसे अपने लिये किसी नये दिव्यास्त्र का परीक्षण करना हो, तो वह करेगा या, नहीं करेगा? सारे निषेध हमारे लिए ही हैं?..."

"तुम्हारी कुछ बातों से मैं सहमत हूँ।" युधिष्ठिर धैर्यपूर्वक बोले, "किन्तु अभी हमारे पास बहुत समय है। यह न हो कि परायी धरती पर शस्त्राभ्यास और शस्त्र परीक्षण करते-करते, हम अपने लिए दुर्योधन के साथ होने वाले युद्ध से पहले ही एक और युद्ध की सृष्टि कर लें।..."

"तो उस से क्या क्षति होगी हमारी?" भीम ने आवेशपूर्ण स्वर में पूछा, "यदि वह युद्ध हुआ तो हम विजयी होंगे। हमारी क्षमता बढ़ेगी। हमारी वीरता प्रतिष्ठित होगी।"

"नहीं!" युधिष्ठिर बोले, "पहले हमारे धर्म का नाश होगा, फिर हम अपने मित्र खोयेंगे।"

"ज्येष्ठ ठीक कह रहे हैं।" अर्जुन ने युधिष्ठिर का समर्थन किया, "दुर्योधन से जो युद्ध होगा, उसमें दोनों ओर से मित्र योद्धा जुटाये जायेंगे। ऐसे में यदि हम अभी से देव-शक्तियों को रुष्ट कर दुर्योधन की ओर धकेलना आरम्भ कर दें, तो हम अपने लिए कठिनाइयों का ही सृजन करेंगे।...और यदि इस युद्ध में हम विजयी हो ही गये, तो अपने सारे शस्त्रास्त्र इसी युद्ध में झोंक देंगे। इस युद्ध से हम विजयी, किन्तु दुर्बल हो कर निकलेंगे।"

"दुर्योधन से लड़ने के पूर्व हमें किसी भी और युद्ध से बचना चाहिए।" सहदेव बोला, "किन्तु युद्धाभ्यास के विषय में मध्यम ठीक कह रहे है। हमें उस की आवश्कता है। हम जितना अभ्यास कर सकें, उतना ही अच्छा।"

किन्तु युधिष्ठिर ने तत्काल सहमति प्रकट नहीं की।

"क्या हुआ ज्येष्ठ? आप सहमत नहीं है?" अर्जुन ने पूछा।

"मुझे इस सारे युद्धोन्माद से भय लगता है।" युधिष्ठिर बोले, "यदि हम वर्षों तक इस उन्माद को पालेंगे और शस्त्राभ्यास करते रहेंगे, तो हम युद्ध से बचने का तनिक भी प्रयत्न नहीं करेंगे; वरन् हम साग्रह उस की ओर बढ़ेंगे।..." युधिष्ठिर ने उन लोगों की ओर देखा, "हम धर्म के लिए युद्ध करेंगे, इसलिए युद्धाभ्यास के साथ हमें धर्माभ्यास भी करना होगा। युद्ध तो अन्तिम विकल्प है। हमें अपने धर्म पर अड़े रहना है, इसलिए हम क्यों न वनवास के शेष वर्ष, साधनापूर्वक यहीं व्यतीत करें; और यहीं से अज्ञातवास के लिए चले जायें...।"

"इसका तो अर्थ हुआ कि हम एक दिन भी युद्धाभ्यास न करें; क्योंकि अज्ञातवास में तो वह सम्भव ही नहीं होगा।" नकुल बोला।

"और यहाँ से अज्ञातवास में जाना क्या दुर्योधन स्वीकार कर लेगा?" अर्जुन ने पूछा, "वह यह तो नहीं कहेगा कि तुम लोगों को बारह वर्षों तक प्रयत्क्ष वनवास करना था...।"

"नहीं! हमें उस के सम्मुख प्रत्यक्ष हो, उस के निकट रह, फिर अज्ञातवास में जाना चाहिए।" सहदेव ने कहा।

"और धर्मराज! आप युद्ध को टालने का भरसक प्रयत्न कर लें; किन्तु मेरी प्रतिज्ञाएँ युद्ध के बिना पूरी नहीं हो सकतीं।" भीम ने कहा, "युद्ध नहीं होगा, तो द्रौपदी को अपने केश धोने के लिए दुःशासन का रक्त नहीं मिलेगा और बिना युद्ध के मैं उसका वक्ष फाड़ कर रक्तपान कैसे करूँगा... दुर्योधन की जंघा कैसे तोड़ूँगा?"

युधिष्ठिर क्या उत्तर देंते?...वे जानते थे कि भीम तथा द्रौपदी ने ऐसी प्रतिज्ञाएँ की हैं। वे उनसे यह आग्रह तो नहीं कर सकते थे कि वे अपनी प्रतिज्ञाओं का पालन न करें। प्रतिज्ञा-भंग करने का आदेश, वे किसी को कैसे दे सकते थे।...उन्हें प्रतिज्ञाएँ करने का अधिकार नहीं था... यह कहना भी उचित नहीं था। जितना अपमान द्रौपदी का हुआ, उस के प्रतिशोध के लिए कोई भी मनुष्य, कुछ भी कर सकता था...किन्तु युधिष्ठिर का मन आज भी यही चाहता है कि किसी प्रकार भीम और द्रौपदी, धार्तराष्ट्रों को क्षमा कर दें...दुर्योधन पापी है, भीम क्यों पापी बने,... पांचाली पाप में क्यों लिप्त हो...दुर्योधन की जंघा तोड़ने तथा दुःशासन के वक्ष का रक्त पीने से पांचाली का अपमान, अघटित तो नहीं हो जायेगा। सम्भावित अशुभ घटना का प्रतिकार कर, उसे घटित होने से रोक देना तो युधिष्ठिर की समझ में आता है; किन्तु अहंकार की तुष्टि के लिए एक और अशुभ कृत्य कर, दुष्कर्मों की एक शृंखला की सृष्टि कर देना, उनकी समझ में नहीं आता।...यदि पाण्डवों को अपना राज्य मिल जाता है, तो दुर्योधन और दुःशासन, हस्तिनापुर में जीवित हैं या नहीं—इससे क्या अन्तर पड़ेगा भीम को! दुःशासन का वक्ष फाड़ कर भी, भीम को वही राज्य मिलना है, जो वह बिना उस दुष्कृत्य के भी प्राप्त कर सकता है...पर युधिष्ठिर यह भी जानते हैं कि न भीम किसी भी दशा में दुर्योधन और दुःशासन को क्षमा करेगा, न द्रौपदी...न उनके मन को बदला जा सकता है, न उन्हें किसी धर्म-बन्धन में बाँधा जा सकता है।...हाँ उनके उन्माद को कुछ मन्द करने का प्रयत्न अवश्य किया जा सकता है...

"तो ठीक है!" धर्मराज बोले, "हम समय की कोई ऐसी सीमा निश्चित कर लें, जितना हमारा युद्धाभ्यास आवश्यक है, जितना हमारा प्रत्यक्ष वनवास तथा धृतराष्ट्र की दृष्टि में रहना आवश्यक है... शेष समय यहीं व्यतीत करें, इस शान्त परिवेश में, तपस्या के वातावरण में, संयमपूर्वक साधना करते हुए। लम्बे युद्ध-ज्वर में तपना भी कोई सुखद स्थिति नहीं है। मैं, तुम लोगों को हतोत्साहित करने के लिए नहीं कह रहा; कभी-कभी वस्तुतः ऐसा होता है कि लम्बे युद्ध-ज्वर से व्यक्ति इतना निढाल हो जाता है कि वास्तविक युद्ध के समय, उसमें अपेक्षित वेग नहीं आ पाता।..." युधिष्ठिर रुक कर सायास मुस्कराये, "या केवल इतना ही मान लो कि मैं इतनी दीर्घ अवधि तक युद्ध-ज्वर का ताप सहन नहीं करना चाहता, या सह नहीं सकता।"

"धर्मराज!" भीम का स्वर एक विचित्र प्रकार की आक्रामकता लिए हुए था, "कहीं आप हमें

युद्ध से विरत करने की तो कोई योजना नहीं बना रहे? इतना तो मैं आपसे स्पष्ट कह देना चाहता हूँ कि हमारे राजा के रूप में ऐसा करना, आप के लिए धर्म-संगत नहीं होगा।"

"मैं जानता हूँ भीम!" युधिष्ठिर मुस्कराये, "राजा के रूप में मुझे युद्ध करना होगा। अपने अधिकारों के लिए, अपने भाइयों के अधिकारों की रक्षा के लिए, अपनी प्रजा के पालन के लिए, दुष्टों के दमन के लिए, एक सुशासन के लिए, वासुदेव का धर्म-राज्य स्थापित करने के लिए, मुझे युद्ध करना ही होगा।" वे रुके, "किन्तु तुम जानते हो न कि यह मेरा कर्त्तव्य है, व्यसन नहीं। युद्ध की स्थिति मेरे लिए न सहज है, न सुखद। जबकि साधना और तपस्या की स्थिति मेरे लिए सहज है। ऋषियों, मुनियों और तपस्वियों के साथ रहना मेरे लिए परम सुखदायक है।"

"जानता हूँ।" भीम ने कहा।

"तो कुछ समय और मुझे अपने सुख में रहने दो। जब अनिवार्य हो जायेगा, तब तो युद्ध-ज्वर को अंगीकार करूँगा ही।" युधिष्ठिर मानो अनुरोध कर रहे थे।

"महाराज ठीक ही कह रहे हैं मध्यम।" अर्जुन ने कोमल स्वर में कहा, "युद्ध की स्थिति किसी के लिए भी सहज स्थिति तो है नहीं। वह तो जीवन की आपातस्थिति है। हम आपातस्थिति को ही अपना जीवन बनाने का आग्रह क्यों करें। वैसे मुझे धार्तराष्ट्रों का तनिक-सा भी भय नहीं है। मेरा विश्वास है कि आप को भी नहीं है। हमारे पास अब पर्याप्त दिव्यास्त्र हैं, और आप के नेतृत्व में हमारी पदाति सेना को किसी प्रकार की कठिनाई हो नहीं सकती। तो फिर क्यों न ज्येष्ठ की योजना के अनुसार हम कुछ समय इस एकान्त में अपने पारिवारिक सुख में व्यतीत करें....।"

"यदि हमें इस प्रकार शान्ति से पारिवारिक सुख का उपभोग करना है, तो..." सहदेव कुछ कहता-कहता रुक गया।

"तो क्या?" युधिष्ठिर ने उस की ओर देखा।

"क्या ही अच्छा होता कि हम माँ को भी अपने साथ ले आये होते।" उसने अपनी इच्छा चाहे व्यक्त कर दी थी, किन्तु अपने वक्तव्य का स्वरूप बदल दिया था, "ऐसे शान्त वातावरण में, वे भी सुखी होतीं।"

"विचार तो तुम्हारा बहुत श्रेष्ठ है सहदेव! किन्तु माँ को अब यहाँ तक लाना सरल नहीं है।" युधिष्ठिर बोले, "आते समय पांचाली को भी बहुत कठिनाई हुई थी। माँ को वार्धक्य और भी कष्ट देगा।...और फिर लौटना भी तो है। उन्हीं कठिन मार्गों पर चलना होगा, जिससे हो कर हम आये हैं।"

"मैं समझता हूँ," सहदेव बोला, "मैंने कोई प्रस्ताव नहीं रखा, मात्र अपनी कामना व्यक्त की है।"

"उस कामना में हम तुम्हारे साथ हैं।" अर्जुन ने सहदेव की पीठ थपथपायी, "पर जानते हैं कि वह कामना पूर्ण नहीं हो पायेगी।"

अर्जुन ने सान्ध्योपासना पर, आँखें खोलीं तो देखा, द्रौपदी उस के ठीक सामने बैठी थी।

"कृष्णे! तुम?"

"चकित हो गये?" द्रौपदी बोली, "सामान्यतः साधना पूरी कर, साधक नयन खोलता है, तो सामने उस के इष्टदेव उसे वरदान देने की मुद्रा में खड़े होते हैं; किन्तु यह असाधारण स्थिति है

पार्थ! इसमें तुमने नयन खोले हैं और मैं वरदान माँगने की मुद्रा में तुम्हारे सामने बैठी हूँ।"

"तुम्हें क्या चाहिए देवि?" अर्जुन मुस्कराया, "मेरे पास जो कुछ है, सब तुम्हारा है।"

"मुझे वरदान दो कि तुम धर्मराज के उन शान्ति-प्रयत्नों में सहभागी नहीं होगे, जो स्वाभिमान और स्वाधिकार खो कर, वे करना चाहेंगे।" द्रौपदी बोली, "युद्ध न हुआ तो मेरी कोई प्रतिज्ञा पूरी नहीं होगी।"

"हम युद्धोन्मादी नहीं हैं पांचाली!" अर्जुन ने कहा, "किन्तु मैं तुम्हें विश्वास दिलाता हूँ कि यह युद्ध होगा।"

"इतने निश्चिन्त होने का कारण?"

"दुर्योधन का शान्ति-विरोध, धर्मराज के सारे शान्ति-प्रयत्नों पर भारी पड़ेगा। हस्तिनापुर के राज्य से दुर्योधन की तृप्ति नहीं होगी। वह पाण्डवों का राज्य लौटाने पर तो सहमत होगा नहीं, यादवों का राज्य भी हड़पना चाहेगा। वह पांचालों और मत्स्यों का राज्य भी छीनने का प्रयत्न करेगा। दुर्योधन के जीवित रहते, यह युद्ध रुक ही नहीं सकता।"

"तुम्हारी वाणी सत्य हो पार्थ!" द्रौपदी बोली, "तुमने मुझे मेरा मनोवांछित वरदान दे दिया है।"

29

द्रौपदी ने वृक्षों की छोटी-मोटी सूखी टहनियों से अग्नि उकसा दी तो भीम ने काठ का एक बड़ा कुन्दा भी उसमें लगा दिया। अब यह व्यवस्था रात भर के लिए पर्याप्त थी।...आज प्रातः कुछ देर के लिए धूप निकली थी। पाण्डवों ने सुहावने दिन को उल्लासमयी दृष्टि से देखा था किन्तु उस के पश्चात् पवन ने वेग पकड़ लिया था और शीत, शरीर को काटने-सा लगा था। दिन भर की व्यवस्था में किसी ने इस ओर ध्यान नहीं दिया था; किन्तु रात का वह काला अन्धकारमय शीत किसी को भी सहन नहीं था। अग्नि का आश्रय तो लेना ही था। रात भर की नींद की आवश्यकता सबको ही थी।

धौम्य मुनि और महर्षि लोमश अपने कुटीर में जा चुके थे।

शीत की कारा से मुक्त हो, युधिष्ठिर ने शरीर को कुछ ढीला छोड़ा, तो उनके चेहरे पर भी उत्फुल्लता प्रकट हुई। भीम के लिए अपनी बात आरम्भ करने का यही उपयुक्त अवसर था...सम्भव है उनके वार्तालाप में कुछ ऐसी चर्चा भी आ जाये, जो वह धौम्य मुनि और महर्षि लोमश की उपस्थिति में न करना चाहें...

भीम आ कर युधिष्ठिर के निकट बैठ गया, "धर्मराज! यह क्षेत्र प्राकृतिक सौन्दर्य की दृष्टि से बहुत समृद्ध है; किन्तु कर्म की दृष्टि से यह पर्याप्त दरिद्र है।"

युधिष्ठिर ने अपनी दृष्टि अग्नि की लपटों पर से हटा कर, भीम की ओर देखा, "प्राकृतिक सौन्दर्य का अर्थ है, ईश्वर का प्रकट रूप! ईश्वर के निकट रहने से बढ़कर, ज़ीवन की सार्थकता और क्या हो सकती है?"

भीम की आँखों में एक व्यग्र खीज झलकी; किन्तु उसने तत्काल उसे संयत किया और बोला, "जहाँ तक मैं समझता हूँ, हम ईश्वर के निकट रहने के लिए यहाँ नहीं आये थे, हम दुर्योधन से दूर

रह कर स्वयं को सुरक्षित रखने के लिए यहाँ आये थे।"

"क्या हम दुर्योधन से डर कर आये थे?" सहदेव के स्वर में आहत होने का भाव था, "महावीर भीम और संसार के सर्वश्रेष्ठ धनुर्धर अर्जुन के होते हुए दुर्योधन से डरकर यहाँ आये थे?"

"नहीं! एकदम ऐसा तो नहीं है।" युधिष्ठिर बोले, "क्या ऐसा नहीं है कि अर्जुन की अनुपस्थिति में काम्यक वन हमें असुरक्षित और अवसादपूर्ण लगने लगा था? क्या यह सत्य नहीं कि अर्जुन से शीघ्रातिशीघ्र मिलने की उत्कण्ठा में हम उसी दिशा में बढ़ना चाहते थे, जिससे अर्जुन को लौटना था? क्या यह भी सत्य नहीं है कि महर्षि लोमश ने हमें तीर्थ-यात्रा का परामर्श दिया था और स्वयं साथ चल कर इन अगम्य तीर्थों के दर्शन कराने का प्रस्ताव रखा था? क्या यह भी सत्य नहीं है कि हमें बारह वर्षों के वनवास का सदुपयोग करना था, और तीर्थ-यात्रा तथा साधना से श्रेष्ठतर उपयोग उसका नहीं हो सकता था?"

"यह सब कुछ सत्य है धर्मराज!" भीम पर्याप्त प्रखर स्वर में बोला, "किन्तु यह भी सत्य है कि मेरे और अर्जुन के होते हुये भी हम दुर्योधन की अस्त्र-शक्ति और सैन्य-बल से यदि भयभीत नहीं तो, आशंकित अवश्य थे। दूसरी ओर यह भी सत्य है महाराज! कि हमें भय था कि धृतराष्ट्र आप को बुला कर फिर से द्यूत खेलने का आदेश न दे दे; और आप आज्ञा-पालन करते हुए द्यूत में अपने शस्त्र भी न हार जायें।" भीम रुका, "इन दोनों आशंकाओं के कारण हम हस्तिनापुर से अधिकतम दूरी पर दुर्योधन तथा उस के अनुचरों के लिए अगम्य स्थानों पर रहना चाहते थे। दिव्यास्त्र प्राप्त करने के लिए अर्जुन को देवलोक भेजना भी आवश्यक था; और उसकी अनुपस्थिति में हम और भी असुरक्षित हो गये थे। ऐसे समय में लोमश ऋषि के परामर्श और प्रस्ताव हमारे मन के अत्यन्त अनुकूल थे। इसलिए हमने तीर्थ-यात्रा की योजना बनाई।"

"यही सत्य है।" द्रौपदी ने सतेज वाणी में भीम का समर्थन किया, "और यह भी सत्य है कि संसार त्याग कर, वैराग्य ग्रहण कर अथवा सन्यास अंगीकार कर जीवन-पर्यन्त यहाँ रहने के लिए नहीं आये थे।"

"उसका तो कोई प्रयोजन ही नहीं है।" सहदेव ने कहा, "पांचाली के केश अभी खुले हैं, मध्यम की गदा अभी पिपासिता है; और हमारी माता, अपना राज्य न होने के कारण हस्तिनापुर में काका विदुर की शरणार्थिनी हो कर रह रही हैं।..."

"तो अब हमें क्या करना है?" युधिष्ठिर ने पूछा, "क्या चाहते हैं सब लोग?"

"मैं यह कह रहा था," भीम ने चर्चा का सूत्र पुनः फिर अपने हाथ में ले लिया, "कि बृहदश्व मुनि से द्यूत-विद्या का रहस्य जान लेने के पश्चात् अब धर्मराज को शकुनि की द्यूत-विद्या अथवा धृतराष्ट्र के आदेश से आशंकित रहने की कोई आवश्यकता नहीं है। प्रथमतः तो उन्हें द्यूत में सम्मिलित ही नहीं होना चाहिए; और यदि किसी कारणवश सम्मिलित होना भी पड़े, तो उन्हें शकुनि अथवा किसी भी धूर्त्त द्यूतकर्मी से भयभीत होने की आवश्यकता नहीं है।" भीम ने रुक कर उन सबको देखा, "दूसरी ओर धनंजय द्वारा दिव्यास्त्र प्राप्त कर लेने के पश्चात् अब हमारे लिए दुर्योधन के शस्त्र-बल से भयभीत होने का कोई कारण नहीं रह गया है। इसलिए अब गन्धमादन पर अपना समय व्यतीत करने, तथा उस की दृष्टि से छिप कर यहाँ रहने की आवश्यकता ही नहीं है।" भीम ने युधिष्ठिर की ओर देखा, "अब हमें लौट चलना चाहिए।"

"अर्जुन! तुम क्या कहते हो?" युधिष्ठिर ने पूछा।

"मध्यम ठीक कह रहे हैं।" अर्जुन ने अपनी सहमति प्रकट कर दी, "यहाँ रहते हमें पर्याप्त समय हो गया है। यहाँ रह कर हम दुर्योधन से दूर अवश्य हैं; किन्तु इसे हमारा अज्ञातवास नहीं माना जा सकता। दुर्योधन को ज्ञात है कि हम कहाँ हैं, किस रूप में रह रहे हैं; और क्या कर रहे हैं। यहाँ से हम अज्ञातवास में चले जायें तो कदाचित् दुर्योधन उसे हमारा अज्ञातवास ही नहीं मानेगा। इस पर हम पहले भी विचार कर चुके हैं। हमें प्रकट हो कर, उस की आँखों के सम्मुख रह कर फिर अज्ञातवास में जाना है।" अर्जुन ने रुक कर युधिष्ठिर की ओर देखा, "फिर हमारे सारथि, हमारे परिचालक, सेवक, रसोइए इत्यादि लोग हमारी प्रतीक्षा कर रहे होंगे...हम इस प्रकार सदा के लिए उनका त्याग तो नहीं कर सकते...।"

"एक बात और भी है," सहदेव का स्वर बहुत सावधान और धीमा था, "उनके पास हमारे लिए अनेक महत्त्वपूर्ण समाचार होंगे।..."

"कैसे समाचार?" द्रौपदी ने कुछ आश्चर्य से पूछा।

"हमने तीर्थ-यात्रा के लिए चलने से पहले, इतने सारे ब्राह्मणों तथा अन्य नागरिकों को विभिन्न राजाओं की राजधानियों के लिए विदा किया था। उन सबके साथ क्या हुआ, किसे आजीविका मिली, किसे नहीं मिली, किसका सत्कार हुआ; किसका तिरस्कार—ये सारे समाचार भी तो इन्द्रसेन और विशोक के पास ही होंगे..."

"तो उन सारे समाचारों का क्या करना है हमको?" युधिष्ठिर ने कुछ विरोधपूर्ण स्वर में कहा।

सहदेव मुस्कराया, "महाराज! आपने इस ओर ध्यान नहीं दिया। हमारे लिए ये बहुत महत्त्व के समाचार हैं। इन्हीं समाचारों से हमें ज्ञात होगा कि किस राजसभा में हमारा कितना सम्मान है। वहाँ हमारा कितना सत्कार होगा...पर..."

"पर क्या सहदेव! हम पहले से ही नहीं जानते हैं कि किस राजसभा में हमारा कितना सम्मान है?" नकुल बोला, "और क्या दुर्योधन को भी यह ज्ञात नहीं है, कि कौन हमारा मित्र है और कौन शत्रु। उदाहरण के रूप में, यदि मैं कहूँ कि हमारा सब से अधिक स्वागत द्वारका अथवा काम्पिल्य में होगा, तो क्या कोई नयी बात होगी?"

"यही तो कह रहा हूँ," सहदेव बोला, "इन स्थानों के विषय में हमें भी सब कुछ ज्ञात है और दुर्योधन को भी। अब हमें उन राजसभाओं को खोजना है, जिनका पता न हमें है, और न दुर्योधन को। और उन का ज्ञान हमें उन सूचनाओं के आधार पर ही हो सकता है, जो विशोक और इन्द्रसेन इत्यादि के पास होंगी...।"

"सहदेव ठीक कह रहा है।" युधिष्ठिर ने कुछ आत्मलीन स्वर में कहा, "मैंने जिस समय उन लोगों को विभिन्न राजसभाओं में भेजा था, तो मेरे मन में यह बात नहीं आयी थी कि वे लोग हमारे गुप्तचर प्रमाणित होंगे।"

"गुप्तचर तो नहीं, किन्तु वे हमारे लिए सूचना-संग्राहक तो हो ही सकते हैं।" अर्जुन ने कहा।

युधिष्ठिर ने कोई उत्तर नहीं दिया। वे कुछ सोच रहे थे। अन्य लोग प्रतीक्षा करते रहे। अन्ततः युधिष्ठिर बोले, "तुम लोगों का मत ठीक ही है कि अब हमें वापस लौट चलना चाहिए...किन्तु मेरा मन उत्साहपूर्वक, सहर्ष आगे नहीं बढ़ता।..."

"क्यों?" द्रौपदी के स्वर में जिज्ञासा से अधिक आपत्ति और आपत्ति से भी अधिक रोष था।

"ईश्वर के इस स्वच्छ, पवित्र और सात्विक ऐश्वर्य को त्याग कर, हिंसा और क्रूरता से भरे उन स्थानों को लौट जाना किसे अच्छा लगेगा।" युधिष्ठिर बोले, "यहाँ दिन भर ऋषियों, मुनियों, साधकों और तपस्वियों से ब्रह्म-चर्चा होती है, वहाँ दस्युओं, लुटेरों, हत्यारों और हिंसा-जीवी लोगों से सम्पर्क होगा। ब्रह्म-चर्चा के स्थान पर षड्यन्त्रों और सांसारिक योजनाओं की चर्चाएँ होंगी। सात्विक लोक से रजोगुणी संसार में लौटना पड़ेगा...।"

भीम के जबड़े भिंच गये। उसे लगा कि वह कोई कठोर बात कह बैठेगा।...द्रौपदी के चेहरे पर भी कोई प्रिय भाव नहीं थे। नकुल-सहदेव स्तब्ध-से युधिष्ठिर की ओर देख रहे थे।

"हम आप की बात समझते हैं महाराज!" अर्जुन ने मधुर स्वर में कहा, "हम अपनी प्रकृति और आप की इच्छा को देखते हुये आजीवन यहीं वास कर सकते हैं। पांचाली के खुले केशों की भी हम उपेक्षा कर देंगे। हम भूल जायेंगे कि मध्यम ने कोई प्रतिज्ञा की थी। अपनी माता को हम सदा के लिए काका विदुर की शरण में छोड़ देंगे। इन्द्रसेन तथा विशोक इत्यादि कर्मचारी हमारी प्रतीक्षा से ऊब कर स्वयं ही अन्यत्र चले जायेंगे..."

भीम का मुख आश्चर्य से खुल गया : यह अर्जुन क्या कह रहा है।...

यदि उसने इस प्रकार का कोई वचन दे दिया, तो धर्मराज को सहमत करना और भी कठिन हो जायेगा।...

"किन्तु धर्मराज! हमारे क्षत्रिय-धर्म का क्या होगा? दुष्ट-दलन का कार्य यदि महाराज युधिष्ठिर नहीं करेंगे, तो और कौन करेगा? कृष्ण के धर्म-राज्य के स्वप्न का क्या होगा?" अर्जुन बोला, "क्या अपनी प्रजा को, जम्बूद्वीप के उन असमर्थ, अशक्त तथा कम शक्ति वाले राजाओं को, जिन्होंने आप को सम्राट् मान स्वयं को सुरक्षित अनुभव किया था...उन सब लोगों को, जो सत्य, न्याय और धर्म में आस्था रखते हैं, आप दुर्योधन, दुःशासन, कर्ण और शकुनि की दया पर छोड़ देना चाहते हैं?" अर्जुन ने रुककर युधिष्ठिर की ओर देखा, "आप एक क्षण के लिए भी अपने मन में यह न लायें कि मुझे राज्य, भोग, सत्ता अथवा धन-सम्पत्ति की लालसा है। मुझे यह सब कुछ नहीं चाहिए। मैं धर्म की उपलब्धि में ही सर्वस्व-प्राप्ति का अनुभव करता हूँ।...किन्तु महाराज! भगवान राम ने अपने वनवास-काल में इतने युद्ध किये, इतने अत्याचारियों का वध किया, वह राज्यप्राप्ति के लिए तो नहीं था। उन्होंने तो अयोध्या का राज्य ही त्याग दिया था, तो किसी अन्य राज्य के लिए युद्ध क्यों करते। वे तो अत्याचारियों को दण्डित कर रहे थे और निरीह प्रजा को आततायियों से बचा रहे थे। आप अपने इस धर्म का भी पालन नहीं करेंगे? न्याय और धर्म का युद्ध निरीह विदुर काका पर छोड़ देंगे?..."

"नहीं! विदुर काका सशस्त्र युद्ध नहीं कर सकते।" युधिष्ठिर जैसे अपने आपसे बोले, "वे राजसभा में नीति-निर्धारण तक ही समर्थ हैं।..."

"तो फिर महाराज! हम यहाँ बैठे रहेंगे, तो वहाँ दुष्टों को दण्ड कौन देगा?" भीम बोला।

युधिष्ठिर चिन्तनशील मुद्रा में मौन बैठे रहे। फिर जैसे किसी निर्णय के अन्तर्गत वे उठकर खड़े हो गये। आकाश की ओर देखते रहे। अन्ततः उन्होंने गन्धमादन के ऊँचे शिखर की ओर देखा और हाथ जोड़ कर बोले, "शैलेन्द्र! अपने मन और बुद्धि को संयम में रखने वाला मैं, अब शत्रुओं

को जय कर, अपना अपहृत राज्य पुनः प्राप्त कर, अपने सब कार्य सम्पन्न कर, अपने सहृदयों के साथ पुनः तपस्या के लिए लौटने पर आप के दर्शन करूँगा।..."

30

सुबाहु ने पाण्डवों का अपनी नगरी की सीमा पर स्वागत किया। उस के साथ उस के मन्त्री और सभासद ही नहीं, पाण्डवों के सारथि और परिचालक इन्द्रसेन और विशोक भी आये थे। वे लोग स्वस्थ और प्रसन्न लग रहे थे।

"कैसे हो इन्द्रसेन?"

इन्द्रसेन ने युधिष्ठिर के चरण छूकर प्रणाम किया, "आपकी कृपा है महाराज! किरात नरेश ने हमें बहुत सुविधा और मान के साथ रखा है। आप के ऐसे मित्रों और शुभचिन्तकों के होते हुए, आप के सेवकों को किस बात की चिन्ता।"

"आप बहुत सौभाग्यशाली हैं धर्मराज! जो आप को ऐसे सेवक और सहायक मिले हैं।" सुबाहु ने कहा, "मेरे पास इन्द्रसेन जैसा एक भी सारथि और विशोक जैसा एक भी व्यवस्थापक नहीं है।"

"अब तुम समझ गये हो मित्र! कि मैं अपने-आपमें बहुत साधारण व्यक्ति हूँ; किन्तु मेरे इन सहायकों ने मुझे असाधारण बना दिया है।" युधिष्ठिर बोले, "धरती के ऊपर दिखायी देने वाला वृक्ष का सबल तना तभी तक सबल होता है, जब तक धरती के नीचे छिपी उस की जड़ें पोषण करती रहती हैं।"

"ठीक कहते हैं महाराज! सबल जड़ों के बिना सबल तना नहीं हो सकता।" सुबाहु ने उत्तर दिया, "इन जड़ों का काफी समय तक परीक्षण करता रहा हूँ; तभी तो आपकी शक्ति का कुछ आभास पा सका हूँ।"

वे लोग नगर में चले आये। सुबाहु ने उन्हें पृथक प्रासाद में ठहराया और आवश्यक देखभाल के लिए स्वयं उपस्थित रहा। व्यवस्था हो गयी तो वह भी आ कर पाण्डवों के पास बैठ गया।

"मैंने सारी व्यवस्था कर दी है महाराज!" वह धीरे से बोला, "आप दीर्घकाल के लिए सुविधापूर्वक यहाँ रह सकते हैं। मैंने वे सारे स्थान भी सोच लिये हैं, जहाँ अपना अज्ञातवास का एक वर्ष व्यतीत करेंगे। अब आप निश्चिन्त हो कर वनवास का अपना शेष समय यहाँ व्यतीत करें, और फिर यहीं से हस्तिनापुर के लिए जय-यात्रा आरम्भ करें।"

"तुम्हारे स्नेह से मैं अभिभूत हूँ मित्र!" युधिष्ठिर बोले, "किन्तु हमारा यहाँ रहना सम्भव नहीं हो पायेगा।"

"क्यों?" सुबाहु चकित था, "मैं आप को विश्वास दिलाता हूँ कि यहाँ आप को किसी प्रकार की असुविधा नहीं होगी...।"

"इसीलिए तो हम यहाँ रह नहीं सकते मित्र!" भीम ने हँस कर उस की बात काट दी, "हमें तो

असुविधाओं में ही रहना है।..."

"भीम ठीक कह रहा है किरात नरेश!" युधिष्ठिर बोले, "द्यूत के संदर्भ में हमारी यही प्रतिज्ञा है कि हम बारह वर्षों का वनवास करेंगे। यदि हम इस प्रतिज्ञा को भंग करते हैं, तो धर्मतः हमें पुनः बारह वर्षों का वनवास करना पड़ेगा।..."

"कोई बात नहीं है।" सुबाहु तनिक भी हतप्रभ नहीं हुआ, "मैं आप के रहने की व्यवस्था वन में ही करवा दूँगा।"

"ऐसी किसी भी व्यवस्था पर दुर्योधन आपत्ति कर सकता है।" युधिष्ठिर बोले।

"हम दुर्योधन की ऐसी किसी आपत्ति को स्वीकार नहीं करेंगे।" सुबाहु आवेश में बोला, "आवश्यकता हुई तो हम बलपूर्वक आप का राज्य दुर्योधन से छीन लेंगे...।"

युधिष्ठिर मुस्काराए, "तुम्हारा सौहार्द समझता हूँ सुबाहु! किन्तु इस समय मेरा प्रयत्न शान्ति की रक्षा करने का है। तुम यह समझ लो कि मुझे अपने राज्य से भी अधिक प्रिय शान्ति है। यदि पाँच पाण्डवों को आजीवन वन में रहना पड़े और संसार की शान्ति की रक्षा हो सके, तो भी हम लाभ में ही रहेंगे।...इसलिए इस समय बल-प्रयोग और युद्ध की बात मत करो। हम ये सारे कष्ट इसलिए सहन कर रहे हैं, ताकि संसार की शान्ति की रक्षा हो सके।..."

"तो आप वनवास का समय अपनी इच्छानुसार व्यतीत कर लें।" सुबाहु ने अपना प्रयत्न नहीं छोड़ा, "उस के पश्चात् अज्ञातवास के लिए आप हमारी नगरी में आ जायें। मैं वन के अत्यन्त सघन भाग में आप के रहने की व्यवस्था कर दूँगा, जहाँ कोई बाहरी व्यक्ति पहुँच ही न पाये। चारों ओर प्रहरियों का ऐसा जाल बिछाऊँगा कि यदि कोई आप के शोध के लिए उधर जाये, तो कभी जीवित न बच पाये।"

युधिष्ठिर जानते थे कि वे सुबाहु का यह आमन्त्रण भी स्वीकार नहीं कर सकते; किन्तु उनके निषेध से कहीं वह स्वयं को तिरस्कृत अनुभव न करें...स्नेहपूर्ण स्वर में बोले, "मित्र! मैं हृदय से तुम्हारा कृतज्ञ हूँ कि तुम हमारी सुरक्षा के लिए इतना प्रयत्न कर रहे हो...किन्तु कोई भी निश्चय कर लेने से पहले हमें प्रत्येक कोण से विचार कर लेना चाहिए।"

"मैं समझा नहीं।" सुबाहु बोला।

"दुर्योधन के गुप्तचर आरम्भ से ही हमारी गतिविधि पर दृष्टि रखे हुए हैं। उन का जाल इतना सघन है कि गन्धमादन के एकान्त शृंगों पर भी हमें यदि कोई अपरिचित सन्यासी मिल जाता था तो हमारा पहला संदेह यही होता था कि कहीं वह दुर्योधन का गुप्तचर तो नहीं।" युधिष्ठिर बोले, "ऐसे में वे गुप्तचर बहुत भली प्रकार यह जानते हैं कि किस-किस राजसभा और राजा ने हमें प्रेमपूर्वक अपने कण्ठ से लगाया है। वे हमारे मित्रों से पूर्णतः परिचित हैं। दुर्योधन की गृद्ध-दृष्टि वहाँ लगी हुई है। ऐसे में अपने मित्रों के निकट रहना हमारे लिए सुरक्षित नहीं है। अज्ञातवास के लिए तो हमें वहाँ जाना ही होगा, जहाँ दुर्योधन की कल्पना भी न जा सके।"

"मैं आप को वचन देता हूँ कि जहाँ मैं आप को रखूँगा, वहाँ दुर्योधन की कल्पना चाहे जाये, उसका कोई गुप्तचर नहीं जा सकेगा।" सुबाहु बोला, "और जब उसका कोई गुप्तचर वहाँ जा ही नहीं सकेगा, तो उसे यह प्रमाण कैसे मिलेगा, कि आप वहाँ हैं।"

"मुझे क्षमा करें किरात नरेश!" अर्जुन बोले, "मेरा विचार है कि दुर्योधन के गुप्तचरों को जहाँ

बलपूर्वक जाने से रोका जायेगा, उसका संदेह उसी स्थान पर अधिक संचित होगा...।"

"तो संदेह से क्या हो जायेगा, जब कोई वहाँ पहुँच ही नहीं पायेगा...?" सुबाहु अधीरतापूर्वक बोला।

"होगा यह कि दुर्योधन भी वहाँ पहुँचने के लिए बल-प्रयोग करेगा।" अर्जुन बोला।

"तो यहाँ कौन उस के बल से भयभीत बैठा है।" सुबाहु तेजपूर्ण मुद्रा में बोला, "हम सेना का एक भी सैनिक जीवित नहीं छोड़ेगे।"

युधिष्ठिर हँस पड़े, "हम तुम्हारी वीरता से पूर्णतः अवगत हैं मित्र! जानते हैं कि तुम प्राण रहते हम पर आँच नहीं आने दोगे। फिर भी हमें यह नहीं भूलना चाहिए कि दुर्योधन का सैन्य-बल इस समय इतना प्रचण्ड है कि यदि वह सारी सेना ले आये तो उस के खड़े होने मात्र से तुम्हारी सम्पूर्ण भूमि उनके पैरों तले कुचल जायेगी।..."

"मैं...।" सुबाहु ने कुछ कहना चाहा।

युधिष्ठिर ने अपने हाथ के संकेत से उसे रोक दिया, "मेरी बात सुनो! यदि तुम यह कहना चाहते हो कि एक-एक किरात, तंगण और कुलिन्द अपने प्राण दे देगा; किन्तु दुर्योधन को हम तक नहीं पहुँचने देगा, तो भी मैं तुम्हारी बात का विश्वास करूँगा....किन्तु यह तो हमारी नीति ही नहीं है। न हम इतनी हिंसा चाहते हैं, न इतना बलिदान। युद्ध ही करना होगा, तो इन बेचारे साधारण सैनिकों के माध्यम से क्यों? हम पाँचों भाई युद्ध करेंगे।...किन्तु अभी हम युद्ध को टालना चाहते हैं...हम शान्ति चाहते हैं। युद्ध तो अन्तिम मार्ग है मित्र! जब कोई मार्ग नहीं रह जायेगा, तब युद्ध की बात सोचेंगे! तुम्हें रण-निमन्त्रण भेजेंगे और अपेक्षा करेंगे कि तुम हमारी सहायता को आओ।"

"अवसर आने दीजिए धर्मराज!" सुबाहु ने उत्साहपूर्वक कहा, "आप देखेंगे कि हम पीछे हटने वाले नहीं हैं।...किन्तु एक शंका अभी भी मेरे मन में है...।"

"बोलो मित्र! कैसी शंका है?" युधिष्ठिर पूर्ण शान्ति से मुस्करा रहे थे।

"आप वनवास के बारह वर्ष पूरे कर लें; अज्ञातवास का एक वर्ष भी सफलतापूर्वक पूर्ण कर लें," सुबाहु बोला, "तब भी यदि दुर्योधन ने आपका राज्य नहीं लौटाया, तो क्या युद्ध की बात सोचेंगे अथवा तब भी शान्ति की रक्षा करेंगे...।"

युधिष्ठिर के उत्तर देने से पहले ही भीम बोला, "शान्ति की रक्षा तो हम तब भी करेंगे।..."

सुबाहु ने चकित हो कर उस की ओर देखा।

"किन्तु तब शान्ति की रक्षा, मेरी इस गदा से होगी।" भीम बोला, "यदि तब भी हम रण-सज्जित नहीं हुए, तो दुर्योधन सारे संसार में अशान्ति मचा देगा।..."

सुबाहु प्रसन्न हो गया, "यही भाव मेरे मन में भी है। आप ने मेरे मन की बात कह दी।" वह रुका, "धर्मराज! आप ने कदाचित् इस ओर ध्यान नहीं दिया कि सत्ता के केन्द्र में यदि कोई क्रूर और अन्यायी व्यक्ति बैठा हो, तो सारी सृष्टि भय और अशान्ति से काँपती रहती है। यदि आप के अधिकारों की रक्षा नहीं होगी, तो धर्म और न्याय की रक्षा नहीं हो पायेगी। हम अपने सिंहासनों पर बैठे भी पीड़ित रहेंगे और प्रजा उत्पीड़ित रहेगी। इसलिए हमारा स्वार्थ इसमें है कि आप के अधिकारों की रक्षा हो, ताकि धर्म की रक्षा हो और प्रजा शान्ति से रह सके..."

"हम भी प्रजा की शान्ति की रक्षा का ही प्रयत्न कर रहे हैं मित्र!" युधिष्ठिर ने स्नेहपूर्वक उस के कंधे पर अपना हाथ रखा।

"अच्छा! एक बात और!" सुबाहु धीरे से बोला, "यद्यपि यक्षराज कुबेर, महावीर भीम से कुछ प्रसन्न नहीं हैं; किन्तु गन्धर्वराज चित्रसेन, मैं तथा पार्वत्य प्रदेश के कुछ अन्य राजा सहमत हैं कि आप की और आप के अधिकारों की रक्षा बहुत आवश्यक है। हम यह भी मानते हैं कि अब तक आप लोग हमारे क्षेत्रों में विचर रहे थे, इसलिए दुर्योधन के सैनिक-आक्रमण का भय आप को नहीं था। अब समतल क्षेत्रों के जिन वन्य-प्रदेशों में आप यह शेष समय व्यतीत करेंगे, वे दुर्योधन की प्रहारक शक्ति के भीतर हैं। इसलिए अपनी मैत्री के आग्रह-स्वरूप हम प्रकट अथवा प्रच्छन्न रूप से आप लोगों के निकट बने रहेंगे और दुर्योधन की ओर से किसी प्रकार का आक्रमण होने पर, आपकी सुरक्षा के लिए बल-प्रयोग भी कर सकते हैं।..."

"यह तुम्हारा सौहार्द है मित्र!" युधिष्ठिर बोले, "किन्तु उस की आवश्यकता नहीं पड़ेगी। तुम समझते हो कि मेरे इन चारों भाइयों के होते हुए हमें शत्रुओं से किसी प्रकार का भय है?"

सुबाहु हँस पड़ा, "मैं आप के महावीर भाइयों की अवमानना कैसे कर सकता हूँ। आप को अपने शत्रुओं से सचमुच कोई भय नहीं है; किन्तु कुछ ऐसे लोग हैं, जो आप के शत्रु हैं; और आप उन्हें अपना शत्रु नहीं मानते। उनसे आप अपनी रक्षा नहीं करेंगे। सम्भव है, वहाँ हमें हस्तक्षेप करने की आवश्यकता पड़े। आप को अपने ही सम्बन्धियों से बचने की आवश्यकता है। द्यूत-सभा में भी सब आप के अपने ही थे; किन्तु अपमान हुआ आप का। यदि वहाँ हम जैसा कोई पराया होता, तो कदाचित् आप का इतना अपमान न होता।..."

"तो तुम हमारे अदृश्य अंगरक्षक हो।" युधिष्ठिर हँस पड़े।

सुबाहु और उस के मन्त्री लौट गये।

अब पाण्डव और उनके कर्मचारी पूर्णतः एकान्त में थे।

"इन्द्रसेन! क्या समाचार है?" द्रौपदी ने पूछा, "मेरे पुत्र कैसे हैं—काम्पिल्य में? द्वारका में? शुक्तिमती में? काशी में? बच्चों का क्या समाचार है?"

"महारानी! राजकुमार स्वस्थ हैं, सानन्द हैं।" इन्द्रसेन बोला, "किन्तु पाँचों राजकुमार काम्पिल्य से द्वारका चले गये हैं। अब आप का कोई पुत्र काम्पिल्य में नहीं है।"

"क्यों?" द्रौपदी के चेहरे पर अनेक आशंकाएँ प्रकट हुईं, "ऐसा क्या हो गया कि राजकुमार काम्पिल्य छोड़ गये? क्या अपने मातुल अथवा मातामह से उन का मतभेद हो गया?..."

"नहीं, ऐसा कुछ नहीं हुआ महारानी। सब प्रसन्न और सकुशल हैं।" इन्द्रसेन बोला, "राजकुमार द्वारका गये हैं शस्त्र-प्रशिक्षण के लिए। वे लोग वासुदेव कृष्ण से, महावीर सात्यकि से, महावीर प्रद्युम्न और साम्ब से अस्त्र-शिक्षा ग्रहण करेंगे...।"

"तुमने द्वारका के महावीर प्रशिक्षणों में मेरे गुरु वासुदेव बलराम का नाम नहीं लिया।" भीम ने कहा, "कोई विशेष कारण?"

"कारण तो मैं नहीं जानता।" इन्द्रसेन बोला, "बस वार्तालाप में कभी उनकी चर्चा नहीं हुई।"

"राजकुमार किसकी इच्छा से द्वारका गये हैं—अपनी, धृष्टद्युम्न की अथवा केशव की?" द्रौपदी ने पूछा।

"यह तो मुझे ज्ञात नहीं महारानी! किन्तु इतना आश्वासन अवश्य दे सकता हूँ कि कहीं कोई मतभेद नहीं है। राजकुमारों ने रुष्ट हो कर काम्पिल्य नहीं छोड़ा है। जो भी हुआ है, सबकी सहमति से हुआ है।"

"सब ठीक है पांचाली! तुम चिन्ता मत करो!" युधिष्ठिर बोले, "द्वारका भी तो उन का ननिहाल है। वहाँ स्वयं सुभद्रा वर्तमान है।"

"नहीं! ऐसा कुछ नहीं सोच रही।" द्रौपदी बोली, "सुभद्रा उनकी देखभाल मुझसे अच्छी ही करेगी।"

"और क्या समाचार है?" अर्जुन ने पूछा।

"वासुदेव कृष्ण और दुर्योधन एक-दूसरे के समधी हो गये हैं?" विशोक बोला।

"क्या?" भीम का स्वर सबसे ऊँचा था।

"कुमार साम्ब ने लक्ष्मणा का हरण कर लिया था। दुर्योधन ने साम्ब को बन्दी बना लिया था। महावीर बलराम आ कर साम्ब और लक्ष्मणा को अपने साथ ले गये थे।..."

"युद्ध नहीं हुआ?" भीम ने पूछा।

"बलरामजी ने होने नहीं दिया। उन्होंने वासुदेव कृष्ण को आश्वासन दिया कि वे साम्ब को सुरक्षित लौटा लायेंगे, इसलिए व्यर्थ के रक्तपात का क्या लाभ?"

"बलरामजी को दुर्योधन से बहुत प्रेम हो गया लगता है।" भीम ने वितृष्णा के स्वर में कहा, "यदि कृष्ण ने सुभद्रा-हरण के प्रसंग में उन्हें अर्जुन पर आक्रमण करने नहीं दिया, तो उन्होंने लक्ष्मणा-हरण के अवसर पर कृष्ण को दुर्योधन पर आक्रमण करने से रोक दिया। बलरामजी समीकरण तो अच्छा बना रहे हैं।..."

"भीम! तुम व्यर्थ के संदेहों और आशंकाओं को मन में पोषित मत करो।" युधिष्ठिर बोले, "यदि बलरामजी ने दुर्योघन को अपना समधी मानते हुए, उस पर कृष्ण को आक्रमण नहीं करने दिया, व्यर्थ का रक्तपात नहीं होने दिया, शान्ति की रक्षा की, साम्ब तथा लक्ष्मणा को सुरक्षित वापस ले गये तो तुम्हें क्या आपत्ति है?..."

"महाराज क्षमा करें।" विशोक अत्यन्त विनीत भाव से बोला, "राजकुमार का संदेह कुछ-कुछ सत्य भी है। यादवों में अपने मतभेद कुछ अधिक ही बढ़ते हुए दिखायी देते हैं। मनोमालिन्य का प्रसार ही हो रहा है। बलरामजी, वासुदेव कृष्ण का विरोध चाहे न करते हों, किन्तु उनके उस प्रकार के समर्थक वे नहीं रहे हैं, जैसे पहले थे। सात्यकि यशुधान और कृतवर्मा का विरोध कुछ अधिक ही बढ़ गया है। कृष्ण से दोनों ही प्रेम करते हैं; किन्तु एक-दूसरे को वे एक आँख नहीं भाते।..."

"कारण?" युधिष्ठिर ने पूछा।

"उन लोगों में मतभेद तो स्यमन्तक मणि की चोरी की घटना से ही आरम्भ हो गये थे; अब समृद्धि और सत्ता के कारण ईर्ष्या और अहंकार भी आ मिले हैं। श्रीकृष्ण ने कृतवर्मा को चाहे क्षमा कर दिया हो; किन्तु यशुधान सात्यकि अब भी कृतवर्मा को सत्राजित का हत्यारा मानते हैं; और उसे जताने से नहीं चूकते।शतधन्वा के वध के पश्चात् बलराम जी ने श्रीकृष्ण पर संदेह किया था और उन से छिटक कर उनके शत्रुओं के निकट क्या गये; तब से वे दुर्योधन के निकटतर होते जा रहे हैं। मुझे नहीं लगता कि युद्ध की स्थिति में श्रीकृष्ण से प्रेम करते हुए भी वे दुर्योधन के विरुद्ध लड़ पायेंगे...।"

"बलराम तो बलराम!" भीम बोला, "मुझे संदेह है कि कृष्ण भी अपने समधी के विरुद्ध लड़ पायेगा या नहीं..."

"ऐसी बात मत कहो मध्यम!" अर्जुन ने तत्काल विरोध किया, "कृष्ण सदा धर्म के पक्ष में हैं। वे गुण देखते हैं, गोत्र नहीं। यदि धर्म हमारी ओर है तो कृष्ण भी हमारी ओर हैं, निश्चिन्त रहो।... और सात्यकि मेरा प्रिय शिष्य रहा है। वह भी हमारे ही पक्ष में रहेगा।"

"धनंजय ठीक कह रहे हैं," इन्द्रसेन बोला, "और सात्यकि के विरोध के कारण कृतवर्मा हमारे पक्ष में नहीं होगा।"

"अरे, तुम लोग तो इस प्रकार बातें कर रहे हो, जैसे हम युद्ध-क्षेत्र में जा रहे हैं।" युधिष्ठिर बोले, "अभी तो हमारा वनवास का काल है, अज्ञातवास का एक वर्ष है।...उस के पश्चात् यदि दुर्योधन हमारा राज्य न लौटाये, तब हमें सैन्य-बल के प्रयोग की चर्चा करनी चाहिए।"

"महाराज ठीक कह रहे हैं।" अर्जुन बोला, "किन्तु यादवों की अन्तर्कलह हमारे लिए चिन्ताजनक विषय है। उनकी एकता, उनकी शक्ति के लिए ही नहीं, हमारी शक्ति के लिए भी आवश्यक है।..."

"एक और सूचना महाराज!" विशोक बोला, "कृतवर्मा और कुछ अन्य लोगों के कारण यादवों में एक और विभाजन दिखायी देने लगा है। उन का बल वृष्णि, अन्धक, और भोज होने पर अधिक है यादव होने पर कम। आप जानते हैं कृतवर्मा भोजकुल से सम्बन्धित है और सात्यकि वृष्णि वंश से।..."

"यह कैसी बात!" युधिष्ठिर के मुख से जैसे अनायास निकला, "इस प्रकार के विभाजनों और उपविभाजनों से किसको लाभ होगा।"

"वे लोग व्यक्तिगत राग-द्वेष को जातीय राग-द्वेष बनाने पर तुले हुए हैं महाराज! यदि सारे यादव कृष्ण के नेतृत्व में एक साथ रहें तो कृष्ण के प्रिय शिष्य के रूप में सात्यकि अधिक महत्त्वपूर्ण हो जाता है। कृतवर्मा को यह महत्त्व नहीं मिल सकता। यदि यादव लोग वृष्णि, भोज और अन्धक कुलों में बँट जाते हैं तो कृष्ण और सात्यकि केवल वृष्णि वंश का नेतृत्व कर सकते हैं और भोज कुल का नेतृत्व कृतवर्मा के हाथ में आ जायेगा।..."

पाँचों पाण्डव जैसे स्तब्ध रह गये। क्या वह भी सम्भव है...

"जो कृष्ण सारी मानवता के नेता ही नहीं उद्धारक हैं, वे केवल वृष्णि वंश के अगुवा हो कर रह जायेंगे!" द्रौपदी जैसे कोई दुःस्वप्न देख रही थी, "क्या भोज कुल को यह समझ में नहीं आयेगा कि वह उनके अपने हित में नहीं है।"

"घृणा का विष सरलता और वेग से प्रसारित-प्रचारित होता है; प्रेम का संदेश मंथर-गति से चलता है।" अर्जुन बोला, "समझ लो भोज भी जागेंगे और वृष्णि भी, किन्तु तब तक शायद बहुत विलम्ब हो चुका होगा। यदि इस पर तत्काल नियन्त्रण न किया गया तो यादवों की सारी सत्ता और समृद्धि धूल में मिल जायेगी।"

"मुझे तो लगता है तुम व्यर्थ चिन्तित हो रहे हो," युधिष्ठिर ने अपने भाइयों की ओर देखा, "तुम लोग कृष्ण को इतना असमर्थ मानते हो कि वे यादवों को एक साथ बाँध कर भी नहीं रख सकेंगे?"

"मुझे संदेह कृष्ण के सामर्थ्य में नहीं है।" अर्जुन धीरे से बोला, "किन्तु मैं मनुष्य की ईर्ष्या

और लोभ के सामर्थ्य को भी जानता हूँ। लोभी व्यक्ति अपनी मूर्खता में अपने सम्पूर्ण समाज को नष्ट कर देता है..."

युधिष्ठिर के चेहरे से स्पष्ट था कि वे इन सूचनाओं के आधार पर यादव समाज के भविष्य की चर्चा करना नहीं चाहते थे। उन्होंने इन्द्रसेन की ओर देखा, "तुम्हारे भेजे हुए लोगों को किस राजसभा में सबसे अधिक सत्कार मिला?"

"वह तो आप समझ ही सकते हैं महाराज!" इन्द्रसेन ने उत्तर दिया, "काम्पिल्य और द्वारका में किसी को कोई कठिनाई नहीं हुई। अन्य स्थानों पर भी प्रायः जीविका मिल ही गयी किन्तु सबसे विचित्र घटना विराटनगर में हुई है महाराज!"

"क्या हुआ?" द्रौपदी ने पूछा।

"महारानी! विराटनगर में राजा ने प्रायः सारे ही लोगों को नियुक्ति का आश्वासन दे दिया था। जब प्रत्येक व्यक्ति मन में आश्वस्त हो चुका था, उस समय उन्हें सूचना दी गयी कि उनके लिए विराटनगर में कोई स्थान नहीं है। लोग चकित भी हुए और दुःखी भी; किन्तु कर ही क्या सकते थे! कोई राजा अपना वचन इस प्रकार तोड़ देगा, इसकी कल्पना भी नहीं की जा सकती थी। लोग राजा को बुरा-भला कहते हुए चले गये। किन्तु, बाद में मिली सूचनाओं के आधार पर, मैं इस निष्कर्ष पर पहुँचा हूँ कि राजा विराट् ने अपना वचन भंग नहीं किया। वे तो अपने वचन पर अडिग थे; किन्तु अपने सेनापति के सम्मुख उनकी एक नहीं चलती और उन का सेनापति यह नहीं चाहता था कि धर्मराज की सभा से आया कोई व्यक्ति विराटनगर में आश्रय पाये। बड़ी विचित्र स्थिति है महाराज, कि राजा हो कर भी सत्ता उन के पास नहीं, उन के सेनापति के पास है और वह दुष्ट, अपने राजा का मान रखना भी आवश्यक नहीं दुबला-पतला युवक समझता।"

युधिष्ठिर गम्भीर हो गये थे, जैसे मन-ही-मन कोई योजना बना रहे हों। कुछ क्षणों के पश्चात् उन्होंने इन्द्रसेन की ओर देखा, "इन्द्रसेन, अब तुम लोग जा कर विश्राम करो। कल यहाँ से प्रस्थान की तैयारी करनी है। सबको सूचना दे दो और पशुओं की भी आवश्यकताओं और अपेक्षाओं की व्यवस्था कर लो।"

"यह मत्स्यराज का क्या रहस्य है भीम?"

भीम जैसे मन-ही-मन कुछ देर तक रस लेता रहा और फिर कुछ इस प्रकार धीरे से बोला जैसे कोई रहस्यपूर्ण सूचना दे रहा हो, "मत्स्यराज विराट् का सेनापति उनकी पटरानी का भाई कीचक है महाराज! जब मत्स्यराज समर्थ रहे होंगे, तब उन्होंने अपने साले को आश्रय दिया होगा। अब मत्स्यराज की अवस्था अधिक हो चुकी है। वे पहले के समान दुर्धर्ष योद्धा नहीं रहे। उनकी सन्तान, वृद्धावस्था की सन्तान है। युवराज उत्तम अभी छोटा है। बहुत होगा, तो हमारे अभिमन्यु की अवस्था का होगा। सबसे छोटी एक कन्या भी है। सैन्य-संचालन के लिए उन्हें कीचक पर ही निर्भर रहना है। संयोग से कीचक ने कुछ युद्ध जीत लिये हैं, इसलिए वह स्वयं को योद्धा और वीर भी मानने लगा है। उसकी महत्वाकांक्षाएँ भी जाग उठी हैं। वह वृद्ध राजा और किशोर राजकुमार का दमन कर राज्य का सर्वेसर्वा बन गया है।..."

"महारानी की अवस्था क्या है?" द्रौपदी ने पूछा।

"अपने पति की तुलना में वे अभी युवती ही हैं।" भीम ने बताया।

"तो मत्स्यराज, महाराज शान्तनु के समकक्ष हो गये।" नकुल ने कहा।

"प्रायः वैसी ही स्थिति है।" भीम ने उत्तर दिया।

"वह सब ठीक है।" युधिष्ठिर को अपने भाइयों द्वारा शान्तनु की इस रूप में चर्चा, सुखद नहीं लग रही थी, "किन्तु राजा द्वारा नियुक्त व्यक्तियों के इस प्रकार तिरस्कार का औचित्य क्या है?"

"मैं यह समझता हूँ कि अपने इस व्यवहार से वह मत्स्यराज पर मानसिक दबाव बनाये रखना चाहता होगा।" अर्जुन ने कहा, "उस के अपने अहं की तुष्टि के लिए भी यह आवश्यक है।"

"वह तो है ही।" सहदेव बोला, "प्रशासन की दृष्टि से भी, वह नहीं चाहता होगा कि राजा द्वारा नियुक्त कोई व्यक्ति राजसभा में ठहरे, क्योंकि राजा द्वारा नियुक्त किया गया व्यक्ति, राजा के प्रति निष्ठावान होगा। उस से राजा का बल बढ़ेगा और सेनापति दुर्बल होता जायेगा..."

"यह कीचक तो बकासुर का ही भाई हुआ।" नकुल बोला, "वरन् उस से भी कहीं बढ़ कर! वह प्रजा को खा रहा था; यह तो प्रजा, राजा और राज्य—सबको खा रहा है।"

"क्या हम मत्स्यराज की कोई सहायता नहीं कर सकते?" द्रौपदी की मनोकामना अनायास ही उस के अधरों पर आ गयी।

"अभी तो शायद स्थिति बहुत अनुकूल नहीं है।" युधिष्ठिर किसी गम्भीर चिन्ता में थे, "किन्तु अवसर आने पर देखा जायेगा कि कितनी सहायता हम कर सकते हैं और कितनी सहायता वे हमारी कर सकते हैं।"

31

"भाभी! तुम्हारे पुत्रों का समाचार आया है।" विदुर ने कुन्ती के सामने पड़ते ही कहा, "वे लोग हिमालय-क्षेत्र से नीचे उतर कर, सकुशल विशाखयूप वन में आ गये हैं।"

कुन्ती चुपचाप विदुर के मुख की ओर देखती रही : विदुर को जो कुछ भी कहना है, कह ले। किन्तु, जब विदुर ने कुछ नहीं कहा, तो वह धीरे से बोली, "बस?"

"बस का अर्थ?" विदुर ने कुछ चकित हो कर पूछा।

"बस, इतना ही समाचार आया है, या कुछ और भी?" कुन्ती ने पूछा।

"समाचार तो एक प्रकार से इतना ही आया है, किन्तु कुरुओं की राजधानी में उस के साथ बहुत कुछ जुड़ गया है।"

"क्या जुड़ गया है, उस के साथ?" कुन्ती की उत्सुकता कुछ अधिक ही प्रबल हो उठी थी।

"वह 'बहुत कुछ' जो जुड़ गया है, उसी को तो राजसभा कहते हैं।" विदुर धीरे से बोले और पारंसवी की ओर मुड़े, "कहाँ बैठने की व्यवस्था कर रही हो पारंसवी? एक बार बैठ कर, विस्तार से भाभी को सब कुछ सुना दूँ।...और हाँ! तुम भी सुन लो, अपनी प्रबन्ध पटुता प्रमाणित करने के लिए, बीच में इधर-उधर मत आती-जाती रहना। मैं दुबारा कुछ नहीं सुनाऊँगा।"

"उद्यान में व्यवस्था कर रखी है।" पारंसवी बोली, "भाभी को जो स्थान प्रिय है, वहीं बैठें।...और मैं आप की सेवा के लिए ही भागती-दौड़ती हूँ, अन्यथा इस वृद्धावस्था में मुझे क्या पड़ी है कि क्लान्त शरीर को इतना कष्ट दूँ।"

विदुर कुछ नहीं बोले। वे जैसे मन-ही-मन उन सूचनाओं का रस-पान कर रहे थे, जो वे सुनकर आये थे; और जो वे कुन्ती और पारंसवी को सुनाने जा रहे थे।

उद्यान में रखे गये आसनों पर बैठ कर विदुर ने उन दोनों की ओर देखा।

"हाँ विदुर!" कुन्ती बोली।

"भाभी, राज्य के गुप्तचरों ने राजसभा में सार्वजनिक रूप से यह सूचना दी है कि पाण्डव किरातराज सुबाहु के राज्य में होते हुए, विशाखयूप वन में आ गये हैं।" विदुर ने कहना आरम्भ किया, "इतना सुनना था कि महाराज धृतराष्ट्र के मुख से अनायास ही उच्छ्वास निकल गया, 'क्या पाण्डव हिमालय के उन शीत प्रदेशों से जीवित और सकुशल लौट आये?' उनके स्वर में उनकी हताशा को कोई भी भाँप सकता था। पितृव्य भीष्म के भ्रू कुछ तन गये। उनकी वाणी में प्रतिवाद आ गया, 'क्या महाराज इस बात से अप्रसन्न हैं कि उनके पुत्र उन कठिन प्रदेशों से सकुशल लौट आये हैं! धृतराष्ट्र ने तत्काल रंग बदला और बोले, 'नहीं! नहीं!! मैं तो अत्यन्त प्रसन्न हूँ कि वे सकुशल लौट आये हैं। मेरे बक्ष पर से तो जैसे पर्वत जैसा बोझ हट गया है। मेरे ईश्वर ही जानते है कि मैं...

'उनकी हिमालय-यात्रा से मन कितना चिन्तित और कितना आशंकित था। मैंने कभी नहीं चाहा कि वे उन संकटपूर्ण स्थानों पर जायें। वहाँ सूर्यदेव का ताप नहीं होता, अग्निदेव की प्रचण्डता क्षीण हो जाती है, पवनदेव की गति दुर्गम हो जाती है, हिमशृंग टूट-टूट कर गिरते हैं और धरती फट जाती है। पाण्डवों को किसने यह परामर्श दिया था कि वे वहाँ जायें।...मैं ही जानता हूँ कि ये दिन मैंने कैसे काटे हैं। जब कभी पाण्डवों का ध्यान आता था, मेरा हृदय धक्-सा रह जाता था'...?'"

"कैसा निर्लज्ज और झूठा है वह व्यक्ति!" पारंसवी स्वयं को रोक नहीं पायी।

विदुर हँसे, "कितना बदल गया है युग! इसी हस्तिनापुर का राजा धर्म का साक्षात् रूप होता था और उस के स्थान पर उसी राजसिंहासन पर वह व्यक्ति बैठा है, जो यह मानता है कि राजनीति का अर्थ ही है मिथ्या, झूठ, पाखण्ड, अधर्म! जिस निर्लज्जता से राजा झूठ बोलता है, उसी निर्लज्जता से सभासद् उसे धर्मावतार मान कर उस की करुणा की प्रशंसा करते हैं। सत्ता-केन्द्र ही असत्य पर खड़ा है...।"

"फिर क्या हुआ विदुर?" कुन्ती ने विदुर को बीच में ही टोक दिया।

विदुर ने जैसे स्वयं को पुनः व्यवस्थित कर, कहना आरम्भ किया, "तब तक महाराज को एक और मार्ग सूझ गया। बोले, 'मैं तो जन्म से ही दृष्टिहीन हूँ। हस्तिनापुर से बाहर कहीं गया नहीं। मेरा सारा ज्ञान तो सुनी-सुनायी बातों पर ही आधृत है। इसी से धोखा खा गया। मेरे पुत्र न मूर्ख हैं, न आत्मघाती। वे निश्चित रूप से ऐसे स्थानों को नहीं चुनेंगे, जहाँ इस प्रकार का जोखिम हो। तो फिर उनके विरुद्ध मेरे कान क्यों भरे गये? क्यों मेरा मन उनकी ओर से कटुता से भरा गया? क्यों मुझे यह बताया गया कि वे स्थान इतने जोखिम भरे हैं?' कोई नहीं जानता था कि यह सारा रोष किस के विरुद्ध था। यह भी सम्भव है कि यह सब लीपा-पोती थी। जो कुछ आरम्भ में उनके मुख

से सहज रूप से निकल गया था; वह सब उस की क्षतिपूर्ति थी। किन्तु तब शकुनि ने अपनी बुद्धिमत्ता जतायी। उसने महाराज की जय पुकार कर कहा, 'महाराज! वे स्थान मानवों के लिए तो दुर्गम क्या अगम्य ही हैं। वहाँ तो गन्धर्व, किन्नर, यक्ष और राक्षस ही जा सकते हैं।' तो धृतराष्ट्र ने जैसे उसे ललकार कर पूछा, 'तो क्या मेरे पुत्र राक्षस हैं, जो वहाँ गये भी और सकुशल लौट भी आये?' शकुनि उस से तनिक भी हतप्रभ नहीं हुआ। पूर्ण आत्मविश्वास के साथ बोला, "वे स्वयं राक्षस नहीं हैं महाराज! किन्तु उन्होंने इस यात्रा में राक्षसों की सहायता तो ली ही है।' 'वह कैसे?' धृतराष्ट्र ने पूछा। 'घटोत्कच के माध्यम से महाराज!' शकुनि ने कहा, 'घटोत्कच और उस के मित्र राक्षस, आकाश-मार्ग से यात्रा करते हैं महाराज! वे आकाश पर ऐसे उड़ते हैं, जैसे कोई गरुड़ उड़ता है। उन्होंने पाण्डवों और पांचाली को अपनी पीठ पर बैठा लिया था। वे लोग इस यात्रा की अवधि में उनके साथ रहे और जहाँ-जहाँ पाण्डव चाहते रहे, वे उन्हें ले जाते रहे। यही कारण है कि पाण्डव, यह सारी यात्रा कर, सकुशल लौट आये, अन्यथा यह यात्रा किसी मानव के वश की बात नहीं है महाराज।'"

"विदुर! क्या सचमुच घटोत्कच अपने साथियों के साथ मेरे पुत्रों की सहायता के लिए हिमालय-क्षेत्र में गया था?" कुन्ती ने पूछा।

"हाँ भाभी। वह अपने मित्रों के साथ उनसे मिलने और उन का कुशल-समाचार लाने गया था।" विदुर बोले।

"तुम्हें यह सूचना कहाँ से मिली?" कुन्ती ने पूछा।

"जहाँ से दुर्योधन को मिली।" विदुर हँसे, "वृकोदर-क्षेत्र से, दुर्योधन के गुप्तचर यह सूचना लाये हैं। वहाँ सब लोग इस बात को जानते हैं कि घटोत्कच अपनी माता हिडिम्बा की आज्ञा से अपने पिता का कुशल-समाचार जानने के लिए हिमालय के दुर्गम क्षेत्रों तक हो आया है। उनके लिए इसमें कुछ भी गोपनीय नहीं है।"

"तो इन लोगों ने हिडिम्बा के चारों ओर भी अपने गुप्तचर फैला रखे हैं?" कुन्ती मानो स्वयं अपने-आप से कह रही थी।

"दुर्योधन का विचार है भाभी! कि पाण्डव अपने अज्ञातवास के लिए घटोत्कच की शरण में ही जायेंगे। इसलिए वह अभी से उन पर दृष्टि रखे हुए है।" विदुर ने बताया।

"तो क्या घटोत्कच सचमुच गरुड़ के समान आकाश पर उड़ता है?" सहसा पारंसवी ने पूछा।

विदुर ने ठहाका लगाया, "कैसी मूर्खता की बातें कर रही हो पारंसवी! कहीं मनुष्य भी आकाश पर पक्षी के समान उड़ सकता है?"

"पर वह तो राक्षस है न!" पारंसवी बोली।

"राक्षस का क्या अर्थ? उस की भुजाओं के स्थान पर पंख हैं क्या? सिर पर सींग हैं? या मुख से भयानक दाँत बाहर निकले हुए हैं?" विदुर हँस रहे थे, "है तो वह मनुष्य ही। विभिन्न प्रदेशों में रहने से, विभिन्न मानव-जातियों में जन्म लेने से तथा विभिन्न प्रकार के जीवन-दर्शन अपना लेने से, मनुष्य-समूहों के नाम तो भिन्न हो सकते हैं, उनकी क्षमताओं में भेद नहीं होता। घटोत्कच भीम का पुत्र है; यदि भीम आकाश में नहीं उड़ सकता, तो घटोत्कच कैसे उड़ सकता है?"

"तो फिर ये लोग कपोल-कल्पित कथाएँ, क्यों सुनाते हैं?" पारंसवी ने अपना बचाव किया।

"यह तो वे लोग ही जानें, जो ऐसी कथाएँ सुनाते हैं;" विदुर बोले, "किन्तु मेरा अनुमान है कि दुर्योधन के पक्ष के कुछ लोग पाण्डवों के विषय में ऐसा मिथ्या-प्रचार कर रहे हैं। कदाचित् उन का लक्ष्य यह सिद्ध करना है कि पाण्डव स्वयं तो सर्वथा सामर्थ्यहीन और अशक्त हैं; किन्तु उन्हें विभिन्न प्रकार की अतिप्राकृतिक सहायता मिल जाती है, इसी कारण से वे कुछ साहसपूर्ण तथा असाधारण कार्य करने में समर्थ हो जाते हैं।"

"किन्तु उनके इस मिथ्या-प्रचार का प्रभाव उनके लक्ष्य के विपरीत भी तो हो सकता है।" पारंसवी बोली, "इन कपोल-कल्पित कथाओं को सुनकर मेरा मन यही प्रभाव ग्रहण करता है कि पाण्डव इतने धर्मनिष्ठ, इतने महान्, इतने सामर्थ्यवान और शक्तिशाली हैं कि अतिप्राकृतिक शक्तियाँ उनकी मित्र बन जाती हैं। ऐसे में बेचारे धार्तराष्ट्र क्या खा कर उन पाण्डवों से युद्ध करेंगे।..."

विदुर उच्च स्वर में हँसे और हँसते चले गये। जब स्वयं को कुछ सँभाल पाये तो बोले, "लो देखो भाभी! तुम्हारी इस देवरानी ने तो अपनी सरलता में उस कपटी शकुनि को ऐसी पटकनी दी है कि वह बापुरा पूर्णतः धराशायी हो गया। वह चला था पाण्डवों को असमर्थ बनाने और तुम्हारी देवरानी ने उन्हें अतिसामर्थ्यवान् बना दिया।..."

"यही तो प्रकृति की लीला है विदुर!" कुन्ती सहास बोली, "अपनी अति धूर्त्तता में चतुर लोग जिस सामान्य जन को मूर्ख बनाने का प्रयत्न करते हैं, वे ही सामान्य जन अपनी सरलता की कसौटी पर कस, धूर्त्तता को लौटा कर चतुरों की झोली में डाल देते हैं।"

"भाभी, तुम्हें एक और रोचक प्रसंग सुनाऊँ।" विदुर बोले, "पहले सोचा था उस की चर्चा तुमसे नहीं करूँगा कि कहीं तुम भयभीत न हो जाओ; किन्तु अब मैंने अपना विचार बदल दिया है।"

"क्या तुमने मुझे भयभीत करने का निश्चय किया है विदुर?" कुन्ती तनिक भी आशंकित दिखायी नहीं पड़ रही थी।

"नहीं! अब मैं समझ गया हूँ कि तुम उस से भयभीत नहीं होगी।" विदुर बोले।

"वह कौन-सी कथा है?" पारंसवी, कुन्ती से भी कुछ अधिक उत्सुक दिखायी पड़ रही थी।

"इधर एक कथा और भी प्रचारित की गयी है।" विदुर बोले, "गुप्तचर यह सूचना लाये थे कि विशालयूप वन में पहुँचने पर पाण्डवों ने यह पाया कि वन में हिंस्र जन्तु कुछ अधिक ही संख्या में थे। परिणामतः न तो वनचर लोग सुखी थे, न तपस्वियों को तपस्या करने की सुविधा थी। निरीह जीव-जन्तु भी निर्भय विचरण नहीं कर पाते थे...और तो और, वृक्षों पर लगे फलों को प्राप्त करना भी वनचरों के लिए कठिन हो गया था, क्योंकि वृक्ष पर सर्प टँगे दिखायी देते थे..." विदुर रुके, "पाण्डवों ने निश्चय किया कि द्वैतवन में जाने से पहले वे लोग कुछ समय तक इसी वन में रहें और इन हिंस्र पशुओं तथा जीव-जन्तुओं का नाश करें, ताकि वनचर, तपस्वी और निरीह पशु-पक्षी सुख और शान्ति से अपना-अपना लक्ष्य प्राप्त कर सकें। इसी निश्चय के अनुकूल पाण्डवों ने उस वन में आखेट आरम्भ किया। भीम को तो तुम जानती हो भाभी।" विदुर ने कुन्ती के चेहरे पर एक दृष्टि डाली, "वह सबसे अधिक निर्भय हो कर वन में विचरने लगा और आखेट करने लगा तो स्थिति यह थी कि मानव-निवास के निकट के क्षेत्र को हिंस्र पशुओं से शून्य करने के स्थान पर, वह हिंस्र पशुओं में घुस कर उन्हें मारने लगा। उस की निर्भीकता कहो, दुस्साहस कहो, अथवा उस का अहंकार कि वह सर्पों की बाम्बियों को फोड़कर सर्प बाहर निकाल कर उन्हें मारने लगा। इसी

संदर्भ में वह कथा है। सुनाऊँ?" विदुर रुक गये।

"सुनाइए न!" पारंसवी बोली।

"मैं भाभी से पूछ रहा हूँ।"

"हाँ! हाँ!! सुनाओ।"

"एक दिन भीम इसी प्रकार आखेट कर रहा था कि मध्याह्न हो गया। ताप और श्रम से वह कुछ शिथिल हो गया था, इसलिए एक गह्वर में घुस कर बैठ गया। सोचा, थोड़ा विश्राम करके उठ जायेगा; किन्तु उसे नींद आ गयी और वह सो गया। अपनी उस क्लान्ति में उसने यह विचार नहीं किया था कि वह कोई सामान्य प्राकृतिक गह्वर नहीं था। वह एक बड़े दीर्घाकार अजगर का विश्राम-स्थल था, जहाँ वह वर्षों से रह रहा था। अजगर लौटा तो उसने अपने आवास में भीम को सोया हुआ पाया। उसे आज कोई आहार भी नहीं मिला था। भूखा भी था और क्षुब्ध भी! भीम को अपने गह्वर में सोया देखकर वह प्रसन्न हो गया। उसने तत्काल भीम को अपने गुंलजक में लपेट लिया जैसे किसी ने बहुत मोटी रस्सियों से उस के हाथ-पैर ही नहीं, सारा शरीर बाँध लिया हो।... भीम की निद्रा टूटी। उसने देखा कि उसे एक भयंकर अजगर ने पूर्णतः लपेट रखा है। इतना बड़ा अजगर जितना बड़ा उसने जीवन में कभी नहीं देखा था। उसका अपने बल का अहंकार जागा। उसने बहुत प्रयत्न किया। हाथ-पैर मारे। विभिन्न युक्तियों का प्रयोग किया; किन्तु अजगर की उस जकड़न को तनिक भी शिथिल नहीं कर पाया। स्थिति यहाँ तक आ गयी कि वह अपने हाथ-पैर हिलाने में भी अक्षम हो गया। अन्ततः उसने अपनी पराजय स्वीकार कर हाथ जोड़ दिये, "मुझे क्षमा करो, सर्प महाराज! मेरे भाई मेरी प्रतीक्षा कर रहे होंगे। मैं न गया, तो वे चिन्तित होंगे।' अजगर हँसा, 'जब तू सर्पों की बाम्बियाँ फोड़-फोडकर उनके प्राण ले रहा था, तब तूने नहीं सोचा था कि तू क्या कर रहा है? तू अपने कुल का कलंक है, वीर क्षत्रियों से तो लड़ नहीं पाता। यहाँ वन में निरीह पशुओं की हत्याएँ कर अपने क्षत्रियत्व को कलंकित कर रहा है...।"

विदुर चुप हो गये। कुन्ती और पारंसवी दोनों ने ही आश्चर्य से उनकी ओर देखा, "बस कथा समाप्त हो गयी?"

"हाँ!" विदुर बोले, "इस कथा को बुनने वाले ने इसे इतना ही बुना था। उसने सोच लिया कि इतना भर कह देने से उसका स्वाभाविक परिणाम यह माना जायेगा कि अजगर ने भीम को मसल कर उस की हड्डियाँ तोड़ डाली होंगी और वह उसे निगल गया होगा। भीम की मृत्यु हो गयी होगी!..."

"किसने बुनी यह कथा?" कुन्ती के स्वर में कुछ आवेश था, "कौन मेरे पुत्रों की मृत्यु की कामना कर, उस संदर्भ में कथाओं का प्रचार कर रहा है? वह उन्हें अपयश भी दे रहा है, उनकी वीरता को कलंकित भी कर रहा है; और उनकी मृत्यु की घोषणा भी कर रहा है।"

"यह कथा किसने बुनी, यह तो मुझे ज्ञात नहीं भाभी!" विदुर बोले, "किन्तु इस का लक्ष्य स्पष्ट है। ऐसी कथाओं के माध्यम से यह प्रचारित करने का प्रयत्न किया जा रहा है कि पाण्डव हिंस्र पशुओं के चंगुल में फँस रहे हैं और एक-एक कर मृत्यु को प्राप्त हो रहे हैं। परिणामतः तेरह वर्षों की समाप्ति तक उन में से एक भी जीवित नहीं बचेगा। इसलिए जो लोग मन से पाण्डवों के मित्र हैं और उनके लौट आने की प्रतीक्षा कर रहे हैं, वे यह आशा छोड़ दें, और दुर्योधन के मित्र हो जायें।" विदुर क्षण भर के लिए रुके, "किन्तु इस कथा के प्रचारकों से एक भूल यह हो गयी कि वे

इसे अनुपयुक्त स्थान पर सुना बैठे।..."

"कहाँ?" कुन्ती ने व्यग्रतापूर्वक पूछा।

"महर्षि व्यास के आश्रम में।" विदुर बोले, "उन्होंने इसे महर्षि व्यास को सुनाया। सोचा था कि व्यास-आश्रम से यह कथा समाज में प्रचारित होगी, तो हस्तिनापुर का जन-समाज इसे सत्य और प्रमाणित मान कर सहज ही ग्रहण करेगा।...किन्तु ऐसा हुआ नहीं।"

कुन्ती और पारंसवी कुछ बोलीं नहीं, चुपचाप विदुर की ओर देखती रहीं।

"महर्षि ने कहा," विदुर बोले, "कुछ और लोगों ने भी इस घटना का साक्षात्कार किया है। उन्होंने जो सूचनाएँ दी हैं, उन्हें भी इसके साथ ही सुनाया जाना चाहिए।" "वे सूचनाएँ क्या हैं ऋषिवर!' श्रोताओं ने पूछा, तो ऋषि ने सुनाया, "मैंने कोई पाप नहीं किया है।" भीम ने कहा, 'मैं निरीह मृगों और मनुष्यों की हत्याएँ करने वाले, पक्षियों के घोंसलों से चुरा कर उनके अण्डे और पक्षी-शावक खा जाने वाले दुष्ट सर्पों को मार रहा था।' 'तो ठीक है।' अजगर बोला, 'यदि सर्प इतने ही दुष्ट होते हैं, तो मुझे भी चाहिए कि मैं तुन्हें मार कर खा जाऊँ। किन्तु मैं उतना नीच नहीं हूँ। मैं तुम्हें खाऊँगा नहीं। मैं तुम्हें जीवित रहने का एक अवसर दूँगा।' भीम प्रसन्न हो गया। उसने पूछा, 'उस के लिए मुझे क्या करना होगा।' अजगर ने कहा, 'मेरे कुछ प्रश्न हैं। यदि तुम्हारा भाई आकर मेरे उन प्रश्नों का उत्तर दे दे, तो मैं तुम्हें छोड़ दूँगा।' 'मैं स्वयं आप के प्रश्नों का उत्तर दे सकता हूँ सर्पराज!' भीम ने कहा; किन्तु अजगर ने उस की प्रार्थना को स्वीकार नहीं किया। भीम ने बहुत प्रार्थना की। उसने कहा, 'मेरे भाई राज्य से वंचित हो कर वन में पड़े हैं। उस के बिना वे क्या करेंगे।' उसने यह भी कहा कि उस की मृत्यु का समाचार पा कर वे लोग राज्य-प्राप्ति का सारा उद्योग छोड़ देंगे। उसने स्वीकार किया कि उस के सभी भाई स्वभावतः धर्मात्मा हैं। एक वह ही है, जो राज्य-प्राप्ति की इच्छा से उन्हें युद्ध के लिए बाध्य करता है।...उसने अपनी, पुत्रों के प्रति स्नेह रखने वाली दीन माता का भी स्मरण कराया, जो सदा यह आशा रखती है कि पुत्रों का महत्व शत्रुओं से बढ़कर हो।...किन्तु अजगर टस से मस नहीं हुआ...।"

"फिर?" पारंसवी ने पूछा।

"इधर युधिष्ठिर चिन्तित हुए कि भीम अभी तक लौट कर क्यों नहीं आया। वे अर्जुन, नकुल और सहदेव को द्रौपदी तथा अन्य लोगों की रक्षा का भार सौंप धौम्य मुनि को साथ ले, भीम को खोजते हुए उस स्थान पर आये, जहाँ वह सर्प, भीम को दबोचे हुए बैठा था। अजगर को देखकर युधिष्ठर ने प्रार्थना की कि यदि उसे अपनी भूख मिटाने के लिए आहार की आवश्यकता है तो पाण्डव उसे उसका पूर्ण आहार देंगे। यदि उसे मनुष्य के मांस की भूख है, तो वह भीम को छोड़ दे और युधिष्ठिर को अपना भोजन समझ कर खा ले।

"किन्तु अजगर ने युधिष्ठिर की कोई बात स्वीकार नहीं की। वह बोला, 'यदि तुम मेरे पूछे कुछ प्रश्नों का अभी उत्तर दे दोगे, तो उस के बाद मैं तुम्हारे इस भाई को मुक्त कर दूँगा।'

"युधिष्ठिर को बहुत आश्चर्य हुआ, यह कैसा सर्प है, जो आहार नहीं चाहता बल्कि केवल अपने प्रश्नों का उत्तर चाहता है। किन्तु उसे प्रसन्नता भी हुई कि वह भीम को जीवित छुड़वा लेने में समर्थ भी हो सकेगा। उसने प्रश्नों के उत्तर देने की स्वीकृति दी। तो सर्प ने पूछा, 'युधिष्ठिर! ब्राह्मण कौन है, और उस के जानने योग्य तत्व क्या है?' युधिष्ठिर ने उत्तर दिया, 'सर्पराज! जिस में

सत्य, दान, क्षमा, सुशीलता, क्रूरता का अभाव, अनृशंसता, तपस्या और दया—ये सद्गुण दिखायी देते हों, वही ब्राह्मण कहा गया है। और जानने योग्य तत्त्व तो परमब्रह्म है, जो दुख और सुख से परे तथा जहाँ पहुँच कर अथवा जिसे जान कर मनुष्य शोक से पार हो जाता है।'

सर्प ने आपत्ति की, 'सत्य, दान, अक्रोध, क्रूरता का अभाव, अहिंसा और दया आदि सद्गुण तो शूद्रों में भी होते हैं।'

"युधिष्ठिर ने उत्तर दिया, 'यदि शूद्र में सत्य आदि ये गुण हैं और ब्राह्मण में नहीं हैं, तो वह शूद्र, शूद्र नहीं है; और वह ब्राह्मण, बाह्मण नहीं है। जिसमें ये गुण हैं, वह ब्राह्मण है, जिस में नहीं हैं, वह शूद्र है।'

"सर्प बोला, 'आयुष्मन्! यदि आचरण से ही ब्राह्मण की परीक्षा हो जाये, तब तो जाति व्यर्थ है।' युधिष्ठिर ने उत्तर दिया, 'जो तत्वदर्शी विद्वान हैं, वे शील को ही प्रधानता देते हैं और उसे ही अभीष्ट मानते हैं। इसलिए सर्पराज! जिनमें संस्कार के साथ-साथ सदाचार की उपलब्धि हो, वही ब्राह्मण है। जन्म और जाति से कोई ब्राह्मण नहीं हो सकता।'

"युधिष्ठिर का उत्तर सुनकर सर्प प्रसन्न हो गया और बोला, 'राजन! सत्य, इन्द्रिय-संयम, तपस्या, दान, अहिंसा और धर्मपरायणता—ये सद्गुण ही सदा मनुष्यों को सिद्धि की प्राप्ति कराने वाले हैं, जाति और कुल नहीं।'

"उसने भीम को मुक्त कर दिया और अकस्मात ही वह सर्प मनुष्य में परिवर्तित हो गया। युधिष्ठिर ने हाथ जोड़ कर उन्हें प्रणाम किया और कहा, 'मेरा अज्ञान क्षमा करें और अपना परिचय दें।'

"वह बोला, 'मैं तुम्हारे पूर्वजों का भी पूर्वज हूँ। मैंने ब्राह्मणों का अपमान किया था और अगस्त्य ऋषि के शाप से मैं सर्प हो कर यहां पड़ा था। उन्हीं के कथनानुसार, मेरे कुल में उत्पन्न परम धार्मिक तुम आये, तुमने मेरे प्रश्नों का उत्तर दिया और मुझे इस शाप से मुक्त किया। मैं तुम्हें आशीष देता हूँ कि तुम सदा धर्म पर स्थिर रह कर अपने शत्रुओं पर विजय पाओगे और इस पृथ्वी पर अखण्ड राज्य करोगे।"

"मैं विश्वास नहीं करती कि कोई मनुष्य किसी ऋषि के शाप से सर्प में परिणत हो सकता है; और प्रश्नों के उत्तर पा कर वह सर्प से मनुष्य बन सकता है।" पारंसवी बोली।

"तो कोई सर्प बोल ही कहाँ सकता है!" विदुर हँसे।

"तो फिर महर्षि ने ऐसा क्यों कहा?"

"एक कथाकार ने कल्पना की कि एक सर्प बोल सकता है, तो दूसरे ने उस के उत्तर में यह कल्पना की, कि वह बोल इसलिए सकता है, क्योंकि पहले वह मनुष्य था और शाप के कारण सर्प हो गया था। यदि शाप के कारण एक मनुष्य सर्प हो सकता है, तो शाप-मुक्ति के कारण वह सर्प से मनुष्य भी हो सकता है।" विदुर ने विषय बदला, "किन्तु इन कथाओं के शिल्प-सम्बन्धी पक्षों पर मत अटको। इन्हें ध्यान से देखो, इनके मन्तव्य तक जाओ।"

"वह क्या है?" पारंसवी ने पूछा।

"जिसने इस कथा की रचना की थी, उसने बताया कि पाण्डव भीम नीच-कर्म करता फिर रहा है और अपने कुल को कलंकित कर रहा है। इस कथा में पाण्डवों का अन्त भी अत्यन्त अशोभनीय है। दूसरी ओर महर्षि ने बताया कि अपने कुल के पूर्वजों को उनके बन्धनों से मुक्त

करने वाले पाण्डव हैं। पहले ने भीम की शक्ति को क्षीण किया था, दूसरे ने युधिष्ठिर के धर्म को स्फीत किया। महर्षि ने जो प्रश्नोत्तर रखे हैं, उन पर ध्यान दो। वे कुल और जाति के गर्व और श्रेष्ठता को नष्ट कर आचरण पर बल दे रहे हैं। इससे कुरुकुल में जन्म ले कर भी दुर्योधन और उस के भाई गौरव के अधिकारी नहीं रह जाते; और पाण्डव क्षत्रिय कुल में जन्म ले कर भी ब्राह्मणत्व को प्राप्त होते हैं।"

"शस्त्रों से युद्ध करने से पहले यह कथाओं का महायुद्ध है क्या?" कुंती हँस रही थी।

"पहले तो विचार ही युद्धरत होते हैं भाभी!" विदुर बोले, "शस्त्र तो अन्त में उन विचारों के समर्थन में खड़े होते हैं। विचारों का युद्ध न हो, तो शस्त्रों के युद्ध का अवसर ही नहीं आयेगा।"

विदुर चुप हो गये। उन्हें लगा कि कुन्ती कुछ अन्यमनस्क हो गयी है, "क्या हुआ भाभी! तुम कुछ सोचने लगीं।"

कुन्ती मुस्करायी, "हाँ! तुम्हारी इन सूचनाओं पर ही विचार कर रही थी।"

"किन सूचनाओं पर?"

"तुमने बताया कि इन्द्रसेन इत्यादि अपने सेवकों को पाण्डव सुबाहु के पास छोड़ गये थे। इनके जाने के पश्चात् सुबाहु ने पाण्डवों के सेवकों को मार भगाने का नाटक किया था...।"

"हाँ भाभी! ऐसा ही बताया था मैंने!"

"तो अब, जब पाण्डव लौट कर उसी सुबाहु के नगर में आये हैं, उन का सत्कार हुआ है उन्हें सेवक भी वही मिले हैं, तो दुर्योधन को यह संदेह तो नहीं हुआ कि सुबाहु पाण्डवों का मित्र है; और उनके सेवकों के साथ वह दुर्व्यवहार एक नाटक मात्र था। यदि उसे ऐसा कोई संदेह हुआ, तो उस के मन में यह प्रश्न भी उठेगा, कि ऐसा क्यों हुआ? और पाण्डवों के सेवकों ने उन की अनुपस्थिति में क्या किया?"

"तुम्हारी दृष्टि बहुत प्रखर है भाभी! तुम्हें तो किसी बड़े राज्य के गुप्तचर विभाग का प्रमुख होना चाहिए।" विदुर हँसे, "दुर्योधन तक यह सूचना पहुँची थी। उस के अन्तरंग-मित्रों में यह प्रश्न उठा भी था; किन्तु इसका विश्लेषण कुछ इस विधि से किया गया, जिस से पाण्डवों की क्षमताएँ कम आँकी जायें और दुर्योधन का अहंकार स्फीत हो सके।...."

"मैं समझी नहीं।" कुन्ती बोली, "मुझे स्पष्ट बताओ।"

"भाभी! दुर्योधन, कर्ण, दुःशासन, शकुनि और अश्वत्थामा की एक अन्तरंग गोष्ठी हुई।" विदुर बोले, "उस में यही प्रश्न उठा कि यदि सुबाहु पाण्डवों का शत्रु है, तो पाण्डव फिर से उसी के पास क्यों गये? इस प्रश्न को सुनकर दुर्योधन बहुत जोर से हँसा और बोला, 'क्योंकि पाण्डव मूर्ख हैं। उन का स्वभाव है कि जिस से पिटते हैं, उसी को अपना मित्र मानते हैं।' अश्वत्थामा ने दुर्योधन की इस धारणा का कारण जानना चाहा तो दुर्योधन बोला, 'मैंने भीम को विष दिया। वारणावत में उन सारे भाइयों को उनकी माता सहित जीवित जला देने का प्रयत्न किया। पिताजी ने उन्हें आधा राज्य देने के स्थान पर ऐसा वन दिया, जिस में उन की मृत्यु उनकी प्रतीक्षा कर रही थी। काम्पिल्य में स्वयंवर के समय भी हमने भीम और अर्जुन के वध का पूरा प्रयत्न किया। फिर भी अपने राजसूय यज्ञ में उन्होंने माना कि हस्तिनापुर और इन्द्रप्रस्थ एक ही राज्य की दो राजधानियाँ हैं। हमें अपना परिवार माना; और मुझे अपने परिवार की ओर से विभिन्न राजाओं द्वारा भेंट की गयी सामग्री

को ग्रहण करने के लिए नियुक्त किया।'

"दुर्योधन की बात सुनकर दुःशासन ने अट्टहास किया, 'इस बार हमने द्यूत में उन का सब कुछ छीन निया है। उनकी पत्नी को अपमानित किया है। किन्तु जब वे लौट कर आयेंगे, तो भी हमें अपने परम भाई ही मानेंगे। यह भी सम्भव है कि वे पिताजी से इस बात के लिए क्षमा माँगें कि वे तेरह वर्ष तक अपने धर्म-बन्धन के कारण उन के दर्शन करने नहीं आ सके।'

"अश्वत्थामा ने जैसे गम्भीरतापूर्वक कहा, 'मेरी समझ में नहीं आता कि पाण्डव इतने मूर्ख क्यों हैं। द्रुपद ने पिताजी का एक बार अपमान किया था और पिताजी ने उसका आधा राज्य छीन लिया था...'

"कर्ण उस से सहमत नहीं हो पाया। बोला, 'तुम्हारे पिताजी ने क्या समझदारी की? द्रुपद को बँधवा कर मँगवाया और आधा राज्य छीन कर मुक्त कर दिया। यदि उसी समय उसका वध करवा दिया गया होता, तो न अर्जुन से द्रौपदी का विवाह होता, न पाण्डवों को उनकी सहायता मिलती, और न वे कभी मित्र दुर्योधन के लिए चुनौती बन पाते।'

"अश्वत्थामा को अपने पिता के विषय में इस प्रकार के विचार तनिक भी अच्छे नहीं लगे। वह बोला, 'मेरे पिता निरीह हत्याएँ नहीं करवाते।'

"फिर तो युवराज को भी पाण्डवों के विरुद्ध ये सारे प्रयत्न त्याग देने चाहिए; क्योंकि ये भी तो निरीह हत्याएँ ही होंगी। वह मोटा भीम मारा गया तो भी निरीह हत्या होगी। कहीं अर्जुन मेरे हाथों मारा गया, तो वह भी निरीह हत्या होगी। पर हम क्या करें ब्राह्मणपुत्र!' कर्ण का स्वर व्यंग्यपूर्ण हो गया, 'यह निरीह हत्याओं की यात्रा बहुत लम्बी हो गयी है। यदि हमने कुछ नहीं किया, तो भीम की गदा से राजकुमार दुःशासन की निरीह हत्या हो जायेगी और यदि वह मोटा अपने लक्ष्य में सफल हुआ तो, स्वयं युवराज दुर्योधन की भी निरीह हत्या हो सकती है।...इसलिए हमें कुछ-न-कुछ तो करना ही होगा, चाहे एक के स्थान पर अनेक निरीह हत्याएँ करनी पड़ें। हमारी स्थिति तुम्हारे और तुम्हारे पिताजी के समान तो है नहीं कि कौरव जीतें अथवा पाण्डव, तुम्हें कोई अन्तर नहीं पड़ेगा।...'

"'क्यों? हमें क्यों अन्तर नहीं पड़ेगा?' अश्वत्थामा ने कुछ तमक कर पूछा।

"'अरे भाई! तुम्हारे पिता युवराज दुर्योधन के भी गुरु हैं और युधिष्ठिर के भी, राजा कोई भी हो, वे राजगुरु रहेंगे ही और तुम गुरु-पुत्र!'

"अश्वत्थामा का मुख जैसे कड़वा हो गया। बोला, 'तो जाओ! तुम भी पाण्डवों से कोई सम्बन्ध निकाल लो, ताकि यदि किसी प्रकार उनकी विजय हो गयी, तो तुम्हारा अंगदेश का राज्य भी सुरक्षित रहे और राज-चाटुकार की पदवी भी।...'

"कर्ण की आँखें क्रोध से लाल हो गयीं; किन्तु इससे पहले कि वह कोई अत्यन्त कठोर शब्द कहता, दुर्योधन ने उस के हाथ पर अपना हाथ रख दिया। अश्वत्थामा का ध्यान इस ओर नहीं था। वह अपने प्रवाह में बहता जा रहा था, 'या फिर तुम हम पिता-पुत्र की ही निरीह हत्या कर डालो, ताकि कोई ऐसा व्यक्ति जीवित न रहे, जिसका कौरवों और पाण्डवों दोनों से सम्बन्ध हो।'

कुन्ती का ध्यान अश्वत्थामा की उक्ति पर अटक गया था, 'तुम भी पाण्डवों से कोई सम्बन्ध निकाल लो...!' वह निरन्तर सोचती रहती है कि किसी उपयुक्त अवसर पर वह कर्ण को उस से सम्बन्ध की सूचना दे दे।...जब कभी उस का यह सम्बन्ध प्रकट होगा, तो सभी यही मानेंगे...कि कर्ण ने, पाण्डवों से कोई सम्बन्ध निकाल लिया है...अपने स्वार्थवश, अपने लाभ के लिए...

"कैसे बुद्धिहीन हैं ये लोग!" पारंसवी बोली, 'धर्मराज के धर्म की ओर नहीं देखते, उल्टे उन्हें मूर्ख ठहराते हैं।"

विदुर गम्भीर हो गये, "जिन के अपने मन में धर्म, उदात्तता, सात्विकता, और स्वच्छता की कोई अवधारणा नहीं होती, वे दूसरे व्यक्ति के इन गुणों की प्रशंसा नहीं कर सकते। कीचड़ में बिलबिलाता कीड़ा, स्नान का महत्त्व कैसे समझ सकता है पारंसवी! ये लोग तो मानवता के प्रत्येक आदर्श को मूर्खता ही मानेंगे; क्योंकि इन का लक्ष्य है, केवल अपना स्वार्थ, लोभ, तृष्णा, संचय...।"

"विदुर!" सहसा कुन्ती बोली, "तुम्हें ये सारी सूचनाएँ कहाँ से मिल जाती हैं? वे लोग इस प्रकार की चर्चा केवल अपने अन्तरंग लोगों के मध्य ही करते होंगे, तो फिर तुम्हें कौन बता जाता है कि उन में ऐसी चर्चा हुई?"

"तुम तो मेरा अत्यन्त गोपनीय राजकीय रहस्य जानना चाहती हो भाभी!" विदुर बोले, "गुप्तचरी का तो नियम ही यही है कि तुम्हारा एक गुप्तचर तुम्हारे ही दूसरे गुप्तचर को न जाने! वैसे तुम्हें इतना ही बता सकता हूँ कि राजप्रासाद की दासियाँ कभी-कभी राजाओं के विषय में, उनकी रानियों से भी कुछ अधिक सूचनाएँ रखती हैं।" वे रुके, "अब इससे और अधिक मत पूछना, नहीं तो न मैं बता पाऊँगा, न तुम्हारी अवज्ञा कर पाऊँगा।"

"ठीक है।" कुन्ती बोली, "तो फिर उन की चर्चा कहाँ जा कर समाप्त हुई।"

"इतना जान लो कि उन का झगड़ा बहुत आगे नहीं बढ़ा," विदुर बोले, "इधर मुझे ऐसा आभास हो रहा है कि सामान्यतः बहुत असहिष्णु, क्रोधी और भयंकर अहंकारी दुर्योधन, अपने इन मित्रों के मध्य अच्छे सम्बन्ध बनाये रखने के अपने प्रयत्न में बहुत धैर्यवान हो गया है, उन सबकी तुलना में वह प्रायः इतना शान्त रहता है कि आश्चर्य होता है। किन्तु अश्वत्थामा और कर्ण में किसी प्रकार सौहार्द स्थापित नहीं हो सकता। कर्ण, एक क्षण के लिए भी नहीं भूल सकता कि आचार्य द्रोण ने उसे धनुर्विद्या का दान नहीं दिया था। कभी-कभी तो मुझे यह लगने लगता है कि जितना वह अर्जुन से रुष्ट रहता है कि उसे धनुर्विद्या का इतना ज्ञान क्यों है, उतना ही वह आचार्य द्रोण से रुष्ट रहता है कि उन्होंने अर्जुन को धनुर्विद्या सिखाई क्यों!"

"फिर तो ये किसी दिन परस्पर ही लड़ पड़ेंगे।" पारंसवी बोली।

"यदि दुर्योधन इनके मध्य से हट जाये, तो ही यह सम्भव हो सकता है; किन्तु दुर्योधन के रहते यह सम्भव नहीं है।" विदुर बोले, "वह अपना स्वार्थ ही पहचानता है। अन्य किसी सम्बन्ध का उस के लिए कोई महत्व नहीं है। इसलिए जिन लोगों को उसने अपनी स्वार्थ-सिद्धि के लिए संगठित किया है; अपने प्राण रहते, उनका वह रक्त बिखरने नहीं देगा।"

32

पाण्डवों को बहुत पहले ही पता लग गया था कि कृष्ण उनसे मिलने आ रहे हैं। प्रतिदिन अनेक मुनि, तपस्वी अथवा नैष्ठिक विद्वान् ब्राह्मण, अकेले अथवा अपने परिवार सहित उनके पास पहुँच रहे थे। वे पाण्डवों से मिलना चाहते थे, उनसे चर्चा करना चाहते थे, उनके निकट रहना चाहते थे...

और इस चर्चा के मध्य वे यह भी बताते थे कि उन्हें सूचना मिली है कि वासुदेव श्रीकृष्ण इसी ओर आ रहे हैं। वे यहाँ कुछ दिन निवास करेंगे। ऐसे में उनके सान्निध्य का सुख वे सब लोग प्राप्त करना चाहते थे।

युधिष्ठिर ने सहदेव को बुलाया, "ये सब लोग हमारे पास आये हैं; किन्तु वस्तुतः ये वासुदेव कृष्ण के अतिथि हैं। इनका सम्मान वैसा ही होना चाहिए, जैसा स्वयं कृष्ण यहाँ उपस्थित होने पर करते।"

"महाराज! हमारे सौभाग्य से शरद् ऋतु आ गयी है, इसलिए इनके आवास की व्यवस्था में कोई विशेष कठिनाई नहीं होगी। यदि हम कुछ लम्बे, वाताल-सुलभ कुटीर बना लेंगे, तो सामूहिक आवास की व्यवस्था सुविधा से हो सकती है। और जहाँ तक उनके भोजन का प्रश्न है, उस विषय में भी मुझे कोई कठिनाई दिखायी नहीं देती।..."

"क्या द्रौपदी के भण्डार में इतना अन्न सुरक्षित है कि इतने लोगों के भोजन का प्रबन्ध हो सके?" युधिष्ठिर ने पूछा।

"नहीं! पांचाली के भण्डार में तो कदाचित् इतना अन्न नहीं है, किन्तु आगन्तुकों में से अधिकांश लोग अपनी आवश्यकतानुसार पर्याप्त अन्न अपने साथ लाये हैं। जहाँ कहीं भी वे लोग रह रहे थे, वहाँ उन्होंने अपने लिए अन्न की व्यवस्था कर रखी होगी। उसे ही वे अपने साथ लेते आये हैं।" सहदेव बोला, "वैसे इन दिनों आस-पास के वनों में फलों की कमी नहीं है। वृक्ष फलों के बोझ से लदे पड़े हैं। हमारा प्रयत्न है कि अन्न को अभी सुरक्षित रखा जाये और जब तक फल उपलब्ध हैं, फलाहार ही किया जाये। जो लोग मांसाहारी हैं, उनके लिए वन में अहेर का अभाव नहीं है।"

युधिष्ठिर सन्तुष्ट हो गये। भोजन और आवास की समस्या का समाधान हो जाने पर एक ही चिन्ता रह जाती है—सुरक्षा की! हिंस्र पशुओं का आखेट दिन-रात होता रहता है। अर्जुन और भीम के नेतृत्व में, यहाँ के वनचर भी निर्भय हो कर आखेट करना सीख गये हैं। वैसे भी मानवों की संख्या बढ़ जाने से हिंस्र पशु पीछे हट कर वन के अधिक सघन भागों में चले गये थे। राजाओं की सेनाएँ इधर से आती-जाती नहीं थीं, कि उच्छृंखल राजाओं की अनुशासनहीन सेनाओं का सामना करना पड़े।...संयोग से यदि ऐसा कुछ हो गया, तो उनके नियन्त्रण की व्यवस्था भीम और अर्जुन कर सकते थे।

जल की सुविधा के लिए कूप नहीं थे, न ही यहाँ कूपों की खुदाई का प्रबन्ध किया जा सकता था। वैसे जल का अभाव नहीं था। द्वैतवन के साथ-साथ सरस्वती नदी बहती थी। द्वैत-सरोवर में भी जल किनारों तक भरा हुआ था। किन्तु जब इतने लोग एक स्थान पर एकत्रित हो जायें, और सब जल के साथ मनमानी करने लगें तो वह दूषित भी हो सकता है और भ्रष्ट भी। प्रभु ने मनुष्य ही नहीं, इतर जीव-जन्तुओं के लिए भी, उनकी आवश्यकताओं की पूर्ति के लिए पुष्कल मात्रा में पदार्थ उत्पन्न किये हैं। सब लोग ठीक से व्यवहार करें, तो किसी को किसी वस्तु का अभाव नहीं हो सकता। किन्तु कुछ लोगों में बुद्धि का अभाव होता है और किसी में स्वार्थ का बाहुल्य! स्वार्थ का बाहुल्य भी तो बुद्धि का ही अभाव है। वे यह नहीं समझते कि इस सरोवर का जल, यहाँ तक आने वाले प्रत्येक जीव-जन्तु की आवश्यकताओं की पूर्ति के लिए है। वे मान लेते हैं कि यह सारा जल प्रभु ने केवल उन्हीं के लिए आरक्षित कर रखा है। इसलिए यदि उन्होंने अपनी आवश्यकताएँ पूरी कर ली हैं, तो शेष जल में वे मल-त्याग भी कर सकते हैं। उन्होंने वायुमण्डल

में श्वास ले लिया, तो शेष वायु, मनुष्य के श्वास लेने योग्य न भी रहे, तो उन्हें क्या! वे यह नहीं समझते कि प्रकृति ने हमारे उपयोग के लिए शुद्ध तत्त्व बनाये हैं, यदि हम स्वयं उन्हें दूषित करते रहेंगे, तो यह प्रकृति मानव-मात्र के जीने के अयोग्य हो ही जायेगी...इसलिए जल की स्वच्छता की रक्षा तो करनी ही पड़ेगी।...

युधिष्ठिर ने नकुल को बुलाया, "नकुल! द्वैत-सरोवर के जल की स्वच्छता की रक्षा का प्रबन्ध करो। उस के चारों ओर किसी भी प्रकार का घेरा तैयार करवाओ। पर्याप्त संख्या में घाट बनवाओ; और यह व्यवस्था करो कि कोई भी व्यक्ति सरोवर के जल के भीतर जा कर उसे दूषित न करे। अपनी आवश्यकतानुसार लोग जल ले लें और उसका जो भी उपयोग करना हो कर लें। जिन्हें जल के भीतर घुस कर नहाने में रुचि हो, वे सरस्वती नदी तक जाने का कष्ट करें।"

नकुल, आदेश का तत्काल पालन करने के लिए चला गया और युधिष्ठिर सारी व्यवस्था का निरीक्षण करने के लिए उठ खड़े हुए।

कृष्ण के आने का समाचार जैसे रथ के आगे-आगे ही चल रहा था। वनचरों ने जहाँ-जहाँ रथ को देखा, सुग्रीव और शैव्या को पहचाना, कृष्ण के रूप की झलक देखी कि उन्होंने वन की अति संकीर्ण पगडण्डियों से किसी को पाण्डवों के आश्रम की ओर दौड़ा दिया। बाहुक चाहे कितना भी चतुर सारथि क्यों न हो; किन्तु उसे रथ दौड़ाने के लिए मार्ग की आवश्यकता पड़ती थी। वनचरों को तो अपने शरीर के समकक्ष भी मार्ग नहीं मिलता, तो वे वृक्ष पर चढ़ कर दूसरी ओर उतर जाते।...

कृष्ण के रथ के आने की सूचना मिलते ही भीम सतर्क हो गया था। कृष्ण आयेंगे तो अनेक प्रकार की पारिवारिक, राजनीतिक तथा सामरिक चर्चाएँ होंगी। उनकी सूचना दुर्योधन तक नहीं पहुँचनी चाहिए। उन्हें दुर्योधन के गुप्तचरों से सावधान रहना होगा।...

"नकुल!" उसने कहा, "ध्यान रहे कि कृष्ण से हमारी भेंट सर्वथा एकान्त में होनी चाहिए। परिवार के बाहर का कोई व्यक्ति वहाँ उपस्थित नहीं होगा।..."

"और जो इतने ब्राह्मण वासुदेव से मिलने आये हैं?" नकुल ने पूछा।

"उनसे कृष्ण बाद में किसी समय भेंट करेंगे।" भीम ने उत्तर दिया।

"ऐसा ही होगा मध्यम!" नकुल चला गया।

कृष्ण का रथ उनके कुटीरों के सम्मुख आकर रुका। रथ में कृष्ण के साथ सत्यभामा थी।

अर्जुन को सामने पाते ही बोली, "फाल्गुन! तुम सोच रहे होगे कि वासुदेव को अपने साथ किसी को लाना ही था, तो सुभद्रा को ही ले आये होते। ये सत्यभामा को क्यों ले आये?"

"सत्या!" कृष्ण ने उसे टोका, "यह विनोद का समय नहीं है।"

"विनोद तो मैं कर भी नहीं रही।" सत्यभामा बोली, "मैं तो एक गम्भीर प्राकृतिक सत्य की स्थापना कर रही हूँ।"

"रहने दो वासुदेव!" अर्जुन ने कहा, "ये कहाँ मानेंगी।'

"हाँ! क्यों मानूँगी! मैं अपने पति का अनुकरण करूँगी। वे किसी की मानते हैं क्या?" सत्यभामा

बोली, "मैं तो केवल इतना ही कह रही थी कि जब कोई भला आदमी घर से यात्रा पर निकलता है; तो साथ अपनी पत्नी को लेकर चलता है, दूसरों की पत्नी को नहीं। इसलिए वासुदेव मुझे अपने साथ ले कर चले, तुम्हारी पत्नी को साथ नहीं लाए।"

"जान कर बड़ी प्रसन्नता हुई कि आप वासुदेव की पत्नी भी हैं," अर्जुन भी सत्यभामा की शैली में ही बोला, "मैं तो आप को सत्राजित-पुत्री ही समझता रहा! किन्तु इस गम्भीर प्राकृतिक तथ्य के ही समान एक गम्भीर और महत्वपूर्ण प्रश्न मेरे मन में आया है कि कृष्ण की क्या बाध्यता थी कि इस महत्त्वपूर्ण यात्रा पर वे आप को साथ ले कर चले? वे पट्टमहिषी रुक्मिणी के साथ भी तो यात्रा कर सकते थे, जाम्बवती भाभी को भी साथ ला सकते थे—वे दोनों भी तो उन की पत्नियाँ ही हैं।..."

"मुझे नहीं मालूम था कि यह सपत्नियों की-सी ईर्ष्या पुरुषों में भी होती है। जिस ईर्ष्या-भाव से बचने के लिए द्वारका से निकली, यहाँ भी विद्यमान है।" सत्यभामा ने वेदना का अभिनय किया, "अब वासुदेव जैसे सुदर्शन पुरुष से विवाह कर इस ईर्ष्या से तो नहीं बचा जा सकता।..."

"देवि! यदि तुम्हारा यह नाटक पूरा हो गया हो..."

कृष्ण का वाक्य अभी पूरा नहीं हुआ था कि द्रौपदी कुटीर से निकल आयी। सत्यभामा तत्काल आगे बढ़, उस के कण्ठ से लग गयी, "कैसी हो कृष्णा?"

द्रौपदी के अधरों पर एक अद्भुत् गरिमा से युक्त मुस्कान आयी, "जिस स्थिति में प्रभु ने रखा है, उसी में हूँ।"

सत्यभामा की आँखों में अश्रु आ गये, "तुम लोगों को इस स्थिति में देख कर वज्र का हृदय भी फट जायेगा। मेरी आँखों में अश्रु न आ जायें, इसी प्रयत्न में तब से फाल्गुन से परिहास कर रही थी..."

"वह तुम्हारा अधिकार है सखि! फाल्गुन तुम्हारे नन्दोई ठहरे।"

अपने आँसुओं को पोंछ सत्यभामा ने मुस्कराने का प्रयन्त किया। वह कुछ कहती, उससे पहले ही द्रौपदी, कृष्ण की ओर बढ़ गयी, "सुभद्रा कैसी है केशव? और अभिमन्यु? अब तो बड़ा हो गया होगा।..."

कृष्ण, द्रौपदी के हृदय का मौन हाहाकार सुन रहे थे। उसने स्वयं को बहुत साध रखा था... किन्तु थी तो मानवी ही...

"तुम्हारे पुत्र स्वस्थ और प्रसन्न हैं कृष्णे!" कृष्ण बोले, "प्रतिविंध, सुतसोम, शतानीक, श्रुतसेन, यहाँ तक कि श्रुतकर्मा भी—सब बड़े हो गये हैं। तुम तो अब भी उनकी कल्पना छोटे बालकों के रूप में करती होगी, किन्तु अब वे तरुण हो गये हैं। साधारण क्रीड़ाशील बालक नहीं हैं वे। आर्यावर्त्त के सर्वश्रेष्ठ योद्धाओं में प्रमुख हैं। उनके धनुषों की टंकार से अतिरथियों के हृदय काँप जाते हैं। उनके रथ चलते हैं तो पर्वतों के पग डोलने लगते हैं।"

"तुमने मुझे बताया नहीं केशव! सुभद्रा कैसी है? मेरा अभिमन्यु कैसा है।" द्रौपदी ने कुछ इस प्रकार कहा, जैसे कृष्ण उस के पुत्रों की नहीं, किन्हीं महत्त्वहीन अपरिचितों की बात कर रहे हों।

कृष्ण ने रुक कर एक गम्भीर दृष्टि से द्रौपदी को देखा, और उस के शील पर मुग्ध हो कर मुस्करा दिये : द्रौपदी, भावना के धरातल पर भी स्वार्थी नहीं हो सकती। वह अपने पुत्रों और सुभद्रा के पुत्रों में भेद करना नहीं चाहती। उसने यह नहीं पूछा कि मेरा नन्हा श्रुतकर्मा कैसा है? यह पूछ

रही है, मेरा अभिमन्यु कैसा है? सपत्नी की ईर्ष्या के स्थान पर उसने बड़ी बहन का स्नेह दिखाया है। यह उस का संयम है। उस की मर्यादा है!

"सुभद्रा सुखी है, मैं ऐसा नहीं कह सकता।" कृष्ण बोले, "किन्तु स्वस्थ है, व्यस्त है।"

"वह सुखी क्यों नहीं है वासुदेव?" युधिष्ठिर ने कुछ चौंक कर पूछा, "तुम्हारे सान्निध्य में भी वह सुखी नहीं है? तुम्हारे आश्रय में भी।"

"मैं उसका भाई हूँ धर्मराज! वह अपने पति के विरह से दुखी है। उस के पति और पति के भाई वन में तपस्वियों का जीवन व्यतीत कर रहे हैं। उस की भगिनी जैसी कृष्णा के प्रति अक्षम्य अपराध हुआ है और अभी उस का प्रतिशोध भी नहीं लिया जा सका है। उसका सारा परिवार कष्ट झेल रहा है। ऐसे में कोई कैसे सुखी हो सकता है।" कृष्ण ने अपनी मुस्कान से अवसाद को परे धकेल दिया, "किन्तु वह स्वस्थ है। बड़े होते हुए छह पुत्रों का पालन-पोषण कर रही है। उन्हें एक विशेष लक्ष्य के लिए तैयार कर रही है।"

"वह भी तुम्हारे साथ आ जाती केशव! तो हम से भेंट हो जाती।" द्रौपदी बोली, "अपने पति से मिल लेती। मन बदल जाता...।"

"वह अपने पुत्रों के साथ बहुत व्यस्त है।" सत्यभामा ने उत्तर दिया, "एक क्षण को भी कहीं इधर-उधर हो जाती है, तो वे लोग त्राहि-त्राहि मचा देते हैं। उन्हें अपनी माँ की अनुपस्थिति में भोजन अच्छा नहीं लगता, क्रीड़ा अच्छी नहीं लगती। माँ अपने हाथों से शस्त्र देकर विदा न करे, तो उनसे शस्त्राभ्यास नहीं होता।"

"और केशव! तुम कह रहे हो कि वे बड़े हो गये हैं।" द्रौपदी मुस्करा रही थी।

"पुत्र इतना बड़ा तो कभी नहीं होता सखि! कि माँ सम्मुख उपस्थित हो, और उसे उस की आवश्यकता न हो।" कृष्ण बोले।

"ये लोग कहीं सुभद्रा के कारण तो काम्पिल्य नहीं छोड़ आये?" युधिष्ठिर ने पूछा।

"यह कहना तो कठिन है। उन्होंने कभी ऐसा कहा तो नहीं है।" कृष्ण बोले, "किन्तु इस की सम्भावना तो है।"

"महाराज द्रुपद ने उन्हें कई बार काम्पिल्य आने का निमन्त्रण भेजा है। धृष्टद्युम्न ने स्वयं आ कर ले जाने का प्रस्ताव भिजवाया है। किन्तु वे नहीं गये।" सत्यभामा बोली, "निश्चित् रूप से काम्पिल्य में सुख-सुविधाएँ अधिक है। धन-वैभव का कोई अभाव नहीं है; किन्तु वहाँ सुभद्रा तो नहीं है न!"

"क्या वे लोग, पिताजी की इच्छा के विरुद्ध, काम्पिल्य से विदा हो गये हैं?" द्रौपदी सशंक हो उठी।

"नहीं! ऐसा कुछ नहीं है कृष्णे!" कृष्ण बोले, "मूल बात तो लक्ष्य की है। महाराज द्रुपद और धृष्टद्युम्न भी जानते हैं कि इन बालकों को पापियों का नाश कर, एक धर्म-राज्य की स्थापना करनी है। धार्तराष्ट्रों को उन के अपराधों का दण्ड देना है...और सबसे बड़ी बात है कि उन्हें उन पापियों से अपनी रक्षा करनी है, जिन्होंने दो पीढ़ियों से वंचित कर रखा है। इन सबके लिए उन्हें शक्ति की आवश्कता है, बल की, संगठन की, शस्त्राभ्यास की। काम्पिल्य में अच्छे युद्ध-प्रशिक्षक नहीं हैं, ऐसी बात तो नहीं है; किन्तु द्वारका में रुक्मिणी-पुत्र प्रद्युम्न उन्हें धनुर्विद्या सिखा रहे हैं।

धनंजय-शिष्य सात्यकि, अपना सारा सामर्थ्य जैसे उनमें ढाल देना चाहते हैं। अभिमन्यु यद्यपि अभी छोटा है, किन्तु खड्ग-कला और गदा-युद्ध में वह अद्वितीय है। उसने गदा-युद्ध स्वयं वासुदेव बलराम से सीखा है। वह अपने बड़े भाइयों को ये दोनों कलाएँ सिखाता है। रथ-परिचालन और अश्वारोहण तो वे लोग स्वयं सुभद्रा के नियन्त्रण में सीखते हैं।"

"इसीलिये सुभद्रा तुम्हारे साथ नहीं आयी?" द्रौपदी ने पूछा।

"कारण यह भी हो सकता है।" कृष्ण बोले, "किन्तु मैं एक और बात भी सोचता हूँ।"

"क्या?"

"उसका राजसी वेश में तुम लोगों से मिलने आना उचित होता क्या?...वह अपने पति, ज्येष्ठों; देवरों और तुम्हें इस वेश में देखकर सुख पाती क्या? और यदि वह तपस्वियों का वेश धारण करती, तो उन्हें सुख दे पाती क्या? अपने मन की बात तो वह ही जाने। मेरे पास तो मात्र अपने अनुमान ही हैं।" कृष्ण बोले, "उसने आने की इच्छा प्रकट नहीं की और मैंने उस के लिए आग्रह नहीं किया।"

"अच्छा! एक बात बताओ वासुदेव!" सहसा भीम के चेहरे पर एक चंचल मुस्कान उभरी, "आजकल दुर्योधन से कैसी छन रही है?"

कृष्ण ने चकित हो कर भीम की ओर देखा, "मैं समझा नहीं।"

"अरे भई! अब तुम लोग समधी हो गये हो न!" भीम हँसा, "तुम्हारे प्रासाद में उस की पुत्री का आधिपत्य होगा। वह प्रतिदिन चरण छूकर श्वसुर को प्रणाम करती होगी और कहती होगी, 'श्वसुरजी! मेरे पिताजी की रक्षा कीजिए।'"

"मध्यम!" कृष्ण मुस्कराये, "आप कह तो विनोद में ही रहे हैं; किन्तु इस विनोद के पीछे आप का संशय भी बोल रहा है।"

"संशय अस्वाभाविक तो नहीं कृष्ण!" इस बार भीम पूर्णतः गम्भीर था।

"नहीं! अस्वाभाविक नहीं है।" कृष्ण बोले, "किन्तु मेरे सम्बन्ध तो धर्म से निर्धारित होते हैं मध्यम! विवाहों से नहीं। दुर्योधन मेरे लिए तब भी वही था, जब लक्ष्मणा मेरी पुत्र-वधू नहीं थी; और आज भी वही है, जब वह मेरे परिवार का अंग है और मेरे घर में रह रही है। उसका दबाव अपने पति पर हो सकता है, मुझ पर नहीं।...मैं तो अब भी यही कहता हूँ कि धर्मराज ने अपने धर्म के नाम पर मुझे बाँध रखा है, अन्यथा मैं आज ही दुर्योधन से युद्ध के लिए तत्पर हूँ।" कृष्ण कुछ क्षणों के लिए सर्वथा आत्मलीन हो गये, जैसे वे पाण्डवों के मध्य उपस्थिति ही न हों, "मैं धर्मराज के हाथों बाध्य हूँ, यद्यपि मुझे आभास होता जा रहा है कि इस युद्ध में जितना विलम्ब होगा, हमारी कठिनाइयाँ उतनी ही बढ़ती जायेंगी।..."

"क्यों केशव! हमारी कठिनाइयाँ क्यों बढ़ेंगी?" अर्जुन ने जिज्ञासा के वश में आपत्ति की, "जितना समय व्यतीत होगा हमारे मित्र बढ़ेंगे, हम और अधिक संगठित होंगे, हमारा युद्धाभ्यास अधिक प्रौढ़ होगा, हमारे पुत्र बड़े हो रहे हैं...।"

"यह सब सत्य है धनंजय! प्रत्येक नेतृत्व का एक अनुशासन होता है, जो स्वैरिता को मर्यादित करता है, एक युग के पश्चात् अनुचरों को अपना नेता एक बोझ लगने लगता है, और वे उस से मुक्ति पाने के लिए छटपटाने लगते हैं, जब संयमन के लिए बाहरी संकट और आवश्यकताएँ नहीं

रहती, तो लोगों का राजगृह और भोग का लोभ प्रबल होने लगता है। ऐसे में धर्म का आग्रह क्रमशः अकेला और असंग होता चलता है...।"

"मैं समझा नहीं कृष्ण! तुम इतने आशंकित किसलिये हो?" अर्जुन बोला।

"मैं आशंकित नहीं हूँ।" कृष्ण बोले, "मैं तो केवल प्रकृति का यथार्थ तुम्हारे सामने रख रहा हूँ।...आज वृष्णि, भोज और अन्धक वंशों के योद्धा, जहाँ धर्मराज चाहें, वहीं उनकी आज्ञा का पालन करते हुए खड़े रह सकते हैं। जिन के धनुष का वेग, वायु-वेग के समान है, हल धारण करने वाले वासुदेव बलराम जिन के सेनापति हैं, मथुरा प्रांतवासी गोपों की वह चतुरंगिणी सेना, सदा युद्ध के लिए सन्नद्ध हो, आप की अभीष्ट-सिद्धि के लिए निरन्तर तत्पर रहती है...किन्तु मैं काल की गति देख रहा हूँ धर्मराज! यहाँ कुछ भी स्थायी नहीं है। सब कुछ परिवर्तनशील है। यह सब कुछ ऐसा ही तो नहीं रहेगा। काल-गति के थपेड़े, जाने भविष्य का कौन-सा रूप हमारे सामने प्रस्तुत करेंगे।..." कृष्ण ने रुक कर उन सबको देखा, "आज बलराम मेरे साथ हैं, प्रद्युम्न, साम्ब, सात्यकि और कृतवर्मा मेरी इच्छा और आज्ञा का पालन करने को तत्पर हैं...किन्तु इससे पहले कि ये लोग मेरा साथ छोड़ जायें, मैं चाहता हूँ कि उनके सारे गुण, उन का सारा सामर्थ्य, उनकी क्षमताएँ पाण्डव-पुत्रों में संचित हो जायें; क्योंकि और कोई धर्मयुद्ध लड़े, न लड़े, पाण्डव-पुत्रों को तो यह युद्ध करना ही है।..."

"पर तुम ऐसा क्यों सोचते हो कृष्ण?" अर्जुन ने चिन्तित स्वर में पूछा।

"क्योंकि धर्म के नाम पर चलने वाला क्रमशः असंग होता जाता है और अन्ततः सर्वथा अकेला हो जाता है...।"

"उस के साथ कोई नहीं रहता?"

"भाई-बन्धु, पति-पत्नी, मित्र-सम्बन्धी, पुत्र-शिष्य...कोई नहीं?"

कृष्ण सशब्द हँसे, "कोई नहीं! अन्ततः अकेला ही चलना है उसे।"

"तुम कहना चाहते हो कि क्रमशः बलदेव, सात्यकि और प्रद्युम्न भी तुम्हारा साथ छोड़ देंगे?" अर्जुन विश्वास नहीं कर पा रहा था।

"मैं यह कह रहा हूँ कि पांचाली तुम्हारा साथ छोड़ देगी और तुम धर्मराज का साथ छोड़ दोगे।" कृष्ण और भी उच्च स्वर में हँसे, "अच्छा है कि साथ छूटता जाये; अन्यथा पुत्र-मित्र और सगे-सम्बन्धी यदि अपना मार्ग पृथक् न कर लें तो तुम्हारा मार्ग बदल देंगे। वे अपनी इच्छाओं और कामनाओं की कर्तरी से तुम्हारे पंख काट देंगे, तुम्हें असहाय कर देंगे, तुम्हें अपने ही आदर्शों के विरुद्ध कार्य करने को बाध्य कर देंगे..."

अर्जुन समझ नहीं पा रहा था, कृष्ण की यह हँसी मोहक थी अथवा भयानक!...वे गम्भीरता से कह रहे थे अथवा मात्र विनोद कर रहे थे...यह कोई चेतावनी थी, अथवा मात्र लीला।...

द्रौपदी, सत्यभामा को अपने कुटीर में ले आयी।

"कहो सत्या! तुम हमसे मिलने के लिए द्वारका से यहाँ तक की यात्रा करके आयी हो, अथवा यह मुक्त-भ्रमण देशाटन है?"

सत्यभामा मुक्त-कण्ठ से हँसी, "श्यामसुन्दर के पास न भ्रमण का अवकाश है, न देशाटन का। यदि उनकी पत्नियाँ इस प्रतीक्षा में रहें कि कब उन्हें अवकाश होगा और कब वे उन्हें भ्रमण कराने ले जायेंगे, तो सारी आयु ब्रजबालाओं के समान प्रतीक्षा में ही कट जायेगी। यहाँ तो स्थिति यह है कि जब वे द्वारका से चलने का संकल्प करें, तो जिसे अवसर मिले, वह उनके रथ में बैठ जाये। मैं साथ न आती तो जाम्बवती आती, रुक्मिणी आती। कोई तो आती ही। तो फिर मैं ही क्यों नहीं?"

"कोई अपने स्थान पर बैठकर साधना कर रहा है, कोई अपने स्थान पर न बैठ कर।" द्रौपदी बोली, "केशव को तो जैसे सारी सृष्टि का ध्यान रखना पड़ता है। कब किस को उनकी कहाँ आवश्यकता है। किसे समाचार पहुँचाने हैं, किस के सुख में सम्मिलित होना है, कब किसे सान्त्वना देनी है, किसे शस्त्रों की आवश्यकता है, किसे सेना की, किस की रक्षा करनी है, किस का मनोबल बढ़ाना है, किस पर प्रहार करना है, किसे फटकारना है...जाने कहाँ-कहाँ दौड़ते फिरते हैं केशव! तो उन्हें मनोरंजन का अवकाश ही कहाँ मिलेगा।"

इस बार सत्यभामा भी कुछ गम्भीर थी, "मैं उनसे प्रेम करती हूँ। उन के इतने निकट रहती हूँ। उन को जानने का प्रयत्न करती हूँ; किन्तु यह व्यक्ति मेरी समझ में नहीं आता। इन्हें कभी विश्राम की आवश्यकता नहीं है। इन्हें कभी मनोरंजन की आवश्यकता नहीं है। इन्हें कभी कुछ अपने लिए नहीं चाहिए...और फिर भी सदा परम आनन्द में हैं।...कभी दुःख नहीं, विषाद नहीं, अभाव नहीं, अवसाद नहीं... ।"

"दुःख को जितना उन्होंने जाना है, उस की क्या तुम कल्पना भी कर सकती हो सत्या?" द्रौपदी बोली, "जिस के निर्दोष माता-पिता को अत्याचारी राजा ने बन्दी बना कर कारागार में डाल दिया हो, जिस के छह सद्यःजात भाइयों का वध कर दिया गया हो, जिस का अपना जन्म कारावास में हुआ हो, जिस के प्राण लेने के लिए इतने प्रयत्न किये गये हों, जिसने अपनी, अपने समाज की, और धर्म की रक्षा के लिए इतने युद्ध किये हों—वह मेरे और तुम्हारे समान मात्र एक व्यक्ति का जीवन तो नहीं जीता। जिसने अपने जीवन, अपने सुख-दुख और अपनी सम्पूर्ण क्षमताओं को मानव-मात्र के सुख के लिए नियोजित कर दिया हो, जिसका अपना व्यक्तिगत और निजी कुछ हो ही नहीं...उस के पास दुःख, विषाद और अवसाद का अवकाश ही कहाँ है।...जिसने अपने 'स्व' का इतना विस्तार कर दिया हो, उस के पास न संकीर्ण अहं है, न अभाव।...सब का आनन्द, कृष्ण का आनन्द है। किसी भी सात्विक व्यक्ति का सुख कृष्ण का सुख है; किसी भी दीन, हीन, पीड़ित की पीड़ा, कृष्ण की पीड़ा है। धर्मराज को सिंहासन पर बैठा कर, वे सुखी होते हैं। केशव ने कभी नहीं सोचा, कि इस सिंहासन पर वे स्वयं भी बैठ सकते हैं। वे ऋषियों के चरण धोकर आनन्दित होते हैं, कभी कामना नहीं करते कि वे ऋषि उनके चरण धोयें।"

"वह सब तो ठीक है कृष्णे!" सत्यभामा की मुद्रा द्रौपदी से सहमत होने की नहीं थी, "वे यह तो देखते हैं कि संसार के किस कोने में कौन दुखी व्यक्ति है; किन्तु यह नहीं देखते कि उनकी अपनी पत्नियाँ भी उनकी अनुपस्थिति में दुखी हैं। जिन्हें भी श्यामसुन्दर का सान्निध्य चाहिए।..."

"सत्या! तुम चाहो तो उनके साथ तुम भी उन दीन-दुखियों के पास जा सकती हो, जिनकी केशव को चिन्ता है। दूसरी ओर उन्हें अपने पास अटका कर तुम उन के मार्ग की बाधा भी बन सकती हो। उनकी प्रियतमा बनना है तो उनकी संगिनी बनोगी, या उनके मार्ग की बाधा?"

सत्यभामा कुछ क्षणों के लिए मौन रह गयी, फिर जैसे मन में एक प्रश्न भली प्रकार सोच-विचार कर बोली, "तुम अपने पतियों को कैसे रिझाती हो? हमारी समस्या तुमसे कुछ भिन्न है। श्यामसुन्दर किसी एक के अनुकूल होते हैं, तो दूसरी को ईर्ष्या होने लगती है। तुम एक पति के अनुकूल होती होगी, तो दूसरा तुम से रुष्ट हो जाता होगा, उधर तुम्हारी सपत्नियाँ तुम्हारे विरुद्ध प्रयत्न आरम्भ कर देती होंगी।"

"तुम बड़ी चंचल हो सत्या!" द्रौपदी हँस पड़ी, "वैसे तो यह समस्या मेरे साथ नहीं है। मुझे लगता है कि इस परिवार में अपने लिए कोई कुछ माँगता ही नहीं। समझ लो इन लोगों की व्यक्तिगत अपेक्षाएँ कुछ है ही नहीं। जो कामना की जाती है, वह सबके लिए—सामूहिक! अपने लिए केवल त्याग की बात सोची जाती है। धर्मराज को अपने लिए राज्य नहीं चाहिए। उन्हें राज्य चाहिए ताकि वे अपनी माता, अपने भाइयों, अपनी पत्नियों तथा सन्तानों को सुख दे सकें। उनके भाइयों को राज्य चाहिए, ताकि वे धर्मराज को सिंहासन पर बैठा सकें। तुम जानती हो सत्या!" द्रौपदी ने उस की ओर देखा, "हमारे विवाह से पूर्व धनंजय ने यह नहीं कहा कि वह मुझ से विवाह करना चाहता है। उसने धर्मराज से कहा, कि वे बड़े हैं। वे मुझ से विवाह कर लें ।...मुझे पूर्ण विश्वास है यदि इनमें से एक भी भाई, किसी एक वस्तु की कामना व्यक्त कर दे, अन्य चारों भाई तत्काल वह वस्तु उसी को दे देंगे।..."

"वह तो ठीक है।" सत्यभामा ने कहा, "किन्तु तुम उन पाँचों को अपने अनुकूल कैसे रखती हो?"

द्रौपदी हँसी, "प्रेम दे कर, सेवा कर के, उन पाँचों के साथ छठी बन कर! मैं उन से पृथक नहीं हूँ कि उनसे कुछ माँगू। जो कुछ उन का है, वह सब मेरा है। जो मेरा है, वह सब उन का है। सुख-दुख, भाव-अभाव, सम्पत्ति...सब कुछ। वे सम्राट थे, मैं साम्राज्ञी थी। वे द्यूत में दाँव पर लगे, मैं भी लगी। वे अपमानित हुए, मैं भी हुई। वे प्रतिशोध लेंगे, मैं भी लूँगी। वे वन में रह रहे हैं, मैं भी रह रही हूँ। वे राजप्रासाद में रहेंगे, मैं भी रहूँगी।"

"यदि धनंजय सुभद्रा से अधिक प्रेम करेंगे, तो तुम्हें ईर्ष्या नहीं होगी?"

"मैंने जिन्हें अपना प्रेम अर्पित किया है, अपनी ईर्ष्या भी उन्हें ही समर्पित कर दी है।" द्रौपदी परम सन्तुष्ट दिखायी पड़ रही थी।

"तो आप ने क्या योजना बनायी है धर्मराज?" कृष्ण ने पूछा, "क्या अपने बनवास का शेष समय यहीं व्यतीत करने का निश्चय किया है?...और अज्ञातवास...उसका भी कुछ प्रबन्ध होना चाहिए।"

"निश्चय तो अभी नहीं किया है," धर्मराज बोले, "किन्तु सोचता हूँ कि हम कोई ऐसा स्थान चुनें, जो शान्तिपूर्ण जीवन के लिए सुविधाजनक हो। प्रकृति सुरम्य हो। अधिक आवागमन न हो। हिंस्र पशु न हों, राजाओं की सैन्य यात्राओं के मार्ग में न पड़ता हो...। हस्तिनापुर से बहुत दूर भी न हो, ताकि माता तथा विदुर काका का समाचार हमें यदा-कदा मिलता रहे।"

"आप शान्ति की चर्चा तो कर रहे हैं, किन्तु सुरक्षा की नहीं।" कृष्ण बोले, "आप हस्तिनापुर के निकट कोई शान्त वन खोज रहे हैं; किन्तु दुर्योधन आप को कहीं शान्ति से रहने भी देगा?"

"यदि हम उस से कुछ माँगें नहीं, उसे कुछ कहें नहीं, उस के मार्ग में न आयें, तो वह हमें शान्ति से क्यों नहीं रहने देगा।" युधिष्ठिर कह तो रहे थे, किन्तु उन के अपने मन का संशय भी उनकी आशावादिता का साथ नहीं दे रहा था।

"आपकी शान्ति ही दुर्योधन की अशान्ति है।" कृष्ण बोले, "वह मानसिक रोगी है, जो आप की पीड़ा में अपना सुख खोजता है। वह यह मानता है कि आप शान्ति से रहने में सफल हो गये, तो उस की पराजय हो गयी। उस की विजय तो आप को पीड़ित करने में है।"

"कह तो तुम ठीक ही रहे हो वासुदेव! किन्तु मेरे भाइयों को न तो अब हस्तिनापुर से बहुत दूर रहना नीतिपूर्ण लग रहा है, और न अभी हम युद्ध ही कर सकते हैं। इसलिए हमारा प्रयत्न रहेगा कि हम अपने अस्तित्व को जितना नगण्य बना कर शान्त भाव से कहीं रह सकें, उतना नगण्य उसे बना लें। शेष ईश्वर की इच्छा।..."

सहदेव ने आकर सूचना दी, "वासुदेव! मार्कण्डेय ऋषि अपने अनेक शिष्यों तथा बृहद-ब्राह्मण समाज के साथ आप के दर्शनों की प्रतीक्षा में बैठे हैं।"

"उन्हें सूचित करो सहदेव! मैं अभी आ रहा हूँ।" कृष्ण पुनः धर्मराज से सम्बोधित हुए, "और अज्ञातवास?"

"उस के विषय में अभी सोचा नहीं है।" युधिष्ठिर बोले, "तुम्हारा परामर्श क्या है।"

"मैं सोचता हूँ कि आप अज्ञातवास के लिए कहीं बहुत दूर न जायें।" कृष्ण बोले, "जितना निकट रह सकें, रहें। मुझे पूर्ण विश्वास है कि दुर्योधन के गुप्तचर आप को खोजने दूर-दूर तक जायेंगे।...आप उस राजा के आश्रय में रहें, जो सरल, सात्विक और निर्बल हो। उसे सदा ही आप की सहायता की आवश्यकता रहेगी।"

"द्वारका और काम्पिल्य के विषय में आप क्या सोचते हैं?" नकुल ने पूछा।

"वहाँ दुर्योधन के गुप्तचरों की सबसे अधिक चौकसी रहेगी।" कृष्ण बोले, "और आप लोगों को वहाँ इतने लोग पहचानते हैं कि आप का कोई भी छद्म रूप और नाम पकड़ा जायेगा।"

"वासुदेव, आप ठीक कह रहे हैं।" अर्जुन बोला, "हमें उस राजा के आश्रय में जाना चाहिए, जो हम से सर्वथा अपरिचित हो।"

"यही उचित है। मेरा अनुमान है कि अब आप लोगों से मेरी भेंट आप के अज्ञातवास के पश्चात् ही होगी।" कृष्ण उठते हुए बोले, "आइए! मार्कण्डेय ऋषि से भेंट कर ली जाये।"

परस्पर अभिवादन के पश्चात् मार्कण्डेय ऋषि अपने शिष्यों के साथ बैठ गये। ब्राह्मण समाज को सुविधाजनक व्यवस्थित ढंग से बैठाने का समुचित प्रबन्ध कर पाण्डव भी बैठ गये।

"कृष्ण!" ऋषि बोले, "अभी तुम्हारे यहाँ आने से पूर्व, इस बुद्धिसेवी ब्राह्मण-समाज में एक चर्चा चल रही थी कि मनुष्य को ईश्वर की क्या आवश्यकता है? क्या करना है हमें ईश्वर का, जो संसार और समाज के सारे सुख त्याग कर मिलता है?"

"क्या आप ने उन्हें इस विषय में सन्तोषजनक उत्तर नहीं दिया ऋषिवर? आपसे अधिक उपयुक्त उत्तर और कौन दे सकता है।" कृष्ण बोले, "आपकी उपस्थिति में आध्यात्मिक प्रश्नों के

समाधान का उपयुक्त अधिकारी मैं कैसे हो सकता हूँ?"

"मैंने अपनी ओर से उन का समाधान किया है," ऋषि बोले, "किन्तु वे तुम्हारा उत्तर सुनना चाहते हैं। सच तो यह है कि मैं भी तुम्हारे विचारों से लाभन्वित होना चाहता हूँ।"

कृष्ण मुस्कराये, "तो यह आपकी की स्नेहपूर्ण योजना है ऋषिवर!"

मार्कण्डेय सहज भाव से मुस्कराये, "मेरा षड्यन्त्र!"

कृष्ण गम्भीर ही नहीं आत्मलीन-भी हो गये थे, "मैं समझता हूँ कि ईश्वर की आवश्यकता केवल उन्हें ही है, जो उस के अभाव से सुखी नहीं हैं। यदि कोई व्यक्ति संसार में रह कर, संसार को पा कर, संसार में लिप्त हो कर सुखी है तो उसे सचमुच ईश्वर की आवश्यकता नहीं है। ईश्वर की आवश्यकता तो उसी व्यक्ति को है, जो सारा संसार पा कर भी सुखी नहीं है।"

"इसका क्या अर्थ हुआ?" एक ब्राह्मण उठकर आवेश में बोला, "आवश्यक वस्तु तो सबके लिए आवश्यक है। ऐसा कोई कैसे कह सकता है कि वायु किसी के लिए आवश्यक है, किसी के लिए नहीं।"

"आप ठीक कह रहे हैं महाशय!" कृष्ण बोले, "आवश्यक होना एक बात है, और उस आवश्यक का अनुभव होना दूसरी। वायु की आवश्यकता हमें हर क्षण रहती है, और वह हर क्षण हमें उपलब्ध भी है; किन्तु उस की आवश्यकता का अनुभव हमें नहीं होता, अतः हम उसे प्राप्त करने का प्रयत्न नहीं करते। जल उपलब्ध होता है, किन्तु उस की आवश्यकता का अनुभव होने पर ही हम सरिता के तट पर जाते हैं।"

"तो आप यह कहना चाहते हैं श्रीमान! कि ईश्वर हमें हर क्षण उपलब्ध तो है; किन्तु हम संसार में सुखपूर्वक उलझे होने के कारण, उस की आवश्यकता को अनुभव नहीं करते, इसलिए हम उसे प्राप्त करने का प्रयन्त नहीं करते?" उसी ब्राह्मण ने पूछा।

"आप एकदम ठीक समझे ब्राह्मण!"

"पर ईश्वर है, इसका क्या प्रमाण है?" एक अन्य ब्राह्मण ने कहा, "मैं नास्तिक हूँ। मैं ईश्वर को नहीं मानता। मैं केवल एक स्वचालित व्यवस्था की सत्ता को मानता हूँ।"

"उसी स्वचालित शाश्वत व्यवस्था को ही भक्त-जन ईश्वर कहते हैं। "कृष्ण बोले, "आप नास्तिक नहीं हैं, आपने केवल ईश्वर को एक भिन्न नाम दे दिया है। आप नास्तिक तब होते, जब आप अपने से बड़ी और शक्तिशाली किसी व्यवस्था के अस्तित्व को स्वीकार न करते। ऐसी स्थिति में आप हिरण्यकशिपु के समान कहते कि आप ईश्वर हैं। आप जीव को प्राण देते हैं, आप उसका पालन-पोषण करते हैं, और आप ही उस के प्राणों का हरण करते हैं।"

"नहीं! मैं ऐसा नहीं कहता।" उस ब्राह्मण ने कहा, "किन्तु मैं प्रकृति और उस की व्यवस्था में ही विश्वास करता हूँ।"

"उसी में विश्वास करते रहिए। प्रकृति ही ईश्वर का प्रकट रूप है।" कृष्ण बोले, "अप्रकट के भी कुछ लक्षण होते हैं, जैसे वायु में वेग है।"

"यदि ईश्वर है, तो वह कहाँ रहता है?" एक अन्य ब्राह्मण ने प्रश्न किया।

"प्रत्येक अस्तित्व में! उस के केन्द्र में। उस के मूल में।"

"मनुष्य में वह कहाँ रहता है?"

"उस के हृदय में!" कृष्ण बोले।

"तो वह दिखायी क्यों नहीं देता?"

"दिखायी देता है।" कृष्ण बोले, "पदार्थ पर से अन्य आवरण हटा दिये जायें और व्यक्ति की दृष्टि में दोष न हो, तो वह पदार्थ देख सकता है।"

"क्या ईश्वर को देखना सम्भव है?" स्वयं को नास्तिक कहने वाले ब्राह्मण ने पूछा।

"सम्भव है।"

"वासुदेव! क्या तुम ने ईश्वर को देखा है?" मार्कण्डेय स्वयं को रोक नहीं पाये।

"ईश्वर को जानना, उस का साक्षात्कार करना, उस के निकट जाना, उस के अनुरूप बनना और अन्ततः वही हो जाना। यह सब कुछ सम्भव है।" कृष्ण की मुस्कान असाधारण रूप से मोहक थी।

"वासुदेव! क्या तुम ने उसे देखा है?" ऋषि ने आग्रहपूर्वक पुनः पूछा।

कृष्ण ने ऋषि की ओर देखा। उनके आग्रह को पहचाना। और धीरे से बोले, "वे मेरे भीतर हैं; मैं उन के भीतर हूँ।"

ऋषि समझ गये कि कृष्ण इससे अधिक और कुछ नहीं कहेंगे; किन्तु वे कृष्ण के मुख से अधिकाधिक सुनने के लोभ का संवरण नहीं कर पा रहे थे। बोले, "वासुदेव! हमें बताया जाता है कि ईश्वर का वास हमारे हृदय में है; किन्तु हम उसे देख नहीं सकते, क्योंकि उस पर काम, क्रोध, लोभ, मोह, घृणा, द्वेष, मद, मात्स्यर्य, भय, त्रास, अहंकार इत्यादि अनेक आवरण पड़े हुए हैं। मेरा प्रश्न यह है मधुसूदन! कि ईश्वर की कृपा होने पर ये आवरण हटते हैं, अथवा मनुष्य स्वयं अपने प्रयत्न से इन आवरणों को हटाता है, और ईश्वर की कृपा होती है? ईश्वर प्रकट हो जाता है तो ये विकृतियाँ हट जाती हैं, अथवा इनके हट जाने से ईश्वर उद्भासित होने लगता है?"

"ईश्वर तो दया का पुंज है महर्षि! वह करुणा का सागर है।" कृष्ण बोले, "मनुष्य उस से जो भी माँगता है, ईश्वर उसे वही देता है। उस से संसार माँगा जायेगा, तो वह संसार देगा; उस से स्वर्ग माँगा जायेगा, तो वह स्वर्ग देगा, उस से मोक्ष माँगा जायेगा, तो वह मोक्ष देगा।"

"क्या शब्दों में माँगने भर से सब कुछ मिल जाता है?" एक ब्राह्मण ने पूछा, "प्रार्थना करने मात्र से?"

"कामना, कर्म का पूर्व-रूप है।" कृष्ण बोले, "आप ने अपने हाथों में एक पक्षी पकड़ रखा हो, और आप को यह भय निरन्तर पीड़ित कर रहा हो कि आप की हथेलियाँ पसारते ही पक्षी उड़ जायेगा, तो आप ईश्वर से माँग तो सकते हैं, उस की कृपा प्राप्त नहीं कर सकते! जब आप अपनी मुट्ठी खोल देंगे, सांसारिकता का पक्षी उड़ जायेगा, हथेलियाँ पसार देंगे, तो ईश्वर की अनुकम्पा विभूति बन आप की हथेलियों पर प्रकट हो जायेगी।"

"हमारी मुट्ठियों में तो कुछ भी नहीं।" एक ब्राह्मण उठ खड़ा हुआ, "हम जन्म से कंगाल हैं। धन-सम्पत्ति कुछ नहीं है। तो ईश्वर हमारे सामने प्रकट क्यों नहीं हुआ?"

"आपके शरीर की मुट्ठियाँ खुली हैं, मन की नहीं।" कृष्ण बोले, "आपको धन नहीं छोड़ना है, धन की आसक्ति छोड़नी है। संसार नहीं छोड़ना है, संसार की आसक्ति को त्यागना है। जिस क्षण आप के मन ने काम, क्रोध, लोभ, मोह को छोड़ दिया उसी क्षण ईश्वर वहाँ प्रकट हो जायेंगे।"

"तो उन की दया से नहीं, हम अपने कर्म से ही उसे प्राप्त करेंगे?" मार्कण्डेय बोले।

"हमारे कर्म से ही उस की दया प्रेरित होती है।" कृष्ण बोले, "भक्ति, ज्ञान, कर्म, सबमें कर्म है, सबमें आसक्तिरहित उद्यम है। अकर्म से ईश्वर कभी प्रसन्न नहीं होता।"

कृष्ण की बातें, युधिष्ठिर के मन में कहीं गहरे उतरती जा रही थीं...ईश्वर तो जीव से मिलने का अनवरत प्रयत्न कर रहा है, जीव ही अपने विभिन्न प्रयत्नों से ईश्वर को स्वयं से दूर किये हुए है।...उसने पाण्डवों की सांसारिक समृद्धि का हरण कर लिया है, क्या इसलिए कि पाण्डवों और ईश्वर के मध्य के ये आवरण दूर हो सकें? ये यवनिकाएँ हट सकें??...पर कृष्ण तो ईश्वर के इतने निकट हैं, जैसे उन का उससे तादात्म्य ही हो गया है। फिर वे ईश्वर के बनाये जीवों की रक्षा के लिए, युद्ध-विरत क्यों नहीं होते? युधिष्ठिर शान्ति की रक्षा के लिए इतना कष्ट उठा रहे हैं; और कृष्ण?...किन्तु कृष्ण कर्मशील हैं; उनके मन में किसी प्रकार की आसक्ति नहीं है। युधिष्ठिर के मन में आसक्ति है, मोह है। वे अनासक्त होकर युद्ध में कूद नहीं सकते। शायद अपने इस मोह के कारण ही ईश्वर का साक्षात्कार नहीं कर पाये। मोह ही तो अज्ञान है। उसी से अहंकार उत्पन्न होता है। कृष्ण में न अहंकार है, न मोह, न आसक्ति...ठीक कहा कृष्ण ने...हमारा धर्म है ईश्वर को जानना, उसका साक्षात्कार करना, उसके निकट जाना, उसके अनुरूप बनना और अन्ततः वही हो जाना।...युधिष्ठिर ने ईश्वर को अभी तक शायद नहीं जाना है; किन्तु कृष्ण को जाना है। उन्हें कृष्ण के अनुरूप बनना होगा; अन्ततः वही हो जाना होगा...

□□□